诗经新解

刘文秀　孙　燕　孙　兰/著

中国出版集团
世界图书出版公司
广州·上海·西安·北京

图书在版编目（CIP）数据

诗经新解 / 刘文秀，孙燕，孙兰著．—广州：世界图书出版广东有限公司，2012.6
ISBN 978-7-5100-4093-1

Ⅰ．①诗… Ⅱ．①刘…②孙…③孙… Ⅲ．①诗经—诗歌研究 Ⅳ．①I207.22

中国版本图书馆 CIP 数据核字（2011）第 255027 号

诗经新解

责任编辑	孔令钢
出版发行	世界图书出版广东有限公司
地　　址	广州市新港西路大江冲 25 号
http://	www.gdst.com.cn
印　　刷	湖北新新城际数字出版印刷技术有限公司
规　　格	787mm×1092mm　1/16
印　　张	25.75
字　　数	550 千
版　　次	2012 年 6 月第 1 版　2021 年 7 月第 2 次印刷
ISBN	978-7-5100-4093-1/I · 0251
定　　价	60.00 元

版权所有，翻版必究

前　言

一、关于《诗经新解》之新的说明

首先就《诗经新解》之新，做一些介绍：其一，从历史的角度，也就是从《诗经》所产生的历史背景和政治状况，以及诗歌所产生的地域的风土人情，解释诗文，本书的解译突破了以往字面解译的局限，不仅理清了很多历史人物的关系，而且展示了丰富的历史图景；其二，作者在解释这些诗歌的过程中，充分应用了《诗经》的写作特点，也就是古代文学的写作特点，那就是"象"，"象"就是象形、象意、比喻、形容的一种方法，以此解读了诗文的历史意义，如《蜉蝣》一诗对褒姒的象征和讽刺，从整首诗歌的内容来探讨《诗经》之象的意义和表现手法；其三，将一些诗文中的内容与《周易》、《道德经》等名著内容相结合，通过印证，更好地说明了诗文的意义；其四，在诗文的解释中，作者大量应用了宝鸡方言，突出了《诗经》产生时代的官方语言，这个对于读者更好地了解当时的历史、当时的诗歌的内容和意义是很有帮助的，等等。

二、研读《诗经》的意义

1. 自古以来关于《诗经》意义的认识

《诗经》是我国古代最早的一部诗歌总集，先秦时代称之为《诗》，自古以来都认为《诗经》是古代文化遗产的奇葩。

《史记·孔子世家》曰："古者《诗》三千余篇，及至孔子，去其重，取可施于礼仪，上采契、后稷，中述殷、周之盛，至幽、厉之缺，始于衽席，故曰：'《关雎》之乱以为《风》始，《鹿鸣》为《小雅》始，《文王》为《大雅》始，《清庙》为《颂》始'。三百五篇，孔子皆弦歌之，以求合《韶》、《武》、《雅》、《颂》之音。礼乐自此可得而述，以备王道，成六艺。"这就是说，《诗经》经由孔子的编撰，而使原有的三千多首诗歌成为现在存在的三百零五首诗歌。这是历史对孔子编撰《诗经》的历史意义的记载。

《史记》所言的孔子编撰《诗经》，其目的就和孔子编撰《周易》和其他经文一样，是通过诗文中所记载的先王和众多君子的美好德行、符合道德礼仪的人和具体的事例来教化人民，如《大雅》和《周颂》中的诗歌，就是对先王先祖创建天命、为人民谋求利益之美德的颂扬；比如《文王》，就是对文王继承先祖事业、发展壮大先祖事业，又能顺服商纣王、侍奉商纣王之美德的记载颂扬；又比如《生民》就是对周人先祖的来源，对后稷发展种植稼穑、为人民谋求饮食之源而受到舜帝分封的美德的颂扬记载。其目的也就是通过这些历史事实，使人明白什么是美好的，什么样的人和事会得到人民的喜爱，什么是正确的治国之道，如何治理天下国家，如何巩固国家政权，如何为人民谋求利益等道理。

而有些诗歌则是通过不美好的人和事来使人民吸取教训,同样起到教化人民的作用。比如《小雅》中的《正月》、《雨无正》、《抑》、《荡》、《桑柔》等就是对周厉王无道、实行暴政的历史事实及其结果的记载,也是对周幽王无道失德而亡西周的历史事实的记载和批判。通过这些历史事实来教化人民,使人民明白什么是不美好的,什么是不符合礼仪道德的行为,为什么周厉王会被国人暴动驱赶出国,为什么周幽王会在很短的时间内亡西周、亡失自己性命等道理。

2. 笔者关于《诗经》意义的认识

笔者之所以研究《诗经》,是因为笔者在研究《周易》的同时,发现了《周易》除预测学以外的第二种意义,也就是记载了古代王者治理国家成功的经验和失败的教训,以及为人处世的一些基本方法原则,它是具有深刻长远历史意义的巨著,是一部与古代圣人治国方式密切相关的史书。而《周易》所列举的古代圣人治国的经验和亡国者亡国的教训,与《诗经》中的许多内容密切相关联。这就是笔者解释《诗经》的原因,它可以证明《周易》中所涉及的历史事件的真实性,所以完成《周易》的解释就必须有与之相适应的《诗经》的解释内容。

《诗经》通过孔子的编撰,有很多诗歌的内容与《周易》的内容有着千丝万缕的联系,二者能起到相互印证的作用,也就是说《周易》中所论及的历史事件可以在《诗经》中找到答案,《诗经》中所记载的历史事件可以在《周易》中得到印证。所以笔者解释这两个文献时也尽可能地将它们的相互印证的部分加以说明。

《诗经》和《周易》一样,其实也是一部史书,就是用诗歌的形式记载西周、东周之时所发生的主要历史事件,以及这些历史事件对人民所起到的风化作用。《诗经》所记载的主要是周天子及其主要诸侯国的主要历史人物的主要历史事件和他们的品德。在有道德的君主的教化下,人民的社会习俗、民风民俗、婚姻伦理都是有道德的美好习俗;而在无道无德的君主的风化下,人民就会因为上无道无德而表现出混乱无德的习俗。

《豳风》中的《东山》、《破斧》、《伐柯》、《狼跋》等是记载周公的功德的诗篇。从这些诗篇可以看出周公是如何征伐东土的,周公东征只是对那些叛首进行征伐,而对东土人民则是进行帮助安抚。周公是周文王之子,周文王用仁德感化那些不服殷商统治的人民,周公继承其父文王的仁德,用仁德感化东土人民,说明周公充分继承了先祖的美德。关于周公东征不用武力攻伐,《东山》中的诗句"勿士行枚"就可以证明;《周易·坎卦·六三爻》"来之坎坎,险且枕,入于坎陷,勿用"的含义也可以证明,《六三爻》说:"来之前艰难险阻重重,来到途中也是艰难险阻重重,来到之后仍然艰难险阻重重,艰险而且枕戈待旦,来到艰险之地而又陷入其中,而且没有用武力。"这充分说明周公东征不是用武力征伐东土,而是以仁德感化东土人民,所以《破斧》才会记载这些东征的人士。东征虽然艰苦,但是使东土人民得到了帮助,使他们得到了美好仁善行为的教化,从而使东土人民受到教化而感化,所以才会有《东山》篇东征人士回家乡之时受到殷商人民的热烈欢送,也才会有《九罭》篇的不忍心让东征之人离去的挽留和怀念。

同样关于周文王的仁德,在《大雅·皇矣》也能得到体现。周文王奉纣王之命征伐密须国,征伐崇国,不以自己是奉天子之命征伐就用强大的武力攻打,而只是围困这些国家

的城墙,并对着这些国家的城墙喊话,用他的仁德教化这些国家的人民。尤其是征伐崇国之时,不割俘虏耳朵,不侵扰四方,又送还崇国人民的东西,使临冲战车周围长满了野草;当崇国人民不归服时,就返回西周,反思自己的德行,整顿军队,然后又返回崇国继续征伐,崇国人民终于被周文王的仁德感化而归服周文王,这在《周易·塞卦》就有记载。

所以说,《诗经》和《周易》一样,其实就是一部史书,就是用诗歌的形式记载西周、东周之时所发生的主要历史事件,尤其是《小雅》、《大雅》中的诗歌,就是对西周时期主要历史事件的连续记载。因此,对《诗经》的解释要站在历史的角度,用具体的符合当时事实的历史事件来研究《诗经》的内容,才会得到确切的答案。

所以,笔者认为《诗经》是一部具有文学意义的历史巨著,当然我们在下文还可以用诗歌的具体内容来说明这个问题。

三、《诗经新解》的主要内容

通过对《诗经》的解释,可以看出《诗经》的《国风》部分诗文记载了西周时期的风土人情、饮食习惯、生活习俗、婚姻伦理、教化等等。如《国风·周南》,记载了在周家母仪的教化下,在文王之德的感化下,在周公美德的熏陶下,西周在周成王时代,西周之地属于周公治理的地区的男子个个都在争做君子,女子个个都是有贤淑美德的好女子,其代表作就是《关雎》。这首诗它不仅仅说明男子喜好追求美丽、有贤德的女子,也说明国中女子一个一个都是娴淑有德的女子,国中男子在周文王之德的教化下,一个一个也都是温良恭俭让的君子,他们选择伴侣的目标就是娴淑美貌、有贤德的女子。也就是说男子没有贤德就追求不到贤淑美丽的女子,女子没有贤德就不会有好男子追求,这才是这首诗的主要内涵。又如《芣苢》,这是一首描写农家女子在太平和乐之时在田间地头采摘车前草的和乐诗篇。从这首诗歌可以看出,这里所描写的不是采摘车前草的过程,而是采摘车前草的目的,因为车前草在古代被认为是具有治疗男女之疾、能生育子息的良药,这在李时珍的《本草纲目》中有专门记载。在太平和乐时代,人们生活安乐和谐,就会想到多生子女这个问题,所以妇女就成群结队地前去采集车前草,平时食用,以使自己能够多生子女,能够健康,使他们和乐安详的生活更加幸福美满。而《樛木》则是一首赞美君子美好品德的诗篇,诗中用弯曲的树木象征比喻君子能委曲求全的美德,君子委曲求全的目的是为人民谋求利益,不能委曲求全就不能为人民谋求利益。

《国风·召南》记载了周成王时代西周之地和召公所辖之地陕县之西南地区的风土人情,以及东周之时属于原来西周之地人民的美好品德。召南的诗文,有五个特点:其一,表达了对召公的怀念之情,如《甘棠》就是典型之作。其二,就是对当地当时的婚姻习俗的记载之作,而这些婚姻习俗之作,有表示幸福美满婚姻的诗篇,如《草虫》、《殷其雷》等诗文,表示了那些西周小官吏的妇人在家中既要独自承担家务、孝敬父母、抚育幼子,还时刻操心在外公干的丈夫公干的功效以及安全;也有表现不幸婚姻的诗歌,如《何彼襛矣》、《鹊巢》等。其三,就是颂扬了男女青年对自由婚姻的向往之情,如《摽有梅》等。其四,记载了关于女子的教化问题,如《采蘩》、《采蘋》等诗文就是教化女子学习如何祭祀先祖的诗歌。其五,就是对东周之时属于原西周之地人民美好品德的记载,如《羔羊》这首诗歌记载的是东周之时属于原来西周之地的贤者仍然保持了西周之时君子的美好品德,也就是记载了东周之时西周之地的贤者皇子的美好品德。所谓皇子者,乃是这位贤者的自称之名,其实皇子就是西周之王之子的象征,这说明周文王之德在人民心中仍然流传不断。

《国风·邶风》则是东周时代,也就是周平王之后,东周时期卫国卫庄公以后的历史事件为主的风土人情、教化、民风民俗、婚姻伦理关系的记载。其中如《绿衣》,表现的就是人民对昔日西周君子美好品德的怀念之情,在当时社会世风日下,臣弑君、君弑臣不断发生的混乱局面下,卫国人民不由得想起了昔日西周的君子之风气,追问难道昔日的君子之风就真的不存在了吗?又如《二子乘舟》,就是对当时卫宣公淫乱而导致宫室混乱、争权夺利的局面的历史事实的记载。

《鄘风》中的《卫风》,就是对东周之时卫国自卫宣公之后的一些历史事件的记载。如《墙有茨》、《君子偕老》等诗篇就是对卫国君主卫宣公婚姻关系混乱、违背伦理道德的讽刺之诗,卫宣公与父妾夷姜乱伦,而其子又与他的妻子宣姜(实际就是夷姜)淫乱,使人民厌恶;《氓》则是对卫国国风败坏的讽刺,上不正则下也不正,民心民俗受到伤害,人民也效法君主感情不专一、三心二意、喜新厌旧;《定之方中》则是对卫文公能重建卫国,发展卫国的事业,受到周王重新分封卫国的历史事实的记载。

《王风》则是对西周灭亡之后东周初期历史现状的记载,如《黍离》这首诗是周朝的大夫从东周到西周所属之地行役,看到西周的宗庙之地被夷为平地,到处长满了庄稼,心中忧伤感慨而作的诗歌,这也是对西周覆灭之后西周之地不复存在的历史事实的记载。《王风》的其他诗篇,如《兔爰》、《葛藟》等诗篇,则记载了东周之时战争不断,人民长期服役不断,这些诗篇是人民在沉重的徭役之下痛苦挣扎的真实生活写照。

《郑风》中的代表作,《叔于田》、《大叔于田》则是赞美东周之时郑国的郑武公和郑庄公的诗篇,《羔裘》这首诗是赞美为国家效力的美好君子的诗篇。而《丰》、《山有扶苏》、《蘀兮》、《狡童》、《褰裳》等诗歌则是郑人对齐女文姜之父齐僖公主动向郑昭公忽求婚遭到拒绝而作的讽刺之诗,也从侧面颂扬了郑昭公不为美色所动的美好德行。其他诗篇则记载了在有贤德的君主的教化下人民生活习俗的基本表现。

《齐风》则反映了东周之时齐国在其君主齐襄公德行败坏的影响下的两个特点:其一,齐国国风败坏之时人民对昔日君主美好品德的怀念,如《鸡鸣》、《还》、《著》、《东方之日》这四首诗就描述了人民对有道德的君主的怀念之情和在有道德君主的教化下人民的生活习俗;其二,如《蔽笱》、《载驱》等诗篇,则是对齐襄公无道淫乱无德之历史事实的记载与讽刺之作。

《魏风》的代表作《伐檀》、《硕鼠》,则是对当时,也就是在东周之时,为政者不能以道德治理国家,使原本就贫穷的国家更加贫穷,人民生活不能温饱,还要负担承重的徭役和苛捐杂税,使人民不堪负荷,所以人民发出了痛苦的反抗声的真实记载。

《唐风》所记载的其实主要是晋昭公以后所发生的历史政治事件的诗篇。《唐风》的代表作《蟋蟀》是一首赞美君子贤者美好品德的诗篇,其他诗篇则是对晋召公以后的历史事件的记载评论之诗篇。

《秦风》的代表作《车邻》,从诗的内容分析,这是一首赞美君主有礼乐之声的诗篇,表现了君主治国有方而使国家得到治理。学者认为这是赞美秦仲的诗篇,从诗文所颂扬的历史事实可以看出,秦仲在当时应该是一位有贤德的君子,因能与贤者共娱乐而受到人民的颂扬。《驷驖》则是赞美秦襄公的诗篇,秦襄公因为辅佐周成王有功受到周成王的分封而使秦国成为周朝的诸侯国。《黄鸟》则是秦人对秦穆公死后用活人殉葬的残酷做法不满情绪的发泄,也充分表现了人民对被殉葬的车氏三子的怀念、赞美之情。

《陈风》的代表作《宛丘》表现的是在陈胡公之妻也就是周武王之女喜好舞蹈祭祀的风气的教化下,陈国的男女喜好祭祀舞蹈的习俗;而《株林》这首诗则是对陈灵公讳平国与其大夫孔宁君臣不顾国家社稷安危,不思治理国家,而整日耽于女色——夏姬的讽刺之作。

《桧风》一共有四首诗歌,前两首诗歌是对西周之时君子美德的表现的怀念之情,后两首诗歌则是对亡西周的周幽王的行为的讽刺之作。

《曹风》中的《蜉蝣》就是借用生命短暂的蜉蝣来象征一种生命短暂的事物。那么这首诗象征什么呢?笔者以为还是在象征那个生命短暂、只凭美色迷惑周幽王而惑乱国政亡西周的褒姒,这也就是这首诗歌的真实意义。而《鸤鸠》则是以鸤鸠有七个儿子生活在不同地区比喻周文王有七个有贤德的儿子,反映他们受到周武王的分封的历史事实。《候人》则是对曹共公新任命的三百名新大夫没有真实的本领,不能辅助君主治理好邦国,所以人民就不喜欢他们的真实历史写照。《下泉》是一首怀念西周明王治理国家天下的时代的诗歌,也是对东周之时政治衰微的不满,告诫当政者无论如何都应该饮水思源,都要以周文王的法则治理国家,不要忘记先祖所建立起来的法则。

《豳风》的代表作《七月》则是周公对西周之时人民在英明君王的治理下生活和乐安逸、自由自在的美好景象的记载。而《东山》、《破斧》则是对周公东征的历史事件的连续记载。其他诗篇《伐柯》、《九罭》、《狼跋》则是对周公之美德的记载。因此对《诗经》的解释要站在历史的角度,用具体的历史事实来研究《诗经》的内容,才能比较客观地认识和解释《诗经》的具体内容。

《小雅》是记载周王之政盛衰过程、盛衰状况的诗篇。依照这些诗歌的内容分析,它们所表现记载的是周王之政兴盛美好和周王之政衰败而使国家灭亡的历史,有些也颂扬了在英明天子的教化下诸侯的功德,或者是颂扬天子之德如周宣王之功德,但他们的功德毕竟不及周文王、周武王、周成王和周公的功德。如《鹿鸣》、《皇皇者华》这些诗歌是记载颂扬在和乐安定时代宴请嘉宾和西周之时诸侯国的官吏奉君主之命一次一次前往周朝咨询治国之道的诗篇。如《出车》,这首诗以一个车夫的口吻来叙述周宣王继周穆王之后前往西北之地征伐猃狁之族的战争的事件,诗文以"赫赫南仲"为颂扬的主要对象。前去征伐戎狄却以没有结果为结束,那么这些事情是应该歌功颂德,还是应该批评呢?自周穆王无故征伐犬戎开始,直到周宣王征伐犬戎,原本就是没有取得胜利,也就是以失败告终,所以说诗文只是以诗歌的形式记载了这些历史事件而已。而颂扬周宣王的诗篇,如《六月》就是记载颂扬周宣王征伐猃狁之族的代表之作,诗中同时对有功勋的尹吉甫也做了颂扬。又如《车攻》、《吉日》则是对周宣王进行田猎、训练军兵的历史事实的记载颂扬之作。

而《小雅》中记载君王之政衰微的诗篇，如《正月》、《十月之交》、《雨无正》、《巧言》、《蓼莪》、《四月》等就是对周幽王失道无德使西周混乱、人民遭殃、生活困苦不堪之原因的记载，也是对无道失德者的讽刺之作，这些诗歌都具有教化人民、教化后人的意义。其他诗歌如《大东》、《小明》、《楚茨》、《信南山》、《甫田》、《大田》等诗篇则是记载人民对先王之德无限怀念的诗篇，如《大田》、《甫田》就是颂扬周族的先祖鼓励领导农人种植五谷，养活人民，富国强民，使人民安居乐业，创造了粮食多得就如高山屋梁一样的大有年以及五谷丰登的繁荣局面，从而有了祭祀先祖的美好过程的诗篇。《苕之华》则记载了周幽王时期，人民生活困苦，人与所饲养的家禽都饿得只剩下了瘦身子大脑袋，就是河水中也无鱼儿可捕，人民望月为食的困苦生活。所以说，对于《诗经》，我们将其当作一部记载当时时代历史事件和意义的历史巨著来研究，才更能体现孔子编撰《诗经》的意义。

《大雅》中的诗歌，大部分是对周族的先祖——古公、公刘以及后稷、周文王、周成王、周康王美德颂扬的诗篇，如《生民》是一篇颂扬周族始祖后稷的来源，后稷种植稼穑，受到舜帝分封在邰地为姬姓，以及后稷种植稼穑为人民带来福气的诗篇；《公刘》是一篇颂扬周族的远祖，也就是后稷的曾孙公刘继承后稷的事业开创兴盛了周族的事业的诗篇；《绵》则是一首颂扬周朝先祖古公亶父从豳地来到岐山脚下营建周族新的住地而后建立邦国的诗篇；《思齐》是一首颂扬周家母仪和周文王的诗篇；《大明》则是一首颂扬周文王之父王季、周文王、周武王、太师姜子牙以及周族的主妇的美德的诗篇；《皇矣》是一篇颂扬周族先祖古公、王季和周文王之美德的诗歌。

其他诗篇如《文王》、《棫朴》、《旱麓》、《灵台》、《文王有声》等诗歌则是颂扬记载周文王功德的诗篇。《下武》则是颂扬周武王的诗篇。《行苇》、《既醉》、《假乐》则是颂扬周成王功德的诗篇。

《民劳》、《板》、《抑》、《桑柔》、《瞻卬》、《昭旻》等诗篇是对周厉王和周幽王无道失德的劝谏之词。

其余的诗歌如《崧高》、《烝民》、《韩奕》等诗歌，则是对周宣王以及周宣王之时的主要臣子功德的颂扬记载。

《诗经》中的《周颂》是对周朝的先王，如周文王、周武王、周成王、周康王之功德的颂扬。有些诗歌如《闵予小子》、《访落》、《敬之》、《小毖》等诗歌，则是周成王自己的自勉之诗。从周成王这些自勉之诗，我们可以看出，作为一代明君，他继承先祖的事业，实现以天命治理国家天下是多么不容易，也就是要公正无私地为人民谋利益，要保证天下太平安乐，作为一个天子有多么不容易，这些都能使我们后人受到深刻的教化和震撼。又如《良耜》，则是颂扬记载周成王亲耕籍田、与民同乐的颂歌；《丝衣》则是记载颂扬周成王祭祀先祖的颂歌。

有些诗歌是周公所作的颂扬周族先祖先王的诗篇，如《维天之命》、《时迈》、《思文》等诗歌就是周公所作的颂扬先祖的歌乐。

有些诗歌则是宗庙祭祀时祭祀先祖的颂歌，如《清庙》、《烈文》、《我将》、《丰年》等诗歌。

《周颂》中的《鲁颂》，则是对东周之时周公的后代鲁僖公之美德的颂扬。

最后的五篇诗歌是《商颂》，主要是颂扬商朝的开国元首商汤的功德，其次就是颂扬最后使商朝中兴的商朝第 21 位天子武丁的诗篇，还有一些是普通的祭祀歌乐。

通过对《诗经》中所有诗歌内容的简单介绍，我们就可以看到，孔子编撰的《诗经》，记载了商朝、周朝时期主要历史事件、君子美德、周家母仪、教化、仁孝礼仪，记载了当时的风土人情、草木、禽兽、鱼类之名、用途等等，是一部具有伟大历史意义的文学巨著。它并不是一般意义上的诗歌，而是具有实际的、普遍的教化意义，是一部记载历史事件的的文学著作。所以孔子才会说："《诗》三百，一言以蔽之，曰：'思无邪'"，"小子何莫学夫诗？诗，可以兴，可以观，可以群，可以怨。迩之事父，远之事君；多识于鸟兽草木之名。"

四、《诗经新解》的研究特色

首先，在研究解释这些诗歌的过程中，可以看出《诗经》的写作特点，也就是古代文学的写作特点，那就是"象"，"象"就是象形、象意、比喻、形容的一种方法。《诗经》也很普遍地应用了这一写作手法，比如《周南·樛木》这首诗，用弯曲的树木象征君子忍辱负重，要用高度的辛劳去处理繁琐的事务，就如被葛藤缠绕一样，使他们忍辱负重，委曲求全，仍然快乐和易，福气就会因为他们而施于人民。而《螽斯》则用蝗虫的子孙众多象征周族的子孙众多，周族的子孙后代有很多为周族事业的发展壮大奉献了力量，有些则默默无闻一生，有些为周族的事业而遭遇不测，有些则因为反叛周族而遭到灭身之罪。这就是这首诗的象征意义。

又如《蜉蝣》这首诗，用蜉蝣在水中育化长达五六年象征周幽王所迷恋的褒姒在其母腹中孕育长达四十余年，用蜉蝣化育为成虫后生命的短暂象征褒姒成年后短暂的生命。也就是说蜉蝣自从有了美丽的外衣之后，就成了生命短暂的生物；褒姒在母腹中孕育长达四十余年，出生之后被当作不祥之物，扔在水沟旁，后又被褒姓人从水沟边捡回，就如从小生活在水中的蜉蝣幼虫；幼虫孵化之后就是它生命的最后期限，这和褒姒的身世极为相似。从这里我们可以看到古人把"象"应用到了极致，用蜉蝣比喻有美丽的外表而生命短暂的褒姒，十分形象。所以说这是曹人对周幽王亡西周之原因的讽刺，也是对迷惑周幽王的褒姒短暂生命历程的讽刺。可见整首诗歌的内容都生动体现了《诗经》之象的意义和表现手法。

我们也可以从诗文中具体的诗句和字词来研究《诗经》之象，也就是文学表现手法，如《大雅·板》中的前两句："上帝板板，下民卒瘅。""板板"，这就是说是两块木板或好多木板。两块木板相互敲击可以发出"桄桄桄"的响声，而在陕西宝鸡方言中，就有"我的桄桄"这样的感叹词，是人在遇到重大事件时不由自主地发出的感叹之词，褒贬都在内。那么"板板"就是"我的桄桄"的象征词，而"桄桄"则是"板板"的象声词，其解释就是，"我的桄桄在上位的天子，你的人民突然都患病了啊！"诗人用"我的桄桄"，来表现对于"人民不敢说话，就像得了怪病一样"的惊叹和不满之情。人民都像得了怪病一样不敢说话，为什么呢？就是因为周厉王用杀头迫使人民不敢说话，诗人紧接着告诉天子不让人民说话、发表怨言的后果。又如《小雅·斯干》"约之阁阁，椓之橐橐。风雨攸除，鸟鼠攸去，君子攸芋"，其意思是："架起木板支撑牢固，石锤夯实泥土橐橐。修筑结实避风避雨，又能避鸟儿老鼠害，君子于是修造屋檐。""约之"，即"约束"。"阁阁"，即"空中楼阁"。这里含有两层意思,其一,是指将两块木板相对支撑固定,其中间留有墙壁的厚度,作为踏墙的模具;其二,还有踏墙人在墙体两侧站立的与地面平行的木架,就如空中楼阁。"约之阁阁"就是将与墙体长度一致的两块木板,中间以墙体的厚度为距离,用绳索捆绑,或者用许多木头作为支架支撑固定起来,将踏墙人站立的木架支撑起来,就如空中楼阁一样。之所以要用"阁阁",是因为踏墙时要随着墙体的升高不住地变换空中楼阁的位置、高度,踏好一堵墙,就要变换数次高度,踏好无数堵墙,就要升高无数次,要变换无数次位置,也就是有无数次空中楼阁出现。椓之橐橐:椓(zhuó),这里指踏土墙时用石锤子打砸泥土,使其结石牢固;这里的"踏墙",是陕西宝鸡对修造房屋时营造土围墙、土院墙的称名,也是下一句诗文"椓之橐橐"的含义。椓,就是一下一下提起石锤夯实泥土的样子,因为踏墙用的石锤一般是仿圆锥形,底尖上园,顶端还要镶嵌上木头把,就如用木石踏实泥土。橐橐(tuó tuó),踏墙时泥土和石锤发出的响声。这里只用了两句八个字就将陕西宝鸡地区踏泥土墙的方式方法、踏墙的过程、以及踏墙时的形象逼真地表现出来了;紧接着两句又将建造墙的功能一清二楚地道了出来;最后一句,当然就是房屋的墙造好以后,就要修建屋宇,也就是修建屋顶了。这就是象,就是《诗经》之象,就是用形象、逼真、简练的语言将所要记载和描写的事物形象、逼真、生动、活灵活现地表现出来。

又如《秦风·终南》"终南何有?有条有梅",其意思是,"终南山上有什么?既有楸树又有梅子树。"这里的条,就是楸树,那么为什么将条解释为楸树呢?这就是象的意义所在,因为楸树所结的果实就如蒜薹一样,是一长条一长条的,也就是说"条"就是楸树所结果实的象征。

又如《大雅·板》"民之方殿屎,则莫我敢葵",就是一类典型的象征词组。这里"殿",就是行走在后面;"屎",是屁股后面的象征。那么这第一句就可以解释为:"人民正跟在屁股后面学。"因为前面的诗句都是在数说周厉王的过错,天子有过错,不改正,善良的人都充当了行尸走肉,那么一般人就只好跟着这些人学了。而"则莫我敢葵","则"可以是"于是"、"就是",也可以是"效法";"于是"、"就是"表示的是上一句,跟在屁股后面学的结果;"效法",也是表示学习的结果;"葵",同"揆",揆度、揣度、估量。所以这一句就可以解释为:"学习的结果我不敢揣度。"所以说解释古诗文,有些诗句从象的意义去理解就容易多了,而不必要将其解释得那么复杂。因为古代的字词毕竟是由象形、象声、象意的形式变化而来,也就是由最简单的形式变化而来。当然诸如此类的象,其实还有很多,这里就不一一列举。

其次,《诗经》的又一个写作特点就是用词句和成语的缩写来表示整句成语的含义,如《豳风·狼跋》"狼跋其胡,载疐其尾。公孙硕肤,赤舄几几",其意思是,"辛劳地跋涉为了什么?功德满载而跋前疐后。周公谦逊而心怀大志,一生只有好鞋子几双。"这里笔者将"狼跋"解释为"狼狈地跋涉",将"跋"解释为"跋涉",因为"跋"只能是"跋涉"的意思。将"载疐其尾"解释为"功德满载而跋前疐后",将"疐其尾"解释为"跋前疐后",因为"疐其尾"就是成语"跋前疐后"的缩写语。"尾",就是"后"、"后面"的象征词。这样的解释,就能将周公一生辛劳为周朝事业的功德,以及在处理某些事情时进退两难而最终又能完满处理好事情的坚忍不拔的美好品德表现出来。比如周公一生为了周朝的事业,亲自为成

王之师、成王之父、成王之臣,又亲自担当周王的职责,而受到同族之人以及自己的亲兄弟的诽谤之时的进退两难,以及在东征时亲自诛杀自己的兄弟管叔、放逐蔡叔时的进退两难,但是他最终还是以周朝的事业为重,妥善处理了这些事情。这些美好品德,通过几句诗文就完全表现出来了,这就是笔者解释《诗经》时对于《诗经》写作特点的体会。

又比如《板》"善人载尸。民之方殿屎",这里"善人"就是好人、贤良之人;"载",充当;"尸",就是成语"行尸走肉"的缩减词。那么这一句就可以解释为"善人充当了行尸走肉,人民正跟在屁股后面学。"因为诗文的前几句"天之方懠,无为夸毗。威仪卒迷"等都是在数说周厉王的罪过。这三句是指责周厉王,"天子你正在发怒把话发,没有作为还把自己错误夸,你的威信礼仪已全迷乱。"这就把周厉王残暴、用杀头威逼人民不准发表怨言的错误行径一下子道了出来。周厉王用杀头对待有怨言的人民,使人民从此就如患病一样,不再说话、发出怨言,周厉王曾得意地向召公说道:"吾能弭谤矣,乃不敢言。"这就是周厉王向召公夸赞的自己能消除人民的怨谤之言,人民从此不敢再有怨言了,周厉王在治理国家的政治方面没有功德,只有残暴,却把残暴当作他的功德夸赞,正因为如此,好人、有贤德才能的人才会充当行尸走肉,什么也不想,糊里糊涂地过日子,那么人民就会跟他们一样如行尸走肉。

当然关于《诗经》的其他写作特点,以及其他意义,还有待广大专家学者进一步挖掘缮译。

目 录

国 风

周南 …………………………… 001
 关 雎 ………………………… 002
 葛 覃 ………………………… 003
 卷 耳 ………………………… 004
 樛 木 ………………………… 005
 螽 斯 ………………………… 006
 桃 夭 ………………………… 007
 兔 罝 ………………………… 008
 芣 苢 ………………………… 009
 汉 广 ………………………… 009
 汝 坟 ………………………… 011
 麟之趾 ……………………… 011
召南 …………………………… 012
 鹊 巢 ………………………… 013
 采 蘩 ………………………… 013
 草 虫 ………………………… 014
 采 蘋 ………………………… 015
 甘 棠 ………………………… 016
 行 露 ………………………… 017
 羔 羊 ………………………… 018
 殷其雷 ……………………… 019
 摽有梅 ……………………… 020
 小 星 ………………………… 021
 江有汜 ……………………… 021
 野有死麕 …………………… 022

 何彼襛矣 …………………… 023
 驺 虞 ………………………… 024
邶风 …………………………… 025
 柏 舟 ………………………… 026
 绿 衣 ………………………… 027
 燕 燕 ………………………… 028
 日 月 ………………………… 029
 终 风 ………………………… 030
 击 鼓 ………………………… 031
 凯 风 ………………………… 032
 雄 雉 ………………………… 033
 匏有苦叶 …………………… 034
 谷 风 ………………………… 035
 式 微 ………………………… 036
 旄 丘 ………………………… 037
 简 兮 ………………………… 037
 泉 水 ………………………… 038
 北 门 ………………………… 040
 北 风 ………………………… 040
 静 女 ………………………… 041
 新 台 ………………………… 042
 二子乘舟 …………………… 043
鄘风 …………………………… 044
 柏 舟 ………………………… 044
 墙有茨 ……………………… 045

君子偕老 …………… 046	清　人 …………… 076
桑　中 …………… 047	羔　裘 …………… 077
鹑之奔奔 …………… 048	遵大路 …………… 078
定之方中 …………… 049	女曰鸡鸣 …………… 078
蝃蝀 …………… 050	有女同车 …………… 079
相　鼠 …………… 050	山有扶苏 …………… 080
干　旄 …………… 051	萚　兮 …………… 081
载　驰 …………… 052	狡　童 …………… 081
卫　风 …………… 053	褰　裳 …………… 082
淇　奥 …………… 053	丰 …………… 082
考　槃 …………… 055	东门之墠 …………… 083
硕　人 …………… 055	风　雨 …………… 084
氓 …………… 057	子　衿 …………… 085
竹　竿 …………… 059	扬之水 …………… 085
芄　兰 …………… 060	出其东门 …………… 086
河　广 …………… 060	野有蔓草 …………… 087
伯　兮 …………… 061	溱　洧 …………… 087
有　狐 …………… 062	齐　风 …………… 088
木　瓜 …………… 063	鸡　鸣 …………… 088
王　风 …………… 064	还 …………… 089
黍　离 …………… 064	著 …………… 090
君子于役 …………… 065	东方之日 …………… 091
君子阳阳 …………… 066	东方未明 …………… 091
扬之水 …………… 066	南　山 …………… 092
中谷有蓷 …………… 067	甫　田 …………… 093
兔　爰 …………… 068	卢　令 …………… 094
葛　藟 …………… 069	敝　笱 …………… 094
采　葛 …………… 070	载　驱 …………… 095
大　车 …………… 070	猗　嗟 …………… 096
丘中有麻 …………… 071	魏　风 …………… 097
郑　风 …………… 072	葛　屦 …………… 098
缁　衣 …………… 072	汾沮洳 …………… 099
将仲子 …………… 073	园有桃 …………… 099
叔于田 …………… 074	陟　岵 …………… 100
大叔于田 …………… 075	十亩之间 …………… 101

| 伐　檀 …………………………… 101
| 硕　鼠 …………………………… 102
唐风 ……………………………… 103
| 蟋　蟀 …………………………… 104
| 山有枢 …………………………… 105
| 扬之水 …………………………… 106
| 椒　聊 …………………………… 107
| 绸　缪 …………………………… 107
| 杕　杜 …………………………… 108
| 羔　裘 …………………………… 109
| 鸨　羽 …………………………… 110
| 无　衣 …………………………… 111
| 有杕之杜 ………………………… 111
| 葛　生 …………………………… 112
| 采　苓 …………………………… 113
秦风 ……………………………… 114
| 车　邻 …………………………… 114
| 驷　驖 …………………………… 115
| 小　戎 …………………………… 116
| 蒹　葭 …………………………… 117
| 终　南 …………………………… 119
| 黄　鸟 …………………………… 119
| 晨　风 …………………………… 121
| 无　衣 …………………………… 122
| 渭　阳 …………………………… 122
| 权　舆 …………………………… 123
陈风 ……………………………… 124
| 宛　丘 …………………………… 124

东门之枌 ………………………… 125
衡　门 …………………………… 126
东门之池 ………………………… 127
东门之杨 ………………………… 127
墓　门 …………………………… 128
防有鹊巢 ………………………… 129
月　出 …………………………… 129
株　林 …………………………… 130
泽　陂 …………………………… 131
桧风 ……………………………… 132
羔　裘 …………………………… 132
素　冠 …………………………… 133
隰有苌楚 ………………………… 134
匪　风 …………………………… 135
曹风 ……………………………… 136
蜉　蝣 …………………………… 137
候　人 …………………………… 138
鸤　鸠 …………………………… 139
下　泉 …………………………… 140
豳风 ……………………………… 141
七　月 …………………………… 142
鸱　鸮 …………………………… 145
东　山 …………………………… 147
破　斧 …………………………… 149
伐　柯 …………………………… 151
九　罭 …………………………… 151
狼　跋 …………………………… 153

小　雅

鹿鸣之什 ………………………… 154
| 鹿　鸣 …………………………… 155
| 四　牡 …………………………… 156
| 皇皇者华 ………………………… 157
| 常　棣 …………………………… 158

伐　木 …………………………… 159
天　保 …………………………… 161
采　薇 …………………………… 162
出　车 …………………………… 164
杕　杜 …………………………… 166

南陔	167
白华之什	167
白华	168
华黍	168
鱼丽	168
由庚	169
南有嘉鱼	169
崇丘	170
南山有台	170
由仪	171
蓼萧	171
湛露	172
彤弓之什	173
彤弓	173
菁菁者莪	174
六月	175
采芑	177
车攻	179
吉日	180
鸿雁	181
庭燎	182
沔水	183
鹤鸣	184
祈父之什	185
祈父	185
白驹	186
黄鸟	187
我行其野	188
斯干	189
无羊	191
节南山	192
正月	195
十月之交	199
雨无正	203
小旻之什	205
小旻	206
小宛	208
小弁	209
巧言	212
何人斯	215
巷伯	217
谷风	218
蓼莪	219
大东	221
四月	224
北山之什	225
北山	226
无将大车	227
小明	228
鼓钟	230
楚茨	231
信南山	233
甫田	234
大田	236
瞻彼洛矣	238
裳裳者华	238
桑扈之什	239
桑扈	240
鸳鸯	241
頍弁	242
车舝	243
青蝇	245
宾之初筵	245
鱼藻	248
采菽	249
角弓	251
菀柳	253
都人士之什	254
都人士	254
采绿	256

黍苗 …… 257	瓠叶 …… 262
隰桑 …… 258	渐渐之石 …… 263
白华 …… 259	苕之华 …… 264
绵蛮 …… 261	何草不黄 …… 265

大 雅

文王之什 …… 267	公刘 …… 300
文　王 …… 267	泂　酌 …… 303
大　明 …… 270	卷　阿 …… 304
绵 …… 273	民　劳 …… 306
棫　朴 …… 277	板 …… 309
旱　麓 …… 278	荡之什 …… 312
思　齐 …… 279	荡 …… 313
皇　矣 …… 281	抑 …… 315
灵　台 …… 286	桑　柔 …… 320
下　武 …… 287	云　汉 …… 324
文王有声 …… 289	崧　高 …… 327
生民之什 …… 291	烝　民 …… 330
生　民 …… 291	韩　奕 …… 333
行　苇 …… 294	江　汉 …… 335
既　醉 …… 296	常　武 …… 337
凫　鹥 …… 298	瞻　卬 …… 340
假　乐 …… 299	召　旻 …… 342

颂

周颂清庙之什 …… 346	思　文 …… 352
清　庙 …… 346	周颂臣工之什 …… 353
维天之命 …… 347	臣　工 …… 353
维　清 …… 348	噫　嘻 …… 354
烈　文 …… 348	振　鹭 …… 355
天　作 …… 349	丰　年 …… 355
昊天有成命 …… 349	有　瞽 …… 356
我　将 …… 350	潜 …… 357
时　迈 …… 351	雍 …… 357
执　竞 …… 351	载　见 …… 358

· 005 ·

有客	359	般	368
武	359	鲁颂	369
周颂闵予小子之什	360	駉	369
闵予小子	361	有駜	371
访落	361	泮水	372
敬之	362	閟宫	374
小毖	363	商颂	380
载芟	363	那	381
良耜	365	烈祖	382
丝衣	366	玄鸟	383
酌	366	长发	385
桓	367	殷武	388
赉	368		

参考书目 ………… 392   **后记** ………… 393

国 风

周 南

周,应该是指西周之时。西周的先祖,也就是后稷的第十三世孙,古公亶父由戎狄之地豳地迁都至豳地之南,至于岐山之阳定居。由于周族的后世子孙一代一代都能继承先祖后稷的事业,无论在何地,都能带领人民发展农业生产而受到人民的热爱,所以周族的事业和势力在岐山很快得到发展壮大,因此就被殷商之王分封为诸侯,后古公之子王季继位,一直到王季之子周文王继位,都为商王朝效力。周文王之时,商纣王失道无德,许多诸侯国都反叛了商朝,商纣王命令周文王专管征伐不服之国,由于周文王能以仁德使不服之国的人民顺服,所以许多不服之国的人民都归附了周文王,因而在周文王之时,周族的势力很快得到壮大。周文王之时,周族已经占有天下三分之二的领土,仍然侍奉商纣王。直到周文王之子周武王继位,周武王十二年(公元前1046年)二月甲子日,与各地诸侯联合共同举兵伐纣王,而一举成功建立了周朝。周朝的都城在周文王时建立在丰邑,至周武王时建立在镐京,镐京在今陕西西安西南。周武王伐商纣王建周之后,分封周公旦于曲阜,国号鲁,分封召公奭于北燕。

周族的发祥地是岐山,岐山也称岐邑,大概位于今陕西关中西部的宝鸡之地,其中心位于扶风、岐山两县的交界处。

周武王去世后,其子周成王继位,周成王封周公为太师,召公为太保,毕公为太傅,也就是说周公、召公与毕公共为三公。

在周成王之时,由周公旦主管自陕县以东的地方;召公奭主管自陕县以西的地方。而周南则是属于周公治理的地方。

周成王之时,西周的都城仍然在镐京。周南,据记载是指今陕西、河南之间。周成王继位之时,由于成王年幼,周公代成王摄政七年。在周成王六年之时,天下太平,周公考证礼乐,天下兴起太平歌颂之声,《周南》应该是当时太平盛世的颂歌。

《周南》包括《关雎》、《葛覃》、《卷耳》、《樛木》、《螽斯》、《桃夭》、《兔罝》、《芣苢》、《汉广》、《汝坟》、《麟之趾》等,共有诗篇十一首。

全诗揭示了在周公治理之下,岐山东南之地的民风民情。如《关雎》这首诗就是描写在周家母仪的教化下国中女子一个一个都是娴淑有德的女子,国中男子在周文王之德的教化下一个一个也都是温良恭俭让的君子,他们选择伴侣的目标就是娴淑美貌、有贤德的女子。《葛覃》是一首描写即将出嫁的女子在师傅的教导下认真学习女工的诗篇。这位即将出嫁的女子,在师傅的教化下学习女事,学习用葛藤织细布粗布的方法,以及缝制衣服的方法。

《樛木》是一首赞美君子美好品德的诗篇,诗中用弯曲的树木象征比喻君子能委曲求全的美德。《螽斯》是一首描写君子之德的诗篇。诗中用螽虫的化育比喻君子的子孙就如蝗虫一样众多,男男女女,高低胖瘦,秉性各不相同,但是这些子孙后代在君子之德的教化下,一个一个都能振奋向上,就如鼓动翅膀奋飞的虫鸟,不断奋飞前进,依照先祖的美德为法式,互相谦让有礼,为国家人民生生死死毫无怨言,为国家人民的利益牺牲自己的利益,从不显现自己的功德。我们从这两首诗就可以看出《诗经》的写作特点,也就是古代文学的写作特点,那就是"象"。"象",就是象形、象意、比喻、形容的一种方法,如《樛木》用弯曲的树木比喻、象征君子忍辱负重,要用高度的辛劳去处理繁琐的事务,就如被葛藤缠绕一样。他们忍辱负重,委曲求全,仍然快乐和易,福气就会因为他们而施于人民。而《螽斯》则用蝗虫的子孙众多比喻、象征周族的子孙众多,周族的子孙后代有很多为周族事业的发展壮大奉献了力量,有些默默无闻一生,有些为周族的事业而遭遇不测,有些则是因为反叛周族而遭到灭身之罪。这就是这首诗的象征意义。

关 雎

关关雎鸠①,在河之洲。窈窕淑女②,君子好逑③。
参差荇菜④,左右流之。窈窕淑女,寤寐求之⑤。
求之不得,寤寐思服。悠哉悠哉⑥,辗转反侧⑦。
参差荇菜,左右采之。窈窕淑女,琴瑟友之⑧。
参差荇菜,左右芼之⑨。窈窕淑女,钟鼓乐之⑩。

● 注释

①关关雎鸠:关关,雌雄二鸟的和鸣声;雎鸠(jū jiū),一种水鸟,传说雌雄相守终生不分离。据记载周文王之妻太姒的故里古莘国莘里村,在今陕西省渭南市洽川国家风景名胜区,紧靠黄河西岸,村边有处女泉,河心有关雎州。而今的陕西渭南市就在西安之东,应该属于古代周公所辖之地周南。②窈窕(yǎo tiǎo):美貌贤淑的女子。③逑(qiú):配偶。④荇菜(xìng cài):一种水生植物,叶子浮在水面上,可食用。⑤寤寐(wù mèi):日夜,醒时为寤,睡着时为寐,也就是白天黑夜。⑥悠哉悠哉:悠,长久;深切思念的样子。⑦辗转(zhǎn zhuǎn):翻来覆去。⑧琴瑟友之:琴,古琴;瑟,古代弦乐器;友之,交友、爱心。⑨芼(mào):采摘。⑩钟鼓:古代乐器,包括钟乐和鼓乐。钟鼓乐,在古代的使用有着明确的规定,凡是为王者大食之时(每月初一、十五用膳加牲肉食用时),以及一些重要活动时,才使用钟鼓之乐。

● 译文

雎鸠鸟成双成对地鸣叫,停留在水中的沙洲上。美貌娴淑有贤德的女子,是君子追求的好伴侣。

漂浮参差不齐的水荇菜,随水漂浮左右而流布。美貌娴淑有贤德的女子,君子日夜

思慕而求之。

追求淑女未能如愿以偿,日夜思念使其顺服之,长久深切地思念追求啊!君子反复辗转难睡眠。

漂浮参差不齐的水荇菜,前后左右反复采摘它。美貌娴淑有贤德的女子,弹起琴瑟向她表爱心。

参差漂浮不定的水荇菜,前后左右不断采摘它。美貌娴淑有贤德的女子,愿与你同享钟鼓之乐。

● 评析

周南是西周周成王之时周公负责治理的地方。从这一首诗的含义分析,这是描写在周家母仪的教化下国中女子一个一个都是娴淑有德的女子,国中男子在周文王之德的教化下一个一个也都是温良恭俭让的君子,他们选择伴侣的目标就是娴淑美貌有贤德的女子。其实从诗词的最后两句可以看出,"窈窕淑女,钟鼓乐之"应该是诸侯和君王选择伴侣的写照。因为在古代,钟鼓之乐,即使是君王使用钟鼓之乐,也都有明确的规定,是不能随便使用的,民众结婚也就不会使用钟鼓之乐了。这也就是说,诸侯和君王选择伴侣一定要以周家母仪的风范为标准,就如周文王之母太妊以及周文王之妻太姒一样,有贤德而貌美,能辅助周族的男子成就大业。诗中描写了用美好的方式追求美丽娴淑的女子为伴侣,这是天下太平的象征。

当然一般认为这是一首单纯的爱情诗歌,也没有什么不对,因为大凡选择伴侣总是伴随着相应的条件,谁也不会心甘情愿地娶一个道德败坏的女人为妻,女子更不愿意心甘情愿嫁给一个道德败坏的男人。

据《陕西国家级风景名胜区——渭南市河阳县洽川处女泉景区风光》的介绍内容:"也许是得益于处女泉灵气的滋润,洽川自古多美女、才女。周武王之母太姒、清代女诗人雷敬儿(史夫人)的故里都在洽川。据载,大禹的母亲、成汤的妃子和周文王的母亲太妊也都是洽川人。洽川曾有'四圣母庙',供奉禹母、汤妃、太妊、太姒四圣母。中国第一部诗歌总集《诗经》的开篇之作'关关雎鸠,在河之洲,窈窕淑女,君子好逑'的千古绝句就出自于此,它生动地描写了周文王和太姒定情、迎娶的场面。2006年3月国际《诗经》研讨会在洽川召开,会议确认洽川是诗经文化之乡、中国爱情诗之源。美,因之而灼灼生辉;情,因之而楚楚动人;人,因之而生生不息。"这就更加肯定了笔者的认识,在四圣母之德的教化下,四圣母之乡的女子个个都是贤淑有德的女子,君子所求的也都是贤淑有德的女子。

对于这首诗歌,一定要结合当时的社会背景来分析解释,不能只从诗句本身分析。因为任何文学作品,都是一定社会文化的产物,离开当时的社会背景,就很容易被庸俗化。

葛 覃①

葛之覃兮,施于中谷②,维叶萋萋③。黄鸟于飞,集于灌木④,其鸣喈喈⑤。
葛之覃兮,施于中谷,维叶莫莫⑥。是刈是濩⑦,为絺为绤⑧,服之无斁⑨。

言告师氏⑩,言告言归⑪。薄污我私⑫,薄浣我衣⑬。害浣害否⑭,归宁父母⑮。

●注释

①葛覃(tán):葛:葛根,一种多年生蔓草,其纤维可以织布。覃:延长。②施(yì)于中谷:中谷:山谷中。③萋萋(qī qī):草茂盛的样子。④集于灌木:群鸟栖息于灌木丛中。⑤喈喈(jiē jiē):鸟的鸣叫声。⑥莫莫:茂盛繁密。⑦是刈是濩:刈(yì):割。濩(huò):水煮。是用刀割还是用水煮。⑧为絺为绤:絺(chī):细葛布。绤(xì):粗葛布。⑨斁(yì):厌恶。⑩师氏:古代教授女子女功的师傅。⑪归:女子出嫁。⑫薄污我私:赶紧清洗我的内衣。⑬薄浣(huàn):浣:洗。赶紧洗干净我的衣服。⑭害浣害否:害:还,还有哪些没有洗。⑮归宁父母:出嫁前要安定父母。

●译文

葛藤蔓呀长又长,蔓延到了山谷中,它的叶子很茂密。黄莺鸟儿到处飞,成群栖息灌木中,叽叽喳喳叫不停。

葛藤蔓呀长又长,蔓延到了山谷中,枝叶繁茂绿茵茵。割好葛藤又来煮,织好细布织粗布,缝制衣服不厌烦。

我向师傅告个假,言说我就要出嫁。赶紧清洗我家中,赶紧洗干净衣服。还有哪些没有洗,出嫁要安定父母。

●评析

这是一首描写即将出嫁的女子在师傅的教导下认真学习女工的诗篇。这位即将出嫁的女子,在师傅的教化下学习女事,学习用葛藤织细布粗布的方法,以及缝制衣服的方法。古代女子十岁时就开始在家中由保姆教授学习女工,正如《曲礼·内则》所言:"女子十岁不出,姆教婉娩听从;执麻枲,治丝茧,织纴组紃,学女事以供衣服。观于祭祀,纳酒浆。笾豆,菹醢,礼相助奠。十有五年而笄,二十而嫁。"

这首诗歌应该是西周之时,国中女子在周家母仪的教化下能够遵礼而行,出嫁以前的女子在家中由师傅教导学习女工,缝制衣服,做好了出嫁前的准备;而且在出嫁以前,还将家中的事务处理得当,为父母清理干净家中,洗干净衣服,其目的就是为了安慰父母的心,使父母心中欢喜。这就充分说明,这些女子都是贤淑、有妇德、有教养的女子。

卷　耳

采采卷耳①,不盈顷筐②。嗟我怀人③,置彼周行④。

陟彼崔嵬⑤,我马虺隤⑥。我姑酌彼金罍⑦,维以不永怀。

陟彼高冈,我马玄黄⑧。我姑酌彼兕觥⑨,维以不永伤⑩。

陟彼砠矣⑪,我马瘏矣⑫,我仆痛矣,云何吁矣⑬!

●注释

①采采卷耳：采采：采了又采。卷耳：一种菊科植物，嫩苗可食用。②不盈顷筐：盈：满。顷筐：斜口筐，形似簸箕。③嗟：感叹词。④置彼周行：置：放置。彼：那。周行：周：周围。行：将要。⑤陟彼崔嵬：陟（zhì）：登上。崔嵬（wéi）：高大的石山。⑥虺隤（huī tuí）：虺：雷声。隤：跌倒。形容马疲劳喘鸣而不肯前进。⑦罍（léi）：酒器。⑧玄黄：马疲劳眼睛发花。⑨兕觥：（sì gōng）：用兕兽角做的酒器。⑩维：通"惟"，思考，思念。⑪岨（jù）：有土的石山。⑫瘏（tú）：生病。⑬吁（xū）：感叹。

●译文

采呀采呀去采那卷耳菜，总是装不满那浅底筐。唉！我思念那远行的人，将筐子放置在路周边。

登上那高峻的石山顶端，我的马疲惫喘息不停。我姑且将酒斟满那金杯，使我不要长久地思念。

登上了那高高的石山冈，我的马疲劳双眼昏花。我姑且斟满那兕角酒杯，以使我不长久地伤怀。

登上那高高的土石山顶，我的马儿疲劳病倒了。我的仆人悲痛也病倒了，如此这样忧愁怎是好！

●评析

这是一首描写妇人思念远行的丈夫，远行的丈夫思念家中妻子的诗篇。妻子以外出采摘卷耳菜的机会，来尽情地思念远行的丈夫。因为她的心思在于思念自己的丈夫，所以那盛装卷耳菜的浅底筐长久不能装满，于是她就将筐子放在路边，登上山顶向丈夫远行的方向观望；这时候，她的丈夫也登上他所在地的山顶，向自己的家乡观望。从诗中可以看出，丈夫一定是一位有德能的贤者，他可能追随有贤德之人在远方为人民为国家做事。这位丈夫骑马与自己的随从登上山顶，向家乡观望。这里借用马儿疲劳双眼发花和病倒，以及仆人悲痛病倒，来表示丈夫怀念妻儿父母的殷切心情。这位丈夫为了不使自己过度思念亲人，而用饮酒来缓解自己的思念之情。

这一首诗，我们一定要从妻子思念丈夫和丈夫思念妻子两个方面去研究。因为妇人前去采摘野菜时是不会骑着马的，也不会带上酒杯和酒去采摘野菜的，所以骑马与饮酒一定是丈夫在异地思念妻子的表现，也可以理解为远行的丈夫正急于快马加鞭赶回家探望妻子父母，而使马儿和仆人累倒在路途中，这就更加表现出丈夫对妻儿父母的思念之情。

樛　木

南有樛木①，葛藟累之②。乐只君子③，福履绥之④。
南有樛木，葛藟荒之⑤。乐只君子，福履将之⑥。
南有樛木，葛藟萦之⑦。乐只君子，福履成之⑧。

● 注释

①樛(jiū)木:树木向下弯曲。②葛藟藟之:葛:葛根。藟(lěi):藤,葛根的藤蔓。藟(léi):藤蔓缠绕。③乐只:乐:快乐。只:只有。④福履绥之:福:福气。履:实行,做,履行。绥(suí):安抚。⑤荒之:荒芜它,掩盖它。⑥将之:扶持它。⑦萦(yíng):缠绕。⑧成之:完成,成就。

● 译文

南山上有弯曲的树木,葛根的藤蔓缠绕着它。只有那快乐的君子呀,福气降临而安抚了他。

南山上有弯曲的树木,葛根的藤蔓掩盖了它。只有那快乐的君子呀,福气降临而扶持了他。

南山上有弯曲的树木,葛根的藤蔓缠绕着它。只有那快乐的君子呀,福气降临而成就了他。

● 评析

这是一首赞美君子美好品德的诗篇,诗文用弯曲的树木象征比喻君子能委曲求全的美德,那弯曲的树木之所以弯曲,是因为被那些野生的葛藤缠绕、掩盖、拉扯,使它不能正常生长,其实这也是自然界中万物相互依存、相互为用的一种生存方式。而在我们人类的现实社会中,人民要想正常地生存生活,就需要有一部分人付出自己的辛劳为民众去谋求利益,去保护人民,而那些为人民谋求利益的君子以为人民多做奉献为快乐,他们要忍辱负重,要用高度的辛劳去处理繁琐的事务,就如被葛藤缠绕一样。他们忍辱负重,委曲求全,仍然快乐和易,福气就会因为他们的辛劳而施于人民。

这首诗歌只有这样去理解才有意义,否则,一首单纯描写树木弯曲的诗文根本就没有意义。也就是说快乐和易的君子就如这弯曲的树木,因为他们以为人民谋利益为快乐,正因为他们的奉献精神,甘愿被那些繁琐的事务所累,所以人民才能得到安乐和易的生活。

螽 斯

螽斯羽①,诜诜兮②。宜尔子孙③,振振兮④。
螽斯羽,薨薨兮⑤。宜尔子孙,绳绳兮⑥。
螽斯羽,揖揖兮⑦。宜尔子孙,蛰蛰兮⑧。

● 注释

①螽斯羽:螽(zhōng):蝗虫的一种。斯:此,那么,就。羽:一般解释是鸟或昆虫的翅膀;但是这里应该是育化之意。②诜诜(shēn shēn):形容众多的样子。③宜尔:宜:适宜;应当;应该。尔:你的,这,那。④振振:奋起振作。⑤薨薨(hōng hōng):古代诸侯或者大官死亡叫薨。薨薨:形容生了又死。⑥绳绳:标准,法则。⑦揖揖(yī yī):作揖,拱手行礼

的样子。⑧蛰蛰:蛰,动物冬眠。蛰蛰:比喻蛰伏,蛰居,隐藏。

●译文:

蝗虫那个育化,形式繁复众多啊!适宜这些子孙,振作奋起奋飞啊!

蝗虫那个育化,生生死死不断啊!适宜这些子孙,以为生死法则啊!

蝗虫那个育化,以先后次序礼让!适宜这些子孙,蛰伏隐藏不显露。

●评析

这是一首表现君子之德的诗篇。诗中用螽虫的化育比喻君子的子孙就如蝗虫一样众多,男男女女,高低胖瘦,秉性各不相同,但是这些子孙后代在君子之德的教化下,一个一个都能振奋向上,就如鼓动翅膀奋飞的虫鸟,不断奋飞前进,依照先祖的美德为法式,互相谦让有礼,为国家人民生生死死毫无怨言,为国家人民的利益牺牲自己的利益,从不显现自己的功德。人民在这种君子之美德的教化下,也以君子为榜样。其实这就是歌颂周族的先祖及其后代周文王和周公的美德的一种方式。据《诗经》记载,周文王的妻妾共生儿男百十个,其中太姒所生的周武王同母兄弟就有十人,这十人中除过管叔、蔡叔二兄弟伙同商纣王之子武庚禄父反叛周朝受到周公的征伐外,其余都是有贤德才能的君子,如周武王、周公、康叔封、成王、康王等都是有贤德才能的君子,他们为西周的强盛壮大作出了重大的贡献。西周在这些有贤德才能的贤者的治理下,当然就会使国家得到大治,而天下太平,人民和乐而又美德。周武王的有些兄弟如周武王的大哥伯邑考被商纣王杀死,周武王死后,其兄弟周公代成王摄政。周武王还有其他的兄弟,则隐蔽而不显示他们的功德,就如诗中所言一样"蛰伏隐藏不显露。"这也是对这些周族子孙默默无闻之德的记载。

桃 夭

桃之夭夭①,灼灼其华②。之子于归③,宜其室家④。
桃之夭夭,有蕡其实⑤。之子于归,宜其家室。
桃子夭夭,其叶蓁蓁⑥。之子于归,宜其家人。

●注释

①夭夭:美丽而茂盛的样子。②灼灼:鲜艳,红艳艳的样子。③之子于归:之:这个。子:女子。于归:要出嫁。④宜其室家:她应当有个好家庭,包括丈夫、子女。⑤蕡(fèn):草木果实硕大。⑥蓁蓁(zhēn zhēn):桃叶茂盛的样子。

●译文

桃花含苞待放好妖娆,鲜艳的花儿光彩夺目。这个如花女子要出嫁,她应该有个适宜的家。

桃花含苞待放好妖娆,桃树茂盛果实很硕大。这个如花女子要出嫁,她应有个适宜的丈夫。

桃树含苞待放好妖娆,那茂密的桃林绿成荫。这个如花女子要出嫁,她应该有适宜的子孙。

● 评析

这是对一个美丽有贤德而即将出嫁之女子的美好祝愿。诗词中用美丽妖娆动人的桃花比喻美丽动人又有妇德的女子,因为她美丽而又有贤德,所以诗人才会祝愿她找到一个适宜的婆家,并且希望她嫁一个好丈夫,有一个好丈夫就会有一个子孙昌盛的美好家庭。诗中用桃树花儿、桃树的果实、桃树树林的成行成荫来象征这位美丽动人的女子的家庭、丈夫和子孙后代。从这里可以看出,在周家母仪的教化下,国中女子效法周家母仪,个个贤淑有妇德,所以才会受到人们美好的祝福。

兔罝

肃肃兔罝①,椓之丁丁②。赳赳武夫,公侯干城③。
肃肃兔罝,施于中逵④。赳赳武夫,公侯好仇⑤。
肃肃兔罝,施于中林⑥。赳赳武夫,公侯腹心⑦。

● 注释

①肃肃兔罝:肃肃:整顿,严肃。兔罝:网兔的网。②椓之丁丁:椓(zhuó):敲打。丁丁:形容健壮的样子,引申结实牢固。③公侯干城:公侯:诸侯中的第一位。干城:干:盾牌。城:城墙,城廓。④施于中逵:施于:安放,安置到。逵(kuí):四通八达的路。中逵:路中央。⑤仇:匹配,帮手。⑥中林:树林中。⑦腹心:心腹。

● 译文

整理紧密好兔网,敲打木桩使其安置牢固。雄壮威武的勇士,公侯是王朝的盾牌屏障。

整理紧密好兔网,安放到那四方的路中央。雄壮威武的勇士,公侯是王朝最好的帮手。

整理紧密好兔网,安放那茂密的树林之中。雄壮威武的勇士,公侯是王朝亲密的心腹。

● 评析

这是一首描写周王朝诸侯与保卫国家社稷关系的诗篇。公侯是由天子分封的,他们都是对建立周王朝有功德有贤德的人士,或者是天子的亲族,所以他们就如保卫国家社稷的屏障一样紧密地围绕在天子的周围,既要治理好自己所管理的诸侯国,又要随时听从天子的命令为保卫国家而效力。诗篇用猎人、勇士整理牢固捕猎猎物的猎网以便于随时可以捕猎到猎物,来象征这些天子的屏障、帮手、心腹、勇士。公侯严肃整顿军纪,诗篇用椓木丁丁象征公侯训练的军人个个结实强壮,个个都是威武雄壮的勇士,有了强大勇猛的军旅,公侯就如捕猎用的兔网一样布防在天子周围,成为天子周围

的防御工具、防御屏障,就能真正起到维护国家社稷安全的作用。这也充分说明西周之时天子与诸侯的关系非常亲密、友好,各方诸侯也真正起到了维护国家安全的屏障作用。

芣　苢

采采芣苢①,薄言采之②。采采芣苢,薄言有之③。
采采芣苢,薄言掇之④。采采芣苢,薄言捋之⑤。
采采芣苢,薄言袺之⑥。采采芣苢,薄言襭之⑦。

● 注释

①芣苢(fǒu yǐ):车前草。可以食用,也可以药用。②薄言:薄:接近,引申为"赶快"。言:说。③有之:有身孕。④掇(duō):拾掇,摘取,拾取。⑤捋(luō):捋一把叶子。⑥袺(jié):提起衣襟来兜物。⑦襭(xié):将衣襟固定在腰带上兜物。

● 译文

采呀采那车前草,都说赶快去采摘它。采呀采那车前草,都说赶快有了身孕。
采呀采那车前草,都说赶快去摘取它。采呀采那车前草,都说赶快去捋取它。
采呀采那车前草,都说快用衣襟兜它。采呀采那车前草,都说快用衣襟兜它。

● 评析

这是一首描写农家妇女于太平和乐之时在田间地头采摘车前草的和乐诗篇。车前草既是一种药材,又可以食用。古代人相信食用车前草可以治疗不孕,这在《本草纲目》中就有记载:"主治:气癃止痛,利水道小便,除湿痹。久服轻身耐老。男子伤中,女子淋沥不欲食。养肺强阴益精,令人有子,明目疗赤痛……"

从这首诗歌可以看出,这里所描写的是通过赶快采摘车前草的过程而表示出采摘车前草的目的。"薄言"这个词在这首诗的词句中出现了多次,也就是说有很多人都在采摘车前草,为什么会有这么多人同时去采摘车前草呢?这就是采摘车前草的目的问题。在太平和乐时代,人们生活安乐和谐,就会想到多生子女这个问题,所以妇女就成群结队地前去采集车前草,平时食用,以使自己能够多生子女,这也是"薄言有之"的含义。多生子女,自己身体健康,使他们和乐安详的生活更加幸福美满。这首诗歌也体现出民间女子在太平年代欢乐平和的美好心情。

汉　广

南有乔木①,不可休思②。汉有游女③,不可求思④。汉之广矣,不可泳思⑤。江之永矣,不可方思⑥。

翘翘错薪⑦，言刈其楚⑧。之子于归⑨，言秣其马⑩。汉之广矣，不可永思。江之永矣，不可方思。

翘翘错薪，言刈其蒌⑪。之子于归，言秣其驹⑫。汉之广矣，不可永思。江之永矣，不可方思。

●注释

①乔木：高大的树木。②休思：休：停止，休息。思：思念，想。③汉有游女：汉：汉江，汉水。游女：在江边上游玩的女子。④求思：求：追求。思：想。⑤泳：游泳。⑥方思：乱了心绪。方：并行。⑦翘翘错薪：翘翘：高高的翘起。错薪：交错杂乱的柴草。⑧言刈其楚：言：说。刈（yì）：割。楚：荆棘，荆条。⑨子之于归：那个女子要出家。⑩言秣其马：秣（mò）马：喂马。⑪蒌（lóu）：蒌蒿，一种多年生草本植物。⑫驹：马驹。

●译文

南边有那很高大的乔木，没有树荫别想在下面休息。汉水上有游玩的好女子，没有条件别想前去追求她。汉江是多么宽广美丽啊！没有船舟就不要想游过去。汉江是多么悠长深邃啊！没有船就不要想与她并行。

高翘低矮不一的柴薪啊！说是只能割取那些荆棘条。那个好女子就要出嫁啊！说是只能好好喂饱那匹马。汉江是多么宽广美丽啊！没有船舟就不要想游过去。汉江是多么悠长深邃啊！没有船就不要想与她并行。

高翘低矮不一的柴薪啊！说是只能割取那些蒌蒿草。那个好女子就要出嫁啊！说是只能好好喂饱那马驹。汉水是多么宽广美丽啊！没有船舟就不要想游过去。汉水是多么悠长深邃啊！没有船舟就别想与她并行。

●评析

这是一首描述男子美德的情诗。据记载这也是一首流行于汉水流域的情歌。诗中描写一位男子爱上了一位来到汉水游玩的美好女子，但是条件不允许他去追求这位女子。

诗中用高大的乔木因为高大所以树底下就没有树荫让人歇息，来象征美好有德的女子使这位爱慕的男子不敢高攀；又用汉水的宽广美丽、悠长深邃比喻这位女子的美丽和妇德的美好，用没有船只象征男子的条件不允许与这位美好的女子相比，男子只是默默地期望女子有个好归宿。从这首诗歌就可以看出，西周之时国中民众的品德个个美好，这位男子虽然很爱慕这位女子，但是能以美好的道德克制自己，不以不道德的行为得到这位女子，而是期望美好的女子有一个好归宿，这就是这首诗的重要意义。也就是说，这位美好的女子所嫁的一定是一位德才兼备的好男子，只有具备美好德行的男子才能娶到德才兼备的好女子；那些没有达到条件的男子，也会继续修治自己的德行，也一定能娶到一位贤妻良母。这也就是文王之德、周家母仪之风被于南国，使南楚之国的人民受到教化的结果。

汝 坟

遵彼汝坟①,伐其条枚②。未见君子,惄如调饥③。
遵彼汝坟,伐其条肄④。既见君子,不我遐弃⑤。
鲂鱼赪尾⑥,王室如燬⑦。虽则如燬,父母孔迩⑧。

● 注释

①遵彼汝坟:遵:沿着。彼:那个。汝:汝水河,在今河南临汝县至新蔡县一带。坟:河岸。②条枚:树枝,树干。③惄如调饥:惄(nì):忧愁的样子。调饥:饥饿,未得到调养。④肄(yì):树干新生的枝条。⑤遐弃:遐(xiá):疏远。疏远遗弃。⑥鲂鱼赪尾:鲂(fáng)鱼:其名又叫鳊鱼。赪(chēng):红色。⑦燬(huǐ):火。⑧孔迩:孔:很。迩:近。

● 译文

沿着那个汝水岸边,砍伐着那些树枝树干。没有看见我的丈夫,忧愁就如饥饿未调养。

沿着那个汝水岸边,砍伐那树木新生枝条。已经看见我的丈夫,他还没有疏远遗弃我。

鲂鱼的尾巴红似火,王室的事情繁忙如火。虽然王室之事如火,但是父母亲也很亲近。

● 评析

这是一首描写妻子思念为王室服役的丈夫的诗篇。丈夫远在朝中当差,贤淑的妻子既要亲自操劳家务,又要侍奉公婆,照顾子女。妻子沿着汝水岸边砍伐树枝当柴烧,砍了一茬又一茬,丈夫终于回来了,有贤德才能的丈夫虽然为王室服务,但是因为他是有道德的君子,所以不会遗弃贤惠的妻子。丈夫之所以不能回来帮助妻子料理家务,是因为王室的事情急如救火,丈夫不能延误王室的事情。尽管王室的事情急如火,但是父母妻儿是不能忘记的,丈夫还是会抽空回来探望父母妻儿。

通过这首诗,可以看出两个问题,其一,就是西周之时,女子贤惠,她们任劳任怨,家里家外一肩挑。其二,就是男子的美德。男子虽然有高官厚禄,公事繁忙,但是他们既不耽误朝廷的事务,以公家的事务为先,又不嫌弃糟糠之妻,不忘记孝敬父母、养育妻小的职责。这就是这首诗的真正意义,也是文王之文风所起到的教化作用。

麟之趾

麟之趾①,振振公子②。于嗟麟兮③!
麟之定④,振振公姓⑤。于嗟麟兮!
麟之角⑥,振振公族⑦,于嗟麟兮!

●注释

①麟之趾：麟(lín)：麒麟：古代传说中的一种动物，形状像鹿，头上有角，全身有鳞甲，有尾巴。古人以它象征祥瑞，简称麟。趾：足，麒麟的蹄子。②振振公子：振振：振振有词。形容这位公子有很多美德，说也说不完。③于嗟：感叹词。④定：安定。有的解释是指麒麟的额头。⑤公姓：与诸侯或天子同一姓氏的人。这里是指诸侯或者天子的子孙后代。⑥角：麒麟的犄角。⑦公族：诸侯或者天子的同姓。

●译文

麒麟的蹄子不踢人，有很多美德的君子，就如美善的麒麟啊！
麒麟的额头不顶人，有仁厚美德的王孙，就如美善的麒麟啊！
麒麟的犄角不犄人，有仁厚美德的王族，就如美善的麒麟啊！

●评析

这是一首赞美王孙贵族美好品德的诗篇。诗中用象征吉祥美好的麒麟的美善来比喻王族的君子、子孙后代以及王族的其他人，他们不以自己是王族的子孙后代而高居于人民之上，而是如美好的麒麟一样，给人民带来吉祥福气，所以受到人民的歌颂。这实际也是在歌颂周文王的后代子孙周武王、周成王、周公、召公、周康王等，他们基本上都是周文王的子孙，而召公则是文王的同姓诸侯，他们一个个继承了先祖的遗志，以为人民谋求福气为宗旨，他们协助周武王推翻了商纣王，建立了周朝，并且辅助周王逐渐实现了天下太平安乐的大同社会，据《史记·周本纪》记载，周成王、周康王时代，天下安宁，一切刑罚都放在一边，确实实现了真正的大同社会，那时候有四五十年连刑罚都几乎失去了用场，这就是天下真正太平安乐的大同社会。

召　南

《召南》是《诗经·国风》之一。召南，是指周成王时，将西周之地分为陕县之东由周公治理，陕县之西由召公治理的地区。召公姓姬氏，名奭。周成王之时，召公、毕公与周公共为三公。自陕县以西，由召公主管，自陕县以东，由周公主管。召南也就是召公主管周朝的发源地——岐山县的西南之地。《召南》包括了诗篇《鹊巢》、《采蘩》、《虫草》、《采蘋》、《甘棠》、《羔羊》、《殷有雷》、《摽有梅》、《江有汜》、《野有死麕》、《何彼襛矣》、《驺虞》共十四篇，描述了在召公治理下的民风民情。

如《采蘩》就是一首描写未婚女子聚集在一起共同学习祭祀礼仪的诗篇。《甘棠》是一首描写召南之地人民对召公奭怀念之情的诗篇。召公和周公一样，对西周的鼎盛有着非常重大的贡献，诗文通过对召公曾经在其下休息和断案的甘棠树的爱护之情，充分表现了人民对召公的怀念之情。

鹊 巢

维鹊有巢①,维鸠居之②。之子于归,百两御之③。
维鹊有巢,维鸠方之④。之子于归,百两将之⑤。
维鹊有巢,维鸠盈之⑥。之子于归,百两成之⑦。

●注释

①维鹊:维:维系。鹊:喜鹊。②鸠(jiū):斑鸠。③百两御之:百两:百辆车子。御:驾驭车马。侍奉。④方之:地方,正在。⑤将:扶助。⑥盈:满。⑦成:成全。

●译文

那是喜鹊所有的巢穴,是那斑鸠飞来占居了。这个好姑娘将要出嫁,驾驭百辆车子侍奉她。

那是喜鹊所有的巢穴,是那斑鸠正在占有它。那个好姑娘将要出嫁,驾驭百辆车子扶助她。

那是喜鹊所有的巢穴,是那斑鸠飞来占满了。那个好姑娘将要出嫁,驾驭百辆车子成全她。

●评析

这是一首描述女子出嫁的诗篇。从诗句分析,这个即将出嫁的女子是一位有德行的好女子,她原先有一个家,或者是她原先有一个未婚夫,而被另一个无德行的女子侵占了她的家,侵占了她的丈夫,很多人为这个好女子鸣不平,所以这一次出嫁,很多人都为她祝福,要用百辆车子为她送行。人们一面为这位好女子祝福,一面批判那个没有德行的人,并且为了表示大家对这位女子的祝福,人们出动很多车子为其庆贺。这里诗人用鸠占鹊巢比喻那些无德无能只凭女色破坏别人家庭幸福的人,诗文用三句重复的诗句将人们对这种不道德行为的厌恶之情表现得淋漓尽致,而且生动有趣。

采 蘩

于以采蘩①,于沼于沚②。于以用之,公侯之事③。
于以采蘩,于涧之中④。于以用之,公侯之宫⑤。
被之僮僮⑥,夙夜在公⑦,被之祁祁⑧,薄言还归⑨。

●注释

①于以采蘩:于:于是,到。以:为了,可以。采蘩(fán):蘩:白蒿。白蒿又名蘩。之所以称之为蘩,就是因为容易繁衍。分为水生和陆生两种,春生之嫩叶可以食用,诗中所言之蘩是指水生之蘩。②于沼于沚:于沼:于:到。沼:水池边,水塘边。沚(zhǐ):小沙洲。③公侯:诸侯中的第一位。④涧(jiàn):山涧。⑤宫:宗庙。⑥被之僮僮(tóng tóng):被

之:穿着祭服。被:蒙受。僮僮:僮仆,奴仆。⑦夙夜在公:早晚。在公:公:公事。这里是指在宗庙之中忙于祭祀之事。⑧祁祁(qí qí):盛大。⑨薄言还归:薄言:少说。还归:回报。归:归还,通"馈",馈赠。

●译文

于是为了采那白蒿菜,到那水塘边和沙洲上。于是可以用那些白蒿,供给公侯的祭祀之事。

于是为了采那白蒿菜,就来到那山涧之中。于是可以用那些白蒿,供给公侯来祭祀宗庙。

穿着祭服就如那奴仆,早晚在公室忙于祭祀。先祖受到盛大的祭祀,不说要先祖回报馈赠。

●评析

这是一首描写女子在婚前参与宗庙祭祀的诗篇。诗文以女子们成群结队到水边、山涧去采摘白蒿菜开始,紧接着又说明了采摘白蒿菜的目的,采摘白蒿菜是为了供给诸侯举行的宗庙祭祀之礼。古代在举行祭祀之礼时,可以将天地之间所生所产的各种物品拿来荐献给先祖。而白蒿菜可以腌制成腌菜,腌菜古代称之为菹,祭祀宗庙时的荐献之物就包括菹在内。最后一段所描写的是所有祭祀者对先祖的虔诚之情,大家都穿着祭服,就如奴仆一样虔诚谦恭,日夜不离宗庙忙于祭祀,祭祀先祖的祭祀之礼非常盛大庄穆严肃,也就是说先祖受到了非常盛大的祭祀。最后一句"不说要先祖回报馈赠你",这就是祭祀的目的,祭祀先祖是为了纪念、缅怀先祖对我们的恩情,是为了弘扬先祖之德,而不是为了祈求先祖保佑回报你。其实我们祭祀先祖时,都是以祈求先祖保佑我们、保佑子孙后代为常用词,所以这里就特别指出祭祀的目的。因为只要我们平时能继承发扬先祖的美德,就会受到先祖的保佑,假如我们不能发扬继承先祖的美好德行,而是恶行累累,再祈求先祖保佑,能有用吗?所以祭祀的真正目的应是为了怀念和继承先祖的美好德行,而不是为了祈求先祖给你什么。

草 虫

喓喓草虫①,趯趯阜螽②。未见君子,忧心忡忡③。亦既见止④,亦既觏止⑤,我心则降。

陟彼南山,言采其蕨⑥。未见君子,忧心惙惙⑦。亦既见止,亦既觏止,我心则说⑧。

陟彼南山,言采其薇⑨。未见君子,我心伤悲。亦既见止,亦既觏止,我心则夷⑩。

●注释

①喓喓草虫:喓喓(yāo yāo):草虫的鸣叫声。②趯趯阜螽:趯趯(tì tì):跳跃的样子。阜螽(zhōng):蝗虫或者蚂蚱。③忡忡(chōng chōng):忧虑不安的样子。④见止:看见居

处。⑤觏(gòu)：遇见。⑥蕨(jué)：羊蕨菜。⑦惙惙(chuò chuò)：忧愁的样子。⑧说：喜悦。⑨薇(wēi)：薇菜，古代是指巢菜，一年生或二年生草本植物，其嫩叶和嫩茎可作蔬菜。⑩夷：平。

●**译文**

喓喓鸣叫的草虫，跳跃不止的蚂蚱。没有看见那君子，忧愁得心神不安。若既能看见居处，若既能遇见君子，我的心也就放下了。

登上高高的南山，说是采摘那蕨菜。没有看见那君子，我心中忧愁不止。若是既看见居处，若是既遇见君子，我的心中就喜悦了。

登上高高的南山，说是采摘那巢菜。没有看见那君子，我心中悲伤不止。若是能看见居处，若是能遇见君子，我的心中就平定了。

●**评析**

这是一首描写女子思慕心上人的诗篇。诗文用鸣叫不止的草虫、跳跃不止的蚂蚱象征那个痴情的女子在没有看见自己思慕的君子之时的焦躁不安的心情。在古代可以称为君子的人，都是有贤德才能、能为人民谋利益的贤者。女子心中思慕的君子，就是女子美德的体现，女子所思慕、希望看见的是一位君子，说明女子所思慕的不是钱财，而是君子的品德。在女子心中，只要能看见或者遇见这位君子，也就是知道这位君子平安就心满意足了。诗篇中并没有刻意描写女子如何爱慕君子，而只是表示出女子对君子的关怀之情。这也是西周之时，国人受文武之美德的教化，女子受周家母仪之风的教化而表现出的美德，女子所关心的是君子的安危。只要君子平安，人民就会得到福气。诗文中虽然没有出现女子对君子的祝福之词，但是她的关心就是真正的祝福，这就是这首诗所要表现的含义。

采　蘋

于以采蘋①，南涧之滨②。于以采藻③，于彼行潦④。
于以盛之⑤？维筐及筥⑥。于以湘之⑦？维锜及釜⑧。
于以奠之⑨？宗室牖下⑩。谁其尸之⑪？有齐季女⑫。

●**注释**

①蘋(pín)：据《本草纲目》记载，蘋，又叫四叶菜，田字草，芣苢菜，也就是车前草。这种菜平时人可以食用，而且是荐鬼神的菜肴。②南涧之滨：涧：山涧。滨：河滨，水岸边。③藻：藻类植物。④潦(liáo)：积水，水湿的地方。⑤盛：装。⑥筥(jǔ)：园竹筐。⑦湘(xiāng)：湘与享之意相通，也即享，荐献鬼神之意。⑧维锜及釜：维：只有。锜(qí)：古代的烹饪器皿，底下有三足，实际就是鼎的一种，用来盛装荐献的物品。釜(fǔ)：也是古代的炊具，可以用来盛装荐献鬼神的物品。⑨奠(diàn)：祭奠。⑩牖(yǒu)：窗户。⑪尸之：其一，是指古代祭祀之时充当接受后代祭祀人先父的人；其二，是指祭祀时主持祭祀祝告的尸祝。⑫有齐季女：齐：祭祀前的斋戒。季女：少女。

●译文

何处可以采摘到蘩菜,南边山涧的水岸边。何处可以采摘到藻菜,于是到那水湿之地。

用什么来盛装这些菜?只有那方筐和圆筐。用什么作荐献的器皿?只有那鼎锜和釜鼎。

在什么地方行祭祀礼?就在宗庙的窗户下。谁是祭祀之时的尸祝?有那斋戒后的少女。

●评析

这是一首描写未婚女子聚集在一起共同学习祭祀礼仪的诗篇。古代女子十岁之后就要在家中学习女工,学习妇德,还要学习关于祭祀的各种礼仪。这首诗从女子开始采摘用于祭祀的物品、蘩菜和藻类,用各种形状的筐子盛装这些野菜,用三足鼎盛装荐献的物品,因为她们是在学习祭祀的礼仪,所以就只能在宗庙的窗户之下进行,而且还有祭祀之时主持祭祀的尸祝。从诗中可以看出,虽然是在作练习祭祀的活动,但是她们对祭祀的礼仪一丝不苟,用筐子代表簋,以及用筐子和鼎向被祭祀的对象荐献祭祀物品,力求达到祭祀礼仪的规定,而且主持祭祀的人一定要斋戒沐浴之后才能参加活动,古代祭祀主持祭祀的尸祝都是男子,因为是女子的学习活动,所以担任尸祝的女子一定要斋戒,以表示对先祖的敬重之情。古代祭祀之时,不但要有尸祝,还要由被祭祀者的孙子担任已经亡世的祖父的样子,称之为尸,坐在上位,由祖父的儿子向尸作各种敬献活动,以向子孙后代教授儿子孝敬父亲先祖的各种礼仪和道理。这首诗对祭祀的大体礼仪一一描述,充分说明古人对祭祀先祖之礼仪的重视。

甘 棠

蔽芾甘棠①,勿翦勿伐,召伯所茇②。
蔽芾甘棠,勿翦勿败③,召伯所憩④。
蔽芾甘棠,勿翦勿拜⑤,召伯所说⑥。

●注释

①蔽芾甘棠:蔽:遮蔽,掩蔽。芾(fèi):茂盛。甘棠:棠梨树,落叶乔木,谓之野梨树,二月开白色花,果实霜后可食,味甜。②召伯所茇:召伯:是指召公,也就是周公同姓姬姓的召公奭。他与周公同为周成王之时的三公之一。茇(bá):草舍。③败:败坏,破坏。④憩(qì):休息。⑤翦(jiǎn):剪。拜:树木弯曲向下如人弯腰下拜。⑥说:喜悦,说教。

●译文

绿荫遮蔽的甘棠树,不要修剪不要砍伐它,是召伯休息的草舍。
绿荫遮蔽的甘棠树,不要修剪不要破坏它,是召伯曾休息之处。
绿荫遮蔽的甘棠树,不要修剪不使它弯曲,是召伯曾说教之处。

● 评析

　　这是一首描写召南之地人民对召公奭怀念之情的诗篇。召公和周公一样，对西周的鼎盛有着非常重大的贡献，诗文通过对召公曾经在其下休息和断案的甘棠树的爱护之情，充分表现了人民对召公的怀念之情。据记载，召公曾在这颗甘棠树下决断狱讼、听取民政，又因为召公有文武之德，将自己所治理之地治理得自侯伯至庶人都能各得其所，没有失职者。召公去世后，人民怀念召公之政，以怀念召公曾在其下休息的甘棠树来表示对召公的怀念之情。

行　露

　　厌浥行露①，岂不夙夜②？谓行多露③！
　　谁谓雀无角④？何以穿我屋？谁谓女无家⑤，何以速我狱⑥？虽速我狱，室家不足⑦！
　　谁谓鼠无牙，何以穿我墉⑧？谁谓女无家，何以速我讼⑨？虽速我讼，亦不女从！

● 注释

　　①厌浥行露：厌浥（yì）：湿润的样子。行：行走。露：露水，露天。②夙夜：天将亮时，也就是凌晨。③谓行多露：谓：因为。行：行走。多露：露水多。④雀无角：雀，鸟类。角，原本是指兽类的角，这里是指鸟类的嘴，也就是喙，这里假借人的嘴，如百喙莫辩，一百张嘴也辩解不清。⑤女：汝，你。⑥速我狱：速：招致。狱：狱讼，官司。⑦室家不足：古代男子有妻为室，女子有丈夫为家。不足：不能够。⑧墉：高墙。⑨讼：官司，诉讼。

● 译文

　　讨厌在潮湿的露水上行走，难道就不能凌晨行走？因为不想在多露水时行走。
　　谁说那些鸟儿们没有嘴巴，为何啄穿了我的屋子？谁说你还没有自己的家室，为何招致我来打官司？虽然说你招致我来打官司，要我与你结婚不可能！
　　谁说那些老鼠们没有牙齿，为何咬穿了我家的墙？谁说你还没有自己的家室，为何招致我来打官司？虽然说你招致我来打官司，我也绝对不会顺从你！

● 评析

　　对于这首诗的评论不一，各有所长。但是从这首诗的具体内容分析，应该是一首未婚女子拒绝嫁给已经有妻室的男子的诗篇。一个有妻室的男子看上了一位应该是美好的女子，可能想通过媒妁之言、父母之命而欲强行娶其为妻妾，而这位女子以坚决的态度拒绝，最后对簿公堂，这位女子还是坚决不肯。诗文从厌恶潮湿的露水、厌恶在有很多露水时行走为开头，来象征未经这位女子的同意而经由媒妁之言、父母之命偷偷摸摸将女子许嫁于有家室的已婚男子，又以鸟儿的嘴巴和老鼠的牙齿象征媒妁之言以及强行婚嫁的事实，从而表示出这位女子刚烈美好的情操。最终虽然对簿公堂，男子企图以有媒妁之言通过诉讼来取得婚姻的胜利,但是这位女子不怕诉讼,不怕对簿公堂,无论如何就是坚决不肯嫁给这位有妻室的男子,表示出这位女子坚持婚姻自主的勇气。

羔羊

羔羊之皮①,素丝五紽②。退食自公③,委蛇委蛇④。
羔羊之革,素丝五緎⑤。委蛇委蛇,自公退食。
羔羊之缝,素丝五总⑥。委蛇委蛇,退食自公。

● 注释

①羔羊之皮:小羊羔的皮。②素丝五紽:素丝:洁白的丝线。五紽(tuó):五紽,应该是五捆丝。③退食自公:辞退公室的俸禄回家。④委蛇:一般解释为"逶迤",形容就如道路、河流弯弯曲曲的样子,这里比喻回家之时悠然自得、消遥自在的样子。但是委蛇,在《东周列国志》中记载,是一种与车有不解之缘的水泽之中的动物,其大如车毂,其长如车辕,紫衣而朱冠。其为物也,恶闻车之轰鸣之声,言自物不轻易见到,见到就会称霸天下。齐国的齐桓公在水泽地田猎时,看到此物,因不知为何物,心中恐惧郁闷而病,后因一位名叫皇子的西邑农夫,对其解释此物的形状特点而使齐桓公之病不药而愈,齐桓公欲使皇子为官,皇子不欲为官,齐桓公赏赐皇子粟帛等物。也就是皇子辞退了齐桓公要其为官的要求,而退回家中务农。这首诗应该是对农夫皇子不贪图高官厚禄,辞退食俸禄之美德的颂扬。⑤五緎(yù):同五紽。⑥五总:五捆。

● 译文

得到了赏赐的羔羊皮裘,得到了赏赐的白丝五捆。辞退了公家赏赐的俸禄,不因识委蛇之状食委蛇。

得到了赏赐的羔羊皮革,得到了赏赐的白丝五捆。不因识委蛇之状食委蛇,辞退了公家赏赐的俸禄。

得到羔羊皮缝制的皮衣,赏赐的白丝总共为五捆。不因识委蛇之状食委蛇,辞退了公家赏赐的俸禄。

● 评析

这首诗歌记载的应该是东周之时,属于原来西周之地的贤者仍然保持了西周之时君子的美好品德的诗篇,也就是记载了东周之时西周之地的贤者皇子的美好品德。所谓皇子者,是这位贤者的自称之名,其实皇子就是象征西周君王之子的意思。笔者认为这样解释这首诗才具有意义,假如脱离了当时的历史事实去解释这首诗,就使这首诗失去了存在的意义。据《东周列国志》第二十二回记载:东周之时的齐桓公有一日在大泽陂出猎,正当众人猎兴正浓时,齐桓公突然发现一鬼物,其状怪异可畏,良久忽失,不知为何物。其后齐桓公就患病卧床不起,未有人能说出此物的形状名称,使齐桓公的病日益加重。后管仲悬书于门曰:"如有能言公所见之鬼者,当赠以封邑三分之一。"后有一人荷笠悬鹑而来,求见管仲,其人言能言齐桓公所见之物。管仲引荐于齐桓公。此人言此物为水泽之物,名为"委蛇"。其形状是"其大如车毂,其长如车辕,紫衣而朱冠。其为物也,恶闻轰车之声,闻则捧其首而立。此物不轻见,见必霸天下",齐桓公听闻其言,开怀大笑,不觉而站立曰:"此为寡人之所见也。"于是精神开朗,病不治而愈。齐桓公曰:"子何名?"对曰:"臣名皇子。齐西鄙之农夫也。"齐桓公曰:"子可留仕寡人?"随之就分封皇子为大夫。而皇子坚决推辞说:"公尊王室,攘四夷,安中国,抚百姓,使臣常为治世之民,不妨农务足矣。不愿居官。"桓公曰:"高士也!"赐之以粟帛,命有司复其家。所以这首诗应该就是对这位名为皇子的贤者,不因为自己认识委蛇,为齐桓公治好了病而贪图俸禄、贪图齐桓公赏赐的仕官,而是辞退赏赐回家务农之美好品德的赞美。

这里的"齐西"应该包括昔日的西周之地在内,因为齐国是姜子牙的分封地,在今山东临淄西北,当时是谓营丘之地,所以齐西、陕西之地均属于齐西。这位皇子是西周君王之子的意思,也就是西周之王的象征,西周之王不存在了,西周之地不存在了,但西周之王、周文王的美好品德永远流传在人民心中,西周之地的贤者就是西周之王的象征。

关于齐桓公称霸的历史在《周易·睽卦·上九爻》就有专门的记载,睽上九:"睽孤,见豕负涂,载鬼一车,先张之弧。后说之弧,匪寇婚媾,往遇雨则吉。"这里的"载鬼一车",就是易学对这位皇子所论的"委蛇"形状的形容,因为它怪异,而且与车有许多不解之缘,所以用"载鬼一车"来形容齐桓公所看到的怪物委蛇,就如载了一车鬼物一样。"载鬼一车"只是一个比喻词而已。这首诗歌也是对这位西周之贤士知识渊博而又不贪图俸禄之美好品德的赞美之诗,其实也是对西周几位明王美好品德的怀念之情。

殷其雷

殷其雷①,在南山之阳②。何斯违斯③?莫敢或遑④。振振君子⑤,归哉归哉⑥!

殷其雷,在南山之侧。何斯违斯?莫敢遑息。振振君子,归哉归哉!

殷其雷,在南山之下。何斯违斯?莫或遑处。振振君子,归哉归哉!

●注释

①殷其雷:殷:大,多。雷:打雷声。②阳:向阳的一面。③何斯违斯:何:为什么,怎么。斯:此,那么,就。违:违背,避开,邪恶。④遑(huáng):闲暇,空闲。遑遑:心神不安。⑤振振君子:振奋有为的君子。⑥归哉:回来吧。

●译文

雷声轰鸣很响亮,就在那南山之阳。怎能在此时避开?不敢使自己闲暇。振奋有为的君子,回来吧快回来吧!

雷声轰鸣很响亮,就在那南山之侧。怎能在此时避开?不敢闲暇不歇息。振奋有为的君子,回来吧快回来吧!

雷声轰鸣很响亮,就在那南山之下。怎能在此时避开?不敢闲暇或闲居。振奋有为的君子,回来吧快回来吧!

●评析

这首诗应该是对某一位对人民有功德之人士的赞美之词。

这位君子在发生大风大雷雨之时,正在执行公务。他的家人遥望着他执行公务而又正在打雷下雨的方向,一方面期望他在这时候能够回到家中,不要遭受灾难;另一方面他们也非常明白,这位君子是在执行公务,不能因为大雷雨就放弃公务于不顾,家人既期望他平安又期望他能顺利完成公务,而不要因为胆小自私延误了公务的心情跃然显现在这反复重复的六句诗中,充分表示出这位君子和他的家人都是有道德之人,所以才受到赞美。

《毛诗序》指出:《殷其雷》劝义也。召南之大夫远行从政,不遑宁处,其室家能闵其勤劳,劝以义也。

摽有梅

摽有梅①,其实七兮②。求我庶士③,迨其吉兮④。
摽有梅,其实三兮⑤。求我庶士,迨其今兮⑥。
摽有梅,顷筐塈之⑦。求我庶士,迨其谓之⑧。

●注释

①摽有梅:摽(biāo):击落,抛弃。梅:梅子。②其实七兮:其实:其,是指梅子树;实,是指梅子。树上梅子还剩七成。③庶士:众多人士。④迨其吉兮:迨:等到。趁着。吉:吉利。⑤其实三兮:其实只剩三成。⑥今兮:今日,今时。⑦顷筐塈兮:顷筐:前高后低的浅底筐。塈(jì):取。⑧谓:告诉。

●译文

树下有击落的梅子,树上梅子还剩七成。希望追求我的男士,趁着如此的好时机。

树下有击落的梅子,树上梅子只剩三成。希望追求我的男士,趁着如今的好时机。

树下有击落的梅子,剩下的只够一浅筐。希望追求我的男士,趁着此时快告诉我。

●评析

这是一首描写少女期望追求她的男子尽快向自己表达爱情的诗篇。诗文以梅子象征媒妁之言,用被击落的梅子象征那些与她同龄的女子一个一个都有了自己的归宿,可是自己喜欢的男士却还没有及时向自己求婚,最后用树上的梅子只剩一浅筐来象征同龄的女子已经很少了,自己爱慕的男子若是还不及时求婚,那就有可能失去机会,她希望自己爱慕的男子能及时求婚。

《毛诗序》指出:"《摽有梅》,男女及时也。召南之国,被文王之化,男女得以及时也。"

小 星

嘒彼小星①,三五在东②。肃肃宵征③,夙夜在公④,寔命不同⑤。
嘒彼小星,维参与昂⑥。肃肃宵征,抱衾与裯⑦,寔命不犹⑧。

● 注释

①嘒(huì):明亮的样子。②三五在东:三五是指二十八星宿中的东方七宿。三是指东方七宿中的心宿,因为心宿有三颗星辰,其中有一颗最红最亮的代表天王星。五是指东方七宿中的角宿,角宿共有五颗行星。所以三五就是代表东方七宿。③肃肃宵征:肃肃:严肃紧张。宵:夜晚,宵禁。征:远行。④夙夜:早晚。⑤寔:寔(shí)实,实在:此,这。⑥维参与昂:维:只有。参与昂:二十八星宿西方七宿中的参宿和昂宿。⑦抱衾与裯:衾(qīn):被子。裯(chóu):单层被子或者帐子。⑧犹:还,同"由"。

● 译文

那闪闪发亮的小星星,是东方的心宿和角宿。严肃紧张地连夜出征,日夜为了公家事奔走,实在是人的命运不同。

那闪闪发亮的小星星,是西方的参星和昂星。严肃紧张地连夜出征,还要扛着被子和帐子,实在是人的命不由人。

● 评析

这是一首描述西周之时的小官吏为了执行公务,在不同的季节不同的夜晚向不同的方向远行出征的情景。小官吏虽然认为自己日夜为公事劳累是因为自己的命运不同,但是作为国家的官员就要严肃认真恭敬地履行自己的职责,公务在身,虽然紧张劳累,但是公务不可不执行,因为严肃认真地执行公务就是为官之道,就是为了人民的安乐。这也是文王之德的教化作用,使为官者有为官的品德。

《毛诗序》指出:"《小星》,惠乃下也。夫人无妒忌之行,惠及贱妾,进御于君,知命有贵贱,能尽其心矣。"

江有汜

江有汜①。之子归,不我以②。不我以,其后也悔。
江有渚③。之子归,不我与④。不我与,其后也处⑤。
江有沱⑥。之子归,不我过⑦。不我过,其啸也歌⑧。

● 注释

①汜(sì):由主流分出复又汇入主流的河水。②不我以:已经不要我。③渚(zhǔ):水中的小块陆地。④不我与:不与我来往。⑤处:相处。⑥沱(tuó):可以停船的水湾。⑦不我过:不和我过日子。⑧其啸也歌:啸:人撮口发出长而清脆的声音;打口哨。他的

口哨声就如歌声。

●译文

大江大河也有分支。那个人儿嫁过来了,他已经不再要我了。他已经不再要我了,他以后也会后悔的。

大江上也有小陆地。那个人儿嫁过来了,他不会和我相遇了。他不会和我相遇了,他后悔也不能相处了。

大江有停船的港湾。那个人嫁到他家了,他不会和我过日子。他不会和我过日子,他把口哨声当作歌声。

●评析

这应该是一首描述被丈夫遗弃的女子的悲愤之情的诗篇。因为丈夫另有新欢,另娶新妻,而将前妻遗弃,使被遗弃的妻子感到悲愤。诗文用大江大河的分支、大江上的陆地,以及大江停船的港湾来暗示男人就和大江一样,可以有分支,可以有陆地,以及港湾停息,也就是他可以再娶妻妾。但是为什么要遗弃前妻呢?从诗文可以说明这位妻子是一位温顺贤惠的女子,她容许丈夫再娶妻妾,但是怨恨丈夫遗弃她。我们从"他把口哨声当作歌声"还可以联想到这位丈夫再娶新妻也许有不得已的苦衷。这位女子温顺贤惠,虽然这位丈夫遗弃了她,但是她还是期望丈夫能够有悔过的一天。诗歌最后写道,丈夫虽然再不会和她过日子了,但是她知道丈夫的口哨吹得很出色,所以她会将丈夫吹的口哨当做歌声欣赏。

野有死麕

野有死麕①,白茅包之②。有女怀春,吉士诱之③。
林有朴樕④,野有死鹿。白茅纯束⑤,有女如玉。
舒而脱脱兮⑥,无感我帨兮⑦,无使尨也吠⑧。

●注释

①麕(jūn):獐子。②白茅:茅草。③吉士诱之:吉士:美好的男士。诱之:引诱她。④朴樕(sù):一种灌木。⑤纯束:捆成一束。⑥舒而脱脱兮:舒:舒畅。脱脱:拖延,拖拉。⑦无感我帨(shuì):无:不要。感:通"撼",动摇。帨:古代的佩巾。⑧尨也吠:尨(máng):毛多而长的狗。吠:叫。

●译文

野外打死一只獐子,用白茅草包裹着它。有位女子春心动荡,美好的男子引诱她。
树林子里也有灌木,野外打死一只野鹿。用白茅草捆扎了它,送给那如玉的女子。
舒心地拖延时间啊!不要动摇我的佩巾,不要使小狗汪汪叫。

●评析

全诗分为三段,它主要描写了一对互有爱慕之情的青年男女在树林中幽会的情节。

男子应该是一位勇敢的猎手,他们第一次约会时,猎手将猎物獐子送给自己爱慕的姑娘,以试探姑娘的心意,第二次约会时猎手送给姑娘一只自己猎到的鹿,以象征这位姑娘也会像猎物一样被猎人猎取。姑娘也因为猎手的勇敢和技能的高超而终于喜欢上这位猎手。最后一小段,描写男女因为情投意合、两情相悦而在树林中幽会,用风不要扰动他的头巾、用小狗不要叫来象征二人幽会不想被外物扰乱,以便使他们约会的时间延长的心情。

《诗三家义集疏》指出:韩说曰:"平王东迁,诸侯侮法,男女失冠婚之礼,《野麕》之刺焉。"

《毛诗序》指出:"《野有死麕》,恶无礼也,天下大乱,强暴相陵,遂成淫风。被文王之化,虽当乱世,犹恶无礼也。《笺》,无礼者,为不以媒妁,雁币不至,劫胁以成婚,谓纣之世。"

何彼襛矣

何彼襛矣①?唐棣之华②。曷不肃雍③,王姬之车④。
何彼襛矣?华如桃李。平王之孙⑤,齐侯之子⑥。
其钓维何⑦?维丝伊缗⑧。齐侯之子,平王之孙。

●注释

①襛(nóng):厚,丰厚,隆重。②唐棣之华:唐棣(dì),郁李树。华:花,美丽。③曷不肃雍:曷(hé):为什么。肃雍:严肃雍容华贵。④王姬:是指周平王的孙女。⑤平王:是指周幽王之子,也是东周的第一位天子。⑥齐侯之子:齐侯:是指齐僖公。齐国是姜太公吕尚的分封国,齐侯就是姜太公的子孙后代。齐后之子:是指齐僖公之子,齐襄公。⑦钓(diāo):本意是钓鱼之钓,这里是凋谢之意。⑧维丝伊缗:丝:丝络,连接不断。缗(mǐn):钓鱼的绳子,或者穿铜钱的绳子,这里与"泯"或者"悯"相通。泯灭或者同情忧愁的意思。

●译文

为何那么丰厚隆重?就如唐李树的花朵。怎么会不雍容华贵?这是王姬出嫁的车。
怎么那么丰厚隆重?美艳就如桃李之花。他是周平王的重孙,嫁给齐侯之子襄公。
她为何那么快凋谢?只有剪不断的忧愁。齐侯那乱伦的儿子,平王那贤淑的孙女。

●评析

这首诗歌所记载的是春秋初期,齐国诸侯齐僖公去世后,其子诸儿继位,是谓齐襄公。齐襄公是位无德的酒色之徒,其同父异母之妹文姜天生丽质,乃是绝世佳人,但却是妖淫成性之人,齐襄公在为世子时就与其妹通奸。虽然文姜由其父齐僖公嫁于鲁桓公为夫人,但文姜仍然暗中与齐襄公往来偷情不断。周庄王之时,在鲁桓公为齐襄公主婚将周桓王之女王姬与齐襄公订婚之时,齐襄公命公子彭生在送鲁侯回下榻之处的途中趁着鲁侯酒醉将其杀死在车中,后齐襄公又杀死了彭生,以方便自己与文姜的乱伦行为。周桓王是周平王的孙子,王姬就是周平王的重孙。周桓王之女王姬生性贞静幽闲,言动不苟。王姬与齐襄公成亲之后,逐渐得知齐襄公与其妹的淫乱之事,默然自叹,此后郁郁成疾,不及一年遂卒。这些历史事实在《东周列国志》第十三回、十四回中有明确记载。正如第十四回所言:"却说王姬至齐,与襄公成婚。那王姬生性贞静幽闲,言动不苟。襄公是个狂淫之辈,不甚相得。王姬在宫数月,备闻襄公淫妹之事,默然自叹:'似此蔑伦悖礼,禽兽不如,吾不幸错嫁匪人,是吾命也。'"而齐襄公自王姬死后,越发肆无忌惮,一门心思与文姜幽会、淫乐,全然不顾礼仪廉耻。

所以这首诗的第一节就是对王姬出嫁时婚礼之盛况以及王姬雍容华贵之外在形式的描写;第二节先是对王姬美丽的容颜的描写,接着又是对婚礼盛况原因的描写,因为王姬是周平王的孙子,她的丈夫是齐僖公的儿子齐襄公;第三节则是对王姬这种不幸婚姻原因的推论,也就是对王姬很快死亡之原因的追述,诗中提出,她为什么会那么快凋谢,是因为她的婚姻只有剪不断的忧愁伴随着她,虽然她是平王的后裔,他是齐侯的儿子,但王姬却很快死亡了,这也是对齐襄公这种无德而乱伦之道德败坏者的的严厉评判。

驺 虞

彼茁者葭①,壹发五豝②。于嗟乎驺虞③!
彼茁者蓬④,壹发五豵⑤。于嗟乎驺虞!

● 注释

①葭(jiā):芦苇。②豝(bā):牝猪,也就是母猪。③驺虞(zōu yú):猎人。④蓬:蓬蒿。⑤豵(zōng):小猪。

● 译文

那茁壮的芦苇箭杆,壹箭射中五头母猪。哎哟那神奇的猎手!
那茁壮的蓬蒿箭杆,壹箭射中五头小猪。哎哟那神奇的猎手!

● 评析

这原本是一首歌颂猎人技艺高超、射箭技能神奇的诗篇。《驺虞》作为一首歌乐在周朝的歌乐中有着重要的历史意义。《周礼》规定驺虞是专门用于乐事时使用的乐曲。正如《周礼·春官·大司乐》曰:"大射,王出入,令奏《王夏》,及射,令奏《驺虞》。"又如《礼记·射义》曰:"其节:天子以《驺虞》为节,诸侯以《狸首》为节,卿大夫以《采蘋》为节,士以《采蘩》为节。《驺虞》者,乐官备也。"其意思是说,在举行大射礼时,在天子进行射箭时,以演奏《驺虞》为节拍,以表示天子就如技艺高超的猎手一样,通过射礼选拔出来很多德才兼备的人才来辅助天子治理国家天下。诗文用一箭射中五头母猪和一箭射中五头小猪,象征天子通过射礼选拔出很多人才,而且这些人才还能推荐更多的人才,就如母猪生小猪一样,使人才层出不穷。天子以这些德才兼备的人才来辅助自己治理国家天下,天下就会太平和乐,国家就会富强。《礼记》中所提到的《采蘋》、《采蘩》都是《诗经》中的诗文,这些诗篇都有非常重要的意义。这首诗歌的意义在《周易》孚卦中得到验证。

《易·中孚·初九爻》:"虞吉,有它不燕。"初九爻辞说,演奏《驺虞》吉祥,有了《驺虞》

的演奏表示天子正在举行射礼,天子正在亲自射箭,而不是在举行燕礼。因为古代天子举行射礼时,天子要亲自参加射礼,天子射箭时以《驺虞》为节拍,表示天子通过射礼选拔到了很多有贤德才能的人才,所以国家就能治理得更好。也就是说《中孚卦初九爻》是关于天子射礼之礼仪的形式及意义的记载。

这里"虞吉,有它不燕"可以指射礼正在进行,射礼进行时,不宴请宾客;也可以指天子举行过燕礼之后正在举行射礼,天子正在《驺虞》节拍的伴奏下专心致志地射箭,希望一箭能射中靶心。

从《周易》爻辞的含义可以看出《周易》和《诗经》的密切关系,也能更加明白《诗经》的真正意义。

邶 风

邶,是指今河南淇县东北。商朝的国都朝歌在今河南淇县东北,有学者认为朝歌之北谓之邶,朝歌之南谓之鄘,朝歌之东谓之卫。

周武王伐商纣王之后,将商朝的都城朝歌之地分封给商纣王之子武庚禄父,以治理殷商遗民;周武王还命其弟管叔鲜、蔡叔度辅佐武庚。周武王去世后武庚伙同管蔡反叛周朝,周公平息反叛之后,将殷商遗民分为两部分,将朝歌之地的一部分殷商遗民命商纣王的庶兄微子启代替武庚,以奉行殷商宗庙的祭祀,立国为宋;周公将另一部分殷商遗民分封给周公的幼弟康叔封,立国为卫,定居在黄河和淇水之间的商朝故墟上。一般认为《邶风》都是表现卫国之地风气的诗篇。卫国的第一代诸侯是卫康叔,第二代是其子康伯,第八代是顷侯,正是周夷王之时,第九代是釐侯,正是周厉王之时,第十一代是武公,正值周幽王之时,周平王是周幽王之子,周幽王被犬戎杀死而使西周灭亡,当时正是卫武公四十二年,卫武公带兵前往辅助周朝平定犬戎之乱,很有功劳,周平王迁都城于洛邑是谓东周,周平王命卫武公为公爵。卫国的第十二代诸侯是卫武公之子卫庄公扬,娶齐庄公之女庄姜为妻。卫庄公之后,其太子完继位,是为卫桓公,卫桓公被其弟州吁和石厚所杀,周吁自立为卫侯,后被石厚之父石碏设计杀死,遂立卫桓公之弟晋为卫宣公。

根据诗文的内容分析,这些诗歌并未记载卫国的先祖康叔封的美德,因为康叔封是周成王的叔父、周公的弟弟,康叔在周公教导下成为周朝的一位英明的诸侯君主,他将卫国治理得井井有条,他能安抚人民,人民安康欢悦,最后受到周成王的嘉奖被提升为周朝的司寇。

《邶风》包括《柏舟》、《绿衣》、《燕燕》、《日月》、《终风》、《击鼓》、《凯风》、《雄稚》、《匏有苦叶》、《谷风》、《式微》、《旄丘》、《简兮》、《泉水》、《北门》、《北风》、《静女》、《新台》、《二子乘舟》等十九篇诗歌。这些诗文主要是以卫庄公以后发生的历史事件为主要内容。

如《柏舟》这首诗应该是前一首诗《何彼襛矣》的继续,前一首诗提出了为什么王姬结婚后只有一年时间就很快凋谢的问题,而这首诗就是对这个问题的回答。《禄衣》一般认为是卫庄公的夫人庄姜所写,庄姜在这里所怀念的禄衣黄里,是对西周君子品行的怀念,也是对春秋时期臣弑君、子弑父、父弑子而谋权图位的混乱局面的痛心。庄姜用禄衣黄里来象征西周那些君子的美好品德,并不是在写绿衣黄里的衣裳。

《新台》、《二子乘舟》这二首诗歌则记载了卫宣公无德而淫乱,娶儿子的未婚妻为自己的夫人,而后又因为立世子之事使两个儿子遭到杀身之祸的历史事实。其他诗篇,如《谷风》是一首描写被丈夫遗弃之妇人的哀怨之诗,也就是在卫宣公之风气的教化下卫国人民婚姻生活的真实写照。

柏 舟

汎彼柏舟①,亦汎其流。耿耿不寐②,如有隐忧③。微我无酒④,以敖以游⑤。

我心匪鉴⑥,不可以茹⑦。亦有兄弟,不可以据⑧。薄言往愬⑨,逢彼之怒。

我心匪石,不可转也。我心匪席,不可卷也。威仪棣棣⑩,不可选也。

忧心悄悄,愠于群小⑪。觏闵既多⑫,受侮不少。静言思之,寤辟有摽⑬。

日居月诸⑭,胡迭而微⑮。心之忧矣,如匪澣衣⑯。静言思之,不能奋飞。

●注释

①汎彼柏舟:汎(fàn):随水流动。柏舟:柏木所制造的船舟。②耿耿不寐:耿耿:形容心中不安。不寐(mèi):不能休息,不能入睡。③隐忧:隐藏着忧愁。④微:如果不是。无:悄悄。⑤敖(áo):遨游。⑥鉴(jiàn):镜子。⑦茹:度量,这里是辨别是非之意。⑧据:依靠,占据。⑨薄言往愬:薄言:少说,最少。往:以往,前往。愬(sù):诉苦。⑩棣棣(dì dì):从容文静的样子。⑪愠(yùn):怨恨,生气。⑫觏闵(gòu mǐn):觏:遇见。闵:怜悯,忧虑。⑬寤辟有摽:寤(wù):睡醒,醒悟。辟:避免。摽(biāo):抛弃。⑭诸(zhū):多,这里是指日月久居天空。⑮胡迭而微:胡:为什么。迭:交替。微:微小,隐微。⑯澣(huàn):洗涤衣服。

●译文

那随水漂浮的柏木舟,也只能是随波逐流。内心不安而难以入睡,就好像隐藏着忧愁。如果不是我悄悄饮酒,就能到处遨游玩乐。

我的心虽然不是镜子,不可以不辨别是非。我也有我自己的兄弟,不可以不依靠他们。最少也可以前去诉苦,就怕遇到他们发怒。

我的心不是那圆石头,不可以随意地转动。我的心不是那软席子,不可以随意地卷起。我的仪容从容又文静,不可有自己的选择。

心中只有悄悄地忧愁,怨恨波及到很多人。遭遇的忧愁既然很多,受到的侮辱也不少。静下心来仔细地思考,醒悟被遗弃的缘由。

日月长久居于天空中,为什么会交替隐蔽。我心中长久地忧愁啊!就如那脏衣洗不净。就说静下心来仔细想,是我不能展翅高飞。

●评析

　　这首诗应该是前一首诗《何彼襛矣》的继续,前一首诗提出了为什么王姬结婚后只有一年时间就很快凋谢的问题,而这首诗就是对这个问题的回答。对齐襄公不了解的王姬身不由己地嫁给了齐侯,当她明白了道德败坏、丧失人伦的齐侯的为人后,心中很是气愤忧愁。可是作为周王的子女,又是诸侯明媒正娶的夫人,再加上王姬生性贤淑严肃,她只有怨恨自己的命运,怨恨自己的父兄,怨恨媒人鲁候,因为这些人早就知道齐侯的品性却还要将王姬嫁于齐侯,使王姬饱受苦难和忧愁。诗中还指出,王姬静下心来仔细思考,醒悟自己遭受这种命运的原因是因为自己只是这些王族贵室政治婚姻的牺牲品,自己没有权利选择自己的命运,自己不能掌握自己的命运,最后只好就如日月在天空交替光明一样,选择用自己的晦暗来使自己的宗室光明。即使自己忧愁,也不敢向自己的兄弟哭诉,最后只有在忧愁苦闷中很快地结束生命。这就是对前一首诗所提出的问题的回答。

　　其实这首诗,即使不是前一首诗的延续,也是对当时社会妇女不幸婚姻生活的一种写照,而且表现出这些女子已经认识到妇女不能掌握自己命运是造成这种不幸婚姻悲剧的根源。

禄　衣

　　禄兮衣兮①,禄衣黄里②。心之忧矣,曷维其已③!
　　禄兮衣兮,禄衣黄里。心之忧矣,曷维其亡④!
　　禄兮丝兮⑤,女所治兮⑥。我思古人,俾无訧兮⑦。
　　缔兮绤兮⑧,凄其以风⑨。我思古人,实获我心⑩。

●注释

　　①禄兮衣兮:绿色的上衣。②黄里:黄色的内衣或者黄色的里子。古代的上衣为衣,下衣为裳;上衣将下衣遮盖,是谓里。③曷维其已:曷(hé):难道。为什么?维:维系,思考。其:它。已:停止。④亡:灭亡,消亡。⑤禄兮丝兮:绿色的丝衣。⑥女:你。⑦俾无訧兮:俾(bǐ):使。訧(yóu):过错。⑧缔兮绤兮:缔(chī):细葛布。绤(xì):粗葛布。⑨凄:凄风寒雨。⑩获:合乎,获得。

●译文

　　那绿色的上衣啊!绿色上衣黄色衣里。那绿色的上衣啊!难道只有它会停止!
　　那绿色的上衣啊!绿色上衣黄色衣里。我心中的忧愁啊!难道只有它会消亡!
　　那绿色的丝衣啊!是你所治理好的啊!思念古人的时代,它使我没有过错啊!
　　细布粗布衣服啊!可以阻挡凄风寒雨。思念古人的时代,实在合乎我的心意。

●评析

　　据记载这一首诗是卫庄公的夫人庄姜所写。据《东周列国志》第五回、第六回和《春秋左传》鲁隐公三年、四年记载:庄姜是齐庄公之女,长得很美,但却没有儿子。卫庄公又娶陈侯之女厉妫为夫人,娶厉妫之妹戴妫为妾。戴妫生公子完后死亡,庄姜收养公子完为儿子,公子完被立为太子。卫庄公的另一妾生子名州吁,州吁喜好军事武功,卫庄公非常疼爱州吁,让州吁主管军事。卫庄公的大夫石碏多次劝谏庄公要对州吁严加管教,卫庄公不听。卫庄公于其二十三年去世,立太子完为卫桓公。卫桓公二年时,因为州吁过于骄纵奢靡,卫桓公就将其罢黜。后来州吁与石碏之子石厚共谋而杀死了卫桓公,州吁自立为卫君。州吁品行不端,又有弑君之罪,在石碏等忠臣的谋划下,州吁只做了六个月的君主就被石碏等忠臣杀死,石碏同时亲自杀死了自己的儿子石厚,立卫桓公之弟晋为卫宣公。从这首诗中可以看出,庄姜在这里所怀念的禄衣黄里是对西周君子品行的怀念,也是对春秋时期臣弑君、子弑父、父弑子而谋权图位的混乱局面的痛心。庄姜用禄衣黄里来象征西周那些君子的美好品德,黄色是土的象征,土地广博深厚,绿色是生命的象征。庄姜所思念的是禄衣黄里的时代,思念西周人士就如坤土一样深广容纳善待万物的时代,庄姜思念的是禄衣黄裳的厚德时代。西周人士的代表人物就是周文王。周武王、周公、周成王时代,是西周的鼎盛时代,也是孔子所描述的大同社会,那时的社会美好和谐,天下太平安乐,没有那些无仁义无道德的事件,所以这里的禄衣黄裳代表的是西周时代君子的品德。诗中连用两次"我思古人",因为古人时代使人没有过失,因为古人时代确实合乎人民的心意。也就是说,春秋时期的混乱局面是不合乎人民心意的时代。这首诗的意义在《周易》坤卦六五爻"黄裳,元吉"得到验证。

《坤·文言》曰:"君子'黄'中通理,正位居体,美在其中,而畅于四肢,法于事业,美之至也。"其意思为:"君子所谓的'黄'是指所包含的渊博的道理,其道理就是君子要端正自己所处的位置,也就是正其身,正其身就是要使其公正无私、忠厚诚信仁善的美德居于心中,而且还要使这种美德畅通无阻地流行于四方的角落,使圣人所推行的伟大事业得到发扬光大,这就是天下最好的善德了。"

因此,坤卦六五爻的"黄裳,元吉"在这里是对西周时代的君子如厚土一样的美好品德的综述。只要效法坤地中正无私、包容滋生万物、成就万物的厚德,就会至始至终吉祥如意。所以庄姜所思念的也就是西周时代君子的美好品德而已。

燕 燕

燕燕于飞①,差池其羽②。之子于归③,远送于野。瞻望弗及④,泣涕如雨!
燕燕于飞,颉之颃之⑤。之子于归,远于将之。瞻望弗及,伫立以泣⑥。
燕燕于飞,下上其音。之子于归,远送于南。瞻望弗及,实劳我心。
仲氏任只⑦,其心塞渊⑧。终温且惠,淑慎其身。先君之思,以勖寡人⑨。

● 注释

①燕燕:燕子。②差池其羽:差池:参差不齐。形容高低不齐。其羽:它的翅膀。③之子于归:这个姑娘要嫁到远处。④瞻望弗及:瞻望:前后左右看。弗及:不能。⑤颉兮颃兮:颉(jié):向上飞叫颉。颃(háng):向下飞叫颃。⑥伫立:久立。⑦仲氏任只:仲

氏：姓仲。任只：只是任劳任怨。⑧塞渊：塞：堵塞。渊：深渊。⑨勖寡人：勖（xù）：勉励。寡人：诸侯和君王的自谦之词，也就是自己之意。

●译文

燕子在天空高飞，忽高忽低扇动双翼。这位姑娘要出嫁，远远送她到那郊外。前后左右看不到，伤心的涕泪就如雨。

燕子在天空高飞，忽高忽低扇动翅膀。这位姑娘要出嫁，远远地去为她送行。前后左右看不到，久久地站立以哭泣。

燕子在天空高飞，忽上忽下鸣叫不停。这位姑娘要出嫁，远远送她到那南地。前后左右看不到，实在烦乱于心不安。

仲氏女任劳任怨，她心底仁厚似深渊。永远温和又贤惠，贤淑慎重自己言行。思念逝去的先君，以勉励不迷失自己。

●评析

此诗各家评说不一，有的说这是卫庄姜送被州吁和石厚谋杀的养子卫桓公的妻子回归故里而作，但是未见有记载。也有学者认为这是卫国的君主送其妹远嫁的诗文。从诗文的词句来看，应该是一位男子远送出嫁到远方的女子的诗篇。诗中用燕子高飞在高空扇动翅膀的样子，来象征这位男子和女子此时的心情就如燕子的翅膀一样起伏不定，姑娘知道有关心她的男子目送她远行，又因为自己要出嫁到远方，所以心情很不平定；男子因为这个美丽贤淑的姑娘要出嫁到远方去，以后没有机会见到她，心情很不平定。男子先是将姑娘目送到郊外，心中难过而哭泣，又站在远处为她送行，目送她到郊外的南边，直到前后左右都看不见她，心中仍然烦乱不安，为什么呢？因为这位姑娘是一位任劳任怨、心底善良仁厚、温顺贤惠、谨慎小心有妇德的女子，虽然这位君子对这位美好的姑娘很是爱慕，但是这位君子想到先王的美德就会劝诫勉励自己要以事业为重，不要为了一己私情而迷失了自己的前途，迷失了自己所肩负的责任。

这里之所以认为这首诗歌是男子与女子的离别之诗，是因为诗文的最后有"以勖寡人"。寡人一般都是古代君主的自谦之词，而不是女子所用之词，而君主的妻妾最多也只能用臣妾，是不能以寡人自称的。所以，这首诗作为卫君送一位自己爱慕的女子远嫁的诗文也可以说得通。总之，应该是一位君主送一位女子远嫁才符合诗文的本意。

日 月

日居月诸①，照临下土。乃如之人兮，逝不古处②。胡能有定③，宁不我顾！

日居月诸，下土是冒④。乃如之人兮，逝不相好。胡能有定，宁不我报！

日居月诸，出自东方。乃如之人兮，德音无良⑤。胡能有定，俾也可忘⑥！

日居月诸，东方自出。父兮母兮，畜我不卒⑦。胡能有定，报我不述⑧！

● 注释

①日居月诸：诸：众，各，日月长久居于天空。②逝不古处：逝：逝去，逝世。古：古老，长久。处：存在，居住。③胡能有定：胡：为什么，怎么？定：确定，定数，引申固执。④冒：覆盖。⑤德音无良：德：美德。音：消息。无良：没有好品德。⑥俾：使。⑦卒：卒不及防，猝死。⑧报我不述：报：抱怨。不述：不述说。

● 译文

日月长久居于天空，照临天下万物万土。假如人如日月一样，不逝去而长久居之。怎么才能够有定论，宁愿不顾我的感受。

日月长久居于天空，天下万物都能覆盖。假如人如日月一样，不离去而与我相好，怎么才能够有定论，宁愿不顾我的抱怨。

日月长久居于天空，它们东方出西方落。假如人如日月一样，德音善美而无不良。怎么才能够有定论，使我不可把他忘记。

日月长久居于天空，每日自然由东方出。亲爱的父亲母亲啊！养育我而不使我死，怎么才能够有定论，怨我不向他们述说。

● 评析

这是一首描述女子遭遇男子遗弃的诗篇。这位女子虽然遭遇男子的遗弃，但是心中却固执地思念着这位男子，而且对这位男子稍有抱怨之情，只是抱怨这个男子不能对自己感情专一，而且用日月长久居于天空东升西落永不改变作象征，以象征这位女子的美好愿望：假如人能像日月一样，长久不改变，是一件多么美好的事情，那样的话，人的感情就会专一，人也就不会死亡，就不会变心，就会如日月一样有美好的德音，不失诚信和道德，人间就不会发生背信弃义的事情。因为女子深爱着这位男子，将爱与怨恨深藏在心中，不向父母述说，怕使养育自己的父母为自己担心受累，而宁愿自己承受不幸。

《毛诗序》指出："《日月》卫庄姜遭州吁之难，伤己不见答于先君，以至困穷之诗也。"

终 风

终风且暴①，顾我则笑②。谑浪笑敖③，中心是悼④！
终风且霾⑤，惠然肯来。莫往莫来，悠悠我思⑥。
终风且曀⑦，不日有曀。寤言不寐，愿言则嚏⑧。
曀曀其阴，虺虺其雷⑨。寤言不寐，愿言则怀。

● 注释

①终风且暴：终风：整日刮风。且暴：而且是暴风。②顾：但是，反而。③谑浪笑敖：谑(xuè)：戏谑。敖：游玩。④中心是悼：心中却是很悲伤。⑤霾(mái)：尘雾。⑥悠悠：长

久,悠久。⑦曀(yì):天阴沉。⑧嚏:打喷嚏。⑨虺虺(huī huī):打雷的声音。

●译文

终日里狂风暴雨,但是我就是想笑。虽戏谑浪荡笑敖,而心中很是悲伤。
终日尘埃暴风雨,如此柔顺地肯来。还不如不来不往,以免我长久思念。
终日风雨天阴沉,没有太阳又阴沉。醒来自言不能睡,愿他说我打喷嚏。
阴沉灰暗的天空,轰隆隆的雷鸣声。醒来自言不能睡,愿他对我说怀念。

●评析

这是一首描写失恋之人对自己情人思念之情的诗篇。从诗文的表现形式来看,这首诗歌并未表示出男或女的区别,只是描写了失恋之人心情就如狂风暴雨不断,就如狂风暴雨又阴沉的天,就如尘雾弥漫的气候,就如轰隆隆的雷声,长久不能平定,长久不能安然地入睡。而这位失恋之人,对对方毫无怨言,只是期望对方能够在心中长久地想念着自己,只是希望对方在思念念叨自己时自己能够打喷嚏印证对方的思念。希望他在心中说,自己永远怀念着他。

《毛诗序》指出:"《终风》是卫庄姜伤己之作,遭州吁之暴,见侮慢而不能正也。"但从诗文的内容分析,并不相符,所以只能作为一首描写失恋之人心情的诗篇。

击 鼓

击鼓其镗①,踊跃用兵。土国城漕②,我独南行。
从孙子仲③,平陈与宋④。不我以归⑤,忧心有忡⑥。
爰居爰处⑦,爰丧其马。于以求之,于林之下。
死生契阔⑧,与子成说⑨。执子之手⑩,与子偕老。
于嗟阔兮,不我活兮。于嗟洵兮⑪,不我信兮。

●注释

①镗(táng):击鼓声。②土国城漕:土国:为了国家国土。漕(cáo):通过水道运输粮食。③从孙子仲:这里应该是指陈国的公孙宁与仪行父二子。仲,是二的意思。④平陈与宋:平:平定。媾和,讲和。陈与宋:陈国和宋国。⑤不我以归:不使我回归。⑥忧心有忡:忧心:忧愁烦心。忡(chōng):忧愁的样子。⑦爰居爰处:爰(yuán):于是。于是就居住于是就相处。⑧契:契约。契阔:稀少,少见。⑨与子成说:与:和,给。成说:说成,约定。⑩执:掌握,控制。⑪洵(xún):诚然,确实。

●译文

敲击战鼓镗镗响,士兵踊跃上战场。为了国土和水运,我独自来到南方。
放纵的公孙行父,使楚平陈与宋国。不许我回到国土,心中忧愁有谁知。
于是就居住相处,于是国家就丧亡。于是就求那楚国,于是聚集在一起。
生死契约真少见,和子一起说成功。紧握着我们的手,与子一起到老死。

哎哟少见的契约,是不许我们活呀。哎哟确实如此啊,是不相信我们呀!

● 评析

一般的评论都认为这是一首怨恨州吁弑君乱国的诗篇,但是笔者找不到这方面的证据。笔者根据《东周列国志》第五十三回和《春秋左传·鲁宣公十一年》记载,认为这首诗是描写楚国的楚庄王在鲁宣公十一年、周定王九年春季时攻打陈国,陈国就顺从了楚国,然后楚国的左尹子重侵袭宋国。陈国夏征舒为了自己母亲夏姬的缘故而将陈国的陈灵侯射杀,使陈国发生混乱,楚庄王于是在当年冬季攻打陈国,将陈国灭亡之后就把陈国改为楚国的一个县。楚大夫申叔从齐国出使回来,他认为:"楚庄王灭陈国将陈国改为楚国的一个县,这是牵牛践踏别人的田就将人家的牛给夺过来,牵牛践踏田地的虽然有过错,但是抢夺别人的牛这样的惩罚过于重了。诸侯跟随君王出来是为了讨伐有罪的人,而现在却把陈国改为一个县,这就是贪爱它的钱财了。这是借讨伐的名义号召诸侯学习贪婪。"楚王听了申叔的话,认为有道理,就将陈国的国土归还给陈国,重新封立陈国,并且从陈国的每一个乡带回一个人到楚国,将他们集中在一个地方,称为"夏州"。所以《春秋》记载说:"楚子如陈,纳公孙宁、仪行父于陈。"这是《春秋左传》上的记载。所谓公孙宁、仪行父二子是指使陈国发生混乱的陈国的二位大夫,因为他们使陈国混乱,陈灵公被夏征舒射杀。这一首诗应该就是对这一事件的记述,以及被楚王从陈国带到楚国之人对陈侯、公孙宁、仪行父、楚王的怨恨之情。申叔以道德使楚王信服,而使陈国又恢复国运。虽然楚王恢复了陈国的国运,但是陈国仍然是楚国的附属国,也就如生杀契约仍然掌握在楚国一样,尤其是被楚王带到楚国的人不能回到陈国,只有与楚国之人同生死,所以他们发出悲哀的感叹:这是不让我们活呀!

陈国是周武王伐商之后对舜帝后代的分封国,其国址大概在黄河一带的豫州之东。也许这首诗是卫人为陈国人民的不幸而作。

凯 风

凯风自南①,吹彼棘心②。棘心夭夭③,母氏劬劳④。
凯风自南,吹彼棘薪⑤。母氏圣善,我无令人⑥。
爰有寒泉⑦,在浚之下⑧。有子七人,母氏劳苦。
睍睆黄鸟⑨,载好其音⑩。有子七人,莫慰母心。

● 注释

①凯风:和煦的风。②棘(jí):酸枣树。通"急",急躁,心急。③夭夭:面色和悦的样子。④劬(qú):劳苦,劳累。⑤棘薪:酸枣树。薪:柴草。⑥令:使。善,美好。⑦爰:于是。⑧浚:卫国地名,浚县,在今河南省浚县。⑨睍睆(xiàn huǎn):美丽的样子。⑩载:载歌载舞。

● 译文

那和风从南方来,吹得她心儿发急。心急而面色和悦,母亲劳累太辛劳。

那和风从南方来,吹拂那枣树柴薪。母亲明理而善良,我不能使她省心。
那些清冽的泉水,流淌在浚邑之下。母亲有儿子七人,母亲劳苦而功高。
那美丽的黄鹂鸟,载歌载舞好快乐。母亲有儿子七人,无人安慰她的心。

● 评析

这是一首儿子赞誉母亲辛劳善良、养育子女的诗篇,也有人认为这是一首孝子自责的诗篇,母亲辛劳养育了七个儿子,儿子长大成人之后母亲仍旧还在辛劳,而儿子却不能安慰母亲的心。诗文用和风从南方来象征、比喻事物的根源,子女来自于母亲的辛劳养育,无论子女发生什么使母亲心急的事情,母亲还是面色和悦,对子女关怀备至。成长长大的儿子仍然不能使母亲省心,母亲实在辛劳。诗文最后指出,那些载歌载舞的黄鹂鸟是那么快乐,母亲有七个儿子却不能使母亲快乐,这是孝子的自责,也是对母亲辛劳一生任劳任怨的品德的赞颂。

《毛诗序》指出:"《凯丰》,美孝子也。卫之淫风流行,虽有七子之母,犹不能安其室。故美七子能尽其孝道,以慰其母心而成其志尔。"

雄 雉

雄雉于飞,泄泄其羽①。我之怀矣,自诒伊阻②。
雄雉于飞,上下其音。展矣君子③,实劳我心。
瞻彼日月,悠悠我思。道之云远,曷云能来④。
百尔君子,不知德行。不忮不求⑤,何用不臧⑥。

● 注释

①泄泄:众多。这里是形容不停地抖动翅膀的意思。②自诒伊阻:诒(yí):贻误。伊:此,它,他。阻:阻碍,阻隔。③展:诚实。④曷云:曷:何时。云:说。⑤不忮(zhì):嫉妒。⑥臧(zāng):善,好。

● 译文

雄性野鸡要高飞,不停地抖动着翅膀。我所怀念的人啊!他贻误受阻在远方。
雄性野鸡在高飞,从上向下传来叫声。真正诚实的君子,实在让我操心烦劳。
展望那日月流失,长久让我思念不断。说是道路很遥远,说他何时才能回来。
那众多的君子们,不知修养自己德行。不要嫉妒不贪求,为何用不好的德行。

● 评析

一般认为这首诗是讽刺卫宣公,《东周列国志》第十二回记载:卫宣公淫乱筑台纳儿子急子的未婚妻为己妻,又为了立传人之事派人杀死自己的儿子急子和寿;又不恤国事,战争数起,男子长久服役于外,女子居家思念在外服役的丈夫。

这首诗描写了女子长久得不到丈夫的音信,心中百感交集,浮想联翩,当她看见雄雉和听见它的叫声时就联想到自己的丈夫。因为她的丈夫受到战争的贻误而被阻隔在远方,不知丈夫的死活使妻子操心烦劳,妻子时时都在期望丈夫早些回来与亲人团聚。诗文最后指出:那些在上位的众多君子为什么不知道修养自己的德行,既是君主就要不嫉妒,不贪求财富,不要为了自己的私欲发动战争,更不要为了自己的私欲而涂炭生灵,假如能够做到这样的话,谁又能说他的德行不美善呢?在这里反衬出人民对在上位的君主不修治自己的德行,不顾人民的死活,而只为了自己的私欲发动战争和使生灵涂炭的不满之情。

匏有苦叶

匏有苦叶①,济有深涉②。深则厉③,浅则揭④。
有弥济盈⑤,有鷕雉鸣⑥。济盈不濡轨⑦,雉鸣求其牡⑧。
雝雝鸣雁⑨,旭日始旦。士如归妻,迨冰未泮⑩。
招招舟子⑪,人涉卬否⑫。人涉卬否,卬须我友。

● 注释

①匏(páo):葫芦。②济:济水,古河水名,发源于今河南,流经山东入渤海。济:过河。③厉:不脱衣服过河。④揭(qì):提起衣服过河。⑤有弥济盈:弥:满,更加。盈:多,满。⑥有鷕雉鸣:鷕(yǎo):野鸡的叫声。有野鸡的鸣叫声。⑦轨:车轴头。⑧牡(mǔ):雄性鸟兽。⑨雝雝(yōng yōng):雁的鸣叫声。⑩迨冰未泮:迨(dài):等到。泮(pàn):冰溶解。⑪招招舟子:招手招来渡船人。⑫卬(áng):我。

● 译文

葫芦叶子有苦味,济水虽深也有渡口。水深时就连衣过,水浅时提起衣服过。
有时济水更盈满,有雄野鸡叫声不断。济水不浸湿车轴,野鸡鸣叫是求配偶。
大雁雝雝叫不断,旭日东升天刚刚明。士君子若要娶妻,不要等济水冰溶解。
招手招来渡船人,别人过河我不想过。别人过河我不过,我需要等待我朋友。

● 评析

这是一首描写女子期望婚嫁的诗篇。诗人从春天开始就企盼士君子能够将她迎娶,也就是在栽种葫芦和野鸡求配偶的时候开始,一直等到冬天大雁哺育幼雁她的未婚夫还未来迎娶她,所以就非常急切地提出君子若是要娶妻就不要等到冬天过后济水河上的冰溶解之时。而且最后一段还描写了女子站在济水的渡口等待君子前来迎娶的急切心情。诗文用济水再深也有渡口,水深水浅都能渡过济河,来象征姑娘对未婚夫未能及时迎娶她的原因的推究,这就说明她的未婚夫未能及时迎娶新娘不是因为济水不及的原因。春天之时,野鸡又开始寻找配偶,要开始孕育自己的后代,而士君子还未来迎娶她;等到冬天时,大雁开始孕育自己的后代,士君子仍然未来迎娶她,这又是什么原因呢?古人说这是一首讽刺卫宣公淫乱的诗篇,卫宣公淫乱,其下的臣民也效仿之,因而就会出现许多怨妇,因为她们的丈夫或未婚夫极有可能喜新厌旧、移情别恋而遗弃了已有婚约的未婚妻之故,所以就不能及时迎娶自己的未婚妻。

谷 风

　　习习谷风，以阴以雨。黾勉同心①，不宜有怒。采葑采菲②，无以下体。德音莫违，及尔同死。

　　行行迟迟，中心有违。不远伊迩③，薄送我畿④。谁谓荼苦⑤，其甘如荠⑥。宴尔新婚，如兄如弟。

　　泾以渭浊⑦，湜湜其沚⑧。宴尔新婚，不我屑以⑨。毋逝我梁⑩，毋发我笱⑪。我躬不阅⑫，遑恤我后⑬。

　　就其深矣，方之舟之⑭。就其浅矣，泳之游之。何有何亡，黾勉求之。凡民有丧，匍匐救之。

　　不我能慉⑮，反以我为雠⑯。既阻我德，贾用不售⑰。昔育恐育鞫⑱，及尔颠覆。既生既育，比予于毒⑲。

　　我有旨蓄⑳，亦以御冬。宴尔新婚，以我御穷。有洸有溃㉑，既诒我肄㉒。不念昔者，伊余来塈㉓。

●注释

①黾勉（mǐn miǎn）：勉力，努力。②采葑采菲：葑菲（fēng fēi）：葑：蔓菁菜。菲：萝卜。③伊迩：伊：此，他，它。迩：近。④畿（jī）：国都四周的广大地区。⑤荼（lú）：苦菜。⑥荠（jì）：荠菜。⑦泾以渭浊：泾：泾水。渭：渭河。泾河水和渭河水相比，渭河水浑浊。泾河发源于宁夏，流入陕西。成语有"泾渭分明"，泾河水清，渭河水浑浊，泾河水流入渭河时，清浊不混，比喻界限清楚。⑧湜湜其沚：湜湜（shí shí）：水清的样子。沚（zhǐ）：水中的小陆地，小沙洲。湜湜其沚：象征浑浊的水沉淀以后也会变清。⑨屑（xiè）：值得。不屑：不值得。⑩毋逝我梁：逝：往，去，引申败坏。梁：山梁。⑪笱（gǒu）：捕鱼的竹篓。⑫我躬不阅：躬：亲自，自身。阅：看见。我不能亲自看见。⑬遑恤：遑（huáng）：闲暇。恤：体恤，怜悯。⑭方之舟之：方：并用，用筏子，用船舟来乘载。⑮慉（xù）：畜养，爱，好。⑯雠（chóu）：仇人。⑰贾用不售：贾：商人，求取。此句形容商人为了求取价格而不随便售出物品。⑱昔育恐育鞫：昔日：往日。育：生计。鞫（jū）：贫困。⑲比予于毒：予：我，将我比作毒虫。⑳旨蓄：旨：美味，用意。蓄（xù）：积蓄，贮藏。㉑有洸有溃：洸（guāng）：水波荡漾闪亮。溃：溃破，决堤。形容既有如水一样柔顺的一面，又有如水暴涨决堤的一面。㉒既诒我肄：诒（dài）：欺骗。肄（yì）：劳苦。㉓塈（jì）：爱。

●译文

　　反复吹拂的山风，又是阴天又下雨。努力想与你同心，你不该对我发怒。采了蔓菁拔萝卜，无不是身体力行。一心一意不违背，愿和你同生共死。

　　路上行走慢腾腾，我心中并不愿意。不愿你送到近处，最少要送到城外。谁说苦菜实在苦，其实甘甜如荠菜。你新婚宴请客人，亲如兄弟在一起。

泾水清来渭水浊,渭水沉淀也会清。你新婚宴请客人,对于我不屑一顾。不要破坏我鱼梁,不要打开我鱼篓。我不愿亲自看见,我无暇忧愁后悔。

即是河水很深时,就用船舟并行渡。即是河水很浅时,就用游泳渡过去。该有该丢失什么,没有的努力寻求。凡是别人有灾难,我匆忙奔波援助。

既不再把我来爱,又把我当作仇人。既倚仗我的美德,如商人索价不售。昔日恐生计贫苦,我同你跌倒覆没。今既生活过得好,你却将我比毒虫。

我有美味的储藏,也可以抵御寒冬。你新婚宴请客人,用我来抵御贫穷。软硬兼施对待我,既欺骗我受劳苦。又不念往昔情义,他哪有余情相爱。

● 评析

这是一首描写被丈夫遗弃之妇人的哀怨之诗。全文以妇人自述的口吻将妇人遵守妇道与丈夫一起创立家业时的辛劳,以及一心与丈夫同生死共患难的情感一一道了出来。可是当他们的生活富裕之后,丈夫却移情别恋,又娶新欢,将昔日的结发妻子抛弃。

诗文一开始,就用连绵不断的山风,阴雨连绵的气候,来象征妇人的心情,被抛弃的妇人就如飕飕不断的凉风,就如阴雨不断的天气,冰凉寒心,为什么呢?就是因为昔日同生共死的丈夫变了心,不体谅妻子的辛劳,无辜迁怒于妻子。虽然他们过去的日子很清苦,但是对于相爱的夫妇而言,却是异常甜蜜。丈夫用他们一起奋斗来的钱财,另娶新欢,妻子还是依依不舍地送丈夫到远处,丈夫新婚宴尔与他的朋友就如兄弟一样,但是唯独遗忘了妻子。诗文用泾渭分明来形容妻子对丈夫的爱恨之情,想起昔日与丈夫的恩爱之情,又看到如今丈夫的作为,是妻子不愿意看到的事情。诗文用"不要破坏我的鱼梁,不要打开我的鱼篓。"发出警告,也就是告诉丈夫不要忘了昔日他们在一起为生计奋斗的日子。最后妇人对丈夫彻底绝望,而将丈夫移情别恋之后对妻子遗弃时的作为一一道来,充分说明这位丈夫是一位道德败坏的人。也就是说,这是对在卫宣公败坏德行的影响下国中男女失道、国风不正的实际现象的描写。

式 微

式微式微①,胡不归②?微君子故③,胡为乎中露④?
式微式微,胡不归?微君之躬⑤,胡为乎泥中⑥?

● 注释

①式微:本意是指天将暮,后指国家或世族的衰落。②胡:怎么。③微:无,不是,衰落。④中露:遭受雨露。⑤躬:亲自,自身。⑥泥中:遭受泥水。

● 译文

天晚了天快黑了,怎么还不回家?若不是为了君主,谁愿遭受雨露?
天晚了天快黑了,怎么还不回家?不是为君主自身,谁愿遭受泥水?

● 评析

这是一首为了君主的事情在外劳役的人所发出的不平之声。服役人员因为国家、君主的事情在外劳役,就得在雨露、泥水之中操劳,正因为有这些劳役人员的操劳,才能换来百姓的安宁,所以这也表现了对为了国家人民日夜辛劳之人的赞美之情。但是这首诗歌是卫国的诗歌,那么它还有没有其他的深刻意义?比如,如果是为了君主自身的利益而使这些服役人员在外遭遇雨露风雨,那就是君主的昏庸无道,因为诗文的最后二句指出:"不是为君主自身,谁愿遭受泥水?"这就是说这些服役人员是为了君主的私利而遭受雨露风雨,所以才会发出不平之声。

旄 丘

旄丘之葛兮①,何诞之节兮②?叔兮伯兮,何多日也?
何其处也?必有与也。何其久也?必有以也。
狐裘蒙戎③,匪车不东。叔兮伯兮,靡所与同④。
琐兮尾兮⑤,流离之子。叔兮伯兮,褎如充耳⑥。

●注释

①旄丘葛兮:旄(máo)丘:前高后低的土山。葛:葛根。②诞之节兮:诞生的茎节。③狐裘蒙戎:狐裘:狐皮外衣。蒙戎:蓬松。④靡所与同:靡(mí):无,没有。所:因为。与:结交。同:在一起。⑤琐兮尾兮:琐:琐碎,细小。尾:末尾。⑥褎(xiù):同"袖",这里是掩藏之意。

●译文

土山上生长的葛藤啊!为何诞生那么多茎节啊?那些大夫啊大臣啊?为何多日不见来呀!

他们怎么处事啊!必然有相遇的时候。怎么这么长久啊!必然有他的缘故吧!

狐裘皮袍毛茸茸,没有车子就不东行。那些大夫啊大臣啊!因未能结交在一起。

琐碎啊那微小之事,那些流离失所的人。那些大夫啊臣子啊!藏着掖着充耳不闻。

●评析

《毛诗序》指出:"《旄丘》,谴卫伯也。"这是指黎侯受到狄人的追逐,黎侯逃到卫国,期望得到卫伯的救助,但是卫侯迟迟不见动静,黎侯作诗怨卫侯,责怨卫侯藏着掖着不愿救助。关于这首诗,多数解释都是这样认为的,可是黎侯是谁人的分封,居于何处,未见有历史资料。但是从这首诗文可以看出,这肯定是由于某种原因而流落他乡之人的责怨之词。

简 兮

简兮简兮①,方将万舞②。日之方中,在前上处。
硕人俣俣③,公庭万舞。有力如虎,执辔如组④。

左手执籥⑤，右手秉翟⑥。赫如渥赭⑦，公言锡爵⑧。

山有榛⑨，隰有苓⑩。云谁之思⑪，西方美人⑫。彼美人兮，西方之人兮。

●注释

①简兮：选择，检阅。②方将万舞：方将：正在，将要。万舞：古代的一种大型舞蹈，包括武舞和文舞两部分。武舞主要是指《大武》而言，舞者手持大盾，沉稳凝立不动，这是表示周武王等待各诸侯汇聚时的神态，开始舞蹈时扬手顿足、形态威猛而有力。文舞是表示赞美和平欢乐的舞蹈。③硕人俣俣：硕：高大。俣俣(yǔ yǔ)：身材高大。④执辔如组：执辔(pèi)：手握马缰绳。如组：编织，丝带。⑤籥(yuè)：古代的一种管乐器。⑥翟(dí)：古代乐舞所执的野鸡毛。⑦赫如渥赭：赫(hè)：火红色。渥(wò)：浸湿，浸染。赭(zhě)：红褐色。⑧锡爵：锡：赐给，赏赐。爵：酒杯。⑨榛(zhēn)：一种落叶灌木。⑩隰有苓：隰(xí)：湿地。苓：茯苓。⑪云：说。⑫西方美人：西方：西周之地。美人：善良。有美德的人。

●译文

那选拔啊检阅啊！正在舞着那个万舞。太阳正好日当午，正在天空的前上方。

那高大健美的人，正在公庭舞那万舞。他力大有如老虎，手执马缰舞如丝带。

他左手拿竹管乐，右手舞着那野鸡毛。面色汗湿红光闪，公爷说赐给他爵位。

高山上有榛子树，低湿之地有那茯苓。都说他想什么人，想西周有美德之人。那有美德的人啊！他是西周的人士啊！

●评析

一般认为这首诗是一首讽刺不用贤者的诗篇。其实从这首诗的内容分析，实际上是一首描写选拔检阅人才的活动，按照《周礼·春官·大司乐》规定："舞《大武》，以享先祖。"也就是说，凡是舞《大武》之舞就是祭祀先祖的活动。而《礼记·祭统》规定："古者明君爵有德而禄有功者，必赐禄于大庙，示不敢专也。"就是说君主在太庙行祭祀之礼时，顺便在太庙中对有功德的人进行封爵进禄的活动。所以这一首诗也可以认为是诗作者在怀念西周时代君王在祭祀先祖时顺便为贤者封爵进禄的情景，这从诗文的最后一段就能明确地体现出来，作者所想念的就是西周时代的君子之德，想念的就是周文王、周武王、周公时代贤者被大量举荐而受到分封的情景，当然同时暗示出春秋时期不分封贤者、不举荐贤者辅助君主治理国家的历史事实。

泉 水

毖彼泉水①，亦流于淇②。有怀于卫③，靡日不思④。娈彼诸姬⑤，聊与之谋⑥。

出宿于泲⑦，饮饯于祢⑧。女子有行⑨，远父母兄弟。问我诸姑，遂及伯姊。

出宿于干⑩,饮饯于言⑪。载脂载舝⑫,还车言迈⑬。遄臻于卫⑭,不瑕有害⑮。

我思肥泉⑯,兹之永叹⑰。思须与漕⑱,我心悠悠。驾言出游⑲,以写我忧⑳。

● **注释**

①毖彼:毖(bì):通"泌",泉水冒出来的形象。彼:那。②淇:淇水,在河南林县。③怀:怀念,思念。④靡(mí):没有。⑤娈彼诸姬:娈(luán):相貌美。诸姬:众多姬姓女子,因为卫国是卫康叔的封国,卫康叔是周公的弟弟,周族姓姬,那么这位嫁到他乡的女子也一定姓姬。⑥聊与之谋:聊:姑且,暂且。谋:商议,商量。姑且与她们商议。⑦出宿与泲:出门住宿在泲地。泲(jǐ):卫国地名。⑧祢(nǐ):卫国地名⑨女子有行:女子要出嫁远行。⑩干:卫国地名。⑪言:卫国地名。⑫载脂载舝(xiá):载:装满。脂:油脂。舝:车轴上的金属装置。全句是说:给车轴上上满油。⑬还车言迈:还车:调转车头。言:说。迈:远行。⑭遄臻:遄(chuán):快速。臻(zhēn):到达。⑮瑕(xiá):何,什么。⑯肥泉:卫国地名。⑰兹之永叹:兹:通"滋",越发,更加。更加长久叹息。⑱思须与漕:须与漕:均为卫国地名。思念须地和漕地。⑲驾言出游:驾车说是出游。⑳以写我忧:写:通"泻",宣泄。以宣泄我的忧愁。

● **译文**

那汩汩冒个不停的泉水,也都流入到那淇水里。我心中怀念那家乡卫国,没有一日不在思念中。那些美貌的众多姬姓女,姑且先与她们来商议。

想起出嫁前在泲地住宿,饮酒饯行在祢邑之地。姑娘出嫁将要远行外地,远离自己的父母兄弟。向我的众位姑姑问长短,以及我的叔伯和姊妹。

现在又来卫国干地住宿,饮酒饯行在言邑之地。好好给车轴膏饱了油脂,调转了车头说要远行。快速行进快快到达卫国,我不想发生什么祸害。

到了卫国我思念那肥泉,使我更加长久地叹息。思念我们的须地和漕地,我的心中长久地思念。言说驾车出外是去游玩,以宣泄我心中的忧愁。

● **评析**

这是一首描述卫国姬姓女子出嫁在他乡,怀念自己的故乡卫国的诗篇。诗文以泉水虽然从地下不断冒出,但是最终还是流入到淇水之中,以说明饮水思源,比喻出嫁的姑娘无论在婆家的生活如何美满幸福,但是对自己的父母兄弟姐妹,对自己的亲人,对自己的家乡的一草一木、一山一水的思念之情还是不会淡忘。这也就是饮水思源的道理。诗文通过对这位女子在回卫国途中,对自己出嫁时一系列活动的回忆,以及回到卫国又对自己家乡之地的思念之情,而表现出姑娘急于回到自己家乡、急于见到自己亲人的迫切心情。但是诗文最终还是没有让姑娘回到自己的故乡,而是只到了卫国的言邑,这也就是说由于某种原因或者礼仪规定,或者由于父母早已不在,而不允许姑娘回到自己的家乡,所以姑娘只有驾车出外游玩,以宣泄心中的忧愁。

北 门

出自北门,忧心殷殷①。终窭且贫②,莫知我艰。已焉哉！天实为之,谓之何哉！

王事适我③,政事一埤益我④。我入自外,室人交徧谪我⑤。已焉哉！天实为之,谓之何哉！

王事敦我⑥,政事一埤遗我⑦。我入自外,室人交徧摧我。已焉哉,天实为之,谓之何哉！

●注释

①殷殷:很忧愁的样子。②窭(jù):房屋简陋,这里是指贫穷不能备礼仪。③适:派给。④一埤益我:一:一律,全都。埤(pí)益:堆积,增加给我。⑤室人交徧谪我:室人:家人。交:轮流,交替。徧(biàn):同"遍"。谪(zhé):责备。家人轮流将我责备一遍。⑥敦:敦促,逼迫。⑦遗我:遗留给我。

●译文

自从北门走出来,我的忧愁就绵绵不断。既简陋且贫困,没有谁知道我的艰难。已经是这样子了,天下的事就是这样的,说了又有什么用！

王室的事派给我,公事全都堆积给了我。我从外面刚回来,家人轮番责备我一遍。已经是这样子了,天下的事就是这样的,说了又有什么用！

王室的事敦促我,公事全都遗留给了我。我从外面刚回来,家人轮番责备我一遍。已经是这样子了,天下的事就是这样的,说了又有什么用！

●评析

这是一首描写卫国官吏为了君主和国家的事情整日忙碌,而不能顾及家庭,受到家人埋怨的诗篇；也有说是卫国的忠臣不得其志,官吏勤勤恳恳为君主劳碌,但是得不到重用,且其俸禄又不能养活家人,而受到家人的埋怨责备,这些官吏只好听天由命,将委屈咽在肚子里,继续为君主操劳,因为天下的事情本来就是这样的,有人享受安乐,就要有人牺牲自己的安乐来为更多人的安乐创造条件。所以诗中连续用了三个"天下的事情确实就是这样的,说了又有什么用！"来强化诗文的意义。因为卫宣公淫乱无德,所以才会使那些贤者不得其志,不得重用。

北 风

北风其凉,雨雪其雱①。惠而好我②,携手同行。其虚其邪③,既亟只且④。
北风其喈⑤,雨雪其霏⑥。惠而好我,携手同归。其虚其邪,既亟只且。
莫赤匪狐⑦,莫黑匪乌⑧。惠而好我,携手同车。其虚其邪,既亟只且。

●注释

①雱(pāng):雪下得很大。同"滂",大雪就如"滂沱大雨"。②惠而好我:惠:仁爱,友好。与我的好朋友。③其虚其邪:其:岂能。虚:不,没有。邪:疑问词语,相当于"吗","呢"。岂能不赶快离开吗?④既亟只且:既紧急而且只能快些走。⑤喈(jiē):形容北风呼啸的情景。⑥霏:雨雪很大的样子,雨雪霏霏。⑦莫赤匪狐:没有哪只狐狸不是赤色的。⑧莫黑匪乌:没有哪只乌鸦不是黑色的。

●译文

北风呼啸寒凉刺骨,雨雪滂沱漫天飞舞。仁爱而与我好的人,携手一起远走天涯。岂能不赶快远走吗?既紧急就只能快走。

北风呼啸如钟鼓鸣,雨雪霏霏天地遍白。仁爱而与我好的人,携手同归天涯之路。岂能不赶快远走吗?既紧急就只能快走。

没有狐狸不是赤色,没有乌鸦不是黑色。仁爱而与我好的人,携手同车一起远走。岂能不赶快远走吗?既紧急就只能快走。

●评析

一般认为这是因为卫君施行暴虐之政,人民不能忍受而相互携手逃离卫国,这首诗就是对这种现象的描述。诗文用北风呼啸、雨雪霏霏的寒凉景象象征暴虐之政对人民的残害,也就是暴虐之政就如暴风雪一样使人民感到阴冷可怕,所以人民纷纷逃离卫国。诗文最后用天下狐狸一般赤,天下乌鸦一般黑,比喻暴虐之政对所有的人都造成了同样的伤害;同时暗示卫国的君主及官员都是一样的,都是不顾人民死活的无道者,所以人民只能赶快逃离,以免继续受到伤害。

静 女

静女其姝①,俟我于城隅②。爱而不见③,搔首踟蹰④。
静女其娈⑤,贻我彤管⑥。彤管有炜⑦,说怿女美⑧。
自牧归荑⑨,洵美且异⑩。匪女之为美⑪,美人之贻。

●注释

①静女其姝:静女:雅静的姑娘。其:那么。姝(shū):美好,美丽。雅静的姑娘是那么美丽。②俟我于城隅:俟(sì):等待。于:在。城隅:城墙的角落。等待我在城墙的角落里。③爱:隐蔽。④踟蹰(chí chú):徘徊。⑤娈(luán):美丽。⑥贻我彤管:贻(yí):赠送。彤:红色。赠我红管草。⑦炜(wěi):光明,光亮。⑧说怿女美。说:悦。怿:喜悦。女:汝,你。喜悦你的美丽。⑨自牧归荑:牧:野外。归:送。荑(tí):草木初生的嫩芽。自从野外送我嫩红色的草管。⑩洵(xún):确实。⑪匪女之为美:匪:不是。女:汝。并不是你的嫩管美丽。

●译文

雅静的姑娘是那么美好,在城墙的角落里等待我。隐蔽起来而使我看不见,急得我抓耳挠腮乱徘徊。

雅静的姑娘是那么美丽,给我赠送好看的红管草。红管草有着美丽的光泽,我喜悦你赠送的红管草。

自从野外馈赠我嫩管草,确实美好而且非常奇特。并不是红管草有多么美,是美人所赠送的纪念品。

●评析

这是一篇青年男女幽会的情诗,男女约会在城墙之上,姑娘因为不好意思,所以就隐藏在城墙的角落里,男青年一时找不到而急得抓耳挠腮到处乱找。姑娘送小伙子红管草,以表示自己的心意。从诗文的内容分析,这应该是一首描写青年男女正常约会的诗篇,因为文字简练,并且已经明确指出雅静美丽的姑娘是懂得礼仪的女子,而且诗文也没有其他不雅的句子,所以不能认为是道德败坏的男女幽会。

《毛诗序》指出:"《静女》,刺时也。卫君无道,夫人无德。"

新 台

新台有泚①,河水弥弥②。燕婉之求③,籧篨不鲜④。
新台有洒⑤,河水浼浼⑥。燕婉之求,籧篨不殄⑦。
渔网之设,鸿则离之⑧。燕婉之求,得此戚施⑨。

●注释

①泚(cǐ):鲜明的样子,引申华丽。②弥弥(mí mí):弥漫,水势很大。③燕婉:燕:新婚燕耳。婉:美好。④籧篨(qú chú)不鲜:古代用竹子或者苇子编的粗席子。这里指不能弯腰的人,也就是指人年老,身体僵硬,不能弯腰。鲜:新鲜。⑤洒:关于洒,解释多样,有的解释是高大的样子,有的解释是鲜明的样子。因为全句是:"新台有洒",所以这里的"洒"应该是水的意思,也就是新台上有水洒落。⑥浼浼(měi měi):水大的样子。⑦殄(tiǎn):通"腆",善,美好。⑧鸿:鸿雁。⑨戚施:戚:忧伤。施:施舍,施行,安放,引申结果,下场。

●译文

新建的高台非常华丽,河水弥漫河岸湿漉漉。新婚燕尔为求得幸福,嫁了个老头不算新鲜。

新台上有水洒落下来,就如浼浼淇水不断流。新婚燕尔为求得幸福,嫁个老头实在不美好。

设置渔网是为了捕鱼,鸿雁远离而避免祸端。新婚燕尔为求得幸福,得到这样忧伤的下场。

●评析

据《东周列国志》第十二回记载,卫宣公为自己的儿子急子聘齐僖公的长女宣姜,卫宣公听闻宣姜有绝伦之姿,心贪其色而难言于口,乃命名匠筑高台于淇河之上,朱栏华栋，重宫复室，极其华丽，名曰新台。先以聘宋为名遣开急子至宋，然后使左公子泄到齐迎宣姜径至新台，自己纳其为妻，也就是父亲将为儿子迎娶的媳妇纳入自己房中，为自己的妻子。时人作新台之诗，以刺卫宣公之淫乱。正如《东周列国志》列文所言："籧篨、戚施，皆丑恶之貌，以喻宣公。言姜氏本求佳偶，不意乃配此丑恶也。"卫宣公早时就淫乱于父之妾夷姜，与其生子取名急子，而后自己又娶急子之未婚妻为己妻曰宣姜，与宣姜生子寿与朔。寿与急子虽为异母同兄，因为二人秉性都很善良，所以二人关系甚密。卫宣公原本立急子为世子，后又想立寿和朔，所以就想谋害急子，于是就派人前去刺杀急子，结果又错杀了他与宣姜所生之子寿，一日之内二子遭遇死亡使卫宣公气急受惊而病，不到半月而亡，这就又产生了诗篇"二子乘舟"。

二子乘舟

二子乘舟，泛泛其景①。愿言思子②，中心养养③。
二子乘舟，泛泛其逝④。愿言思子，不瑕有害⑤。

● 注释

①泛泛其景：泛泛：漂浮。其景：那景象。②愿言思子：愿：谨慎老实。言：说。思子：想起二位公子。③中心：心中。养养：同"怏怏"，心中不满不高兴。④逝：离去，逝世。⑤瑕（xiá）：何，什么。

● 译文

二位公子争相乘舟，漂浮在河野上的情景。愿意说思念二公子，心中愤懑实在是悲伤。
二位公子争相乘舟，漂浮在河野很快逝去。愿意说思念二公子，不知为何会有此灾害。

● 评析

据《东周列国志》第十二回记载，卫宣公为了立公子寿为世子而与宣姜和公子朔密谋要将急子在派往齐国的途中杀害，公子寿从母亲宣姜口中得知真相之后，急忙来向自己的兄长急子告知，并劝急子出逃别国，急子认为为人子者以从命为孝，弃父之命而逃就是不孝，所以不愿逃亡，而是以父之命乘舟前往齐国。公子寿眼看其兄就要死于非命，于心不忍，自己也另乘一舟并带酒追赶兄长，他追赶上急子之后，将急子灌醉，自己乘舟前往齐国，并给急子留下书信言明自己将代急子受死，公子寿在前往齐国途中被其父早已埋伏在途中的强盗杀害，而且取下其头颅。急子酒醒之后，看到兄弟所留书信，火速乘舟追赶，而当他看到兄弟的头颅之时，泪如雨下，并大声言明自己才是真正的急子。经杀人者辨认真是急子时，又将急子杀害，将二位公子的人头呈与公子朔。朔看到二位兄长被杀，正中他的下怀，二位兄长死亡，自己就是独一无二的世子，就是父亲的继承人。当卫宣公得知就连寿也被杀死的消息之后，泪如雨下，卫宣公受惊之后又因为思念公子寿而病，半月而亡。公子朔即位为卫惠公。所以这篇诗文，就是对二位情深意长的兄弟公子为了挽救对方的性命而争相赴死的颂扬之词。

鄘　风

据《史记·周本纪》记载周武王封其弟管叔于鄘，其地就在殷商的都城朝歌的东边；周武王去世后，周公代年幼的周成王摄政，管叔因为怀疑周公的诚意而伙同武庚叛乱，被周公平息叛乱而诛杀，之后鄘地就由周公分封于周武王之弟，也就是周公之弟，周成王之叔父封管理，是谓卫国。卫康叔封是卫国的先祖。所以《鄘风》属于卫国的风土人情之事。

其实从诗歌的内容来分析，《鄘风》记载的是卫宣公等君主以后的事情，也就是记载了春秋之时的事情，并不是记载卫国先祖的诗篇，其内容包括《柏舟》、《墙有茨》、《君子偕老》、《桑中》、《鹑之奔奔》、《定之方中》、《蝃蝀》、《相鼠》、《干旄》、《载驰》等十篇诗歌，其内容主要还是记载了在卫宣公之风气的教化下卫国人民的世风习俗。如《墙有茨》就是一首对卫国君主的婚姻关系混乱、违背伦理道德的讽刺之诗。《君子偕老》是一首描写卫君夫人卫宣姜乱伦失德的讽刺诗，卫宣姜的容貌虽然美丽绝伦，但是因为她乱伦，不能从一而终，心地不善良，所以诗文指出她就不是美人。《鹑之奔奔》这首诗应该是对无道无德乱伦的卫君的讽刺之诗。《相鼠》也是对卫国君主那些丧失伦理道德之事情的讽刺。《定之方中》则是颂扬卫文公重建卫国，发展恢复卫国事业的诗篇。

柏　舟

泛彼柏舟，在彼中河。髧彼两髦①，实维我仪②。之死矢靡它③！母也天只④，不谅人只！

泛彼柏舟，在彼河侧。髧彼两髦，实维我特⑤。之死矢靡慝⑥！母也天只，不谅人之！

●注释

①髧彼两髦：髧（dàn）：头发下垂的样子。彼：他。两髦（máo）：头发分成两股。②实维我仪：实在是我的好配偶。仪：配偶。③之死矢靡它：之死：到死。矢：矢志，发誓。靡（mí）：不。发誓到死不离他。④天只：像天一样呀。只：呀。⑤特：配偶。⑥慝（tè）：通"忒"（tè），变更，变心。

●译文

飘荡在河水中的柏木舟，随波飘流在河中央。那个人将头发分在两边，实在是我的好配偶。我发誓到死也不离开他，母亲也像天一样呀，她也不体谅我的心情呀！

飘荡在河水中的柏木舟，在那河水的河岸边。那个人将头发分在两边，实在是我的好配偶。我发誓至死也不离开他，母亲也像天一样呀，她也不体谅我的心情呀！

●评析

　　这首诗据记载是卫共姜的自誓,卫世子共伯早逝,其妻共姜坚守妇义,坚决不改嫁,因母亲要她改嫁,所以就作诗拒绝以表明自己的心意。诗文中虽然只用丈夫的发型特点来表示丈夫是自己的好配偶,并未说明这位丈夫的其他特点,但是卫姜坚决不再嫁的口气已经表明了卫姜对丈夫坚贞不二的决心,就足以说明卫共姜对丈夫的爱心,也说明这位丈夫值得卫姜为其守节。

　　《毛诗序》指出:"《柏舟》,共姜自誓也。卫世子共伯早死,其妻守义,父母欲夺而嫁之,誓而弗许,故作此诗以绝之。"

墙有茨

　　墙有茨①,不可扫也。中冓之言②,不可道也③。所可道也,言之丑也。

　　墙有茨,不可襄也④。中冓之言,不可详也⑤。所可详也,言之长也。

　　墙有茨,不可束也⑥。中冓之言,不可读也。所可读也,言之辱也。

●注释

　　①茨(cí):蒺藜,一种有刺的野草。②冓(gōu):宫室的深密之处。③道:言说。④襄(xiāng):除去。⑤详:详细,仔细。⑥束:其含义可能有二。其一,是不可束之高阁。其二,是不可书写。束与书、与整理在一起,意为书写下来。因为根据下　句的含义,"中冓之言,不可读也"的理解,只有书写下来才是阅读的前提,所以"束"应该是书写之意。

●译文

　　墙上有长刺的蒺藜草,不可以用扫帚扫除。宫室密处的那些闲话,不可以向外面言说。之所以不可以言说呀,因为说起来太丑恶。

　　墙上有长刺的蒺藜草,不可能将其铲除掉。宫室密处的那些闲话,不可以仔细地言说。之所以不可仔细言说,因为说起来话太长。

　　墙上有长刺的蒺藜草,不可将其书写下来。宫室密处的那些闲话,不可以让人来读它。之所以不可以读它们,因为说出来是耻辱。

●评析

　　这是一首对卫国君主的婚姻关系混乱、违背伦理道德的讽刺之诗。据《东周列国志》第十二回记载:卫宣公与父妾夷姜乱伦,生子急子;卫宣公为急子聘齐僖公的长女为媳,卫宣公得知齐女有绝世之美色,就将儿子急子遣走,自己将儿子急子所聘之媳齐僖公的大女儿娶为妻子,是谓宣姜。又为了使宣姜所生之子寿和朔二兄弟继承卫国江山,而害死了儿子急子和与宣姜所生之子寿。卫宣公心疼儿子之死,气急而亡,由另一儿子朔继位为卫惠公。卫惠公出兵伐郑国但未成功,被一心想为急子和寿报仇的其他公子硕谋位,卫惠公出逃于齐国,其兄弟硕在极其淫乱的齐襄公的支持下回国,与其父之妻卫宣姜淫乱而成为夫妇。此诗就是对卫国这种丧失伦理道德的婚姻关系的讽刺。正如《列文》

所言:"宣姜遂与公子硕为夫妇,后生男女五人,长男齐子早卒,次戴公申,次文公毁;女二,为宋桓公、徐穆公夫人。使臣有诗叹曰:'子妇如何攘作妻,子烝庶母报非迟。夷姜生子宣姜继,家法源流未足奇。'"

诗文明确指出,宫室中的这些混乱关系是一件非常耻辱的事情,既不能用一言半语说清,更不能将其书写下来让后世之人拜读,因为这实在是非常可耻的事情,但是《东周列国志》还是记载了这些事情。

君子偕老

君子偕老①,副笄六珈②。委委佗佗③,如山如河。象服是宜④,子之不淑⑤。云如之何。

玼兮玼兮⑥,其之翟也⑦。鬒发如云⑧,不屑髢也⑨。玉之瑱也⑩,象之揥也⑪。扬且之皙也⑫,胡然而天也⑬,胡然而帝也⑭。

瑳兮瑳兮⑮,其之展也⑯。蒙彼绉絺⑰,是绁袢也⑱。子之清扬⑲,扬且之颜也。展如之人兮,邦之媛也⑳。

● **注释**

①偕(xié)老:夫妇共同生活到老。②副笄六珈:副:首饰。笄(jī):簪(zān)子。六珈(jiā):插在簪子上的珠宝。③委委佗佗(tuó tuó):委委:确实。佗佗:盛美的样子。④象服:绘绣图案的礼服。⑤淑:善良。⑥玼(cī):鲜明。⑦翟(dí):野鸡毛。⑧鬒(zhěn):黑发。⑨不屑:用不着。髢(dí):假发。⑩瑱(tiàn):垂在耳旁的玉饰。⑪象之揥也:象:象牙。揥(tì):发簪之类的首饰。⑫扬且之皙:扬:容貌出众。皙:白皙。⑬胡然而天也:胡:怎么,为何。然而:可是。天也:天一样公正。⑭帝也:帝娥,舜帝的二位妻子娥皇女英。⑮瑳(cuō):色泽洁白光润。⑯展:礼服,诚实,确实。⑰蒙彼绉絺(zhòu chī):罩在她身上的一种细薄的绉纱衣。⑱绁袢(xiè pàn):夏天穿的白色内衣。⑲清扬:眉目清秀。⑳媛:美女。

● **译文**

与君子共同生活到老,发髻插玉簪镶美玉六颗。她确实盛美端庄至极,如高山庄重如河水深沉。华美的礼服真是适宜,可是你却不是善良的人,说说如此这样为什么?

鲜亮啊真是实在鲜亮,是礼服上绘绣的野鸡毛。黑发如云实在是美丽,用不着佩戴那些假发式。美玉饰物垂在双耳旁,象牙发簪更是美丽尊贵。容貌出众皮肤又白皙,为何不像天一样公正啊!何不像帝娥一样善良!

光润洁白啊实在美丽,她洁白的礼服真是美丽。罩在她身上的细纱衣,夏天穿的那件白内衣。她的眉目实在是清秀,容貌出众而且容颜美丽。如果她确实是善良人,就是邦国之中的大美人。

● **评析**

这是一首描写卫君夫人卫宣姜乱伦失德的讽刺诗。卫宣姜原是卫宣公的儿子急子的未婚妻,卫宣公因为这位女子太美丽而将其纳为己有,成为自己的夫人。但是卫宣姜却与卫宣公同谋杀害了公子急子,本该为卫宣公守寡到死的宣姜后来又与卫宣公之子公子硕乱伦为夫妇。所以诗文开头就用"与君子共同生活到老,发髻插玉簪镶美玉六颗"说明这个美丽夫人的过去,又对这位夫人与众不同的美丽做了全面的描写,从容貌、头发、发式、首饰、衣服的色彩、质地、身材等等都作了描写,说明此夫人的外表确实美丽动人。可是诗文紧接着又指出,可惜这么美丽的妇人其心地却不善良,诗文对此发出了感叹:如此美丽的夫人,为什么会不善良呢?为什么不能像天一样公正无私呢?为什么不能像帝娥一样善良美丽呢?天公正无私地对待万物,帝娥是尧帝之二位女儿,其名娥皇与女英,尧帝将二女嫁给舜帝为二妃。二位帝王之女,帝王之妻,善良宽容地对待舜帝的家人,辅佐舜帝成就事业,舜帝巡狩南方,死于苍梧之野,葬于九疑山,二妃追至洞庭,投水而葬于湘水。所以诗文指出,这么美丽的妇人,怎么就不能像帝娥一样善良宽容呢?不能像帝娥一样从一而终呢?诗文最后指出,假如这位美丽的妇人,确实是一位善良宽容的妇人,那么她就是卫国之中最美的大美人了,也就是说,尽管这位妇人的外表非常美丽尊贵,但是由于她不善良、不宽容、不能从一而终、不能与一位丈夫白头到老,而且乱伦,所以她虽然有非常美丽的外表也不能是邦国中最美丽的美人了。这是对卫国君主无道失德的乱伦德行的讽刺,也应该是对卫宣姜乱伦失德的讽刺之词。

桑 中

爰采唐矣①,沫之乡矣②。云谁之思③?美孟姜矣④。期我乎桑中⑤,要我乎上宫⑥,送我乎淇之上矣⑦。

爰采麦矣,沫之北矣,云谁之思?美孟弋矣⑧。期我乎桑中,要我乎上宫,送我乎淇之上矣。

爰采葑矣⑨,沫之东矣。云谁之思?美孟庸矣⑩。期乎我桑中,要乎我上宫,送我乎淇之上矣。

●注释

①爰采唐矣:爰:在什么地方。唐:草名,即菟丝子。②沫之乡矣:沫(mèi):卫国的城邑名。在今河南淇县南。全句的含义是:在卫国的沫乡。③云谁之思:说是在想念或者思念谁?④美孟姜矣:美:美丽。孟:排行第一的。孟姜:春秋时期,齐国为大国,齐国为姜子牙的封国,所以姜就是齐国君主之姓,孟姜就是指齐国姜姓人的长女。⑤期我乎桑中:期:约定。桑中:桑树林之中。⑥要我乎上宫:要:邀请。上宫:城角楼上。⑦淇:淇水,卫国的河水名。⑧弋(yì):多数解释是姓氏。弋姓。⑨葑(fēng):芜菁菜。⑩庸:姓氏。

●译文

在什么地方采菟丝子,就在卫国的沫乡之地。言说是在思念什么人?思念那美丽的孟姜女。她约我相见在桑林中,又邀请我在城角楼上,还送我到那淇水岸边。

在什么地方采割麦子，就在卫国沫邑的北边。言说是在思念什么人？思念美丽的弋大姑娘。她约我相见在桑林中，又邀请我在城角楼上，还送我到那淇水岸边。

在什么地方采芜菁菜，就在卫国沫邑的东边。言说是在思念什么人？思念美丽的庸大姑娘。她约我相见在桑林中，又邀请我在城角楼上，还送我到那淇水岸边。

● 评析

《毛诗序》指出："《桑中》，刺奔也。卫之宫室淫乱，男女相奔，至于世族在位，相窃妻妾，期于幽远，政散民流，而不可止。"《笺》："卫之宫室淫乱，谓卫惠公之世，男女相奔，不待媒氏以礼会之也。世族在位，娶姜氏、弋氏、庸氏者也。"

也有人认为这是一首描写民间男女幽会的民歌，诗中提到了三个不同姓氏的女子，这是以人们熟悉的几个姓氏来代表当时男女相爱的一种表现形式；或者是描述了一个心思不专一的男子同时与几个女子谈情说爱的情景。

从诗句的口吻分析，应该是一位心思不专的男子在相同的地点不同的时间与不同的女子约会的情景。这也充分说明在上位的君主品行不端，乱伦无度，对人民产生了不好的教化影响，而使人民的品行也不端。

鹑之奔奔

鹑之奔奔①，鹊之彊彊②。人之无良③，我以为兄。
鹊之彊彊，鹑之奔奔。人之无良，我以为君。

● 注释

①鹑之奔奔：鹑（chún）：鹌鹑。奔奔：成对相伴。②鹊之彊彊：鹊：喜鹊。彊彊（jiāng jiāng）：固执地相随相伴。③无良：不善良。

● 译文

鹌鹑鸟成对相随相飞，喜鹊鸟固执地相随相伴。做人若是无善良美德，我为什么将他当作兄长。

喜鹊鸟成对相伴相随，鹌鹑鸟也始终相随相伴。做人若是无善良美德，我为什么将他当作君子。

● 评析

这首诗应该是对无道无德乱伦的卫君卫宣公的讽刺之诗，诗文用鹌鹑、喜鹊鸟是雌雄相随一生，比喻作为兄长、君子的美称是与善良的美德相伴相随的，君子、兄长若是没有美德，就不配为君子，不配为兄长，所以诗文指出，做人若是没有善良的美德，我为什么要将他当兄长一样对待呢，为什么要将他当君子对待呢？

《毛诗序》指出："《鹑之奔奔》，刺卫宣姜也，卫人以为卫宣姜鹑鹊之不若也。"

定之方中

定之方中①,作于楚宫②。揆之以日③,作于楚室。树之榛栗④,椅桐梓漆⑤,爰伐琴瑟⑥。

升彼虚矣⑦,以望楚矣。望楚与堂⑧,景山与京⑨。降观于桑,卜云其吉⑩。终然允臧⑪。

灵雨既零⑫,命彼倌人⑬,星言夙驾⑭,说于桑田⑮。匪直也人⑯,秉心塞渊⑰,騋牝三千⑱。

●注释

①定之方中:定:二十八星宿之一,定宿,也叫营室。大约在每年小雪时,定星于黄昏时出现在正南,古人在这个时候兴建宫室。方中:正当中。②作于楚宫:于是营造楚丘城的宫室。③揆(kuí):度量。④树之榛栗:树:种植。榛(zhēn):榛子树。栗:栗子树。⑤椅桐梓漆:椅(yǐ):椅树,又叫山桐子。木材可以制造器具。桐:桐树。梓(zǐ):梓树,落叶乔木,木材可以作器具。以上木料可以制作琴瑟。漆:漆树。⑥爰伐琴瑟:爰:于是。伐:砍伐。琴瑟:制作琴瑟。⑦升彼虚矣:升:登上。彼:那。虚矣:废弃的城邑。⑧堂:楚丘附近的城邑。⑨景山与京:景山:大山。京:高丘。⑩卜云其吉:卜筮说是吉祥。⑪终然允臧:终然:终于。允:诚实,确实。臧:善,好。⑫灵雨既零:灵:灵异。零:下雨,降落。⑬倌人:专门饲养家畜的人,或者专门从事某种事业的人,这里是指专门的驾车人。⑭星言夙驾:趁着雨停早早把车驾。⑮说于桑田:说(shuì):停息。停息在桑田之中。⑯匪直也人:匪:通"彼",那个。直:正直,只是。⑰秉心塞渊:秉心:秉心公正。塞:充满。渊:深。⑱騋牝三千:騋(lái):七尺以上的马。牝(pìn):母马。

●译文

营室星儿在天正中,开始营造楚邱城的宫室。揆度日影测定方位,开始营造室屋大兴土木。种植榛树种植栗树,种植椅树桐树梓树漆树,于是砍伐用作琴瑟。

登上那废弃的城邑,可以望见那楚丘的宫室。望见那楚丘的堂邑,望见楚丘的大山与高丘。下来观看在桑田里,卜筮说处处事事都吉祥,终于确定了好地方。

灵性的雨既停下来,立即命令那驾车的倌人,趁着雨停早早驾车,说将车停在那桑田之中。那个正直的君子啊!秉心公正充满深远理想,终有七尺母马三千。

●评析

这首诗是颂扬卫文公重建卫国,发展恢复卫国事业的诗篇。据《春秋左传·鲁闵公二年》和《东周列国志》第二十三回记载,卫惠公之子卫懿公自周惠王九年继位,在位九年,不恤国政,喜好养鹤,在周惠王十八年冬季十二月时被北狄人攻伐而亡国。后卫懿公之庶兄卫文公即位。卫文公即位时,只有车乘三十辆,卫文公寄居于民间,布衣帛冠,蔬食菜羹,早起夜息,务材训农,安抚百姓,通商惠工,敬授劝学,授方任能,终于有革车三百乘,马匹三千,人称其贤。后来在齐桓公的资助下,在鲁僖公等诸侯的帮助下,在卫国的楚丘卜得吉地，在楚丘大兴土木，营建卫国都邑，由周天子周襄王重新分封卫国。所以说这是对卫文公之功德的颂扬赞美之诗，只有秉心公正无私有远大理想的君子才会以国家人民的利益为己任，才会使国家得到富强。

蝃蝀

蝃蝀在东①，莫之敢指。女子有行②，远父母兄弟。
朝隮于西③，崇朝其雨④。女子有行，远兄弟父母。
乃如之人也⑤，怀婚姻也⑥。大无信也⑦，不知命也⑧。

● 注释

①蝃蝀（dì dōng）：彩虹。②女子有行：女子要出嫁。③朝隮（jī）：朝：早晨。隮：云彩。④崇：整个。⑤乃如之人也：乃：竟然。如：如此，这样。竟然是这样的人啊！⑥怀：想。⑦无信：没有信用。⑧命：命运，天命。

● 译文

彩虹出现在东方，没谁敢用手指。女子要出嫁远行，远离兄弟父母。
早晨云彩在西边，一早晨都下雨。女子出嫁要远行，远离兄弟父母。
竟然是这样的人啊！一心想着婚姻。太没有信用了吧，是不知天命啊。

● 评析

从内容来看，这是一首讽刺那些只为自己婚姻打算的女子的诗篇。诗文用彩虹出现在天边，人们都不敢用手指指点点，因为自古传说用手指点彩虹就会长出染指，也就是手指会发炎长脓疮，说明彩虹是神圣之物，也是一种自然现象。天要下雨，女子要嫁人，这也是人之常情，原本是没有什么可指点评论的，但若有人不顾道德伦理不顾父母兄弟的感受不顾父母兄弟的意愿，而只是为了自己的婚姻失去信用、失去对父母兄弟的亲情，那就会受到人们的指点议论，受到谴责。这里指出，太没有信用了吧，是不知道天命啊！因为古人对天命的理论中，信用、诚实、公正无私是其中最为重要的内容，没有信用的人就会于父母亲情而不顾，只知道为自己的私利而谋划。所以说这是一首对那些不顾伦理道德而婚嫁者的讽刺之诗。

《毛诗序》指出："《蝃蝀》，止奔也。卫文公能以道化其民，淫奔之耻，国人不齿。"这也就是说，这首诗就是对那些不顾礼仪廉耻道德而私奔者的批判之词。

相鼠

相鼠有皮①，人而无仪②。人而无仪，不死何为？
相鼠有齿，人而无止③。人而无止，不死何俟④？
相鼠有体⑤，人而无礼。人而无礼，胡不遄死⑥。

●注释

①相鼠:相:看。鼠:老鼠。②仪:礼仪,法度。③止:容止,礼貌。④俟(sì):等待。⑤体:形体,形象。⑥胡不遄死:胡:为何,怎么。遄(chuán):快,快点。为何不快点去死。

●译文

看那老鼠也有皮毛,可是有些人却没有礼仪。是人如若没有礼仪,不去死这又是为了什么?

看那老鼠也有牙齿,可是有些人却没有礼貌。是人如若没有礼貌,不去死还要等待到何时?

看那老鼠也有形体,可是有些人却没有礼仪。是人如若没有礼仪,怎么还不快一点儿去死。

●评析

这首诗应该是对卫国君主那些丧失伦理道德之事情的讽刺,诗人以极其愤怒的心情对那些没有仁义道德、丧失伦理道德礼仪而胡乱作为的行为作了讽刺。诗文将那些失道无德乱伦的人与老鼠相比,即使是那些令人讨厌的老鼠也是有皮毛有形体有牙齿的动物,而作为有高度智慧有自控能力的人却还不如老鼠,没有礼仪,没有道德,不顾廉耻,丧失人伦人性。所以,诗人以愤怒的口吻指出,这样的人还不如快点去死,以免害人害己,危害国家的利益,充分表示出人民对这些丧失伦理道德者的深恶痛绝之情。

《毛诗序》指出:"《相鼠》,刺无礼也,卫文公能正其群臣,而刺在位,承先君之化,无礼仪也。"

干 旄

孑孑干旄①,在浚之郊②。素丝纰之③,良马四之④。彼姝者子⑤,何以畀之⑥。

孑孑干旟⑦,在浚之都。素丝组之⑧,良马五之。彼姝者子,何以予之⑨。

孑孑干旌⑩,在浚之城。素丝祝之⑪,良马六之。彼姝者子,何以告之⑫。

●注释

①孑孑干旄:孑孑(jié jié):孤单的样子。干旄(máo):旄牛尾装饰旗杆,树于车后,以示威仪。②浚(jùn):卫国城邑名,位于今河南濮阳县南。③素丝纰之:素丝:白色丝。纰(pī):镶缝花边。④良马四之:好马四匹。⑤彼姝者子:彼:那个。姝(shū)者子:美好的君子。⑥畀(bì):给予。⑦旟(yú):绘有鹰隼等鸟的旗子。⑧组之:编制,连缀。⑨予:给予,赞许。⑩旌(jīng):用野鸡毛装饰的旗子。⑪祝:祝愿。⑫告之:祭告。

●译文

那孤单的旄牛旗杆,就在那浚邑的郊外。是用白丝线缝制的,用四匹良马载着他。那个美好的君子人,拿什么东西送给他。

那孤单的鹰隼旗杆,就在那浚邑的都城。洁白的丝线编制的,用五匹好马载着他。那个美好的君子人,用什么言语赞美他。

孤单的野鸡毛旗杆,就在那浚邑的城内。用洁白的丝祝愿他,用六匹好马载着他。那个美好的君子人,用什么言语告诉他。

● 评析

这是一首歌颂美好君子的诗篇,多数学者认为这是赞美卫文公的诗篇。卫文公艰苦创业,恢复了卫国的国力,使卫国得到周襄王的重新分封,应该受到人民的赞美。

因此,《毛诗序》指出:"《干旄》,美好善也,卫文公臣子多好善,贤者乐告以善道也。"

载 驰

载驰载驱①,归唁卫侯②。驱马悠悠,言至于漕③。大夫跋涉④,我心则忧。既不我嘉⑤,不能旋反⑥。视尔不臧⑦,我思不远。

既不我嘉,不能旋济⑧。视尔不臧,我思不閟⑨。

陟彼阿丘⑩,言采其蝱⑪。女子善怀,亦各有行。许人尤之⑫,众稚且狂⑬。

我行其野,芃芃其麦⑭。控于大邦,谁因谁极⑮。大夫君子,无我有尤⑯。百尔所思,不如我所之。

● 注释

①载驰载驱:载:乘坐车子。驰:飞驰。驱:驱赶车马。②归唁卫侯:归:回归,回到娘家。唁(yàn):吊唁。卫侯:这里指卫戴公。卫戴公与卫文公、许穆公夫人三人都是卫宣公之子硕与宣姜所生子女。卫懿公好鹤亡国之后,卫戴公即位,一月之后,卫戴公死亡,卫文公即位,所以这里的卫侯应该是许穆公夫人吊唁卫戴公。③漕:卫邑名。④大夫:这里指许国的大夫前来劝阻许穆公夫人。⑤嘉:赞同,赞许。⑥旋反:立即返回。⑦视尔不臧:视:看见。臧:善,美好。看到你们这样不善良。⑧济:停止,救助。⑨閟(bì):闭门拒绝,谨慎。⑩陟彼阿丘:陟:登上。彼:那。阿丘:一边高的山丘。⑪蝱(méng):中药名,即贝母。⑫许人:这里指许国人。⑬众稚且狂:众人:这里指许国的人。稚:幼稚。狂:狂傲。⑭芃芃其麦:芃芃(péng péng):草木生长旺盛的样子。芃芃其麦:麦子蓬勃生长。⑮谁因谁极:因:依靠。极:最,非常。⑯尤:责备,责难。

● 译文

乘坐车子驱赶车马飞驰,回归卫国前去吊唁卫侯。乘车驱马行走路途遥远,说话来到了卫国的漕邑。许国大夫长途跋涉劝我,我的心中怎么能不忧愁。

许国既然不赞许我归卫,我也不能立即返回许国。看见你们这些人不友好,越想越不能不深思远虑。

许国既然不赞许我归卫,还是不能立即停止行动。看到你们这些人不友好,我想我不能不小心谨慎。

悄悄登上那不高的阿丘,说是为了采集那贝母草。女子总是善于思念娘家,也就各

自有各自的缘由。许国人不住地责难于我,这些人幼稚而且又狂傲。

我又来到了漕邑的郊外,看到了茂盛生长的麦子。我要控诉给那些大邦国,看谁能依靠谁最有善心。许国的这些大夫君子们,不要再来百般责难于我。即使你们有百种好主张,也不及我自己的主张强。

●评析

这首诗据说是许穆公夫人所写。据《春秋左传·鲁闵公二年》记载:许穆公夫人是卫宣公之子硕与宣姜所生,与卫戴公、卫文公是兄妹。卫懿公好鹤亡国之后徐穆公夫人的兄弟卫戴公即位,卫戴公因为原先就有疾病继位一月后死亡,卫戴公的兄弟卫文公即位。卫文公即位时,已经是一个亡国之主,许穆公夫人一心想趁着吊唁卫戴公的机会帮助卫国复国,许国人百般阻挠,许穆公夫人以此诗来表示自己帮助卫国国君也就是自己兄长复国的决心。卫文公最后在齐桓公的帮助下,终于恢复了卫国的国力,卫文公的功德正如前文诗《定之方中》所述。正如《春秋左传》曰:"徐穆公夫人作《载驰》。"

《毛诗序》指出:"《载驰》,许穆公夫人作也。闵其宗国颠覆,自伤不能救也。卫懿公为狄人所灭,国人分散,露于漕邑。许穆公夫人闵卫之亡,伤许之小,力不能救,思归唁其兄,又义不得,故赋是诗也。"

卫 风

《卫风》应该还是卫国的的风土人情的记载诗,包括《淇奥》、《考槃》、《硕人》、《氓》、《竹竿》、《芄兰》、《河广》、《伯兮》、《有狐》、《木瓜》十首诗歌。

《淇奥》是对卫武公美德的怀念之作。全诗充满了对这位君子美德的颂扬,其实这也是在卫国政治混乱之时人民对昔日的明君的思念和向往,颂扬昔日的明君就是期望当时的君主能够以昔日的先祖为榜样,治理好国家,使国家政治清明,人民和乐。《伯兮》也是卫人思念自己先祖的美德之作,卫国自卫庄公之时其政治一直混乱如蓬草,人民生活不得安宁,人民期盼有如先祖一样贤德的君子出现,来治理国家。《木瓜》这首诗据《东周列国志》记载是卫文公所作,卫文公重建卫国,得齐桓公的帮助,所以卫文公以这首诗表示"滴水之恩当涌泉相报"的心意。《硕人》这首诗歌是卫国人为庄姜创作,以赞美美丽而心地善良为国事操劳的庄姜。《氓》是一首描写卫国国风不正,而民也效仿之,民众也对婚姻不专一、始乱终弃的讽刺之作。其他诗篇,则是对卫国一般风土人情的记载之作。

淇 奥

瞻彼淇奥①,绿竹猗猗②。有匪君子③,如切如磋④,如琢如磨⑤。瑟兮僴兮⑥,赫兮咺兮⑦,有匪君子,终不可谖兮⑧。

瞻彼淇奥,绿竹青青。有匪君子,充耳琇莹⑨,会弁如星⑩。瑟兮僴兮,赫兮咺兮,有匪君子,终不可谖兮。

瞻彼淇奥,绿竹如箦⑪。有匪君子,如金如锡,如圭如璧。宽兮绰兮⑫,猗重较兮⑬。善戏谑兮⑭,不为虐兮⑮。

●注释

①瞻彼淇奥:瞻(zhān):瞻仰,观看。彼:那个。淇:卫国河水名。奥:河水的弯曲处。②猗猗(yī yī):美盛的样子。③匪:通"彼",那个。④如切如磋:如:如此。切:切割骨、石、玉、制作器具。磋:将骨、玉石磨制成器物。⑤如琢如磨:琢(zhuó):雕刻玉石。磨:磨光玉石。⑥瑟兮僩兮:瑟:庄严的样子。僩(xiàn):威武的样子。⑦赫兮咺兮:赫:盛大显赫。咺(xuān):太阳的光气,比喻光明的样子。⑧谖(xuān):忘记。⑨充耳琇莹:充耳:齐耳。琇(xiù):美玉。莹:珠玉的光彩。⑩会弁:会:会聚。弁(biàn):古代男子穿礼服时所戴的帽子。⑪箦(zé):竹席。⑫宽兮绰兮:宽容阔绰。⑬猗重较兮:猗(yī):善美。较:明显。⑭善戏谑兮:善:善于。戏谑(xuè):用有趣而引人发笑的话语开玩笑。⑮虐(nüè):虐待。

●译文

看那淇水的弯曲处,有旺盛的绿竹多美丽。有那样的一位君子,就如切割磨制的玉器,如雕琢磨光的玉石。庄严又威武的仪表,显赫盛大而光明磊落。有这样的一位君子,终于使人不能忘记他。

看那淇水的弯曲处,青幽幽的竹子多美丽。有这样的一位君子,晶莹的美玉齐耳晃动,皮帽上的美玉如星。庄重又威严的仪表,显赫盛大而光明磊落。有这样的一位君子,终于使人不能忘记他。

看那淇水的弯曲处,绿竹丛生一片如竹席。有这样的一位君子,就如金子如锡箔珍贵,就如圭玉就如璧玉。宽容大方而又阔绰,最贵重的是美善卓著。善于戏谑诙谐有趣,决不会对人民有暴虐。

●评析

一般认为这首诗是颂扬卫武公的诗篇。据《史记·卫康叔世家》记载:卫武公是卫国第一任君主卫康叔封的第十位子孙,卫康叔是卫国的第一任君主,卫康叔是周成王的叔父、周公和周武王的弟弟,卫康叔在周公的教导下成为一代优秀的诸侯,他能修明文武之德,将卫国治理得很好,而受到周成王的嘉奖。卫武公继位之后,又能修明康叔所奠定的事业和政治措施,使百姓安宁和顺,很是受人民敬重,卫武公四十二年时,周幽王遭到犬戎诛杀,年已八十余岁的卫武公亲自率兵前往与众诸侯一起帮助周朝平定犬戎之战,很有功劳,周平王命卫武公为公爵。

诗文一开始就用美玉来比喻这位有美德的君子,表示出这位君子威严显赫的身世;第二节对这位君子的穿戴装饰作了描写,更加显示出这位君子美如玉的品德;第三节指出,这位君子的美德就如金如锡箔,总之全诗对这位君子的美德作了热切的颂扬,其实这也是在卫国政治混乱之时人民对昔日的明君的思念和向往,颂扬昔日的明君就是期望当时的君主能够以昔日的先祖为榜样,治理好国家,使家政治清明,人民和乐。

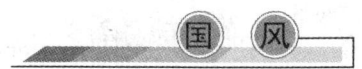

《毛诗序》指出："《淇奥》，美武公之德也，有文章，又能听其规谏，以礼自防，故能入相于周，美而作是诗也。"

考　槃

考槃在涧①，硕人之宽②。独寝寤言③，永矢弗谖④。
考槃在阿⑤，硕人之薖⑥。独寝寤歌，永矢弗过。
考槃在陆⑦，硕人之轴⑧，独寝寤宿⑨，永矢弗告⑩。

●注释

①考槃在涧：考：落成，完成。槃(pán)：同"盘"，盘有砌、垒、搭建房屋设施的含义。涧(jiàn)：山涧，溪涧。②硕人之宽：硕：大。宽：宽松，放松。③独寝寤言：寝：睡觉。寤：睡醒，醒悟。④永矢弗谖：永：永远。矢：矢志，发誓，立志。谖(xuān)：忘记。⑤阿：大的山丘。⑥薖(kē)：空阔。⑦陆：路。⑧轴：轴心，车轴。⑨宿：住宿。⑩告：祭告。

●译文

房屋搭建在山涧，高大的君子好宽松。独睡独醒又独言，发誓永远不会忘记。
房屋搭建在山丘，高大的君子好空闲。独睡独醒又独歌，发誓要永远无过失。
房屋搭建在路旁，高大的君子轴心正。独睡独醒独住宿，发誓永远不忘祭告。

●评析

一般认为这首诗是讽刺卫庄公的诗篇。据《史记·卫康叔世家》和《东周列国志》第五回记载：卫庄公是卫武公之子，卫武公在位五十五年，卫武公去世后，其子庄公扬继位。庄公娶齐女庄姜为夫人，庄姜很美，但是没有生养子息。庄公之妾生公子完后去世，庄姜收养公子完，庄公立完为太子，后庄公又一妾生子州吁，庄公对其子州吁溺爱，而不听贤者的劝告，庄公去世后，世子完继位，是为卫桓公，而州吁谋害卫桓公自己立为卫君，不到六个月又被推翻。这首诗讽刺庄公不能继承其父卫武公的事业使贤者隐退居于下野，而且还表示了贤者虽然隐居而自得其乐，但是心中还不忘记贤者的本色，永远不使自己有过失，永远不忘记祭祀先祖的品德。

《毛诗序》指出："《考槃》，刺庄公也。不能继先公之业，使贤者退而穷处。"

硕　人

硕人其颀①，衣锦褧衣②。齐侯之子③，卫侯之妻④，东宫之妹⑤，邢侯之姨⑥，谭公继私⑦。
手如柔荑⑧，肤如凝脂，领如蝤蛴⑨，齿如瓠犀⑩，螓首蛾眉⑪。巧笑倩兮⑫，美目盼兮⑬。
硕人敖敖⑭，说于农郊⑮。四牡有骄⑯，朱幩镳镳⑰，翟茀以朝⑱。大夫夙退⑲,无使君劳。

　　河水洋洋⑳,北流活活㉑,施罛濊濊㉒,鳣鲔发发㉓,葭菼揭揭㉔,庶姜孽孽㉕,庶士有朅㉖。

●注释

①硕人其颀:硕人:高大的美人。颀(qí):颀长,高。硕人是指卫庄公之夫人庄姜。②衣锦褧衣:衣锦:穿着锦衣。褧衣:褧(jiǒng)布罩衣。③齐侯之子:这里是指齐庄公之女庄姜,也就是说这位高大的美人,是齐庄公的女儿。④卫侯:是指卫庄公。⑤东宫之妹:是指齐庄公东宫夫人所生之子得臣立为太子,卫庄公夫人庄姜就是得臣的妹妹。⑥邢侯之姨:是指邢国之君主母亲的妹妹,也是邢侯的姨。⑦私:古时女子的姊妹称之为私,也就是谭公是其姐夫或妹夫。⑧荑:植物出生的嫩芽。⑨领如蝤蛴:领:脖子,颈项。蝤蛴(qiú qí):天牛的幼虫,色嫩白。⑩瓠犀(hù xī):瓠瓜的种子。整齐而洁白。⑪螓首蛾眉:螓(qín):蝉名。首:额。螓首:这里形容庄姜的额宽而饱满。蛾眉:蛾:蚕蛾;比喻庄姜的眉毛细长而弯曲。⑫倩(qiàn):含笑的样子。⑬盼:黑白分明,眼波流动。⑭敖敖(áo áo):高大,通"熬",煎熬,引喻痛苦、忧愁。⑮说于农郊:说:通"脱",解脱,解脱忧愁。⑯四牡有骄:四牡:四匹雄马。有骄:骄:马高大肥壮的样子。四匹雄马有多么高大肥壮。⑰朱幩镳镳:朱:深红色。幩(fén):缠在马口铁上的绸布。镳镳(biāo biāo):马嚼子。马嚼子露在外面的两头部分。⑱翟茀以朝:翟:野鸡毛。茀:(fú):古代车上的遮蔽物。以:用。朝:拜见。⑲夙:早。⑳洋洋:水势浩大的样子。㉑活活:水流之声。㉒施罛濊濊:施:撒渔网。罛(gū):大鱼网。濊濊(huò huò):撒渔网入水的声音。㉓鳣鲔发发:鳣(zhān):黄鱼。鲔(wěi):鳝鱼。发发:鱼儿跳跃的涌动的样子。㉔葭菼揭揭:葭(jiā):芦苇。菼(tǎn):荻苇。揭揭:长高的样子。㉕庶姜孽孽:庶姜:是指随庄姜陪嫁的众多女子。孽孽(niè niè):宗法制度下家庭的旁支。这里指众陪嫁女都是卫庄公的小妾。㉖庶士有朅:庶士:众多人士。有朅(qiè):英武高大的样子。

●译文

那个美人身材很颀长,内穿锦绣外穿布罩衣。她乃是齐庄公的女儿,是卫国卫庄公的妻子,是齐国太子得臣之妹,又是邢国君主的姨娘,是谭公夫人的亲姐妹。

她手指细白如那嫩芽,皮肤雪白就如那凝脂,她颈项白嫩如那蝤蛴,牙齿洁白就如那瓠籽,她宽阔的额头眉细弯。美妙的笑颜美貌若仙,她美目流盼眼波有神。

高大的美人很是忧愁,为解脱忧愁来到郊外。驾车的四匹马多雄壮,红色绸布缠在马嚼上,稚羽装饰车子来拜见,愿大夫不要提早告老,不要使君主过于辛劳。

黄河水浩浩荡荡地流,滔滔不绝流在卫之北,大渔网撒在黄河水中,捕得鳣鱼鲔鱼乱蹦跳,芦苇荻苇长得真茂盛,众多女子是她的陪嫁,众多勇士是她的随从。

●评析

据记载这首诗是卫美人庄姜的诗篇。据《东周列国志》第五回记载:庄姜是齐庄公之女,她嫁到卫国为卫庄公之妻。庄姜长得很美,就是没有生养子息,收养庄公之妾戴妫所生之子完为子,庄姜待公子完如亲生,公子完立为世子,卫庄公去世后,世子完继位,是为卫桓公,因为完生性懦弱,大夫石碏原是辅助卫庄公的臣子,完继位后大夫石碏以为卫桓公不会有大作为,所以就告老退隐在家。这首诗的开头,首先对庄姜的出身家庭背景做了说明。然后,对庄姜的美丽动人的外貌以及内心的美善做了描述。并对庄姜忧国忧民的心情做了描述,因为卫桓公软弱,最大的忠臣大夫石碏隐退,使朝中失去了辅佐的得力重臣,庄姜一方面忧愁卫桓公的地位、治国能力,又因为石碏的隐退而忧愁,所以可能庄姜亲自上门拜见石碏,希望石碏不要告老隐退,这样卫桓公就会得到忠臣的辅佐,而不会为国事劳心。最后,是对庄姜期望卫桓公能得到忠臣、贤者的辅佐,而使国家富强、国泰民安向往之情做了描写。因为卫桓公虽然生性懦弱,但是在庄姜的教育下心地善良,庄姜认为只要有贤臣辅佐,就能使国家得到治理而富强。正因为卫桓公没有贤者的辅佐,卫桓公继位不到一年,就被其异母之弟州吁诛杀,而州吁自立为卫君,使卫国陷入混乱之中。这些资料在《春秋左传》、《东周列国志》中都有记载。《春秋左传》记载,是卫国人为庄姜创作了《硕人》这篇诗,以赞美美丽而心地善良为国事操劳的庄姜。

氓

氓之蚩蚩①,抱布贸丝②。匪来贸丝,来即我谋③。送子涉淇④,至于顿丘⑤。匪我愆期⑥,子无良媒⑦。将子无怒⑧,秋以为期。

乘彼垝垣⑨,以望复关⑩。不见复关,泣涕涟涟⑪。既见复关,载笑载言⑫。尔卜尔筮,体无咎言⑬。以尔车来,以我贿迁⑭。

桑之未落,其叶沃若⑮。于嗟鸠兮⑯,无食桑葚。于嗟女兮,无与士耽⑰。士之耽兮,犹可说也。女之耽兮,不可说也。

桑之落兮,其黄而陨⑱。自我徂尔⑲,三岁食贫⑳。淇水汤汤㉑,渐车帷裳㉒。女也不爽㉓,士贰其行㉔。士也罔极㉕,二三其德㉖。

三岁为妇,靡室劳矣㉗。夙兴夜寐㉘,靡有朝矣㉙。言既遂矣㉚,至于暴矣㉛。兄弟不知,咥其笑矣㉜。静言思之,躬自悼矣㉝。

及尔偕老,老使我怨。淇则有岸,隰则有泮㉞。总角之宴㉟,言笑晏晏。信誓旦旦,不思其反㊱。反是不思㊲,亦已焉哉㊳。

●注释

①氓之蚩蚩:氓(méng):男子。蚩蚩(chī chī):敦厚诚实的样子。②抱布贸丝:抱布:拿着布匹。贸丝:交换丝。③来即我谋:即:是。谋:商量。来是和我商量婚事。④涉淇:涉水渡过淇河。⑤顿丘:卫国地名。⑥愆期:愆(qiān):延误婚期。⑦良媒:好媒人。⑧将:大概,或许。⑨乘彼垝垣:乘彼:乘:登上。彼:那。垝(guǐ):坍塌。垣(yuán):墙。⑩复关:复:返回。关:关卡。返回关卡。⑪涟涟(lián lián):眼泪鼻涕流不断的样子。⑫载:充满。⑬体无咎言:体:卦象。无咎言:没有不吉利的话语。⑭贿迁:贿(huì):赠送财物,这里赠送聘礼。迁:迁居,这里指女子嫁给男子而迁居男家。⑮沃若:沃:肥沃。若:好像。⑯于嗟鸠兮:于嗟:可叹哟。鸠:斑鸠鸟啊!⑰无与士耽:耽:入迷,沉溺。不要

与那些男士沉迷。⑱陨(yǔn)：坠落。⑲徂尔：徂(cú)：往，到。尔：你。⑳三岁食贫：三岁：三年。食贫：过的是贫苦日子。㉑汤汤：水势盛大。㉒渐车帷裳：渐：浸湿。车帷裳：挂在车周的布幔。㉓女也不爽：女：你。爽：清爽。㉔士贰其行：士：男士，这里指丈夫。贰：不专一，背叛。是你行为不专一。㉕罔极：罔：不要，欺骗。极：过于。㉖二三其德：三心二意言行不一。㉗靡室劳矣：靡(mí)：没有。室：家庭。劳：操劳。㉘夙兴夜寐：夙：早晨。兴：起。夜寐：夜晚睡得晚。㉙靡有朝矣：朝：每天。没有哪一天不是如此。㉚言既遂矣：言：说。既遂：既然遂心过日子。㉛暴：施暴，残暴。㉜咥(xì)：大笑。㉝躬自悼矣：躬：自身，自己。悼：悲伤。㉞隰则有泮：隰(xí)：低湿的地方。泮(pàn)：通"畔"，田界，岸。㉟总角之宴：总角：男女未成年时头发梳结为两角。宴：宴乐。㊱不思其反：没有想到他反而变了心。㊲反是不思：反而不再去想从前的事了。㊳亦已焉哉：亦：也。已：停止。也就停止往事由他吧。

● **译文**

那个男人诚实敦厚，抱着布匹与我交换丝事。我送他涉过了淇水，以至于到达顿丘之上。其实他不是来换丝，是来与我商量婚姻事。并不是我延误婚期，是你没有找到好媒人。或许你不因此生气，已经说好秋天是佳期。

登上那坍塌的墙头，为了看见他返回关卡。看不见他返回关卡，伤心的涕泪涟涟不断。既然见他返回关卡，充满了欢乐充满笑语。你又卜又筮测吉凶，卦象中没有不吉之言。所以你就乘车而来，馈赠聘礼使我迁居室。

桑叶没有黄落之时，它的叶子繁茂绿油油。可叹那些斑鸠鸟啊，不要贪吃那些桑葚子。可叹那些多情女啊，不要过分沉迷于男人。男人过分沉迷于爱，还可以及时得到解脱。女人过分沉迷男人，不可能及时得到解脱。

桑树叶子要落叶时，它的叶子变黄而落去。淇水哗哗的不断流，浸湿了那马车的幔帷。自从我嫁到了你家，熬过三年贫苦的日子。你也不是爽直的人，男人的行为太不专一。男人也不要太无情。三心二意言行不一致。

给你做了三年媳妇，没有什么家事不操劳。早起晚睡辛勤操劳，没有哪一天不是如此。既然说是已经遂心，何必这样残暴地对我。我不愿让兄弟知晓，害怕他们讥笑我伤痛。只有悄悄自思自语，只好独自悲哀伤心了。

原想与你同生到老，而你老使我哀怨不断。淇河水也有那河岸，低湿的洼地也有边沿。想起那儿时的欢乐，有说有笑欢乐无止境。那时曾经信誓旦旦，没有想到他反而变心，不再想已往那些事，也就停止往事由他吧。

● **评析**

这是一首描写卫国国风不正，而民也效仿之，民众也对婚姻情感不专一、始乱终弃的讽刺之作。这首诗可分为六个小节。诗文第一节描写了女子与自己喜爱的男子商议婚嫁时日，因为男子没有找到好媒人而使婚期延误。第二小节叙述了女子终日操心企盼男子找好媒人来迎娶她，而男子未能及时出现时，女子因此而伤心流泪，直到见到自己心爱的男子得到吉信，前来下聘礼迎娶女子过门为妻。第三小节叙述了女子对自己不幸婚姻

的感叹,而得出感叹之言:女子不可以对那些感情不专一的男人过分沉迷,否则就是自己的悲哀。第四小节叙述了女子对已往自己心爱的男子的德行的评价,自己深爱的这位男子其实是一位感情不专一、三心二意、喜新厌旧的人。第五小节叙述了这位对自己心爱的男人专心致志、一心一意为其家庭操持家务而辛勤劳作的女子,最终却被自己心爱的男人抛弃,这位女子被抛弃,又受到男子的虐待,但是女子无处倾诉,只有独自悲伤的惨痛情景。最后一小节叙述了这位女子婚姻失败后,对自己与丈夫儿时欢乐的童趣的思念,说明自己与丈夫的结合是有婚姻基础的,但是意想不到自己的婚姻却遭到如此的下场,真是令人伤心至极。这也是对卫国国风败坏的讽刺,因为上不正,则下也不正,而使民心民俗受到伤害所致。

《毛诗序》指出:"《氓》,刺时也。卫宣公之时,礼仪消亡,淫风大行,男女无别,逐相奔诱。花落色衰,复相弃背,或因困乃自悔,丧其妃耦,故序其事以风焉。美反正,刺淫泆(yì)也。"

竹　竿

籊籊竹竿①,以钓于淇②。岂不尔思③,远莫致之④。
泉源在左⑤,淇水在右。女子有行⑥,远兄弟父母。
淇水在右,泉源在左。巧笑之瑳⑦,佩玉之傩⑧。
淇水滺滺⑨,桧楫松舟⑩。驾言出游⑪,以写我忧⑫。

● 注释

①籊籊竹竿:籊籊(tì tì):细而长的竹竿。②以钓于淇:以:用来。钓:垂钓。于淇:在淇水边。③岂不尔思:岂:岂能,哪能。尔:你。岂能不把你思念。④远莫致之:远:路途遥远。莫:不能。致:到达。⑤泉源:水名,百泉,在卫国的西北。⑥女子有行:女子出嫁到远方。⑦瑳(cuō):原意是指玉色洁白,这里形容明媚的笑容,露出洁白的牙齿。⑧傩(nuó):有节奏。通"娜",婀娜,形容步伐轻盈柔美。⑨滺滺(yōu yōu):水长长地流。⑩桧楫:桧树木做的船浆。⑪驾言出游:乘船外出说是为了游玩。⑫写:同"泻",宣泄。

● 译文

细细长长的竹竿,用它垂钓在淇水岸边。哪能不把你思念,路途遥远不能来看你。
泉源水在卫之左,淇水流在卫国的右边。女子出嫁到远方,远离自己的兄弟父母。
淇水在卫的右边,泉源水在卫国的左边。俏笑白齿润如玉,佩玉叮当轻移步子美。
淇水长长不断流,桧树船浆松木的小舟。乘坐轻舟来出游,以宣泄我无限的忧愁。

● 评析

这首诗应该是一位远嫁到卫国的女子思念自己远在家乡的父母兄弟,以及心目中最亲密的朋友的诗篇。也应该是说这位远嫁于卫国的女子生活并不幸福,所以想念远在家乡垂钓的朋友,但是因为路途遥远不能回去看望。正因为如此,女子才会乘坐小舟在淇水之上漫游,其实心中是想在淇水之上遇到自己长久思念的朋友,也许可以在淇水之上遇见正在垂钓的朋友,而使自己心中的郁闷得到消除。

《毛诗序》指出:"《竹竿》,卫女思归也,适异国而不见答,思而能以礼者也。"

芄 兰

芄兰之支①,童子佩觿②。虽则佩觿,能不我知。容兮遂兮③,垂带悸兮④。
芄兰之叶,童子佩韘⑤。虽则佩韘,能不我甲⑥。容兮遂兮,垂带悸兮。

● 注释

①芄兰之支:芄(wán)兰:一种野生植物,又名萝藦,蔓生。支:枝条。②童子佩觿:童子:小伙子。佩:佩戴。觿(xī):古代用骨头制作的解绳结用的锥子。③容兮遂兮:容:宽容,比喻满不在乎。遂:同"随",随便。④垂带悸兮:垂带:佩带下垂。悸:心中难受。这里是指佩带抖动的样子。⑤韘(shè):用兽骨、玉石制作的有缺口的扳指,射箭时用来扣弦。⑥甲:天干的第一位,引申居于第一位。

● 译文

那芄兰细尖的枝条,就像童子佩戴的解锥。他虽然佩戴着解锥,还能不和我相知相遇。别看他满不在乎样,下垂的佩带抖动不停。

那芄兰圆圆的叶子,就像童子佩戴的扳指。他虽然佩戴着扳指,还能不将我放在第一。别看他满不在乎样,下垂的佩带抖动不停。

● 评析

这首诗应该是一首描写青年男女相爱的情歌。这位女子看到那尖细的芄兰枝条时,马上联想到自己心爱的小伙子身上佩戴的解锥;当姑娘看到芄兰圆圆的叶子时,又马上想到自己心爱的小伙子手上佩戴的扳指,也就是说自己心爱的小伙子虽然正在忙着自己的事情,假装出满不在乎的样子,但是心中仍然将自己心爱的姑娘放在第一位。

《毛诗序》指出:"《芄兰》,刺惠公也,骄而无礼,大夫刺之。"

河 广

谁谓河广①,一苇杭之②。谁谓宋远,跂予望之③。
谁谓河广,曾不容刀④。谁谓宋远,曾不崇朝⑤。

● 注释

①河:指黄河。②一苇杭之:苇:芦苇。芦苇可以编织筏子。杭:通"航",航行。全句的意思就是:一个芦苇筏子就能航行。③跂予:跂:(qí)踮起脚尖。予:我。④刀:小船。⑤崇朝:崇:终,整个。朝:早晨。

● 译文

谁说那黄河水宽广?一个芦苇筏子就能行。谁说宋国距离太远?我踮起脚尖就能

看见。

谁说那黄河水宽广？曾经容不下一只小舟。谁说宋国距离太远？曾一个早晨就能到达。

● **评析**

关于这一首小诗,有学者认为是宋桓公的夫人,也就是卫文公之妹曾被遣送回卫国,在其子宋襄公即位后,一心归宋不得而作,但是历史资料上未见有此类记载。所以,就只能认为是嫁于卫国的女子,或者生活在卫国的宋国人士,思念远在宋国的亲人所写。因为卫国和宋国原本都是商朝所属之地,周公平息纣王之子武庚的反叛之后,将其一部分封于商纣王之兄弟微子为宋,一部分封于周公之弟封,为卫国,两国中间相隔黄河。所以这是居于卫国的宋人思念宋国亲人的写照。

《毛诗序》指出:"《河广》,宋襄公母归于卫,思而不止,故作是诗也。"

伯 兮

伯兮朅兮①,邦之桀兮②。伯也执殳③,为王前驱④。
自伯之东⑤,首如飞蓬⑥。岂无膏沐⑦,谁适为容⑧。
其雨其雨,杲杲日出⑨。愿言思伯⑩,甘心首疾⑪。
焉得谖草⑫,言树之背⑬。愿言思伯,使我心痗⑭。

● **注释**

①伯兮朅兮:伯:是指诸侯之长。诸侯之长因为能辅助天子安抚人民,抑强助弱,而受到天子的分封。朅(qiè):勇武。②邦之桀兮:邦:邦国,诸侯国。桀:俊杰,品德高尚,能力高超。③执殳:执:执行,拿着。殳(shū):古代一种兵器,有棱无刃,用竹竿制成,长一丈二尺。④为王前驱:为王:是天子的。前驱:在前面起引导作用的人或事物。⑤之东:至东,到东边。⑥首如飞蓬:首:可以是头、头发,头发乱如蓬草;也可以是上首,这里用上首比喻在上位的执政者,主要是指卫武公之后的执政者。⑦膏沐:膏:肥皂之类。沐:洗浴。⑧谁适为容:谁:哪里。适:往,到。容:梳洗打扮。到哪里去梳洗。⑨杲杲(gǎo gǎo):太阳光明亮。⑩愿言思伯:原意说思念侯伯。⑪甘心首疾:甘心:心甘情愿。首疾:首:首先。疾:痛苦。⑫焉得谖草:焉得:在哪里得到。谖(xuān)草:萱草,又称勿忘草。⑬言树之背:言:说。树:树德育人。背:不背离。⑭痗(mèi):忧思成病。

● **译文**

伯侯伯侯实在勇武呀!他是邦国的俊杰啊。伯侯也执掌着生杀权,是天子的开路先锋。

自伯侯护送天子到东,其上首就乱如蓬草。难道没有洗浴的脂膏,到哪里去梳洗打扮?

一直雨水不断阴沉沉,红日何时显现光明。愿意说出我思念伯侯,心甘情愿头疼受苦。

在哪里能得到勿忘草,说树德育人不背离。愿意说出我思念伯侯,使我心中忧思成疾。

●评析

有学者认为这是一首妇人思念远出服役的丈夫的诗篇。也有学者认为这是一首刺时之作,言君子服役,家人思念之情。但是笔者认为,这应该是卫人思念自己先祖美德之作,因为在古代,所谓伯一般都是指天子同姓或者诸侯之长。卫人的先祖是周成王的叔父康叔封,康叔封因为治国有功而受到周成王的嘉奖分封。其次就是康叔封的的第十位子孙卫武公,因为帮助周平王平定犬戎有功,而且能修明康叔之政,安抚百姓,使卫国得到安宁和顺,所以受到周平王的分封,周平王分封卫武公为公爵。卫国自卫武公之子卫庄公即位之后一直就处于政治不明的状态,那时诸侯混战,人民不得安宁,所以人民思念自己的先祖,希望有如先祖一样的贤者治理国家,使人民重新得到安宁。正如诗文最后所言:在哪里能得到勿忘草,以勿忘草提醒人们,提醒执政者,要树德育人,教育后代,不要背离先祖的德行。在天下混乱人民遭殃时,人民思念有仁德的君子,因为得不到真正的君子来治理国家而心中忧愁成疾。

诗文第一小节是对卫武公神勇威武、对周王室的贡献的描写。

诗文的第二小节,"自伯之东,首如飞蓬,岂无膏沐,谁适为容"就是指自卫武公护送周平王到达东都洛邑,受到分封之后,一直为周室之政事忙碌,也就是卫武公去世之后,卫庄公、卫桓公之后,州吁弑兄篡位后,在上位的执政者的政治一直混乱如篷草,人民没有安定的生活环境,哪里有适宜生存的地方?也就是说,自卫武公之后,卫国的政治就乱如篷草,魏国的君主乱如篷草,这里的"首如飞蓬"之"首"就是指首领、君主,而不能将"首"理解为头发。

第三小节用"一直下雨天上阴沉沉,何时才会有明亮的太阳照天空"来象征诸侯混战,天下混乱,人民期盼有如先祖一样贤德的君子出现,来治理国家天下。而且诗人甘愿冒着生命危险,宣扬先祖的功德,这应该是这首诗的基本含义。

第四小节里诗人指出,只要能得到勿忘草,就能使人民不忘记先祖的功德,就能依照先祖的功德树德育人,教化出有先祖之德的君子,来解除人民的灾难。

《毛诗序》指出:"《伯兮》,刺时也,言君子行役,为王前驱,过时而不反焉。"

有 狐

有狐绥绥①,在彼淇梁②。心之忧矣,子之无裳③。
有狐绥绥,在彼淇厉④。心之忧矣,子之无带⑤。
有狐绥绥,在彼淇侧。心之忧矣,子之无服⑥。

●注释

①有狐绥绥:狐:狐疑,怀疑。绥绥:临阵脱逃。②淇梁:淇:淇水。梁:桥。③裳:衣裳,古人以下衣为裳,裳是裙的一种。④厉:危害,危难。⑤带:腰带,佩带。⑥服:衣服。

●译文

有人怀疑他临阵脱逃,就在那淇水河梁旁边。我心中郁闷忧愁不断,担心他还没有

下衣穿。

有人怀疑他临阵脱逃,就在那淇水边受危难。我心中郁闷忧愁不断,担心他没有腰带佩戴。

有人怀疑他临阵脱逃,就在那淇水岸的一边。我心中郁闷忧愁不断,担心他还没有衣服穿。

● 评析

这首诗应该是一位妇人思念在远方出征的丈夫,因为有人怀疑这位夫人的丈夫临阵脱逃,流落在淇水河周围,有家不敢回,所以妇人就时刻为自己丈夫的安危冷暖担心,担心他流落在外没有衣服,没有日常生活用品,而遭受灾难。这首诗反映出人民强烈的厌战情绪,长期在外服役的人因为忍受不了战争的灾难,又因为思念家人,而偷偷逃脱,但是有家也不能归,只好流浪在外,与家人相隔淇水,相互担心。

当然也有学者将"狐"解释为狐狸的,认为这位妇人在野外看到一只狐狸独自行走时想到了自己独自行走,而思念在外服役的亲人。

《毛诗序》指出:"《有狐》,刺时也。卫之男女失时,丧其妃耦焉。"

木 瓜

投我以木瓜①,报之以琼琚②。匪报也,永以为好也。
投我以木桃③,报之以琼瑶④。匪报也,永以为好也。
投我以木李⑤,报之以琼玖。匪报也,永以为好也。

● 注释

①投我以木瓜:投:向,给,扔。木瓜:落叶乔木,果实椭圆,有香味,可食用、药用。②琼琚(qióng jū):美玉。③木桃:桃子。④琼瑶(yáo):仍然是美玉的名称,琼玖也是美玉的名称。⑤木李:李子。

● 译文

别人投给我木瓜,我就以美玉回报他。并非单纯的回报,而是为了永远和好。
别人投给我桃子,我就以琼瑶回报他。并非单纯的回报,而是为了永远和好。
别人投给我李子,我就以琼玖回报他。并非单纯的回报,而是为了永远修好。

● 评析

据《东周列国志》第二十三回记载,这首诗是卫文公所作。据《春秋左传·鲁闵公二年》记载,卫文公在其兄卫懿公亡卫国之后即位,当时其国只有车三十乘。卫文公寄居于民间,布衣粗食,早起晚息,安抚百姓,齐桓公见其是有作为之人,就命令三国之兵前往楚丘帮助卫文公筑城,重立朝庙,谓之"封卫"。卫文公感激齐桓公的再造之恩,而作《木瓜》之诗,以颂扬齐桓公之德。也有认为这是一首男女相爱、互赠礼物的诗作。但是笔者还是以《春秋左传·鲁闵公二年》和《东周列国志》记载的历史事实为依据来解释这首诗歌。

《毛诗序》指出:"《木瓜》,美齐桓公也。卫国有狄人之败,出处于漕,齐桓公救而封之,遣之车马器服。卫人思之,欲厚报之而作是诗也。"

王 风

《王风》是指周幽王亡西周后,周平王迁都洛邑之后的诗篇,包括《黍离》、《君子于役》、《君子阳阳》、《扬之水》、《中谷有蓷》、《兔爰》、《葛藟》、《采葛》、《大车》、《丘中有麻》等十篇诗歌。

其代表作《黍离》这首诗应该是周朝的大夫所写。周朝的大夫从东周到西周所属之地行役,看到昔日西周的宗庙之地被夷为平地,到处长满了庄稼,心中忧伤感慨而作。《君子于役》是一首描述妇人思念担心在外服劳役的丈夫的诗篇。《君子阳阳》是一首讽刺周朝政势衰亡的诗篇,自周幽王以来,因为周幽王只知道淫乐,败坏了风气,人民也只知游乐而已。《中谷有蓷》是一首描述女子被丈夫遗弃的诗篇。《兔爰》是一首描写人民在沉重的徭役之下挣扎的痛苦呻吟的诗篇。《葛藟》这是一首描写春秋时期,长期流浪在外的人民苦难生活的诗篇。《扬之水》是一首描写外出服劳役的士卒对自己心爱的妻子的思念的诗篇。其他诗篇如《采葛》、《大车》等则记载了东周之时一般男女爱情的诗歌。

黍 离

彼黍离离①,彼稷之苗②。行迈靡靡③,中心摇摇④。知我者谓我心忧,不知我者谓我何求。悠悠苍天⑤,此何人哉!

彼黍离离,彼稷之穗⑥。行迈靡靡,中心如醉。知我者谓我心忧,不知我者谓我何求。悠悠苍天,此何人哉!

彼黍离离,彼稷之实⑦。行迈靡靡,中心如噎⑧。知我者谓我心忧,不知我者谓我何求。悠悠苍天,此何人哉!

● 注释

①彼黍离离:彼:那。黍:黄米;与"庶"同音。离离:遭遇,背离。②彼稷之苗:稷(jì):周朝的先祖,后稷、社稷、谷类的总称。苗:种子出生的幼芽,后代。③行迈靡靡:行:行为。迈:超越。靡靡(mí mí):奢侈,靡烂。④摇摇:摇摇欲坠,心神不安。⑤悠悠:悠远长久。⑥穗:谷穗。⑦实:事实,果实。这里指昔日西周的社稷之地上长满各种农作物。⑧噎(yē):哽噎,堵塞。

● 译文

那黍子生长得很茂盛,那社稷的地上长谷苗。行为背离先祖而奢侈,我心痛苦而摇摇欲坠。知我者说我为国忧伤,不知我者说我有何贪图。那悠久遥远的苍天啊!这是什

么人造成的啊！

那黍子生长得很茂盛，那社稷的地上长谷穗。行为背离先祖而奢侈，我心中难受就如酒醉。知我者说我为国忧伤，不知我者说我有何贪图。那悠久遥远的苍天啊！这是什么人造成的啊！

那黍子生长得很茂盛，那社稷地上五谷累累。行为背离先祖而奢侈，我心中气多胸闷哽噎。知我者说我为国忧伤，不知我者说我有何贪图。那悠久遥远的苍天啊！这是什么人造成的啊！

● 评析

这首诗应该是周朝的大夫所写。周朝的大夫从东周到西周所属之地行役，看到昔日西周的宗庙之地被夷为平地，到处长满了庄稼，心中忧伤感慨而作。周朝的先祖是后稷，后稷帮助大禹治水，而且发展了当时的农业生产，受到舜帝的分封。周族的先祖一直以发展农业而逐渐强大，到周文王时更加强大。周武王一举推翻商纣王而建立了西周，西周就在西岐之地。周幽王是周文王的第十二代子孙，周幽王是周宣王之子，周幽王失道无德，迷恋褒姒，不理朝政，最后被犬戎杀死，而使西周灭亡。周幽王之子周平王，迁都城于洛邑，是谓东周。诗人看到往日兴盛的西周不复存在，心中悲痛而作诗以抒发自己心中的不平。

这首诗歌所记载的历史事实在《周易》离卦中可以得到验证。离九三爻曰："日昃之离，不鼓缶而歌，则大耋之嗟，凶。"九三爻说，当西周政势日落西山时为什么不击鼓打缶放声高歌，而却像老人将亡出现凶险之兆时大声叹息不止呢？那么为什么人民会对西周的灭亡如此伤心哀叹呢？这就是九四爻所要论述的问题，正如离九四爻曰："突如其来如，焚如，死如，弃如。"九四爻的内容，就能回答九三爻所提出的问题，是什么人使鼎盛的西周如此衰败呢？是周幽王，是周幽王使西周遭到许多突如其来的变故而亡。

周幽王失道无德，不听忠诚劝谏，而听信小人和褒姒之言，其结果使国家天下混乱，人民遭殃。周幽王最终被犬戎杀死，西周的都城被犬戎烧杀抢掠，严重毁坏，其子周平王继位之后，看到已往繁盛的西周都城已经如此败落，只好将都城迁往洛阳，从此西周不复存在。西周是周文王、周武王、周公治理天下最为和谐的象征，人民在文武成康时代真正过上了太平安乐天下大同的生活，所以人民哀叹的是大同社会的瓦解衰败，是文武之德的衰败，是先王所创的治国之道的衰败。

君子于役

君子于役①，不知其期。曷至哉②？鸡栖于埘③，日之夕矣④，羊牛下来。君子于役，如之何勿思。

君子于役，不日不月，曷其有佸⑤？鸡栖于桀⑥，日之夕矣，羊牛下括⑦。君子于役，苟无饥渴⑧！

● 注释

①役：劳役。②曷（hé）：什么，何时。③埘（shí）：鸡窝。④夕：太阳落山。⑤佸（huó）：相

会。⑥桀:通"橛",鸡休息的木桩。⑦括:会合。⑧苟:假如,如果,引申为但愿,心中假设。

● 译文

丈夫在外服役,不知什么时候到期。何时才回来呀?鸡已经歇息于鸡窝,太阳已经落山,牛羊已经吃饱下山。丈夫在外服役,怎么能叫人不相思?

丈夫在外服役,没有白天没有黑夜,何时才能相会?鸡已经歇息在鸡架,太阳已经下山,牛羊下山会聚圈中。丈夫在外服役,但愿他不受饥和渴!

● 评析

这是一首描述妇人思念在外服劳役的丈夫的诗篇。诗文首先指出,丈夫在外服劳役,不知道什么时候才能回来,并且用夕阳、鸡、牛羊都有歇息的时间说明在外服役的丈夫没黑没明地在外服役的辛劳,道出了妇人对丈夫的关心。从这首诗的表现形式而言,它从一个侧面反映出人民对战争的厌烦,人民期望和平,期望没有战争的日子,但愿战争早日结束,而使他们一家人和乐地相处,不再分离。

《毛诗序》指出:"《君子于役》,刺平王也,君子行役无期度,大夫思其危难以风焉。"

君子阳阳

君子阳阳①,左执簧②,右招我由房③。其乐只且④!
君子陶陶⑤,左执翿⑥,右招我由敖⑦。其乐只且!

● 注释

①阳阳:即"扬扬",心情愉快的样子,也可以是喜洋洋。②簧(huáng):古代乐器。③由房:由:跟随。房:屋子。④其乐且只:其乐:其中的快乐。且:而且。只:语气助词,相当于"呀"。⑤陶陶:快乐,欢喜。⑥翿(dào):古代用羽毛作的舞具。⑦敖:游玩,遨游。

● 译文

丈夫心中喜洋洋,左手拿着那笙簧管,右手招呼我回家,快乐呀而且真快乐!
丈夫心中很快乐,左手拿着羽毛舞具,右手招呼我游玩,快乐呀而且真快乐!

● 评析

这是一首描写丈夫与妻子一起歌乐的诗篇。这位丈夫是一位乐师,能歌善舞,他教授妻子歌舞,他们在一起快乐无穷。也有认为这是一首讽刺周朝政势衰亡的诗篇,讽刺自周幽王以来,由于周幽王只知道淫乐,败坏了风气,人民也只知游乐而已。

《毛诗序》指出:"《君子阳阳》,闵周也,相招为禄仕,全身远害而已。"

扬之水

扬之水①,不流束薪②。彼其之子,不与我戍申③。怀哉怀哉,曷月予还归哉?

扬之水,不流束楚④。彼其之子,不与我戍甫⑤。怀哉怀哉,曷月予还归哉?

扬之水,不流束蒲⑥。彼其之子,不与我戍许⑦。怀哉怀哉,曷月予还归哉?

●注释

①扬之水:扬:翻腾。翻腾的河水。②束薪:一束柴薪。③戍申:戍:一般解释为守卫意思。申:是诸侯国的名称,申国是周幽王第一任皇后的娘家,申侯就是周幽王的岳父。④楚:荆条之类的柴草。⑤甫:一般认为是地名,还有认为是姜姓之国。姜姓之国,也就是周幽王之母姜后的娘家。⑥蒲(pú):蒲草。⑦许:许国,地名。

●译文

巨浪翻腾的河水,不会流出一束柴薪。她这个好女子呀,不能和我一起守申。想念她呀真想念,何年何月我才回归啊?

巨浪翻腾的河水,不会流出一束荆条。她这个好女子呀,不能和我一起守甫,想念她呀真想念,何年何月我才回归啊?

巨浪翻腾的河水,不会流出一束蒲草。她这个好女子呀,不能和我一起守许。想念她呀真想念,何年何月我才回归啊?

●评析

这是一首外出服劳役的士卒对自己心爱的妻子的思念的诗篇。文中用大河水不会流淌那些居家过日子所需用的必需品柴禾为题,来象征因自己在外长期服役家中的一切事务都要依靠妻子劳作的辛劳。所以,那些在外转战服役的士卒一方面要尽心完成自己的任务,另一方面还要操心自己的家庭,企盼能够快点回到家中与家人团聚,为家人解除负担。

《毛诗序》指出:"《扬之水》,刺平王也。不抚其民而远屯戍于母家,周人怒思焉。"

中谷有蓷

中谷有蓷①,暵其干矣②。有女仳离③,嘅其叹矣④。嘅其叹矣,遇人之艰难矣。

中谷有蓷,暵其脩矣⑤。有女仳离,条其啸矣⑥。条其啸矣,遇人之不淑矣⑦。

中谷有蓷,暵其湿矣。有女仳离,啜其泣矣⑧。啜其泣矣,何嗟及矣。

●注释

①蓷(tuī):益母草。②暵(hàn):干燥。③仳(pǐ)离:离异,遗弃。④嘅(kǎi):感慨,叹息。⑤脩(xiū):干肉,干燥。⑥啸(xiào):痛楚的感叹声。⑦淑:好,善良。⑧啜(chuò):哭泣时抽咽的样子。

●译文

山谷中有益母草,天旱它已经干枯。有个女子被遗弃,伤感叹息命不济。伤感叹息命不济,遇到个好人真难啊。

山谷中有益母草,天旱其草已干燥。有个女子被遗弃,长叹哀伤命不济。长叹哀伤命不济,遇不到一个善良人啊。

山谷中有益母草,天旱草干再难湿。有个女子被遗弃,伤心的哭泣不断。伤心哭泣声不断,怎么感叹也来不及。

●评析

这是一首描述女子被丈夫遗弃的诗篇。这位善良的女性被丈夫遗弃,就如遭受干旱而枯萎的益母草一样,只有等待命运的安排。这里之所以用益母草来比喻,就是因为益母草原本就是治疗妇女疾病的良药,是对妇女有益的药材,也就是说妇女找丈夫就是为了有所依靠,有个好的归宿,能够过上好日子,但是却被狠心的丈夫遗弃,就如女子患了妇女病却得不到有益于疾病的益母草一样,无法治疗,只好伤心哀叹自己命运的不幸,只好等待命运的安排。

《毛诗序》指出:"《中谷有蓷》,闵周也。夫妇日以衰薄,凶年饥馑,室家相弃尔。"

兔 爰

有兔爰爰①,稚离于罗②。我生之初,尚无为③。我生之后,逢此百罹④。尚寝无吪⑤!

有兔爰爰,稚离于罦⑥。我生之初,尚无造⑦。我生之后,逢此百忧。尚寝无觉。

有兔爰爰,稚离于罿⑧。我生之初,尚无庸⑨,我生之后,逢此百凶。尚寝无聪⑩!

●注释

①爰爰(yuán yuán):何处,哪里。②稚离于罗:稚:野鸡。离:通"罹",遭遇。罗:罗网。③尚无为:尚:还,尚且。无为:没有什么作为。④罹(lí):遭遇。⑤吪(é):行动。⑥罦(fú):一种装有机关的捕鸟的网。⑦造:成就。⑧罿(tóng):捕鸟的网。⑨庸:任用。⑩聪:听觉。

●译文

有只兔子在那里走,野鸡被网进罗网中。我的人生刚开始时,还没有什么大作为。可我的人生到后来,遭遇到这么多灾难。还是睡着不动的好。

有只兔子在那里走,野鸡被网进罗网中。我的人生刚开始时,还没有什么大成就。可我的人生到后来,遭遇到这么多忧愁。还是睡着无感觉好。

有只兔子在那里走,野鸡陷进了罗网中。我的人生刚开始时,还没有建立起功劳。

可我的人生到后来,遭遇到如此的凶险。还是睡着听不见好。

●评析

这是一首描写人们在沉重的徭役之下挣扎的痛苦呻吟的诗篇。诗文用能在地上奔跑的兔子和能飞的野鸡作对比,按照常理而言,兔网就是用来网兔子的,但是兔子没有被网住,却网住了能飞的野鸡,这就是说事物的发展出乎意料,该得到惩罚的得不到惩罚,而不该得到惩罚的却受到惩罚。也就如这位年轻的小民一样,自己的人生刚刚开始,还没有什么人生经历,没有什么生活经验,更没有什么成就,也正是他创造自己辉煌人生的时候,但却莫名其妙地遭遇了许多灾难忧愁、凶险之事,这就使他非常悲伤,非常痛苦,所以他就认为人生是一件非常痛苦的事情,还不如永远睡着不醒,什么也不做,什么也感觉不到,什么也听不到、看不到为好。这就是春秋战国时期战争频繁,人民被残酷的劳役迫害得对生活失去了希望,而产生了活着还不如死了好的厌世之情。

葛藟

绵绵葛藟①,在河之浒②。终远兄弟③,谓他人父。谓他人父④,亦莫我顾⑤。

绵绵葛藟,在河之涘⑥。终远兄弟,谓他人母。谓他人母,亦莫我有。

绵绵葛藟,在河之漘⑦。终远兄弟,谓他人昆⑧。谓他人昆,亦莫我闻⑨。

●注释

①绵绵葛藟:绵绵(mián mián):连绵不断。葛藟(lěi):葛,是葛根。藟,是葛根的藤蔓。②浒(hǔ):水边。③终远:终:长期。远:远离。④谓:称。⑤顾:照顾。⑥涘(sì):水边。⑦漘(chún):水边。⑧昆:兄长。⑨闻:听见。

●译文

连绵不断的葛藤,生长在河水岸边。长期远离了兄弟,到处称他人为父。到处称他人为父,也没有人照顾我。

连绵不断的葛藤,生长在河水岸边。长期远离了兄弟,到处称他人娘亲。到处称他人娘亲,也没有人跟我亲。

连绵不断的葛藤,生长在河水岸边。长期远离了兄弟,到处称他人为兄。到处称他人为兄,也没有人听我的。

●评析

这是一首描写春秋战国时期长期流浪在外的人民苦难生活的诗篇。由于战争不断,人民流离失所,只好长期流落在外。流落在外的人,看到年纪大的人就要称呼人家为叔叔、大伯、婶婶、姨姨、伯母,看到年龄小一点的就要称呼人家哥哥、兄长、大姐、大嫂,可是尽管如此,还是得不到别人的同情、怜悯、照顾。其实生活在战乱时期的所有人,他们的生活生命都是朝不保夕,谁又能顾得了别人的生死存亡呢?所以这些流落在外的人的生活,就如生长在河水边的葛藤一样,灾难连绵不断。当然这里还有一个为什么葛藤生长在水边就会灾难不断的问题,因为葛根一般都是生长在山崖之上,那么生长在水边的葛藤就应该是生错了地方,就会经常遭遇到水患,而不能生长。这里用葛藤生错了地方比喻这些流浪者,因为生不逢时,他们生活在战乱时代,就要遭遇这些战乱之苦难,使他们不能得到安宁的生活。所以说,这是对战乱时期流浪在外的人们的流浪生活的真实写照,也是他们厌战心情的写照。

采 葛

彼采葛兮①,一日不见,如三月兮。
彼采萧兮②,一日不见,如三秋兮。
彼采艾兮③,一日不见,如三岁兮。

●注释

①葛:葛根。②萧:青蒿。③艾:艾蒿。

●译文

采那葛藤呀葛藤,一天没有看见你,就如隔了三个月。
采那青蒿呀青蒿,一天没有看见你,就如隔了三个秋。
采那艾蒿呀艾蒿,一天没有看见你,就如隔了三年多。

●评析

这是描写一对青年男女相爱的诗篇。男子采葛藤,女子采青蒿、艾蒿,他们一日未见面就如相隔三月、三秋、三年,就说明他们相爱之深、感情之深。

大 车

大车槛槛①,毳衣如菼②。岂不尔思,畏子不敢。
大车哼哼③,毳衣如璊④。岂不尔思,畏子不奔⑤。
毂则异室⑥,死则同穴。谓予不信,有如皦日⑦。

●注释

①槛槛(kǎn kǎn):大车行走时发出的声音。②毳衣如菼:毳(cuì):车上用来遮挡风雨的毛毡。菼(tǎn):荻草,形状像芦苇,茎可以编织席子。③哼哼(hēng hēng):车子行走时发出的粗重响声。④璊(mén):赤色的玉。⑤奔:私奔。⑥毂(gǔ):活着。⑦皦(jiǎo):明亮的太阳,这里是指太阳为证。

●译文

大车槛槛槛地行走,车上的毛毡就如荻草。难道我能不思念你,害怕你不敢与我相好。

大车哼哧哼哧地走，车上的毛毡就如赤玉。难道我能不思念你，害怕你不敢与我私奔。

活着不能与你同室，但愿死则能与你同穴。若说是我不可信任，如明亮的太阳不存在。

●评析

这是一首描写青年女子向自己心爱的男子表白心意的诗篇。诗文的第一小节，用大车行走的声音和遮盖车蓬的荻草来比喻这位女子的心情，其心情就如车轮行走的沉重声一样，又用荻草象征女子心乱如草，为什么呢？因为女子正行走在与男子相会的途中，女子一心想与男子相爱，就是不知男子是否立场坚定。第二小节用车子哼哧哼哧的行走声象征女子心急如焚的样子，用赤玉象征女子与男子相爱的决心，但是女子还是担心自己心爱的男子不与她一起私奔。最后一小节则明确地表示了这位女子对自己心爱的男子的心意，诗文指出：但愿生则同室，死则同穴，非自己心爱的男子不嫁，有天上的日月作为他们相爱的见证。

丘中有麻

丘中有麻，彼留子嗟。彼留子嗟，将其来施施①。
丘中有麦，彼留子国。彼留子国，将其来食②。
丘中有李，彼留之子。彼留之子，贻我佩玖③。

●注释

①施施：喜悦自得的样子。②食：门客。依靠主人食禄，为主人办事。③佩玖：佩：佩玉。玖：像玉一样的浅黑色石头。

●译文

山丘上有好苎麻，他留在君子处啊！他留在君子之处，同他一起来高兴。
山丘上有好小麦，他留在君子之国。他留在君子之国，同他一起作食客。
山丘上有李子树，他被君子所收留。他被君子所收留，赠送我黑色玉佩。

●评析

这首诗应该是一位贤者希望自己的朋友留在自己所在的国家中，与其一起辅助君王成就大业。古代的君子，当自己寻找到了可以栖息的良君之后，都有相互推荐、相互让贤的品德。所以他希望自己推荐的君子也能留在这个国家。诗文用好苎麻、好麦子、李子树象征这位君主是一位有贤德才能的君子，是值得辅助的君子，这位君主就是苎麻，就是麦子，就是李子树。有苎麻就要有纺织能手，有麦种就要有能播种麦子的人，有李子树就要有善于作务李子树的人，才能桃李满天下，也就是说，有了好君主，还要有很多贤者来辅助，才能使这位好君主的主张得到实施，所以他就希望这位贤者留下来。最后这位贤者终于留了下来，而且对引见自己的贤者朋友赠送玉佩，以表示他们将会共同辅助这位有贤德的君主。其实这首诗是对周幽王之时,不任用贤者,不能使国家得到治理,而对昔日之明君任用贤者的怀念之作。

《毛诗序》指出:"《丘中有麻》,思贤者也。庄王不明,贤人放逐,国人思之而作是诗也。"

郑 风

郑,国名,周朝的诸侯国,原先在西周所属之地的咸林之地,在今陕西西安华州。周宣王时,分封他的弟弟友于郑国。郑伯友曾任周宣王的司徒。周宣王去世后,其子周幽王继位,郑伯友仍然为司徒。周幽王无道失德,淫乱于褒姒,在周幽王被犬戎追赶屠杀之时,郑伯友为了保护周幽王,力战犬戎,而被犬戎的万箭射死。周幽王终于被犬戎杀死。郑伯友之子掘突继位为郑国的郑武公。掘突平犬戎,护卫周平王有功,周平王封卫侯武公为司徒,封郑伯掘突为卿士,申侯将其女嫁于郑伯掘突,是为武姜。周平王又重封郑国于虢桧之地为新邑,在今河南开封府新郑县,郑伯掘突与卫侯卫武公一同留于朝中,辅助周平王。这里之所以称为国风,就是因为郑国是周宣王之弟弟的封国,与天子是同姓,也是因为诗歌所记载的都是东周以后的事情。

《郑风》包括《缁衣》、《将仲子》、《叔于田》、《大叔于田》、《清人》、《羔裘》、《遵大路》、《女曰鸡鸣》、《有女同车》、《山有扶苏》、《萚兮》、《狡童》、《褰裳》、《丰》、《东门之墠》、《风雨》、《子衿》、《扬之水》、《出其东门》、《野有蔓草》、《溱洧》二十一篇诗歌。

《缁衣》,这篇诗歌应该是颂扬君子找到了可以投靠的主人,也就是说,君子找寻到了自己应该辅助的君主,也应该是对郑武公父子有贤德的颂扬。《将仲子》这首诗应该是郑国人劝谏郑武公的二儿子太叔段不要逾越自己的本分,不要破坏自己家乡的各种果木桑园,也不要听其母之言,因为其母之言有时也会造成严重的不利的后果。而太叔段听其母之言,又相信其兄之言,结果使自己命丧黄泉。其母又被郑庄公遣送于别地,而不相见。《叔于田》这首诗应该是赞美郑武公和郑庄公的诗篇。《大叔于田》这首诗应该是一首颂扬郑国君主郑武公和郑庄公的诗篇。《羔裘》这首诗是赞美为国家效力的美好君子的诗篇。《丰》、《山有扶苏》、《萚兮》、《狡童》、《褰裳》等诗歌则是郑人对齐女文姜之父齐僖公主动向郑昭公忽求婚遭到拒绝而作的讽刺之诗,也从侧面颂扬了郑昭公不为美色所动的美好德行。其他诗篇,如《有女同车》、《东门之墠》、《风雨》、《子衿》、《出其东门》、《野有蔓草》、《溱洧》都是描写郑国男女青年相爱的爱情诗。《遵大路》、《扬之水》、《女曰鸡鸣》、《清人》等诗篇则记载了郑国人民的一般风土人情之事。

缁 衣

缁衣之宜兮①,敝予又改为兮②。适子之馆兮③,还予授子之粲兮④。
缁衣之好兮,敝予又改造兮。适子之馆兮,还予授子之粲兮。
缁衣之席兮⑤,敝予又改作兮。适子之馆兮,还予授子之粲兮。

●注释

①缁衣之宜兮：缁(zī)衣：黑色的衣服。这里用黑色象征深衣，深的意思是上衣和裳相连，就如后来的长袍，也就是遮蔽身体的大部分，谓之深衣。深衣是古代的一种服制，是诸侯、大夫、士平时在家所穿的衣服。宜：适宜，合适。②敝予又改为兮：敝(bì)：坏，破旧。予：我。改为兮：重新制作。③馆：馆客，食客，门客。④粲(càn)：上等白米。⑤蓆(xí)：大。

●译文

深衣穿上很是合适啊！破旧了我会重新制作的。这里适宜君子作食客，还有上等白米作饮食啊！

深衣穿上确实很好啊！破旧了我会重新缝制的。主人适宜君子作门客，还给上等白米作饮食啊！

深衣穿着确实宽大啊！破旧了我会重新缝制的。那里适宜君子作食客，还有上等白米作饮食啊！

●评析

《缁衣》，这篇诗歌应该是颂扬君子找到了可以投靠的主人，也就是说，君子找寻到了自己应该辅助的君主。"缁衣"之"缁"，其实就是一个象征词，缁的含义是黑色，黑色就是深的象征词。古代对那些大夫、诸侯、士平时所穿的衣服都有专门规定，那就是穿深衣，深衣其实并不是指颜色深，或者是黑色，而是指衣服的式样，上衣和下衣相连在一起，也就是衣和裳相连，其长度、宽度、缝制的方法都有严格的标准，其长度最短不能露出小腿肚，最长不能拖地。正如《礼记·玉藻》所言："朝玄端，夕深衣。深衣三袪，缝齐倍要，衽当旁，袂可以回肘。长，中缝撂尺。袷二寸，袪尺二寸，缘广寸半。"

《礼记》第三十三的称名，谓之《缁衣》。这一篇的首段经文就是孔子之言。子曰："为上易事也，为下易知也，则刑不烦矣。"子曰："好贤如《缁衣》，恶恶如《巷伯》，则爵不渎而民作愿，刑不试而民咸服。《大雅》'仪刑文王，万国作孚。'"孔子对《缁衣》的解释是好贤，也就是有道德的君主能够招募、聘用有贤德才能的君子来畜养，以辅助自己成就大事业。所以，《缁衣》就是颂扬赞美君子寻找到了可以畜养自己的主人，君子可以为君主的大夫、士，可以穿着深衣。所以诗文用缁衣穿在君子身上很适合，还有上等白米作酬金，既赞美了君子的美德，又赞美了畜养君子的人的美德。也有学者认为这是在赞美郑武公父子，因为郑武公之父就是前言所提到的周宣王的弟弟友，父子二人同为周朝的司寇，所以也可以将其看作颂扬郑武公辅佐周平王的诗篇。

将仲子

将仲子兮①，无逾我里②，无折我树杞③。岂敢爱之，畏我父母。仲可怀也④，父母之言，亦可畏也。

将仲子兮，无逾我墙，无折我树桑⑤。岂敢爱之，畏我诸兄。仲可怀也，诸兄之言，亦可畏也。

将仲子兮,无踰我园,无折我树檀⑥。岂敢爱之,畏人之多言。仲可怀也,人之多言,亦可畏也。

●注释

①将仲子：将：请，希望。仲子：第二位公子，排行为二的儿子。②无踰我里：踰(yú)：超越。里：里门。③树杞：枸杞树。④仲可怀也：可：可是。怀：想，思考，考虑。⑤树桑：桑树。⑥树檀：檀木树。

●译文

希望我们的二公子啊！不要超越我的里门，不要折断我的枸杞树。难道我敢不爱惜你吗？因为我们父母的缘故。二公子可用心想想啊，父母的各种言论行动，也可发生可怕的结果。

希望我们的二公子啊！不要逾越我们的界限。不要折断我们的桑树。难道我敢不爱护你吗？畏惧我那众多的兄弟。二公子可用心想想啊，众多兄弟的言论行动，也可发生可怕的结果。

希望我们的二公子啊！不要逾越我们的园子，不要折断我们的檀树。难道我敢不爱护你吗？畏惧别的人多嘴多舌。二公子可用心想想啊，别人多嘴多舌事情多，也可发生可怕的结果。

●评析

这首诗有的学者解释是：一位女子拒绝男子前来幽会，因为惧怕父母、兄弟和众人的言论对他们相爱不利，所以就劝解男子不要随便超越界限乱来，以免产生不良的后果。

还有学者认为这是讽刺郑庄公的诗篇。笔者也是根据这一含义解释的。根据《东周列国志》第四回和《春秋左传·鲁隐公元年》记载：郑庄公是郑武公掘突之子。郑武公与姜氏生有二子，其大儿子名寤生，立为世子。郑武公的二儿子名段，长得一表人才，面如傅粉，唇若涂朱，且又多力善射，武艺高强，又因为大儿子寤生出生时为难产，所以其母姜氏就不喜欢大儿子寤生，而其心中偏爱二子段，并多次劝郑武公应立二儿子段为世子，郑武公拒绝，封次子段于共城为食邑。郑武公死后，寤生继位为郑庄公。其母姜氏一心想让次子继位，后来在姜氏的计谋和郑庄公的计谋之下，二子段也就是郑庄公的二弟夺取君主之位未成自刎而亡。

所以这一首诗应该是郑国人劝谏太叔段不要逾越自己的本分，不要破坏自己家乡的各种果木桑园，也不要听其母之言，因为其母之言有时也会造成严重的不利的后果。而太叔段听其母之言，又相信其兄之言，结果使自己命丧黄泉。其母又被郑庄公遣送于别地，而不相见。

叔于田

叔于田①,巷无居人②。岂无居人,不如叔也,洵美且仁③。
叔于狩④,巷无饮酒。岂无饮酒,不如叔也,洵美且好。

叔适野⑤,巷无服马⑥。岂无服马,不如叔也,洵美且武。

●注释

①叔于田:叔:叔父,这里是指郑国的第三代君主郑庄公而言。郑国的第一位君主是周宣王的弟弟友,第二位是郑武公,第三位是郑庄公;因为郑国的君主是天子的同姓,天子同姓为伯父或叔父。田:田猎,打猎。②居人:停留的人。③洵(xún):确实。④狩:冬天打猎。⑤野:郊外。⑥服马:服:降服。降服野马。

●译文

叔父去田猎,巷子内无人停留。为什么会无人停留啊?射击技能不如叔父啊!叔父确实美好又仁义。

叔父去狩猎,巷子内无人饮酒。为什么没有人饮酒啊?狩猎之技不如叔父啊!叔父确实仁善又美好。

叔父去郊外驯马,巷子内无人降服马。怎么无人能降服马啊?骑马技能不如叔父啊!叔父确实美好又威武。

●评析

这首诗应该是赞美郑武公和郑庄公的诗篇。诗文指出,当叔父去打猎时,巷内空无一人,无人饮酒,无人闲聊,那么人都到哪里去了?人都去看叔父的射猎技艺了,因为只有叔父的射猎技艺最高超,没有人能与其相比。叔父出外去驯马,巷内又空无一人,人又到哪里去了?人都去看叔父驯马去了,因为没有什么人的驯马技术能比叔父高了。叔父确实美好仁义而且威武,表现了郑国人民对自己君主的赞美之情。

大叔于田

叔于田①,乘乘马②。执辔如组③,两骖如舞④。叔在薮⑤,火烈具举⑥。襢裼暴虎⑦,献于公所⑧。将叔无狃⑨,戒其伤女⑩。

叔于田,乘乘黄⑪。两服上襄⑫,两骖雁行。叔在薮,火烈具扬。叔善射忌⑬,又良御忌⑭,抑磬控忌⑮,抑纵送忌⑯。

叔于田,乘乘鸨⑰。两服齐首⑱,两骖如手⑲。叔在薮,火烈具阜⑳。叔马慢忌㉑,叔发罕忌㉒,抑释掤忌㉓,抑鬯弓忌㉔。

●注释

①叔于田:叔:叔父。于:在,到。田:田猎,打猎,射猎。②乘乘马:乘着四匹马拉的车。前一个乘是乘坐之意,第二个乘是四马拉车之意。③执辔如组:执:拉。辔(pèi):马缰绳。如组:马缰绳拉在手中,就如排列有序的编制物。④两骖如舞:两骖(cān):古代驾车的四匹马,在车辕内的叫"服",在车辕外的叫"骖"。全句是:两骖奔跑美如舞蹈。⑤薮(sǒu):低洼湿地,草木繁茂之处。⑥火烈具举:古代狩猎时,为了围猎,举火焚烧草木,火势猛烈。所以全句为:举火焚草火烈势猛。⑦襢裼暴虎:襢(tǎn):襢露,裸露身体的上

部。裼(tì):脱去上衣,露出身体的一部分。暴虎:空手打老虎。⑧献于公所:奉献给公家、宫室,众人所有。⑨将叔无狃:狃(niǔ):习以为常,而不加重视,习惯。请叔父不再习用这样的方式。⑩戒其伤女:戒:警戒,恐怕。女:汝,你。⑪黄:毛色发黄的马。⑫两服上襄:车辕内的马为服马,两匹服马头高昂。襄:昂起。⑬射忌:射:骑射。忌:应将其看作"技",骑射技艺。⑭御:驾驭车马。⑮抑磬控忌:抑:或者,还是。磬(qìng):通"骋",放马奔驰,操纵自如。⑯抑纵送忌:纵:任凭。送:通"耸",耸立,耸动。⑰鸨(bǎo):黑白杂色的马。⑱齐首:一齐昂首走。⑲手:掌握,控制。⑳阜:大。㉑慢忌:慢慢骑马的技艺。㉒罕:罕见。㉓抑释掤忌:释:放下,释放,舍弃,放弃。掤(bīng):箭筒的盖子。㉔抑鬯弓忌:鬯(chàng):通"畅",畅通,流畅。弓:弓箭。

●译文

　　叔父到野外出游又打猎,乘坐着四匹马驾的车。双手拉着马缰就如组丝,两匹骖马奔跑如舞蹈。叔父在草木繁茂的湿地举火焚烧火势很猛烈。赤膊空拳与那猛虎搏斗,所猎的猎物奉献公家。请叔父再不要赤膊上阵,以免那猛虎伤害于你。

　　叔父到野外出游又打猎,乘坐四匹黄马驾的车。两匹服马双双高昂着头,两匹骖马奔跑如雁行。叔父在草木繁茂的湿地,举火焚草木火势翻腾。叔父有高超的骑射技艺,又有优良的驾驭技艺。或者骋马奔驰自如如飞,或任凭马耸动的技艺。

　　叔父到野外出游又狩猎,乘坐杂色四马驾驭车。两匹服马一齐昂首奔走,两骖如双手掌握自如。叔父在草木繁茂的湿地,举火焚烧草木火势大。叔父那慢慢骑马的技艺,叔父越发罕见的技艺,或将箭放入箭筒的技艺,还有流畅的拉弓技艺。

●评析

　　这应该是一首颂扬郑国君主的诗篇,这里用叔父作为称呼,那么所颂扬的就是郑武公或郑庄公了。郑武公和郑庄公都是有勇有谋有作为的君子,他们都受到周平王的嘉奖分封。诗文的第一部分主要颂扬郑国君主狩猎的英姿,能够赤手空拳与猛虎搏斗,而所猎之物最后虽然都上交在一起,但是还是要给参与狩猎者分配,所以众人都为君主的安危担心。第二部分主要颂扬君主的骑射技术、驾车技术、骑马奔驰的技术。第三部分颂扬了君主的拉弓射箭,或者将箭放入箭筒的技术,都是那么优美动人,所以说叔父那各种罕见技艺真是令人倾倒神往。

清 人

清人在彭①,驷介旁旁②。二矛重英③,河上乎翱翔④。
清人在消⑤,驷介麃麃⑥。二矛重乔⑦,河上乎逍遥⑧。
清人在轴⑨,驷介陶陶⑩。左旋右抽⑪,中军作好⑫。

●注释

　　①清人在彭:清:郑国的城邑名,在今河南省中牟县西。彭:位于黄河岸边的郑国地名。②驷介旁旁:驷:驷马驾车。介:铠甲。旁旁:马强壮有力。③二矛重英:二矛:比武,

或作战双方所用的武器。重英:重(chóng):重叠。英:有说是与"缨"相同,也就是矛柄上所垂的红色羽毛饰物。④翱翔:回旋飞翔。⑤消:位于黄河岸边的郑国地名。⑥麃麃(biāo biāo):威武的样子。⑦乔:矛柄结缨的地方。⑧逍遥:自由快活的样子。⑨轴:位于黄河岸边的郑国地名。⑩陶陶:快乐的样子,乐陶陶。⑪左旋有抽:形容刀枪左右旋转自如的样子。⑫中军作好:中军:这里应该是用矛者的职务。作好:招式好。

●译文

　　清地的军士在彭地,驷马披甲驾车很强壮。两把矛枪二重红缨,在黄河边上回旋飞翔。

　　清地的军士在消地,驷马披甲驾车真威武。两把矛枪二重红缨,在黄河边上逍遥快活。

　　清地的军士在轴地,驷马披甲驾车乐陶陶,矛枪左右旋转自如,中军的招式真是美好。

●评析

　　这首诗据《春秋左传·闵公二年》记载:"郑人恶高克,使帅师次于河上,久而弗召。师溃而归,高克奔陈,郑人为之赋《清人》。"可是查阅资料,未见有关高克的其他资料,高克何许人也,也就不得而知了,所以也就只能当作是郑国的一般历史事件的记载之作。

　　《毛诗序》指出:"《清人》,刺文公也。高克好利而不顾其君,文公恶而欲远之,不能,使高克将兵而御狄于境,陈其师旅,翱翔河上,久而不召,众散而归高克奔陈。公子素恶高克,进而不以礼,文公退而不以道。危国亡师之本,故作是诗也。"

羔 裘

羔裘如濡①,洵直且侯②。彼其之子,舍命不渝③。
羔裘豹饰④,孔武有力⑤。彼其之子,邦之司直⑥。
羔裘晏兮⑦,三英粲兮⑧。彼其之子,邦之彦兮⑨。

●注释

　　①羔裘如濡:羔裘:用黑色羊羔皮缝制的皮袍,这是大夫、士所穿之服。濡:柔软。②洵直且侯:洵:实在。直:正直。侯:美好。③渝:改变。④羔裘豹饰:羊羔皮的袍子用豹子皮为袖口。⑤孔武:孔:很,甚。武:威武。⑥邦之司直:邦:国家,邦国。司:主管,主持。直:正直,正义。⑦晏:鲜艳,华美。⑧三英粲兮:三英:袖口上有三道豹皮装饰。粲:鲜明。⑨彦:有才学的人。

●译文

　　羊羔皮袍如此柔软,实在是正直又美好。他那个美好的君子,为正义而宁死不屈。

　　羊羔皮袍豹皮袖边,很是威武又有力量。他那个美好的君子,国家正义的主持者。

　　羊羔皮袍艳丽华美,袖口三道豹皮鲜明。他那个美好的君子,是国家真正的才俊。

●评析

这首诗是赞美为国家效力的美好君子的诗篇。古代对诸侯、君王、大夫、士以及庶人的衣服的式样都有明确的规定,正如《礼记·玉藻》所言:"锦衣狐裘,诸侯之服也。""君子狐青裘豹褎,玄绡衣以裼;麑裘青犴褎,绞衣以裼之。羔裘豹饰,缁衣以褎之,狐裘,黄衣以裼之。"从这一段话中就可以看出,君子也就是大夫、士之类的人士所穿之服以羔裘豹皮为纹饰,所以说这首诗是颂扬为郑国主持正义的君子的诗篇,但究竟为谁而作,就没有具体的资料考证了。

《毛诗序》指出:"《羔裘》,刺朝也。言古之君子以风其朝焉。"这就是说,这是郑人对古代君子以正义威武才能辅佐君主于朝的美好回忆和赞赏,更是期望当时之君子也应有如此美好的德行。

遵大路

遵大路兮,掺执子之袪兮①。无我恶兮②,不寁故也③。
遵大路兮,掺执子之手兮。无我魗兮④,不寁好也。

●注释

①掺执子之袪兮:掺(chān):同"搀",搀扶。执:拉。袪(qū):袖子。②恶:厌恶。③寁(zǎn):召,邀请。不寁:引申遗弃。④魗(chǒu):丑。

●译文

遵照大路走啊,拉着袖子搀扶着你。不要厌倦我啊,不要不召唤这故人。
遵照大路走啊,手拉手我搀扶着你。我也不难看啊,不要不召唤这好人。

●评析

一般认为这是一首被丈夫遗弃之妇人哀痛的哭诉之声。这位女子被丈夫遗弃,女子悲痛地拉住丈夫的衣袖,拉住丈夫的手,苦苦地哀求丈夫,希望丈夫不要厌弃自己,不要遗弃自己,因为自己既不丑陋,更未做错事情,所以苦苦哀求丈夫不要遗弃自己。诗文中的遵照大路走,这是一句象征词语,是在说这位女子一直遵照三从四德,遵从女子之德,并未超出道德规范半步,所以丈夫就没有理由遗弃自己,但是由于丈夫自己无德而乱性,这位女子的哀求只能使丈夫更残酷地抛弃她。

《毛诗序》指出:"《遵大路》,思君子也。庄公失道,君子去之,国人思望焉。"

女曰鸡鸣

女曰鸡鸣,士曰昧旦①。子兴视夜②,明星有烂③。将翱将翔④,弋凫与雁⑤。
弋言加之⑥,与子宜之⑦。宜言饮酒,与子偕老。琴瑟在御⑧,莫不静好⑨。

知子之来之⑩,杂佩以赠之⑪。知子之顺之⑫,杂佩以问之⑬。知子之好之⑭,杂佩以报之⑮。

●注释

①昧旦:昧(mèi):暗。旦:天明,早晨。②子兴夜视:子:你,这里是指丈夫。兴:起来。夜视:观察夜空。③明星有烂:启明星多明亮。④将翱将翔:将:想要。翱翔:鸟回旋飞翔。这句话是说想要早点出去射猎。⑤弋凫与雁:弋(yì):一种带有丝线的箭。凫(fú):野鸭。雁:大雁。⑥弋言加之:弋:射,言说射中了野鸭和大雁。⑦与子宜之:与:给。子:丈夫。宜:美味的菜肴。⑧御:驾驭,引申弹奏、阻止,引申不要。⑨静:安静。⑩来:安抚。⑪杂佩:用多种玉组成的佩饰。⑫顺:温顺。⑬问:赠送。⑭好:相好,恩爱。⑮报:报答。

●译文

妇人说鸡已经叫了,丈夫说天还没有明。那你起来看看夜空,启明星儿多么明亮。想要早点出外射猎,射几只野鸭和大雁。

说好射中野鸭和雁,给你做美味的菜肴。说好了适当饮些酒,我与君子白头偕老。就不用弹奏琴瑟了,没有什么比安静好。

知道你安慰我的心,这个杂佩就送给你。知道你是如此温顺,这个杂佩赠送给你。知道你能与我恩爱,这杂佩是报答你的。

●评析

这是一首恩爱的夫妇的对话,夫妇商议好天明以后丈夫去射猎,妻子及时叫醒丈夫起床,丈夫贪睡不愿起床,妻子以无比温柔的神情督促丈夫早点起来射猎野鸭和大雁,也就是说这是冬天的夜晚,天寒地冻,只有野鸭和大雁好射猎。妻子鼓励丈夫说,你射猎一些野鸭和大雁,回来我为你做好吃的,你可以安安静静适当饮一些酒,使我们的生活过得富足一些,让我们安静地白头偕老。最后一段描写丈夫充分理解了妻子的心意,也以深情厚意来安慰妻子,并给妻子赠送杂佩,以作为自己对妻子恩爱之情的报答。

方润玉《诗经原始》认为:"此诗人述贤夫妇相警戒之辞,称赞贤夫贤妇以成德也。"

有女同车

有女同车,颜如舜华①。将翱将翔②,佩玉琼琚③。彼美孟姜④,洵美且都⑤。

有女同行,颜如舜英⑥。将翱将翔,佩玉将将⑦。彼美孟姜,德音不忘。

●注释

①颜如舜华:颜:容颜。舜华:木槿花,引申芙蓉花。②将翱将翔:比喻美女步态轻盈如鸟飞。③琼琚(qióng jū):美玉。④孟姜:孟:排行第一。姜:姜姓。⑤洵美且都:洵:确实。都:娴雅。⑥英:花。⑦将将:锵锵。

●译文

有一位女子与我同车,她的容颜美如芙蓉花。她的步子轻盈如鸟飞,她佩戴的佩玉实在美。她就是姜家的大姑娘,她确实美丽而又娴雅。

有一位女子与我同行,她的容颜美如芙蓉花。她轻盈的步伐如鸟飞,玉佩锵锵有声如琴瑟。她就是姜家的大姑娘,她美好的德行永不忘。

●评析

这是一首男子对自己意中人美丽动人的外貌和美好德行赞美的诗篇。诗文从对女子的美如花的外貌,轻盈的步伐,以及所佩戴的饰物的赞美,到对她美好德行的赞美表示出这位男子对这位女子的钟情。也有学者认为这是刺齐僖公想将自己的女儿嫁给郑世子忽而遭到忽的拒绝的诗篇,笔者认为这是不符合历史事实的。齐僖公有两个女儿,两个女儿都有绝色之美,大女儿嫁于卫国,就是卫宣姜,齐僖公曾三次想将二女儿文姜嫁于郑世子忽,但是都遭到忽的拒绝,齐僖公最后将二女儿嫁于鲁桓公。齐僖公的这两个女儿都是无德之人,所以就没有什么好德行可记忆,也就与"德音不忘"这句诗文的含义不相符,所以说是刺齐僖公想将自己的女儿嫁给郑世子忽的认识是不符合历史事实的。但这首诗究竟为谁而作,没有历史资料可考。在历史上还有一位孟姜,那就是齐庄公之时的杞梁之妻孟姜。齐庄公四年时,杞梁随齐庄公攻打莒国,被俘而死,传说孟姜哭了十天,城墙崩塌,投水而亡,这也是历史上孟姜女哭长城的故事的由来。但是这首诗既然是《郑风》之作,也就与孟姜女传说无关了。当然我们也可以将其看作是在郑武公、郑庄公之德的教化下表现郑国民间生活风气的一般诗作。

山有扶苏

山有扶苏①,隰有荷华②。不见子都③,乃见狂且④。
山有乔松,隰有游龙⑤。不见子充,乃见狡童⑥。

●注释

①扶苏:大树枝繁叶茂的样子。②隰有荷华:隰(xí):低湿之地。荷华:荷花。③子都:古代美男子的称名,后面的"子充",意思相同。④乃见狂且:乃见:就看见。狂:气势猛烈。⑤游龙:植物名,即水荭草。⑥狡童:狡猾的顽童。

●译文

高山上有大树成林,低湿地有美丽的荷花。没见到这个美男子,却看见气势猛烈的人。
高山上有大松树林,低湿地上有那水荭草。没见到这个美男子,却见到这狡猾的顽童。

●评析

《毛诗序》以为:"《山有扶苏》,刺忽也,所美非美也。"也就是说,这首诗可以看作是对齐女文姜的讽刺之诗。齐僖公一心想将二女儿文姜嫁于郑昭公忽(郑昭公忽乃郑庄公之子),曾三次向郑昭公忽提亲,郑昭公三次拒绝,使文姜因此而郁郁寡欢而成疾。所以诗文指出,没见到这个美男子却见到了气势猛烈之人,没见到这个美男子却见到一个狡猾的顽童。诗文用大树林、大松树象征清高的美男子忽,用荷花和水荭草象征美人文姜,象征高大与矮小不相称、不相配。所以郑昭公忽才不愿意娶文姜为妻,文姜就没有嫁给有才德的郑昭公。

箨 兮

箨兮箨兮①,风其吹汝②。叔兮伯兮,倡予和女③。
箨兮箨兮,风其漂女④。叔兮伯兮,倡予要女。

●注释

①箨(tuò):从草木上脱落下来的叶子或树皮。②汝:你。③倡与和女:倡:提倡。予:我。女:你。④漂:漂浮。比喻事情没有指望。

●译文

树叶树皮脱落啊! 风吹得你四处乱飞。我的叔父伯父啊! 曾经提倡我嫁给你。
树叶树皮脱落啊! 风吹你漂浮在空中。我的叔父伯父啊! 曾经提倡我嫁给你。

●评析

这首诗歌应该是郑国人对齐僖公之二女儿被世子忽拒婚之事件的讽刺。据《东周列国志》第五回记载:因为郑庄公之世子忽在帮助齐僖公平息犬戎之战的过程中展现出卓越的才能,齐僖公第一次亲自向郑庄公为自己的二女儿文姜向世子忽提婚,忽婉言拒绝。又第八回记载:因为郑世子忽在帮助齐僖公平息北戎的战争中展现了自己的才能,齐僖公又一次亲自向郑世子忽提婚,世子忽再次婉言谢绝。齐僖公后又委托夷仲年议婚,又一次遭到拒绝。因为齐僖公经常在女儿面前夸奖世子忽以及忽的许多英雄事迹,二女儿文姜对忽有强烈的好感,而当忽坚决辞婚后,其女心中郁闷成疾暮热朝凉,精神恍惚,半坐半眠,寝食俱废。所以此诗应该是郑人对齐女的讽刺之辞。诗文用树叶树皮脱落比喻文姜之父齐僖公几次提婚未成而使其羞愤难言,心中空落,心情郁闷,就如在风雨中飘落的树叶树皮一样无着无落无皮无脸。

《毛诗序》指出:"《箨兮》,刺忽也。君弱臣强,不倡而和也。"

狡 童

彼狡童兮①,不与我言兮。维子之故②,使我不能餐兮③。
彼狡童兮,不与我食兮。维子之故,使我不能息兮。

●注释

①狡童:狡:通"佼",美好。②维:因为。③餐:吃饭。

●译文

那个美好的童男子,不愿意与我说话啊! 就是因为你的缘故,使我相思餐餐不能。

那个美好的童男子,不愿意与我共桌食啊!就是因为你的缘故,使我不能休息安寝。

●评析

这首诗一看就能明白其中的含义,从这首诗中能更明确地看出郑人对齐女的讽刺之意,也进一步证明《东周列国志》中的记载不是虚言。正如第九回所言:"自郑世子忽打败戎师,齐僖公在文姜面前夸奖他许多英雄,今与议婚,文姜不胜之喜。及闻世子忽坚持不允,心中郁闷,染成一疾,暮热朝凉,精神恍惚,半坐半眠,寝食俱废。"诗中明确指出,之所以这样就是因为你的缘故,这里的你就是指郑世子忽。因为郑世子忽辞婚致使文姜郁闷成疾,不得饮食,不得眠,正好与诗文所述之症状相吻合。

褰 裳

子惠思我①,褰裳涉溱②。子不我思③,岂无他人。狂童之狂也且。

子惠思我,褰裳涉洧④。子不我思,岂无他人。狂童之狂也且。

●注释

①子惠思我:惠:仁爱,柔和。思:想。②褰裳涉溱:褰(qiān):提起。褰裳:提起衣裳。涉溱:涉:涉水过河。溱(zhēn):河水名,位于河南密县东北至新郑县。③我思:想我。④洧(wěi):水名,位于河南登封县东的阳城山,与溱水在新郑县汇合为双泊河。

●译文

你能很柔顺地思念我,我提起衣裳蹚过溱河。即是你不爱我思念我,难道就没有他人爱我。你这狂妄的童男子别太狂妄。

你能很柔顺地思念我,我提起衣裳蹚过洧河。即是你不爱我不想我,难道就没有他人来爱我。你这狂妄的童男子别太狂妄。

●评析

这是一手描写青年女子与自己的意中人幽会的诗篇。女子心中急于见到自己朝思暮想的意中人,因为心中想着自己的意中人一定会与自己恩爱白头偕老,所以才会勇敢地提起衣服涉水过河与自己的意中人相会,而且心中唯恐自己的意中人不与她相好,就用气话勉励自己:你这个狂妄的家伙可别太狂妄到不与我相好的地步,即使你不与我相好,难道就没有其他男子与我相好?

这首诗其实还是描写讽刺齐女文姜对郑世子忽拒婚而发出的怨恨之情。

丰

子之丰兮①,俟我乎巷兮②。悔予不送兮。

子之昌兮③,俟我乎堂兮。悔予不将兮④。

衣锦褧衣⑤,裳锦褧裳⑥。叔兮伯兮,驾予与行⑦。

裳锦褧裳，衣锦褧衣。叔兮伯兮，驾予与归⑧。

● 注释

①丰：丰满。②俟（sì）：等待。③昌：健壮美好的样子。④将：和，同。⑤衣锦褧衣：衣锦：穿着锦缎衣服。褧（jiǒng）：细麻布做的单衣，也就是罩衣。⑥裳锦褧裳：穿着锦缎下衣，外罩单下衣。⑦驾予与行：驾车与我同行。⑧归：出嫁。

● 译文

你的容貌丰满美好啊！等待我在我那巷子里。真后悔我怎么不送你。

你的体格健壮高大啊！等待我在我那弄堂里。后悔我不和你一同走。

穿上锦上衣外罩单衣，穿锦下衣外罩单下衣。我的那叔父啊伯父啊，请你驾车与我一起行。

穿锦下衣外罩单下衣，穿锦上衣外罩单上衣。我的那叔父啊伯父啊，请你驾车送我去出嫁。

● 评析

这是一首青年女子追悔自己错过了一段美好婚姻的诗篇。诗文的第一小节首先对自己意中人的外貌作了描绘，这位男子容貌丰满动人，等待自己在巷子里，可是她却错过了送他的机会。第二小节描述了男子高大健壮的体魄，又一次等待她在弄堂里，可是她又错过了与他一同出走的机会。最后两个小节，是这位女子终于割舍不下思念之情，而下定决心穿好出嫁的嫁衣，央求伯父叔父驾车送她出嫁的心情，这次下定决心一定不再错过机会。

其实从诗文中两次错过机会而后悔，求叔父伯父驾车送她出嫁来分析，因为齐女文姜，前两次是其父亲自向郑昭公忽提亲，都遭到忽的拒绝，第三次是其父齐僖公委托夷仲年议婚，又一次遭到拒绝，这就是说齐僖公三番五次想将自己女儿文姜嫁于忽而未成功，那么这首诗仍然是对齐女想嫁与忽而遭到拒绝的讽刺之词。也就是说齐女想嫁与忽只是一厢情愿的妄想，就是前去追赶也是没有用处的。

《毛诗序》指出："《丰》。刺乱也。婚姻之道缺，阳倡而阴不和，男行而女不随。"

东门之墠

东门之墠①，茹藘在阪②。其室则迩，其人甚远。

东门之栗③，有践家室④。岂不尔思，子不我即。

● 注释

①墠（shàn）：古代祭祀用的平地。②茹藘在阪：茹藘（lú）：茜草，红色，可作染料。阪（bǎn）：土坡。③栗（lì）：栗子树。④有践家室：践：凭借。有它为凭借建立家室。

● 译文

东门那祭祀用的平地，茜草长在土坡绿莹莹。你的家距离虽然很近，你的人却距离我很远。

东门那里的栗子树林,凭借它就能建立家室。难道我不想与你亲近,就怕你不敢来亲近我。

● 评析

这是一首描写青年男女相互思念的情歌。男女相互爱慕,两个家庭的距离也很近,两人相互爱慕,都希望对方主动来与自己亲近,而且也已经选择好了建立家室的地方,就是等待双方的感情能够很快取得进展。男女双方都希望对方能主动亲近自己,可就是担心对方不敢亲近自己。

《毛诗序》指出:"《东门之墠》,刺乱也。男女有不待礼而相奔者也。"也就是说,这首诗是对当时社会风气下,男女不依照父母之命、媒妁之言而聘定终身,男女私自相约而私定终身的婚姻事实的写照。这也就充分证明,这是一首描写青年男女相互爱慕、相互思念的情歌。

风 雨

风雨凄凄①,鸡鸣喈喈②。既见君子,云胡不夷③?
风雨潇潇④,鸡鸣胶胶⑤。既见君子,云胡不瘳⑥?
风雨如晦⑦,鸡鸣不已。既见君子,云胡不喜?

● 注释

①凄凄(qī qī):原意是指草木茂盛的样子。这里一方面是指风雨很大;另一方面还可以是凄,寒冷之意。②喈喈(jiē jiē):鸟叫声。③云胡不夷:云:说,为。胡:何,怎么。夷:愉快,喜悦。④潇潇:急风暴雨的形象。⑤胶胶:固执,比喻鸡鸣不断。⑥瘳(chōu):病好了。⑦晦(huì):黑暗。

● 译文

大风凉雨冷飕飕,公鸡打鸣喈喈喈。终于见到了君子,怎么能说不喜悦?
风飕飕呀雨潇潇,公鸡啼鸣好心烦。终于见到了君子,心病怎么能不好?
暴风骤雨天晦暗,公鸡啼鸣不间断。终于见到了君子,心中怎能不喜欢?

● 评析

从这首诗的语言风格来分析,这应该是一首描写男女两情相悦的诗篇。在狂风暴雨的夜晚,这位女子正为没有如约前来会面的意中人心烦意乱,一直等到鸡鸣时刻,自己的意中人还未如约而来,而这时鸡鸣声不断,就更加使这位女子心烦意乱,为自己的意中人没有如约前来而担惊受怕,正当她心情极度烦躁时,他的意中人终于前来会面,这就使她又惊又喜。三节诗文每一节的最后一句,都用了"怎么能不喜悦、高兴"的词句,充分表现了她见到意中人时激动万分的心情。

子 衿

青青子衿①,悠悠我心②。纵我不往,子宁不嗣音③?
青青子佩④,悠悠我思。纵我不往,子宁不来?
挑兮达兮⑤,在城阙兮⑥。一日不见,如三月兮。

●注释

①青青子衿:青青:青色。衿(jīn):衣领。青衿:古代学子的衣服。青衿:泛指读书人,学子;子衿:古代学子所穿衣服的青领,也称青衿。②悠悠:长久地思念。③子宁不嗣音:宁:难道。嗣(sì)音:继续传递音信。④佩:佩玉的缎带。⑤挑兮达兮:挑:同"迢",从远处来。达:到达。从远处来到。⑥城阙(què):城门楼。

●译文

青青学子的衣领,使我心中长久地思念。纵使我不能前往,难道你就不能传音信?
青青学子的佩带,使我长久地思念不断。纵使我不能前去,你难道就不能来看我?
千里迢迢来到了,在那城门楼角上相见。一日没有见学子,就好像有三月没见面。

●评析

这一首诗,《毛诗序》指出:"《子衿》,刺学校废也,乱世则学校不能修焉。"

也有学者认为这是一首妻子思念在外游学的丈夫的诗篇。但是从二者相见的地址在城门楼角上而言,又不像,因为是正当夫妇就应该在居处或者其他地方见面,所以这首诗也就只能看作是女子思念在外游学的意中人的诗篇。

扬之水

扬之水①,不流束楚②。终鲜兄弟③,唯予与女④。无信人之言⑤,人实迋女⑥。

扬之水,不流束薪。终鲜兄弟,维予二人。无信人之言,人实不信。

●注释

①扬之水:扬:翻腾。翻腾激荡的流水。②束楚:束:一束。楚:荆条。③终鲜兄弟。终:已经。鲜:少。已经减少了兄弟。④唯予与女:唯:只有。予:我。女:汝,你。只剩下了我和你。⑤无信人之言:信:诚信,诚实。⑥迋(kuàng):诓骗,欺骗。

●译文

激扬翻腾的河水,不会漂流一束荆条。已经减少了兄弟,仅仅剩下了我和你。没有诚信之人的话,确实是欺骗你的话。

激扬翻腾的河水,不会漂流一束柴薪。已经减少了兄弟,仅仅剩下了我和你。没有诚信之人的话,这人确实不能相信。

●评析

从这首诗的内容分析,这应该是一首描写过于相信失信之人的话而遭遇了大灾大难之后的悔恨心情的诗篇。诗文用大江大河来象征那些善于说大话吹大牛的人,象征没有诚信的人。大江大河的水虽然很大,但不会自动为人类带来利益,也就是说那些说大话、吹大牛的人不会给人民带来利益,因为他们的话是欺骗人的话。如果相信,就如诗中所描写的一样,因为他们过于相信这些人的话而终于遭到了灾难,使他们的弟兄都不在人世了,只剩下了很少的人。因此他们就告诫人们,那些就如大江大河的流水一样说大话空话的人只会给人带来灾难,所以他们的话是不能相信的。其实这首诗歌也可以看作是《将仲子》的继续,因为太叔段相信兄长和母亲的话而不能自已,最后只有灭亡自己,所以每个人做事情都要有自己的思考能力,量力而行,不可因为贪妄而相信助长贪妄之言。

出其东门

出其东门,有女如云①。虽则如云,匪我思存②。缟衣綦巾③,聊乐我员④。

出其闉阇⑤,有女如荼⑥。虽则如荼,匪我思且。缟衣茹藘⑦,聊可与娱⑧。

●注释

①如云:形容很多。②匪我思存:匪:不是。思存:思念之人。③缟衣綦巾:缟:白色。綦(qí):暗绿色,青色。白色衣服青色巾帕,是未嫁女子的服装。④聊乐我员:聊:姑且。乐:喜欢。员(yún):句末语气词。⑤闉阇:闉(yīn):外城的城门。阇(dū):城门上的台。⑥荼(tú):白茅草的花。⑦茹藘(lú):茜草,其根可以染色,为绛色。这里指绛色佩巾。⑧娱:乐,喜悦。

●译文

走出了那城东门,女子多得就像云彩。虽然女子多如云,却没有我思念的人。白衣青巾的女子,姑且是我喜欢的人。

走出外城的城门,女子多得像茅草花。虽然多如茅草花,却没有我思念的人。那白衣绛巾女子,姑且可以与她娱乐。

●评析

这是描写青年男子表白自己衷情的诗篇。这位男子所钟情的女子是素衣素佩巾的女子。素衣素佩巾象征女子的朴素清纯无染,这位男子不喜欢花枝招展的女子,也充分显示出这位男子的高贵品质。

《毛诗序》指出:"《出其东门》,闵乱也。公子五争,兵革不息,男女相奔,民人思保其室焉。"

野有蔓草

野有蔓草,零露漙兮①。有美一人②,清扬婉兮③。邂逅相遇④,适我愿兮⑤。

野有蔓草,零露瀼瀼⑥。有美一人,婉如清扬。邂逅相遇,与子偕臧⑦。

● 注释

①零露漙兮:零露:落下的露水。漙(tuán):露水多的样子。②有美一人:有美人一个。③清扬婉兮:清:清亮,形容眼睛明亮有神。扬:容貌出众。婉兮:美好。④邂逅:偶然相遇。⑤适我愿兮:正好合乎我的心愿。⑥瀼瀼(ráng ráng):露水很浓的样子。⑦偕臧(zāng):偕:一起,共同。臧:好。

● 译文

野外有蔓草丛生,露珠儿落在上面亮晶晶。我见到一个美女,她眼睛亮晶晶容貌出众。我与她偶然相遇,她正是适合我心意的人。

野外有蔓草丛生,浓密闪亮的露水湿淋淋。我见到一个美女,她眼睛清亮容貌美无比。我与她偶然相遇,我愿与她共同相好到老。

● 评析

这是一首描写青年男女相互爱慕的诗篇。这位男子偶然看到一位美丽如仙的女子,就对其产生爱慕之心。全诗也是对这位女子的美丽的描写。

溱 洧

溱与洧①,方涣涣兮②。士与女③,方秉蕳兮④。女曰观乎?士曰既且。且往观乎?洧之外,洵訏且乐⑤。维士与女。伊其相谑⑥,赠之以芍药。

溱与洧,浏其清矣⑦。士与女,殷其盈矣⑧。女曰观乎?士曰既且。且往观乎?洧之外,洵訏且乐。维士与女,伊其将谑⑨,赠之以芍药。

● 注释

①溱与洧:溱(zhēn)与洧(wěi):河水名,在郑国境内。②方涣涣兮:方:正在。涣涣:水盛大的样子。③士与女:男子与女子。④方秉蕳兮:秉:拿。蕳(jiān):兰草。⑤洵訏且乐:洵(xún):确实。訏(xū):大。且乐:而且很热闹。⑥伊其相谑:伊:这,她、他。谑(xuè):戏谑,开玩笑。⑦浏(liú):水清澈的样子。⑧殷其盈矣:殷:众多。盈:满,很多。⑨将:相互。

● 译文

那溱河水与洧河水,正在春暖水势浩大时。那些男子与姑娘们,一个个都拿着兰花草。女子说还看不看了?男子说既来了就该看,咱们就去好好看看,那洧河水以外的地方,确实广大而且热闹,那些小伙子与姑娘们,相互戏谑实在热闹,互赠以美丽的芍药花。

那溱河水与洧河水,那水流清清能照人影。那些男子与姑娘们,熙熙攘攘啊人山人海。姑娘说还看不看了?男子说既来了就要看,咱们就去好好看看,那洧河水以外的地方,确实广大而且热闹,那些小伙子与姑娘们,相互嬉戏真是快乐,互赠以美丽的芍药花。

● 评析

这一篇诗,应该是描写春天之时青年男女外出前去观看祭祀之礼,或者去观看庙会,地址就在洧河与溱河之地。他们就如快乐的小鸟一样,就如涣涣流动的春水一样,尽情地欢乐嬉戏。当然诗文本身并没有说明他们要观看什么,所以就可以引起人们尽情的遐想,一切美好的事物都值得我们前去观看欣赏。

齐 风

齐,是指齐国而言,周武王灭商建周之后分封国师吕尚太公望于营丘,为齐国,今山东临淄之地,包括青、齐、淄、潍、德、棣等州。吕尚自周文王之时就辅佐周文王,为周文王建立功德立下了不朽的功勋,后与周公、召公一起辅佐周武王举军一举推翻了商纣王的统治,为建立周朝立下了奇功。《周易》对吕尚的评价是"匪夷所思",这是对吕尚其人聪明才智的高度评价。也就是说,吕尚是齐国的第一任诸侯。齐国在吕尚的治理下,百业兴盛,又加上鱼盐的利益,使齐国很快富足。齐国是以子继承父位,也就是吕尚去世后,由其子继位。所以《齐风》应该是记载齐国的民风人情的诗篇,包括《鸡鸣》、《还》、《著》、《东方之日》、《东方未明》、《南山》、《甫田》、《卢令》、《蔽笱》、《载驱》、《猗嗟》共十篇诗歌。

其实通过解释可以认为,《鸡鸣》、《著》、《东方之日》这几首诗应该是描述了人民对有道德的君主的怀念之情和在有道德君主的教化下人民的生活习俗,如《鸡鸣》就是一首描写贤妻规劝丈夫勤政朝事的诗篇;《著》则是一首描写新女婿迎娶新娘的迎娶之次序及女子即将成为新娘之时的美好心情的诗篇。《东方之日》是一首歌颂或者思念先王之德的诗篇。还有一些诗篇如《南山》、《甫田》、《蔽笱》、《载驱》等诗篇,则是对齐襄公无道淫乱无德及其风化作用的结果的历史事实的记载与讽刺之作。诗篇如《猗嗟》则是叹息武艺高强、人高马大的鲁庄公不能用自己高强的武艺对有杀父之仇、夺母之恨的齐襄公施行报仇而惋惜。其他诗篇,则是对齐国当时之时民风民情的记载之作。

鸡 鸣

鸡既鸣矣,朝既盈矣①。匪鸡则鸣,苍蝇之声。
东方明矣,朝既昌矣②。匪东方则明,月出之光。
虫飞薨薨③,甘与子同梦。会且归矣④,无庶予子憎⑤。

● 注释

①朝既盈矣:朝:朝廷。既:已经。盈:满。②昌:很多。③薨薨(hōng hōng):虫子众

多,飞时发出的响声,相当于嗡嗡声。④会且归矣:会:朝会,上朝。归:回来。⑤无庶予子憎:无:不,不要。庶:众人。予:我。子:你,这里是指妻子对丈夫的称谓。憎:憎恨。

● 译文

公鸡已经叫了几遍了,上朝的人已经很多了。这不是公鸡的啼鸣声,这是那苍蝇的鸣叫声。

东方已经开始放亮了,上朝的人确实很多了。这不是那东方放亮了,这是那明亮的月亮光。

蠓虫嗡嗡嗡嗡地飞鸣,我甘愿和你一起做梦,那上朝的人快回来了,我不愿意众人憎恨你。

● 评析

这是一首描写贤妻规劝丈夫勤政朝事的诗篇。正在熟睡的丈夫被时刻为丈夫操心关注时间的妻子叫醒,妻子告诉丈夫鸡已经叫了,该起床梳洗用餐后去上朝了,因为上朝的人已经陆续走了。丈夫却不理会妻子的提醒,只管用巧妙的语言搪塞妻子,妻子几遍督催提醒,丈夫仍然不理会妻子的好意,妻子最后告诉丈夫:我其实也愿意每天与你一起安心共寝,共同作美梦,但是你有你的职责,别人都能按时上朝,为什么你不能,我可不愿意让大家笑话你,不愿意你是只知贪图享乐而耽误国家大事的人。

其实这首诗可以从两方面分析,一方面可以看作是齐国大治时其妇人女子也得到周家母仪的教化,妇人贤良,能及时规劝丈夫以国家人民之事为重,不要只贪图享乐,这应该是对齐国大治之事,民风民情的真实写照;另一方面,也可以看作是齐国混乱之时,也就是齐国在齐襄公之时,国家混乱、君主失道无德之时的民风民情的记载。诗作者以这种方式在思念齐国大治时的民风民情,思念贤明君主时代贤妃良臣的民风民情。

还

子之还兮①,遭我乎峱之间兮②。并驱从两肩兮③,揖我谓我儇兮④。
子之茂兮⑤,遭我乎峱之道兮。并驱从两牡兮⑥,揖我谓我好兮。
子之昌兮⑦,遭我乎峱之阳兮。并驱从两狼兮,揖我谓我臧兮⑧。

● 注释

①子之还兮:子:这里指猎人。还(xuán):矫健敏捷。②峱(náo):齐国的山名,在今山东省临淄县南十五里处。③并驱从两肩兮:并驱:并马。从:追逐。肩:豜(jiān),三岁的猪。两肩:两头三岁的猪。④揖:拱手作揖。儇(xuān):慧黠,聪明狡猾。⑤茂:美好。⑥牡:雄性兽类。⑦昌:强壮。⑧臧:善,美好。

● 译文

他是多么矫健敏捷啊!他和我相遇在峱山之间。并马追逐两头小猪啊!他拱手说我聪慧矫捷啊。

他是多么美好健壮啊！我们相遇在峱山的路边。并马追逐两头雄兽啊！他拱手说我技艺高超啊。

他是多么高大美好啊！我们相遇在峱山的南面。并马追逐两头野狼啊！他拱手说我善于射箭啊！

●评析

这是一首描述二位猎人在山中打猎时不期而会，两人一起骑马并肩追逐猎物，同时表现出高超的射猎技艺的诗篇。从诗文的内容可以看出，二位猎手相互称赞射技和骑马技艺的高超。从诗文中可以看出，这二位猎手，是在山林之间、山的路边、山的阴面射猎，因为按照周代关于山虞的管理法则，无论何时都不能进入山林之中射猎。诗人通过对二位猎手相互夸赞技艺高超的描写，表现出他们能遵从礼法规定，是有礼义道德的君子。

也有些学者认为这是对齐哀公好田猎而荒废政事的讽刺之作，这样的认识没有事实的依据。因为依据诗文分析，这是一位有道德的君子，是一位能遵礼而行的君子。齐哀公好像是太公姜尚的曾孙，名叫不辰，是否好田猎未见记载，但是齐哀公因为遭到纪侯的诽谤而被周天子以烹刑处罚而死亡，后立哀公之弟静为齐胡公。

著

俟我于著乎而①，充耳②以素乎而，尚之以琼华乎而③。
俟我于庭乎而，充耳以青乎而，尚之以琼莹乎而。
俟我于堂乎而，充耳以黄乎而，尚之以琼英乎而。

●注释

①俟：等待。著：门屏之间。②充耳：古代挂在冠冕两旁的玉饰，下垂到双耳，称之为瑱玉。素：瑱玉用白丝线穿起来。③琼华，琼莹，琼英，都是指美玉。

●译文

新郎等待我在门屏间，瑱玉用白丝挂在双耳边，上面镶上琼华更美丽。
新郎等待我在天井中，瑱玉用青丝挂在双耳旁。上面镶上琼莹更美丽。
新郎等待我在堂屋中，瑱玉用黄丝挂在双耳旁，上面镶上琼英更美丽。

●评析

这是一首描写新女婿迎娶新娘的迎娶次序及女子即将成为新娘之时的美好心情的诗篇。首先描写的是新郎来迎娶新娘，已经从外面进入到大门之内，此时新娘已经穿好了新娘衣，只剩头上的装饰了，先是用素白丝线串的瑱玉，用琼华之玉为饰物。后来又听见新郎已经进入院子之中，新娘急忙又用青丝线串的瑱玉，用琼莹为饰物。又听说新郎已经进入到堂屋之中等待新娘，新娘急忙又换上用黄丝线串的瑱玉，用琼英为饰物，以期望将自己打扮得更美丽，以使新郎喜欢。因为迎亲时有一系列礼仪要行，所以诗文将新郎迎亲时进入女家的次序一一道来，将女子即将成为新娘之时的美好心情从一次又一次

的装扮过程中表现出来,生动而又有感染力。这也充分说明齐国大治之时各种礼仪始终以周礼为准则的大治效果。

东方之日

东方之日兮,彼姝者子①,在我室兮②。在我室兮,履我即兮③。
东方之月矣,彼姝者子,在我闼兮④。在我闼兮,履我发兮⑤。

●注释

①姝(shū):美好,美女。②室:朝廷内。③履我即兮:履:踏。即:即可。④闼(tà):门内,内室。⑤发:出发,出行。

●译文

就像东方的太阳啊!那个美好的人啊!就在我的朝廷啊!就在我的朝廷啊!我只要踏着他的足迹前进即可。

就像东方的月亮啊!那个美好的人啊!就在我的门内啊!就在我的门内啊!只要我踏着他的足迹出发就行。

●评析

这应该是一首歌颂或者思念先王之德的诗篇。诗文将他的美好德行比喻为东方的太阳,我们的先祖,以日月公正无私始终如一地照耀万物,以天公正无私始终如一地覆盖万物,以地公正无私始终如一地负载化育万物,而效仿天地之仁德创造了治理国家天下的最高准则、道德,以治理国家天下,使人民得到福气、利益,而实现天下安泰。所以这首诗就该是对先祖之美德的思念,也可能是齐国人对自己的先祖辅助周文王和周武王成就天下大业的姜子牙姜尚之德的怀念,而且指出这个有美好品德的人就是他们朝廷之内的人,只要后人延着先祖的足迹前进就可以了。也就是说,治理国家天下者只要永远以先祖创建的道德治理国家天下,就能实现天下太平安乐了。

关于这首诗,多数译者认为这是一首描写男子与情人相会时的情景,也有认为这是一首讽刺君臣失道、迷恋女色的诗篇。笔者认为对女子美丽的描写用太阳月亮比喻是不恰当的,有以月亮比喻女性的,但从未见有以太阳比喻女性的。所以笔者认为这是一首怀念先祖之德的诗篇,也是对那些失道无德之人的劝诫,我们的先祖是有道德的贤能人士,只要后代延着他们的足迹前进就不会有过错。

东方未明

东方未明,颠倒衣裳。颠之倒之,自公召之①。
东方未晞②,颠倒衣裳。倒之颠之,自公令之。
折柳樊圃③,狂夫瞿瞿④。不能辰夜⑤,不夙则莫⑥。

●注释

①自公召之:自:由于。公:官府,公家。召之:召唤。②晞(xī):破晓。③樊圃:樊:篱笆。圃:菜园。④狂夫瞿瞿:狂夫:狂妄的人。瞿瞿(qú qú):惊视的样子。⑤辰夜:辰:白天,早晨。夜:夜晚。⑥不夙则莫:夙(sù):早晨,白天。则:就。莫:不是。

●译文

东方还没有真正放亮,我就颠来倒去穿衣裳。之所以颠来倒去穿衣,由于公家之事在召唤。

东方还没有真正破晓,我就颠来倒去穿衣裳。之所以颠来倒去穿衣,由于公家之事在号令。

折柳条作园圃的篱笆,疯子也会瞪着眼睛看。我忙得分不清日和夜,不是早起就是晚睡眠。

●评析

这是一首描写小官吏终日为公事操劳、不堪重负的诗篇,小官吏为了官府之事忙得不分昼夜,每天睡得很晚,但是天还未亮就又要起床去工作。从这首诗可以看出,执政者行居无节,号令不能以时而动,制度混乱,使官吏不能适应。

《毛诗序》指出:"《东方未明》,刺无节也。朝廷兴居无节,号令不时,挈壶氏不能掌其职焉。"

南 山

南山崔崔①,雄狐绥绥②。鲁道有荡③,齐子由归④。既曰归止,曷又怀止⑤?

葛屦五两⑥,冠緌双止⑦。鲁道有荡,齐子庸止⑧。既曰庸止,曷又从止⑨?

艺麻如之何⑩?衡从其亩⑪。取妻如之何?必告父母。既曰告止,曷又鞠止⑫?

析薪如之何⑬?匪斧不克⑭。取妻如之何?匪媒不得。既曰得止,曷又极止?

●注释

①南山崔崔:南山:是指齐国的牛山。崔崔:崔嵬,山势高险。②雄狐绥绥:雄狐:暗示失道无德的齐襄公。绥绥(suí suí):比喻来回走动,匆匆忙忙的样子。③鲁道有荡:鲁:鲁国。道:道路。荡:平坦,放荡。④齐子由归:齐子:指齐僖公之女,齐襄公之妹文姜。由归:由此出嫁到鲁国。⑤曷又怀止:为何。怀:想念。止:不止。⑥葛屦五两:葛屦(jù):葛作的鞋。五两:也就是两只鞋排列成双。⑦冠緌:冠:帽子。緌(ruí):帽带。⑧庸:已经出嫁。⑨从:追随,追求。⑩艺麻:艺:技艺。种植麻的技艺。⑪衡从其亩:衡:纵横。其亩:田地。必须纵横交错将地耕耘。⑫鞠(jū):放任。⑬析薪:砍柴。⑭克:能。

●译文

　　巍巍南山高高耸立,那只雄性狐狸匆匆走。鲁国有平坦的道路,齐国的女子由此出嫁。既然已出嫁到鲁国,为何又要思念他不止?

　　葛制鞋子系带成双,冠带成双打结荡不止。鲁国有平坦的大道,齐国的女子已经出嫁。既然已出嫁到鲁国,为何还对他追随不止?

　　种植大麻应怎样种?必须认真耕耘那土地。人要娶妻该怎样办?必须一定要禀告父母。既然已经禀告父母,为何又由他放纵不止?

　　砍柴又是怎样来砍?没有斧子就不可能砍。人要娶妻该怎么办?没有媒人就不可能成。既已娶到了美娇妻,为何又极端放纵不止?

●评析

　　这首诗应该是对齐襄公与同父异母的妹妹文姜乱伦失德之事件的讽刺之诗。据《东周列国志》第十三回记载:齐襄公因为文姜美丽而与之乱伦,其后其父齐僖公将文姜嫁于鲁国君主鲁桓公为夫人,而这二人藕断丝连仍然利用一切机会幽会,尤其是齐僖公去世、齐襄公继位后这种行为就更加变本加厉,后来齐襄公利用鲁桓公与其妻为齐襄公做媒而聚会之便,命令公子彭生将鲁桓公杀死在车内,而后又将彭生杀死,为他与文姜的幽会消除了障碍,而终日长相守,所以国人写了许多诗篇来讽刺这种道德败坏、淫乱无德的行为。

甫　田

　　无田甫田①,维莠骄骄②。无思远人,劳心忉忉③。
　　无田甫田,维莠桀桀④。无思远人,劳心怛怛⑤。
　　婉兮娈兮⑥,总角丱兮⑦。未几见兮,突而弁兮⑧。

●注释

　　①甫田:甫(fǔ):大。田:田地。②维莠骄骄:维:只有。莠(yǒu):狗尾草。骄骄:高大而多。③忉忉(dāo dāo):忧愁劳累。④桀桀(jié jié):高大凶狠。⑤怛怛(dá dá):悲伤。⑥婉兮娈兮:婉:温顺。娈(luán):美好。⑦总角丱兮:丱(guàn):小孩头上梳的两条辫子上翘,称之为总角。⑧弁(biàn):古代用皮革制成的一种帽子。

●译文

　　无人用心耕种大片田地,田地里只有狗尾草很高大。不能不思念在远方的人,想起就劳心忧伤肝肠寸断。

　　无人用心耕种大片田地,田里只长着茂盛的狗尾草。不能不思念那远方的人,想起就会悲伤哀痛无休止。

　　那个温顺美好的人儿啊!儿时头上的双髻高高翘起。很久很久未曾见到了啊!如今突然成人皮帽头上戴。

● 评析

　　这首诗应该是一首描写在失道无德的君主统治下,君主荒淫无道,人民无心耕种土地,使田地里长满了野草,人民生活窘困,使人民想起了那远方的有德之人,那也许是他们有仁德的先祖,或是出征远方的人。最后作者指出,这位温顺美好的人,就是他儿时的同伴,如今已是长大成人的君子。作者将希望寄托在这位有德之人的身上了。

卢　令

卢令令①,其人美且仁。
卢重环②,其人美且鬈③。
卢重鋂④,其人美且偲⑤。

● 注释

①卢令令:卢:猎狗。令令:铃铛。②重环:子母环。③鬈(quán):头发卷曲,形容头发美。④鋂(méi):金属,用金属做的铃铛和挂铃铛的金属圈。⑤偲(cāi):多才。

● 译文

　　猎狗脖子上铃铛叮铃铃,这个人儿仁慈又美好。
　　那猎狗脖子戴着子母环,这个人美好头发卷曲。
　　猎狗的铃铛金光灿灿亮,这个人儿美好又多才。

● 评析

　　这是一首赞美猎人的诗篇。也有认为这是讽刺齐襄公的诗篇,齐襄公喜好田猎而不修民事。但是从诗文的内容而言,应该是一首赞美猎人的诗篇。因为诗文已经指出,这个人美好仁慈,有美德又多才,而齐襄公没有美德和仁慈可言,所以就不是讽刺齐襄公的诗篇,应该是对齐人之先祖的怀念之作。

敝　笱

敝笱在梁①,其鱼鲂鳏②。齐子归之③,其从如云。
敝笱在梁,其鱼鲂鱮④。齐子归之,其从如雨。
敝笱在梁,其鱼唯唯⑤。齐子归之,其从如水。

● 注释

①敝笱在梁:敝(bì):坏,破旧。笱(gǒu):鱼篓。梁:水中专门筑起来的方便捕鱼的堰。②鲂鳏:鲂(fáng):鳊鱼。鳏:黄颊鱼。鳏:未婚或死了老婆的男人。③齐子归之:齐子:这里是指齐襄公之妹文姜。归之:回来。④鱮(xù):鲢鱼。⑤唯唯:唯唯是从。形容鱼儿自由自在地往来游动。

●译文

破败的鱼篓在鱼梁,其中的鱼有鲂鱼和鳏鱼。齐女文姜回娘家了,她的随从人员就如云海。

破败的鱼篓在鱼梁,其中的鱼有鲂鱼和鲥鱼。齐女文姜回娘家了,她的随从人员就如雨水。

破败的鱼篓在鱼梁,那所有的鱼儿唯唯是从。齐女文姜回娘家了,她的随从人员就如大水。

●评析

这首诗是描写齐襄公的同父异母妹妹文姜出嫁之后回娘家的情景。据《东周列国志》第十三回和《春秋左传·鲁桓公十八年》记载:文姜出嫁鲁国为鲁桓公夫人,其时齐襄公还未娶妻,齐襄公求婚于周朝,周庄王应许,并命鲁桓公为之主婚,所以鲁桓公就得亲自前往齐国商议婚事。其时,齐襄公很是思念文姜,所以就趁机遣使者前往鲁国,邀请文姜一同前来齐国。文姜见齐国使者前来迎接,正合心意,所以立即答应,鲁桓公因为溺爱夫人,也不敢不从。当时的大夫申繻谏道:"'女有室,男有家',古之制也。礼无相渎,渎则有乱。女子出嫁,父母若在,每岁以归宁。今夫人父母俱亡,无以妹宁兄之礼。鲁以秉礼为国,岂可行此非礼之事?"但因为鲁桓公已经同意夫人文姜一同往齐,所以就没有接受大夫的劝谏,而与文姜一起前往齐国的临淄,鲁侯致周王之命,将婚事议定。齐襄公感激鲁侯,而设宴招待鲁侯夫妇,然后迎文姜进入宫中与其幽会,一直到第二天日上三竿二人仍相抱而眠未起。鲁桓公心中疑忌,而齐襄公自知做下无礼之事,又舍不得文姜回国,所以在与鲁侯田猎之时,齐襄公密命公子彭生将鲁桓公杀死在车中,而后又以彭生失职而将彭生杀死。此后文姜也无颜回鲁国,鲁桓公之子鲁庄公只好在位于齐鲁之间的地方禚地修筑公馆,使文姜居住。文姜此后便来回行走于齐国与禚地,而齐襄公也经常行走于齐国与禚地,两人干着违背人伦道德的苟且之事。此篇诗文用鳏鱼比喻还未婚而正在议婚的齐襄公,用破鱼篓比喻道德败坏、丧失人伦的文姜,以讽刺这些无道无德的混乱之事。

载　驱

载驱薄薄①,簟茀朱鞹②。鲁道有荡,齐子夕发③。
四骊济济④,垂辔沵沵⑤。鲁道有荡,齐子岂弟⑥。
汶水汤汤⑦,行人彭彭⑧。鲁道有荡,齐子翱翔⑨。
汶水滔滔⑩,行人儦儦⑪。鲁道有荡,齐子游敖⑫。

●注释

①载驱薄薄:载驱:乘坐车马。薄薄:车马行走之声。②簟茀朱鞹:簟(diàn):竹席。茀(fú):车帘。朱:红色。朱鞹(kuò):染红的去毛兽皮,作为遮蔽物,也就是覆盖在车上的覆盖物。③齐子夕发:齐子:齐国的女子文姜。发:出发。夕:夕阳夕下,黄昏。④四骊济济:四骊:四匹黑色马。济济:整齐强壮。⑤垂辔沵沵:垂辔(pèi):辔,马缰绳。垂辔:

下垂的马缰绳。沵沵(mǐ mǐ)：柔软。⑥岂：快乐，欢乐。弟：兄弟。⑦汶水汤汤：河水名，流经齐鲁两国。汤汤：形容水势浩大的样子。⑧彭彭：众多的样子。⑨翱翔：形容自由自在的样子。⑩滔滔：水势很大。⑪儦儦(biāo biāo)：形容众多。⑫游敖：遨游，到处游玩。

●译文

乘坐车马疾走嘚嘚响，竹席红色车帘遮车厢。鲁国的大道非常宽阔，齐国女子黄昏才出发。

四匹黑马整齐又健壮，柔软马缰下垂来回荡。鲁国的大道非常宽阔，齐女快乐地与兄弟幽会。

汶水荡荡日夜流不断，来回随从的人群实在多。鲁国的大道非常宽阔，齐女自由自在实在欢乐。

汶水滔滔日夜流不断，来回跟随的人群真是多。鲁国的大道非常宽阔，齐女在这里遨游真快乐。

●评析：

这首诗仍然是讽刺齐襄公与其妹文姜的乱伦无德的丑恶行径，也就是讽刺文姜自从居住于禚地之后越发无法无天，而自由自在地与齐襄公幽会鬼混，就如进入无人之地，他们只顾自己快乐而置伦理道德于不顾，实在是世人所不容的事情。

猗 嗟

猗嗟昌兮①，颀而长兮②。抑若扬兮③，美目扬兮④。巧趋跄兮⑤，射则臧兮⑥。

猗嗟名兮⑦，美目清兮。仪既成兮⑧，终日射侯⑨，不出正兮⑩，展我甥兮⑪。

猗嗟娈兮⑫，清扬婉兮。舞则选兮⑬，射则贯兮⑭。四矢反兮⑮，以御乱兮⑯。

●注释

①猗嗟昌兮：猗嗟(yī jiē)：感叹词，表示赞美。昌：盛，健壮。②颀(qí)：身材高，长。③抑若扬兮：抑：通"懿"，美好。若：形容词。扬：形容美貌。④美目扬兮：眼睛有神。⑤巧趋跄兮：形容行走轻快有节奏。⑥射则臧兮：射：射箭。臧(zāng)：善，好。⑦名：眉睫之间。⑧仪既成兮：仪：古代诸侯参加天子举行的大射礼仪，就是天子考核诸侯的德艺。成：是指参加射箭礼仪者，已经成功，天子对其考核已经成功。⑨射侯：古代天子举行的大射之礼称之为射侯，射中靶心者，就有符合作诸侯的条件。⑩正：射中靶心为正。⑪展：确实。⑫娈(luán)：美好。⑬舞则选兮：选：整齐。舞蹈整齐美好。⑭贯：射穿靶心。⑮四矢反兮：矢：箭。反：复，四箭射在一处，射中一孔。⑯以御乱兮：射箭技艺高超，可以防御敌寇，抵制反叛。

●译文

哎哟多么健壮啊！身材健壮而且高大啊。面貌美好清秀啊！眼睛神采飞扬真美好。行走步伐轻快啊！射箭的技能更是高超。

哎哟眉睫美好啊！美丽的眼睛清澈如水。容貌礼仪既重叠，终日为射侯之事辛劳。每射必定中靶心，他确实是我的好外甥。

哎哟多么美好啊！美目灵巧容貌真清秀。舞姿美妙有节奏，箭箭射穿了那靶中心。四箭同穿一中心，射技高超以抵御敌寇。

●评析

从这首诗的内容分析，这是作舅舅的在赞美自己的外甥。这位外甥不但长得高大，身材娇好，面貌清秀，眉目清如水，而且射箭技艺高超。古代男子无论是诸侯及其子，还是平民及其子，均有参加射礼的权利，当然参加者的品德是首要的条件，品德好、射箭技艺高超者的平民之子均有被推荐参加到诸侯天子举行的射礼的可能，能参加天子的射礼者就有可能被天子选拔成为参与治理国家的人才，所以男子尤其重视乡射礼和各种射礼。

其实这首诗应该是对鲁桓公之子鲁庄公的讽刺之诗。据《东周列国志》第十四回记载：鲁庄公是鲁桓公与文姜所生之子，那么齐襄公就是他的舅舅。而齐襄公与鲁庄公之母文姜有丧失伦理道德的逆乱行为，又有杀父之仇，作为威仪庄重的鲁国君主却不能用自己高超的技艺将其拨乱反正，而是默认这种失道无德之事的长久存在，而且鲁庄公还要遵母命迎娶还很幼小的舅父之女为妻，一直等到三十多岁才娶妻。所以，诗文中用"真是我的好外甥"，以及用"以抵御敌寇"，作对比，说明鲁庄公没有与齐襄公反目为仇，而是和睦相处，因为作为晚辈对于这种丑事也是无可奈何之事，鲁庄公不能因为这件事而以武力对抗齐国，也没有为其父鲁桓公报仇。正如《东周列国志》列文所言："襄公惧失文姜之意，庄公亦不敢违母命，两下只得依允。甥舅之亲，复加甥舅，情愈亲密。二君兵驰猎于禚地之野，庄公矢不虚发，九射九中，襄公称赞不已。野人窃指鲁庄公戏曰：'此吾君假子也。'庄公怒，使左右踪迹其人，杀之。史臣论庄公有母无父，忘亲事仇，作诗云：'车中饮恨已多年，甘为仇雠共戴天。莫怪野人呼假子，已同假父作姻缘。'"《列文》之词，与这首诗的内容极为相符，也就足以证明这就是讽刺鲁庄公的诗作。

魏 风

魏，是指魏国。据《史记》记载，魏的先世是毕公高的后裔。毕公高是周武王的同族，周武王伐商纣王时，吕尚为军师，周公为辅佐，召公、毕公为之左右，而辅佐周武王伐纣王一举成功。周武王伐纣王成功之后，分封毕公高于毕地（今山西省芮城东北一带），从此才有了毕姓。后来断绝其封赐，为平民，有的在周朝，有的沦落在夷狄之乡。他的后代子孙毕万侍奉晋献公。毕地自然条件恶劣，君主俭吝，百姓负担沉重，所以其诗文多是一些讥讽上层统治者及为民鸣不平的诗篇。魏的后代子孙毕万,在晋献公十六年时协助晋献公讨伐霍人、耿人、魏人。晋献公将他们灭亡之后,将魏地分封于毕万,毕万为晋献公的大夫,此后又有了魏国。魏国最后被秦国灭亡。

《魏风》包括《葛屦》、《汾沮洳》、《园有桃》、《陟岵》、《十亩之间》、《伐檀》、《硕鼠》七首诗歌。

《葛屦》这首诗应该是对那些自以为高贵的贵妇人任意欺凌婢女、傲慢无德的讽刺。《园有桃》应该是一位为国家贫穷而忧愁的小官吏的忧国之诗。《陟岵》是一首描写在外服役的人士在远处思念自己父母兄弟的诗篇。《伐檀》、《硕鼠》则记载了魏国之时人民生活贫困,而统治者的赋税又使人民不堪重负,人民缴纳赋税养活官吏,人民却得不到一点实际利益,所以就不得不发出沉重的反抗声。《十亩之间》则记载了魏国人民当时以蚕桑为主要生存之源的真实历史。

葛　屦

纠纠葛屦①,可以履霜。掺掺女手②,可以缝裳。要之襋之③,好人服之④。好人提提⑤,宛然左辟⑥,佩其象揥⑦。维是褊心⑧,是以为刺。

●注释

①纠纠葛屦:纠纠:缠绕。葛:葛藤制的绳索。屦(jù):鞋子。葛藤绳索交织编制鞋子。②掺掺(xiān xiān):掺,通纤(xiān),就是纤纤,形容手指细长。③要之襋(jí)之:要,通"腰"。襋:衣服领子。④好人服之:好人:美人。服之:穿新衣服。⑤提提:投抛,是指美人将新衣服投抛于人或者地上。⑥宛然左辟:宛然:仿佛。左辟:向左边打来。⑦佩其象揥:佩:佩戴。其:那,她。象揥(tì)揥:首饰;象揥:就是象牙制的首饰。揥:还有一种含义,就是舍弃。⑧维是褊心:维,通"唯",只有,实在。褊(biǎn):气量狭小。褊心:心胸狭小。

●译文

葛绳交织编织的葛屦,可以穿着它来践踏寒霜。女子纤纤细细的双手,可缝制各种式样的衣裳。先缝好腰缝再上衣领,缝好后请美人来试衣裳。

美人将衣裳投抛于她,仿佛就要向她左边辟来。美人佩戴着象牙佩饰,可是她的心胸实在狭隘。所以作此诗以讽刺之。

●评析

这首诗应该是对那些自以为高贵的贵妇人任意欺凌婢女、傲慢无德的讽刺。这位高贵的夫人,当婢女将衣服缝制好后请其试穿时,她却不管衣服如何就将衣服向婢女抛去,仿佛要殴打婢女一样。诗文用夫人所佩戴的象牙佩饰的贵重,与其所作之事对比,以象征尊贵的人应该作尊贵的事,而不能以尊贵的身份作不尊贵的事,所以就以这首诗来讽刺这位贵夫人的作为。

汾沮洳

彼汾沮洳①,言采其莫②。彼其之子,美无度③。美无度,殊异乎公路④。
彼汾一方,言采其桑。彼其之子,美如英⑤。美如英,殊异乎公行⑥。
彼汾一曲⑦,言采其藚⑧。彼其之子,美如玉。美如玉,殊异乎公族⑨。

● 注释

①彼汾沮洳:彼:那个。汾:汾水,源于山西宁武县管涔山,流入黄河。沮洳(jǔ rù):低湿之地。②莫:酸模菜,生于低湿地带。③美无度:美得无法度量,也就是无法形容。④殊异乎公路:殊异:与众不同,优异出众。公路:管理国君车乘的官吏。⑤英:花。⑥公行:管理国家战车的官吏。⑦曲:弯曲之处。⑧藚(mǎi):苣藚菜。⑨公族:管理宗族事务的官吏。

● 译文

在那汾水地带的湿地,说是前去采摘酸模菜。他这个真正的男子汉,美好得实在无法形容。美好得实在无法形容,比公车管理人更出众。

在那汾水的一个地方,说是要去采摘桑树叶。他这个真正的男子汉,美好得就像花儿一样。美好得就像花儿一样,比战车管理人更出色。

在那汾水弯曲的地方,说是要去采那苣藚菜。他这个真正的男子汉,美好得就如美玉一样。美好得就如美玉一样,比宗族管家更有魅力。

● 评析

这首诗好像是在赞美一位隐居在汾水边上的隐士,诗文用美无度、美如花、美如玉来形容这位隐士的美好,当然这些形容词不但是在形容比喻这位君子的外貌美,尤其是美如玉,玉不但是外表美,而且其表里一致,假如表里不一就不能称其玉,所以这里对这位君子的赞美应该包括对其品德的赞美,品德高尚、心底纯正以及外表美才是真正的美。这位君子隐居,而且自己采摘食物,自给自足,所以受到诗人的赞美。

《毛诗序》指出:"《汾沮洳》,刺俭也。其君俭以能勤,刺不得礼也。"

园有桃

园有桃,其实之殽①。心之忧矣,我歌且谣②。不知我者,谓我士也骄③。彼人是哉④?子曰何其⑤?心之忧矣,其谁知之!其谁知之?盖亦勿思⑥!
园有棘⑦,其实之食。心之忧矣,聊以行国⑧。不知我者,谓我士也罔极⑨。彼人是哉?子曰何其?心之忧矣,其谁知之!其谁知之?盖亦勿思!

● 注释

①殽(yáo):吃,食物,同"肴"。②谣:歌谣。古代对于歌与谣的区别在于,有乐器伴

奏者为歌,无乐器伴奏而清唱者为谣。③骄:骄傲,傲慢。④彼人是哉:彼人:那个人,他们。是哉:说得对吗?⑤子曰何其:子曰:歌者自己说。何其:怎么样?还有什么好说。⑥盖亦勿思:盖通"盍",何不?亦:也。勿:不。思:心情。⑦棘(jí):酸枣树。⑧聊以行国:聊以:姑且。行国:在国内行走。⑨罔极:罔:不,不要。极:太,过于。罔极:不要太狂妄。

●译文

园圃中有桃树,它的果实可以当饭来吃。我心中忧愁啊,我又是歌乐又是唱歌谣。不知道我的人,说我这个人啊很是骄傲。他们说的对啊?我还有什么好回答的呢?我心中的忧愁,有谁能明白而听我倾诉?谁明白我的心?何不也使自己心情欢乐?

园圃有酸枣树,它的果实是充饥的食物。我心中忧愁啊!姑且到国内到处走一走。不知道我的人,说我这个人不要太狂妄。他们说的对啊?我又有什么好回答的呢?我心中的忧愁,有谁能明白而听我倾诉?谁明白我的心?何不也使自己心情欢乐?

●评析

这首诗应该是一位为国忧愁的小官吏的忧国之诗。从诗文以园中的桃子和酸枣充饥来分析,其时应该是夏末秋初,这时候应该是新粮刚产下的季节,而却要以桃子和酸枣充饥,就充分说明这一年国家没有好收成,国库空虚。这位官吏为国家的前途命运发愁,可是国家原本土地贫瘠,又没有有能力有作为的管理者,忧愁又有什么用呢?所以,诗人最后自己告诫自己,为何不使自己的心情欢乐一点呢?因为忧愁也没有用,只有自己使自己欢乐一点,才能快乐地生存。

陟 岵

陟彼岵兮①,瞻望父兮②。父曰:"嗟!予子行役③,夙夜无已④。上慎旃哉⑤,犹来无止⑥。"

陟彼屺兮⑦,瞻望母兮。母曰:"嗟!予季行役⑧,夙夜无寐⑨。上慎旃哉,犹来无弃。"

陟彼冈兮,瞻望兄兮。兄曰:"嗟!予弟行役,夙夜必偕⑩。上慎旃哉,犹来无死。"

●注释

①陟彼岵兮:陟(zhì):登上。彼:那个。岵(hù):草木茂盛的山。②瞻望:往远处看。③予子:我的儿子。④夙夜无已:夙:早。无已:不停。⑤上慎旃哉:上:同"尚",还是。慎:谨慎。旃(zhān):语气词,相当于"啊"。⑥犹来无止:犹:还,仍然。犹来:还要回来。无止:不会停留。⑦屺(qǐ):山上没有草木。⑧季:排在最后面的,三个月为一季。那么就是老三。⑨寐:睡眠。⑩偕:早晚不得休息。

●译文

登上那草木葱绿的高山,向远处遥望我的父亲。父亲说:"唉!我的儿子到远处服役,早晚不得清闲,还是谨慎一点啊!还要回来啊!不能停留在他乡啊!"

登上那没有草木的高山,向远处遥望我的母亲。母亲说:"唉!我的三儿子到远处服役,日夜不得入睡,还是小心一点啊!还要回来,不能遗弃在他乡啊!"

登上那草木高高的山冈,向远处遥望我的兄长。兄长说:"唉!我的小弟到远处服役,日夜不得休息,还是小心一点啊!还要回来,可不敢死在他乡啊!"

●评析

这是一首描写在外服役的的人士在远处思念自己父母兄弟的诗篇。诗文以服役之人登上高山遥望远在家乡的父母兄弟,以及回想父母兄弟在临别之时的赠言,父母兄长希望他能平安回家的嘱咐,就成为他在艰苦环境中战胜困难的动力,一想到父母兄长的期望就有了战胜困难的信心,所以就会谨慎小心地执行公务,不辜负父母兄长的期望。诗文通过对父母兄长期望的反复回想以预示其服役环境的艰难与危险,正因为危险,所以父母兄弟希望他能平安回家的心情表现了父母兄弟之深情。

十亩之间

十亩之间兮,桑者闲闲兮①,行与子还兮②。
十亩之外兮,桑者泄泄兮③,行与子逝兮④。

●注释

①桑者闲闲:桑者:采桑叶的女子。闲闲:悠闲自在。②行与子还兮:行:行走,或者通"且"。还:回家。③泄泄:众多的样子。④逝:去,回去。

●译文

十亩桑田里面,采桑叶的众人多自在,我们一同回家去吧。
十亩桑田外面,采桑叶的人很多很多,我们一起回家去吧。

●评析

这首诗应该是一首采桑女子悠闲自在的田园生活的写照。众多人在春天和风日丽的日子里在桑园里采摘桑叶,采摘桑叶当然是为了养蚕,采完桑叶的人急着回家去喂蚕,所以就招呼同伴赶紧回家。也可以看出当时的魏国的农业生产还不发达,土地贫瘠,人民以养蚕为生,这也就是十亩之田的含义,就是说有大片的土地种植着桑树之类,他们依靠养蚕甚至织丝绸为生计的生活情景。

伐 檀

坎坎伐檀兮①,寘之河之干兮②。河水清且涟猗③。不稼不穑④,胡取禾三百廛兮⑤?不狩不猎,胡瞻尔庭有县貆兮⑥?彼君子兮,不素餐兮!

坎坎伐辐兮⑦,寘之河之侧兮,河水清且直兮。不稼不穑,胡取禾三百亿兮⑧？不狩不猎,胡瞻尔庭有县特兮⑨？彼君子兮,不素食兮!

坎坎伐轮兮⑩,寘之河之漘兮⑪。河水清且沦猗⑫。不稼不穑,胡取禾三百囷兮⑬？不狩不猎,胡瞻尔庭有县鹑兮⑭？彼君子兮,不素飧兮⑮!

●注释

①坎坎伐檀兮:坎坎:砍伐树木的声音。伐檀:砍伐檀木树。②寘(zhì):放置。干:河岸边。③涟猗:水的波纹。④不稼不穑:不种地不收获庄稼。⑤胡:怎样。取:拿,收取。廛(chán):束。⑥瞻(zhān):看。县:悬挂。貆(huān):猪獾。⑦辐:车辐,砍伐作车辐的木料。⑧三百亿:三百束,亿:束。⑨特:三岁的兽。⑩轮:砍伐作车轮的木料。⑪漘(chún):河岸。⑫沦:小波纹。⑬囷(qūn):束。⑭鹑(chún):鹌鹑。⑮飧(sūn):熟食,水泡饭。

●译文

哐嗒哐嗒砍伐檀木树啊,搁置在那河岸边上晾晒啊! 那清清的河水水波荡漾。那些人不耕种也不收获,为啥要收取我禾穗三百束？那些人又不去山野狩猎,为啥看他厅堂悬挂有獾肉？那些所谓的君子啊! 为啥就不愿意吃素食啊？

哐嗒哐嗒伐木做车辐啊,搁置在那河岸一侧晾晒啊! 那清清的河水水流笔直。那些人不耕种也不收获,为啥要收取我禾穗三百束？那些人又不去山野狩猎,为啥看他厅堂悬挂有兽肉？那些所谓的君子啊! 为啥就不愿意吃素食啊？

哐嗒哐嗒伐木做车轮啊! 搁置在那河岸边上晾晒啊! 那清清的河水荡起波纹。那些人不耕种来不收获,为啥要收取我谷穗三百束？那些人又不去山野狩猎,为啥看他厅堂悬挂有鹌鹑？那些所谓的君子啊! 为啥就不愿意吃素食啊？

●评析

这首诗是描写人民对魏国那些不能使国家富强、人民富足的官吏的讽刺之诗,人民辛苦劳作一年,到了冬天之时还要出公差,去砍伐给统治者做车子的木料。因为古代对砍伐树木的时间有严格规定,尤其是用来做车子的木料,有阴阳之分,仲冬砍伐为斩阳材,这是做车辐、车轮、车毂所用之材。人民在冬天之时还不能休息,要为那些剥夺他们劳动果实的官吏继续服务,所以人民不得不发出怨言,那些不能使人民国家富足的统治者既不耕种庄稼,又不外出打猎,而要人民供养他们,人民供养他们的目的就是为了让他们治理好国家,可是他们享受了人民的劳动果实却不能使人民过上好日子,所以人民就会有怨言。

硕 鼠

硕鼠硕鼠①,无食我黍②。三岁贯女③,莫我肯顾④。逝将去女⑤,适彼乐土⑥。乐土乐土,爰得我所⑦。

硕鼠硕鼠,无食我麦。三岁贯女,莫我肯德⑧。逝将去女,适彼乐国⑨。乐

国乐国,爰得我直⑩。

　　硕鼠硕鼠,无食我苗。三岁贯女,莫我肯劳⑪。逝将去女,适彼乐郊⑫。适彼乐郊,谁之永号⑬。

● **注释**

①硕鼠:田鼠。这里是指剥削人民的统治阶级。②黍:谷物的一种,即黄米。③三岁贯女:三岁:三年。贯:连续。三岁贯女:连续三年给你交纳税租,养活官吏。④莫我肯顾:没有顾得上为我们解除困苦。⑤逝将去女:逝:死亡;离去。⑥适彼乐土:适:到,适宜。彼:那。乐土:极乐世界,或者有快乐的地方。⑦爰得我所:爰:于是,哪里。所:居处。⑧德:得到利益,得到福气。⑨乐国:快乐的地方,快乐的国家。⑩直:价值。⑪劳:功劳。⑫郊:郊外。⑬永号:长叹。

● **译文**

那大田鼠啊大田鼠,不要再继续吃我的黄米。我连续三年养活你,没有谁顾得为我除疾苦。我将要离开你而去,到那适合我的快乐之地。快乐之地快乐之地,那里才是适合我的居所。

那大田鼠啊大田鼠,不要再继续吃我的麦子。我连续三年养活你,你不肯为我们谋求利益。我将要离开你而去,到那快乐之国快乐之国。适合我的快乐之国,那里才使我生活有价值。

那大田鼠啊大田鼠,不要再继续吃我的禾苗。我连续三年养活你,你不肯承认我们的功劳。我将要离开你而去,到那快乐之郊快乐之郊。适合我的快乐之郊,有谁会经常叹息声不断。

● **评析**

这是一首描写为政者不能以道德治理国家,使原本就贫穷的国家更加贫穷,官府的苛捐杂税又使人民不堪负荷,所以人民发出了痛苦的反抗声的诗篇。诗文中的"逝将去女"表现了在沉重的徭役的压榨下,有些人因贫穷饥饿和疾病而亡,有些人实在忍受不了这残酷的剥削而只好逃离自己的家乡到别处去谋生的真实情景。这首诗在《周易》晋卦九四爻"晋如鼫鼠,贞厉"可得到验证。

唐　风

唐,诸侯国的国名。据《史记·晋世家》记载:唐叔虞是周武王的小儿子,周成王的小弟,周成王年幼在与叔虞作游戏时曾用桐树叶剪成圭状送给叔虞,并说:"以这个封你。"史佚因此恭敬地请示选择吉日,而立叔虞以唐。周成王说:"我只是跟他开个玩笑罢了。"史佚说:"天子说话要算数,不能随便开玩笑。"于是就封叔虞于唐这个地方。唐这个地方位于黄河与汾水之东,方圆一百里。叔虞姓姬,字子于,唐叔虞是晋国的先祖。唐国其地域小,土地贫瘠,人民质朴而勤俭。叔虞之子名燮(xiè),其子继位后,迁居晋水旁,改国号为晋。《唐风》就是《晋风》。《唐风》其实主要是记载晋昭公以后所发生的历史政治事件的诗篇。晋昭公是属于东周之时,时代应该是周平王东迁洛邑之后,确切时间应该是在周平王二十六年,因为晋文侯十年之时周幽王亡西周,周平王东迁洛邑,周平王在位五十一年,而晋文侯在位三十五年而亡,其子晋侯昭继位。晋昭侯元年封其父文侯的幼弟也就是自己的叔父成师于曲沃,曲沃的面积比晋国的都城翼地还要大,成叔封于曲沃之后号称桓叔,所以这些诗篇多数就是记载晋昭公之后的历史事件的诗作。

《唐风》包括《蟋蟀》、《山有枢》、《扬之水》、《椒聊》、《绸缪》、《杕杜》、《羔裘》、《鸨羽》、《无衣》、《有杕之杜》、《葛生》、《采苓》十二篇诗歌。

《蟋蟀》是一首赞美君子贤者美好品德的诗篇。其他诗篇则是对晋召公以后的历史事件的记载评论之诗篇。如《山有枢》就是对晋昭公忙于战争而不能享受车马之乐,不能洒扫朝廷,不能享受钟鼓琴瑟之乐的讽刺之作。《鸨羽》、《葛生》则是人民对劳役战争不断、人民因战争而早亡的悲愤之作。一般认为《扬之水》这首诗也是讽刺晋昭公的诗篇。其他诗篇都是一些记载晋昭公之时和之后人民生活习俗的一般诗篇。

蟋 蟀

蟋蟀在堂①,岁聿其莫②。今我不乐,日月其除③。无已大康④,职思其居⑤。好乐无荒⑥,良士瞿瞿⑦。

蟋蟀在堂,岁聿其逝⑧。今我不乐,日月其迈⑨。无已大康,职思其外⑩。好乐无荒,良士蹶蹶⑪。

蟋蟀在堂,役车其休⑫。今我不乐,日月其慆⑬。无已大康,职思其忧⑭。好乐无荒,良士休休⑮。

●注释

①堂:堂屋。②聿(yù):语气词,相当于"就"。莫:日落的时候,引申一年将尽。③日月其除:除:过去。这一句是说,太阳在自己的运行轨道上运行完了一周,月亮也运行完了十二周期。也就是一年过完了。④无已大康:无:没有,不要。已:太,过分。大:太。康:安乐,欢乐。⑤职思其居:职:职责,职务。思:思考,想一想。居:所处的地位。⑥好乐无荒:好乐:喜好。荒:淫乐过度,放纵。⑦良士瞿瞿:良士:贤士。瞿瞿(jù jù):惊恐四顾。⑧逝:过去。⑨迈:去。⑩外:以外,其他事情。⑪蹶蹶(jué jué):竭尽全力。⑫役车其休:役车:服役所用之车。休:休息。⑬慆(tāo):韬略,比喻日月运行有规律。⑭忧:忧虑,忧愁。⑮休休:休:美善。休休:非常美善。

●译文

蟋蟀藏在堂屋鸣叫,一年的日子就要过完了。如今我不寻欢作乐,日月运行完了它的周期。不要太过分地欢乐,要考虑自己的职责所在。喜好欢乐但不放纵,贤士要警惕四方的事情。

蟋蟀藏在堂屋鸣叫,一年的时间就要过去了。如今我不寻欢作乐,时间一天一天就过去了。不要太过分地欢乐,要想想职事的其他事情。喜好欢乐但不放纵,贤士要竭尽全力尽职责。

蟋蟀藏在堂屋鸣叫,服役的车子也该休息了。如今我不寻欢作乐,日月运行有自己的原则。不要太过分地作乐,要想想职事中的麻烦事。喜好欢乐但不放纵,这是贤良士子的好品德。

● 评析

这是一首赞美君子贤者美好品德的诗篇。君子贤者能够尽心尽职坚持完成自己的职责,就是在劳碌一年之时也不因为自己劳碌有功而放纵自己,使自己尽情欢乐,也就是说君子喜好欢乐,喜好歌乐,也喜好美好的生活,但是决不淫乐过度,决不放纵自己,而是时时刻刻以自己的职责所在为己任。诗文用日月有自己的运行规律来比喻君子也应该有自己为人处事的原则,这个原则就是:竭尽全力完成自己的职事,喜好欢乐,热爱美好的生活,但是决不放纵自己,工作时要尽心尽职,要关心四邻,要考虑其他没有做好的事情,还要想想如何应对处理一些麻烦事情。这就是君子贤者为人处事的基本原则。这其实也表示了对古代君子美好品德的赞美和期望之情。

山有枢

山有枢①,隰有榆②。子有衣裳,弗曳弗娄③。子有车马,弗驰弗驱。宛其死矣④,他人是愉⑤。

山有栲⑥,隰有杻⑦,子有廷内⑧,弗洒弗扫。子有钟鼓,弗顾弗考⑨。宛其死矣,他人是保⑩。

山有漆,隰有栗。子有酒食,何不日鼓瑟?且以喜乐,且以永日⑪。宛其死矣,他人入室。

● 注释

①枢(shū):树名,榆树的一种,刺榆。②隰有榆:隰(xí):低洼地。榆:榆树的一种,白榆。③弗曳弗娄:弗:不。曳:拉,拽,拖。娄:提。④宛(wǎn):好像,清楚,真切。⑤愉:愉快,快乐,享乐。⑥栲(kǎo):臭椿树。⑦杻(niǔ):菩提树。⑧廷内:廷:院子。内:厅堂。⑨考:击打。⑩保:保持,保存。⑪永日:永:通"咏",念咏,咏诗,歌唱。日:过日子。

● 译文

高山上有刺榆,低洼之地上也有白榆。他有衣又有裳,不拉也不提任其拖拉。他有车又有马,不乘车也不骑马驰骋。要是真的死了,其他人就会快乐享用。

高山上有臭椿,低洼地上也有菩提树。他有院子厅堂,不洒水来不清扫庭院。他有钟有鼓乐,不击鼓来不敲钟娱乐。要是真的死了,其他人就会得以保存。

高山上有漆树,低洼地上也有栗子树。他有酒有美食,为何不日日击鼓弹瑟?且以喜乐为乐,且以咏歌行乐过日子。要是真的死了,其他人就会入住快活。

●评析

一般认为这是一首讽刺晋昭公的诗篇,因为晋昭公喜好战争,所以讽刺晋昭公不能以道德治理国家,国家有财不能用来使人民致富,国家有钟鼓而不能行钟鼓之乐,有朝堂而不洒扫,国家政治荒乱而人民离散,强国企图谋取晋国而昭公不自知。

关于晋昭公,只在《东周列国志》第二十回和《史记·晋世家》有简单的记载。晋昭公好战而称霸西北,后因劳民而兴建筑失去诸侯的信任,因也使人民劳顿而困苦而人民有怨声,故以诗歌讽刺其自不量力的行为。因为晋昭公好战,经常忙于战争,所以就不能乘车马奔驰,就不能洒扫朝廷,就不能享受歌乐琴瑟,所以晋人作诗讽刺之。晋昭公时,是周幽王以后的时代。

《毛诗序》指出:"《山有枢》,刺晋昭公也。不能修道以正其国,有财不能用,有钟鼓不能以自乐,有朝廷不能洒扫,政荒民散,将以危亡,四邻谋取其国而不知,国人作诗以刺之。"

扬之水

扬之水①,白石凿凿②。素衣朱襮③,从子于沃④。既见君子,云何不乐。

扬之水,白石皓皓⑤。素衣朱绣,从子于鹄⑥。既见君子,云何其忧。

扬之水,白石粼粼⑦。我闻有命,不敢以告人。

●注释

①扬之水:扬:掀起,翻腾。②凿凿:鲜明的样子。③素衣朱襮:素衣:白色衣服。朱襮:朱:红色。襮(bó):绣有斧形文饰的衣领。④沃:曲沃。⑤皓皓:洁白。⑥鹄(hú):曲沃邑名。⑦粼粼(lín lín):水清澈的样子。

●译文

激扬翻腾的河水,水底的白石很鲜明。身穿白衣红绣领,跟随他来到了曲沃。既然已见到君子,为啥说还不能快乐。

激扬翻腾的河水,水底的白石很洁白。身穿白衣红绣领,跟随他来到了曲沃。既然已见到君子,为啥说还会有忧愁。

激扬翻腾的河水,水底白石清清楚楚。我听到秘密命令,不敢随便告诉别人。

●评析

一般认为这首诗也是讽刺晋昭公的诗篇。据《东周列国志》第二十回和《史记·晋世家》的记载:晋昭公元年,畏其叔父桓叔之强,乃分封其叔父成师于曲沃,称为桓叔。因为桓叔喜好德政,所以晋国的人都来归附桓叔,以后曲沃强盛,而晋昭公衰弱,晋人将要归曲沃,因而作诗刺之。那么诗中的白衣红绣领,应该就是指桓叔而言,晋人虽然想要归曲沃,但是仍然不能忘记家乡,所以就不会快乐,而忧愁了。那么秘密命令,可能就是大家

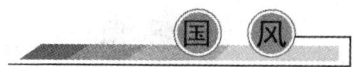

一起归曲沃的消息而已。

《毛诗序》指出:"《扬之水》,刺晋昭公也。昭公分国以封沃。沃强盛,昭公微弱,国人将叛而归沃焉。"

椒 聊

椒聊之实①,蕃衍盈升②。彼其之子,硕大无朋③。椒聊且④,远条且⑤。
椒聊之实,蕃衍盈匊⑥。彼其之子,硕大且笃⑦。椒聊且,远条且。

●注释

①椒聊:椒:花椒。聊:花椒子成串。②蕃衍盈开:蕃衍:蕃:茂盛,繁殖,滋生。衍:蔓延,盛多。盈:满。升:度量用的器具,也就是十升为一斗,十斗为一担。③硕大无朋:硕大:高大。无朋:无比。④且:感叹词。⑤远且条:指花椒的味道飘散得很远。⑥匊(jū):双手捧着,双手捧满为一匊。⑦笃(dǔ):忠实,厚道。

●译文

花椒结子一串串,繁茂盛多装满升。那个人的子孙多,身材高大无法比。花椒结子真是多,椒味飘散到远处。
花椒结子一串串,繁茂盛多双手捧。那个人的子孙多,身材高大又厚道。花椒结子真是多,椒味飘散到远方。

●评析

这首诗应该是一首赞美晋国的某一位君主的诗文。也有学者认为这首诗是一首赞美妇人多子的诗文。也有学者认为晋昭公分封其叔父桓叔成师于曲沃,曲沃在桓叔的治理下逐渐强盛,君子认为成叔的子孙将会取代晋国的君主而为晋君,所以以诗赞美桓叔。因为晋昭公在位只有七年,就被大夫潘父诛杀。

而笔者以为,这首诗歌应该是晋人对昔日文王之德的颂扬之作,因为晋国自周幽王之后至晋文公之前一直处于动乱时代,又因为晋国是周武王之子叔虞也就是周文王的孙子的分封地,所以说这是颂扬周文王之德的诗篇,也就是晋人对周文王之德的怀念之作。

绸 缪

绸缪束薪①,三星在天②。今夕何夕③,见此良人。子兮子兮,如此良人何?
绸缪束刍④,三星在隅⑤。今夕何夕,见此邂逅⑥。子兮子兮,如此邂逅何?
绸缪束楚⑦,三星在户⑧。今夕何夕,见此粲者⑨。子兮子兮,如此粲者何？

●注释

①绸缪(chóu móu)束薪：绸缪：缠绵，引申捆扎。束薪：一捆柴草。②三星在天：指参星。参星是指二十八星宿西方之七宿之一。在天：在天空。③今夕何夕：今天晚上是什么好日子。④刍(chú)：青草。⑤隅(yú)：天空的一角。⑥邂逅：不期而遇。⑦楚：荆条。⑧户：参星已移动到南方的位置正好照在窗户上。⑨粲(càn)：粲然，鲜明的样子。鲜明，美好。

●译文

捆扎好一捆捆柴草，三星已经到了天正中。今夜是什么好日子？让我见到如此好的人。是君子啊是君子啊，为什么有如此好的人？

捆扎好一捆捆青草，三星已经在天空一角。今夜是什么好日子？出现此不期而遇之人。是君子啊是君子啊！为什么能够不期而遇？

捆扎好一捆捆荆条，三星已经照到了窗户。今夜是什么好日子？见到了如此美好的人。是君子啊是君子啊！为何有如此美好的人？

●评析

关于这首诗，有些学者认为这是一首庆贺新婚的诗篇；也有些学者认为是刺晋国之乱的诗文，刺国乱婚姻不得其时。

笔者以为，其实这应该是一首赞美君子的诗篇。因为诗文的三小节都是以捆扎柴草与青草、荆条为开头，而又以不期而遇到真正的君子为赞美之词，那么新婚之夜怎么会去劳作呢？何况是去捆扎柴草呢？也就是说，这位劳作的人与一位君子不期而遇，这位君子可能见到这位劳作者的辛劳而帮助了劳作者，以及在此过程中与其交谈，而使其深受感动，而由衷地赞美这位君子而已。至于这位君子具体是哪一位，就不得而知了。

杕 杜①

有杕之杜，其叶湑湑②。独行踽踽③，岂无他人？不如我同父④。嗟行之人，胡不比焉⑤？人无兄弟，胡不佽焉⑥？

有杕之杜，其叶菁菁⑦。独行睘睘⑧，岂无他人？不如我同姓⑨。嗟行之人，胡不比焉？人无兄弟，胡不佽焉？

●注释

①杕杜：杕(dì)：孤生的样子。杜：杜梨树，果实小而酸。②湑湑(xǔ xǔ)：树叶茂盛的样子。③踽踽(jǔ jǔ)：孤独的样子。④我同父：我同父所生的兄弟。⑤胡：怎么？比：比肩，紧靠，引申相互帮助，亲近。⑥佽(cì)：帮助。⑦菁菁(jīng jīng)：树叶茂盛。⑧睘睘(qióng qióng)：孤独无依靠。⑨同姓：同族的兄弟。

●译文

有棵独生的杜梨树,它的叶子非常茂盛。那个独自行走的人,难道没有其他的人?还不如我有兄有弟。哎呀那个孤独的人,怎么没有人亲近呢?那人是无兄弟之人,怎么会有人帮助他?

有棵独生的杜梨树,它的叶子很是茂盛。那个独行无依的人,难道没有其他的人?还不如我有兄有弟。哎哟那个孤独的人,怎么没有人亲近他?那个人没兄又没弟,怎么会有人帮助他?

●评析

有学者认为这是一首描写流浪者孤独无助凄凉情景的诗篇;也有学者认为这是一首讽刺君主不能亲宗族,不能依靠宗族的力量维系国家的安全的诗篇。古代君主国依靠的就是宗族的势力,分封宗族为诸侯、大夫,他们就会形成维护国家安全的屏障,诗文将这个不依靠宗族力量的君主比作独生的杜梨树,虽然势力很大,但是却没有依靠,所以其势力最终还是不会长久的。但是至于究竟在讽刺晋国的哪一位君主,却不能明白,因为对于这些小国家的事情,一般史书上的记载就不会很详细,所以就没有可参考的资料。

《毛诗序》指出:"《杕杜》,刺时也。君不能亲其宗族,骨肉离散,独居而无兄弟,将为沃所并尔。"这就说这还是刺晋昭公的诗篇。

羔裘

羔裘豹袪①,自我人居居②。岂无他人?维子之故③。
羔裘豹褎④,自我人究究⑤。岂无他人?维子之好。

●注释

①羔裘豹袪:羔裘:羊羔皮子作的袍子。豹袪:豹:豹子皮。袪(qū):袖子。②自我人居居:自我人:自:使。我人:我这个人。居居:确实安心。③维子之故:就是因为你的原因。④褎(xiù):袖子。⑤究究:不能自主。

●译文

身穿羊羔皮裘豹皮袖口,使我这个人确实安心。难道没有其他可信之人?就是因为有你的缘故。

身穿羊羔皮裘豹皮袖口,使我这个人不能自主。难道没有其他可信的人?就是因为你确实很好。

●评析

这首诗应该是描写一位女子爱上了这位身穿羊羔袍子豹子皮衣袖的贵族男子的诗篇。贵族男子,从其服饰羔羊皮裘、豹子皮袖口来判断,这是大夫、士人所穿之服。诗文中明白告诉我们,这位女子爱这位贵族男子的原因就是这位男子能够使这位女子安心,正因为这位男子能使她安心,可以依靠,所以这位女子就不由自主地爱上了他,因为这位男子确实很好,所以就会不由自主地爱上了他。其实这也应该是对古代君子的思念之情。

《毛诗序》指出:"《羔裘》,刺时也。晋人刺其在位不恤其民也。"

鸨 羽

肃肃鸨羽①,集于苞栩②。王事靡盬③,不能艺稷黍④。父母何怙⑤?悠悠苍天,曷其有所⑥?

肃肃鸨翼,集于苞棘⑦。王事靡盬,不能艺稷黍。父母何食?悠悠苍天,曷其有极⑧?

肃肃鸨行,集于苞桑。王事靡盬,不能艺稻粱。父母何尝?悠悠苍天,曷其有常?

● 注释

①肃肃鸨羽:肃肃:鸟翅膀振动的声音。鸨(bǎo):形状似大雁的一种鸟。②苞栩(xǔ):苞:丛生。栩:栎树,也称柞树。③靡盬:靡(mí):没有。盬(gǔ):休息,停止。④艺稷黍:艺:种植农作物的技艺。稷:农作物的总称。黍:谷物类。⑤怙(hù):依靠。⑥曷:何时。有所:有安闲之时。⑦棘:丛生的荆棘。⑧极:极点,尽头。

● 译文

鸨鸟扇动双翅沙沙响,聚集在丛生的柞树上。王室的差事没完没了,不能种植黄米和谷子。靠什么养活我的父母?遥望那悠远的苍天啊!何时才会有安闲之时?

鸨鸟振翅沙沙地作响,聚集在丛生的荆棘上。王室的事情没完没了,不能种植黄米和谷子。用什么供给父母吃食?遥望那悠远的上天啊!什么时候才算是尽头?

鸨鸟飞行沙沙地作响,聚集在丛生的桑树上。王室的事情没完没了,不能种植黄米和谷子,用什么回报我的父母?遥望那悠远的苍天啊!什么时候日子才正常?

● 评析

这首诗应该是一首描写农人因为王室不顾农人之事而随意召集委派农人参加各种徭役,使农民没有时间从事农耕之事,而使人民陷于困苦之中,这也表示了人民对君王失道失德之作为的愤恨之情。其实这是讽刺晋昭公的诗篇,晋昭公喜战,使人民不得安居乐业,因而以此诗表示人民的困苦之情。

诗文用鸨鸟飞行累了还要停息在树木上休息作为对比,人民陈年累月服徭役而不得安居,那么就连鸟儿都不如,把人民在繁重徭役的重压下失去了自由而无法养活自己的父母妻儿的惨痛情景表现得淋漓尽致。

《毛诗序》指出:"《鸨羽》,刺时也。昭公之后,大乱五世,君子下从征役,不得养其父母而作是诗也。"

无 衣

岂曰无衣七兮①？不如子之衣，安且吉兮②。
岂曰无衣六兮？不如子之衣，安且燠兮③。

●注释

①岂曰无衣七兮：岂曰：难道说。衣七：七件衣服。②安且吉兮：舒适而且美好。③燠（yù）：暖和。

●译文

难道说没有七件衣服？就是不如你的衣服好。你的衣服舒适又美观。
难道说没有六件衣服？就是不如你的衣服好。你的衣服舒适又暖和。

●评析

这首诗从文字分析，其本身没有什么深刻的意义，但是能够收集到经书之中就表示它有自己的独特意义。有的学者认为这是怀念故人，也就是怀念晋武公，晋武公是曲沃桓叔的孙子，直到周釐王之时他才统一了晋国，称之为晋武公，其在位共三十八年。故人已去，而衣服犹在，看见衣服就如看见故人。也有学者认为这是赞美晋武公的诗篇，其深刻意义有待进一步研究。

《毛诗序》指出："《无衣》，美晋武公也。武公始并晋国，其大夫为之请命天子之使，而作是诗也。"

有杕之杜

有杕之杜①，生于道左②。彼君子兮，噬肯适我③。中心好之，曷饮食之？
有杕之杜，生于道周④。彼君子兮，噬肯来游。中心好之，曷饮食之？

●注释

①杕（dì）：杕：孤生的样子。杜：杜梨树。②道左：道路的左边。③噬肯适我：噬（shì）：同"嗜"，喜欢。适：到。③周：通"右"。

●译文

有一棵独生的杜梨树，生长在道路的左边。那个独自行走的君子，常喜欢到我这里来。我心中很是喜欢他呀，何不用酒菜招待他？
有一棵独生的杜梨树，生长在道路的右边。那个独自行走的君子，常喜欢到我这里游。我心中很是喜欢他呀，何不用酒菜招待他？

●评析

这首诗应该是描写一对青年男女相互倾慕的诗篇。男子因为喜欢这位女子，所以就经常到这位女子居住的地方。正因为这位男子经常来看望她，所以这位女子也就对其产生了爱慕之情,所以就准备好饮食来招待这位君子。

也有学者认为这是讽刺晋武公不求贤辅佐的诗篇。正如《毛诗序》所言:"《有杕之杜》。刺晋武公也。晋武公寡特,兼其宗室,而不肯求贤者以自辅也。"

至于更深刻的含义,有待进一步研究。

葛 生

葛生蒙楚①,蔹蔓于野②。予美亡此③,谁与独处。
葛生蒙棘④,蔹蔓于域⑤。予美亡此,谁与独息。
角枕粲兮⑥,锦衾烂兮⑦。予美亡此,谁与独旦。
夏之日,冬之夜⑧,百岁之后,归于其居⑨。
冬之夜,夏之日,百岁之后,归于其室⑩。

● 注释

①葛生蒙楚:葛:葛藤。蒙:覆盖。楚:牡荆。②蔹蔓:蔹(liǎn):白蔹,多年生蔓生植物,掌状复叶,浆果球形,根可入药,清火败毒药。③予美亡此:予:我。美:心爱的人。亡:死亡。④棘:枣树。⑤域:墓地。⑥角枕粲兮:角枕:牛角枕。粲(càn):鲜明。⑦锦衾(qīn):锦缎做的被子。角枕是死人头底下枕的枕头。被子是死人尸体上的覆盖物。⑧夏之日,冬之夜:夏天白天漫长,冬天黑夜漫长。⑨居:已死之人的坟地。⑩室:墓室。

● 译文

葛藤蔓生覆盖了牡荆,白蔹草蔓生在那野外。我心爱的人死亡在此,是谁使他独处在此地?

葛藤蔓生覆盖了枣树,白蔹草蔓生在那墓地。我心爱的人死亡在此,谁使他独自安息此地?

他那方角枕还很鲜明,他那锦缎被子已稀烂。我心爱的人死亡在此,谁使他孤独的到天亮?

漫长炎热难熬的夏天,漫长寒冷难熬的冬夜。我孤独煎熬到死亡后,与他同归于这个坟地。

漫长寒冷难熬的冬夜,漫长炎热难熬的夏天。我孤独煎熬到百岁后,与他同归于这个墓室。

● 评析

这首诗应该是一位未亡人在坟地悼念自己已经亡故的配偶或者未婚夫的诗文。悼念辞的多数词句也就是一般的怀念之辞而已,但是诗句中连用了三句"是谁使他独居在这个墓地"这样激烈的疑问句,而且最后两小节都使用了"自己百年之后一定要与自己心爱的人同穴"。从这些诗句中就可以看出,这些死亡者应该是英年早逝,或者已婚,或者未婚,他们都是死于非命,一般来说是死于战争,他们是战争的牺牲品。所以诗中发出疑问,是谁让这些年轻的生命早逝呢?当然就是那些发动战争的人,使这些年轻的生命过早地离开了人世,离开了自己的亲人,离开了自己的妻子,离开了自己的未婚妻,使他们不能与自己的爱人白头到老,而使他们各自居于阴阳之界,各自孤独,所以生者明言百年之后一定要与自己心爱的人同穴。所以这首诗应该是人民对那些好发动战争者的愤怒的声讨之辞。这首诗歌也应该是对晋国那些喜好战争的君主的遣责之词,是他们的好战使那些参与战争的士卒在战争中不幸身亡而早逝,所以这也是对晋国好战君主的遣责之作,是好战的晋国君主使他们过早地孤独地长眠在墓地。

《毛诗序》言:"《葛生》,刺晋献公也。晋献公好攻战,则国人多丧也。"

关于晋献公,晋献公是晋武公的儿子,也就是晋桓叔的重孙。晋献公之时,是周惠王时代。

采苓

采苓采苓①,首阳之颠②。人之为言③,苟亦无信④,舍旃舍旃⑤,苟亦无然⑥。人之为言,胡得焉⑦?

采苦采苦⑧,首阳之下。人之为言,苟亦无与⑨。舍旃舍旃,苟亦无然。人之为言,胡得焉?

采葑采葑⑩,首阳之东。人之为言,苟亦无从。舍旃舍旃,苟亦无然。人之为言,胡得焉?

●注释

①苓:茯苓。②首阳之颠:首阳:地名,位于今山西省永济县南。颠:山顶。③为言:为:伪,伪言,假话。④苟:假如,如果。⑤舍旃:舍:舍弃。旃(zhān):同"之焉"。⑥无然:不是对的,不以为然。⑦胡得焉:胡:怎么?得焉:得了啊?⑧采苦:采苦菜。⑨与:给予,赞同。⑩葑(fēng):蔓菁菜。

●译文

采茯苓啊采茯苓,登上那首阳山顶。有的人所说的话,如果他没有诚信,就放弃他放弃他。假如也不以为然,那这些人的伪言,可怎么得了啊!

采苦菜啊采苦菜,在那首阳山之下。有的人所说的话,如果未给予兑现,就放弃他放弃他。假如也不以为然,那这些人的伪言,可怎么得了啊!

采蔓菁啊采蔓菁,在那首阳山之东。有的人所说的话,假如没有人听从,就放弃他放弃他,假如也不以为然,那这些人的假话,可怎么得了啊!

●评析

这是一首警示人们不要相信没有诚信、信誉之人所许的诺言的诗文,诗文告诉我们,对于那些没有诚信之人所说的话,就不要相信他。假如我们对于那些没有诚信之人所说的话不以为然,任假话连篇、伪言满天飞,那么这些说假话的人所说的假话就会更多,就会使真的变成假的,而使假的变成真的,就会使黑白颠倒是非不分。所以诗文用采什么菜、什么药材都要到这些东西的生长地去采,而不能听信伪言随便到什么地方去采。听信伪言想到哪里去采就到哪里去,那是采不到你所需要的东西的,只会浪费时间和力气,所以就不要相信假话。大家都不相信伪言,伪言就没有了市场,伪言就不会蔓延而危害人民。比如诗中提到"采苓苓,登上首阳山山顶",山顶是不会采到苓苓的,因为自然生长的苓苓一般生长在山谷中的松树之下。苦菜生长在水旁、山陵、道旁。蔓菁菜则生长在田间,因为蔓菁菜与油菜苗生长之地相同,所以采摘蔓菁菜就要到栽种油菜的田间去采。

《毛诗序》言:"《采苓》,刺晋献公也。晋献公好听信谗言。"

秦 风

秦,国名,秦国,秦有国家起于周幽王亡西周之后。据《史记·秦本纪》记载:秦的先祖是颛顼帝的后裔。颛顼的孙女名叫女修,她在织布时误食黑色大鸟的蛋而生下了大业。大业娶少典女儿为妻,生下大费。大费跟随大禹平治水土有功,受到舜帝的分封,舜帝还把姚姓的女子嫁给大费。大费辅助舜帝调驯鸟兽,鸟兽很驯服,舜帝赐大费姓嬴氏。嬴氏的后代一直以驯养鸟兽为业。其后代非子住在犬丘,他很善于养马。周孝王时就请秦非子主持养马之事。秦在早期为周朝的附庸国,其领地在今甘肃天水一带。其后代秦襄公在周幽王亡西周之时曾协助申侯联合诸侯而抗犬戎,周平王继位后,在东迁都城于洛邑的过程中秦襄公亲自护送周平王于洛邑,而受到周平王的爱戴,周平王随即命令秦襄公驱赶犬戎,又将被犬戎侵占的西周大片土地作为驱逐犬戎的奖赏而奖给秦襄公,从此秦襄公就成为周朝的分封国,而成为拥有西周大片土地的周朝的诸侯国。至此以后,秦国的领土扩大到西周王畿和豳地。《秦风》多数是东周末到春秋时的作品。关于秦国的起始过程,在《周易》睽卦中就有记载。

《秦风》包括《车邻》、《驷驖》、《小戎》、《蒹葭》、《终南》、《黄鸟》、《晨风》、《无衣》、《渭阳》、《权舆》十篇诗歌。

其代表作《车邻》,从这首诗的内容分析,这是一首赞美君主有礼乐之声的诗篇,象征君主治国有方而国家得到治理。有学者认为这是赞美秦仲的诗篇,从诗文所颂扬的历史事实可以看出秦仲在当时应该是一位有贤德的君子,能与贤者共娱乐,而受到人民的颂扬。《驷驖》是赞美秦襄公的诗篇,秦襄公因为辅佐周平王有功而受到周平王的分封,使秦国成为周朝的诸侯国。《小戎》,多数学者认为这是赞美秦襄公的诗篇。《终南》一般认为应该是诗人对秦襄公的赞美之词。《黄鸟》则是秦人对秦穆公死后用活人殉葬的作法不满情绪的发泄,也充分表现了人民对被殉葬的车氏三子的怀念之情。《渭阳》是记载秦穆公和其子秦康公共同护送晋国公子重耳归国复政的历史事件的诗篇。其他诗篇,则是记载秦国的风土人情之事的诗篇。总而言之,《秦风》主要是反映东周时期秦国主要的历史事件和风土人情的诗歌。

车 邻

有车邻邻①,有马白颠②。未见君子,寺人之令③。

阪有漆④,隰有栗⑤。既见君子,并坐鼓瑟⑥。今者不乐,逝者其耋⑦。

阪有桑,隰有杨。既见君子,并坐鼓簧⑧。今者不乐,逝者其亡。

●注释

①邻邻:同"辚辚",车行走时发出的声响。②白颠:白头顶。③寺人:宫中传令的小臣。④阪(bǎn):山坡。⑤隰(xí):低洼地。⑥鼓瑟:弹奏瑟乐。⑦逝者其耋:逝,比喻流水般过去的时光。耋(dié):年老。⑧鼓簧:弹奏笙簧。

●译文

有车马驶过辚辚地响,有匹马儿是白头顶。还没有见到那位君主,传令的小臣传命令。

山坡上生长着漆木树,低洼地生长栗子树。既然已经见到了君主,与他并坐弹奏瑟乐。趁今时不高兴地娱乐,还要等到年老之时?

山坡上生长着漆木树,低洼地生长栗子树。既然已经见到了君主,与他并坐弹奏笙簧。趁今时不高兴地娱乐,还要到年老死亡时?

●评析

从这首诗的内容分析,这是一首赞美君主有礼乐之声的诗篇,象征君主治国有方而国家得到治理。有学者认为这是赞美秦仲的诗篇。据《史记·秦本纪》记载:秦仲是秦非子秦嬴的重孙。秦嬴之时,正是周厉王之时,周厉王失道无德而被国人暴动驱赶出国,当时许多诸侯都反叛了周室,犬戎也反叛了周朝。后周厉王之子周宣王继位,任命秦仲为大夫讨伐犬戎,但是秦仲却被西戎之人所杀。秦仲当了二十三年秦主。他生有五个儿子。秦仲死后,周宣王召见秦仲的五个儿子,给他们以重兵再次伐西戎,终于打败了西戎。犬戎的土地都收归秦国所有,周宣王又分封秦仲之子秦庄公为西垂大夫。从历史事实可以看出秦仲在当时应该是一位有贤德的君子,能与贤者共娱乐。也有学者认为此诗是以一位女子的语气表示男女之情的诗篇。

《毛诗序》言:"《车邻》,美秦仲也。秦仲始大,有车马礼乐侍御之好也。"

驷 驖

驷驖孔阜①,六辔在手②。公子媚之③,从公子狩④。
奉时辰牡⑤,辰牡孔硕⑥。公曰左之,舍拔则获⑦。
游于北园,四马既闲⑧。輶车鸾镳⑨,载猃歇骄⑩。

●注释

①驷驖孔阜:驷驖(tiě):驷:四匹马。驖:黑如铁。孔阜:孔:很,大。阜:肥大。②辔(pèi):马缰绳。③媚:受宠爱的臣子。④狩:狩猎。⑤奉时辰牡:奉时辰:按照季节侍奉。牡:公兽。⑥孔硕:很肥大。⑦舍拔:舍:射。拔:射箭。⑧闲:熟练,娴熟。⑨輶车鸾镳:輶(yóu)车:一种轻便的车。鸾镳(luán biāo):鸾:鸾铃。镳:马嚼子。⑩载猃歇骄:载:乘载。猃(xiǎn):长嘴猎狗。歇骄:短嘴猎狗。

●译文

四匹黑铁马很肥大,六根马缰握手中。君主所喜爱的臣子,跟随公侯去狩猎。

按照季节射猎公兽,到季节公兽很肥大。公侯说猎物在左边,一箭就射中了猎物。

狩猎完毕游玩北园,驷马驾车多么熟练。轻车鸾铃驷马嚼铁,车中的猎狗多安闲。

●评析

一般认为这是赞美秦襄公的诗篇。据《东周列国志》第四回记载:秦襄公奉周平王之命,用了三年时间攻伐犬戎,最后终于将犬戎的头目消灭,而得到了周平王所许封的西周之地,成为周朝的诸侯国。秦襄公在位十二年。从诗中可以看出,这位秦襄公是一位很有礼仪的君子。因为他外出狩猎都是按照西周时期规定的礼仪应时而猎,而不是想什么时候田猎就什么时候田猎。正如《曲礼·王制》曰:"天子,诸侯无事,则岁三田:一为乾豆,二为宾客,三为充君之庖。无事而不田曰不敬,田不以礼曰暴天物。天子不合围,诸侯不掩群。"其意思是:"如果没有祭祀和战争,天子诸侯每年要打三次猎。猎物首先要用来作为祭祀的用品,其次就是用来款待宾客,再次才是为了充实自己的厨房而增加改善伙食。如果没有祭祀和战争,打猎就叫做不敬,打猎不遵守礼仪的规范就叫做暴殄天物。天子打猎不可赶尽杀绝,诸侯打猎不可成群捕杀。"

通过对礼制、对君主打猎规定的分析,可以看出这位君主打猎既守时又遵守礼制的规定,其虽然载有各种猎狗,但是并没有释放猎狗追捕猎物,足以说明秦襄公是一位有仁德有礼仪的君子。

小 戎

小戎伐收①,五楘梁辀②。游环胁驱③,阴靷鋈续④。文茵畅毂⑤,驾我骐馵⑥。言念君子,温其如玉。在其板屋,乱我心曲。

四牡孔阜,六辔在手。骐駵是中⑦,騧骊是骖⑧。龙盾之合⑨,鋈以觼軜⑩。言念君子,温其在邑。方何为期,胡然我念之?

俴驷孔群,厹矛鋈錞⑪。蒙伐有苑⑫,虎韔镂膺⑬。交韔二弓,竹闭绲縢⑭。言念君子,载寝载兴⑮。厌厌良人⑯,秩秩德音⑰。

●注释

①小戎伐收:小戎:一种士兵所乘坐的兵车。伐(fá):小而浅的车厢。②五楘梁辀:五楘(mù):五条有花纹的皮带,用来联络。梁辀(zhōu):车辕,弯曲如船状,又像屋梁。③游环胁驱:游环:活动的环。胁驱:驾马的器具,用来控制骖马的外辔。④阴靷鋈续:阴靷(yǐn):拴骖马的皮带。鋈(wù):白铜环。续:连接。用皮带将白铜环连接起来。⑤文茵:虎皮垫子。畅毂:长毂。毂:车毂。⑥骐馵:骐(qí):青黑色的马。馵(zhù):后左蹄子是白色的马。⑦骐駵(liú):赤身黑鬃的马。是中:青黑色和赤身马在中间。⑧騧骊是骖:騧骊(guā lí):騧:黄身黑嘴的马。骊:黑色马。骖:骖马。⑨龙盾:画有龙的盾牌。⑩觼軜(jué nà):觼:有舌穿过骖马的皮带。軜:骖马内侧的缰绳。觼軜:就是用舌环穿

116

连,以使骖马的缰绳固定。⑪厹矛鋈錞:厹(qiú)矛:三刃的长矛。鋈(wù)錞;錞(duì):矛柄下端的金属套。鋈錞:白色金属套。⑫蒙伐有苑:画有彩色花纹的盾牌。⑬虎韔镂膺:虎韔(chàng):用虎皮作的弓箭囊。镂:镂金。膺:马肚带。镂金的马肚带。⑭竹闭绲滕:竹闭:绑在弓弦内侧的竹片,以保护弓弦。绲(gǔn)滕:绲:绳。滕:栓。⑮载寝载兴:又是睡来又是醒。⑯厌厌:安详。⑰秩秩:有礼仪。

● 译文

　　轻巧的兵车车厢浅,五条花纹皮带绕车辕。马缰穿环驾驭骖马,皮带穿白铜环亮晶晶。虎皮垫子车毂长长,我驾着青黑的白蹄马。谈论想念君子之事,君子他温柔如那白玉。在他居住的木板屋,扰动了我那偏斜的心。

　　四匹雄马多么健壮,六条马缰握在我手中。赤身黑鬣马在当中,黄色黑色骖马在两边。画龙的盾牌合车上,皮带穿白舌环扣内缰。谈论想念君子的事,君子温和地住在城邑。将要到何时是期限?怎么能不使我思念他。

　　四马轻甲步伐合群,锋利三刃长矛金属套。那彩色花纹的盾牌,虎皮弓囊镂金马肚带。双弓交错放在弓囊,竹片护在弓弦的内侧。谈论思念君子之事,睡觉觉醒都不得安宁。安详令人心服的人,文明有礼仪德行美好。

● 评析

　　这首诗应该是一首描述一位温柔善良安详文明有仁德的君子的诗篇。诗文通过曾为这位君子驾驭车马之人对这位君子的车马、德行,以及所使用的武器等等的详细回忆,以说明这位君子的美德。多数学者认为这是赞美秦襄公的诗篇,这应该是正确的。但是有些学者认为这是女子思念远征的丈夫的诗篇,这好像有些与诗文的内容不符。因为根据笔者的解释,是以驾驭车马人的口吻来回忆这位君子的美德,假如是一位女子思念自己在外服役的丈夫,就不会将这位君子的车马、兵器的装饰能够如此详细地记载,而恰恰只有驾驭车马之人才能对自己所驾驭的车马有如此熟悉的记忆。尤其是诗文的第一节的最后一句"乱我心曲",笔者将其解释为"扰动了我那偏斜的心"。就是说在君子居住的木板屋中,由于君子的行为、言谈使君子的驾车人不公正是非不明的心得到震动,从而使这位驾驭车马之人以君子的行为、品德作为自己行为的榜样,所以他才会长久不停地思念这位君子的品德和其人。又如最后一节的最后四句"谈论思念君子之事,睡觉觉醒都不得安宁。安详令人心服的人,文明有礼仪德行美好",这就更充分说明这位君子是一位文明有德行美好的人,所以才会使人非常思念,而且是日夜思念君子的美好德行。

　　《毛诗序》言:"《小戎》。美襄公也。备其兵甲以讨西戎,西戎方强而征伐不休,国人则矜其甲车,妇人能闵其君也。"

蒹 葭

　　蒹葭苍苍①,白露为霜。所谓伊人②,在水一方。溯洄从之③,道阻且长。溯游从之④,宛在水中央⑤。

蒹葭凄凄⑥,白露未晞⑦。所谓伊人,在水之湄⑧。溯洄从之,道阻且跻⑨。溯游从之,宛在水中坻⑩。

蒹葭采采⑪,白露未已⑫。所谓伊人,在水之涘⑬。溯洄从之,道阻且右。溯游从之,宛在水中沚⑭。

● **注释**

①蒹葭苍苍:蒹葭(jiān jiā):初生的芦苇。苍苍:青青。②伊人:那个人。③溯洄(sù huí):逆流而上。④溯游:逆流而下。⑤宛:好像。⑥萋萋:茂盛。⑦晞(xī):干,稀少。⑧湄(mèi):水草交界处。⑨跻(jī):登上。⑩中坻(chí):水中的小高地。⑪采采:茂盛状。⑫未已:没有停止,没有干。⑬涘(sì):水岸边。⑭沚(zhǐ):水中的沙洲。

● **译文**

芦苇初生青翠翠,白露凝聚成白霜。所要寻找的那人,就在河水的一边。逆流而上去寻找,道路阻塞而且长。逆流而下去寻找,好像就在水中央。

芦苇生长真茂盛,道上白露还未干。所要寻找的那人,就在水草交界处。逆流而上去寻找,道路阻塞要登高。逆流而下去寻找,好像在水中高地。

芦苇长大更茂盛,道上白露还未干。所要寻找的那人,就在河水的岸边。逆流而上去寻找,道路阻塞要右拐。逆流而下去寻找,好像就在沙洲上。

● **评析**

这是一篇描写诗人追寻自己心底所思念之人的诗篇。至于诗人所思念的是什么人,从诗文中无所知。但是可以想象,诗人所寻找思念的一定是一位德行高尚而隐居的君子。君子的德行就如君子所居之地隐而不显,有德而不愿意显现,这就是君子有德的表现。诗文之所以将诗人所要寻找的那个人的住处描写得忽隐忽显,就是为了表现君子的德行。古之君子的德行正如《乾卦·文言》所言:"初九爻曰:'潜龙勿用,何谓也?'孔子曰:'龙德而隐者也。不易乎世,不成乎名,遁世无闷,不见是而无闷。乐则行之,忧则违之,确实其不可拔,潜龙也。'"《文言》说:"隐藏的龙,不愿发挥功用。"为什么呢?孔子说:"因为龙德是隐藏而不显现的,不愿成名于世。隐世不显现,不显现所以就没有烦闷。乐意时就出来行动,不乐意时就避开。确实是看不清摸不着啊!这就是潜龙的意思。"孔子对潜龙的解释,就是对君子之德的解释,君子有功德于人民,当他功成名就完成了自己的历史使命之后,就会及时隐蔽而不显现,就如诗中诗人所要寻找的人一样忽隐忽显而不易发现,所以就不易寻找到他的踪迹。其实这也应该是东周时期的秦人对昔日君子之德追寻的象征之作,因为当时之时有君子之德的贤者都已隐藏不显,天下混乱,诗人通过对隐藏不显的君子的追寻,说明诗人希望有贤者、有道德者来治理天下,可是这些贤者隐而不显,所以就要寻找。

《毛诗序》言:"《蒹葭》,刺襄公也。未能用周礼,将无以固其国焉。"

终　南

　　终南何有①？有条有梅②。君子至止③，锦衣狐裘④。颜如渥丹⑤，其君也哉！

　　终南何有？有纪有堂⑥。君子至止，黻衣绣裳⑦。佩玉将将⑧，寿考不忘⑨。

●注释

①终南何有：终南：终南山。何有：有什么？②条：楸树。梅：梅子树。③至止：至：到达。止：居住。④锦衣狐裘：锦缎衣服狐皮袍子。⑤颜如渥丹：颜：脸色。渥丹：形容面色红润。⑥纪：枸杞树。堂：棠梨树。⑦黻衣绣裳：黻（fú）衣：古代礼服上绣的半黑半白的花纹。绣裳：绣花下衣。⑧将将：玉佩发出的响声。⑨寿考不忘：祝你万寿无疆。

●译文

　　终南山上有什么？既有楸树又有梅子树。君子到那里居住，身穿锦缎衣服狐皮裘。面色红润如渥丹，他就是我们的君主啊！

　　终南山上有什么？既有枸杞又有棠梨树。君子到那里居住，穿绣花礼服绣花下衣。身上佩玉将将响，祝你万寿无疆永安乐。

●评析

　　这首诗也是诗人对君子之德的描述。这一首诗诗人着重描写了君子的外表，君子外表肃穆庄严，衣着打扮入时而有章法，无论在什么地方都有君子的特色，所以诗人衷心祝愿君子万寿无疆。一般认为这应该是诗人对秦襄公的赞美之词。这里还有一个最明显的问题，就是《诗经》的写作手法，也就是"象"的应用，在这里得到更加明确的体现。如"有条有梅"的"条"，是什么东西呢？这里将"条"解释为"楸树"，因为楸树所结的果实就如蒜薹一样，是一长条一长条的，也就是就用"条"象征比喻楸树所结的果实是一条一条的。

黄　鸟

　　交交黄鸟①，止于棘②。谁从穆公③？子车奄息④。维此奄息，百夫之特⑤。临其穴⑥，惴惴其栗⑦。彼苍者天，歼我良人⑧。如可赎兮⑨，人百其身。

　　交交黄鸟，止于桑。谁从穆公，子车仲行⑩。维此仲行，百夫之防⑪。临其穴，惴惴其栗。彼苍者天，歼我良人。如可赎矣，人百其身。

　　交交黄鸟，止于楚⑫。谁从穆公？子车鍼虎⑬。维此鍼虎，百夫之御⑭。临其穴，惴惴其栗。彼苍者天，歼我良人！如何赎矣，人百其身。

诗经新解

●注释

①交交黄鸟：交交：鸟叫声。黄鸟：黄雀。②棘：酸枣树。③从穆公：从：任凭，跟随。秦穆公，秦穆公在位三十九年。秦穆公一生三平晋国之乱，又吞并西北之地十二个小国家，周襄王之时秦穆公称霸西戎。④子车奄息：子车：姓子车，奄息、仲行、针虎三人为车氏家族的三个儿子，都是有仁德的贤良之士，他们三人都任秦穆公的大夫之职。秦穆公死亡后，依照西域的风情，用活人陪葬。车氏三子就是其中的陪葬人。⑤特：特别，有才能的杰出人才。⑥临其穴：临：将。其：他。穴：坟墓。⑦惴惴其栗：惴（zhuì zhuì）：恐惧不安。栗（lì）：颤栗害怕发抖。⑧歼：歼灭，残害。⑨赎（shú）：赎身，替换。⑩仲行，车姓之子的老二。⑪防：同"仿"，仿照的榜样。⑫楚：荆棘。⑬鍼（zhēn）虎：即是前面所说的车氏之子老二针虎。⑭御：侍奉。

●译文

嘀嘀喳喳的黄雀鸟，还能飞到酸枣树上休息。是谁随从穆公陪葬？子车氏的大儿子叫奄息。只有这个车氏奄息，是百人之中的贤能之士。将他活葬于穆公墓，使人忧愁恐惧心情不安。那高高在上的苍天，为什么残害我们的贤人？假如可以将他替换，就会有上百人争先交换。

嘀嘀喳喳的黄雀鸟，还能飞那到桑树上歇身。是谁随从穆公陪葬？子车氏的二儿子叫仲行。只有这个车氏仲行，是百人愿意效仿的榜样。将他活葬于穆公墓，使人忧愁恐惧心情不安。那高高在上的苍天，为什么残害我们的好人？如果可以将他替换，就会有上百人争先交换。

嘀嘀喳喳的黄雀鸟，还能飞到荆棘树上休息。是谁随从穆公陪葬？子车氏的三儿子叫针虎。只有这个车氏针虎，数百人进攻他都能抵御。将他活葬于穆公墓，使人忧愁恐惧心情不安。那高高在上的苍天，为什么残害我们的好人？假如可以将他替换，就会有上百人争先交换。

●评析

这首诗所描写的是有文字记载的真实历史。据《史记·秦本纪》和《东周列国志》第四十六回记载：秦穆公是东周时期周襄王的诸侯。秦穆公五年时用五张黑羊皮从楚国赎回贤能人才百里傒，又接受百里傒的推荐而聘用了贤能人才蹇叔，在二位贤才的辅佐下，秦穆公三次平息晋国之乱，帮助重耳实现了复国的理想。秦穆公三十七年，秦穆公攻伐西戎，兼并了十二个国家拓宽了千里土地，而称霸西戎。秦穆公的爱女弄玉，因为喜吹笙，长大求佳婿，弄玉言："必得善笙之人能与我唱和者，方为我夫。"而后弄玉竟因此而早死。此后秦穆公便厌言兵革，将国事专门委托孟明，而自己日修清净无为之业。孟明推荐子车氏的三个儿子：奄息、仲行、针虎三人，三人都是有贤德者，国人称之为"三良"。秦穆公拜三人为大夫，恩礼甚厚。在秦穆公三十九年之时，秦穆公逝世，用西戎之俗以活人殉葬。殉葬者一百七十七人，子车氏三子皆是殉葬之人，国人哀之，为其赋《黄鸟》之诗。后人论穆公用"三良"殉葬，以为死而弃贤，失贻谋之道。所以这首诗就是秦人对死人用活人殉葬的作法不满情绪的发泄，也充分表现了人们对车氏三子的怀念之情。

《毛诗序》言:"《黄鸟》,哀三良也,国人刺穆公以人从死,而作是诗也。"这里的三良,就是指车氏三子奄息、仲行和针虎而言,秦国人哀叹车氏三子殉葬而作此诗。

晨 风

鴥彼晨风①,郁彼北林②。未见君子,忧心钦钦③。如何如何,忘我实多④。
山有苞栎⑤,隰有六驳⑥。未见君子,忧心靡乐⑦。如何如何,忘我实多。
山有苞棣⑧,隰有树檖⑨。未见君子,忧心如醉。如何如何,忘我实多。

●注释

①鴥彼晨风:鴥(yù):鸟疾飞的样子。彼:那,那个。晨风:鸟名,即鹯(zhān)鸟,一种似鹞子的猛禽。②郁彼北林:郁:草木茂盛,郁郁葱葱。北林:北边的树林。③钦钦:忧愁不止的样子。④忘我实多:忘我:忘记了我。实多:确实很多,实在很大。⑤苞栎(lì):苞:丛生。栎:柞树。⑥隰有六驳:隰:低洼地。六驳:梓树榆树之类的树木,其树皮多斑纹,所以为驳,六驳是比较多的意思。⑦靡乐:靡:不。靡乐:不快乐。⑧棣(dì):郁李树。⑨树檖(suì):山梨树。

●译文

疾飞的那个晨风鸟,飞到郁郁葱葱的北林中。没有看见那个君子,我心中的忧愁连续不断。如何是好如何是好?他忘记了我的可能很大。

山坡有丛生的柞树,低洼地有梓树和那榆树。没有看见那个君子,我心中忧愁不能够快乐。如何是好如何是好?他忘记了我的可能很大。

山坡有丛生的郁李,低洼之地长有那山梨树。没有看见那个君子,我心中忧愁就如喝醉了。如何是好如何是好?他忘记了我的可能很大。

●评析

这首诗应该是一位女子的哀怨之诗。诗文用晨风鸟有自己的归处、各种树木有自己的生长之地来象征比喻这位女子被相爱的人抛弃,使她没有了归宿,而心中忧愁不止。

也有学者以为这是被秦穆公用五张羊皮赎回来的百里奚之妻为百里奚所作,这也有一定的道理。据《东周列国志》二十六回记载:百里奚之妻杜氏与百里奚离别后,自己在家纺织度日养活儿子,后遇饥荒,不能生活,携子流落他乡,后又辗展流入秦国,因为久未见百里奚的消息,就以为人洗衣为生,其子孟明与乡人打猎,不肯从事其他营生。后得知百里奚相秦,因而杜氏前往秦府作洗衣之事,一日在百里奚听乐之时,杜氏自荐上前援琴而歌,其声哀怨。杜氏歌曰:'百里奚,五羊皮!忆别时,烹伏雌,舂黄齑,炊扊扅,今日富贵忘我为?百里奚,五羊皮!昔之日,君行而我啼,今之日,君坐而我离。嗟乎!富贵忘我为?'后百里奚与其妻子相认,秦穆公拜百里奚之子孟明为大夫,父子共同辅助秦穆公。"因此这样分析这首诗也就有一定的道理。因为是秦国的诗篇,将其用来象征秦国男女分别而那些痴情的女子思念久未谋面的丈夫或者未婚夫,都是可以的。

无 衣

岂曰无衣①,与子同袍②。王于兴师③,修我戈矛。与子同仇④。
岂曰无衣,与子同泽⑤。王于兴师,修我矛戟⑥。与子偕作⑦。
岂曰无衣,与子同裳⑧。王于兴师,修我甲兵。与子偕行。

● 注释

①岂:怎么,难道。②袍:袍子,长衣。③王于行师:王:秦国君主。于:要。兴师:出兵打仗。④同仇:同伴,同行。⑤同泽:恩泽。穿同样的衣服。⑥戟(jǐ):古代兵器。⑦偕作:共同协作。⑧裳:下衣。

● 译文

怎么说没有衣服?我与你披一样的长袍。君主要出兵打仗,修理我们的戈和长矛。我与你一起行动。

怎么说没有上衣?我与你穿一样的衣服。君主要出兵作战,修理我们的长矛和戟。我与你共同协作。

怎么说没有下衣?我与你穿一样的下衣。君主要出兵作战,整顿修理我们的甲兵。我与你共同出行。

● 评析

从内容分析,这首诗表现了秦国军队训练严明有纪,而且行动统一协调。正因为秦国有训练严明有纪的军队,所以秦国才能从弱小的国家用武力逐渐吞并了许多国家,而逐渐成为称霸西戎的诸侯,而后称霸诸侯。而《周易》对秦国称霸的经过在《火泽睽卦》就有专门的记载,其中上九爻将其总结为:"后说之弧,匪寇婚媾,往遇雨则吉。"这就是指最后一个称霸诸侯的秦国的称霸经过。秦国通过婚姻、交战征伐吞并弱小,而逐渐强大,在以往秦献公遇到天下吉雨以后,秦孝公发奋用商鞅强力变法而称霸。"匪寇婚媾",在这里既有以婚姻作为交往的手段,又有以各种法令强制变法的手段,还有以武力征伐的手段,而达到称霸的目的。(以上关于秦国称霸诸侯的资料来自《东周列国志》的相关章节)

"匪寇婚媾",指秦国与其他许多诸侯国都以婚姻来结盟,或者讲和,而达到消灭其他国家的目的。正如《战国策·秦策四》所言:"薛公入魏而出齐女。韩春谓秦王曰:'何不取为妻,以齐秦攻魏,则上党,秦之地也。'"

所以说,这一篇诗歌就是对秦国严明的军队生活的写照。

渭 阳

我送舅氏①,曰至渭阳②。何以赠之?路车乘黄③。
我送舅氏,悠悠我思④。何以赠之?琼瑰玉佩⑤。

●注释

①我送舅氏:我:这里是秦穆公和秦康公自称。舅氏:是指秦穆公之子秦康公的舅父公子重耳。②渭阳:渭河水北面。③路车乘黄:路车:诸侯所乘坐的大车。乘黄:四匹黄马拉的车子。④悠悠我思:长久地思念我的母亲。⑤琼瑰玉佩:琼瑰:质地柔软的美玉,美玉制的玉佩。

●译文

我亲自护送舅氏归国,送到了渭河水之北。赠送给舅氏什么东西?四马乘车帷席粮草。

我亲自护送舅氏归国,送到了渭河水北边。赠送给舅氏什么东西?赠以美玉制的玉佩。

●评析

有的学者认为此诗是秦穆公之子秦康公送其舅父重耳归国的诗篇(因为秦穆公之妇人是晋世子申生的妹妹,申生与重耳是兄弟;也就是秦康公之母与重耳是兄妹或姐弟,重耳就是其舅父,所以秦穆公称重耳为舅氏)。笔者认为这应该是记载秦穆公和其子秦康公共同护送晋国公子重耳归国复政的诗篇。据《东周列国志》第三十六回记载:"秦穆公在周襄王十六年冬天十二月时,设宴饯行公子重耳于九龙山,乃赠以白璧十双,马四百匹,帷席器用,百物俱备,粮草自不必说,还赠送给重耳的追随者赵衰等九人各白璧一双,马匹四。秦穆公许诺亲自护送重耳至河。至日,秦穆公亲自率领百里奚、世子䇅余等人,以及兵车四百乘,送公子重耳离开了雍洲城,望东进发。秦世子䇅余(后来的秦康公)与重耳原本相投,依依不舍,送至渭阳,也就是渭河之北,垂泪而别。诗曰:'猛将精兵似虎狼,共扶公子立边疆。怀公空自诛狐突,只手安能掩太阳。'到了周襄王十六年春天,秦穆公同公子重耳已经来到黄河岸口。渡河船只,俱已预备齐整,穆公又设宴饯行,叮咛重耳曰:'公子返国,毋忘寡人夫妇也。'乃分军兵一半,命令公子縶丕豹护送重耳济河,自己大军屯于西河。"自后,重耳返国,为晋文公。

所以笔者认为这一首诗歌就是对这一事件过程的记载。

权 舆

於我乎①!夏屋渠渠②。今也每食无余③。於嗟乎!不承权舆④。
於我乎!每食四簋⑤。今也每食不饱。於嗟乎!不承权舆。

●注释

①於我乎:哎哟我这个人啊。②夏屋渠渠:夏屋:夏:大。屋:屋子。渠渠:大大。③无余:没有多余的。④承:继承;继续;承认。权舆:起始,开始;草木萌生。⑤簋(guǐ):盛装食物的圆形器具。

●译文

哎哟我这个人啊!原先的大屋是大大的,如今每天无多余饮食。哎哟哟我这个人!

不能继续当初的日子。

哎哟我这个人啊!原先每食也有四大簋,如今每次都会吃不饱。哎哟哟我这个人!不能继续当初的日子。

● 评析

这首诗应该是一位退居于下位的秦国的旧臣的自嘲诗,这位为官者原先生活富有,应有尽有,屋大食物众美,有人服侍,春风得意,呼风唤雨,如今因为某种因素不在其位,无权无势,又被新的主人遗忘了,就不能继续过以前的生活,所以生活不能饱腹,而发牢骚。也有学者认为这是讽刺秦康公的诗篇,秦康公遗忘了父辈的旧臣与贤者,有始而无终,所以这些人就会发出今不如昔的哀叹。

陈 风

陈,国家名,陈国,其地在今河南淮阳一带,陈国之地最早为伏羲氏所属之地。据《史记·陈杞世家》记载:陈国所属之地,原是舜帝为平民之时所居之地,名曰妫汭。尧帝将自己的两个女儿嫁给舜,以观舜之德。其后子孙便把地名作为姓氏,姓妫。舜被尧帝选为接班人,为舜帝,舜帝将帝位传于大禹,为夏国。舜帝之子,子、商均作了诸侯。夏朝后期,侯位断断续续。周武王伐商纣王建周之后,分封舜帝的后裔妫满于陈地,是为陈胡公,以侍奉舜帝的祭祀,周武王以其女嫁于胡公。陈国在陈哀公三十四年十一月,被楚灵王灭亡。后来楚平王继位后,又立陈国悼太师的儿子吴为陈侯,是为陈惠公,陈惠公之后是其子怀公继位,怀公之后是其子潜公继位,潜公六年,孔子到陈国,吴王夫差攻打陈国。潜公二十四年,被楚惠王杀死,陈国最终还是被楚国灭亡。《陈风》大概就是这段时间的诗歌吧。其诗包括《宛丘》、《东门之枌》、《衡门》、《东门之池》、《东门之杨》、《墓门》、《防有鹊巢》、《月出》、《株林》、《泽陂》十篇诗歌。

从对《陈风》这些诗歌内容的研究,可以认为其代表作《宛丘》描写的是在陈胡公之妻也就是在周武王之女喜好舞蹈祭祀的风气的教化下陈国的男女喜好祭祀舞蹈的习俗。《东门之枌》这首诗应该是一位痴情的男子对一位喜好舞蹈的女子的痴情的吐露,从这首诗歌也可以看出陈国妇女喜好舞蹈的生活习俗。《衡门》、《东门之池》、《东门之杨》则是对陈国当时之时男女婚姻习俗的记载。《防有鹊巢》、《月出》、《株林》则是对陈灵公讳平国与其大夫孔宁君臣不顾国家社稷安危,不思治理国家,而整日耽于女色——夏姬的讽刺之作。《泽陂》则描写一位有美善之德、有学问而庄重的人受到了严重的伤害,并且对自己所受伤害原因百思不得其解,伤心急躁忧虑而不能入睡的诗篇。

宛 丘

子之汤兮①,宛丘之上兮②。洵有情兮③,而无望兮④。
坎其击鼓⑤,宛丘之下。无冬无夏,值其鹭羽⑥。

坎其击缶⑦,宛丘之道。无冬无夏,值其鹭翿⑧。

● 注释

①子之汤兮:子:女子。汤:荡,摇荡,形容宛丘歌舞的女子舞姿轻盈。②宛丘:丘名,陈国的国都东南,今河南淮阳县。③洵:孤独。有情:又热情奔放。④望:祭祀。⑤坎:敲击乐器的声音。⑥值其鹭羽:值:遇到,拿着。鹭(lù)羽:鹭鸶鸟羽毛作的舞具。⑦缶:瓦制的打击乐器。⑧翿(dào):即用鹭鸶羽毛作的舞具。

● 译文

那些女子轻盈的舞姿啊!在宛丘山林之上啊!她孤独而又热情奔放啊!而却没有人祭祀啊!

击打鼓乐坎坎坎响不停,在宛丘山林的下面。一年四季歌舞鼓乐不断,拿着鹭鸶羽毛舞具。

击打瓦制乐器坎坎地响,在那宛丘的大道上。一年四季歌舞鼓乐不断,拿着鹭鸶羽毛舞具。

● 评析

一般认为这首诗是一首描写陈国女巫一年四季击鼓乐而舞的诗篇。据记载周武王之女大姬嫁于胡公,而无子,大姬好祭祀、鼓乐器而舞。陈人因此而好歌舞祭祀。但是诗文中却指出,虽然到处是歌舞的女巫,但是前去祭祀者却很少,最多也只是看看热闹而已。

《毛诗序》言:"《宛丘》,刺幽公也。荒淫昏乱,游荡无度曰。"

关于幽公,是指胡公之后的第五位君主幽公宁,也正是周厉王在位之时。《史记·陈杞世家》对陈国早期的几位君主的更替做了记载,但并未对这几位君主的作为作介绍,所以就不得而知了。

东门之枌

东门之枌①,宛丘之栩②。子仲之子③,婆娑其下④。
榖旦于差⑤,南方之原⑥。不绩其麻⑦,市也婆娑⑧。
榖旦于逝⑨,越以鬷迈⑩。视尔如荍⑪,贻我握椒⑫。

● 注释

①枌(fén):白榆树。②栩(xǔ):柞树。③子仲之子:子仲家的姑娘。④婆娑:盘旋起舞。形容舞蹈轻盈的样子。⑤榖旦于差:榖(gǔ):善,好。旦:白天。榖旦:好日子。差:选择。⑥南方之原:南方:宛丘或者东门的南边。原:高而平坦的地方。⑦不绩其麻:绩(jì):纺织。麻:麻织品。全句为:放下织麻纺线的家事。⑧市也婆娑:市:也到集市上跳舞。⑨逝:去。⑩越以鬷迈:越:到,达,往。鬷(zōng):通"奏",奏乐,进。迈:迈进,行,超越。⑪荍(qiáo):锦葵。一种植物,开淡紫色花。⑫贻我握椒:贻:赠送。握:一把。椒:

花椒。

●译文

东门的白榆树,宛丘地的那柞树。子仲家的姑娘,翩翩起舞在下面。
选择好了日子,在南边高处平地。不纺线织麻了,也到集市来跳舞。
趁好日子前去,到那集市来奏乐。看你如锦葵花,你送我花椒一把。

●评析

这首诗应该是一位痴情的男子对一位喜好舞蹈的女子的痴情吐露。这位喜好舞蹈的女子就是仲家的姑娘,这位男子经常选择大家都在集市跳舞的日子来看仲家姑娘跳舞,或者亲自参与舞蹈乐队的演奏。在这位痴情的男子眼中,这位舞姿美妙而又美丽的姑娘就如一朵美丽的锦葵花,姑娘送给他的是热烈的舞姿或者是使这位男子心跳的感觉而已。这里用送一把花椒比喻姑娘的每一个舞姿或者微笑都能使男子产生心跳脸热的感觉,就如吃花椒的感觉一样。从这首诗也可以看出,陈国之人喜好舞蹈的习俗。

《毛诗序》言:"《东门之枌》,疾乱也。幽公淫乱,风化之所行,男女弃其旧业,亟会于道路,歌舞于市井尔。"

衡　门

衡门之下①,可以栖迟②。泌之洋洋③,可以乐饥④。
岂其食鱼,必河之鲂⑤?岂其取妻,必齐之姜⑥?
岂其食鱼,必河之鲤⑦?岂其取妻,必宋之子⑧?

●注释

①衡门:横木为门。②栖迟:栖息,安居。③泌之洋洋:泌:泉水。洋洋泉水流动的样子。④乐饥:乐:疗饥。水可以充饥解渴。⑤河之鲂鱼:鳊鱼,肉细而肥美。河:指黄河的鲂鱼,味更为鲜美。⑥齐之姜:齐僖公之女宣姜、文姜,均有绝伦美色,而淫乱无德。⑦鲤:鲤鱼。⑧宋之子:宋国的女子;宋国是周公对商族的分封国,那么宋女应该是指商纣王所娶的有绝伦美色的妲己而言。

●译文

横木为屋门,就可以安居家室。泉水哗哗流,就可以充饥解渴。
难道人吃鱼,必吃黄河的鲂鱼?难道人娶妻,必须要如齐姜女?
难道人吃鱼,必吃黄河的鲤鱼?难道人娶妻,必须要如妲己女?

●评析

这首诗应该是诗人在隐寓一种居安思危的思想,寓示人过日子不要期望过高,只要有吃有喝,有可以相守一生的妻儿,生活安逸就可以了。何必要娶有绝伦之美的妻子,何必要吃名贵的山珍海味?因为娶妻只想到美貌,不考虑人品,就会有惑乱发生,终日山珍海味也会有吃腻的时候,所以还是过平淡的生活比较好,不要有过分的贪欲。这里将"必

宋之子"解释为纣王的妲己,是因为宋国是商纣王之兄微子的封国,也就是商族的封国,所以"宋之子"就是妲己的象征,因为宋国本身并未有美女。

《毛诗序》言:"《衡门》诱僖公也。愿而无立志,故作是诗以诱掖其君也。"

关于僖公,《史记·陈杞世家》未见有记载。

东门之池

东门之池,可以沤麻①。彼美淑姬②,可与晤歌③。
东门之池,可以沤纻④。彼美淑姬,可与晤语⑤。
东门之池,可以沤菅⑥。彼美淑姬,可与晤言⑦。

●注释

①沤:浸泡。②彼美淑姬:彼:那个。美淑:美丽贤淑。姬:姓,姬姓,姬姓是周族的姓氏。③晤歌:晤:会面。晤歌:面对面对歌。④纻(zhù):苎麻纤维织的布。⑤晤语:面对面讲话,交谈。⑥菅(jiān):菅草,沤泡之后可以编织器物,可以拧绳。⑦晤言:面对面说话。

●译文

东门外有个大大的池塘,可以经常浸泡那大麻。那美丽贤淑的姬家姑娘,可经常与我当面对歌。

东门外有个大大的池塘,可以经常浸泡苎麻布。那美丽贤淑的姬家姑娘,可经常与我当面交谈。

东门外有个大大的池塘,可以经常浸泡那菅草。那美丽贤淑的姬家姑娘,可经常与我当面诉说。

●评析

这首诗所寓示的应该是一位男子期望与这位美丽贤淑的姬家姑娘成婚姻之事,也寓示出娶妻必须要以贤淑为基础,这也是诗人选择妻子的条件。因为姬姓是周族的姓氏,所以这里喻示在周家母仪教化下有贤德的姑娘;也是诗人在讽刺当时的混乱的婚姻观念,诗人指出,娶妻必娶贤淑之女,才会有安逸的日子。

《毛诗序》言:"《东门之池》,刺时也,疾其君之淫昏,而思贤女以配君子也。"

东门之杨

东门之杨,其叶牂牂①。昏以为期②,明星煌煌③。
东门之杨,其叶肺肺④。昏以为期,明星晢晢⑤。

●注释

①牂牂(zāng zāng):草木茂盛。②昏以为期:昏:黄昏。期:时间。③明星煌煌:明

星:金星,黄昏时见于西方叫长庚星,黎明时见于东方又叫启明星。煌煌(huáng huáng):形容明亮。④肺肺:通"芾芾(fú fú)",芾,也可以念(芾 fèi),芾芾(fú fú)形容草木茂盛。而"蔽芾"则形容树干树叶微小。⑤晳晳(xī xī):明晰,明亮。

●译文

东门外有白杨树,它的枝叶很茂盛。相约黄昏为期限,金星已经亮晶晶。

东门外有白杨树,它的枝叶很茂盛。相约黄昏为期限,启明星已亮晶晶。

●评析

从诗文本身分析,这是一首描写青年男女约会的诗篇,其本身也没有什么深意,只是表现出相约之人未能按时赴约而使等待者心急如焚,表现出不明缘故的等待者心急不安、失望之情。

也有学者认为这是刺婚姻失时,男女婚姻关系紊乱,而婚期至,则男女相互违背婚约,不能按时结婚的诗篇;其实这也是对陈国国君淫乱无德而对人民所产生的不良影响的讽刺之作。

《毛诗序》言:"《东门之杨》,刺时也。婚姻失时,男女多违,亲迎女犹有不至者也。"

墓 门

墓门有棘①,斧以斯之②。夫也不良③,国人知之。知之不已,谁昔然矣④!
墓门有梅,有鸮萃止⑤。夫也不良,歌以讯止⑥。讯予不顾⑦,颠倒思予⑧。

●注释

①墓门有棘:墓门:有学者认为是陈国国都的城门名,也有学者认为是墓室旁。棘:酸枣树。②斯:辟开,砍掉。③夫也不良:夫:那个人。不良:不好,不善良。④昔然:昔:从前,过去。昔然:依然。⑤有鸮萃止:鸮(xiāo):猫头鹰之属的鸟类又名鸱鸮。萃:聚集。止:停止。⑥讯:讯问,谴责。⑦不顾:不理会,不听从。⑧颠倒思予:颠倒:国家是非颠倒混乱。思予:想起我。

●译文

墓门旁有酸枣树,就用利斧将它砍掉。那个人也不善良,全国人都是知道的。知道了还不停止,依然还是那老样子。

墓门旁有梅子树,有鸱鸮鸟聚集栖息。那个人也不善良,用诗歌讯问谴责他。讯问谴责他不听,等混乱就会想起我。

●评析

这首诗是诗人对陈国自陈桓公去世之后,陈桓公之弟佗与其母舅蔡人杀了公子五父及太子免,佗自立为陈君,陈国就越发混乱的描写。陈厉公及其妻均为淫乱之人,直到陈灵公和大夫孔宁,都是淫乱无德之人。尤其是陈灵公讳平国为人轻佻惰慢,既没有威仪又耽于酒色,与大夫孔宁同淫乱于夏姬,而使国政混乱,陈灵公最终被夏姬之子夏征舒所

杀。国人对其丑恶行为不齿而以诗歌刺之。

《毛诗序》言:"《墓门》,刺陈佗也。陈佗无良师傅,以至于不义,恶加于万民也。"

关于陈佗,《史记·陈杞世家》记载,陈佗为陈桓公之弟,陈桓公三十八年去世,陈佗的母亲为蔡国人,蔡国人杀死陈桓公之太子免和公子五父,由陈佗继位,是谓陈厉公。陈厉公和其妻蔡女都是淫乱无德之人。

防有鹊巢

防有鹊巢①,邛有旨苕②。谁侜予美③?心焉忉忉④。

中唐有甓⑤,邛有旨鹝⑥。谁侜予美?心焉惕惕⑦。

● 注释

①防:堤岸。②邛有旨苕:邛(qióng):山丘。旨:美味。苕:水菜。③谁侜予美:侜(zhōu):欺骗。予:我。美:善良的人。④忉忉(dāo dāo):忧愁苦恼。⑤中唐有甓:中唐:中庭的路。甓(pì):古代的瓦。⑥鹝(yì):绶带鸟,又叫练鹊,为益鸟。又有解释为生长在低洼地的绶草。⑦惕惕:恐惧担心。

● 译文

那堤岸上有喜鹊的窝,山丘上有很美的苕菜。是谁欺骗我们善良人?心中啊烦恼忧愁不安。

那中庭有瓦砌的大路,山丘有很美的水绶草。是谁欺骗我们善良人?心中恐惧担心又忧伤。

● 评析

一般认为这是一首刺谗言的诗篇,认为是陈宣公相信谗言,君子忧虑而作诗以刺之。诗句用了寻常的对比句子来预示那些不真实的事情。诗句用原本应该在树上搭窝的喜鹊却将窝搭在河堤上,原本应生在低洼湿地的苕菜却长在山丘上,用本该在房顶上的瓦却铺在大路上,用本该生在低洼之地的绶草生在山丘上,比喻暗示这些谗言就是原本就没有的事情,但却被那些谗言者说得就如真的一样,而欺骗善良的人民,惑乱人心,使人心惶惶不安。

《毛诗序》言:"《防有鹊巢》,忧谗贼也。宣公多信谗,君子忧惧焉。"

《史记·陈杞世家》记载,陈宣公是陈桓公之太子免的三个弟弟中的一个,太子免的三个弟弟先是杀死陈厉公,由老大跃继位,为陈厉公,五个月去世,老二继位,为陈庄公,庄公去世后,小弟杵臼继位,为陈宣公。

月 出

月出皎兮①,佼人僚兮②。舒窈纠兮③,劳心悄兮④。

月出皓兮⑤,佼人懰兮⑥。舒忧受兮⑦,劳心慅兮⑧。

诗经新解

月出照兮,佼人燎兮⑨。舒夭绍兮⑩,劳心惨兮⑪。

● 注释

①皎:皎洁明亮。②佼人僚兮:佼(jiǎo)人:美人。僚(liáo):美得很。③舒窈纠兮:舒:舒缓。窈(yǎo)纠:体态苗条。④悄:忧愁。⑤皓:皓洁明亮。⑥懰(liú):妩媚。⑦忧(yōu)受:遭受忧愁。⑧慅(cǎo):忧愁。⑨燎:照亮。⑩夭绍:夭:灾祸。绍:承受。⑪惨:凄惨,愁苦。

● 译文

月亮出来真皎洁啊!美人真的很是美啊!舒缓窈窕体态美啊!劳苦的人心真忧愁。

月亮出来真明亮啊!美人真妩媚动人啊!慢慢遭受那忧愁啊!劳苦的人心太忧愁。

月亮出来明光照啊!佼美的人照亮一方。慢慢承受那灾祸啊!劳苦的人心真凄惨。

● 评析

这首诗歌应该是描写穷苦人家的女子虽然长得非常美丽动人,但是因为家境贫寒而遭受清贫和苦难,或者说这位美丽的女子因为家境贫寒而家中又遭遇不幸,自己只好慢慢忍受清贫与苦难。

其实这首诗应该是对夏姬因为美丽而又不约束自己的行为,最终为自己引来灾祸的讽刺之诗。夏姬,也就是夏征舒的母亲,因为天生丽质,但是却不能检点自己的德行,与不贤良者鬼混,而终于遭到报应。下面这首诗《株林》就是对夏姬不幸之原因的说明。

《毛诗序》言:"《月出》,刺好色也。在位不好德,而说美色焉。"

株 林

胡为乎株林①?从夏南兮②。匪适株林③,从夏南。
驾我乘马,说于株野④。乘我乘驹,朝食于株⑤。

● 注释

①胡为乎株林:为什么到株林啊。株林:夏姬住的地方。②从夏南:从:跟随。夏南:夏姬的儿子,夏征舒,字夏南。③匪适株林:不适合去株林。④说于:悦于,欢悦于。⑤朝食:朝:每日,每天。食:吃。

● 译文

为什么到那株林去?是为了跟随夏南啊。不适合去那株林,跟随夏征舒之母。

君臣驾着自己车马,欢娱于株林之野。君臣乘驾自己车马,每日吃住在株林。

● 评析

这首诗是对陈国君主陈灵公讳平国的讽刺之诗。据《东周列国志》第五十三回记载:陈灵公与其大夫孔宁君臣不顾国家社稷安危,不思治理国家,而整日耽于女色——夏姬。夏姬是陈国大夫夏御叔之妻,夏御叔食采于株林。夏姬是郑穆公之女,有文姜之妖淫,又有骊姬、息妫之貌。夏御叔有子夏征舒。夏御舒早亡。陈灵公、孔宁本是酒色之徒，闻夏姬之美貌，孔宁以看望夏征舒为由而与夏姬相染，此后孔宁与陈灵公同时双双出入于株林，而淫乱于朝。正如《列文》所言："自泄冶死后，君臣益无忌惮，三人不时同往株林。一二次还是私偷，以后习以为常，公然不避。国人作《株林》之诗以讥之。"而后陈灵公被夏姬之子征舒所杀，孔宁等人出奔楚国，而拥立世子午为君，是为陈成公。而后就在当年，陈成公又被楚庄王灭亡，而将陈国封为楚县。正如诗云："陈主荒淫虽自取，征舒弑逆亦违条。庄王吊伐如时雨，泗上诸侯望羽旄。"

《毛诗序》言："《株林》，刺灵公也，淫乎夏姬，驱驰而往，朝夕不休焉。"

泽 陂

彼泽之陂①，有蒲与荷②。有美一人③，伤如之何④？寤寐无为⑤，涕泗滂沱⑥。

彼泽之陂，有蒲与蕑⑦。有美一人，硕大且卷⑧。寤寐无为，中心悁悁⑨。

彼泽之陂，有蒲菡萏⑩。有美一人，硕大且俨⑪。寤寐无为，辗转伏枕⑫。

●注释

①彼泽之陂：彼：那个。泽：水泽。陂(bēi)：堤岸。②蒲：蒲草，又名香蒲，其茎叶可供编织用。荷：荷花。③有美一人：有好人一个，或者有美善的人一个。④伤如之何：伤：悲伤。如之何：为何，为什么？⑤寤寐无为：寤寐：寤：睡醒。寐：睡着。无为：想不通。⑥涕泗滂沱：涕泗：鼻涕眼泪。滂沱：形容哭得很厉害，眼泪鼻涕很多，就如下雨。⑦蕑(jiān)：兰草的古称。⑧硕大且卷：硕大：高大。卷：书卷。⑨悁悁(juàn juàn)：急躁，忧愁。⑩菡萏(hàn dàn)：荷花。⑪俨：庄重。⑫辗转伏枕：辗转：翻来覆去。伏枕：睡在枕头上。

●译文

那清清的池中水有蒲草与那荷花。有美善之人一个，为何这样的悲伤？白天黑夜想不通，伤心涕泪流成河。

那清清的池中边，有蒲草与那兰草。有美善之人一个，高大而有书卷香。白天黑夜想不通，心中急躁又忧愁。

那清清的池中水，有蒲草与那荷花。有美善之人一个，高大庄重又整齐。白天黑夜想不通，翻来覆去睡不着。

●评析

多数学者认为这是一首男女相思的情诗。有的学者认为诗文所描写的是一位女子思念一位美貌的男子，也有学者认为是一位男子在思念一位美丽的姑娘，也有学者认为是刺陈灵公君臣淫乱于国而使社会风气败坏，男女相悦而思之。

笔者在解释过程中，依据诗句发展的过程将其解释为：一位有美善之德、有学问而庄重的人受到了严重的伤害，并对自己所受伤害原因百思不得其解，伤心急躁忧虑而不能入睡。这样的解释,我认为也是可以解释得通的。至于这位贤者是何人,应该是在混乱之时思念西周君子之德之人。诗人也期望有贤德的君子出污泥而不染,就如荷花,就如蒲草和兰草,而且高大、庄重、有知识、文明美好。

《毛诗序》言:"《泽陂》,刺时也,言灵公君臣淫于其国,男女相说,忧思感伤也。"

桧 风

桧,国名,是高辛氏火正祝融之墟。高辛就是帝喾,帝喾是黄帝的重孙,高辛祝融火正就是帝喾之时的火正之官。周武王灭商建周后,封黄帝的后裔于祝,也就是祝融的故地,其地在今河南省密县东北。周平王之初,郑武公兼并了桧国。郑武公是周幽王之时的司徒郑伯友之子,郑伯友在周幽王被犬戎围困追杀时为了保护周幽王而被犬戎乱箭射死。周平王赐世子掘突承袭爵位为郑伯,是谓郑武公。郑武公趁周朝之乱,而兼并东虢和桧地,将郑国的国都迁移到桧地,谓之新郑,以荥阳为京城。一共有四首诗歌,包括《羔裘》、《素冠》、《隰有苌楚》、《匪风》。

《羔裘》这一首诗应该是表现了诗人对桧国政治衰微的担心忧伤之情,它是西周末期的作品,也可以认为是对西周末期政治衰微的讽刺之作。《素冠》是桧国人民对周幽王之时国家政治的担忧的写照。也就是说这二首诗歌是桧国人民对西周之时君子之德的怀念之情的表现之作,《隰有苌楚》是对周幽王失道无德迷恋褒姒而亡西周的讽刺之作。《匪风》这首诗很明显地对西周末年周幽王的无道失德的政治原因提出质问,为周朝的政治前途担心忧愁,也是对亡西周的周幽王的无道失德之行为的讽刺之作。也就是说后两首诗歌是对周幽王亡西周的讽刺之作。

羔 裘

羔裘逍遥①,狐裘以朝②。岂不尔思③?劳心忉忉④。
羔裘翱翔⑤,狐裘在堂⑥。岂不尔思?我心忧伤。
羔裘如膏⑦,日出有曜⑧。岂不尔思?中心是悼⑨。

●注释

①羔裘逍遥:羔裘:羊羔皮作的皮袍。逍遥:悠闲自得,逍遥自在。羔裘,是天子在不同场合所穿的礼服,有以黑羊皮与狐白裘相杂制的裘,有以黑羊皮制的裘为祭祀天之时所穿,也有犬羊之裘为庶人之服。②狐裘以朝:狐裘:狐狸皮作的皮袍。锦衣狐裘是诸侯所穿的服饰,也是士、大夫的服饰。以朝:在朝上。③岂不尔思:岂:难道。不尔思:不想你。这里是指思念西周之时的君子之德。④忉忉(dāo dāo):苦恼。⑤翱翔:自由自在游逛。⑥堂:宫室,公堂。⑦膏:油脂,形容油光闪亮。⑧曜(yào):太阳照耀。⑨悼:哀伤。

●译文

身穿羔裘者在逍遥快活,身穿狐裘者在朝廷劳碌。难道不思念昔日的君子?劳苦之

人的心中很苦恼。

身穿羔裘者在自在游逛,身穿狐裘者在公堂劳累。难道不思念昔日的君子?我的心中实在是很忧伤。

羔裘就如油脂闪光发亮,太阳光下更是油光闪闪。难道不思念昔日的君子?心中实在是忧伤又恐惧。

● 评析

这一首诗应该是表现了诗人对桧国政治衰微的担心忧伤之情。古代天子、诸侯和士、大夫的服饰都是有严格区别的,而且在不同的场合有不同的礼服。《礼记·玉藻》曰:"锦衣狐裘,诸侯之服也","唯君有黼以誓省,大裘非古也"。狐裘外面套锦衣,这是诸侯的服饰。以黑羊皮与狐白裘相间杂制的裘是君主打猎誓众时所穿之服,大裘是天子祭祀天之时所穿之服。这首诗可以认为是西周末期的作品,也可以认为是对西周末期政治衰微的讽刺。也就是说,诸侯或者天子在外自由自在闲逛、玩乐,不理朝政,而只有大夫、士在朝廷忙碌辛劳,这就使那些辛劳的士、大夫想起了西周之时周文王、周武王、周公之时的政治,天子与诸侯、大夫、士一同为国事忙碌辛劳。而此时看不到昔日西周之时的政治,所以士人、大夫才会为国家的兴亡而担忧。正如诗文所言:"难道不思念昔日的君子,我的心中实在是很忧伤。""难道不思念昔日的君子,心中实在是忧伤又恐惧。"

《毛诗序》言:"《羔裘》,大夫以道去其君也。国小而迫,君不用道,好洁其衣服,逍遥游宴,而不能自强于政治,故作是诗也。"

素 冠

庶见素冠兮①,棘人栾栾兮②,劳心慱慱兮③。
庶见素衣兮④,我心伤悲兮,聊与子同归兮⑤。
庶见素韠兮⑥,我心蕴结兮⑦,聊与子如一兮。

● 注释

①庶见素冠兮:庶:或许,但愿。素冠:是指用白色的生丝制成的冠(冠,是帽子),是孝子在大祥以后戴的冠。②棘人栾栾兮:棘人:被刺伤的人,也就是被伤害的人,或者非常悲哀的人。栾栾(luán luán):栾:栾树,一种落叶乔木,花淡黄色,可作黄色染料。这里比喻其脸色肤色黄黄的。③慱慱(tuán tuán):通"抟",把东西揉成团,这里形容忧愁而使心揪成一团。也可以是积聚,是指忧愁劳苦积聚在一起。④素衣:白色衣服。⑤聊:愿意,姑且。归:返回。⑥素韠(bì):白色的蔽膝。⑦蕴结:郁结。

● 译文

但愿看见那个素冠的人吧!悲伤的人脸色黄黄的啊!劳苦忧愁积聚心中去不掉。
但愿看见那个素衣的人吧!我的心中很悲伤忧愁啊!姑且与你一同归耕乡里吧。
但愿看见那白蔽膝的人吧!我的心中郁闷不能解脱,姑且与君子你如同一人吧。

●评析

从这首诗的内容分析,这好像是一首因为君主逝世而其臣子或者亲属为其守孝,但是因为继位的君主不善而使有道德的君子们担忧,心中忧愁积聚不断,因此相互告诫还不如辞官退归田野为好。从这首诗歌的内容分析,这应该是对周宣王逝世后,无道寡恩的周幽王继位之后,申侯、尹吉甫、召虎一班老臣看到周幽王无道无德而又不听劝谏,有的相继而亡,有的退归田野的真实写照。关于这些历史事实在《东周列国志》第二回就有明确记载。因为关于桧国的相关历史,史书上未见有详细记载,所以就当此诗是桧国人民对周幽王之时国家政治的担忧的写照,或者是对被周幽王废弃的太子宜臼的同情之情吧。

《毛诗序》言:"《素冠》,刺不能三年也。"《笺》:"丧礼,子为父,父卒为母,皆三年。时人恩薄礼废,不能行也。"这应该是对周幽王在其父母去世之后,薄礼仪,而不能守孝三年的写照。

隰有苌楚

隰有苌楚①,猗傩其枝②。夭之沃沃③,乐子之无知。
隰有苌楚,猗傩其华④。夭之沃沃,乐子之无家⑤。
隰有苌楚,猗傩其实。夭之沃沃,乐子之无室⑥。

●注释

①隰有苌楚:隰:低洼地。苌(cháng)楚:猕猴桃。②猗傩其枝:猗(yī):偏斜。傩(nuó):有节奏。枝:树枝。③夭之沃沃:夭:形容草木生长旺盛。沃:肥沃有光泽。④华:花。⑤家:国家。⑥室:指帝王家族或朝廷。

●译文

那低洼地有猕猴桃,树身倾斜随风飘动。枝叶茂盛很有光泽,你高兴得啥也不知道了。

那低洼地有猕猴桃,树身倾斜花枝招展。枝叶茂盛很有光泽,你高兴得不知道国家了。

那低洼地有猕猴桃,树身倾斜果实不佳,枝叶茂盛很有光泽,你高兴得不知道朝廷了。

●评析

这首诗很明确地是在对周幽王失道无德之作为的讽刺。诗文用低洼地的猕猴桃象征以美色迷惑周幽王的褒姒,用倾斜的树身随风动荡象征周幽王和褒姒的行为不正,用枝叶茂盛象征褒姒的美丽。褒姒用自己的美色迷惑周幽王,使周幽王沉迷于美色,终日淫乐,而不理朝政,所以诗文指出:看到表面美丽的褒姒,就高兴得忘乎所以,什么也不知道了,高兴得不知道自己还是天子,还肩负着治理国家天下的重任。周幽王因为终日与褒姒淫乐，又受到小人的诱惑而经常不上朝处理国事，又不听贤者的劝谏，最终导致西周灭亡，也导致周幽王自己和褒姒全都灭亡。

其实从这首诗可以看到桧国人民对周朝的政治是极为关心的，因为是周武王使他们有了祭祀先祖的祭祀之地，也因为西周的政治确实是继承发扬光大了先祖皇帝的德业而使人民信服的缘故。这首诗的写作水平非常高超，它将比喻象征手法应用得出神入化，恰到好处，又非常形象，诗文用低洼地的猕猴桃来比喻褒姒，因为褒姒出生后就被扔到了低洼水湿之地，也就如猕猴桃生错了地方而不能结出好果实，来象征褒姒的美丽就如低洼湿地的猕猴桃一样不会有好结果，这不失为一首好诗。其实对于这首诗，笔者也是解析完了《匪风》之后，才感悟到了它的真实含义。桧人所关心的是西周的存亡，也正是因为西周灭亡之后桧国就被郑武公兼并了，桧国从此就不复存在了。

《毛诗序》言："《隰有苌楚》，疾恣也。国人疾其君之淫恣，而思无情欲者也。"

匪 风

匪风发兮①，匪车偈兮②。顾瞻周道③，中心怛矣④。
匪风飘兮⑤，匪车嘌兮⑥。顾瞻周道，中心吊兮⑦。
谁能亨鱼⑧？溉之釜鬵⑨。谁将西归⑩？怀之好音⑪。

● **注释**

①匪风发兮：匪风：匪：不是。风：风吹，风气。发：发生，发扬。②偈(jié)：快速奔驰的样子。③顾瞻周道：顾瞻：回顾，引申看。瞻：向上向前看。顾瞻：就是瞻顾，就是向前看，又向后看，观看。周道：周朝的道路。④中心怛兮：中心：心中。怛(dá)：痛苦，悲伤，担心。⑤飘：大风，旋风。吹：吹动。⑥嘌(piào)：疾速。⑦吊：悲伤，忧虑。⑧亨：烹饪。⑨溉之釜鬵：溉(gài)：洗涤。釜鬵(fǔ qín)：釜：古代炊具，锅的一种。鬵：大锅。⑩谁将西归：谁将：谁能使。西：西周。归：回来。⑪怀之好音：怀：心中抱着美好的希望。好音：好音信。

● **译文**

不是大风吹动而发生的，不是车行驶过快的结果。瞻顾周朝现在行的道路，我们心中很是悲伤担心。

不是大风吹动而发生的，不是车疾速行驶的结果。瞻顾周朝现在行的道路，我们心中很是悲伤忧虑。

谁能治大国如烹饪小鱼？先洗涤干净小锅和大锅。谁能使西周的政治回归？我们怀抱着美好的希望。

● **评析**

这首诗很明显地对西周末年周幽王的无道失德的政治原因提出质问，为周朝的政治前途担心忧愁。诗文提出不是大风使西周的政治颠覆的，不是历史的车轮行驶过快而使周幽王失道无德的，那么是因为什么呢？诗文虽然没有明确指出，但是上一首诗已经告诉我们了,是因为周幽王自身无道失德又受褒姒迷惑而使周朝国政混乱的,周幽王的作为使西周灭亡,所以诗人也很为当时周朝的命运前途担忧。关于周幽王亡西周的历史事实在《东周列国志》第二回、第三回以及《史记·周本纪》均有记载。

这首诗最为奇妙之处就是最后一小节,用"谁能亨鱼?溉之釜鬵"这两句话来概括能使国家政治恢复到先祖时代的政治方法。"谁能亨鱼?"在这里是指老子所言的"治大国,若烹小鲜。"老子说,治理大国家就如烹饪小鱼一样简单。为什么呢?老子继续说道:"以道莅天下,其鬼不神……"也就是说只要以无为之道君临天下,治理国家,那么治理国家就如烹饪小鱼一样简单易行了。诗文的意思也就是说,只要各诸侯国的君主以无为之道先将自己所治理的大国小国治理好,不要发动你争我夺的战争,周朝就有希望了。那么就看谁能像西周时代一样将自己的国家治理好,我们就会有美好的希望了。所以从这首诗所用的典故而言,应该是春秋战国时期的诗篇,因为《老子》之书成书于春秋末期,也就是先有《老子》,然后才有此诗的出现。

总之,这首诗也不失为一首好诗,文采兼顾政治历史,很有水平。

《毛诗序》言:"《匪风》,思周道也。国小政乱,忧及祸难,而思周道焉。"

曹 风

曹,国名。周武王灭商纣王建立周朝之时,分封自己的兄弟振铎于曹地,其地在今山东省定陶西南一带,也有认为是今之曹州之地。在公元前487年,也就是春秋末期,周敬王时期。因为当时战争不断,楚国经常攻伐宋国和其他国家,所以有些国家根据自己的地势、军事力量等等各自组成联盟,曹国曾与宋国和晋国结盟。在宋景公三十年时,曹国背弃了宋国和晋国,于是宋国伐曹国,晋国坐视不救,宋国终于灭了曹国,并兼并了曹国的土地。正如《春秋左传·哀公八年》所言:"八年春,宋公伐曹,将还,褚师子肥殿。曹人诟之,不行,师待之。公闻之,怒,命反之,遂灭曹,执曹伯阳及司城强以归,杀之。"这里的八年,是指鲁哀公八年春天的事情。

《曹风》共有诗文四篇,包括:《蜉蝣》、《候人》、《鸤鸠》、《下泉》四首。其诗《蜉蝣》就是借用生命短暂的蜉蝣来象征一种生命短暂的事物,那么这首诗象征比喻什么呢?笔者以为还是在象征比喻那生命短暂的只凭美色迷惑周幽王而惑乱国政亡西周的褒姒。而《鸤鸠》则是以鸤鸠有七个儿子生活在不同地区比喻周文王有七个有贤德的儿子受到周武王的分封的历史事实。《候人》则是对曹共公新任命的三百名新大夫没有真实的本领,不能辅助君主治理好邦国,所以人民就不喜欢他们的历史事实的真实写照。《下泉》这首诗歌,是一首怀念西周明王治理国家天下的时代的诗歌,也是对东周之时政治衰微的不满,告诫当政者无论如何都应该饮水思源,都要以周文王的法则治理国家,不要忘记先祖所建立起来的法则。

蜉 蝣

蜉蝣之羽①,衣裳楚楚②。心之忧矣,於我归处③。
蜉蝣之翼④,采采衣服⑤。心之忧矣,於我归息⑥。
蜉蝣掘阅⑦,麻衣如雪⑧。心之忧矣,於我归说⑨。

●注释

①蜉蝣之羽:蜉蝣:昆虫的一种。若生活在水中,可生存一年到五、六年,成虫有极薄而有光泽的翅膀两对,尾部有丝状物二或三条。成虫在水面飞行,只有数小时至一周左右的生存期。羽:羽化。②衣裳楚楚:是指蜉蝣的外表光泽鲜明的样子。③於我归处:於:于是。我归处:我归去之时。④翼:翅膀。⑤采采:众多,有花纹的。⑥归息:归宿。⑦掘阅:掘:同"孑",孑孓,蚊子的幼虫,蚊子的幼虫在水中孵化出来,体细长。也就是说,蜉蝣和蚊子一样,其幼虫都是在水中孵化的。阅:经历。⑧麻衣:古代用麻作的丧帽、丧带,这里象征丧服。⑨说:通"脱",解脱。

●译文

蜉蝣的幼虫经过羽化,就会有光泽明亮的衣裳。我的心中忧愁伤心啊!有了美丽就是我归去时。

蜉蝣有双美丽的翅膀,就像那有花纹的新衣服。我的心中忧愁悲伤啊!有新衣是我最后归宿。

蜉蝣经历水中的羽化,就像雪白的丧服一大片。我的心中忧愁悲伤啊!有丧服是我最后解脱。

●评析

这篇诗歌借用生命短暂的蜉蝣来象征一种生命短暂的事物,那么这首诗象征、比喻什么呢?笔者以为还是在象征、比喻那生命短暂的只凭美色迷惑周幽王而惑乱国政亡西周的褒姒。据《东周列国志》第一回、第二回记载:褒姒是周厉王之时的宫女偶感小元鼋之印迹而怀孕,直到周宣王末年之时才生下来的一个女子,其母怀孕时间长达四十余年,周宣王之妻姜后认为不吉利,就命令婢女将其丢弃在水沟边,后被褒地之人捡回,养活到十四岁,而成长为一个眉清目秀、唇红齿白,有如花如月之容、倾国倾城之貌的美人,后被褒地之人买来进献给周幽王,这才有了周幽王的淫乱。褒姒进宫是周幽王四年之时,周幽王与褒姒死亡是周幽王十一年之时,也就是褒姒进宫后一共才有六年多的时间,褒姒也就只有二十岁左右就死亡了。这首诗用蜉蝣在水中育化长达五六年象征褒姒在其母腹中孕育长达四十余年,用蜉蝣化育为成虫后生命的短暂象征褒姒成年后短暂的生命。也就是说蜉蝣自从有了美丽的外衣之后就成了生命短暂的生物;褒姒是被人从水沟边捡回的,就如从小生活在水中的蜉蝣的幼虫,幼虫孵化之后就是它生命的最后期限,这和褒姒的身世极为相似。从这里我们可以看到古人关于"象"应用到了极致,用蜉蝣比喻有美丽的外表而生命短暂的褒姒,十分形象。所以这是曹人对周幽王亡西周之原因的讽刺,也是对迷惑周幽王的褒姒短暂生命历程的讽刺之作。

候 人

彼候人兮①,何戈与祋②。彼其之子,三百赤芾③。
维鹈在梁④,不濡其翼⑤。彼其之子,不称其服。
维鹈在梁,不濡其咮⑥。彼其之子,不遂其媾⑦。
荟兮蔚兮⑧,南山朝隮⑨。婉兮娈兮⑩,季女斯饥⑪。

● 注释

①候人:守望、放哨的人。②何戈与祋:何:背负,扛着。古代兵器戈矛。祋(duì):古代撞击用的兵器。③三百赤芾(fú):芾,同"韍",韍又同"韨",古代贵族祭祀时戴的蔽膝,用皮革做成。赤芾:红色蔽膝。三百赤芾:是指曹共公时,任命了三百名新的大夫。④维鹈在梁:鹈(tí):鹈鹕(hú),一种水鸟,翼大,体长,嘴长尖而弯曲,善于游泳和捕鱼。梁:鱼梁,鱼坝。⑤濡:浸湿。⑥咮(zhòu):鸟嘴。⑦遂:于是,终于。媾:厚待,宠爱。⑧荟兮蔚兮:荟:草多,云雾弥漫。蔚(wèi):一种蒿草。草木茂盛。⑨朝隮:朝:早晨。隮(jī):彩虹。⑩婉兮娈兮:婉:美好。娈(luán):美好。⑪季女斯饥:季女:季:排行在后,也就是最后面的。季女:就是最小的女儿。饥:饥寒。

● 译文

那些经常守望哨所的军人,整日里还扛着戈与祋。那些被君主器重的君子人,被新任命的有三百人。

只有会捕鱼的鹈鸟在鱼梁,捕鱼也不会浸湿翅膀。那些被任命的三百多新人,作为与其衣服不相称。

只有会捕鱼的鹈鸟在鱼梁,捕鱼也不会沾湿嘴巴。那些被君主任命的三百人,于是就不能得到厚待。

那蒿草茂盛啊烟雾升腾啊!南山的朝霞红似火焰。真是美丽妖娆又非常壮观,各种灾难使小女饥寒。

● 评析

据《春秋左传》鲁僖公二十八年记载:"二十八年春,晋侯将伐曹。三月丙午,晋侯入曹,执曹伯。"另据《东周列国志》第三十五回记载:"曹共公(曹共公是鲁僖公之时,也是周襄王之时曹国的君主)为人,专好游嬉,不理朝政,亲小人,远君子,以谀佞为腹心,视爵位为粪土。朝中服簪芾乘轩车者三百人,皆里巷市井之徒,胁肩谄笑之辈。"又第三十九回记载:"周襄王二十年春三月,晋文公重耳分兵以伐曹。晋文公率众将登城受捷。晋文公命取仕籍观之,乘轩者三百人,各有姓名,籍中不见僖负羁。文公乃面数曹伯之罪曰:'汝国只有一贤臣,汝不能用,却任用一班小人。'"这里的贤者就是指僖负羁。也就是说因为曹共工不用贤者辅佐,而与小人为武,其结果只有亡国,只有被有贤德的晋文公重耳攻伐而亡。这首诗歌用对比的手法,说明为国家守护边疆和为国作战的人整天荷枪实弹、戒备森严、肩负着重任,但是那些在朝中做官的人,也就是被曹共公新任命的三百名新大夫没有真实的本领,不能辅助君主治理好邦国,而只是游戏人生、误国误民的小人,所以人民就不喜欢他们。诗文用这些人的作为与衣服不相称比喻这些官员无能,就连会捕鱼的鹈鹕鸟都不如,因为鹈鹕鸟会捕鱼而受到人的喜欢,那些无能的官员就不会受到人民的厚待。正因为曹国没有贤臣辅佐,国家得不到很好的治理,庄稼地里只有茂盛的蒿草,又因为有天灾降临,所以使国家灾难不断,而使人民挨饥受饿,甚至发生疾病,这就是曹国灭亡的大致原因。诗文用"荟兮蔚兮,南山朝隮。婉兮娈兮,季女斯饥。"比喻被曹共公任命的三百名新的乘轩大夫表面上很红火,但是就如庄稼地里不长庄稼只长草一样,什么用处都没有,所以才会使小女遭受饥饿,这里的小女应该是指那些在外荷枪实弹守护边疆和为国作战之人的子女,以及发动战争使人民遭受深重灾难,当然更深层次的含义还有待进一步探讨。

鸤 鸠

鸤鸠在桑①,其子七兮。淑人君子②,其仪一兮③。其仪一兮,心如结兮④。
鸤鸠在桑,其子在梅。淑人君子,其带伊丝⑤,其带伊丝,其弁伊骐⑥。
鸤鸠在桑,其子在棘。淑人君子,其仪不忒⑦。其仪不忒,正是四国⑧。
鸤鸠在桑,其子在榛⑨。淑人君子,正是国人⑩。正是国人,胡不万年⑪。

●注释

①鸤鸠在桑:鸤鸠(shī jiū):布谷鸟。桑:桑树。②淑人君子:淑人:善良的人。君子:有道德的男子。③其仪一兮:仪:法度,准则。一兮:始终如一。④结:通"介",介石,原本是处于中间的界碑,这里引申公正、不偏私。⑤其带伊丝:其带:他佩戴的佩带。伊丝:是丝织的。⑥其弁伊骐:弁:古代用皮革制的帽子。骐(qí):青黑色花纹的马。全句的意思是:他戴的是青黑色花纹的帽子。⑦忒(tè):差错。⑧正是四国:才能匡正天下四方国家。⑨榛:榛树。⑩正是国人:才能匡正国家的人民。⑪胡:怎么。

●译文

布谷鸟的家在桑树上,它有那好儿子七个啊!那善良美好的君子人,他的好法则始终如一。他的法则始终如一啊!他的心公正如界石啊。

布谷鸟的家在桑树上,它的子孙在那梅树上。那善良美好的君子人,他佩戴着丝织的佩带。他佩戴着那丝织带子,戴着青黑色的皮帽子。

布谷鸟的家在桑树上,它的子孙在酸枣树上。那善良美好的君子人,他的法则就没有差错。是他的法则没有差错,才能匡正那天下四方。

布谷鸟的家在桑树上,它的子孙在那榛树上。那美好善良的君子人,正是国人效法的法式。正是国人效法的法式,怎么能够不流传万年。

●评析

从这首诗的内容分析,这应该是一首颂扬周文王的诗篇。诗文以那能为人类鸣春、提示播种时间的布谷鸟,以及那能结甜美果实的桑树为开头,象征为人民带来甜美幸福生活的周文王。用布谷鸟在不同的树上歇息象征周文王的七个好儿子被分封在不同的地方。用布谷鸟有子七个象征周文王有好儿子七个。周文王之正妃太姒所生的儿子共有十个,也就是周武王的同母兄弟共有十个,这里是指周武王的同母兄弟十个,不是指周文王所有妃子所生的儿子,因为《诗经》言周文王的妃子所生的儿子有一百个之多。据《史记·管蔡世家》记载:周武王的同母兄弟共有十人,他的母亲是太姒,是周文王的正妃。太姒的长子叫伯邑考,其次叫武王发,其次叫管叔鲜,其次叫周公旦,其次叫蔡叔度,其次叫曹叔振铎,其次叫成叔武,其次叫霍叔处,其次叫康叔封,最小的儿子冉季载。周武王的同母兄弟共有十个。因为长子伯邑考被商纣王杀害而早逝,周武王伐商纣王后就没有兄长的分封。周武王排行为二,周武王伐商纣王之后,将管叔鲜、蔡叔度分封为商纣王之子武庚禄父的辅佐。因为管叔鲜和蔡叔度伙同武庚、淮夷反叛周成王,也就是反叛周朝,管叔被周公平息反叛之后杀死,蔡叔被放逐,所以周公的同母兄弟就只剩下了七个。这七位兄弟中,分封周公旦于鲁;分封叔震泽于曹;封叔武于成;封叔处于霍;康叔封和冉季载因为年纪小没有分封,后康叔封在周公平息管蔡之乱后分封于于卫国,但是冉季分封在什么地方,未见有明确记载。

因此诗文用布谷鸟有子七个象征周文王的七个儿子,他们都受到了分封,而且都为周朝的强盛起到了应有的作用,所以说这首诗歌就是曹国人民对周文王之美德的赞颂之词。

下　泉

冽彼下泉①,浸彼苞稂②。忾我寤叹③,念彼周京④。
冽彼下泉,浸彼苞萧⑤。忾我寤叹,念彼京周。
冽彼下泉,浸彼苞蓍⑥。忾我寤叹,念彼京师⑦。
芃芃黍苗⑧,阴雨膏之⑨。四国有王,郇伯劳之⑩。

● 注释

①冽彼下泉:冽(liè):香甜而寒凉。下泉:向下流的泉水。②浸彼苞稂:浸:浸润。苞稂(láng):苞:草木茂盛。稂:有认为是指对禾苗有害处的草,有认为是指狼尾草。③忾我寤叹:忾(xì):叹息。寤:睡醒,白天。④周京:周朝的京城,最早是岐山,其次是丰邑、镐京。岐山是周文王出生和发达的地方,丰邑是周文王在位时的都城,镐京是周武王建立的都城,是周成王一直至周幽王之时的京城。⑤萧:艾蒿草。⑥蓍(shī):蓍草,古代占卜时使用的蓍草。⑦京师:京城。⑧芃芃(péng péng):草木旺盛。⑨膏:滋润。⑩郇伯劳之:郇(xún)伯:词典解释为:周朝时的诸侯国,在今山西省临猗县一带,这与曹国的分封地不符合,也未见有郇国的记载。这里将"郇"看作是"功勋"。伯:与天子同姓的诸侯,《礼记·曲礼》曰:"五官之长曰伯,是职方。其摈于天子,曰'天子之吏'。"天子同姓谓之"伯父",异姓谓之"伯舅",所以这里的伯是指与天子同姓的诸侯,也是指曹国的君主及西周的同姓诸侯。劳:辛劳。

●译文

　　甘甜寒凉流不断的泉水，浸润着茂盛的狼尾草。我叹息睡不着还是叹息，思念我们西周的京城。

　　甘甜寒凉流不断的泉水，浸润着茂盛的艾蒿草。我叹息睡不着还是叹息，思念我们西周的京城。

　　甘甜寒凉流不断的泉水，浸润着那茂盛的蓍草。我叹息睡不着还是叹息，思念我们西周的京城。

　　各种黍苗茂盛生长不息，那是受到雨露的滋润。天下有圣明君王的治理，有郇伯的辛劳和辅佐。

●评析

　　这首诗歌，也是一首怀念西周明王治理国家天下时代的诗歌。诗文用甘甜寒凉流不断的泉水隐寓饮水思源之义，无论是野草还是禾苗，能够旺盛生长有赖于雨露的滋润。西周时天下四方能得到治理，就是因为有圣明的君王周文王和周武王、周公等人的辛劳，也有受到分封的同姓诸侯们的辛劳。诗文中的"郇伯劳之"，就是指与天子同姓的诸侯。这位郇伯，也可能是周武王的兄弟中的一位的分封地，但未见有记载，这也不是曹叔振铎的分封地。这在《礼记·曲礼》中有明确规定："五官之长曰伯。是职方。""天子同姓谓之'伯父'，异姓谓之'伯舅'。"因为周武王灭商建周后，还分封了许多异性诸侯，尤其是对于先帝之后的分封，但因为他们在灭商的过程中并未建立功勋，所以就不能说他们有功勋。而这里的郇伯应该是指周族的同姓诸侯对于周王室的维护起到了非常重要的作用。诗文也是对东周之时政治衰微的不满，告诫当政者无论如何都应该饮水思源，都要以周文王的法则治理国家，不要忘记先祖所建立起来的法则。诗文反复三次用"我叹息睡不着还是叹息，思念我们西周的京城"充分说明了饮水思源的意义。

　　《毛诗序》言："《下泉》，思治也。曹人疾共公侵刻人民，不得其所，忧而思明王贤伯也。"

豳　风

　　豳，地名，在岐山之北，在今陕西旬邑、彬县一带，彬，也称邠，周族先祖居住的地方。据《史记·周本纪》记载：周族的先祖弃，也就是后稷，因为从小就有喜好种植农作物的能力，在舜帝时帮助大禹治水，平治九州有功，舜帝分封弃为农官，主持农业之事，舜帝分封弃于邰地，邰地在今陕西武功一带，舜帝赐弃为姬姓。弃的后代一直继承弃的职务，为农官，夏朝末期，抛弃农官不用，弃的后代不窋就到了戎霍之地。不窋生鞠陶，鞠陶生公刘，公刘又能继承后稷的功业，在戎霍之地种植农作物，使当地人民生活富庶，而后立国于豳地。至十世古公亶父时，人民生活更加富庶。此时戎狄之人，经常前来抢夺豳地人民的财物，古公就将财务赠送给戎狄之人，但是戎狄之人仍然抢夺不断，豳地的人民就想要与戎狄之人抵抗，古公认为不能让人民为了他而去作战，伤害生命，所以就带领周族的人民跋山涉水来到豳地之南的岐山安家落户,此时豳地的人也扶老携幼追随古公而来,所以古公就在岐山重新建立家园。而后四方的人民听到古公的贤德之后,竟扶老携幼从四面八方前来追随古公,古公只好在岐山开辟更多的田地,修筑房屋,设立官员管理这些人民,后来就在古公时代周族又重新受到商王朝的分封,分封周族为商朝的诸侯。古公有三子,因为古公认为在周族应该有王者出现,所以古公的大儿子太伯和二儿子虞仲就自动逃避到戎狄之地,王季是古公的小儿子,二位兄长主动让贤于王季,王季之子是周文王。

关于古公亶父带领豳地的人民迁息至于岐下,其具体方位大致在今陕西扶风、岐山两县之间的一片肥沃土地。根据近年来的考古探测和挖掘,已经基本确立了周城的遗址,就在岐山县京当乡,呈长方形,南北约1200米,东西约500米,面积约60万平方米。

《豳风》中的主要诗歌如《七月》、《东山》、《鸱鸮》据记载是周公旦之作,周公是周文王的第四个儿子,是周武王的四弟。周公旦在周文王之时就很有贤德,周公辅助周武王灭商建周,周武王早逝,周武王之子成王年幼,那时才12岁,周公为了巩固周朝的政权,自己代成王摄政七年,周成王长大成人后,周公于摄政七年之时还政于周成王,又以臣子的身份居于臣子之位,一直辅佐周成王,周公直到将死仍然不忘周朝的江山社稷之事,所以这里以周公之诗代表周族先祖的心声,因为其中有些诗篇就是对先祖之时流行的诗歌的记载。豳风包括:《七月》、《鸱鸮》、《东山》、《破斧》、《伐柯》、《九罭》、《狼跋》七首诗歌。其中《破斧》、《伐柯》、《九罭》、《狼跋》一般认为是众人为颂扬周公之德而作。

七 月

七月流火①,九月授衣②。一之日觱发③,二之日栗烈④,无衣无褐⑤,何以卒岁⑥?三之日于耜⑦,四之日举趾⑧。同我妇子⑨,馌彼南亩⑩,田畯至喜⑪。

七月流火,九月授衣。春日载阳⑫,有鸣仓庚⑬。女执懿筐⑭,遵彼微行⑮,爰求柔桑⑯。春日迟迟⑰,采蘩祁祁⑱。女心伤悲,殆及公子同归⑲。

七月流火,八月萑苇⑳。蚕月条桑㉑,取彼斧斨㉒。以伐远扬㉓,猗彼女桑㉔。七月鸣鵙㉕,八月载绩㉖。载玄载黄㉗,为公子裳。

四月秀葽㉘,五月鸣蜩㉙。八月其获㉚,十月陨萚㉛。一之日于貉㉜,取彼狐狸,为公子作裘。二之日其同,载缵武功㉝。言私其豵㉞,献豜于公㉟。

五月斯螽动股,六月莎鸡振羽㊱。七月在野,八月在宇㊲,九月在户,十月蟋蟀入我床下。穹窒熏鼠㊳,塞向墐户㊴。嗟我妇子,曰为改岁㊵,入此室处。

六月食郁及薁㊶,七月亨葵及菽㊷。八月剥枣㊸,十月获稻。为此春酒㊹,以介眉寿㊺。七月食瓜,八月断壶。九月叔苴㊻,采荼薪樗㊼。食我农夫。

九月筑场圃㊽,十月纳禾稼㊾。黍稷重穋㊿,禾麻菽麦。嗟我农夫,我稼既同㉒,上入执宫功。昼尔于茅㉝,宵尔索绹㊴。亟其乘屋,其始播百谷。

二之日凿冰冲冲㊵,三之日纳于凌阴㊶。四之日其蚤㊷,献羔祭韭。九月肃霜㊸,十月涤场㊹。朋酒斯飨㊺,曰杀羔羊。跻彼公堂,称彼兕觥㊻。万寿无疆。

●注释

①七月流火:火,是指二十八星宿东方七宿之一的心宿中的第二颗星星,因为它是一颗又红又亮的行星,古人称它为大火星,大火星的位置随着年代、季节的不同在天空中的位置有所不同。在《礼记·月令》中记载:"夏季之月,日在柳,昏火中,旦奎中。"仲夏之月,太阳运行到了柳宿的位置,黄昏时可以看见大火星在天空的正中。黎明时奎宿在天空的正中。古人以大火星的位置判断季节,确定农耕时间,从这个意义而言:七月流火:流:同"留",就是留心观察的意思。②授衣:授:是给。授衣,就是给衣服,也就是天气寒凉时给人添加衣服。③一之日觱发:一之日:十一月,因为周朝时是以每年的十一月为正月,所以一之日就是正月之时。觱(bì)发:觱:觱篥(lì):原意是古代的一种管乐器。觱发:觱:在这里可以看成是"闭"。在《礼记·月令》中有"是月也,天子始裘。命有司曰:'天气上腾,地气下降,天地不通,闭塞而成冬。'还命令百官谨慎掩盖收藏,固封疆,闭边境,等等,许多与闭塞相关的事情。所以,觱发就是发布关于闭塞的政令。④二之日栗烈:二之日:十二月,也是周历的二月。栗烈:栗:坚硬。栗:发抖,因为寒冷而颤抖。烈:猛烈,寒风猛烈。很冷。⑤褐(hè):粗布衣服。⑥卒(zú)岁:度过一年。⑦三之日于耜:三之日:周历的三月,就是现在的正月。依次类推,四为周历四月,现在的二月,余下依次类推。于耜:于:于是。耜(sì):古代耕作田地用的农具。⑧举趾:抬起脚。⑨妇子:妻子和儿女。⑩馌彼南亩:馌(yè):送饭到田里吃。南亩:泛指农田。⑪田畯至喜:田畯(jùn):古代管农事的官员。至喜:很是欢喜。⑫春日载阳:春日:春分之后。载:开始,充满。阳:太阳,白天为阳,夜晚为阴。⑬仓庚:仓庚鸟,也叫黄莺鸟。二月春分过后仓庚鸟开始鸣叫。⑭女执懿筐:女执:妇女拿着。懿(yì)筐:懿:原意是美好的意思。懿,在这里与"溢"相通。懿筐:筐中东西多得溢出来。⑮遵彼微行:沿着小路行走。⑯爰求柔桑:爰:于是。求:寻找。柔桑:柔嫩的桑叶。⑰春日迟迟:迟迟:缓慢,漫长。春分之后白昼变长。⑱采蘩祁祁:蘩(fán):白蒿。祁祁:通"萋萋",草木茂盛。⑲殆(dài):一定,恐怕。⑳萑苇:芦苇。㉑蚕月条桑:蚕月:蚕长成的月份。条桑:一条一条的桑枝。意思实说蚕已经长大,开始在桑枝上结茧。㉒斧戕(qiāng):古代一种方孔斧子。㉓以伐远扬:砍伐那长长的伸向远处的桑枝。㉔猗彼女桑:猗(yī):依靠。彼:那些。女:你。桑:桑叶。依靠那些桑叶使蚕结茧。㉕鸣鵙(jú):鵙:伯劳鸟,伯劳鸟鸣叫。㉖载绩:开始织麻织布。㉗载玄载黄:玄:黑色。于是染成黑色和黄色。㉘秀葽(yāo):不开花而结子的远志。㉙蜩(tiáo):蝉。㉚其获:庄稼开始收获。㉛陨萚(yǔn tuò):草木树叶开始脱落。㉜貉(hé):一种似狐狸的野兽。㉝载缵武功:载:开始。缵(zuǎn):继续。武功:田猎之事。㉞豵(zōng):小野猪。㉟豜(jiān):大野猪。泛指大野兽。㊱螽(zhōng):蝗虫的一种,这里应该是指蚂蚱。动股:蚱蜢的双腿开始运动。莎鸡:一种小飞虫,又名纺织娘。㊲宇:屋檐下。㊳穹窒:(qióng zhì):穹:老鼠的洞穴。窒:堵塞。㊴墐户:墐(jìn):用泥涂抹。墐户:涂抹修缮自己的门户。㊵岁改:一年过去,又一年来临。㊶郁:郁李。薁(yù):野葡萄。㊷享葵及菽:享:烹饪。葵:葵菜。菽(shū):豆子。㊸剥:击打。㊹春酒:冬天酿酒,

春天酿好为春酒。枣和稻米都是酿酒的原料。㊺以介眉寿：以求长寿。㊻断壶：摘下葫芦。㊼叔苴：叔：拾取。苴(jū)：麻子。㊽采荼薪樗：荼(tú)：苦菜。薪樗(chū)：樗：臭椿树。薪樗：以臭椿树枝为柴薪。㊾筑场圃：修整用来打谷的场地。㊿纳禾稼：将粮食收藏入仓。㊥黍稷重穋：黍稷：谷类作物。重穋(lù)：后种先熟的谷子。㊬同：把所有粮食都入仓。㊭茅：茅草。㊮宵而索绹：宵：夜晚。索：搓绳索。绹(táo)：绳子。㊯冲冲：凿冰时发出的响声。㊰凌阴：冰窖。㊱蚤(zǎo)：早。㊲肃霜：霜降。㊳涤场：打扫干净谷场。㊴朋酒斯飨：用酒招待亲戚朋友。㊵称彼兕觥：举起。兕觥：牛角酒杯。

● 译文

七月留心观察大火星，九月天凉给家人添加衣服。十一月发布闭塞命令，十二月天寒地冻寒风嗖嗖，假如无棉衣无粗布衣，怎么度过这么寒冷的冬天？一月之时开始修农具，二月之时抬脚下地去耕田。同我的妻子子女一起，送饭到田间一起共同食用，田官看见了很是欢喜。

七月留心观察大火星，九月天凉给家人添加衣服。春分之后天气暖融融，开始有黄莺鸟在树上鸣叫。妇女提着满满的筐子，行走在崎岖不平的小路上，还在寻找柔嫩的桑叶。春风之后白天日子很漫长，采摘茂盛的白蒿着忙。忙碌的姑娘心中很是悲伤，害怕同那公子一起回。

七月留心观察大火星，八月里来芦苇长成好收割。五月蚕在桑条上结茧，拿上那把锋利的方孔斧子，以砍伐那长长的桑条。靠这些桑条使你蚕儿结茧。七月里来伯劳鸟鸣叫，八月里开始沤麻剥麻织布。染成黑色也染成黄色，为公子做各式各样的衣裳。

四月里来远志把子结，五月里来呀知了开始鸣叫。八月里早稻开始收割，十月里来草木树叶都脱落。十一月里于是就猎貉，剥下那像狐狸一样的皮毛，为公子缝御寒的皮衣。十二月里来众人聚在一起，开始田猎习战法誓诫。礼法言明所猎小兽私人得，所猎的大兽献给公家。

五月里蚱蜢抖动双腿，六月里来纺织娘震动翅膀。七月里来蟋蟀在野外，八月里来蟋蟀进入屋檐下，九月里蟋蟀在窗户内，十月里来蟋蟀钻进我床下。十二月塞洞穴熏老鼠，用泥涂抹粉饰我们的家室。哎呀我的妻子和儿女，说是旧年过去新年将要到，要住干净温馨的家室。

六月里吃郁李和葡萄，七月烹饪葵菜和那嫩豆子。八月大枣成熟将它打，十月晚稻成熟将稻子收回。以此二物把那春酒酿，用来祝贺我亲人长寿无疆。七月里把西瓜甜瓜吃，八月里来摘取葫芦当瓢用。九月里来收拾秋麻子，采苦菜来砍些臭椿当柴薪，就是这样养活我农夫。

九月修筑平整打谷场，十月里来收藏所有的谷物，那些晚熟的糜子谷子，所有谷子豆子麻子和麦子。我的庄稼已收获完毕，可以到那宫室做一些劳役。白天去野外割那茅草，夜晚在家里将各种绳子搓。赶快修理好我的屋宇，明年开春又要播种百谷忙。

十二月里凿冰冲冲响，一月里将坚冰存入冰窖中。二月里来祭祀宗庙早，荐献那新生的羊羔和韭黄。九月里来霜降节气到，十月里来打扫干净打谷场。此时用酒宴请我宾朋，还要宰杀羊羔剥取羊羔皮。登上那高高的公堂地，举起那个精美的兕角酒杯，来祝贺

君王万寿无疆!

● 评析

这是一首记载西周之时西周的人民在英明君王的治理下生活和乐安逸自由自在的景象的诗篇。西周时期,人民依照政令、季节适时劳作适宜的事务,农人的生活有条不紊,有滋有味,其乐融融。诗中所描写的唯一的一件忧愁之事,不是无吃、无衣、无生活资源,也不是疾病灾难,而是女子忧愁的事情。女子忧愁的事情并不是女子找不到好婆家,有什么灾难,而是因为善良勤劳的男子都愿意追求勤劳美丽的姑娘,美丽善良的女子因为追求者过多而发愁,她只愿意与她喜欢的男子一起行动,而不愿意与她不喜欢的男子一起行动。

诗文中所记载的事务顺序,有些在《礼记·月令》中也有记载,有些在《周礼》中也有记载。如关于什么季节什么鸟鸣叫,什么虫子活动,生长变化的规律,在《月令》中有明确的记载。如诗文的第四节,关于田猎之事,《周礼·夏官》中有关于田猎的意义目的记载,"大兽公之,小兽私之,获者取其左耳。"这里大兽公之就是为了祭祀宗庙所用。田猎的另一层意义就是训练军旅,习誓教,以及相关诫令等等,不单单是为了射猎。这首诗歌也是宝鸡地区民风民俗的真实写照。

诗文的第五小节既真实地记载了知了和纺织娘、蛐蛐的生活规律,又真实地记载了西周地区一直流传至今的腊月之时人们为了过年而忙碌的情景,使我们又好像回到了陕西宝鸡过去乡下的生活情景,腊月二十三以前,一定要将自家的屋子打扫干净,将老鼠洞用石头塞住,用泥将脱落的墙壁以及老鼠洞和院子里所有毁坏的墙壁刷好,将屋子用白陶土粉刷一新,再贴上年画、窗花,准备好过年的新衣服,磨好面粉,准备好年货,杀猪宰羊,就等着过新年了。因为西周所属之地就在陕西岐山,岐山也属于宝鸡地区,所以西周时流传的风俗在宝鸡历历在目。因为周朝的历法是以十一月(子曰)为正月,那么十月之时就是周朝过年前的最后一月,所以诗文中指出:因为夏历历法的十二月,就是过年前的最后一月,所以诗文中指出:"十月蟋蟀入我床下。穹窒熏鼠,塞向墐户。嗟我妇子,曰为改岁,入此室处。"因为腊月底就要过年了,所以十二月时,就要堵塞老鼠洞,粉刷屋子,干干净净过新年。而至今流传在宝鸡的习俗,就是最迟也要在腊月二十三将屋内屋外打扫粉刷一新,干干净净过新年。其实这首诗歌也是宝鸡地区民风民俗的真实写照。

这首诗其实就是西周之时天下太平安乐的写照,也是西周时期人民和乐生活的真实历史的记载。

鸱 鸮

鸱鸮鸱鸮①,既取我子②,无毁我室。恩斯勤斯③,鬻子之闵斯④。
迨天之未阴雨⑤,彻彼桑土⑥,绸缪牖户⑦。今女下民,或敢侮予⑧。
予手拮据⑨,予所捋荼⑩,予所蓄租⑪,予口卒瘏⑫,曰予未有室家⑬。
予羽谯谯⑭,予尾翛翛⑮,予室翘翘⑯,风雨所漂摇⑰,予维音哓哓⑱。

诗经新解

●注释

①鸱鸮(chī xiāo)：鸟类的一种，头大，嘴短而弯曲，吃鼠类、兔子、昆虫等。猫头鹰、鸱鸺都属于鸱鸮科。②既取我子：取：夺取。既然已经夺取我的子女。③恩斯勤斯：恩勤：指父母养育子女的慈爱和辛劳。斯：这，这样。我们养育子女这样辛劳。④鬻子：鬻(yù)：通"育"，养育。养育子女。闵：忧虑，担心。⑤迨(dài)：趁着。⑥彻彼桑土：彻：通"撤"，撕撤。桑土：桑：桑树的枝干。土：泥土。⑦绸缪牖户：事先修理好窗子和门户。⑧予：我。⑨拮据：操作劳累。⑩捋(luō)：用手一把一把地将菜叶从枝条上摘下来。荼(tú)：芦苇开的芦花。⑪蓄租：蓄：积聚，储存。租，通"组"，将芦花积聚组成窝的一部分。⑫卒瘏：卒(zú)：死，病卒。瘏(tú)：病。⑬曰予未有室家：曰：说，叫做。予：我。室家：自己的家。⑭谯谯(qiáo qiáo)：羽毛脱落的样子。⑮翛翛(xiāo xiāo)：羽毛残败的样子。⑯翘翘：危险而摇晃的样子。⑰漂摇：飘摇。⑱予维音哓哓：维音：只有声音。哓哓(xiāo xiāo)：乱叫乱嚷。

●译文

那鸱鸮鸟啊鸱鸮鸟，既然已夺取了我儿子，就不要毁坏我的家。我们养育子女很辛劳，为养育子女忧虑担心。

趁着天还没有下阴雨，撕撤一些桑枝和泥土，先修理好我的门户。如今你们树下的众人，有谁还敢把我们欺？

我的双手已经疲劳，我还要大把将芦花捋，将其积聚修建我窝，我的嘴已经劳累病残，说我还没有修好家。

我的羽毛已经脱落，我的尾巴已残败不全，我的屋子还在摇晃，随着风吹雨淋在飘摇，我只有声音叫哓哓。

●评析

这首诗据记载是周公所作。诗文借助警告鸱鸮鸟的口吻诉说了周公在周武王去世之后，因为周成王年幼，周公要为臣、为父、为师而辅佐周成王治理国家天下的艰难，又表现了周公终日为周朝操劳唯恐不能辅佐周成王治理好国家的担忧劳苦。

诗文的第一小节，是指武庚反叛而使周公的兄弟管蔡遭遇不测后周公进退两难的痛苦心情。诛杀管叔，放逐蔡叔，虽然是周公亲手所为，但周公是为了巩固周朝的政权不得已而为之，毕竟管蔡是周公的亲兄弟，他们被武庚利用而遭遇不测，周公当然悲伤无比。

第二小节，就是在说明为什么要诛杀武庚和管叔？也就是趁着反叛还没有对周朝的政权造成严重的伤害就将危害周朝的反叛事件平息，这样就不会有人继续拉拢、蛊惑周公的兄弟，就不会使周朝的江山社稷受到毁坏倾覆，正如诗文所言："迨天之未阴雨，彻彼桑土，绸缪牖户。今女下民，或敢侮予。"

第三小节则描写了周公一生为周朝辛劳辅佐周成王治理国家人民的真实情景。周公一生为周朝的事业操劳，既没有更多的机会为自己的家事操劳，又为唯恐周朝这个大家庭治理不好而忧劳，正如诗文所言："我的双手已经疲劳，我还要大把将芦花捋，将其积聚修建我窝，我的嘴已经劳累病残，可我的家还没有修好。"

最后一小节则描写了周公为了周朝的事业,为了教育周成王、康叔封,为了教化殷商遗民,而多次发布诰命,用他的声音,用他对先祖治国之道的道理的理解教化周成王、康叔封以及殷商遗民,终于取得了很大的、美好的结果。周公为了周朝的江山社稷所付出的辛劳是巨大的,而终于使周朝得到治理,实现了天下大治的大同社会。"予维音哓哓。"说明就个人而言,周公没有为自己累积财富,没有享受安逸的生活,而至死只是留下了那些象征他功绩的诰命而已。

关于周公之德在《周易》的很多卦象中都有记载,损卦就如此,而损卦上九爻则是对这首诗的验证。正如损上九爻曰:"弗损益之,无咎,贞吉,利有攸往,得臣无家。"

《毛诗序》言:"《鸱鸮》,周公救乱也。成王未知周公之志,公乃为诗以遗王,名之曰《鸱鸮》。"

东 山

我徂东山①,慆慆不归②。我来自东③,零雨其濛④。我东曰归⑤,我心西悲。制彼裳衣⑥,勿士行枚⑦。蜎蜎者蠋⑧,烝在桑野⑨。敦彼独宿⑩,亦在车下。

我徂东山,慆慆不归。我来自东,零雨其濛。果臝之实⑪,亦施于宇⑫。伊威在室⑬,蟏蛸在户⑭。町畽鹿场⑮,熠耀宵行⑯。不可畏也,伊可怀也⑰。

我徂东山,慆慆不归。我来自东,零雨其濛。鹳鸣于垤⑱,妇叹于室⑲。洒扫穹窒⑳,我征聿至㉑。有敦瓜苦㉒,烝在栗薪㉓。自我不见,于今三年。

我徂东山,慆慆不归。我来自东,零雨其濛。仓庚于飞㉔,熠耀其羽㉕。之子于归㉖,皇驳其马㉗。亲结其缡㉘,九十其仪㉙。其新孔嘉㉚,其旧如之何㉛?

●注释

①我徂东山:徂(cú):来到,往。东山:指商朝之地。因为西周在商朝之西,所以东就是指西周之东的商族武庚的分封之地。②慆慆不归:慆慆(tāo tāo):长久。不归:不能回去。③我来自东:自我来到东山之地。④零雨其濛:零雨:零星小雨。濛:蒙蒙细雨。⑤我东曰归:我人归于那东土。⑥制彼衣裳:制:缝制,缝补。彼:那,他们。裳:下衣。裳衣,是指战士的衣服。战士缝补自己的衣服。⑦勿士行枚:勿:不,不要,别。行:军事行动。枚:古代行军时,为了防止喧哗,让士兵衔在口中的竹片或木片。不用军事行动和衔枚。⑧蜎蜎者蠋:蜎蜎(yuān yuān):虫子蠕动的样子。蠋(zhú):毛毛虫。就像毛毛虫一样蠕动。⑨烝在桑野:烝(zhēng):用火烘烤。桑野:野外的桑树林。全句的意思是,在野外用桑枝烤火或者自己做饭吃。⑩敦彼独宿:敦:通"屯",驻扎;通"团",蜷曲。宿:宿营。宿营睡觉独自蜷曲一团。⑪果臝之实:果臝(luǒ):瓜蒌。全句为,瓜蒌结的果实。⑫宇:屋宇,屋檐下。⑬伊威:虫子名,也叫土鳖虫或湿湿虫,可活血化瘀。⑭蟏蛸(xiāo shāo):虫子名,蜘蛛。⑮町畽鹿场:町畽(tīng tuǎn):田舍旁的空地。鹿场:屋前空地成鹿场。⑯熠耀宵行:熠耀(yì yào):萤火虫的光亮。宵行:是萤火虫的称名。⑰伊可怀也:伊:这、

那、他。那故乡还是很怀念。⑱鹳鸣于垤：鹳(guàn)：鸟名，形似鹤。垤(dié)：小土堆。⑲妇叹于室：妇：东征之人的妻子母亲。母亲妻子在屋中叹息。⑳穹室：墙上的洞穴。这里指老鼠洞。㉑我征聿至：聿(yù)：迅速。希望我东征快回来。㉒有敦瓜苦：敦：厚、多之意。有很多。苦瓜：苦：多，大。大瓜。㉓烝在栗薪：用栗子树枝蒸煮好。㉔仓庚：黄莺。㉕熠燿其羽：熠燿(yì yào)：羽毛闪闪发光亮晶晶。㉖子之于归：东征的人儿就要回家乡。㉗皇驳其马：皇：盛美。驳：各种颜色。给马佩戴上各色装饰物。㉘亲结其缡：缡(lí)：佩巾的带子。亲自结扎佩带。㉙九十其仪：形容各种礼仪繁多。㉚其新孔嘉：其新：现在得到很多赞美。㉛其旧如之何：其旧：过去，原来。过去我们才来时又是如何？

●译文：

我自从来到东土之地，长时间不能回到西土。自我来到那东土之地，蒙蒙细雨就是不停息。我的人身归于那东土，我的心向西哀愁不断。还要缝补破旧的衣裳，不用军事行动和衔枚。就如那毛毛虫样蠕动，野外用桑柴烤火做饭。宿营睡觉独自蜷曲着，最好也是在战车下面。

我自从来到东土之地，长时间不能回到故乡。自我来到那东土之地，蒙蒙细雨就是不停息。那瓜蒌藤结的瓜蒌子，也能在那屋檐下休息。那土鳖虫也在屋子里，那蜘蛛结网也在屋内。屋前空地野鹿来嬉戏，闪闪发光的是萤火虫。不能认为这是在担心，这是对故乡非常怀念。

我自从来到东土之地，长时间不能回到故土。自我来到那东土之地，蒙蒙细雨就是不停息。鹳鸟鸣叫在小土堆上，母亲妻子叹息在屋中。洒扫庭院堵塞老鼠洞，盼望我东征能快点回。收获了很多很多大瓜，用那栗子柴薪蒸煮好。自从我东征不能见面，至今已经有三年时间。

我自从来到东土之地，长时间不能回到故乡。自我来到那东土之地，蒙蒙细雨就是不停息。黄莺鸟开始飞来飞去，羽毛闪闪发光亮晶晶。东征的人就要回故乡，装扮美丽我的黄驳马。亲自为我们结扎佩带，举行隆重繁多的礼仪。现在得到很多的赞美，想我们才来时是啥样？

●评析

这是一首记载周公带领西周将士东征到殷商和淮夷之地的历史史诗，也就是记载了周公东征的具体过程。全诗共分为四个自然小节。第一小节记载的是这些人士刚到东土之地时的情景，士兵们长时间在东土之地，也不是行军打仗，而是住在野外坚守阵地，因为自他们来到之后就经常下雨，天气寒凉；他们都是住在野外，自己煮饭吃，衣服破了要自己缝补，他们吃住在野外，多数人就像毛毛虫一样蜷曲蠕动在雨水中休息，最好的也就是睡在战车下，还要时刻警惕反叛者的袭击，这就使这些将士非常忧愁。我们从这一小节就可以看出，周公带领将士东征并不是用武力征伐殷商人民和淮夷人民，周公只是对反叛者作了惩罚而并未用武力攻克城邑。那么东征的人士到底都干什么呢？这是下一篇诗文所要讲述的问题。

第二小节主要描写了这些东征的人士对自己家乡西周的怀念之情。他们在野外一边干着自己的事情,一边想念在家乡时的情景,因为他们长期驻扎在野外,这就使他们想到此时家乡的瓜蒌子成熟后就被采摘下来,挂在自己家的屋檐下以待时用(因为瓜蒌是中药,具有清热化痰、宽胸散结、消痈肿、润肠燥的功用)。土鳖虫也可以在他们的屋子里自由活动栖息;蜘蛛也可以自由自在的在他们的屋子里结网;萤火虫在他们的屋外照明;野鹿也可以在他们的场院里嬉戏。可是他们却长时间只能在野外风餐露宿,这里又特别指出:他们回想这些并不是担心惧怕什么,而只是出于对故乡非常怀念的情感而已。从这一小节可以看出西周之时,人民万物和乐相处而真实可亲的美好情景,这样和乐美好的生活,有谁能不怀念呢?

第三小节记载的是他们对自己亲人的怀念之情。在蒙蒙细雨中,他们不能入睡,就自然地想起了自己的亲人,想起白天之时鹳鸟的鸣叫声和妻子母亲的叹息声,以及逢年过节之时,家中就会打扫卫生,堵塞老鼠洞,涂抹粉刷墙壁,干干净净欢天喜地地等待他们回家乡团聚,而且会将很多大瓜用栗子树枝蒸煮好,等他们品尝。但是自他们东征至今已经三年了,他们却一次也没回过家乡。因为每次都让家人失望,所以才会有母亲妻子的叹息声。这里特别指出,大瓜用栗子树枝蒸煮,这不但说明大瓜甘甜绵软如栗子,而且说明当时西周之地盛产大瓜和栗子。

最后一小节,则是描写周公及其军兵将要回归西土之时的情景。此时的军兵却像翩翩飞鸣的黄鹂鸟一样快乐,脸上闪耀着神采,个个骑着披红挂彩的皇驳马,殷商的人民亲自将彩带佩戴在士兵身上,用各种非常隆重的仪式欢送他们,他们一个个身穿新衣,人马披红挂彩,就像要结婚一样兴高采烈。而且他们都得到了很大的嘉奖,东征人上受到的嘉奖,没有谁能比他们多,这就使他们回想起刚来到东土时是什么情景。这个情景就是诗文开头所描写的情景。那么为什么会发生如此大的改变呢?这首诗歌所记载的历史事实在《周易》坎卦中就有记载。

这就是说西周的士兵刚去东土时非常艰难,生活艰苦,而到后来却发生了完全不一样的变化,这是为什么呢?这就是周公和他的军兵以仁德感化了殷商遗民的缘故。周公是如何感化殷商遗民呢?周公东征不用行军衔枚,那么到底在干什么呢?这就是《破斧》所要讲述的问题了。

破 斧①

既破我斧,又缺我斨②。周公东征③,四国是皇④。哀我人斯⑤,亦孔之将⑥。

既破我斧,又缺我锜⑦。周公东征,四国是吪⑧。哀我人斯,亦孔之嘉⑨。

既破我斧,又缺我銶⑩。周公东征,四国是遒⑪。哀我人斯,亦孔之休⑫。

●注释

①破斧:破:坏,坏了。斧:斧子,古代的斧子,既有打仗用的斧子,又有劈物用的斧子。②又缺我斨:缺:残缺,残破。斨(qiāng):方孔斧子。③周公:周文王之子,周武王之

弟,周成王之叔父,曾代成王执政七年。④四国是皇:四国:四方诸侯。皇:匡正。⑤哀:可怜。⑥亦孔之将:亦:也。孔:很,大。将:扶助,同"奖"。也得到很多帮助奖励。⑦锜(qí):凿子之类的工具。⑧吪(é):改变,感化。⑨嘉:嘉奖,赞美,美好。⑩銶(qiú):多数解释是古代一种凿子,也有解释为一种形似铁锹的兵器。⑪遒(qiú):强健,刚劲有力;安定。⑫休:美善;喜庆。

●译文

既用坏了我的大斧,又用残了我的方孔斧。周公率领我们东征,使四方诸侯得到匡正。可怜我们这些人士,也得到很多帮助奖励。

既用坏了我的大斧,又用残了我那把凿子。周公率领我们东征,使天下人都受到感化。可怜我们这些人士,也得到了很多的嘉奖。

既用坏了我的大斧,又用残了我那把凿子。周公率领我们东征,使天下四方得到安抚。可怜我们这些人士,也学到了很大的美善。

●评析

周公东征,不用行军打仗,而饱受艰难困苦,到底在干什么呢?周公又是如何感化殷商和淮夷人民呢?从这一首诗就可以看出来。诗中多次用了斧、斨、锜、銶等名称,斧既是古代作战用的武器又是日常生活中可用的斧子,斨是古代的一种方孔的斧子也是兵器,锜是古代的一种凿子,銶也是古代一种凿子。如果用斧子打仗,这是能解释通的,可是用凿子干什么呢?凿子不是武器,用来干什么呢?打仗能用坏这么多的斧子和凿子吗?周公率领军兵用武力攻打殷商遗民,能受到殷商人民的嘉奖吗?当然不能了。假如周公带领这些士兵,用这些工具帮助殷商人民耕种土地,修建屋舍,为殷商人民做好事,用实际行动感化殷商人民。从诗中可以看出这些士兵虽然很辛苦,但是他们很安心,也受到了很大的嘉奖、夸赞。当然从《伐柯》、《九罭》、《狼跋》等诗篇同样可以看到东人对周公之德的赞美之情。周公为文王之子,周文王用仁德感化人民,周公继承其父文王的仁德,用仁德感化东土人民,充分说明周公完全继承了先祖的美德。关于周公东征,不用武力攻伐,从《东山》中的诗句"勿士行枚"就可以得到证明。而且《周易·坎卦》六三爻:"来之坎坎,险且枕,入于坎陷,勿用。"的含义可以得到证明。六三爻说:"来之前艰难险阻重重,来到途中也是艰难险阻重重,来到之后仍然艰难险阻重重,艰险而且枕戈待旦,来到艰险之地而又陷入其中,而且没有用武力。"这就充分说明周公东征不是用武力征伐东土,而是以仁德感化东土的人民,所以《破斧》才会记载这些东征的人士。东征虽然艰苦,但是使东土人民得到了帮助,使他们得到了美好仁善行为的教化,当然也使东土人民受到教化而感化,所以才会有《东山》篇东征人士回家乡之时受到殷商人民的热烈欢送,也才有《九罭》篇的不忍心让东征之人离去的挽留和怀念。

所以说,《诗经》和《周易》一样其实就是一部史书,《诗经》就是用诗歌的形式记载了西周、东周之时所发生主要历史事件。尤其是《豳风》这一部分,就是对周公之德的记载,也更是对周公东征历史事件的连续记载。因此对《诗经》的解释一定要站在历史的角度,用具体的历史事实来研究《诗经》的内容,才会得到确切的答案。

伐 柯

伐柯如何①,匪斧不克②。娶妻如何,匪媒不得③。
伐柯伐柯,其则不远④。我觏之子⑤,笾豆有践⑥。

● 注释

①伐柯如何:柯:斧子柄。怎样砍斧子柄?②匪斧不克:匪:不,没有。不克:不可以,不能够。③匪媒:没有媒妁之言。④则:准则,法则,法度,尺度。⑤觏(gòu):遇见,相见。⑥笾豆有践:笾(biān)豆:古代祭祀所用的盛放祭祀用品的竹器。笾和豆是两种器皿。践:履行。

● 译文

想砍斧子柄怎样砍?没有斧子就不能砍。想要娶妻子怎样娶?没有媒妁之言不行。
想砍斧柄啊砍斧柄,斧柄的尺寸在手上。我看见这个君子人,用祭祀礼仪来践约。

● 评析

这首诗应该是对周公之德的赞美之诗,也应该是周成王对周公的分封之礼的赞美。周成王得知周公为了周成王,为了周武王,为了周朝的事业而诚心诚意地辛劳时,非常感动,就分封周公为先王,以祭祀文王的礼仪祭祀周公。周成王就是以周公为自己的师傅、榜样而努力施行先祖之德政,使周朝得到了大治。

诗文开头用"砍斧柄怎么砍,没有斧子就不能砍"来象征一个人能成为有用之才是怎么成长的,象征要是没有周公的仁爱、父爱、师傅之爱、臣子之爱,耐心细致关怀备至地教导周成王,周成王能够成为一个优秀的君主是不可能的,也就如想要娶到贤惠善良的妻子,没有好媒人也是不可能的。而且又用"砍斧柄啊砍斧柄,尺寸就在自己的手中"来象征周成王的成才就是因为有周公手把手的教导的缘故。所以周成王才会以先王的祭祀之礼和隆重的分封之礼来追封缅怀周公的功德。关于周成王对周公的分封之礼的记载在《尚书·金滕》、《周易·震卦》、《礼记·明堂位》中均有记载。

九 罭

九罭之鱼①,鳟鲂②。我觏之子③,衮衣绣裳④。
鸿飞遵渚⑤,公归无所⑥,於女信处⑦。
鸿飞遵陆⑧,公归不复,于女信宿⑨。
是以有衮衣兮,无以我公归兮,无使我心悲兮!

● 注释

①九罭之鱼:九罭(yù):捕小鱼小虾用的渔网,网孔密而小。用密孔网捕的鱼儿。

诗经新解

②鳟鲂:鳟鲂(zūn fáng):鳟:鳟鱼。鲂:鲂鱼。都是形体很大的鱼。③觏(gòu):遇见。④衮衣绣裳:衮(gǔn)衣:绣有龙形的上衣。绣裳:五彩绣裙,下衣。⑤鸿飞遵渚(zhǔ):鸿:鸿雁,这里用鸿雁象征淮夷人民,因为淮夷之人居住在江淮一带,是鸿雁的栖息之地。《周易》渐卦,就有鸿渐于干,鸿渐于磐,鸿渐于陆,鸿渐于木,鸿渐于陵等,说的就是周公用仁德感化了淮夷人民,而使淮夷人民遵照先王规定的法则缴纳贡税、贡物,遵守周王的法则,而不再发动战争,而自食其力生活安乐的历史事件的记载。遵渚:渚:水中的沙洲。这里是说淮夷人民已经遵照周王的教导,而回到了自己的栖息之地。⑥公归无所:公:周公。归:回归西周。无所:不知住处。⑦於女信处:於:到,从。女:你。信处:信:消息,音信。从何处得知你的音信。⑧陆:陆地,道路。⑨信宿:信:信息,消息。宿:住宿。

●译文

用密孔网捕的鱼儿,是很大的鳟鱼鲂鱼。我遇见这个君子人,身穿绣龙五彩衣裳。

鸿雁遵教化回沙州,周公回归在何处住,从何处得知你音信?

鸿雁遵循大道飞行,周公归去不会再来,于是留你多住几日。

那身穿绣龙衣裳的人啊,不要使周公回去啊!不要使我们心中悲伤啊!

●评析

这首诗所描述的是周公东征三年帮助东土淮夷之人过上了安乐幸福的生活后,东土人不舍得让周公归回西土的真实情感。从这首诗中所表达的浓厚感情可以看出,周公遵循先王的仁德,帮助淮夷人民安居乐业,所以他们用很多细密的渔网整日捕鱼也捕不完大泽水中的大鱼,也正因为他们有捕不完的鱼,所以他们才能安居乐业。诗文用鸿雁来象征居住在大雁之乡的淮夷人民,淮夷之族的首领也参与了武庚管蔡之流反叛周朝的活动,周公东征,为什么用了三年时间,而且不是打仗,那么他们在干什么呢?就是在帮助殷商人民和淮夷人民安居家业,因为淮夷人民是以渔业为主要生活资源,这里就特别指出,他们用密网捕鱼,可是鱼就是捕不完,说明淮夷人民在周公的帮助下,知道了如何使鱼成长的道理,以及种植农作物的技术;而且淮夷人民在周公的教导下已经在自己的居住地安居乐业,生活安定。关于这些历史事件在《周易·渐卦》中就有明确记载和评定。

因为他们安居乐业了,而且已经遵照先王规定的法度按时上贡,缴纳赋税,所以周公要回西周去了。淮夷的人民舍不得让周公回去,而希望天子能让周公永远居留不走与他们同安乐。

最后一段,就更加明显地显示出淮夷人民齐声向天子请求不要让周公回西周去。因为西周与淮夷之地相隔甚远,周公回去以后,可能就没有机会再回到淮夷去看望他们,更没有机会与他们长期相处了,所以就请求周公不要回去,不要让他们为了想念周公而悲伤。我们从这些朴实的诗句中,可以深切地感到淮夷人民对周公热爱的真实情感,这也就是历史对周公之德的记载和评定。

狼跋

狼跋其胡①,载疐其尾②。公孙硕肤③,赤舃几几④。
狼跋其尾⑤,载跋其胡⑥。公孙硕肤,德音不瑕⑦。

●注释

①狼跋其胡:狼:狼狈,引申辛劳。跋(bá):跋涉,艰难行走。胡:为什么?②载疐其尾:载:满载。疐(zhì):跋前疐后。尾:后。③公孙硕肤:公:周公。孙:谦逊。硕肤:心怀大志。④赤舃几几:赤:红色。舃(xì):鞋子上的金属饰物。几几:鞋头上翘弯曲的样子。这里是好鞋子几双。⑤狼跋其尾:狼狈的跋前疐后。⑥载跋其胡:为什么满载而跋前疐后?⑦德音不瑕:德音:美好声誉。不瑕(xiá):不假。瑕:瑕疵,引申过失。

●译文

辛劳地跋涉为了什么?功德满载而跋前疐后。周公谦逊而心怀大志,一生只有好鞋子几双。

辛劳地而又跋前疐后,满载功德跋涉为什么?周公谦逊而心怀大志,他美好的品德无瑕疵。

●评析

这是一首赞美周公的诗篇,也就是人们对周公美好品德的评定。周公一生为了周朝的事业辛劳,在其父周文王在世时就跟随父王侍奉父王而有仁德,在周武王之时又辅助周武王伐纣王建立了周朝,周武王去世后,周成王年幼不能执掌朝政,周公又代成王执政,代成王平息武庚管蔡淮夷的反叛,又帮助东土人民重建家园使东土人民过上了和乐的生活,周公的这些功德在《周易》渐卦中有记载。

当周成王年长,周公代成王执政七年之时,周公又还政于成王,周公已经功德满载,成王已经成为君王,能够担当国家君主的重任,周公应该回到他的分封地鲁国安享晚年了,可是他还是跋前疐后一生辛劳地辅助成王一直到死,都不忘记自己的职责所在,为什么呢?诗文也明确指出,因为周公心中装的是先祖先王所要成就的事业,唯恐先祖、先王所创立的伟大事业有所闪失,所以一生辛劳为国家为人民谋利益。周公功德盛大、满载厚德大功,一生除过几双好鞋子之外,别无其他心爱之物,这就是周公的伟大功德。而且诗文指出周公的美好品德没有一点瑕疵,纯洁而光明正大。这就是人民和历史对周公之功德的评价和记载。关于周公的功德在《周易》谦卦、豫卦、随卦、损卦、渐卦、巽卦、坎卦、晋卦中都有记载。

小 雅

雅,就是典雅之意,是记载君王之政盛衰过程、盛衰状况的诗篇。《小雅》,依照这些诗歌的内容分析,所记载的是君王之政兴盛美好的诗篇,主要表现在小功德之类,如诸侯的功德,或者是颂扬,就如周宣王之功德的诗篇。他们的功德毕竟不及周文王、周武王、周公的功德,所以称为"小雅"。如《鹿鸣》、《皇皇者华》这是一些记载颂扬在和乐安定时代君主宴请嘉宾和西周之时诸侯国的官吏奉君主之命一次一次前往周朝咨询治国之道的诗篇;如《出车》这首诗歌是以一个车夫的口吻来叙述周宣王继周穆王之后前往西北之地征伐玁狁之族的战争的事件,诗文其实以"赫赫南仲"为颂扬的主要对象,前去征伐戎狄却以没有征伐结果为结束。那么这些事情是应该颂功歌德呢,还是应该批评呢?诗文只是以诗歌的形式记载了这些历史事件而已,所以就将其归于小雅之类,也可以是小小的颂扬或者批判之意吧。

而记载君王之政衰微的诗篇,如《正月》、《十月之交》、《雨无正》等就是对周幽王失道无德使西周混乱、人民遭殃、生活困苦不堪之原因的真实记载,也是对无道失德者的讽刺之作。这些诗歌都具有教化人民、教化后人的教化意义。

《小雅》共有八十首诗歌,其中除《鹿鸣之什》和《白华之什》中有六首诗歌因为某种因素有名而无辞外,剩余了七十四篇诗歌,其内容主要是西周后期和东周初期的作品。

《小雅》将这八十首诗歌按照内容以每十篇诗歌为一个组成部分,这就是有了《如鹿鸣之什》等分类篇幅,什,就是十篇之意。

这八十首诗歌就有了八个"之什"。

鹿鸣之什

什的意思,就是以十篇诗歌为一卷,也就是十篇诗歌为一个组成部分,什就是十之意。鹿鸣之什就是指由《鹿鸣》为开头的十首诗歌。这十首诗歌包括:《鹿鸣》、《四牡》、《皇皇者华》、《常棣》、《伐木》、《天保》、《采薇》、《出车》、《杕杜》、《南陔》(而南陔这首诗歌是笙歌,有声而无辞)。

《鹿鸣》是一首记载在和乐安定时代宴请嘉宾的诗篇。《皇皇者华》应该是一首西周之时诸侯国的官吏奉君主之命一次一次前往周朝咨询治国之道的诗篇,诗文用马缰和驾车之马的变化,用咨诹、咨谋、咨度、咨询等词语的变化说明咨询的内容和咨询之后的变化,从这首诗可以看出这是诗作者对西周之美好政治的怀念之情,西周就是当时各诸侯国的楷模,就是各诸侯国效仿的榜样。《常棣》这首诗是在教化人民在和平时期就要兄弟亲亲,朋友和睦,家庭和乐,是教化人民以安乐和谐、生活美满为前提的诗篇。《天保》这首诗是歌颂君王的诗篇,也可能是一首君王祭祀先祖先王的诗篇,诗中指出:是天命安定保护了人民,也就是说是治国者执行天命而使人民得到安定保护,使人民得到的福气利益就如月亮渐渐升起,就如红日东升,年年月月时时刻刻福气不断;使人民得到的福气就如南山的不老松,不溃烂不毁坏;就如那茂盛的松柏,棵棵没有不成材的。《采薇》是一首记载周人与戎狄之战的诗篇,诗文通过一个参战者的口吻表现出他们长期在外服役生活艰苦、厌战和怀念家乡的心情。《出车》这首诗歌是以一个车夫的口吻来叙述周宣王继周穆王之后前往西北之地征伐猃狁之族的战争的事件。《杕杜》这首诗应该是描写出征之人的妻子在期盼出征的丈夫归来的迫切心情,这也应该是记载了周王征伐戎狄之战而没有结果的诗篇。

据记载,《小雅》之中的诗歌是瑟笙之歌,在举行乡饮酒礼之时取瑟而歌《鹿鸣》、《四牡》、《皇皇者华》,然后笙入堂下,磬南北面立,乐《白华》、《华黍》等歌,也就是说《小雅》之诗歌是在进行乡饮酒礼时所要演奏的歌乐。

鹿 鸣

呦呦鹿鸣①,食野之苹②。我有嘉宾,鼓瑟吹笙③。吹笙鼓簧④,承筐是将⑤。人之好我⑥,示我周行⑦。

呦呦鹿鸣,食野之蒿。我有嘉宾,德音孔昭⑧。视民不恌⑨,君子是则是傚⑩。我有旨酒⑪,嘉宾式燕以敖⑫。

呦呦鹿鸣,食野之芩⑬。我有嘉宾,鼓瑟鼓琴。鼓瑟鼓琴,和乐且湛⑭。我有旨酒,以宴乐嘉宾之心⑮。

●注释

①呦呦(yōu yōu):鹿鸣叫的声音。②苹:艾蒿。③鼓瑟吹笙:鼓:弹奏。瑟:古代弦乐器,像琴。笙:簧管乐器。④簧:笙中的舌片,簧实际是指笙而言,因为吹笙时以手指按压簧才能发出音调。⑤承筐是将:承:拿,奉上。筐:盛装币帛的竹器。将竹筐奉上以承接客人的礼物。⑥人之好我:人对我很友好。⑦示我周行:示:示意,提示,显示。周行:周:周到,周全。⑧德音孔昭:德音:美好品德,声誉。孔:很大。昭:明亮,显著。⑨视民不恌(tiāo):视:看,对待。恌:轻佻,引申轻视。⑩是则是傚(xiào):则:法式,准则。傚:效法,效仿。⑪旨酒:好酒,美酒。⑫式燕以敖:式:效仿。燕:燕礼;燕乐。敖(áo):游乐。⑬芩:蒿类植物。⑭湛(dān):同"耽",沉浸,溺爱。⑮宴乐嘉宾之心:以宴乐来喜乐客人之心。

●译文

野鹿呦呦叫声不断,相互召唤吃野艾蒿。我有那嘉宾要宴请,弹起琴瑟吹起笙簧。吹奏笙管演奏笙簧,奉起竹筐承接礼物。人们很友好地对我,教导我周到的礼仪。

野鹿呦呦叫声不断,相互召唤食野艾蒿。我有那嘉宾要宴请,他们的美德很显著。

对待人民从不轻视,君子的法式就要效仿。我有美味的上等酒,宴请嘉宾燕乐又逍遥。

野鹿呦呦叫声不断,相互召唤食野蒿草。我有那嘉宾要宴请,又弹瑟来又弹奏琴。又弹瑟来又弹奏琴,大家和乐而又尽兴。我有美味的上等酒,以宴乐喜悦客人之心。

●评析

这是一首记载君主在和乐安定时代宴请群臣嘉宾的诗篇。诗文用野鹿在野外食野草也会相互召唤同伴一同享用为开头,以象征人比动物更有情谊。在和乐时代,年轻的君主宴请群臣百官,一起宴乐,群臣百官所表现的是周到适宜的礼仪,使年轻的君主得到了教化,而君主以燕礼来宴请宾客,说明这位君主是一位有君子之德的君主。其实这是对西周之时,和乐时代君主与群臣和乐关系的真实写照,也是对西周大治之时的君王美德的颂扬之歌。

四 牡

四牡骓骓①,周道倭迟②。岂不怀归?王事靡盬③,我心伤悲。
四牡骓骓,啴啴骆马④。岂不怀归?王事靡盬,不遑启处⑤。
翩翩者雏⑥,载飞载下⑦,集于苞栩⑧。王事靡盬,不遑将父⑨。
翩翩者雏,载飞载止,集于苞杞。王事靡盬,不遑将母⑩。
驾彼四骆⑪,载骤骎骎⑫。岂不怀归?是用作歌,将母来谂⑬。

●注释

①四牡骓骓:牡:雄性动物。骓骓(fēi fēi):行走不停。②周道倭迟:周道:周朝的道路。倭(wēi)迟:逶迤,形容弯曲延绵不断的样子。③王事靡盬(mí gǔ):王事:公事,王室的事情。靡盬:靡:无,没有。盬:休息,休止。王室的事情没有休止。④啴啴骆马:啴啴(tān tān):马喘息的样子。骆(luò)马:白马黑鬃。⑤不遑启处:不遑(huáng):没有闲暇。启处:安居之处。⑥翩翩者雏:雏(zhuī):斑鸠鸟。翩翩飞舞的斑鸠鸟。⑦载飞载下:有时飞上飞下。⑧苞栩(xǔ):丛生的柞树。⑨将父:将父亲奉养。⑩将母:将母亲奉养。⑪驾彼四骆:驾驭四匹骆马拉车。⑫载骤骎骎:载骤:载:开始。骤:急剧奔跑。骎骎(qīn qīn):马急速行走的样子。⑬谂(shěn):思念。

●译文

四匹公马驾车行走不息,周朝道路曲折绵延不断。难道我们不想回归故里?周王室的事情没完没了,这使我的心中很是悲伤。

四匹公马驾车行走不息,黑鬃白马累得喘息不停。难道我们不想回归故里?周王室的事情没完没了。没有闲暇回到安居之处。

翩翩飞翔的是那斑鸠鸟,有时飞高处有时低处飞,休息时聚集在柞树丛中。周王室的事情没完没了,没有闲暇将我父亲奉养。

翩翩飞翔的是那斑鸠鸟,有时飞翔也有时间休息,休息时聚集在枸杞丛中。周王室的事情没完没了,没有闲暇将我母亲奉养。

驾驭那四匹骆马拉的车,赶着马儿急速奔走不息。难道我们不想回归故里?所以作此歌儿放声高唱,将我的父母亲人来思念。

● 评析

此诗所描写的应该是东周小官吏的哀怨之情。东周时已经是周王室的政治衰微的时代,诗文用周朝的道路曲折又绵延不断象征周王朝所经历的曲折道路。西周被周幽王亡失之后,东迁到洛邑,大批官员随之而东迁,这些官员因为忙于官府之事而没有闲暇回归故里探望自己的亲人,更没有时间奉养自己的父母。他们没完没了地忙着公事,但心中时刻想念着他们的故乡,想念自己的亲人,但又苦于没有时间,就只好写首诗歌,以表示自己对家乡、对父母亲人的思念之情。

皇皇者华

皇皇者华①,于彼原隰②。駪駪征夫③,每怀靡及④。
我马维驹⑤,六辔如濡⑥。载驰载驱⑦,周爰咨诹⑧。
我马维骐⑨,六辔如丝。载驰载驱,周爰咨谋⑩。
我马维骆⑪,六辔沃若⑫。载驰载驱,周爰咨度⑬。
我马维骃⑭,六辔既均⑮。载驰载驱,周爰咨询。

● 注释

①皇皇者华:皇皇:光明,鲜明。华:繁盛,美丽而有光彩。②原隰(xí):原野,或者低下而潮湿的土地。③駪駪征夫:駪駪(shēn shēn):众多。征夫:远行的人。④每怀靡及:每怀:每次怀想。靡(mí):无,没有;奢侈。⑤维驹:维:由于,因为;只有。驹:少壮的马,马驹,千里驹。⑥六辔如濡:辔(pèi):马缰绳。六根马缰如水浸。⑦载驰载驱:乘坐满载的车子急速飞驰。⑧周爰咨诹:周:周朝。爰:于是,哪里。咨:询问,咨询。诹(zōu):询问,商议。⑨骐(qí):青黑色的马。⑩谋:谋略,谋划,商量。⑪骆:白毛黑鬃的马。⑫沃:滋润;光泽。⑬度:标准,制度,法度。⑭骃(yīn):灰色杂毛的马。⑮既均:既:已经,既然,依然。均:均衡。

● 译文

美丽而鲜亮的花卉啊,生长在原野潮湿之地。众多出征远行的人啊,常常来不及怀念这些。

我的马就是那千里驹,六根马缰如被水浸湿。乘坐满载的车子疾驰,于是到周朝咨询商议。

我的马是青黑色的马,六根马缰就如那丝线。乘坐满载的车子疾驰,于是到周朝咨询谋略。

我的马是白毛黑鬃马,六根马缰很光滑滋润。乘坐满载的车子疾驰,于是到周朝咨询法度。

我的马是灰色杂毛马,六根马缰依然很均匀。乘坐满载的车子疾驰,于是到周朝咨询访问。

●评析

这应该是一首诸侯国的官吏奉君主之命一次一次前往周朝咨询治国之道的诗篇,诗文用马缰和驾车之马的变化,用咨诹、咨谋、咨度、咨询等词语的变化说明咨询的内容和咨询之后的变化。诗文一开始就用出征远行的人来不及也就是没有时间怀念自己故乡盛开的美丽的花朵和亲人,说明他们肩负着重任要到周朝去咨询商议大事。这里用千里驹来表示事情的紧急和必须急速前进,用六根马缰就如被水浸湿也就是像被水侵泡一样来形容远征之人紧张的心情,一方面由于马飞驰、马劳累而浸湿了马缰,另一方面也是由于赶马之人心情紧张而手心出汗浸湿了马缰,因为他们要去周朝商议事情。第三小节用青黑色马象征所商议的事情已经有所进展,因为经过多次来回疾驰商议已经有眉目了,马缰也被磨细了,马缰如丝象征来回商议的次数之多;用咨谋,象征向周朝讨教谋略。第四小节用白毛黑鬃马象征所商议之事已经黑白分明了;用六根马缰很光滑润泽象征事情得到了圆满的解决;用咨询法度说明事情得到圆满解决后就会依照周朝的法度来治理国家。最后一小节用杂色马象征事情得到圆满解决,但容许自己国家治理自己国家的特权和意见;用六根马缰已经均衡平和象征问题平和和谐的结局,这次是到周朝进行友好回访,来结束诗文。从这首诗可以看出这是诗作者对西周时代美好政治的怀念之情,西周就是当时各诸侯国的楷模,就是各诸侯国效仿的榜样,所以说这首诗就是君子对西周之时美好政治的怀念之诗。

常 棣

常棣之华①,鄂不韡韡②。凡今之人,莫如兄弟。
死丧之威③,兄弟孔怀④。原隰裒矣⑤,兄弟求矣。
脊令在原⑥,兄弟急难。每有良朋,况也永叹⑦。
兄弟阋于墙⑧,外御其务⑨。每有良朋,烝也无戎⑩。
丧乱既平,既安且宁。虽有兄弟,不如友生⑪。
傧尔笾豆⑫,饮酒之饫⑬。兄弟既具,和乐且孺⑭。
妻子好和,如鼓琴瑟。兄弟既翕⑮,和乐且湛⑯。
宜尔室家,乐尔妻孥⑰。是究是图⑱,亶其然乎⑲!

●注释

①常棣之华:常棣,即是棠棣,郁李树。之华:棠梨树所开的花,美丽。②鄂不韡韡(wěi wěi):鄂不:通萼,花萼。韡韡:光明,美盛。③威:畏惧,害怕。④孔怀:孔,很,大。怀:怀念。⑤原隰裒矣:原隰:平原低湿地。裒(póu):聚集,众多,减少。⑥脊令在原:脊令:鹡鸰鸟,头黑额白,背黑腹白,尾巴长,是一种水鸟。脊令在原,是说水鸟却在旱原上。⑦永叹:长叹。⑧阋(xì)墙:阋:争吵,争斗。争斗于墙内。⑨外御其务:对外执行防御敌人的职责。⑩烝也无戎:烝:祭祀的总称。戎:兵刃相见,战争,武器。祭祀时也没有兵戎

相见。⑪友生：友：朋友。生：相当于"么"。⑫侯尔笾豆：侯：陈列，陈设。笾豆：祭祀时荐献礼品的器具。⑬饫(yù)：私宴；饱食，宴食。⑭孺(rú)：孺子，幼小；亲近，亲睦。⑮翕(xī)：合，聚合。通"吸"，引申同呼吸同命运。⑯湛(zhàn)：深沉，深厚。⑰帑(nú)：儿女。⑱是究是图：究竟还要图谋什么呀？⑲亶(dǎn)其然乎：亶：诚然，确实。其：就是。然乎：所以然，就是这样的。

●译文

郁李树花开真美丽，萼冠也不是很华丽。凡如今的人在一起，没有比兄弟更亲近。
人丧亡之事真可怕，兄弟们都念念不忘。原野湿地众人减少，只有兄弟才会寻找。
鹡鸰鸟聚在平原上，兄弟们相互救急难。虽有良朋好友相助，况且只是一声长叹。
兄弟们在自家争吵，防御外敌齐心协力。虽有良朋好友相助，祭祀也无兵戎相见。
丧亡战乱既已平定，生活和乐又很宁静。虽然还有亲兄亲弟，不如良朋好友情深。
陈列祭祀用的笾豆，宴食饮酒得到满足。兄弟既然相聚一起，和乐亲近且如手足。
我与妻子相亲相爱，如弹琴瑟音声相随。兄弟同呼吸共命运，和乐而且情谊深厚。
处理好自己的家事，妻子儿女安全快乐。究竟还要图谋什么？确实就是这样的啊！

●评析

这应该是一首劝兄弟家庭和睦的诗篇。也有学者认为此诗为周公所作，周公悔管叔蔡叔之乱而作此诗，正如方玉润《诗经原始》曰："此诗《左传》富辰谓召穆公作，《国语》富辰又以为周公诗。"而又有学者认为周公作《常棣》，以哀怜管、蔡之乱而伤了亲兄弟。其后，周室既衰，周厉王无道，又丧失亲情之道，所以召穆公思周室之乱而复重歌周公之歌乐，以图教化周王。

总之这首诗是在教化人民在和平时期就要兄弟亲亲，兄弟的妻子之间也要相亲相敬如宾。朋友和睦，家庭和乐，教化人民以安乐和谐、生活美满为前提。也就是说，无论战争还是和平时期，其目的就是为人民谋求安乐和谐的生活。满足人民希望得到幸福生活的愿望就是达到了治理国家的目的，而要满足人民这个看似很简单的愿望，却不是一件容易的事情，是需要很多人以及人民努力为自己的利益而忘我的奋斗才能实现。

伐 木

伐木丁丁①，鸟鸣嘤嘤②。出自幽谷，迁于乔木。嘤其鸣矣，求其友声。相彼鸟矣③，犹求友声。矧伊人矣④，不求友生。神之听之⑤，终和且平。

伐木许许⑥，酾酒有藇⑦。既有肥羜⑧，以速诸父⑨。宁适不来⑩，微我弗顾⑪。於粲洒扫⑫，陈馈八簋⑬。既有肥牡⑭，以速诸舅⑮。宁适不来，微我有咎⑯。

伐木于阪⑰，酾酒有衍⑱。笾豆有践⑲，兄弟无远。民之失德，乾餱以愆⑳。有酒湑我㉑，无酒酤我㉒。坎坎鼓我㉓，蹲蹲舞我㉔。迨我暇矣㉕，饮此湑矣。

诗经新解

●注释

①丁丁：伐木时发出的声音。②嘤嘤(yīng yīng)：鸟的鸣叫声。③相：查看。④矧伊人：矧(shěn)：况且，何况。伊人：这个人，那个人。⑤神之听之：神：心神，思考、智慧。听之：治理、处理；听取。⑥许许：锯木头发出的声音。⑦酾酒有藇：酾(shī)：过滤酒。藇(xù)：酒味甘美。⑧羜(zhù)：五个月大的小羊。⑨诸父：众多父辈，叔父、伯父等，也是指天子分封的同姓诸侯。⑩宁适：宁：难道？适：恰好。⑪微我弗顾：微：由于，因为，在。弗顾：弗：不。顾：顾不上。⑫於粲：於：于是。粲(càn)：干净，明亮。⑬陈馈八簋：陈：陈设，陈列。馈：(kuì)馈赠。簋(guǐ)：盛装食物的器具，圆口，两耳。八簋：八个盛装物品的簋器，象征礼仪隆重。⑭肥牡：肥壮的公羊。⑮诸舅：各位舅父，众多异姓长辈，也是指天子分封的异姓诸侯。⑯咎：过错。⑰阪(bǎn)：山坡。⑱衍(yǎn)：盛多，美好。⑲笾豆有践：笾豆：祭祀时向先祖荐献盛装物品的器具。践：践行，履行。⑳乾糇以愆：乾：干。糇：干粮，泛指粮食。愆(qiān)：差错，失误。㉑湑(xǔ)：滤过的酒。㉒酤(gū)：买酒。㉓坎坎：鼓声。㉔蹲蹲(cún cún)：舞蹈的样子。㉕迨我暇矣：迨(dài)：等到，及。暇(xiá)：空闲。

●译文

砍伐树木丁丁地响，鸟儿嘤嘤鸣叫不停。鸟儿从那深谷飞出，飞到高高的乔木上。那嘤嘤的鸣叫声啊！是寻求朋友的声音。察看那鸣叫的鸟啊！还有求朋友的声音。更何况是我们人啊！怎能不求朋友安生。思考听取治理意见，终于得到和平安宁。

砍伐树木许许地响，滤过的酒真是甘美。既有肥美的五月羊，速请众位叔伯品尝。难道恰好有事不来？因此就不能顾及我。于是洒扫清洁庭院，陈设馈礼八簋成双。既有肥壮的公牲肉，速请众位舅父品尝。难道恰好有事不来？还是因为我的过错？

砍伐树木在山坡上，滤过的酒有多甘美。笾豆按照惯例排列，但愿兄弟不会疏远。民众所以遗失道德，天气干旱粮食欠收。我将仅有的酒滤清，没有酒我就去买酒。坎坎鼓声鼓舞着我，优美的舞蹈舞起来。等到我们有空闲时，饮这清亮的美酒啊！

●评析

这应该是一首描写天子或者诸侯在举行燕礼以宴请自家的亲朋好友的诗歌。第一小节所描写的是人与鸟之常情，鸟有寻求朋友的天性，何况是人呢？人更应该珍惜友情，寻求友情的目的就是为了将国家治理好，使国家安定太平。第二小节描写宴请上一辈，也就是宴请各位父辈们的情景，包括伯父、叔父、舅父等等，一一请到。唯恐他们有事不能来，所以就将庭院洒扫干净，将要馈赠的礼物和所要食用的物品准备得极为丰富，以诚心款待，不要因为礼仪不周到而使自己宴请的宾客不来。第三小节描写的是宴请同辈朋友的情节。但愿自己宴请的朋友兄弟不会疏远自己，这一段时间之所以没有宴请宾朋，疏远了兄弟，是因为天气干旱，粮食欠收，所以急慢了兄弟，希望兄弟们尽情欢饮，饮酒之后，欢乐地歌舞，以和睦兄弟之情。

《毛诗序》言："《伐木》，燕朋友故旧也。自天子至于庶人，未有不须友以成者。亲亲以睦，友贤不弃，不遗故旧，则民德归厚矣。"

天 保

天保定尔①,亦孔之固②。俾尔单厚③,何福不除④？俾而多益⑤,以莫不庶⑥？

天保定尔,俾而戬穀⑦。罄无不宜⑧,受天百禄⑨。降尔遐福⑩,维日不足。

天保定尔,以莫不兴⑪。如山如阜⑫,如冈如陵⑬。如川之方至⑭,以莫不增？

吉蠲为饎⑮,是用孝享。禴祠烝尝⑯,于公先王⑰。君曰卜尔⑱,万寿无疆。

神之吊矣⑲,诒尔多福⑳。民之质矣㉑,日用饮食。群黎百姓,遍为尔德。

如月之恒㉒,如日之升。如南山之寿,不骞不崩㉓。如松柏之茂,无不尔或承㉔。

●注释

①天保定尔:天:这里应该是指天命而言。保:保护。定:安定,平安。尔:你,你们。②亦孔之固:亦:也。孔:很,大。固:稳固,固定。③俾尔单厚:俾:使,从。单:单独,竭尽。厚:重大,多,丰厚,厚待。④除:修治,修整;去除;任命。⑤益:增多,富裕,更加,利益好处。⑥以莫不庶:以:用,使用。因为,所以。莫不:没有不。庶:富庶;众多。⑦戬穀(jiǎn gǔ):戬:剪除,消灭;福气,吉祥。穀:善,俸禄。⑧罄(qìng):尽。⑨百禄:很多福气。⑩遐福:遐:长久。长久的福气。⑪不兴:不兴盛。⑫阜:盛大。⑬如冈如陵:就如山岗就如丘陵。⑭川之方至:川:河流,水道。方至:刚刚流到。⑮吉蠲为饎:吉蠲(juān):吉:吉祥,吉日。蠲:清洁。饎(chì):酒食。⑯禴祠烝尝:禴(yuè):夏祭。祠(cí):春祭。烝(zhēng):冬祭。尝:秋祭。禴祠烝尝,就是春夏秋冬祭祀的名称。⑰于公先王:于:于是。公先王:祭祀先祖烈公。⑱君曰卜尔:君曰:君王说。卜:赐予。尔:你们。⑲神之吊矣:神:先祖的灵魂。吊:祭祀死者,悲伤。⑳诒尔多福:诒(yí):遗留,赠送。㉑质:本质,质朴。㉒恒(gèng):上弦月的样子。㉓不骞不崩:骞(qiān):亏损。崩:毁坏。㉔无不尔或承:无:没有。尔:那,那棵。或:有的。承:通"成",成才,成长。

●译文

天命安定保护了你们,也得到了很大的稳定。使你能竭力厚待民众,哪有福气得不到修治。你使人民的利益增多,因此就没有不富庶的。

天命安定保护了你们,使你们有了福气俸禄。竭尽全力不要不适宜,受天命得到很多福气。降给你们长久的福气,维持的时日还嫌不多。

天命安定保护了你们,因此没有什么不兴盛。福气就如山高如山多,就如高冈丘陵之盛满。就如河流才开始流淌,因此没有什么不增多。

选择吉日清洁那酒食,是为了祭祀先祖烈公。举行春夏秋冬祭祀礼,祭祀我们的先君先王。先王说赐予你们福气,祝你的江山万寿无疆。

把先祖的神灵来祭祀,赐给你各种各样福气。人民的本质原本质朴,只要日用饮食能满足。使天下的黎明百姓们,都要感受到你的仁德。

仁德就如那弦月上升,就如红日从东方升起。就如那南山的不老松,不会亏损也不会毁坏。就如那松柏一样繁茂,没有哪棵没有长成材。

●评析

这是一首歌颂君王的诗篇,也可能是一首君王祭祀先祖先王的诗篇。诗中指出,是天命安定保护了人民,也就是说是治国者执行天命而使人民得到安定保护,使人民有安乐和谐的生活,有稳定的生活资源和日用物品,没有战争,没有尔诈我虞,这都是君王执行天命治理国家天下的结果。因为君王将天命作为治理国家天下的最高宗旨,所以就不会使人民得不到福气,得不到利益,所以君王在祭祀时就期望先祖赐给他们长久的福气,使人民得到的福气就如山一样高一样多,这样人民的福气就没有不增多的。诗文最后一段指出,要使人民得到的福气利益就如月亮渐渐升起,就如红日东升,年年月月时时刻刻福气不断;使人民得到的福气就如南山的不老松,不溃烂不毁坏;就如那茂盛的松柏,棵棵没有不成材的。也就是说只要治国者以天命作为治国的最高宗旨,就没有治理不好的国家,就没有不能使人民得到安乐幸福的道理,正因为治国者能以天命作为治理国家的最高宗旨,所以才会使人民得到安乐幸福的生活,所以人民才会怀念他们的功德。

《毛诗序》言:"《天保》,下报上也。君能下下以成其政,臣能归美以报其上焉。"

采 薇

采薇采薇①,薇亦作止②。曰归曰归③,岁亦莫止④。靡室靡家⑤,玁狁之故⑥。不遑启居,玁狁之故。

采薇采薇,薇亦柔止⑦。曰归曰归,心亦忧止⑧。忧心烈烈⑨,载饥载渴⑩。我戍未定⑪,靡使归聘⑫。

采薇采薇,薇亦刚止⑬。曰归曰归,岁亦阳止⑭。王事靡盬⑮,不遑启处⑯。忧心孔疚⑰,我行不来⑱。

彼尔维何⑲?维常之华⑳。彼路斯何㉑?君子之车。戎车既驾㉒,四牡业业㉓。岂敢定居?一月三捷㉔。

驾彼四牡,四牡骙骙㉕。君子所依,小人所腓㉖。四牡翼翼㉗,象弭鱼服㉘。岂不日戒,玁狁孔棘㉙。

昔我往矣,杨柳依依㉚。今我来思㉛,雨雪霏霏。行道迟迟,载渴载饥。我心伤悲,莫知我哀。

●注释

①薇:野豌豆,嫩叶可食。②作止:作:开始。止:仅仅。③曰归:说是回去。④岁亦莫止:岁:一年。莫:岁暮。莫止:一年将尽。⑤靡室:靡(mí):没有;没有家室。⑥玁狁(xiǎn yǔn):春秋战国时代的戎狄之族。⑦柔:嫩。⑧忧:忧愁。⑨烈烈:烈火,这里形容

忧心如焚。⑩载：又是。⑪戍：军旅驻守，驻防。⑫聘：问候。⑬刚：坚硬。⑭阳：阴历十月。⑮靡盬(mí gǔ)：没有尽头，没完没了。⑯不遑启处：不遑(huáng)：没有空闲，闲暇。启处：起居之处。⑰孔疚：孔：很是。疚：内疚，痛苦。⑱我行不来：我行：我们行走在外。不来：不回来。⑲彼尔维何：那个是什么花？⑳维常之华：是那棠棣树的花。㉑彼路斯何：那辆大车是谁人坐？㉒戎车：战车。㉓四牡业业：四牡：四匹公马。业业：高大的样子。㉔捷：捷报，报捷，胜利。㉕骙骙(kuí kuí)：马强壮的样子。㉖小人所腓：小人：这里是指士兵。腓：隐蔽，庇护。㉗翼翼：队列整齐。㉘象弭鱼服：弭(mǐ)：弓两端的弯曲受弦处。鱼服：鱼皮作的箭袋。㉙棘：紧急，棘手。㉚依依：杨柳柔软的枝条随风摆动的样子。㉛今我来思：想起我现时的处境。

●译文

采薇菜呀采那薇菜，薇菜刚刚开始长芽。说是要回去呀回去，一年快过去也未回。有家就好像没有家，都是戎狄交战之故。没有闲暇顾及家人，都是戎狄交战之故。

采薇菜呀采那薇菜，薇菜已经又鲜又嫩。说是要回去呀回去，心中也非常地忧愁。心急如焚又加忧愁，就如饥渴实难忍耐。我的军旅驻防未定，不能使人回去问候。

采薇菜呀采那薇菜，薇菜已变干不好吃。说是要回去呀回去，已经快到了十月底。王室之事没完没了，没有时间安排住处。忧心如焚实在痛苦，我行走在外不回来。

那个是什么花儿呀？那是棠棣树开的花。那辆大车是谁坐呀？那就是将军的车子。战车已经准备就绪，四匹雄马非常健壮。哪里有安闲休息时，一个月就报捷三回。

驾好那四匹马战车，四匹雄马都很雄壮。将军依靠战车指挥，士兵依靠战车庇护。四马驾车队列整齐，披挂好像弭鱼皮带。怎能不每日都警戒，戎狄之战很是棘手。

想起已往在家之时，杨柳吐绿随风摆动。想起我现时的处境，雨雪霏霏寒风刺骨。行军道路难慢慢走，饥饿口渴实难忍耐。我的心中实在悲伤，没人知道我的悲伤。

●评析

这是一首记载周人与戎狄之战的诗篇，这首诗最早也应该是周穆王之时的诗篇。据《史记·周本纪》记载：西周之时与戎狄作战始于周穆王，周穆王是周康王之孙，周昭王之子，周穆王继位时年已五十，这时王道衰微，他继位后虽然使西周天下再度安宁，但是却无故前去征伐戎狄之族，而又不听贤臣劝谏，他的宣战以失败告终，最后只得了四头白狼和四头白鹿回来。此后就破坏了戎狄之族与周族的关系，属于荒服的诸侯国就不再来朝周王了。后来到周宣王时，周宣王又在千亩籍田上与戎狄之族作战，也是以失败告终，而周宣王也因此而亡，此后就使戎狄之族与中原的战争不断，到周幽王继位之时，周幽王无道，又无力平息战乱，戎狄之族经常侵犯西周之地，周幽王最终也被戎狄之族杀死，使西周灭亡。西周灭亡，周幽王之子周平王继位，将周朝的都城搬迁至洛邑，自此就开始了东周的历史。

这首诗以一个士兵的口吻，以薇菜的变化顺序来说明这些参与戎狄之战的人在战场上停留的时间。他们与戎狄之战开始很艰难，其中也有胜利，但是多数时间都是败仗，所以就特别指出，与戎狄之战很棘手，不容易取胜，所以他们就不能及时回到家乡，所以士兵们就非常怀念自己的家乡。当家乡杨柳吐穗随风飘荡时,戎狄之族的居住地还是雨雪霏霏之时,他们忍饥挨饿还要时刻警惕敌人来袭,而士兵心中厌战的痛苦情绪没有人能够体会得到,这就更加重了士兵的痛苦。关于西周与戎狄之战,在《国语》、《周易》、《东周列国志》均有记载。周宣王伐戎狄,《周易·大壮卦》中有专门记载,在《史记·周本纪》中也有记载。

出 车

我出我车,于彼牧矣①。自天子所②,谓我来兮③。召彼仆夫④,谓之载矣⑤。王事多难,维其棘矣⑥。

我出我车,于彼郊矣⑦。设此旐矣⑧,建彼旄矣⑨。彼旟旐斯⑩,胡不旆旆⑪?忧心悄悄⑫,仆夫况瘁⑬。

王命南仲⑭,往城于方⑮。出车彭彭⑯,旂旐央央⑰。天子命我,城彼朔方⑱。赫赫南仲,玁狁于襄⑲。

昔我往矣,黍稷方华。今我来思,雨雪载涂⑳。王事多难,不遑启居。岂不怀归,畏此简书㉑。

喓喓草虫㉒,趯趯阜螽㉓。未见君子,忧心忡忡㉔。既见君子,我心则降㉕。赫赫南仲,薄伐西戎㉖。

春日迟迟,卉木萋萋㉗。仓庚喈喈㉘,采蘩祁祁㉙。执讯获丑㉚,薄言还归。赫赫南仲,玁狁于夷㉛。

●注释

①于彼牧矣:在那草场放牧。②自天子所:自从到天子之处。③谓我来兮:天子命我来这里。④召彼仆夫:召那仆役为车夫。⑤谓之载矣:命令驾车出征。⑥维其棘矣:只有那些棘手的事情。⑦于彼郊矣:来到那郊外。⑧设此旐矣:设此:设置这些。旐(zhào):古代画有龟蛇的旗子。⑨建彼旄矣:建彼:竖起那个。旄(máo):装束着牦牛尾的旗子。⑩旟(yú):画有鸟隼(sǔn)的旗子。⑪胡不旆旆:胡不:怎么不。旆旆(pèi pèi):旗子飞扬的样子。⑫悄悄:暗暗。⑬况瘁:况:何况。瘁:憔悴,劳心。⑭南仲:一般都认为是周宣王时的大将,随周宣王前往征伐戎狄,但是未见有资料记载。⑮往城于方:到城邑的四方。⑯彭彭:众多的样子。⑰旂旐央央:旂(qí):一种有铃的旗子。央央:鲜明、鲜亮。⑱城彼朔方:朔(shuò):北方。城邑的北方。⑲玁狁于襄:玁狁(xiǎn yǔn):古代我国北方的民族。于:在,到。襄:除去、铲除,消灭。⑳载涂:载:承受。涂:道路,泥。㉑简书:简:威严盛大的样子。书:指周王的命令。㉒喓喓(yāo yāo):虫子的叫声。㉓趯趯阜螽:趯趯(yuè yuè):跳跃。阜螽(zhōng):蝗虫,蚂蚱之类的虫子。㉔忡忡:忧愁的样子。㉕降:下,放下心。㉖薄伐西戎:薄:少,稍微征伐西戎之族。㉗卉木萋萋:卉木:花草树木的总称。萋萋(qī qī):草木茂盛。㉘仓庚喈喈:仓庚:黄莺鸟。喈喈(jiē jiē):黄莺鸟的叫声。㉙采蘩祁祁:蘩:白蒿菜。祁祁:众多。㉚执讯获丑:执讯:捉住俘虏审问。获丑:割掉俘

虏左耳朵。㉛夷：平。

●译文

我驾驭着我的车，在那放牧的地方。自来到天子之处，是天子命我来的。召那仆役为车夫，命令我驾车出征。周王的事实在难，多是些棘手之事。

我驾驭着我的车，在那郊外的地方。设置这些龟蛇旗，竖起那些牛尾旗。这些鸟隼龟蛇旗，怎么不随风飘扬？我心中暗暗忧愁，何况是车夫劳心。

周王命令那南仲，到城邑四周进攻。出征的车马很多，铃声随旗子飘荡。天子命我的车马，到那城邑的北边。赫赫有名的南仲，将玁狁之徒铲除。

已往我在家乡时，那些黍谷正茂盛。如今想我在这里，遭受着雨雪泥泞。王室的事情很难，没空闲安排住处。难道我们不想家，畏惧君王的命令。

草虫喓喓叫不停，还有跳跃的蚱蜢。没看见那个君子，我心中忧愁不止。当看见那个君子，悬着的心放下了。赫赫有名的南仲，轻易地征伐西戎。

春天缓慢地来临，各种草木很茂盛。黄莺鸟嗜嗜地叫，采白蒿的人真多。捉住俘虏割耳朵，轻轻地说要回去。赫赫有名的南仲，等到玁狁铲平时。

●评析

这首诗是以一个车夫的口吻来叙述周宣王继周穆王之后前往西北之地征伐玁狁之族的战争事件。这个车夫原本在草场为君主放牧他的牲畜，而被周王征召为车夫，前往西北之地征伐玁狁之族，车夫认为君王的事情实在很难做。第二小节开始进入战场之地，这个车夫驾车随天子出征来到玁狁之族的郊外驻扎，将用于战场的各种旗子布置好，虽然作好了征伐的准备，但还是比较隐蔽，那各种旗子还不能随风飘动，所以车夫心中暗暗担心，唯恐发生意外。第三小节指出，征伐开始，天子命令南仲在城邑的四周发动进攻，当时出征的车马士兵很多，威风凛凛，而车夫被天子派到城邑北边，大将是赫赫有名的南仲，一心要将玁狁铲除。第四小节记载的是车夫自己的心迹，车夫想起若是在自己的家乡西周之地时，此时应该是黍谷正茂盛的时候，但是现在在玁狁之地已经是雨雪飘飞之季，而且要在泥泞的雨地里与敌人作战，这时就特别想念自己的家乡，但是又不能违背王命。第五小节仍然是车夫的心迹，所记载的是战争已经进行到第二年的蝗虫蚂蚱各种草虫大量生长之时，也应该是西周之地夏初之时了，但是战争还未结束，也没有取胜的迹象，所以车夫仍然很担心，担心那个他没有见过面而赫赫有名的南仲能否胜过玁狁，当他见到南仲时他悬着的心才放下了，他相信南仲能征服西戎。北方的春天缓缓地来到了，战争仍然在继续，这时西戎之族的人出来采集野菜，采集野菜的人很多，而他们为了取胜，就只好将这些采摘野菜的人当作俘虏捉住，割掉他们的耳朵，还轻轻地说这是为了早日回到故乡，也就是说在他们心中捉到的俘虏越多他们回到故乡的希望就越大，他们相信赫赫有名的南仲一定会征服玁狁之族。诗文以美好的必胜的信念结束，并未说明征伐的结果，也就是没有得到应有的结果，他们以必胜的信念开始而以没有结果结束，这就是周王征伐戎狄的结果，但是他们坚信一定能够取得征伐玁狁之族的胜利。

杕 杜

有杕之杜①,有睍其实②。王事靡盬③,继嗣我日④。日月阳止⑤,女心伤止⑥,征夫遑止⑦。

有杕之杜,其叶萋萋⑧,王事靡盬,我心伤悲。卉木萋止,女心悲止,征夫归止。

陟彼北山⑨,言采其杞⑩。王事靡盬,忧我父母。檀车幝幝⑪,四牡痯痯⑫。征夫不远。

匪载匪来,忧心孔疚⑬。期逝不止⑭,而多为恤⑮,卜筮偕至⑯,会言近止,征夫迩止⑰。

●注释

①杕之杜:杕(dì):孤立。杜:棠梨树。②睍(huǎn):明亮,美好。③靡盬(mí gǔ):没有尽头。④继嗣我日:继续延长。我日:我的时间。⑤阳止:阴历十月。⑥女:妇女,你。⑦征夫遑止:征夫:出征的人。遑:闲暇。止:停止,居住,仅仅。⑧萋萋(qī qī):茂盛。⑨陟(zhì):登上。⑩杞:枸杞。⑪檀车幝幝:檀(tán)车:檀木车。幝幝(chǎn chǎn):破旧的样子。⑫四牡痯痯:四牡:四匹公马。痯痯(guǎn guǎn):疲惫的样子。⑬孔疚:很是内疚。⑭期逝不止:期逝:期:时间,时期,期限。逝:时间过去。止:停止超过。⑮恤:担忧,忧愁。⑯偕至:偕:共同。至:到,到达,最。⑰迩:近。

●译文

有一棵孤独的棠梨树,结出甜美的棠梨果。王室的事情没完没了,继续延长我的时间。转眼时间已到十月份,妇人心中实在悲伤,出征的人要得闲休息。

有一棵孤独的棠梨树,它的叶子非常茂盛。王室的事情没完没了,我的心中很是伤悲。百花草木长得很茂盛,妇人心中实在悲伤,出征的人该回来休息。

登上那高高的北山坡,说是前去采摘枸杞。王室的事情没完没了,心中担忧我的父母。檀木车子已经很破旧,四匹公马已经疲惫,出征的人回家不会远。

不见车子不见人归来,我的心中非常忧愁。期限已超过人不见回,使我增加更多忧愁。卜筮都说归期已经到,还说归期就在近日,出征人归期近在眼前。

●评析

这首诗应该是描写出征之人的妻子在家中期盼出征的丈夫归来的迫切心情。这也应该是记载了周王征伐戎狄之战的诗篇。这个妻子就如那棵生长在庭院中的棠梨树一样孤独,棠梨树虽然结了很多果实,但是妻子无心采摘品尝,一心等待丈夫出征归来,从棠梨树开花结果一晃就到了十月,因为战事没有结束,丈夫还是没有回来。第二小节描写到了第二年春天,棠梨树又茂盛地生长,开花结果又是一年,丈夫还是没有回来,妻子心中就非常悲伤,为丈夫的安危担忧。第三小节描写妻子担心丈夫的安危,以采摘枸杞

为由登上那北山,向丈夫出征的北边遥望,希望能探听到战事的情况,而且还是瞒着父母,不想让父母担心。妻子心中想着,或许在高山上看见那些曾经很结实的檀木战车已经很破旧,战马也已经很疲惫了,出征的人也该回来了,或有些已经回来了,可是自己的丈夫还没有回来,也许就快要回来了。最后一小节描写妻子等待了很久,既不见自己丈夫的车子回来,也没有见到自己的丈夫回来,心中非常忧愁,就占卜预测丈夫的安危和归期,卜筮说是丈夫很平安,就在最近能平安归来,妻子只好耐心地等待。可是这位妻子的丈夫到底是否归来,诗文并未交待,留下一个悬念让我们大家思考。战争总是会有死亡发生,况且这场战争是一场没有结果的战争,因为据《史记·周本纪》记载,无论是周穆王还是周宣王所进行的这场战争,最终都是以失败告终,所以说为了人民的平安,为了国家兴盛,还是不要随便发动战争为好。

南 陔

这首诗歌是《鹿鸣之什》十篇诗歌中的第十篇诗歌,但是,这首诗歌是笙歌,有声而无辞。

●注释

陔(gāi)。

白华之什

白华之什,是以《白华》这首诗歌为开头的十首诗歌,但是这里只有《鱼丽》、《南有嘉鱼》、《南山有台》、《蓼萧》、《湛露》五篇诗歌,也就是说其他五篇诗歌《白华》、《华黍》、《由庚》、《崇丘》、《由仪》由于某种原因而有名无辞,所以也只是解释了现有的五首诗歌。至于目录中存在这五篇诗歌,也只是按照常规编写目录而已。

《礼记·乡饮酒义》曰:"工人,升歌三终,主人献之;笙入三终,主人献之;间歌三终,合乐三终。"这是说乐正进来,登堂唱三首歌,主人献酒给他;吹笙的乐工进来,在堂下吹奏三首曲子,主人献酒给他;歌唱与演奏交替进行时,堂上唱《鱼丽》,堂下吹《由庚》,为一终;堂上唱《南有嘉鱼》,堂下吹《崇丘》,为二终;堂上唱《南山有台》,堂下吹《由仪》,为三终。这些诗歌都是进行乡饮酒礼时所要演奏歌唱的歌曲。

《鱼丽》是一首颂扬渔业丰收的诗篇,也是一首举行乡饮酒礼时吹唱的乐歌。《南有嘉鱼》是一首君主宴请嘉宾的燕礼酒歌,也是进行乡饮酒礼时所演奏的歌乐。《南山有台》是一首歌颂君王得到了贤能人才的诗篇,也是一首进行乡饮酒礼时在堂上歌唱的歌曲。《蓼萧》是一首颂扬君主美德的诗篇。《湛露》一般认为这是一首描写天子宴请诸侯的诗篇,所以也可以看作是天子宴请贤者的诗篇。

白 华

据记载这首歌也属于笙歌,也就是只有曲而没有歌词。

华 黍

这首也属于笙歌,有曲而无辞。

鱼 丽

鱼丽于罶①,鲿鲨②。君子有酒,旨且多③。
鱼丽于罶,鲂鳢④。君子有酒,多且旨。
鱼丽于罶,鰋鲤⑤。君子有酒,旨且有。
物其多矣,维其嘉矣。物其旨矣,维其偕矣⑥。物其有矣,维其时矣⑦。

●注释

①鱼丽于罶:鱼丽:丽:通"罹",罹难。鱼遭遇灾难。丽,在《周易》里就是成双成对的意思。罶(liǔ):竹篓,捕鱼的竹篓。②鲿鲨(cháng shā):鲿:较大的黄颊鱼,为鲿鱼。鲨:较小的吹鲨鱼。③旨:美味。④鲂鳢(fáng lǐ):鲂鱼和鲤鱼。鲂鱼,即是鳊鱼,银灰色腹部隆起,身体宽有细鳞。鳢:也叫黑鱼。⑤鰋鲤:(yǎn lǐ):鰋:也叫鲇鱼。鲤:鲤鱼。⑥偕:齐全,种类多。⑦时:适时,时令。

●译文

鱼儿成双游进鱼篓,有那黄颊鱼和鲨鱼。君子还备有那好酒,味道甘美而且很多。
鱼儿成双游进鱼篓,还有那鲂鱼和鳢鱼。君子还备有那好酒,很多而且味道甘美。
鱼儿成双游进鱼篓,还有那鰋鱼和鲤鱼。君子还备有那好酒,味甘美而且有很多。
佳肴美味真是多呀,只要是味道鲜美呀。佳肴美味香喷喷呀,只要品种很齐全呀。佳肴美味有很多呀,只要美味合时宜呀。

●评析

此诗是一首举行乡饮酒礼时吹唱的乐歌,全篇都在极力赞美君子有美酒,而且其美味之物以各种鱼类为主,进而赞美各种美味佳肴齐全又很时宜。

这首诗笔者原来以为是一首歌颂南方水乡水产物得到极大丰收的诗篇,但是在解释完全部《诗经》的诗文之后才知道,在古代即是在北方,也就是在西周之地,只要是有河流的地方都有大量的各种各样的鱼类生存,不像现在一样一提到自然鱼类就是海洋的特产。那么这首诗它具有什么特殊的意义呢?笔者以为就是一首颂扬渔业丰收的诗篇,因为万物和谐,鱼儿生长旺盛,水中的鱼儿很多,所以才会有成双成对的大鱼小鱼被随便捕获。这里的君子应该是一位诸侯国的君主,他与人民一同庆贺丰收而饮酒,是很合时宜的乡饮酒之乐。

由 庚

这首诗歌也属于吹奏的笙歌,有曲而无辞。

南有嘉鱼

　　南有嘉鱼①,烝然罩罩②。君子有酒,嘉宾式燕以乐③。
　　南有嘉鱼,烝然汕汕④。君子有酒,嘉宾式燕以衎⑤。
　　南有樛木⑥,甘瓠累之⑦。君子有酒,嘉宾式燕绥之⑧。
　　翩翩者鵻⑨,烝然来思⑩。君子有酒,嘉宾式燕又思⑪。

● 注释

　　①南有嘉鱼:南有:南方有。嘉鱼:好鱼,味美之鱼。②烝然罩罩:烝:众,众多。罩罩:捕鱼用的竹器。罩罩:形容捕了很多鱼。③嘉宾式燕以乐:用燕乐之礼宴请嘉宾。④汕汕(shàn shàn):捕鱼的器具。⑤衎(kǎn):和乐。⑥樛(jiū)木:向下弯曲的树木。⑦甘瓠累之:甘瓠(hù):甘:甘甜,甘心。瓠:葫芦。累之:缠绕着。⑧绥之:安抚之。⑨鵻(zhuī):斑鸠鸟。⑩思:思归。⑪式宴又思:式:规格,法式;榜样。宴:燕饮。思:思服。

● 译文

　　南地有各种美味的鱼,用很多鱼罩捕捉它们。君子还备有各种美酒,用宴乐之礼宴请嘉宾。
　　南地有各种美味的鱼,用很多渔具捕捉他们。君子还备有各种美酒,用丰盛宴礼和乐嘉宾。
　　南地有那弯曲的树木,甘心被那葫芦所缠绕。君子还备有各种美酒,用丰盛燕礼安抚嘉宾。
　　翩翩飞舞的是斑鸠鸟,众鸟飞来飞去还思归。君子还备有各种美酒,嘉宾燕饮有式又思服。

● 评析

　　这首诗歌应该是一首君主宴请嘉宾的燕礼酒歌,也是进行乡饮酒礼时所演奏的歌乐。诗文用各种渔具捕捉美味的鱼象征君主宴请嘉宾的目的就是为了招贤纳才,美味的鱼人人爱吃,而各种贤能人才是君主捕猎的对象,这些贤能人才就如美味的鱼一样很是招君主喜爱,所以君主就用丰盛的燕礼宴请他们,将他们尊为尊贵的嘉宾。第三小节则用弯曲的树木比喻君主招募的这些贤能人才将要被国事烦累,这些君子像这些甘心被葫芦缠绕累弯的树木一样不怕烦累,所以君主就用燕礼宴请并安抚他们,使他们安心为国家效力。最后一小节则用那些飞来飞去的斑鸠鸟象征就是一只小鸟也有思归之心,何况是我们人呢?也就是说君主用燕礼宴请他们的目的,就是为了挽留这些贤能之才继续留任而为国家效力。

崇 丘

这首也属于吹奏的笙歌,有曲而无辞。

南山有台

南山有台①,北山有莱②。乐只君子,邦家之基③。乐只君子,万寿无期④。
南山有桑,北山有杨。乐只君子,邦家之光⑤。乐只君子,万寿无疆。
南山有杞,北山有李。乐只君子,民之父母。乐只君子,德音不已⑥。
南山有栲⑦,北山有杻⑧。乐只君子,遐不眉寿⑨。乐只君子,德音是茂⑩。
南山有枸⑪,北山有楰⑫。乐只君子,遐不黄耇⑬。乐只君子,保艾尔后⑭。

●注释

①台:莎草,可以用来制作蓑衣。②莱(lái):即藜,又名臙脂菜。③邦家之基:邦国的基础,柱石。④万寿无期:长寿没有期限。⑤光:光辉,光明。⑥德音不已:德音:美好的品德。不已:不停止。⑦栲(kǎo):栲树,常绿乔木,木材坚硬致密,可作船槽。⑧杻(niǔ):檍木,可作弓。⑨遐不眉寿:遐:为什么,怎么? 眉寿:长寿。⑩茂:昌盛,繁茂。⑪枸(jǔ):枳枸,树高大,其果实小而味甘美。⑫楰(yú):苦楸树。⑬黄耇(gǒu):指老年人的头发由白变黄,表示长寿。⑭保艾尔后:保艾:保护养育。尔后:你的后代。

●译文

南山上有那莎草,北山上有臙脂菜。这个和乐的君子,邦国稳固的基石。这个和乐的君子,祝他长寿无限期。

南山上有那桑树,北山上有那杨树。这个和乐的君子,是那邦国的光辉。这个和乐的君子,万寿无疆无期限。

南山上有枸杞树,北山上有李子树。这个和乐的君子,人民的衣食父母。这个和乐的君子,他的美德不停止。

南山上有那栲树,北山上有檍木树。这个和乐的君子,怎能不祝他长寿。这个和乐的君子,他美德很是昌盛。

南山上有枳枸树,北山上有苦楸树。这个和乐的君子,怎能不长寿千秋。这个和乐的君子,保护你后代千秋。

●评析

一般认为这是一首歌颂君王得到了贤能人才的诗篇。这也应该是对贤者的歌颂祝福,君王只有依靠贤者的辅佐才能治理好国家,君王得到了众多贤能人才的辅佐而使国家富强,人民和睦,天下太平,而使君王美德流传不衰。

这首歌按照《礼记·乡饮酒义》的规定,也是一首在进行乡饮酒礼时在堂上歌唱的歌曲。

这首诗歌可以通过《周易》无妄卦卦象辞得到验证。无妄卦象辞曰:"先王以茂对时育万物。"这就是说,因为君子有美好盛大的品德,所以能长寿如南山。君子以美好的盛德对待万物,使万物和人之生活发生日新月异的变化,使天下太平,万物和谐,那么君子之德就会如雷贯耳一样传遍四方,经久不衰。

由 仪

这首也是属于吹奏的笙歌,有曲而无辞。

蓼 萧

蓼彼萧斯①,零露湑兮②。既见君子,我心写兮③。燕笑语兮④,是以有誉处兮⑤。

蓼彼萧斯,零露瀼瀼⑥。既见君子,为龙为光⑦。其德不爽⑧,寿考不忘⑨。

蓼彼萧斯,零露泥泥⑩。既见君子,孔燕凯弟⑪。宜兄宜弟,令德寿岂⑫。

蓼彼萧斯,零露浓浓。既见君子,鞗革冲冲⑬。和鸾雝雝⑭,万福攸同⑮。

●注释

①蓼彼萧斯:蓼(lù):长大。萧:白蒿。②零露湑兮:零露:零星露水。湑(xǔ):滤过的酒液。就如滤过的酒液一样清。③我心写兮:写:消除。我的心消除了戒备而舒畅。④燕笑语兮:莺歌燕舞欢声笑语。⑤是以有誉处兮:是以:所以,因此。有誉处兮:誉:安乐,欢乐。能够欢乐相处了。⑥瀼瀼(ráng ráng):形容露水很多。⑦为龙为光:受到恩宠而荣光。⑧不爽:没有差错。⑨寿考不忘:寿考:长寿,这里是到老之意。不忘:不忘记。⑩泥泥:很湿润的样子。⑪孔燕凯弟:很是高兴很是和乐平易。⑫令德寿岂:令:美,善。令德:美德。寿岂:难道不能长存。⑬鞗革冲冲:鞗(tiáo)革:马缰绳。冲冲:拉紧不松手。⑭和鸾雝雝:和鸾(luán):车上的铃声。雝雝(yōng yōng):铃铛的响声。⑮攸同:攸:通"悠",长,远。同样长远。

●译文

那长大的白蒿草,零星露水清如酒。既已看见了君子,我的心情就舒畅。莺歌燕舞欢笑啊,因此能欢乐相处啊!

那长大的白蒿草,满是露水亮晶晶。既已看见了君子,受到恩宠而荣光。他的美德无差错,美德到老不忘记。

那长大的白蒿草,满是露水很湿润。既已看见了君子,很高兴很是和乐。就像是亲兄亲弟,美德岂能不常存。

那长大的白蒿草,满是浓浓的露水。既已看见了君子,拉紧马缰不松手。车上铃声叮铃铃,万种福气同长存。

● 评析

　　这首诗应该是一首颂扬君主的诗篇,诗文所描写的是在一个布满晨露的早晨,诗人为了能见到君主,早早以忐忑不安的心情等待君主,当他看到君主以后,忐忑不安的心情才平静下来,因为他看到的是一位和蔼可亲的君子。他因为见到了这位和蔼可亲的君子而与之和乐相处;他因为见到了这位和蔼可亲的君子而感到光荣;因为看到了和蔼可亲的君子,所以就要将君子的美德牢记不忘;因为见到了这位和蔼可亲的君子,所以就要祝福君子的美德能够长存;因为见到了这位和蔼可亲的君子,所以他希望君子能够为万民带来福气,使天下太平安乐。

　　《毛诗序》言:"《蓼萧》,泽及四海也。"

湛　露

湛湛露斯①,匪阳不晞②。厌厌夜饮③,不醉无归。
湛湛露斯,在彼丰草。厌厌夜饮,在宗载考④。
湛湛露斯,在彼杞棘⑤。显允君子⑥,莫不令德⑦。
其桐其椅⑧,其实离离⑨。岂弟君子⑩。莫不令仪⑪。

● 注释

　　①湛湛(zhàn zhàn):形容露水很浓的样子。②匪阳不晞(xī):没有太阳晒不干。晞:干。③厌厌:满足而安然。④在宗载考:宗:尊敬,效法,敬仰。载:记载,年。考:泛指祖先。⑤杞棘:枸杞和酸枣树。⑥显允:显:显赫,光明。允:诚信。⑦令德:美德。⑧其桐其椅(yǐ):是桐树和椅树。椅:类似桐树的一种树木。⑨其实离离:果实累累而下垂。⑩岂:通"凯",和乐,快乐。⑪令仪:美好的礼仪。

● 译文

　　浓浓密密的露水啊!不晒太阳就不会干。安然满足的晚宴啊!不喝醉就不会回归。

　　浓浓密密的露水啊,落在茂盛的草木上。安然满足的晚宴啊!在于效法继承先祖。

　　浓浓密密的露水啊!落在枸杞酸枣树上。光明诚信的君子啊!美德没有不美好的。

　　那些桐树和椅树啊!累累果实压弯了枝。那和乐平易的君子!没有不是威仪凛凛。

● 评析

　　一般认为这是一首描写天子宴请诸侯的诗篇,也可以看作是天子宴请贤者的诗篇。诗文用清清亮亮的露水来比喻那些贤明有德的贤者,这些贤者若是得不到贤明的君主就不会有用武之地。只有得到贤明君主的重用,才能使他们各自发挥不同的作用;只有得

到贤明君主的赏识,才能结出累累果实。

《毛诗序》言:"《湛露》,天子宴诸侯也。"

彤弓之什

彤弓之什,也是由十篇诗歌组成,这十首诗歌是宴飨礼之时演奏的歌乐,但是在《礼记·燕义》中并未见明确的规定应该吹奏和歌唱的具体歌名。这些诗歌是:《彤弓》、《菁菁者莪》、《六月》、《采芑》、《车攻》、《吉日》、《鸿雁》、《庭燎》、《沔水》、《鹤鸣》十首诗歌。

彤弓之什,以《彤弓》这篇诗歌为开头,是颂扬天子举行的飨食诸侯的诗篇。所谓飨礼,一般是指天子在朝中举行的宴请诸侯的礼仪。这也是指在正常和平时期的朝见礼,天子奖赏给有功德的诸侯朱红色的弓矢,以嘉奖他们。而《菁菁者莪》则是赞颂君子培育人才的诗篇。这十篇诗歌中,除过这两首诗歌以外,剩下的八首诗歌中,就有六首是颂扬周宣王的诗篇,如《六月》就是记载颂扬周宣王征伐玁狁之族的代表之作,诗中同时对有功勋的尹吉甫也作了颂扬。又如《车攻》、《吉日》则是对西周的周宣王进行田猎、训练军兵的历史事实的记载颂扬之作。而最后两首诗歌《沔水》、《鹤鸣》则是对周幽王之时国家天下混乱局面开始发生的写照,天下开始混乱就是因为天子重用小人、听信谣言引起,所以《鹤鸣》就借用他山之石,来劝告周幽王任用贤者来辅佐,以使小人的谣言不攻自破,使国家得到治理,人民得到安宁。

彤　弓

彤弓弨兮①,受言藏之②。我有嘉宾,中心贶之③。钟鼓既设,一朝飨之④。
彤弓弨兮,受言载之⑤。我有嘉宾,中言喜之。钟鼓既设,一朝右之⑥。
彤弓弨兮,受言櫜之⑦。我有嘉宾,中心好之。钟鼓既设,一朝酬之⑧。

●注释

①彤弓弨兮:彤(tóng)弓:朱红的弓。弨(chāo):弓弦放松。②受言:接受,通"授",授予。言:说。③中心贶之:中心:心中。贶(kuàng):赏识,爱戴。④一朝飨之:一朝:一日,一天。飨:用酒食招待客人,也就是天子或诸侯举行的飨礼。⑤载:珍藏。⑥右:通"侑",通过奏乐或进献玉帛等形式劝人饮酒进食。⑦櫜(gāo):弓箭袋,将弓箭收藏在袋内。⑧酬:酬宾礼,劝酒,敬酒。

●译文

朱红弓的弦松弛了,说是授给有功者收藏。我有那尊贵的嘉宾,我的心中很赏识他们。燕礼的钟鼓已敲响,大飨礼进行了整一天。

朱红弓的弦松弛了,说是授给有功者珍藏。我有那尊贵的嘉宾,我心中爱戴喜悦他们。燕礼的钟鼓已敲响,大飨礼饮酒进食一日。

朱红弓的弦松弛了,授给有功者弓箭和囊。我有那尊贵的嘉宾,我心中好高兴好爱戴。燕礼的钟鼓已敲响,大飨酬宾礼进行一日。

●评析

这是一首描写天子举行的飨食诸侯的诗篇。所谓飨礼,一般是指天子在朝中举行的宴请诸侯的礼仪。这也是指在正常和平时期的朝见礼。正如《曲礼·王制》曰:"天子无事与诸侯相见曰朝。考礼,正刑,一德,以尊天子。天子赐诸侯乐,则以柷将之;赐伯、子、男乐则以鼗将之。诸侯赐弓矢然后征,赐鈇钺然后杀,赐圭瓒然后为鬯,未赐圭瓒资鬯于天子。"从曲礼可以看出,这就是在和平无事时期天子对有功德的诸侯进行赏赐的一种大飨礼。天子赐给诸侯弓箭和弓箭袋,就是赐给天子信任的诸侯以权利,以使诸侯行使征伐和诛杀的权利。全诗三节均以"彤弓弨兮"为开头,也就是用"弓弦松弛了"象征和平年代,象征没有战争的盛世。只有和平年代,弓弦才能松弛下来。在和平时代天子以弓矢授予诸侯,也就是对有功诸侯的奖励,使其收藏弓矢;赐给弓矢,也是赐给了专管征伐的权利。

《毛诗序》言:"《彤弓》,天子锡有功诸侯也。"

菁菁者莪

菁菁者莪①,在彼中阿②。既见君子,乐且有仪③。
菁菁者莪,在彼中沚④。既见君子,我心则喜。
菁菁者莪,在彼中陵⑤。既见君子,锡我百朋⑥。
泛泛杨舟⑦,载沉载浮⑧。既见君子,我心则休⑨。

●注释:

①菁菁者莪:菁菁(jīng jīng):茂盛的样子。莪(é):莪蒿:多年生草本植物,叶子像针,花黄绿色,头状花序,生长在水边。②阿:大的丘陵。③仪:礼仪、威仪、法度、准则,表率。④沚(zhǐ):水中的小沙洲。⑤陵:丘陵,山丘,土山。⑥锡我百朋:锡:赏赐,赐给。百朋:古人以贝壳为钱币,五贝为一串,两串为一朋。百朋,就如赏赐了很多钱币。⑦泛泛杨舟:泛:在水上漂浮。泛泛:漂浮的样子。杨舟:杨木舟。⑧载沉载浮:在水中随波上下漂浮。⑨休:喜庆,喜欢;停止,引申安心。

●译文:

茂盛的莪蒿草,长在那大山中。既看见了君子,和乐且有威仪。
茂盛的莪蒿草,长在那小沙洲。既看见了君子,我心中就欢喜。
茂盛的莪蒿草,长在那土丘中。既看见了君子,如赏给我百朋。
漂浮的杨木舟,随水逐波漂游。既看见了君子,我的心就安定。

●评析:

一般认为这是一首赞颂君子培育人才的诗篇,后世一直把"菁菁者莪"当作培育人才

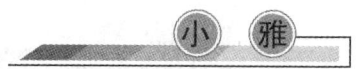

的典故。一般认为君子就是有道德有才能的贤者,所以这首诗歌也可以看做是对先王之德的颂扬。这首诗歌也是君主进行宴飨礼之时演奏的歌乐。

《毛诗序》言:"《菁菁者莪》,乐育材也。君子长育人材,天下喜乐之矣。"

六 月

六月棲棲①,戎车既饬②。四牡骙骙③,载是常服④。猃狁孔炽⑤,我是用急⑥。王于出征⑦,以匡王国⑧。

比物四骊⑨,闲之维则⑩。维此六月,既成我服⑪。我服既成,于三十里⑫。王于出征,以佐天子⑬。

四牡修广⑭,其大有颙⑮。薄伐猃狁,以奏肤公⑯。有严有翼⑰,共武之服⑱。共武之服,以定王国⑲。

猃狁匪茹⑳,整居焦获㉑,侵镐及方㉒,至于泾阳㉓。织文鸟章㉔,白旆央央㉕。元戎十乘㉖,以先启行㉗。

戎车既安㉘,如轾如轩㉙。四牡既佶㉚,既佶且闲。薄伐猃狁,至于太原㉛。文武吉甫㉜,万邦为宪㉝。

吉甫燕喜㉞,既多受祉㉟。来归自镐㊱,我行永久。饮御诸友㊲,炰鳖脍鲤㊳。侯谁在矣,张仲孝友㊴。

●注释

①棲棲(qī qī):通"栖栖",忙碌、不安定的样子。②戎车既饬:戎车:兵车,战车。饬(chì):整顿,整治。③骙骙(kuí kuí):马强壮的样子。④载是常服:载:装载。常服:一种绘有日月图案的旗帜。⑤猃狁孔炽:猃狁(xiǎn yǔn):我国古代北方的戎狄之族。孔炽(chì):孔:大,很。炽:盛,强盛。⑥我是用急:是:所以,因此。用:效力,出力,需要,需用。急:紧急,急速。⑦王于:周王,君王。于:于是,到、去。⑧以匡王国:匡:匡正,辅助,救助。王国:君王的国家,这里是指周宣王而言。⑨比物四骊:比较选择毛色和足力一样的马匹。四骊:四匹黑色马,骊,黑马。⑩闲之维则:闲:同"娴",娴熟,熟练。维则:维:只有,因为。则:规则,法度,规章。⑪既成我服:既:既然,已经。成:成为。服:军服。我既然成为穿军服的人。⑫于三十里:于是每天行军三十里。⑬佐:辅佐。⑭修广:修:长;广,大。又高又大。⑮颙(yóng):大的样子,大头。⑯以奏肤公:以:所以,因此。奏:取得。肤:肤寸。公:公共,通"功"。⑰有严有翼:严:严厉,尊敬,戒备。翼:保护,小心谨慎。⑱共武之服:共:共同。武:勇武,继承。服:服从,降伏,信服。⑲定:安定。⑳匪茹:匪:不是。茹:柔软。㉑整居焦获:整:整个。居:停留,占据。焦获:周朝的地名,在今陕西省泾阳县西北部。㉒侵镐及方:侵犯镐京。方:朔方,北方。㉓泾阳:地名,泾阳,在泾水之北,即甘肃平凉县西。㉔织文鸟章:织:旗帜。文:花纹。鸟章:绘制有鸟隼的图案。㉕白旆央央:旆(pèi):帛做的旗子。央央:鲜明的样子。㉖元戎十乘:元戎:大的战车。十乘:十辆大战车。㉗以先启行:用十辆大战车先行开道。㉘既安:既:依然,既然。安:

安稳,安全。㉙如轾如轩:轾(zhì):车子前低后高叫轾。轩(xuān):车子前高后低叫轩。比喻高低优劣,抑扬轻重。㉚佶(jí):马健壮的样子。㉛太原:古地名,今甘肃省平凉县。㉜文武吉甫:吉甫:尹吉甫,周宣王之时的贤臣。文武:能文能武。㉝宪:榜样,典范。㉞燕喜:宴请庆贺。㉟受祉:得到福祉。㊱来归自镐:回到了京城镐京。㊲饮御诸友:饮:饮酒。御:侍奉,奉献。诸友:诸位朋友。㊳炰鳖脍鲤:炰(páo):蒸煮。脍(kuài):细切。㊴张仲孝友:张仲:应该是周宣王的贤臣仲山甫;或者是一个叫张仲的朋友。孝友:应该是司徒郑伯友,因为郑伯友忠于周朝,所以称孝友;或者是一个叫孝友的朋友。

●译文

　　六月里来实在太忙碌,各种战车已经整顿好。一车四匹健壮的公马,装载日月图案的旗帜。猃狁的兵力很是强盛,因此我赶紧为国效力。于是就跟随周王出征,以匡正周王朝的江山。

　　选择黑色体壮的战马,训练熟悉作战的规则。因此这六月里的一天,我就成为穿军服的人。我既成为穿军服的人,每日就要行军三十里。于是就跟随周王出征,以辅助天子匡正天下。

　　四匹雄马又高又强壮,肥硕强壮又威风凛凛。征伐不服王命的猃狁,以取得寸土不失之功。又严厉戒备又很谨慎,共同勇武的降伏猃狁。共同勇武降伏那猃狁,以安定周王朝的江山。

　　猃狁不是那柔弱之族,占据了整个焦获之地。又侵犯到镐京的北边,还侵犯到了泾阳之地。那旗子上绣有隼鸟图,白色锦帛旗子很鲜明。那大兵车就有十来辆,领先开路而耀武扬威。

　　我的战车驾得很安全,忽高忽低与敌人周旋。四匹公马且非常健壮,又健壮而且熟悉规则。征伐不服皇命的猃狁,一直行军到那太原城。有文韬武略的尹吉甫,是那天下诸侯的典范。

　　尹吉甫摆宴酒来庆贺,很多人得到周王嘉奖。凯旋回归到京城镐京,我们作战时间已很久。又摆宴宴请诸位朋友,蒸煮鳖来细切那鲤鱼。宴请的诸侯有什么人?还有仲山甫和郑伯友。

●评析

　　多数学者认为这是记载颂扬周宣王征伐猃狁之族的诗篇,笔者也是根据这一结论对诗文作了解释。这一篇诗歌是以一个参战者的身份记载了征伐猃狁的整个过程。第一小节记载了征伐开始的时间是这一年的六月,因为猃狁来势汹汹,所以周朝只有急忙迎战,而这位参战者也是为了为国效力,积极参军,跟随周宣王征伐猃狁。第二小节记载了军兵的训练情况和行军情况。第三小节记载了出征征伐猃狁的目的和应战的能力,那就是为了保卫国土,戒备森严而且小心谨慎应战。第四小节记载了猃狁的军兵力量很强大。第五小节记载了与敌人战斗的过程和文武双全的尹吉甫指挥作战取得战功而受到了周王的嘉奖。最后一小节记载了得胜回朝的庆功宴会,宴请宾朋好友的情形。但是究竟取得了些什么功劳,并未有详细记载。总而言之,只要使周王朝的国土没有肤寸之失就是胜利,保卫了国土就是胜利。

据《史记·周本纪》和《东周列国志》第一回记载,周宣王三十九年征伐姜戎之族的战争大败,周宣王就来到太原,也就是今甘肃省平凉县,准备清点人口,想继续征调军兵与戎狄作战,太宰仲山甫劝谏不听,而后因为又发生了许多事情,未能继续征伐戎狄,而后周宣王就在其在位四十六年时亡故。但是周宣王时期南征北战,征战了十六年,才使那些因为自己的父亲周厉王无道失德而导致的许多诸侯的反叛得到平息,使天下再度安定。周宣王时,能任用贤臣方叔、召虎、尹吉甫、申伯、仲山甫等人,能复修文、武、成、康之政,使西周衰微的政治得到复兴,历史上称为宣王中兴。正如《东周列国志》第一回所言:"夷厉相仍政不刚,任贤图治赖宣王。共和若没中兴主,周历安能八百长!"但是周宣王最后与姜戎的一战却以失败而告终。这也是因为周穆王之时,不听贤者的劝谏,无故征伐戎狄,而使昔日与西周和平共处、按时纳贡的戎狄之族从此与周朝决裂,为戎狄伺机侵犯周朝埋下了隐患,这种隐患一直延续到周幽王乃至东周以及以后的历史时期。

采 芑

薄言采芑①,于彼新田②。于此菑亩③,方叔莅止④。其车三千,师干之试⑤。方叔率止⑥,乘其四骐⑦。四骐翼翼⑧,路车有奭⑨,簟茀鱼服⑩,钩膺鞗革⑪。

薄言采芑,于彼新田,于此中乡⑫。方叔莅止,其车三千,旂旐央央⑬。方叔率止,约軧错衡⑭,八鸾玱玱⑮。服其命服⑯,朱芾斯皇⑰,有玱葱珩⑱。

鴥彼飞隼⑲,其飞戾天⑳,亦集爰止㉑。方叔莅止,其车三千,师干之试。方叔率止,钲人伐鼓㉒,乘师鞠旅㉓。显允方叔㉔,伐鼓渊渊㉕,振旅阗阗㉖。

蠢尔蛮荆㉗,大邦为仇㉘。方叔元老,克壮其犹㉙。方叔率止,执讯获丑。戎车啴啴㉚,啴啴焞焞㉛,如霆如雷。显允方叔,征伐玁狁㉜,蛮荆来威。

●注释

①芑(qǐ):苦菜。②新田:开垦两年的田地。③菑(zī)亩:开垦一年的田地。④方叔莅止:方叔:是指周宣王之时的贤臣大将方叔,奉命征伐南方的荆蛮。莅(lì):亲临统领。止:来到;观看赞叹。⑤师干之试:师:军士,众军兵。干:干戈,泛指作战武器,干是指盾牌,戈是指戟,都是古代作战常用武器。试:使用。⑥率止:率领军旅。止:容止,阵容。⑦骐(qí):青黑色的马。⑧翼翼:有次序整齐的样子。⑨路车有奭(shì):路车:大车。奭:盛大的样子。⑩簟茀鱼服:簟(diàn)茀:用竹席遮蔽车窗叫簟茀。鱼服:用鱼皮作的箭袋囊。⑪钩膺鞗革:钩膺(yīng):有认为是连接环绕马肚子的腹带,有认为是马脖子上的兜带。鞗(tiáo)革:皮革的马缰绳。⑫中乡:中田,即田中。乡:地方。⑬旂旐央央:旂(qí):古代旗帜的一种,上面画有蛟龙,旗杆上面系有铃铛。旐(zhào):绘制有龟蛇的旗子。央央:很鲜明。⑭约軧错衡:约軧(qí):用皮带连接。軧:车毂。错:交错。衡:制衡。用皮带交错连接以制衡。⑮八鸾玱玱:八鸾(luán):八个铃铛。玱玱(qiāng qiāng):铃铛的响声。⑯命服:服:官服。命服,是指

君王赏赐的官服。⑰朱芾斯皇：朱芾（fèi）：朱：红色。芾：蔽膝。斯皇：很鲜亮。⑱有玱葱珩：玱（qiāng）：玉的声音。葱珩（héng）：青绿色的玉佩。⑲鴥彼飞隼：鴥（yù）：鸟疾飞的样子。隼（sǔn）：凶猛的飞禽。⑳戾（lì）：到，至于。㉑亦集爰止：集：聚集，栖息。爰：这里，那里。止：停息，休息。㉒钲人伐鼓：钲（zhēng）：古代一种形似有柄的钟，敲击发声。伐：敲击。鼓：古代行军作战，敲击钲则停，击鼓则前进。㉓陈师鞠旅：陈师：列队布阵。鞠（jū）：誓师。旅：军旅。㉔显允：显：显示，显明。允：诚信。㉕渊渊：鼓声。㉖振旅阗阗：振旅：振奋军旅。阗阗（tián tián）：旺盛的样子。㉗蛮荆：古代居于今湖北宜昌一带的南方民族，周成王时分封熊绎为楚子。㉘大邦：指周朝。㉙克壮其犹：克壮：克：能够。壮：强大，壮大。犹（yóu）：计划，谋略。㉚啴啴（tān tān）：形容牲畜的喘息声。啴（chǎn）：宽缓，啴缓。㉛焞焞（tūn tūn）：盛大的样子。㉜玁狁：古代北方民族。

●译文

说是前去采摘那苦菜，就在去年开垦的田里，就在今年开垦的田里。方叔亲临统领将士们，他拥有那战车三千辆，众士兵使用干戈方戟。方叔率领的军旅阵容，乘坐四青黑色马战车，四青黑色马次序井然。那大车实在很是盛大，竹席帘子鱼皮弓矢袋，钩膺马缰全是那皮革。

说是前去采摘那苦菜，就在去年开垦的田里，就在那乡中的田地里。方叔亲临统领众将士，他拥有那战车三千辆，那蛟龙龟蛇旗帜鲜明。方叔率领的军旅阵容，皮带交错连接以制衡，八个鸾铃玱玱响连天。身穿天子赏赐的官服，那红色的蔽膝很鲜明，青禄色的玉佩玱玱响。

疾速飞翔的是那猛禽，它能疾速飞翔到高空，它也要在树木上栖息。方叔亲临统领众将士，他拥有那战车三千辆，众士兵使用干戈方戟。方叔率领的军师阵容，有击钲人也有击鼓人，军旅列队布阵又誓师，显示方叔的威名诚信，击鼓声渊渊地响不停，振奋军旅士气很旺盛。

那些愚蠢的蛮荆之族，胆敢与我大周朝作对。方叔是我周朝的元老，能使用强有力的谋略，方叔率领军旅的阵容，捉住俘虏审讯割耳朵，战车战马啴啴响不停，啴啴的声响很是盛大，就如那雷霆万钧之力。方叔威名响亮又诚信，严厉征伐北方的玁狁，征伐那蛮荆也显威力。

●评析

这是以一个采摘苦菜之人的身份观看军旅实战演习的口吻，来记载描写周宣王的大将方叔即将征伐南方蛮荆之族的战前演习誓师的阵容。全诗共分为四自然段。第一段描述了方叔亲自指挥演习的基本阵容，战车三千，士卒都手执各种武器，方叔乘坐的指挥车是四匹齐整雄壮的青黑色的雄马驾驭的战车，以及车马的装饰和弓矢准备得很充足。第二段记载了方叔战车的装饰，战车上有龙蛇龟旗迎风飘扬，战车布置得很辉煌，方叔自己也是全副武装，显得格外英武。第三段描述了演习进行的情景，方叔亲自统领，指挥作战的各种信号有节奏地鸣响，振奋军士士气高涨。最后一段记载了声势浩大的演习，表明必然会以雷霆之势取得对蛮荆和玁狁之战的辉煌胜利。

车 攻

我车既攻①,我马既同②。四牡庞庞③,驾言徂东④。
田车既好⑤,四牡孔阜⑥。东有甫草⑦,驾言行狩⑧。
之子于苗⑨,选徒嚣嚣⑩。建旐设旄⑪,搏兽于敖⑫。
驾彼四牡,四牡奕奕⑬。亦祎金舄⑭,会同有绎⑮。
决拾既佽⑯,弓矢既调,射夫既同,助我举柴⑰。
四黄既驾,两骖不猗⑱。不失其驰,舍矢如破⑲。
萧萧马鸣,悠悠旆旌⑳。徒御不警㉑,大庖不盈㉒。
之子于征,有闻无声。允矣君子㉓,展也大成㉔。

●注释

①我车既攻:车:战车。既:已经。攻:坚固。②同:行动统一、一致。③庞庞:庞大,高大。④驾言:说是驾驭战车。徂东:徂(cú):往。东:西周的东边。⑤田:田猎,打猎。⑥孔阜:孔:很,大。阜:盛大。⑦甫草:甫:大,引申好、茂盛。甫草:可以是甫田之草;甫田,也有认为是圃田,地名,在今河南开封中牟县西北,周宣王时属于王畿之内。⑧狩:狩猎,打猎。冬季打猎为狩。⑨之子于苗:之子:这些人。于:在。苗:夏季的田猎。⑩选徒嚣嚣:选徒:选:选择,挑选。徒:众人。嚣嚣:喧哗,浮躁。⑪建旐设旄:建:绘制。设:设置。旐(zhào):绘制有龟蛇的图案的旗子。旄(máo):旗杆顶端装饰有牦牛尾巴的旗子。⑫搏兽于敖:搏兽:捕捉野兽。敖:地名,在今河南省荥阳县西北。⑬奕奕(yì yì):神采奕奕,精神饱满的样子。⑭亦祎金舄:赤祎:红色的蔽膝。金舄:鞋头饰有金色的厚底鞋。亦祎金舄:这是诸侯的服饰。⑮会同有绎:会同:诸侯盟誓的专门称名。有绎(yì):绎:络绎不绝。形容有很多人。⑯决拾既佽:决:射箭时钩弦的用具,用象骨制成,戴在右手拇指上,也叫扳指。拾:一种用皮革制成的保护臂腕的用具,戴在右臂上。佽(cì):相次;帮助。⑰举柴:打猎前,举火焚烧柴草,以火燃烧为开始,以火熄灭为结束。⑱猗(yī):不猗,方向不偏离。⑲舍矢如破:舍矢:放箭,射箭。如破:势如破竹。⑳悠悠旆旌:悠悠:众多。旆旌(pèi jīng):泛指旌旗,各种旗帜。旌旗招展。㉑徒御不警:徒:徒役,这里指一般士兵或者参与射猎者。御:驾车者。警:戒备,敏捷。通"惊",惊慌。㉒大庖不盈:庖:厨房。大庖:大:这里指射猎的大兽归于公家的厨房。盈:充满。㉓允:诚实,诚信。㉔展:确实。

●译文

我的兵车已经很坚固,我的战马已经行动统一。四匹公马也非常高大,说是驾兵车往西周之东。

田猎的车子已修整好,那四匹公马也是很壮盛。周之东有茂盛的野草,说是驾车前去进行冬猎。

这个人就要进行夏猎,选择众多猎手喧闹不休。插上那龟蛇牦牛旗子,就要在敖地捕捉那野兽。

驾起那四匹公马拉车,四公马神采奕奕精力足。他是红色蔽膝金头鞋,众多诸侯会同络绎不绝。

那扳指护臂都已相次,那弓矢已经调试校正好,所有弓矢手都是相同,举火焚烧助我射猎成功。

四匹黄马已经驾驭好,两匹骖马也是不偏不倚。马儿飞驰不错过射猎,猎手射箭嗖嗖势如破竹。

马儿疾驰萧萧鸣不断,各种各样旌旗迎风招展。众徒役车役都不惊慌,厨房的大兽怎能不充盈。

这个人就要进行征伐,只听见车马声不见人声。他实在是诚信的君子,确实能成就一番大事业。

● **评析**

这是一首颂扬周宣王田猎的诗篇。《礼记·曲礼》规定,天子诸侯无事,一年要打猎三次,打猎的目的有三:其一是为了宗庙祭祀的祭献之物,其二是为了招待宾客,其三是为了日常食用。这首诗描写的是冬季的狩猎和夏季的田猎。《周礼》规定,以田猎形式练兵,春夏秋冬四季各举行一次,举行田猎的时候天子要亲自参加,春季田猎主要教授演习班师回朝的阵法,夏季主要操练野外宿营的阵法,秋季主要操练出兵布阵之法,冬季主要是教授大检阅之阵法。而且,对田猎时所进行的各种程序都有严格明确规定,对于田猎所射猎的野兽的归处也有明确规定,大的野兽归于公家的厨房,小的野兽归于个人,凡是射猎野兽者,均以割掉兽的左耳来计数。这也许就是对周宣王进行征伐前的几次练兵过程的记载而已。

《毛诗序》言:"《车攻》,宣王复古也。宣王能内修政事,外攘夷狄,复文武之境土,修车马,备器械,复会诸侯于东都,因田猎而宣车徒焉。"

吉 日

吉日维戊①,既伯既祷②。田车既好③,四牡孔阜。升彼大阜④,从其群丑⑤。

吉日庚午⑥,既差我马。兽之所同,麀鹿麌麌⑦。漆沮之从⑧,天子之所⑨。

瞻彼中原⑩,其祁孔有⑪。儦儦俟俟⑫,或群或友⑬。悉率左右⑭,以燕天子。

既张我弓,既挟我矢。发彼小豝⑮,殪此大兕⑯。以御宾客⑰,且以酌醴⑱。

● **注释**

①吉日维戊:吉日:好日子。维戊:维:只有,是。戊,十天干计时,甲乙丙丁戊己庚辛壬癸,而戊居于第五位,也就是初五之意。②既伯既祷:伯:一般认为这里是指对马祖的祭祀。祷(dǎo):祈祷。③田车:打猎用的车。④升彼大阜:登上那大土山。⑤从其群丑:从:追赶。丑:相貌丑陋的野兽。追赶群兽。⑥庚午:庚,天干第七位,初七日。⑦麀鹿麌

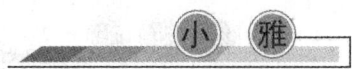

麀:麀(yōu)鹿:母鹿。麌麌(yú yú):通"娱",欢快,娱乐。⑧漆沮(jǔ):漆水、沮水之地,西周之北。⑨天子之所:天子暂时居住之处。⑩瞻彼中原:瞻:往上看或往前看。中原:原中,平原之地。⑪其祁孔有:祁:盛,大。孔:很,甚。⑫儦儦俟俟:儦儦(biāo biāo):奔跑极快。陕西宝鸡方言有"儦脱了",就是说以极快的速度跑走了。俟俟(sì sì):原意是等待,这里是慢走的样子。⑬或群或友:群:成群。友:三三两两,结伴行走。⑭悉率:悉:全部,尽其所有。率:都,一概。⑮豝(bā):野猪。⑯殪此大兕:殪(yì):射死。兕:犀牛一样的野兽。⑰御:侍奉,奉献。⑱酌醴:(zhuó lǐ)酌:酒宴。醴:甜酒。

● 译文

好日子是初五日,又祭祀马祖又祈祷。田猎的车已备好,四匹雄马也很强壮。快登上那大土山,飞速追赶射猎群兽。

好日子是初七日,已派遣了我的车马。所有野兽齐奔跑,母鹿更是奔跑欢畅。追赶到漆沮之地,是天子暂时的居所。

看那原中的草地,有很多大兽在奔跑。有的极快有的慢,或成群或三三两两。左右全部都射猎,射得禽兽以燕天子。

我既已张开了弓,既已发射我的利箭。一箭射中那小猪,一箭射死那大猛兽。用来奉献我宾客,并以美酒宴请客人。

● 评析

这是一首描写周宣王田猎的诗篇。诗文以一个侍从的语气来记载这件事情,很有历史意义。全诗共分为四小节,第一小节描写了第一次田猎是在初五这一天祭祀马祖以后的射猎。第二小节是描写初七这一日又参加了一次射猎活动,田猎的地方就在西周之北的漆沮之地,那漆沮的草地上到处奔跑的是野兽。第三小节描写的是在射猎禽兽的过程中看到野兽满山遍野,这也说明当时是风调雨顺之年,万物并茂,而且还可以联想到在西周时代西周的山林之地各种大小野兽齐全而且很多。最后一小节描写了这个侍从射猎的高超技艺和射猎的目的,用射得的禽兽宴请宾客,招待客人,大兽供给天子祭祀之用,其实这也就是对天子举行射猎目的意义的颂扬。

鸿 雁

鸿雁于飞①,肃肃其羽②。之子于征,劬劳于野③。爰及矜人④,哀此鳏寡。
鸿雁于飞,集于中泽⑤。之子于垣⑥,百堵皆作。虽则劬劳,其究安宅。
鸿雁于飞,哀鸣嗷嗷⑦。维此哲人,谓我劬劳。维彼愚人,谓我宣骄⑧。

● 注释

①鸿雁于飞:鸿雁:大雁。于飞:在飞。②肃肃其羽:肃肃:收敛,整顿。羽:翅膀。③劬劳于野:劬(qú)劳:辛苦,劳累。于野:在野外。④爰及矜人:爰:于是,何处,这里。矜(jīn):怜悯,同情。⑤中泽:泽水中。⑥垣(yuán):墙,城墙。⑦嗷嗷:大雁的鸣叫声。⑧宣骄:逞强骄傲。

●译文

大雁在飞累了时,收拢翅膀整肃羽毛。这个人儿要远征,要辛苦劳累在野外。于是怜悯可怜人,可怜这些鳏寡妇孺。

大雁在飞累了时,就会聚集在泽水边。这个人要修城墙,上百城墙都平地起。虽然是非常辛劳,毕竟为了人民安居。

大雁在飞累了时,哀鸣之声嗷嗷不断。只有那明智的人,说我为了国家辛劳。唯那些糊涂的人,说我是逞强而骄傲。

●评析

一般认为这是赞美周宣王的诗篇。诗文用大雁飞累了还知道休息,调整修复自己的羽毛,以及飞回故乡大泽乡,甚至哀鸣不断,来与那些在为国家服役的人为了国家人民安居乐业而不能休息作为对比,就更加说明这些为了国家人民安居乐业而艰苦劳作者的伟大,所以人民才会写诗以赞美他们的精神。

《毛诗序》言:"《鸿雁》,美宣王也。万民离散,不安其居,而能劳还安定集之,至于矜寡,无不得其所焉。"这也就说周宣王在其父周厉王使国家人民穷困离散的条件下,干预纠正父亲的过失,而复文武之德,修建城邑,使离散的人民重新集聚,就是连孤寡鳏矜都能得到安置。

庭 燎

夜如何其①?夜未央②。庭燎之光③,君子至止④,鸾声将将。夜如何其?夜未艾⑤。庭燎晢晢⑥,君子至止,鸾声哕哕⑦。

夜如何其?夜乡晨⑧。庭燎有辉⑨,君子至止,言观其旂⑩。

●注释

①夜如何其:现在是夜里啥时辰? ②央:尽,完。③庭燎之光:庭燎:厅堂中用来照明的火炬。光:光亮,光明。④至止:至:到达。止:停止,留住。⑤艾:停止,完结。⑥晢晢(zhé zhé):光明,明亮。⑦哕哕(huì huì):有节奏的铃声。⑧夜乡晨:乡:从前,过去。晨:早晨。⑨辉(huī):照耀,光辉。⑩旂(qí):绘制有蛟龙的旗子。

●译文

现在是夜里啥时辰?晚上时间还没过半。厅堂的火炬很明亮,君子来了还没有走,銮铃声将将响不停。

现在是夜里啥时光?已是夜深人静之时。厅堂的火炬很明亮,君子来了还没有走,鸾铃声节奏很分明。

现在是夜里啥时光?晚上过去已是清晨。厅堂的火炬很明亮,君子来了还没有走,说是要观看那龙旗。

●评析

这是一首描写诸侯朝会周王的诗篇。周王会见诸侯,从晚上一直到清晨。全诗可分

为三小节,第一小节描写前半夜会见的情景,第二小节描写深夜会见的情景,最后一小节描写天将亮的情景,他们友好地会谈了一夜,天子和诸侯天亮了还没有走,说是等天亮以后好好观看仪仗中的蛟龙旗子。

《毛诗序》言:"《庭燎》,美宣王也。因以箴之。"

沔 水

沔彼流水①,朝宗于海②。鴥彼飞隼③,载飞载止。嗟我兄弟,邦人诸友,莫肯念乱④,谁无父母?

沔彼流水,其流汤汤⑤。鴥彼飞隼,载飞载扬⑥。念彼不迹⑦,载起载行。心之忧矣,不可弭忘⑧。

鴥彼飞隼,率彼中陵⑨。民之讹言⑩,宁莫之惩⑪。我友敬矣⑫,谗言其兴⑬。

● 注释

①沔(miǎn):水流盛满的样子。沔水,在陕西省,是汉水的上游。②朝宗:朝:迟早。宗:最终。③鴥彼飞隼:鴥(yù):鸟疾飞。隼(sǔn):鹞鹰类猛禽。④念乱:念:念及,想到。心想,思量。乱:混乱,战乱。⑤汤汤:同"荡荡",水势浩大。⑥扬:翻腾,振作。⑦迹:脚印,痕迹;引申河道或违背先祖宗旨者。⑧弭(mǐ):停止,消除;安抚,安定。⑨率彼中陵:率:都,一概。中陵:山陵之地。⑩讹(é)言:伪言,谎言。⑪宁莫之惩:宁:何,为什么?莫:不能。惩:处罚,责罚。⑫敬:严肃,慎重。⑬谗言其兴:谗言:说别人的坏话。兴:兴起,兴盛。

● 译文

那哗哗流淌的沔水,最终会归宗于大海。那疾速飞行的猛禽,飞一阵还休息一阵。可叹我的兄弟朋友,国家的众位好友邦,没有谁肯思量战乱,谁又没有父母亲人?

那哗哗流淌的沔水,那浩大的水流汹涌。那疾速飞行的猛禽,边飞还要一边振作。想起那违背先祖者,开始兴起开始行动,心中忧愁国家命运,不可以停止忘记啊!

那疾速飞行的猛禽,都飞到那山陵之中。民众中流传的谎言,为什么就无人处罚?我的朋友要慎重啊!谗言正在到处盛行。

● 评析

笔者以为这首诗应该是对周幽王之时国家天下混乱局面开始和混乱原因的写照。全诗共分为三小节,第一小节用对比的形式告诉朋友国家混乱就要开始了,也就是说这个国家在周宣王之时得到了中兴,就如疾飞的猛禽飞一阵还需要休息一阵一样,这个国家的美好政治也要停止了。可是作为国民,谁愿意国家混乱呢?因为我们每一个人都有父母亲人,需要安定的生活。第二小节告诉众人,为了不使国家混乱,大家就要像疾飞的猛禽一样一边飞一边振作,对于违背道德制造混乱者,大家就要开始制止混乱,国家的兴亡每一个人都不可以轻视。最后一小节指出了国家混乱的原因所在,那就是谣言混淆了是非公正,而没有人能够制止谣言,所以就提醒朋友们警惕谣言,慎重地对待谣言。

《毛诗序》言:"《沔水》,规宣王也。"

鹤 鸣

鹤鸣于九皋①,声闻于野。鱼潜在渊②,或在于渚③。乐彼之园,爰有树檀④,其下维萚⑤。他山之石,可以为错⑥。

鹤鸣于九皋,声闻于天。鱼在于渚,或潜在渊。乐彼之园,爰有树檀。其下维榖⑦。他山之石,可以攻玉⑧。

● 注释

①九皋(gāo):皋:沼泽之地;水边的高地。九皋:很远的沼泽之地。②渊:深渊,深水之地。③渚(zhǔ):水中沙洲。④树檀:檀树。檀木可以制作车轮。⑤萚(tuò):从草木上脱落的枯树叶树皮。⑥错:磨刀石;镶嵌。⑦榖:小孩,引申小人。⑧攻:制作;学习、研究;坚固、精致。

● 译文

鹤在极远的水泽鸣叫,它的声音传遍了四野。有的鱼儿沉在深水中,有的鱼儿在浅水中游。那个极为快乐的乐园,于是就有了那些檀树,它下面只有枯叶树皮。借用其他山上的石头,可以镶嵌而使它美丽。

鹤在极远的水泽鸣叫,它的声音传遍了天下。有的鱼儿在浅水中游,有的鱼儿沉在深水中。那个极为欢乐的乐园,于是就有了那些檀树,它下面只有几个小人。借用他山的有用之石,用来制作精美的玉器。

● 评析

这是一首描写劝告君王远离小人任用贤者的诗篇。全诗共分为两部分。诗的第一部分,这里借用他山的玉石镶嵌在虽然快乐却只有檀树和落叶的乐园里,以增加它的美丽,来象征将沉在深渊的大鱼或在浅水中游乐的小鱼以及在远处鸣叫的有巨大声威的鸣鹤等贤能人才招募到这个快乐的乐园中来,以增加乐园的美丽欢乐,说明天子只有重用贤能人才才能使国家富强美丽的道理。诗的最后一段,这里用鹤在远处鸣叫,其鸣叫声传遍天下,来象征君主的言论。君主的美善言论若是能将深水、浅水中的贤者招来,给他们俸禄、爵位,以辅助君主将国家天下治理到天下安乐太平,使天下真正成为人民的乐园时,乐园里不仅仅只有檀木作的乐器,还有用他山的石头制作的玉器。这里用他山之石象征天子借用各地贤者的才能,而将江山社稷治理成人民的安乐园的美好情景。这也是对周幽王亲近小人、不任用贤者的劝告之词。

这首诗歌所叙述的内容,在《周易》中孚卦九二爻可以得到验证。中孚九二爻曰:"鸣鹤在阴,其子和之;我有好爵,吾与尔靡之。"九二爻是说,君主以燕礼宴请宾客,举行酬宾之礼,表示君主向臣下赐爵劝饮的礼仪,以及君主用燕礼礼遇有爵禄者,希望他们与自己

一起竭尽全心为国家效力。也就是劝告君主要礼遇贤者,为贤者封爵进禄,使贤者为国家效力。

祈父之什

祈父之什,由以《祈父》这首诗歌为首的十篇诗歌组成,其内容包括:《祈父》、《白驹》、《黄鸟》、《我行其野》、《斯干》、《无羊》、《节南山》、《正月》、《十月之交》、《雨无正》十首诗歌。这十首诗歌其中如《斯干》是美化周宣王的诗篇,也就是美化周宣王筑宫室,继承先祖之德,并且期望自己的后代也是好男子,能继承先祖的事业,成为周王室的好君王。《无羊》则是一首颂扬牛羊繁茂的诗篇;也是颂扬周王的功德,国家治理得好,牛羊繁茂,牛羊是六畜之中的前二位,牛羊成群,其他更是繁衍生生不息,当然这里所颂扬的是皇家的牛羊成群。其他诗篇,如《祈父》、《节南山》、《正月》、《十月之交》、《雨无正》等诗歌的主要内容是对周幽王失道无德、迷恋褒姒而使国家天下混乱,人民遭受苦难,西周的贤者以诗歌诚恳地劝谏周幽王。其实,这些诗也是对此段历史的真实记载。

祈 父

祈父①,予王之爪牙②。胡转予于恤③,靡所止居④。
祈父,予王之爪牙。胡转予于恤,靡所底止⑤。
祈父,亶不聪⑥。胡转予于恤,有母之尸饔⑦。

●注释

①祈(qí)父:祈:祈的本意是祈求,祈祷,请求之意;很多学者将祈解释为司马,也就是主管政事的大小司马。因为祈与"圻"同音,而圻是天子周围千里之地的意思,所以圻父就是执掌封圻(qí)兵甲的司马。②予:我,我的。③胡转予于恤:胡:怎么,为什么?转:调动,升职;反倒,转变。予:我。于:对于。恤:担忧。④靡所止居:靡:无,没有。所:处所,地方。止:歇息,停留。居:居住,生活。⑤底(dǐ):什么,如此,这样。⑥亶不聪:亶(dǎn):诚然,确实。不聪:不聪明,糊涂,昏庸。⑦尸饔(yōng):尸:奉养,祭养。饔:烹饪,早餐。

●译文

封圻兵甲的司马,是我王忠实的爪牙。为何反倒使我烦忧?使我没有地方居住。
封圻兵甲的司马,是我王忠实的爪牙。为何反倒使我烦忧?没有什么地方歇息。
封圻兵甲的司马,做事确实是太糊涂。为何反倒使我烦忧?有老母要奉养饮食。

●评析

这首诗歌应该是周幽王时的小吏对周幽王所任用的封圻司马作为不满之情,这位司马是周幽王的亲信爪牙,他手握大权,处事却不以道德公平为己任,而是任意为之,想陷害谁就陷害谁,想诬陷谁张口就是。这位小官吏受到迫害,而要到边远地区去,心中的烦恼愤怒无处哭诉,只有说自己辛劳没有好处,反倒受到陷害,而自己的老母亲却要受到无人奉养之苦,这是他最为伤心的事情。

白 驹

皎皎白驹①,食我场苗。絷之维之②,以永今朝③。所谓伊人④,于焉逍遥⑤。

皎皎白驹,食我场藿⑥。絷之维之,以永今夕⑦。所谓伊人,于焉嘉客。

皎皎白驹,贲然来思⑧。尔公尔侯,逸豫无期⑨。慎尔优游⑩,勉尔遁思⑪。

皎皎白驹,在彼空谷⑫。生刍一束⑬,其人如玉。毋金玉尔音⑭,而有遐心⑮。

●注释

①皎皎:洁白明亮。②絷之维之:絷(zhí):用绳索拴住马足。维:系物的绳子,系,连结,拴住。③以永今朝:永:永远,延长。朝(zhāo):今朝,今天。④伊人:此人,他这个人。⑤于焉逍遥:于焉:在这里。逍遥:自由自在玩乐。⑥藿(huò):豆类作物的叶子。⑦今夕:今夜。⑧贲然来思:贲然:贲:装饰,打扮;奔跑。然:如此,这样。思:思考;助词,无意义。⑨逸豫:逸:安闲,安逸,放纵,放荡。豫:安乐,快活;出游。⑩慎尔优游:慎重考虑你的游乐。⑪勉而遁思:勉:尽力,尽量;劝勉。遁:逃,逃避。思:思考,考虑。⑫空谷:无人的山谷。空:广,大。⑬生刍:生:活的,鲜活的,引申鲜嫩。刍:草,喂牲口的草料。⑭毋金玉尔音:毋:毋需;不,不要,不必要。金玉:美化。尔音:你的声音,你的音容笑貌。⑮遐(xiá)心:疏远之心。

●译文

洁白鲜亮的小马驹啊,正在吃我场地的禾苗。捉住它用绳子拴住它,可以延长今天的时间。所以说像他这样的人!在这里自由自在玩乐。

洁白鲜亮的小马驹啊,正在吃我场地的豆叶。捉住它用绳子拴住它,可以延长今夜的时间。所以说像他这样的人!是这里逍遥的好常客。

洁白鲜亮的小马驹啊,如此装扮也来到这里。你们这些王公侯爷们,常常放纵快活无休止。慎重考虑你们的游乐,劝勉你不要逃避思考。

洁白鲜亮的小马驹啊,在那广大空旷的山谷。拿上一束鲜嫩的青草,他就如那无暇的白玉。不必要美化你的音容,而且不要有疏远之心。

●评析

这是一首描写劝勉那些三公侯爷不要不顾国家利益而只知自己逍遥快活的诗文。全诗共分为四小节,诗文的每一节开头都用洁白鲜亮的小马驹开头,以象征马驹主人的服饰华丽高贵,不是一般的人。第一节、第二节都是以娱乐场所管理人的口吻说,只要将这些白马驹捉住并且拴住,就能使那些来这里游乐的人延长游乐时间,也就是说这些游乐的人本身就沉迷于游乐，根本就没有要回去的意愿，而且这些人还是这里游乐的常客。所以第三小节作者就对这些沉迷于游乐的王公侯爷提出警告，让他们节制游乐，因为他们是三公侯爷，他们的穿着打扮是三公侯爷的身份，也就是说他们穿着三公侯爷的衣着也敢来到这样的娱乐场所，而且还敢随便放纵自己，所以作者在劝勉他们不要逃避考虑这个问题。最后一小节特别指出，只要这些人能够换一个干净清静的好环境，就能做一个好人，就能做一个洁白如玉的有用之才，而且不用专门美化外表，也不会疏远人民，而会亲近人民。

黄 鸟

黄鸟黄鸟①，无集于榖②，无啄我粟③。此邦之人，不我肯榖④。言旋言归⑤，复我邦族⑥。

黄鸟黄鸟，无集于桑，无啄我粱⑦。此邦之人，不可与明⑧。言旋言归，复我诸兄。

黄鸟黄鸟，无集于栩⑨，无啄我黍⑩。此邦之人，不可与处。言旋言归，复我诸父。

●注释

①黄鸟：黄雀。②无集于榖：无：不要，没有。集：聚集。榖：一般认为即是楮(chǔ)树，树皮可以造纸。③粟(sù)：小米。④榖：赡养；好，善。⑤言旋言归：言：说。旋：归来，回还，快速。归：回归。⑥复我邦族：复：回去，恢复。邦族：邦国族人。⑦粱：高粱。⑧明：明白事理，不可理喻。⑨栩(xǔ)：柞树。⑩黍：黄米。

●译文

黄雀鸟啊黄雀鸟！不要聚在我楮树上，不要啄食我的小米。这个邦国的人啊！不愿意好好善待我。说是要立即回归，恢复我的邦国族人。

黄雀鸟啊黄雀鸟！不要聚在我桑树上，不要啄食我的高粱。这个邦国的人啊！不可与之明辨是非。说是要立即回归，恢复我众兄弟之位。

黄雀鸟啊黄雀鸟！不要聚在我榆树上，不要啄食我的黄米。这个邦国的人啊！不可与其友好相处。说是要立即回归！恢复我众叔伯之位。

●评析

这一篇诗文应该是一个被灭亡了的诸侯的已经出嫁到别的诸侯国之女，或者是入住别的诸侯国的亡国国君之子，希望依靠自己现在所在的诸侯国的力量来恢复自己父母之国的地位，但是他所在的诸侯国却不能帮他们恢复国家，令他非常失望。

全诗共分为三小节，每一小节都以黄鸟开始，以警告黄鸟的口吻警告那些侵占了他们国土的人：不要在我们的国土上食用我们国家的粮食，占据我们的国土。可是他们希望复国的愿望又无法实现，只好不断重复复国复邦复族人，复我邦国兄弟之位，复我邦国叔伯之位，来表示他们复国的愿望。

我行其野

我行其野,蔽芾其樗①。昏姻之故②,言就尔居③。尔不我畜④,复我邦家⑤。

我行其野,言采其蓫⑥。婚姻之故,言就尔宿⑦。尔不我畜,言归思复⑧。

我行其野,言采其葍⑨。不思旧姻,求尔新特⑩。成不以富,亦祇以异⑪。

● 注释

①蔽芾其樗:蔽芾(fèi):幼小的样子。樗(chū):臭椿。②昏姻:婚姻。③言就尔居:言就:说好。尔居:尔:你。居:居住,结婚。④尔不我畜:你不愿意养育我,或者不喜欢我。畜:畜养;喜欢。⑤复我邦家:复:回来,返回;恢复,又,再。邦家:邦国,国家。⑥蓫(zhú):一种越年生草本植物,也有称羊蹄菜。⑦宿:住宿。⑧言归思复:说好帮我恢复邦国。⑨葍(fú):多年生草本植物,又名小旋复花,根茎可食。⑩特:配偶。⑪亦祇以异:亦:也。祇(zhǐ):恭敬;仅仅。异:不同,喜新厌旧。

● 译文

我只身行走在野外,像那臭椿初生的幼芽。是因为婚姻的缘故,说好与你结婚一起住。你不愿意把我畜养,我只有回到我的邦国。

我独自行走在野外,说是去采摘那羊蹄菜。是因为婚姻的缘故,说好就到你家里住宿。你不愿意把我养育,我只好说我想回故里。

我独自行走在野外,说是去采摘那旋复花。不留恋已往的婚姻,却要追求你的新配偶。虽然不是因为富有,却也仅仅是喜新厌旧。

● 评析

这是一首描写被丈夫遗弃的女子的悲愤之情的诗篇。全诗共分为三小节。每一小节均以我孤身行走在野外为开头,表示这位被遗弃的女子的孤独无助就如初生的臭椿的幼芽,因为臭椿的幼叶有很浓的臭味,没有用处,无人搭理,不受欢迎,显示出这位女子的处境。因为媒妁之言结婚,但是丈夫却不喜欢她,所以她就想着回到自己的家乡去。第二小节描写了女子以采羊蹄菜为由,又孤独地来到野外,思考如何才能回到自己的故乡。第三小节描写了丈夫不喜欢她的原因,只是因为丈夫喜新厌旧的心理在作怪而已。诗文告诉我们,成就婚姻不要以财富为基础,因为富有的人感情最容易发生异变。

这首诗歌所叙述的事情,在《周易》归妹卦卦辞可以得到验证。归妹卦辞曰:"征凶,无攸利。"卦辞的意思就是:父母嫁女,给女儿选丈夫,以及女子自己挑选丈夫时,一定要选择品行好、有道德的人为婚姻的基础;不能只看外貌或者以财富为婚姻的基础,否则就会陷入痛苦的婚姻之中,而痛苦一生。卦辞就是提醒我们,那些不幸的婚姻对男女双方都没有什么好处,所以要谨慎抉择。这首诗歌也是对周幽王喜新厌旧,废弃原配皇后,重纳褒姒为皇后而国人效仿的讽刺之作。

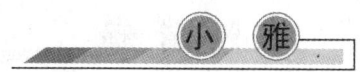

斯 干

秩秩斯干①，幽幽南山②。如竹苞矣③，如松茂矣。兄及弟矣，式相好矣④，无相犹矣⑤。

似续妣祖⑥，筑室百堵。西南其户，爱居爱处，爱笑爱语。

约之阁阁⑦，椓之橐橐⑧。风雨攸除⑨，鸟鼠攸去。君子攸芋⑩。

如跂斯翼⑪，如矢斯棘⑫，如鸟斯革⑬，如翚斯飞⑭，君子攸跻⑮。

殖殖其庭⑯，有觉其楹⑰，哙哙其正⑱，哕哕其冥⑲，君子攸宁⑳。

下莞上簟㉑，乃安斯寝。乃寝乃兴㉒，乃占我梦㉓。吉梦维何㉔？维熊维罴㉕，维虺维蛇㉖。

大人占之㉗，维熊维罴，男子之祥㉘，维虺维蛇，女子之祥。

乃生男子，载寝之床㉙，载衣之裳，载弄之璋㉚。其泣喤喤㉛，朱芾斯皇㉜，室家君王㉝。

乃生女子，载寝之地㉞，载衣之裼㉟，载弄之瓦㊱。无非无仪㊲，维酒食是议㊳，无父母诒罹㊴。

●注释

①秩秩斯干：秩秩：水清而流动的样子。斯干：涧水。②幽幽南山：昏暗，幽深；淡雅。南山：终南山，在陕西西安以南。③竹苞：丛生的竹子。④式相好矣：式：法式，榜样；语句词。⑤犹：通"尤"，指责；计谋，谋划，引申阴谋。⑥似续妣祖：似：即"嗣"，继承。续：延续，继承。妣(bǐ)：母亲，祖母以上的女性祖先。祖：祖先。⑦约之阁阁：约之：约束。阁阁：空中楼阁。这里含有二层意思，其一，是指将两块木板相对支撑固定，其中间留有墙壁的厚度，作为打墙的模具；其二，还有打墙人在墙体二侧站立的与地面平行的木架，就如空中楼阁。约之阁阁：就是将与墙体长度一致的两块木板中间以墙体的厚度为距离用绳索捆绑，或者用许多木头作为支架固定起来；将打墙人站立的木架支撑起来，就如空中楼阁一样；之所以要用阁阁，是因为打墙时要随着墙体的升高不住地变换空中楼阁的位置、高度，打好一堵墙，就要变换数次高度，打好无数堵墙，就要升高无数次，要变换无数次位置，也就是有无数次空中楼阁出现。⑧椓之橐橐：椓(zhuó)：这里指打土墙时用石锤子打砸泥土，使其结石牢固。椓，就是一下一下提起石锤的样子，因为打墙用的石锤一般是仿圆锥形，底尖上圆，顶端还要镶嵌上木头把，就如用木石敲打一样。橐橐(tuó tuó)：打墙时泥土和石锤发出的响声。⑨攸除：攸：乃，就，于是；迅速。除：清除，去掉；修治，修整。⑩芋(yù)：通"宇"，房檐，泛指房屋、居住的地方。⑪如跂斯翼：跂(qí)：踮起脚后跟站立，如翘首企足。翼：鸟的飞行器官，统称翅膀。⑫如矢斯棘：如矢：如箭。棘：酸枣树。同"疾"，急速，快速而直。引申直线。⑬如鸟斯革：革：变革，变化。就如鸟突然停止飞翔。⑭如翚斯飞：翚(huī)：飞翔。另外可以是指一种有五彩羽毛的野鸡。就如五彩野鸡

在飞翔。⑮跻(jī)：登上，升高。⑯殖殖其庭：殖殖：立，树立；增长；直；方正宽大。庭：宫廷；朝廷。⑰有觉其楹：觉：同"崛"，高高突起。楹(yíng)：房屋的柱子；柱梁。⑱哙哙(kuài kuài)其正：哙：咽下去，通"快"，畅快。正：正大，方正，中正，端正。⑲哕哕其冥：哕哕(huì huì)：哕：愿意是鸟鸣声；哕哕：铃声；这里应该同"晦"，晦明，也作晦冥，昏暗。冥：昏暗；夜晚；深沉。⑳宁：安宁，宁静。㉑下莞上簟：莞(guǎn)：水草，莞草编织的席子。簟(diàn)：芦苇或者竹子编织的席子。㉒乃寝乃兴：寝：休息，睡觉。兴：起来，起床。㉓乃占我梦：于是就占卜我的梦。㉔吉梦维何：作的什么好梦。㉕维熊维罴(pí)：是熊是罴。罴：野兽名，熊的一种，也叫马熊或人熊。㉖虺(huī)：一种毒蛇。㉗大人：这里指专门主管大卜，大卜的职事人就是占三梦。㉘男子之祥：是生男孩子的征兆。㉙载寝之床：载：装载，这里是指男孩所睡的床。㉚璋：玉器名称，玉璋。㉛喤喤(huáng huáng)：形容小儿哭声洪亮。㉜朱芾斯皇：朱芾(fèi)：芾：蔽膝。红色的蔽膝。皇：鲜明，耀眼。㉝室家君王：周室未来的君王。㉞载寝之地：另有安睡的地方。㉟裼(tì)：婴儿所穿的衣服。㊱载弄之瓦：瓦：古代纺线的纺锤，这里指玉制的纺锤。㊲无非无仪：无：不，没有。非：错误，非难，是非。仪：礼仪，礼法，礼节，法度。㊳议：审理，主张。㊴诒罹：诒(dài)：欺骗。诒(yí)：遗留。罹(lí)：忧患，苦难；遭遇，遭受。

●译文

流动不断的清涧水，幽远淡雅的终南山。好像丛生的绿竹啊！又好像茂盛的青松。众位哥哥和弟弟啊！是相亲相爱的典范，无阴谋无相互指责。

继承祖妣祖父之德，修建宫室墙有百堵。是东西排列门朝南，于是就在这里居住，于是充满欢声笑语。

架起木板支撑牢固，石锤夯实泥土橐橐。修筑结实避风避雨，鸟儿老鼠于是远去，君子于是修造屋檐。

如翘首企足如鸟翼，就像那箭一般笔直，如鸟突然停止飞翔，如五彩野鸡翩翩飞，君子于是登堂入住。

那方正宽大的宫廷，有高高树立的门槛。畅快明亮又很方正，晦暗的夜晚很深沉。君子于是得到宁静。

下铺草席上铺竹席，于是就能安心就寝。于是睡醒了就起床，于是就占卜我的梦。我作的是什么好梦？梦见了人熊和黑熊，梦见了大蛇和小蛇。

请大卜来占卜吉凶，要是梦见人熊黑熊，那是生男子的吉兆，梦见了大蛇和小蛇，那是生女子的吉兆。

于是就能生下儿子，儿子有他睡的床铺。要穿上上衣和下衣，要佩戴上弄玉之璋。他的哭声非常洪亮，红色的蔽膝很鲜亮，将来是王室的君王。

于是就能生下女子，有她睡的床铺之地。给她穿上那婴儿装，佩戴上那玉质纺锤。要明辨是非懂礼法，唯执掌饮食最主要，不给父母遗留忧患。

●评析

这是一首记载描写周王重新修筑宫室落成的颂扬歌词，原诗共分为不规则的九小

节。第一小节和第二小节是歌颂周王继承先祖的功德,就如涧水一样常流不断,又像终南山一样幽深长远,像竹子蓬勃生长,像青松一样茂盛;兄弟众志成城,团结一致发扬广大先祖的功德。第三小节是描写周王建造宫室的过程和宫室壮丽的外观,壮丽的外观主要是描写了宫室的屋檐以及屋脊的壮观。第四小节描写了宫室内部的基本结构,有宽大方正的庭室,以及高大的门槛,白天明亮温暖,夜晚安静。第五小节描写了周王的子女在这些宫室生育生长长大成人以后的职责。

从这首诗文就可以看出,周王对男子的期望就是要他们成为有作为的君王,而对于女子只要求她们能分辨是非、有礼仪,能主持管理一家人的饮食就是有妇德之女子。这也是由来已久的重男轻女传统思想的表现。

多数学者认为这是美化周宣王的诗篇,也就是美化周宣王继承先祖之德,能修文武之德,使西周中兴,而筑起宫室无数,并且期望自己的后代也是好男子,能继承先祖的事业,成为周王室的好君王。可惜周宣王的美好愿望并未实现,其子周幽王将他成就的大业给败亡了。

无 羊

谁谓尔无羊?三百维群,谁谓尔无牛?九十其犉①。尔羊来思②,其角濈濈③。尔牛来思,其耳湿湿④。

或降于阿⑤,或饮于池,或寝或讹⑥。尔牧来思,何蓑何笠⑦,或负其餱⑧。三十维物⑨,尔牲则具⑩。

尔牧来思,以薪以蒸⑪,以雌以雄⑫。尔羊来思,矜矜兢兢⑬,不骞不崩⑭。麾之以肱⑮,毕来既升⑯。

牧人乃梦,众维鱼矣⑰,旐维旟矣⑱。大人占之,众维鱼矣,实维丰年,旐维旟矣,室家溱溱⑲。

●注释

①犉(chún):七尺长的大牛。②思:助词。③濈濈(jí jí):聚集起来;和顺的样子。④湿湿:有认为是耳朵摆动的样子,但是与"湿"没有什么关联,所以可以认为"湿湿"同"势竖",形容牛的耳朵竖立很有威势。也可以同"什",什百,十倍,百倍。⑤阿:大山,这里是指山坡。⑥讹(é):走动。⑦何蓑何笠:何,同"荷",背负着蓑衣和斗笠。⑧或负其餱(hóu):或者背负着干粮。餱:干粮。⑨三十维物:物:毛色,色泽。三十多种毛色。⑩牲:祭祀用的大牲畜,牛羊等祭祀物。⑪以薪以蒸:薪:粗的柴草为薪,细小的柴草为丞。⑫以雌以雄:以饲养雌牲雄牲。⑬矜矜兢兢:矜矜(jīn jīn):夸耀。兢兢:强壮的样子。⑭不骞不崩:骞(qiān):亏,损。崩:败坏,毛病。⑮麾之以肱:麾(huī):麾:挥动,指挥。肱(gōng):手臂,肱骨。⑯毕来既升:毕:结束;完毕;全,都。既:尽,完。升:就,进入。⑰众维鱼矣:众:各种各样的东西。维鱼:变为鱼。⑱旐维旟矣:旐(zhào):龟蛇旗。旟(yú):鸟隼旗。⑲溱溱(zhēn zhēn):众多,人丁兴旺。

● 译文

谁说你没有羊群？三百头就是一群。谁说你没有牛群？七尺大牛九十头。你的羊群过来了，那些羊角很温顺。你的牛群过来了，耳朵树立有威势。

有的牛羊下山坡，有的在水池饮水，有的卧着有的走。你的放牧人来了，背着蓑衣和斗笠，有的还背着干粮。牛羊毛色三十多，祭祀的大牲齐备。

你的放牧人来了，割来粗草铡细它，以饲养雌性雄性。你的羊群回来了，夸耀羊儿很肥壮，没有损伤没毛病。羊倌挥臂驱赶之，牛羊全进入圈中。

牧官于是做美梦，梦见万物变为鱼，梦见龟旗变隼旗。大卜将梦来解析，梦见万物变为鱼，实是丰年的征兆。梦见龟旗变隼旗，是家家人丁兴旺。

● 评析

这是一首颂扬牛羊繁茂的诗篇；也是颂扬周王的功德，国家治理得好，牛羊繁茂，牛羊是六畜之中的前二位，牛羊成群，其他更是繁衍生生不息，当然这里所颂扬的是皇家的牛羊成群。你的放牧人，这里的你就是指周王，全句意思是为周王放牧的牧人。诗文的第一小节描写的是成群的牛羊很多和牛羊肥壮的情形，用那羊犄角的和顺比喻人事和顺，用牛耳朵的样子说明牛的健壮。这里笔者将"其角濈濈"解释为"那些羊角很温顺"，将"其耳湿湿"解释为"耳朵树立有威势"，因为羊原本就是最温顺的家禽，而牛是比较有野性的家禽，用牛耳朵的样子形容牛的雄壮和机敏，笔者认为这样解释比较合适。当然也可以将"其耳湿湿"解释为"那牛耳有什百倍"来形容牛很多的样子。第二小节描写了放牧人的情况，放牧人并不是我们常说的奴隶制社会的奴隶那种破衣烂衫饿得皮包骨头的戴着手铐脚镣的奴隶，而是自由自在的，个个有外出的装备，有防雨防晒的蓑衣斗笠，还背着干粮，这样的羊倌才能将牛羊放牧好，有些牛羊就是祭祀用的祭牛。从这里也可以看到，所谓西周之时的奴隶制社会是不存在的，没有战争时，也就是安乐太平时，就不会有多少奴隶存在，因为古时的奴隶是从战俘而来。第三小节则描写了牧人的勤劳和牛羊的肥壮，也就是说牧人和牛羊一样健壮。第四小节则是通过牧人的美梦来展示出西周之时社会和谐、万物繁茂、六畜兴旺、农业丰收、人丁兴旺的美好和谐社会。

节南山

节彼南山①，维石岩岩②。赫赫师尹③，民具而瞻④。忧心如惔⑤，不敢戏谈⑥。国既卒斩⑦，何用不监⑧？

节彼南山，有实其猗⑨。赫赫师尹，不平谓何⑩！天方荐瘥⑪，丧乱弘多⑫。民言无嘉，憯莫惩嗟⑬。

尹氏大师⑭，维周之氐⑮。秉国之均⑯，四方是维⑰。天子是毗⑱，俾民不迷⑲。不吊昊天⑳，不宜空我师㉑。

弗躬弗亲㉒，庶民弗信。弗问弗仕㉓，勿罔君子㉔。式夷式已㉕，无小人殆㉖。琐琐姻亚㉗，则无膴仕㉘。

　　昊天不傭㉙,降此鞠讻㉚。昊天不惠㉛,降此大戾㉜。君子如届㉝,俾民心阕㉞。君子如夷㉟,恶怒是违㊱。

　　不吊昊天,乱靡有定㊲。式月斯生㊳,俾民不宁。忧心如酲㊴,谁秉国成?不自为政,卒劳百姓㊵。

　　驾彼四牡,四牡项领㊶。我瞻四方,蹙蹙靡所骋㊷。

　　方茂尔恶㊸,相尔矛矣㊹。既夷既怿㊺,如相酬矣㊻。

　　昊天不平,我王不宁。不惩其心,覆怨其正。

　　家父作诵㊼,以究王讻㊽。式讹尔心㊾,以畜万邦㊿。

● 注释

①节:增高,节节。②巖巖(yán yán):险峻,险要。③赫赫师尹:赫赫:显赫,赫赫有名。尹师:尹太师。这里是指周幽王之时的三公之一尹吉甫之子尹球。周幽王之时,周宣王的老臣退休的退休,丧亡的丧亡,所以周幽王用虢石父、祭公以及尹吉甫之子尹球为三公。④民具而瞻:具:俱,全,都。具:也可以是畏惧。瞻:瞻仰,敬仰。⑤惔(dàn):通"燂(dǎn)",炽热,炎热,就如火烧,如焚。⑥戏谈:当作儿戏谈论。⑦卒斩:卒:同"猝",突然,意外。斩(zhǎn):斩杀,绝,断。⑧监:镜子,借鉴;监视,监督。⑨有实其猗(yī):有实:实,充实,充满;实在,的确;有实在的山石草木。猗:通"倚",依靠,凭借。⑩不平谓何:不平:不公平。谓何:为什么?⑪天方荐瘥(cuó):方:刚刚。荐:重复,频繁。瘥:疫病,灾难。⑫丧乱弘多:丧乱:死亡,混乱,祸乱。弘:大。死亡祸乱很大很多。⑬憯莫惩嗟:憯(cǎn):悲痛;通"惨",凄惨,残酷。莫:没有什么,不要,不能。惩:责罚,处罚,苦于。嗟:叹息。⑭大师:太师,这里是指尹球。⑮维周之氐(dǐ):氐:根本。是维护周朝的根本,柱石。⑯秉国之均:秉国:秉:执掌,持着,通"柄",权利,权柄。均:平均,同样的。同样执掌着国家的权利。⑰维:维护,通"威",威力,威风。⑱毗(pí):辅助。⑲俾民不迷:俾民:使人民。不迷:不迷失,不迷乱。⑳不吊昊天:吊:善,忧虑,怜悯。昊(hào)天:昊:大;上天,苍天。㉑不宜空我师:不宜:不应该。空:贫穷;什么都没有。师:众人。㉒弗躬弗亲:弗:不。躬:亲自,亲身。亲:亲自过问。㉓弗问弗仕:弗问:不过问不关心。仕:做官,仕途。㉔勿罔君子:勿:不,不要。罔(wǎng):欺骗,蒙蔽;无,没有。不要欺骗蒙蔽君子。㉕式夷式已:式夷:式:同"使"。夷:消除,傲慢,愉快,喜悦。已:已经;停止。㉖无小人殆(dài):殆:危险,危害。不要受到小人的危害。㉗琐琐姻亚:琐琐(suǒ suǒ):琐:细小,连环,连琐。细碎;小小。姻亚:姻:婚姻。亚:次一等的。㉘膴仕:膴(wù)同"误",耽误;迷惑。仕:当官,做官的人。㉙不傭:傭:受人雇佣,这里是指不照顾贫苦人民。㉚鞠讻:鞠(jū)同"巨"、"惧"或"距":巨大,惧怕,严重,厉害。讻(xiōng):灾难,祸乱。㉛惠:仁慈,仁爱;恩惠。㉜戾(lì):凶暴,猛烈;罪过。㉝届:至,到达;届时。㉞阕(què):止息,停止。㉟夷:消除。㊱恶怒是违:恶怒:恶:丑恶,罪恶。怒:振作;愤怒。是违:违:违背,离开。㊲乱靡有定:乱:混乱,祸乱。靡:无,没有。定:定数,一定的时间。㊳式月斯生:式月:法式,这里是每月。斯生:就;就会发生。㊴酲(chéng):酒醉神志不清。㊵卒劳:卒:到底,终于,终日。劳:辛劳,劳苦。㊶项领:肥大的颈部;形容马肥壮。㊷蹙蹙靡所骋:蹙蹙

(cùcù):局促不安。蹙:紧迫。靡:无,没有。所:处。聘:聘问,这里是指诸侯与诸侯之间或诸侯与天子之间互派使节问候。㊸方茂尔恶:方:正当,刚刚。茂:茂盛。恶:罪恶,恶行。当你恶行正盛之时。㊹相尔矛矣:相:查看,相端;辅助,辅助君主掌管政事的人。矛:矛枪;武器。㊺既夷既怿(yì):夷:消除,铲除。怿:喜悦。㊻相酬:相:相互。酬:报答,酬谢;主客敬酒。㊼诵(sòng):诗篇。㊽以究王讻:究:究竟,追究,最终。讻(xiōng):争辩。㊾讹(é):荒诞的邪说。引申错误,改变,感化。㊿以畜万邦:以蓄养天下国家。

● **译文**

　　那节节升高的终南山,只有高峻险要的石头。那赫赫有名的尹太师,人民都畏惧地看着你。人人忧虑国事心如焚,不敢将国事当儿戏谈。国运已突然遭遇绝灭,为什么不起监督作用?

　　那节节升高的终南山,有山石草木才显秀美。那赫赫有名的尹太师,处事不公怎么能显赫?上天正在频繁降灾难,人民死亡祸乱实在多。人民的言语无不怨恨,凄惨之象不能不叹息。

　　尹氏之族的尹家太师,本是维护周邦的砥柱。同样执掌国家的权利,维护天下四方的安危。又是天子的得力辅佐,要使人民安康不迷乱。不要因不美善的天子,而使民众受贫穷灾难。

　　不亲身过问处理政事,对于众人又不讲信用。从不过问不关心仕途,不要欺骗蒙蔽众君子。使傲慢和不愉快停止,不再受那小人的危害。那些小小的姻亲关系,就不会沉迷高官厚禄。

　　浩天不照顾贫苦人民,降下如此巨大的祸乱。上天如此不惠顾人民,降下如此重大的灾难。君子要是能届时惠顾,就能使民众怨恨消除。君子要是能消除灾难,是丑恶愤怒都会避开。

　　这不吝惜人民的上天,祸乱发生无一定时间。说不定时时都会发生,使人民不能得到安宁。人人忧心发愁如酒醉,这是什么人执掌国政,不要因为自己不公正,而终日过度辛劳百姓。

　　驾起那四匹雄马拉车,四匹雄马体格很健壮。我前瞻后顾查看四方,局促不安无法来聘问。

　　你的罪恶正在盛行时,就会帮助你大开杀戒。既要消除罪恶要喜悦,如相互酬宾答谢一样。

　　上天实在是太不平静,我们的君王也不安宁。不端正惩戒自己的心,反怨恨劝你改正的人。

　　家父只好写这首诗歌,使君王最终避免灾难。以使你的心受到感化,使天下国家得到蓄养。

● **评析**

　　这是一首劝告周幽王的太师尹球明辨是非的诗篇,多数学者认为这是一首劝谏周幽王的诗篇,但是笔者认为诗文是对太师尹球的一种忠告。诗文将周王比作上天,以说明

周王就是为人民降下灾难的罪魁祸首。因为在古代,一般认为即使天子无道无德,但只要有贤明有德的贤能的臣子辅佐,也能使国家保持安静,但是由于周幽王之时所聘用的三公都是无德无能的小人,那么无道无德的周幽王在小人的蛊惑下就会更加荒淫无道,而使国家混乱,人民遭殃。从这首诗的口气分析,应该是告诫太师尹球的诗篇。

全诗共分为十小节。第一小节将节节升高的节南山与周朝的政治局势相比较,以说明周朝局势的严峻。周幽王的世袭太师尹吉甫的儿子尹球执政之后,完全不像他的父亲尹吉甫一样贤能公正,而是一个昏庸无能的小人之辈。辅助君王的大任落在这些人手中,周朝前途命运可想而知。

第二小节是对当时周朝形势的描述,那节节升高的终南山是因为有茂盛的草木和壮丽的山石才会显出壮美,那么这个想显赫的尹太师做事不循常理,不继承先祖的德政,怎么能显赫呢?那只有落下骂名而已。

第三小节就指出了作为太师应该做的事情,那就是要维护国家的团结统一和平,要辅助天子治理好人民,使国家安定天下太平;不要因为天子不美善,而使人民遭遇贫苦灾难。

第四小节则对尹太师的错误和应该做的事情提出见解。

第五小节则是对君子应作之事的见解,也就是对臣子之职责的提示。

第六小节则是对当时国家灾难频发原因的探讨,那就是因为这些执政者不能秉公执政。

第七小节则是对这位诗作者之子心态的描写。这位诗作者之子应该是一位诸侯所派遣的使节,前来问候天了,但是他的心情确实忐忑不安,无法实现使节的职责,为什么呢?

这就是第八节所述的内容。因为作为诸侯的使节,在君王罪恶增长时他前来问候天子就是鼓励和赞同天子的罪恶。而这位使节和他的父亲一样,就是既要消除罪恶又要使天下人民喜悦,也就如你来我往大家和睦相处,可是这位罪恶正在增长的天子是做不到的,所以就使这位正直的使者非常局促不安,不知如何完成使命。

在第九节接着指出了天子的过失,天子不端正自己的德行,反而怨恨纠正他过错的人,而那些为君王出谋划策的小人同样不但不反省自己的错误,反而到处打击迫害那些纠正错误的贤者,所以诗作者的父亲就写了这首诗,以帮助君王明辨是非曲直,而其目的就是为了使天子得到感化,而使国家天下安定和平。

正 月

正月繁霜①,我心忧伤。民之讹言②,亦孔之将③。念我独兮,忧心京京④。哀我小心⑤,癙忧以痒⑥。

父母生我,胡俾我瘉⑦?不自我先,不自我后。好言自口,莠言自口⑧。忧心愈愈⑨,是以有侮⑩。

忧心惸惸⑪,念我无禄⑫。民之无辜,并其臣仆⑬。哀我人斯,于何从禄?

瞻乌爰止⑭,于谁之屋?

瞻彼中林⑮,侯薪侯蒸⑯。民今方殆⑰,视天梦梦⑱。既克有定⑲,靡人弗胜⑳。有皇上帝㉑,伊谁云憎㉒?

谓山盖卑㉓,为冈为陵㉔。民之讹言,宁莫之惩㉕。召彼故老㉖,讯之占梦㉗。具曰予圣㉘,谁知乌之雌雄?

谓天盖高,不敢不局㉙。谓地盖厚,不敢不蹐㉚。维号斯言㉛,有伦有脊㉜。哀今之人,胡为虺蜴㉝!

瞻彼阪田㉞,有菀其特㉟。天之扤我㊱,如不我克㊲。彼求我则㊳,如不我得㊴。执我仇仇㊵,亦不我力㊶。

心之忧矣,如或结之㊷。今兹之正㊸,胡然厉矣㊹!燎之方扬㊺,宁或灭之㊻。赫赫宗周㊼,褒姒威之㊽。

终其永怀㊾,又窘阴雨㊿。其车既载㉛,乃弃尔辅㉜。载输尔载㉝,将伯助予㉞。

无弃尔辅,员于尔辐㉟。屡顾而仆㊱,不输尔载。终逾绝险㊲,曾是不意。

鱼在于沼㊳,亦匪克乐。潜虽伏矣,亦孔之炤㊴。忧心惨惨,念国之为虐。

彼有旨酒⑥⓪,又有佳肴。洽比其邻⑥①,昏姻孔云⑥②。念我独兮,忧心愍愍⑥③。

佌佌彼有屋⑥④,蔌蔌方有谷⑥⑤。民今之无禄,天夭是椓⑥⑥。哿矣富人⑥⑦,哀此惸独⑥⑧!

● 注释

①正月繁霜:正月:一般认为是指周历六月,夏历的四月;因为夏朝的历法,也就是我们现在所使用的阴历都是以寅月,也就是一月为正月;商朝是以丑月,也就是十二月,也就是现在的腊月为正月;而周朝是以十一月,也就是说子月为正月。这里的正月之正,应该是周历六月之时。繁霜:繁,是多,也就是说在夏历四月时多霜冻,这不是好兆头。②讹(é)言:讹:谣言。胡言乱语。③亦孔之将:亦:也。孔:很,甚。将:跟随,做事,慎重做事。④忧心京京:京:高,大;古代数目序列:万、亿、兆、京;十兆为一京。也有称万万兆为京。所以,京在这里就是万分的意思。心中万分万分的忧愁。⑤哀:悲痛,伤心;怜悯,哀叹。⑥瘨忧以痒:瘨(shǔ)忧:忧闷成病。痒:同"疡",溃疡,溃烂。忧愁烦闷成病就如心溃烂一样。⑦胡俾我瘉:胡:为什么?俾我:使我。瘉(yù):病,病痛。⑧莠言:恶言,不好的言论。⑨愈愈:愈:胜过,更加。⑩侮:侮辱,欺侮,轻视,轻慢。⑪惸惸(qióng qióng):孤独的样子。⑫禄:俸禄,福气。⑬并其臣仆:并:一起,全,都,和,与。就连臣仆也一起遭殃。⑭瞻乌爰止:瞻乌:看那些乌鸦。爰止:爰:这里,那里。止:停息,停止。⑮中林:林中,树林中。⑯侯薪侯蒸:侯:箭靶,这里是瞄准之意,引申砍伐。薪:大块的木柴,砍柴。蒸:细小的木柴。⑰殆(dài):危险。⑱视天梦梦:视天:看天。梦梦:就如在梦中梦见天;同"蒙蒙",昏暗不明;昏乱。⑲既克有定:克:能够;严格限定。定:安定,稳定。⑳靡人弗胜:靡:没有,无,不。弗:不。胜:能承担,能承受;胜过,超过。㉑有皇上帝:有

皇:有先皇。上帝:是指上一位帝王。㉒伊谁云憎:伊:此,他。云:说;有。憎(zèng):憎恨,憎恶。㉓谓山盖卑:谓:说,告诉;认为。盖:原来,引申虽然。卑:低下,地势低。认为高山虽然低下。㉔为冈为陵:但它有山岗有丘陵。㉕宁莫之惩:宁:难道。莫:没有谁。惩:惩戒;惩劝。㉖故老:原来的老人。这里的老,是指有学问有道德的老者。㉗讯之占梦:讯:询问。询问并占卜解析梦境。㉘具曰予圣:具:同"俱",都,全部。圣:圣明,有学问,才智渊博。㉙局:屈,毕恭屈膝,这里是指人对天不敢不尊敬。㉚蹐(jí):走小碎步。㉛维号斯言:号:大声喊叫;扬言,号令,号召。斯:这个,这样;那么。只有大声号令这个名言。㉜有伦有脊:伦:伦理;条理;伦比,匹敌。脊:脊柱;脊椎骨;脊梁骨。脊檩,也叫大梁或正梁。这里用"脊"比喻事物的总纲、纲领。㉝胡为虺蜴:胡为:为什么,何为?虺(huī):毒蛇。蜴(xī):蜥蜴。㉞阪(bǎn)田:山坡上的田;土质坚硬不肥沃的田。㉟有菀其特:菀(wǎn):紫菀,一种能止咳化痰的中草药。特:突出。㊱扤(wù):撼动,摇动,震荡。㊲如不克:如不:就好像不能;不是。克:能够,战胜。㊳彼求我则:彼:那;他们。求:寻求;探求;请求。则:准则,法则,方法。㊴得:得到,能够;必须。㊵执我仇仇:执:捉拿,拘捕。仇仇:仇;仇敌;仇恨。㊶亦不我力:亦:也。力:力量,能力。㊷结:打结。绳子打结。㊸今兹之正:兹:这,此,这个;现在;年。正:端正,中正;政治,国政。㊹厉:严厉;祸患,危害。㊺燎之方扬:燎:古代照明的火炬;这里是燃烧草木。方:正在。扬:高举,往上升。这里形容火焰旺盛而上腾飞扬的样子。㊻宁或灭之:宁:难道。难道还能熄灭它?㊼赫赫宗周:赫赫有名的周朝。㊽褒姒:周幽王的第二任皇后,名叫褒姒。㊾终其永怀:终:终究,终于,最终。其:它,他,那些。永:永久,永远,长久。怀:想念,怀念,伤怀。㊿窘(jiǒng):生活或处在窘迫,艰难之地。㈤载:装载,充满。㈥辅:车轮外的两条直木;这里是指车厢板,比喻国家的辅佐大臣。㈦载输尔载:输:输赢,失败。比喻在运输时货物从车上散落下来,也就是运输失败了。㈧将伯助予:将:要,扶持。伯:伯父,同姓诸侯。予:我。㈨员于尔辐:员:通"圆",圆形。圆,这里是指车轮。辐:车辐。车轮和车辐。㈩屡顾而仆:屡:多次,经常。仆:仆人,这里是指车夫。㊶终逾绝险:逾:超过,越过。绝险:断绝危险,横穿险境。㊷沼:沼泽;水泽。㊸炤:照耀;通"昭",明显,显著。㊹旨酒:好酒,美酒。㊺洽比:洽:和谐,结交。比:勾结。㊻孔云:孔:大;甚,很;深远。云:说;是;如此。㊼殷殷(yīn yīn):忧伤的样子。㊽佌佌(cǐ cǐ):小小,小人。㊾蔌蔌(sù sù):丑陋的样子。㊿天夭是椓:夭:夭折,死亡。椓(zhuó):击;诉请。㈤哿(gě):喜乐。㈥惸(qióng)独:孤独。

●译文

初夏时节频降寒霜,我的心中实在忧伤。民众中的那些谣言,也是要很慎重对待。想我自己很孤独啊,我的心中万分忧伤。叹我整日小心谨慎,忧愁成病如心溃烂。

我的父母生养了我,为什么使我患病痛?灾祸不发生我之前,也不发生在我之后。好言语出自人之口,恶言也出自人之口。使我的忧伤更加深,所以就要遭人欺侮。

我忧虑伤心又孤独,想来我是没有福气。可是人民实在无辜,并连累了那些臣仆。可怜我们这些人啊!到何时才能有福气?看那乌鸦在这停息,落到了谁家的屋顶?

看那树林中的树木,砍伐所有大小树木。今民众正遭遇危难,看天如梦中梦见天。

既有既定治国之法,却没有谁能够承担。有我们的先皇上帝,有谁人他胆敢憎恨?

常说山虽然很低下,它却有高山有丘陵。民众中流传的谣言,难道没有谁能惩戒?召集原先那些老臣,询问解析那些梦境。他们都说自己圣明,谁又能辨别乌鸦的雌雄?

常说天原本是最高,人不敢不毕恭屈膝。常说大地很是深厚,人不敢不小心走路。只有宣扬这些名言,使其有条例有纲领。可惜如今的这些人,怎么就如毒蛇蜥蜴?

看山坡上贫瘠的田,有紫菀草长得特大。这是天在震撼我们,就像我们不能战胜。他们探求我的法则,就如不能够得到我!捉拿我如仇敌一样,也不看我有无能力。

我心中的那忧愁啊,就如或是绳子打结。现如今的国家政治,何故突发这多祸患?祸患如火燃烧正旺,难道还能将它熄灭?那显著盛大的西周,是那褒姒灭亡了它。

终究使人永远伤怀,人窘迫又遭连阴雨。车既已载满了货物,却把那车板箱丢弃。所载货物散落败坏,这才叫伯侯辅助我。

不要丢弃那车板箱,还要加固车轮车辐。对赶车人多加照顾,货物就不会散落了,再大艰难也能越过,对这些从来不在意。

鱼儿潜藏在水池中,也不能够快乐生活。虽然是潜伏在水底,也能很明显地看到。心中担忧凄惨之事,惦念国家暴虐之政。

那些人有很多美酒,又有很多珍稀佳肴。结交勾结他的邻邦,婚姻关系也很难说。想想我如此的孤独,只有忧愁伤心忧愁。

那些小小人都有屋,鄙陋的人都有俸禄。百姓现在没有福禄,天降死亡遭受打击。富人日子过得欢乐,可怜这些孤独的人。

● **评析**

这是一首描写周幽王时期西周政治混乱、国家人民遭受灾难原因的诗篇。作者一开始就用初夏时节频繁地降霜冻为引子,以说明作者作此诗的心情和国家正在频繁地遭遇灾难的情景。

接着第二小节,作者以幽怨的口吻道出自己的哀伤,埋怨自己生不逢时,偏偏在他正该为国家效力时国家发生了如此大的灾难,人民也是怨言纷纷,可是又没有办法。第三小节描写了灾难所波及到的人,不光是那些无辜的民众和作者自己,还波及到了那些有正义感的臣仆,作者哀叹他们何时才会有福气,这就要看正在飞翔的乌鸦降落在谁家屋顶,因为乌鸦是不吉祥的鸟儿。人民不但没有福气,还成天担心乌鸦降落谁家就会给谁家带来灾难。

诗文的第四小节指出,看那树林中的大树小树都被砍伐光了,看天就像在梦中。这里用大小树木都被砍伐比喻国家混乱的程度和凡是反对制造混乱者的人都会遭殃的情景。紧接着作者又指出:既然我们国家有自古以来的先皇上帝为我们制定的治理国家的大法,可是却没有什么人能够承担重任依照先皇上帝的治国纲领谋事;也没有人敢明目张胆地反对先祖先皇为我们制定的治理国家的法则,可是为什么就没有人能阻止灾难发生呢?

第五、六小节则用古老的名言,就是说山与天相比虽然低,但也有高山和丘陵的不同;地虽然广大深厚,但是人还是对地小心谨慎地保护;天虽然极高,但是人类却不敢不

恭敬地对天,来告诉我们凡事都有它的规律,只要永远不忘记先皇上帝为我们创立的治国宗旨,不要忘记祖先之德,不要违背先祖的宗旨,我们就不会失败。可是如今的当政者实在太可恶了。

第七小节则描述了贫瘠的山坡地长出了茁壮的紫菀草,以象征事物变化的可能。只要能够擒拿那些妖言惑众和惑乱君王的罪魁祸首,就能改变国家混乱的政治。但是单靠作者自己的力量,这个目标是不能实现的,所以作者还是忧愁担心不断。因此第八小节作者对造成国家混乱的原因做了分析,诗中明确指出,赫赫有名的西周被周幽王新纳的皇后褒姒灭亡了,这就是西周灭亡的历史,是周幽王宠爱那个只凭姿色迷惑周幽王的褒姒使周幽王更加失道无德而灭亡了西周。

紧接着第九、第十小节描写了作者对君王的劝谏之词,告诉君王要爱护贤能有德的人才,不要等到事业失败、祸乱发生时,才想到要贤人辅助你,那时已经太晚了。

正因为周幽王平时不爱护贤者,而且使贤者受到迫害,所以第十一小节描写了那时周朝的贤者就如鱼儿一样隐藏在水中,虽然不能作为,但仍然担心被发现而受到灾祸,虽然隐藏,但仍然为国家的前途命运担心。

第十二小节描写的是周幽王之时,西周的政权掌握在小人尹球、虢石父和祭公手中,他们用权势只为自己的亲朋好友谋利益,根本就不顾人民死活的情景。

最后一小节指出,周幽王之时,由于天灾人祸,使人民生活困顿,没有幸福,没有福气。而那些小人也就是富人,他们生活安乐富足,因为他们有丰厚的俸禄和权利。

其实这首诗就是对周幽王之时西周政治混乱灭亡的历史的真实写照。实际上《诗经》不仅仅是诗歌,而且实实在在就是周朝历史的真实记载。

关于这首诗对周幽王纳褒姒为皇后、宠爱褒姒而亡国的历史教训,在《周易》的许多卦辞中都有记载,比如在"天风姤卦"中得到全面的体现,而且姤卦通过对周幽王纳褒姒为皇后而得出结论:"女壮,勿用取女。"这就是说,为君王者,娶妻是关系到国家命运的大事,一定要慎重决择,绝不能娶专横无德而只凭女色迷惑君王的小人女子为妻,这也正是孔圣人所说的"唯女子与小人难养也,近之则不孙,远之则怨"之名言的来源。对于孔子这句名言的理解,一定要从历史角度来研究,因为每个人所说的话总是与当时的社会、历史密不可分,尤其是圣人,他们的很多言论,其实就是通过总结历史事实而来,并不是凭空而来。

十月之交

　　十月之交①,朔月辛卯②。日有食之③,亦孔之丑④。彼月而微⑤,此日而微。今此下民⑥,亦孔之哀⑦。

　　日月告凶⑧,不用其行⑨。四国无政⑩,不用其良⑪。彼月而食,则维其常。此日而食,于何不臧⑫。

　　烨烨震电⑬,不宁不令⑭。百川沸腾⑮,山冢崒崩⑯。高岸为谷⑰,深谷为陵⑱。哀今之人,胡憯莫惩⑲。

皇父卿士⑳,番维司徒㉑,家伯维宰㉒,仲允膳夫㉓。棸子内史㉔,蹶为趣马㉕,楀维师氏㉖,艳妻煽方处㉗。

抑此皇父㉘,岂曰不时㉙。胡为我作㉚,不即我谋㉛。彻我墙屋㉜,田卒汙莱㉝。曰予不戕㉞,礼则然矣㉟。

皇父孔圣,作都于向㊱。择三有事㊲,亶侯多藏㊳。不憖遗一老㊴,俾守我王㊵。择有车马,以居徂向。

黾勉从事㊶,不敢告劳㊷。无罪无辜,谗口嚣嚣㊸。下民之孽㊹,匪降自天;噂沓背憎㊺,职竞由人㊻。

悠悠我里㊼,亦孔之痗㊽。四方有羡㊾,我独居忧。民莫不逸㊿,我独不敢休㉑。天命不彻㉒,我不敢效我友自逸。

● 注释

①十月之交：十月：是指周历的十月，也就是夏历的八月。交：交替。也就是刚到十月或者快要到十月的意思。②朔月辛卯：朔月：每月的初一。辛卯：天干地支计时，一日分为十二个时辰，一年分为十二个月。这里应该是辛卯时，大约相当于早晨5点到7点，正是日出之时。③日有食之：有日食发生。④丑：不好。⑤彼月而微：彼：那。月：月亮。微：隐藏，隐匿。⑥下民：在下位的人民。⑦哀：悲伤，可怜。⑧告凶：告诉、告知灾难。⑨不用其行：用：功用，作用。其：它们。行：使用，运行。⑩四国无政：四国：天下四方。无政：政：政令，策略，没有好政令。⑪良：优秀，善良，贤能者。⑫于何不臧(zāng)：于何：为何？有何。臧：善，好。⑬烨烨震电：烨烨(yè yè)：光芒闪烁的样子。震电：雷震电闪。⑭不宁不令：不宁：不安定，引申不停止。令：美，善，好。⑮川：河流。⑯山冢崒崩：山冢(zhǒng)：山顶。崒崩：突然崩溃。⑰谷：山谷。⑱陵：大土山；丘陵。⑲胡憯莫惩：胡：怎么？憯(cǎn)：悲痛。惩：创伤，打击。⑳皇父卿士：皇父：天子的教父，號石父。卿士：执政的官员。㉑番维司徒：番：是邦国的意思，邦国，也就是诸侯国，诸侯国是王室的藩篱。维：维护，连结。司徒：有大小司徒之分，大司徒的职责是掌建邦之土地的版图与其人民之教，以辅助君王安抚邦国。小司徒之职为掌管邦国之教法。㉒家伯维宰：家伯：主管国家六种法典和王宫中刑法的长官。宰：有大宰、小宰、宰夫、内宰之分。大宰主管负责修订王国的六种法典，包括治典、教典、礼典、政典、刑典、事典六种；小宰的职责是掌管制定王室中的刑法；宰夫的职责是掌天子处理政务的法令等；内宰的职责是掌管内宫官吏以及皇后、夫人所居之处的各种事务。那么家伯，应该是内宰之职的范畴。㉓仲允膳夫：仲允：仲：应该是二的意思，二次更换。允：符合。膳夫：掌管天子饮食牲肉和菜肴的人。㉔棸子内史：棸(zōu)子：棸，同"奏"，奏效，奏折；奏明。子，就是群臣的象征。内史：掌管君王治理群臣的八法；八法包括：爵、禄、废、置、杀、生、予、夺。㉕蹶为趣马：蹶(jué)：骡马用后腿向后踢叫尥蹶子。这里的蹶，就是一个象征骡马的象征词。趣马：掌管帮助正其养马之法的人。㉖楀维师氏：楀(yǔ)：同"彧"，有文采，引申教导。师氏：掌管教导天子和天子之子以及公卿大夫士之子弟教化的官员。㉗艳妻煽方处：艳妻：美丽的妻子，这是指周幽王的第二任皇后褒姒。煽：煽动，蛊惑。方处：才能处理。㉘抑此：要是这样，或是这

200

样。㉙岂曰不时：岂曰：岂不是说。不时：不适时，不适宜。㉚胡为我作：胡：为什么。为：是。作：劳作。㉛不即我谋：即：靠近；引申来，来到跟前，来到近前。谋：计谋，谋划，商量。㉜彻我墙屋：彻：拆除。我墙屋：我的房子和墙。㉝田卒汙莱：田：农田，田苗。卒：死；完毕。汙(wū)：浑浊，污垢；这里同"芜"，荒芜。莱(lái)：田地荒芜。㉞曰予不戕(qiāng)：曰予：说我。戕：杀害，伤害。㉟礼则然矣：礼法就是这样的。㊱作都于向：建立都城在向地。向：地名，在今河南济源县南。㊲择三有事：选择了三人作卿士。㊳亶侯多藏：亶：确实；徒然。侯：诸侯。多藏：很富有。㊴不慭遗一老：慭(yìn)：肯。遗：遗留；留下。一老：一个元老。㊵俾：使。㊶黾勉从事：黾(mǐn)勉：努力。从事：做事。㊷不敢告劳：不敢说自己劳苦功高。㊸谗口嚣嚣：谗口：谗言张口就来。嚣嚣(xiāo xiāo)：叫嚣，污蔑。㊹孽(niè)：罪孽，灾难。㊺噂沓背憎：噂沓(zǔn tà)：语言杂沓。噂噂：议论纷纷。背憎：背后憎恨。㊻职竞由人：职：职责，官职。竞：竞争，比赛。由人：由着别人。㊼我里：我的心里。㊽痗(mèi)：病。㊾羡(xiàn)：羡溢，溢出，漫出。㊿逸：逸乐。㉑休：休息，停息。㉒天命不彻：天命：先皇创建的治理国家天下的最高宗旨。不彻：不贯彻，不执行。

● 译文

在刚交十月的第一天，也就是初一的辛卯时。突然就有日食发生了，这样的预兆很不吉利。初一日月亮隐蔽不显，此时日头也隐藏不见。这对如今老百姓来说，也是很大的悲哀不幸。

日月隐晦已经显凶兆，它们的功用不能运行。天下四方没有好政令，不使用贤臣优秀人才。像那月食发生的事情，乃是那自然变化之常。而这次突然发生日食，有什么不好不吉利呢？

闪电光耀眼雷震剧烈，长久不停止震耳欲聋。那江河沸腾波涛汹涌。高高的山顶突然崩溃。高地刹那间变为深谷，深谷刹那间变为山丘。可叹如今我们这些人，怎么能不悲惨受打击。

那执掌国政的虢石父，换了安抚邦国的司徒。换了掌管后宫的内宰，二次更换合意的膳夫，换了奏明八法的内史，掌管养马之法的趣马。换了教导天子的师氏，受褒姒煽惑才能处置。

要是如此这样的皇父，岂不是说很是不适宜。为什么是让我去劳作？为什么不来与我商量？就拆掉我的墙和屋子，田苗枯死而田地荒芜。还说我不是有意伤害，礼法原本就是这样的。

皇父以为自己很圣明，在向这个地方筑都城。独自选了三人作卿士，徒然称侯确实很富有。不愿意留下一位老臣，使他守护我们的君王。而是选择有车马的人，用来迁居前往那向城。

努力勤勉为王室做事，不敢说自己劳苦功高。没有罪恶而且很无辜，谗言张口就把人诬陷。下位民众遭受的灾难，并不是从天上降下来。语言杂沓背后很憎恨，只能由当官的人定论。

长久的忧思在我心里，也像是一个很重的病。天下四方有灾荒漫溢，只有我独自心中忧愁。人民没有谁不想安逸，唯有我自己不敢休息。天命若不能彻底贯彻，我不敢效

仿友人自己安逸。

●评析

这首诗应该是周幽王之时的某位官吏用自己的真实感受和亲身经历对周幽王之政治的记载,所记载的是周幽王之时十月初一的辛卯时同时发生了月食和日食,紧接着就描述了月食日食之后发生的大地震事件。在古代对天文学的研究已经很深奥了,古人用日食月食事件来推测可能会发生的各种灾害,认为这次的日食导致很多不吉利的事情发生了,首先就是大地震发生,再就是天子之朝政的衰败,周幽王信任的三公之一虢石父的丑恶表现为人民带来的灾难。

全诗共分为八小节,第一小节记载的是月食日食发生的具体时间,以及人民对这次月食日食事件的预感,预感到这不是好征兆,必定会有灾难发生。

第二小节结合月食日食事件隐喻当今政治衰微的原因所在。月食日食发生的结果是月亮和太阳的正常功能不能正常发挥,不能照耀万物;而当今政治衰败的原因,是因为天子任用了不良的臣子,是这些恶臣的不良作为使天子不能发挥他正常的职责,就如月食日食一样的结果,这样就直接将矛头指向了周王的辅助之臣。

第三小节记载的是月食日食之后发生的大地震所引起的严重后果。从诗文中可以看出,当时的地震是非常剧烈的,电闪雷鸣江河沸腾,高山崩溃变为深谷,深谷变为山丘,剧烈的地震给人民的生活带来了极大的损害。关于周幽王之时的地震,据《东周列国志》第一回、第二回所记载时间顺序推算,也就是按照褒姒出生到十四岁进宫推算,褒姒出生于周宣王三十九年,被褒城的褒姓人家收养;周宣王死于四十六年,此时褒姒也应该有八岁左右;周宣王死后,其子周幽王继位,周幽王的年号是从周宣王死后的第二年开始。周幽王即位后年号的第四年,也是褒姒十四岁时,褒城之人褒珦之子洪德为救被周幽王关押在狱中的父亲褒珦而从褒城将褒姒买来,进献给周幽王。而在这之前,也就是周幽王继位第二年时就已经发生了严重的大地震,据记载当时泾、河、洛三川同日发生地震,三川枯竭,岐山也崩溃,压坏民居无数。周幽王当时不但不关心民众的生死,不听贤臣的谏言,反而听从虢石父的谗言将进谏正义之言的臣子驱逐出朝廷,朝政就由虢石父把持。周幽王当时不但不关心过问人民的灾难生死,不体恤民情,不救助灾难中的人民,不求贤访才救治灾难的人民,反而要寻找访求美女,虢石父也是四处为周幽王搜寻美女,所以才会有美女褒姒的出现,而惑乱国政。

所以这首诗的主要内容就是对虢石父的批判讽刺,也是对褒姒和周幽王的批判讽刺。

正如第四小节所言,虢石父为周幽王献谗言,将贤者驱逐,自己把持朝政,将朝中的大小官员全部撤换,就连为天子做饭的伙夫都撤换了两次,甚至连养马人都不放过。这一小节中有一些问题需要注意,很多学者将这一节中记载的一些人物的第一个字解释为姓氏,笔者经过多方研究认为不是姓氏。比如"番维司徒",其他学者认为"番"是番氏,为司徒,其实"番"在这里就是诸侯的象征词语。因为诸侯是王国的藩篱,也就是起维护作用的篱笆,或者诸侯就是王国的藩属国,而且因为司徒的职责是辅助天子安抚邦国,邦国就是诸侯国,所以这句话应该解释为"撤换了安抚邦国的司徒。"在这里要想明了笔者解

释的意思,必须仔细阅读词解中的相关内容。

诗文的第五、第六小节仍然是对周幽王的三公之一虢石父的胡作非为的具体事件的记载,说明周幽王周围没有贤臣的辅佐,身边只聚集一些小人与褒姒一同扰乱国政。

第七小节则是作者自己以及人民对于当时政治败坏的评论,人民和作者虽然在背后对这些败坏国政的人非常愤恨,但又没有办法只好听天由命。

最后一小节则是作者自己心情的写照,通过对作者心情的审视,可以看出这位作者是一位有道德有学问又能忧国忧民的贤者,因为他最后写到:"天命不能贯彻,他就不能像别人一样逍遥自在。"

这首诗歌所记载的历史事实在《周易》姤卦和夬卦中得到验证。

关于周幽王之时,三川皆震的历史在《国语·西周三川皆震　伯阳父论周将亡》中有记载。

雨无正

浩浩昊天①,不骏其德②。降丧饥馑③,斩伐四国④。旻天疾威⑤,弗虑弗图⑥。舍彼有罪,既伏其辜⑦。若此无罪,沦胥以铺⑧。

周宗既灭,靡所止戾⑨。正大夫离居⑩,莫知我勚⑪。三事大夫⑫,莫肯夙夜⑬。邦君诸侯,莫肯朝夕⑭。庶曰式臧⑮,覆出为恶⑯。

如何昊天,辟言不信⑰。如彼行迈⑱,则靡所臻⑲。凡百君子,各敬尔身。胡不相畏⑳,不畏于天。

戎成不退㉑,饥成不遂㉒。曾我暬御㉓,憯憯日瘁㉔。凡百君子,莫肯用讯㉕。听言则答㉖,谮言则退㉗。

哀哉不能言,匪舌是出㉘,维躬是瘁㉙,哿矣能言㉚。巧言如流,俾躬处休㉛。

维曰于仕㉜,孔棘且殆㉝。云不可使㉞,得罪于天子。亦云可使,怨及朋友。

谓尔迁于王都,曰予未有室家。鼠思泣血㉟,无言不疾㊱。昔尔出居,谁从作尔室㊲。

●注释

①浩浩昊天:浩浩:广大。昊(hào)天:苍天。②不骏其德:骏:原意是好马,良马;通"峻",高而险的山。这里象征美好高大。其德:道德,品德。③降丧饥馑:丧:丧亡。饥馑:灾荒。谷物歉收叫饥;蔬菜歉收叫馑。饥馑,就是灾荒严重到野菜都吃不上。④斩伐四国:斩伐:斩:杀,断绝。伐:攻击,残害。四国:天下四方。⑤旻天疾威:旻(mín)天:苍天,青天。疾:急速,猛烈。威:威慑,威逼。⑥弗虑弗图:弗:不。虑:思谋。图:谋划,考虑到。⑦既伏其辜:既:尽,完全。伏:隐藏,隐匿。辜:罪恶,罪行。⑧沦胥以铺:沦:

落,沉没。胥(xū):全,都。铺:普遍,广泛。铺天盖地。⑨靡所止戾:靡(mí):无,没有。戾(lì):违背,违反;凶暴,猛烈;罪过。⑩正大夫离居:正大夫:卿大夫。周代的天子、诸侯都有卿大夫,卿大夫一般分为上、中、下三等,正大夫应该是上大夫吧。离居:离开自己所居之位。⑪勚(yì):劳苦。⑫三事大夫:三事:即是卿大夫中的上中下三等大夫。⑬夙夜:夙:早。夙夜:早晚。早晚侍奉天子。⑭朝夕:早晚。⑮庶曰式臧:庶:几乎,差不多。曰:称作,叫做。式:样子。臧(zāng):善,好。臧:(cáng):隐藏。⑯覆出为恶:覆:掩盖;倾覆;反过来。反而出来又作恶。⑰辟言:辟:法度,法律。合乎法度的话。⑱如彼行迈:如彼:就如那些。行:行走。迈:行,去。⑲臻(zhēn):至,到达。⑳胡不相畏:胡:怎么?为什么?相畏:害怕,恐惧敬畏;担心,忧虑。相互担心。㉑戎成不退:戎:犬戎,古代北方的民族,经常侵犯西周。成:犬戎侵犯西周已成常事。不退:想法退敌。㉒饥成不遂:饥成:饥荒已经造成很大灾难。遂:终,终究,最终。㉓曾我暬御:曾经;重叠。暬(xiè)御:待御,周王的近臣。㉔憯憯日瘁:憯憯(cǎn cǎn):忧愁的样子;悲痛;残酷。瘁(cuì):劳苦而病;忧伤;憔悴。㉕用讯:用:效劳,出力。讯:询问;音信;告诉。㉖听言:听:听见;中听;治理,处理。言:话语。㉗譖言则退:譖(zèn):说坏话诬陷别人,这里是指天子认为贤者的谏言、谏诤之言不中听。退:屏退。㉘匪舌是出:匪舌:不是舌头。出:出现。不是舌头出现毛病。㉙维躬是瘁:唯怕自身这劳苦忧伤。㉚哿(gě):可;嘉。㉛俾躬处休:俾:使。躬:自身,自己。处:处在,处于。休:美善。㉜维曰于仕:维:是。曰:说。于:在。仕:做官。㉝孔棘且殆:孔:很是。棘:棘手。且殆:而且还很危险。㉞云不可使:云:说。使:奉命出使。㉟鼠思泣血:鼠:鼠窜,比喻像老鼠一样惊慌地逃跑。惊魂未定思虑得眼睛出血。㊱疾:疾苦,痛苦。㊲谁从作尔室:谁从:是谁跟随你。作尔室:作:开始;兴起;充任。室:朝廷。

● 译文

广大无垠的昊昊上天。不高大美好它的德行。降下丧国辱家的饥荒,残害天下四方的人民。这上天之威猛烈残酷,不思虑不为人民谋划。赦免了那些有罪之人,即完全隐藏那些罪行。至于这些无罪的人民,全都沦落普遍遭诬陷。

西周的镐京已经破亡,罪过并没有因此停止。上大夫为避灾而离位,有谁能知道我的劳苦?那些上中下卿大夫们,没有谁愿意早晚辛劳。那各诸侯国的君主们,有谁早晚来辅佐君王?每日盼王以美善为是,反见倾覆国家的罪恶。

为什么这浩大的青天,合乎法度的话不相信。就如那想要行路的人,就不知自己要到哪里?那大多数贤人君子们,则各自严谨他们自己。为什么就不相互警戒,难道也不敬畏天命吗?

犬戎之战不和解不退,饥荒不缓和没有收成。就连我这个小小待御,终日忧愁而日渐憔悴。那大多数贤人君子们,没有谁愿意询问效劳。中听的话语才会答对,谏诤的话语就要屏退。

可悲啊我们不能说话,并不是舌头出现毛病。唯怕自身受劳苦忧伤,可叹啊能言者言之也!巧舌如簧流言又不断,使自身处于不善之地。

虽然说是当官拿俸禄,但很棘手而且很危险。若说不可以奉命出使,就会得罪上位

的天子，若说可以奉王命出使，就会怨及下位的朋友。

说让你出使到那王都，又说我还没成家立业。惊慌忧伤得血泪涟涟，没有哪句话没有毛病。早先先王建立周王朝，是谁随先王兴建朝廷？

● 评析

这首诗应该是周幽王的近臣，也就是世袭为臣的先王之臣的后代所写。这首诗是对周幽王昏暗不明、无道失德、胡作非为、偏听偏信、不听贤者之言而只听他宠爱之人的话，使得国家混乱、人民遭殃、臣子引退、诸侯分崩离析，大家不愿意继续与昏君为伍的局面的描述。

诗文第一节以浩大的青天没有思维没有谋虑降下天灾，比喻居于上位的天子也就如没有思维没有谋虑的上天一样给人民带来了灾难，使人民生活在风雨无常的时代，遭受各种灾难，有罪的人被隐藏起来，无罪之人被当作罪犯受到迫害。

诗文的第二小节记载了西周的都城被犬戎烧杀抢掠而败坏，这是为什么呢？就是因为周幽王无道失德又宠爱褒姒，喜欢听对自己奉承巴结的言论，偏听偏信小人之言。贤者盼望君王能修明德，君王不但不听贤者之言，还迫害贤者，贤者只好离开自己所居之位。这里的所居之位是指贤者的官位。这里也不是所有贤者都是自己擅离职守，而正如"十月之交"所言，是因为虢石父将所有他认为不适宜的官员都更换了，使这些贤者失去了官职，所以这些贤者只好用不说话以示抗议。正因为君王没有了贤者的辅佐，只有小人当政，所以才会使国家倾覆，西周丧亡。

诗文的最后一段指出，之所以西周会衰败，就是因为周幽王忘记了先祖的教化背离了先祖之德。正如诗文所言："昔尔出居，谁从作尔室？"这就是说周幽王忘记了先祖，忘记了辅助先王的贤者，不使用贤者，只使用小人，听信小人和褒姒之言，不理朝政，使天下混乱，人民遭殃，这就是周幽王亡西周的原因所在。

关于《雨无正》这首诗，其名称的意义就是象征周幽王之时的政治，是指周幽王对人民造成的灾难就如天时一样变化无常，以狂风暴雨残害苍生；就如天下雨一样，没有正常的规律，随心所欲，该下时不下，不该下时反倒下个不停，这就是灾难发生的原因。这首诗所记载的历史事实在《周易》夬卦中就得到充分的证明，在姤卦也得到充分的证明。《诗经》所记载的关于周幽王各种历史事实，在《东周列国志》第一回、第二回就有确切的记载。

小旻之什

小旻之什，是以《小旻》这首诗歌为开头的十篇诗歌组成。十首诗歌包括：《小旻》、《小宛》、《小弁》、《巧言》、《何人斯》、《巷伯》、《谷风》、《蓼莪》、《大东》、《四月》。

《小旻》、《小宛》、《小弁》、《巧言》、《何人斯》这几首诗歌是周幽王失道失德、国家混乱、人民遭殃时期，对周幽王和周幽王周围的小人的作为及其结果、原因的记载和讽刺之诗。比如《小旻》是一首讽刺周幽王重用小人使国运惑乱的诗篇。《小宛》是一首大夫讽

刺周幽王之乱的诗篇,诗文以斑鸠鸟无忧无虑自由自在地高飞来象征作者对自由的向往,也用以衬托作者为国家前途命运的担心而不能自已,因此引起作者对先王的思念之情。《小弁》,多数学者认为这是周幽王的太子宜臼所写或者是宜臼之师傅所写,是对周幽王听信谗言而使其受到无辜伤害的倾诉之诗。《巧言》是一首对周幽王不听信贤者之言,而只听信小人之言的讽刺之诗。正因为周幽王失道无德,所以人民就对先王之德和先王时代人民的和乐生活格外怀念。《大东》这首诗所表现的是对周幽王政治的不满情绪,怀念昔日西周之时,也就是周武王、周成王时代的人文风气,怀念昔日西周之时人民和乐富足的美好生活,而与当时之时人民的悲惨生活形成对比。

小 旻

旻天疾威①,敷于下土②。谋犹回遹③,何日斯沮④?谋臧不从⑤,不臧覆用。我视谋犹,亦孔之邛⑥。

潝潝訿訿⑦,亦孔之哀。谋之其臧,则具是违⑧。谋之不臧,则具是依。我思谋犹,伊于胡底⑨。

我龟既厌⑩,不我告犹。谋夫孔多,是用不集⑪。发言盈庭⑫,谁敢执其咎⑬?如匪行迈谋⑭,是用不得于道⑮。

哀哉为犹,匪先民是程⑯,匪大犹是经⑰。维迩言是听⑱,维迩言是争。如彼筑室于道谋,是用不溃于成。

国虽靡止⑲,或圣或否。民虽靡膴⑳,或哲或谋㉑,或肃或艾㉒。如彼泉流。无沦胥以败㉓。

不敢暴虎㉔,不敢冯河㉕。人知其一,莫知其他。战战兢兢,如临深渊,如履薄冰㉖。

●注释

①旻天疾威:旻(mín)天:青天,苍天。疾威:疾:病;急速;厌恶。威:威力,威风,害怕。②敷于下土:敷于:布于;普遍施于。下土:天下人民。③谋犹回遹:谋:计谋,阴谋。犹:如同,还。犹豫;尚且。回:迂回。遹(yù):邪辟;遵循。④沮(jǔ):阻止;败坏;丧气。⑤谋臧不从:谋:计谋。臧(zāng):善,好。不从:不顺从,不听从。⑥邛(qióng):土丘;病。⑦潝潝訿訿:潝潝(xī xī):符合的样子。訿訿(zī zī):说别人的坏话。⑧则具是违:则:乃,就。具:全部。违:违背,不用。⑨伊于胡底:伊:此,他,它。于:于是。胡:怎么?底:到底;低下。⑩我龟既厌:我卜筮的神龟已经厌倦。⑪是用不集:使用起来不成功。集:成功。⑫发言盈庭:发言充满朝廷。⑬咎:灾祸,罪过。⑭如匪行迈谋:如:就好像。匪:不是。行迈:行路人。谋:商讨。⑮道:道路,方法,要领。⑯匪先民是程:先民:先祖。程:法度,法规。⑰匪大犹是经:经:治理,管理。⑱迩言:迩:近,这里的近就是指与自己利益相近的事情。迩言:也就是浅近的话语。⑲靡止:靡:无,没有。止:停止。⑳膴(wǔ):美,厚;这里是比喻人民秉性不一样。㉑哲:明智,聪明。㉒或肃或艾:肃:严肃,恭

敬。艾：美好。㉓无沦胥以败：无沦：无，没有。沦：沦丧，沦落。胥（xù）：全，都。败：败坏，失败。㉔不敢暴虎：不敢空手伏虎，与老虎搏斗。㉕不敢冯河：不敢徒步渡大河。㉖如履薄冰：就如踩在薄冰上。

● 译文

那上天急速发威风，施威于普天下人民。计谋迂回而且邪辟，什么时候才能阻止。谋略美善者不听从，谋略不善者反而用。我看还可以的谋略，也还是有很多毛病。

随声附和胡乱诽谤，也是非常悲哀的事。凡是那些好的谋略，就会全部违背不用。凡是些不好的谋略，就会全部依从使用。我看还可以的谋略，它到底什么时候用？

我的灵龟已经厌倦，不会再告诉我吉凶。谋士的谋略很是多，使用起来却不成功。所发言论充满朝廷，谁敢执行充满灾祸的言论。如向陌路人问去处，使用就得不到正确的方法。

哀哉如此的谋划啊，不是谋划先祖法度，尚匪谋划治国大法，唯浅近的言论听从，为浅近的言论争论！如修屋人向过路人问计谋，用起来不是溃乱就是不成功。

国运虽然没有止境，执政者或圣贤或否。民众虽然秉性不一，有的聪明很有谋略，有的恭敬也很美好，就如那流淌的泉水，不会沦落不会败坏。

不敢赤手与虎搏斗，不敢徒步去蹚大河。人只知道其中之一，没有谁知道的更多。终日恐惧小心谨慎，就如终日面临深渊，如终日踩在薄冰上。

● 评析

这是一首讽刺周幽王重用小人，使国运惑乱的诗篇。这些历史事实在《史记·周本纪》、《周易》姤卦、颐卦、夬卦、《东周列国志》第二回、第三回有明确记载。全诗共分为六小节。第一小节用上天胡乱发威风比喻周幽王无道失德，不顾人民的死活，而随便发号司令，这是人民遭殃的原因所在。也就是因为周幽王不听从贤者的好谋略，凡是对人民有利的就全部不用，而只采用对他们自己有利的谋略，只采用小人为自己谋利益的谋略，人民当然就会遭殃了。

第二小节记载了那些小人为了自己的利益整天逢迎巴结天子，又专门诬陷诽谤贤者和人民，因为人民和贤者与小人的思想是不一致的，小人只知道为自己谋利益。

第三小节记载了就连周文王传下来卜筮用的神龟都厌倦了，卜筮不出来吉凶了。其实这是说那个时候是非黑白混淆，就是卜筮出来应该怎么作，也不会有人采用；也是说那时的卜筮人不会专心致志地卜筮，不愿意为周幽王服务。

那么周幽王和那些小人臣子整日在干什么呢？这是第四小节所反映的问题。他们在为自己的利益争论不休，不是为了谋划国家大事，不是为了继承先祖的事业，而是为了周幽王的吃喝玩乐淫乱而忙碌。

第五小节的解释应该注意的问题是：笔者将"国虽靡止"解释为"国运虽然没有止境"，意思就是说周朝的国运到底还能持续多久？因为治国者有的圣明有的愚昧，人民也是一样的。最后作者告诉我们，中华的国运就如那常流不断的泉水，是不会沦落也不会衰败的，作者对国运的发展充满了信心。

最后一小节则告诉我们一个常理,那就是沿着先祖开辟的治国常道小心谨慎地沿着大道前进就不会有危险发生。也是说这些贤者终日小心谨慎唯恐出了差错而使自己和国家的利益受到更大的损伤。

关于这首诗所记载的历史事实,在《周易》山雷颐卦中能得到验证。

小 宛

宛彼鸣鸠①,翰飞戾天②。我心忧伤,念昔先人。明发不寐③,有怀二人④。

人之齐圣⑤,饮酒温克⑥。彼昏不知⑦,壹醉日富⑧。各敬尔仪,天命不又⑨。

中原有菽⑩,庶民采之⑪。螟蛉有子⑫,蜾蠃负之⑬。教诲尔子,式穀似之⑭。

题彼脊令⑮,载飞载鸣。我日斯迈⑯,尔月斯征⑰。夙兴夜寐,无忝尔所生⑱。

交交桑扈⑲,率场啄粟⑳。哀我填寡㉑,宜岸宜狱。握粟出卜,自何能穀。

温温恭人㉒,如集于木。惴惴小心㉓,如临于谷㉔。战战兢兢,如履薄冰。

●注释

①宛彼鸣鸠:宛(wǎn):微小,细小。彼:这,那。鸣鸠:鸣叫的斑鸠。②翰飞戾天:翰:原意是指山鸡和鸟羽;这里是指鸟抖动双翅疾飞。翰,翰音,在宗庙祭祀的物品中,所荐献的鸡的称名就叫翰音。戾(lì):强烈;至,到。天:天空。③明发不寐:明发:天色发亮。不寐:还不睡觉。④有怀二人:有怀:只有怀念。二人:很多学者认为二人是自己的父母,自己的父母还活着就不能称为昔日的先人,所以笔者以为是怀念先王周文王和周武王。⑤人之齐圣:人之:是指这二位先王。齐圣:都很圣明。⑥温克:温:平和,温和。克:克制,约束;能够。⑦彼昏不知:彼:这些人。昏:昏庸。不知:不知道节制。⑧壹醉日富:壹:一概;都;以。日:整日。富:富裕,财产多。⑨天命不又:天命:治理国家天下的最高宗旨——道德。又:又一次,再,更,反复。⑩中原有菽:中原:关中之地。菽(shū):豆类的总称。⑪庶民:万民,众人。⑫螟蛉(míng líng):是一种绿色小虫。⑬蜾蠃负之:蜾蠃(guǒ luǒ):一种寄生蜂。蜾蠃常捕捉螟蛉的的卵,存放在自己窝中,将自己的卵产在螟蛉的卵里,卵孵化后,就以螟蛉之卵当食物,古人误以为蜾蠃背负螟蛉之子是为了养育,所以,就以蜾蠃背负养育螟蛉之子而教化人类向这些生物学习善德。负:背负。⑭式穀似之:式:标准,榜样。穀:赡养,善,好。似之:像它们。⑮题彼脊令:题:说起,看。脊令:鸟名,又叫鹡鸰鸟。⑯我日斯迈:我日:我每日。斯:那样,这样。迈:行,巡行。⑰尔月:而且每月。⑱无忝尔所生:忝:添,辱没,愧对。尔所生:生养你的人。⑲交交桑扈:交交:鸟飞来飞去。桑扈(hù):青雀。⑳率场:沿着谷场。㉑填寡:填(zhèn):通"镇",使安定。寡:少,贫穷,疾病。㉒温温恭人:平和温顺恭谨的人。㉓惴惴小心:惴惴(zhuì zhuì):恐惧忧愁。小心:小心谨慎。㉔谷:山谷;困境。

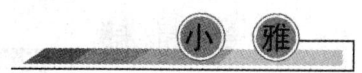

●译文

那小斑鸠鸟鸣叫着,抖动翅膀飞到天空。我的心中实在忧伤,怀念那昔日的先祖。整夜不眠到天发亮,怀念那文王和武王。

二位先王都很圣明,饮酒平和受到约束。那昏庸人不知节制,以整日醉酒为富有。各人要严谨你威仪,天命不会再次降临。

中原地区出产豆子,众人都去采摘它们。那螟蛉产下的子息,蜾蠃背负到它窝中。要教诲你的子孙们,以它们善美为榜样。

看那叫鹡鸰的小鸟,一边飞来一边鸣叫。我每日都这样巡行,而且每月那么远征。每日里都早起晚睡,不辱没生养你的人。

小青雀来回纵横飞,沿着谷场啄食米谷,可怜我穷困又不安,却还要当罪犯人狱。手握粟米把吉凶问,我的日子何时才好?

平和温顺恭谨的人,如群鸟在树上栖身。恐惧忧愁小心翼翼,就如面临万丈深渊。终日恐惧小心谨慎,就好像踩在薄冰上。

●评析

这是一首大夫讽刺周幽王之乱的诗篇。全诗共分为五节,第一节以斑鸠鸟无忧无虑自由自在地高飞来象征作者对自由的向往,也用以衬托作者因为为国家前途命运担心而不能自已,因此引起作者对先王的思念。也就是说在先王时代,他们这些作臣子的人就不会有这么多的忧思。

紧接着第二小节指出,先王时代,也就是周文王、周成王、周公时期,能严格限制饮酒,使人饮酒不醉为度,所以就不会失德。可是周幽王时期,却忘记了先祖的法度而饮酒无度,以一醉方休为荣,周幽王与褒姒淫乱,饮酒无节制。所以作者劝告那些一醉方休的人,要严禁自己的威仪,因为他们肩负着治理国家的使命,天命失去了就不会再得到天命了,所以治国者要以国家人民的利益为己任。

第三小节以人民种植农作物养活亲人、蜾蠃背负螟蛉之子的事实,说明人应该向善,以美善为榜样,而不要为非作歹。

最后几节则在告诉我们,他自己就像飞来飞去的鹡鸰鸟一样一心为国忙碌,他是为了不愧对先祖、不愧对父母。可是他这样辛劳为国,其结果却是遭遇牢狱之灾,使他对自己的命运产生了怀疑。作者最后指出,只有向贤人学习,小心谨慎,不要再使自己遭遇灾难,这也是作者的殷切期望。

这首诗歌所记载的历史事实在《周易》姤卦中得到验证。

小 弁

弁彼鸒斯①,归飞提提②。民莫不穀③,我独于罹④。何辜于天,我罪伊何⑤?心之忧矣,云如之何?

踧踧周道⑥,鞫为茂草⑦。我心忧伤,惄焉如捣⑧。假寐永叹⑨,维忧用老⑩。心之忧矣，疢如疾首⑪。

维桑与梓⑫，必恭敬止。靡瞻匪父⑬，靡依匪母。不属于毛⑭，不罹于里⑮。天之生我，我辰安在⑯？

菀彼柳斯⑰，鸣蜩嘒嘒⑱。有漼者渊⑲，萑苇淠淠⑳。譬彼舟流㉑，不知所届㉒。心之忧矣，不遑假寐㉓。

鹿斯之奔，维足伎伎㉔。雉之朝雊㉕，尚求其雌。譬彼坏木，疾用无枝。心之忧矣，宁莫之知。

相彼投兔㉖，尚或先之㉗。行有死人，尚或墐之㉘。君子秉心㉙，维其忍之㉚。心之忧矣，涕既陨之㉛。

君子信谗㉜，如或酬之㉝。君子不惠㉞，不舒究之㉟。伐木掎矣㊱，析薪扡矣㊲。舍彼有罪，予之佗矣㊳。

莫高匪山，莫浚匪泉㊴。君子无易由言㊵，耳属于垣㊶。无逝我梁㊷，无发我笱㊸。我躬不阅㊹，遑恤我后㊺。

● 注释

①弁彼鸒斯：弁(biàn)：古代用皮革做的一种帽子；急速。鸒(yù)斯：鸒：乌鸦。斯：此，那。②归飞提提：归飞：飞回。提提：通"齐齐"，一齐飞回。③榖：赡养；活着；善，好。④罹(lí)：遭遇灾难。⑤伊何：伊：这，那。何：什么。⑥踧踧周道：踧踧(dí dí)：平坦的样子。周道：周朝的大道。⑦鞫为茂草：鞫(jū)：养育，抚养。通"俱"，全，都。茂草：茂盛的野草。⑧怒焉如捣：怒(nì)：忧思，伤痛。如捣(dǎo)：就如捣蒜，如用东西撞击。⑨假寐永叹：假装睡觉长叹息。⑩用老：效劳，辛劳到老。⑪疢如疾首：疢(chèn)：热病。疾首：头痛病，发热头痛。⑫维桑与梓：桑：桑树。梓(zǐ)：梓树，落叶乔木。⑬靡瞻匪父：靡(mí)：不，无，没有。瞻：瞻仰，敬仰。匪：不是。⑭不属于毛：属：隶属，归属，连接。毛：皮毛衣服上的毛，引申外面。⑮里：衣服里面，里子；故里。⑯我辰安在：辰：日子，时辰；良辰美景。安在：哪里？在哪里。⑰菀彼柳斯：菀(yù)：茂盛。柳：柳树。斯：此，那。⑱鸣蜩嘒嘒：鸣蜩(tiáo)：鸣叫的蝉。嘒嘒(huì huì)：蝉的鸣叫声。⑲有漼者渊：漼(cuǐ)：深，深水；摧毁。渊：深渊。⑳萑苇淠淠：萑(huán)：水泽，泽水。苇：芦苇。淠淠(pèi pèi)：草木茂盛。㉑譬彼舟流：譬如那船舟漂泊。流：漂泊。㉒届：到，到达。㉓不遑假寐：遑(huáng)：闲暇。假寝：借机睡觉。假：借，抓紧机会。寝：睡觉。㉔维足伎伎：伎伎(qí qí)：通"跂(qí)"，长跂，形容虫子行走的样子，这里形容鹿的长腿奔跑的样子。㉕雉之朝雊：雉：野鸡。朝：早晨。雊(gòu)：野鸡的叫声。㉖相彼投兔：相：看。彼：那。投兔：投入网中的兔子。㉗尚或先之：尚或：尚且想活。或：或者。先之：已经死去了。㉘墐(jìn)之：用泥涂塞。这里是指用土掩埋死人。㉙秉心：秉心公正。㉚忍之：忍耐，忍受。㉛涕既陨之：涕：涕泪。既：已经；依然。陨：坠落。㉜信谗：听信谗言。㉝如或酬之：如：依照，随从，顺从。酬：酬谢。㉞惠：仁慈，仁爱。㉟不舒究之：舒：展开；舒缓。究：探求究竟。究达：彻底通晓。㊱伐木掎矣：伐木：砍树木。掎(jǐ)：用绳子牵引。㊲析薪扡矣：析：分辨，分析；分离，分散。薪：柴薪。扡(lí)：同"篱"，篱笆。㊳佗(tuó)：通"驮"，背负。㊴浚

210

(jùn)：深。㊵无易由言：无易：不要轻易。由言：由：听从。听从别人之言。㊶耳属于垣：耳：耳朵。属：连接。垣(yuán)：墙。㊷无逝我梁：逝：毁坏；去掉。梁：鱼梁；水中修筑的捕鱼的矮坝堰。㊸笱(gǒu)：竹制的捕鱼的竹篓。㊹我躬不阅：躬：自身；身体。阅：看，视察；经历。㊺遑恤我后：遑：通"惶"，惶恐。恤：体恤。我后：我的后人。

● 译文

那急速飞翔的乌鸦，都整齐如一飞回了。民众无不好好活着，只有我独自遇灾难。天啊这是什么缘故？我的罪究竟是什么？心中实在是忧愁啊，说说它又能怎么样？

很平坦的周朝大道，都长满茂盛的野草。我的心中实在忧伤，忧思伤痛如物撞击。假装睡觉长叹不断，只有忧愁效力到老。心中实在是忧愁啊，发热头痛就如火烧。

只有那桑树和梓树，才会使我毕恭毕敬。无不敬仰自己父亲，无不依恋自己母亲。我既不归属于外边，我又不归属于故里。上天既然生育了我，我的好日子在哪里？

看那茂盛的柳树上，蝉儿嘒嘒鸣叫不停。有深水就会有深渊，泽水的芦苇很茂盛。譬如那船舟要漂流，就不知怎样能到达。心中的千愁万绪啊！没有闲暇借机休息。

那鹿儿的飞速奔跑，只看见长长的四足。野鸡早晨的鸣叫声，尚且是要寻求配偶。譬如那败坏的树木，病重因此不长枝条。心中的千愁万绪啊！难道没有谁能知道？

看那些投网的兔子，还想活命或已死亡。行路的人有人死了，还要用土掩埋了他。君子秉心公正不阿，只有对其忍受忍耐。心中的千愁万绪啊！涕泪依然如雨落下。

君主听信他人谗言，顺从或者酬谢他们。君主没有仁爱之心，不对事情探求究竟。砍树要用绳子牵制，分开柴薪编织篱笆。舍掉那些有罪之人，我却背负着那罪名。

没有哪座山峰不高，没有哪个泉水不深。君子不轻易听信他人言，因为隔墙有耳偷听。不要毁坏我的鱼梁，不要打开我的鱼篓。我自身还没有阅历，惶恐体恤我的后人。

● 评析

这一首诗歌应该是一位贵族或者被贬的官吏所写。也有学者认为是周幽王之子——太子宜臼所写，太子宜臼就是后来的周平王。因周幽王纳褒姒为皇后，褒姒生子曰伯服，周幽王听从褒姒之言而废太子宜臼之位，遂立伯服为太子，太子宜臼被贬到母后娘家之国申国，太子的师父太傅、少傅均被削职，所以有学者认为这是太子宜臼所写或者是宜臼之师傅所写。也有以为是周宣王之时的贤臣尹吉甫之子伯奇，因其父娶后妻，伯奇之父受到后母的蛊惑而使伯奇受到驱逐所写。

但是笔者以为是太子宜臼的可能性极大，或者就是哪位遭遇周幽王迫害的官吏所写。因为诗文的主要内容是忧国忧民，而不只是描写个人的灾难，诗文的内容就是对虢石夫和尹球之小人的控诉。

全诗共分为八小节。第一小节用那些奋飞的乌鸦都能一齐飞到自己的窝里，来比喻这位作者因为遭遇灾难却不能回到自己家里。也就是说人人都有家，鸟儿也有家，而唯独自己寄人篱下，所以心中气愤不平，就将自己的不平写出来，可是这又有什么作用呢？

第二小节主要是用对比的语言，以周朝平坦的大道上长满的茂盛的野草来说明周朝在周幽王之时违背了先祖的治国之道而使先祖的治国之道荒废、人民遭殃，所以作者因此而忧伤。这里作者忧伤的是国家的治国之道,是国家人民之事,而不是自己的患得患失。

第三小节仍然用对比的语言,写出了作者自己所遭遇的灾难。作者用桑树和梓树作比喻,为什么呢?大概是因为桑树和梓树全身都对人有用处,桑叶喂蚕,桑叶桑皮、桑枝、桑根入药;梓树因为木质轻柔耐朽,古代用以建筑或者制作器具、琴瑟等。用人们喜爱的桑树和梓树来比喻人人都会喜欢敬仰自己的父亲,但是唯独自己的父亲对自己不亲,自己也见不到自己的母亲。这是因为作者现在的处境已经不属于宫中之人,也不属于周邦之人,而属于申国之人,所以作者发出深重的哀叹,自己究竟属于哪里?

第四、第五小节描写的是作者对国家和自己前途命运的担忧。作者和国家就如行走在深水和芦苇丛中迷失了方向,不知道什么时候才能到达自己的目的地;紧接着作者用奔跑的鹿和求偶的野鸡,以及有病的树木来形容自己的心情,也就是说连鹿和野鸡都有自己的目标方向,而自己却像一颗病树一样什么用处也没有,所以作者说难道他这样伤心忧愁会没有人知道吗?

第六小节用兔子将死也要蹦跶几下争取逃生,行人死了也会有好心人将他掩埋,说明人和其他动物一样不愿意死亡,不幸死亡了也会有人掩埋,但是自己的父亲为何就会这样狠心,而作者只能忍耐而已。所以诗人一想到这些,忍不住就会涕泪横流。

第七小节主要描写了这些事情发生的真正原因,就是因为自己的父亲对一些事情不究其原因,不讲究方法,就轻易地听信别人的谗言的结果。也就说周幽王只听信褒姒之言,而将自己的太子之位废弃,赶出王府,将自己的母后废弃,打入冷宫,而立伯服为太子,立褒姒为皇后。最后作者指出,君子最好不要轻易听信谗言,不要轻易发言,因为有小人在偷听。作者只好说,请这些小人不要再伤害善良的人,这些善良的人只会依靠打鱼为生,对这些复杂的社会还没有阅历,他们还要顾惜自己的妻儿父母后代。

总之通过对诗文的分析,可以认为是太子宜臼所写。

这首诗歌在《周易》山雷颐卦中得到验证。

巧 言

悠悠昊天①,曰父母且②。无罪无辜,乱如此帐③。昊天已威,予慎无罪。昊天泰帐,予慎无辜④。

乱之初生,僭始既涵⑤。乱之又生,君子信谗。君子如怒,乱庶遄沮⑥。君子如祉⑦,乱庶遄已。

君子屡盟⑧,乱是用长⑨。君子信盗⑩,乱是用暴⑪。盗言孔甘⑫,乱是用餤⑬。匪其止共⑭,维王之邛⑮。

奕奕寝庙⑯,君子作之。秩秩大猷⑰,圣人莫之⑱。他人有心,予忖度之⑲。跃跃毚兔⑳,遇犬获之。

　　荏染柔木㉑,君子树之㉒。往来行言㉓,心焉数之㉔。蛇蛇硕言㉕,出自口矣。巧言如簧㉖,颜之厚矣。

　　彼何人斯,居河之麋㉗。无拳无勇㉘,职为乱阶㉙。既微且尰㉚,尔勇伊何㉛。为犹将多㉜,尔居徒几何㉝?

●注释

①悠悠昊天:思念悠久浩大的上天。②曰父母且:说是万物之父又是万物之母。③帡(hū):覆盖;大。④予慎无辜:予:我。慎:慎重,谨慎。无辜:无罪。⑤僭始既涵:僭(jiàn):超越本分;虚假,不真实。始:开始。既:已经。涵(hán):涵盖;包涵,包容。⑥乱庶遄沮:乱庶:众多乱子。遄(chuán):快,速。沮(jǔ):止,停止。⑦祉:福祉。⑧屡盟:多次盟誓。⑨乱是用长:乱子只是因此而增长。⑩信盗:相信强盗。⑪暴:凶暴,残暴。⑫盗言孔甘:强盗的言论很甘甜。⑬餤(dàn):进,进一步发展。⑭匪其止共:匪:不是。止:阻止;只是,仅仅。共:共同。⑮邛(qióng):土丘;病。⑯奕奕寝庙:奕奕:高大,光明,明亮。寝庙:古代宗庙的后殿,用以放置祖先衣冠。⑰秩秩大猷:秩秩:常规有序。猷(yóu):道术,方略。大猷:大的治国方略,谋略。⑱莫之:莫:没有谁,没有什么。之:的。⑲予忖度之:予:我,给与。忖(cǔn)度:揣度,思考,研究。⑳跃跃毚兔:跃跃:活蹦乱跳的样子。毚(chán)兔:狡猾的兔子。㉑荏染柔木:荏(rěn):一年生草本植物。染:同"苒(rǎn)"。荏苒:柔弱的样子。柔木:软,柔枝嫩叶。木:树木。㉒树之:栽种。㉓行言:流言。㉔心焉数之:自己心中要有数啊。㉕蛇蛇硕言:蛇蛇:恶毒而诡秘。硕言:大话。㉖巧言如簧:巧妙的言语如演奏笙簧。㉗麋(mí):通"湄",水岸边水草相接处。㉘无拳无勇:无拳:拳:象征力量。无勇:不勇敢。㉙职为乱阶:职:职责;主要。为:造;作为。乱阶:乱;混乱。阶:依仗;阶梯。㉚既微且尰(zhǒng):微:微小,卑微;衰败。尰:臃肿;胀大,引申发达。㉛尔勇伊何:尔勇:你的勇于;你的勇敢。伊何:伊:他,此。何:为什么。㉜为犹将多:为:因为。犹:犹豫不决。将多:大概很多。㉝尔居徒几何:尔居:你的居心。徒:徒劳。几何:有多少。又能怎样?

●译文

　　思念悠久浩大的苍天,说是万物之父也是其母。既没有罪过也很无辜,乱子为什么会如此之大?浩大的苍天已经发威,我很谨慎所以不会犯罪。浩天之威实在太大了,我很谨慎所以没有罪过。

　　混乱刚刚开始发生时,虚假才开始就已被包容。混乱又不断地发生时,君主开始相信那些谗言。此时君子如能够发怒,众多乱子就会很快阻止。此时君子如降下福祉,众多乱子就会快速停止。

　　君主曾多次结盟盟誓,乱子只是因此不断增长。君子很相信强盗的话,乱子只是因此更加残暴。强盗的言论非常甜美,乱子只是因此更加发展。并非只是他们的通病,而且连接着君王的毛病。

　　高大明亮的周族宗庙,是我们的先王建造了它。常规有序的治国大计,没有不是那圣人谋划的。其他人若是能有心计,给用心思揣度研究它。活蹦乱跳狡猾的兔子,遇到猎犬同样能捕获它。

柔弱嫩枝细叶的草木，君子将它一棵一棵种植。对于往来的流言蜚语，自己心中一定要有数啊。恶毒而又诡秘的大话，都出自那些人的口中啊。说出如笙簧巧妙之言，真正是厚颜无耻至极啊。

这都是一些什么人啊，他们居住在河岸草地边。没有力量更没有勇气，主要以制造混乱为阶梯。既卑微而又想要发达，你勇于使用他是为什么？因为过多的犹豫不决，你的居心徒劳岂能奈何？

●评析

这是一首对周幽王不听信贤者之言，而只听信小人之言的讽刺之诗。全诗共分为六节。

第一节用悠久浩大的上天是万物生成的父母，比喻天子就是民之父母，是民之父母的天子为什么无缘无故要使人民遭受灾难呢？这是作者提出的问题，也就是要告诉我们人民无缘无故遭受灾难的原因所在。

第二节就告诉我们灾难产生的原因所在。就是因为从开始，君王对于那些虚假的事情包庇纵容使其泛滥，而且君王对这些事情就根本置之不理，不去治理阻止，任其泛滥，那么那些小人就认为有机可乘而伺机制造混乱，乘机为自己谋取利益。

第三节接着指出，君王不但不对混乱进行治理，而且还相信小人的甜言蜜语，做一些无用的事情，因为君王忙于做无用之事，小人就有机可乘，坏事就会越做越多，这也是因为君王自己无道失德之故，所以才会使混乱发生。

第四节作者指出，高大的祖庙里树立着先王的塑身，先王的功德就铭刻在铭鼎上，如果君王是有心人，就不应该忘记先祖的功德，应该铭记先祖的最高宗旨，就不会听信小人之言，小人再狡猾也会被牢记先祖教导的人像猎犬捕捉狡兔一样将其逮住，使他们不再危害国家人民。

第五节的含义是用君子一棵一棵栽种小小的树木可以成林，比喻假如对于那些流言飞语不在意，那这些流言飞语就会像君子栽种的小树木成荫成林一样发展壮大。君子栽种的草木成荫成林为人民造福，而这些流言飞语却只能制造混乱危害国家人民，所以就必须要重视它，不能任其发展壮大。

最后一节作者指出，制造流言飞语、制造混乱的到底是一些什么人呢？作者说，这是一些居住在水岸边上的人，那么这是什么人呢？这里作者用水岸作比喻，水岸的位置在低处，水向低处流，也就是说这是一些没有远大理想、没有高大志向的小人而已。当然，作者也用居住在水岸边比喻象征褒姒，因为褒姒就是被人从水岸边捡来抚养成人的小人，褒姒就是制造混乱的根源之一。这些人除过只有一张制造流言飞语的嘴巴外，既没有力量也不勇敢，既卑微又想要得到大利益，所以他们只好以制造混乱作为他们谋取利益的阶梯。君王使用了这样的人，怎么能不使国家混乱、人民遭殃呢？

这首诗所记载的历史事实在《周易》萃卦就可以得到验证。

何人斯

彼何人斯？其心孔艰①。胡逝我梁②，不入我门？伊谁云从③？维暴之云④。

二人从行，谁为此祸？胡逝我梁，不入唁我⑤？始者不如今，云不我可。

彼何人斯？胡逝我陈⑥？我闻其声，不见其身。不愧于人，不畏于天。

彼何人斯？其为飘风⑦。胡不自北？胡不自南？胡逝我梁？只搅我心。

尔之安行⑧，亦不遑舍⑨。尔之亟行⑩，遑脂尔车⑪？壹者之来⑫，云何其盱⑬？

尔还而入⑭，我心易也⑮。还而不入，否难知也。壹者之来，俾我衹也⑯。

伯氏吹埙⑰，仲氏吹篪⑱。及尔如贯⑲，谅不我知。出此三物⑳，以诅尔斯㉑。

为鬼为蜮㉒，则不可得。有靦面目㉓，视人罔极㉔。作此好歌，以极反侧。

●注释

①孔艰：孔：很；甚。艰：艰险，险恶。②胡逝我梁：胡：为什么？逝：去，离去，引申走过。梁：鱼梁。③云从：云：说；为，是；如此，这样。从：听从，顺从；跟随。④维暴：维：只有。暴：残暴，凶残，暴虐。⑤唁(yàn)：对亡国者的慰问；对遭遇丧事者进行慰问。⑥陈：旧，旧地。⑦飘风：大旋风。⑧安行：安：徐缓，从容。从容行走。⑨遑舍：遑：闲暇。舍：止息，休息。⑩亟行：快速行走。⑪脂尔车：脂：油脂，用油脂润滑车轴。⑫壹：一者，第一次来。⑬盱(xū)：张目上视。⑭尔还而入：还：返回。而入：而进入。⑮易：变化。⑯俾我衹也：俾(bǐ)：使。衹(zhī)：衹回，心怀敬意而流连徘徊。⑰伯氏吹埙(xūn)：伯氏：大哥等人。埙：古代用陶土制作的吹奏乐器。⑱仲氏吹篪：仲，二，排行为二的。篪(chí)：古代竹制的吹奏乐器。⑲及尔如贯：及：和，与。尔：你。如贯：如，象。贯：一贯，从来都是这样。⑳三物：一般认为是指猪犬鸡。㉑以诅尔斯：诅(zǔ)：诅咒；盟誓。斯：那么，就。㉒蜮(yù)：古代认为短狐一类的妖怪。㉓有靦面目：有靦(tiǎn)：靦：惭愧的样子。形容脸的样子；厚着脸皮，叫靦着脸。面目：脸皮。㉔视人罔极：视人：看人。罔极：罔：无，没有，不要。极：极端，标准。

●译文

这是一个什么人啊？他的心肠很是险恶。为什么路过我鱼梁，而不进入我的家门？他是听从谁人的话？只有凶残的话是从。

二人一起跟随行走，谁人是此祸患根由？为什么路过我鱼梁，而不进我家安慰我！开始不像如今这样，说是不可以慰问我。

这是一个什么人啊？为什么路过我旧地？我只听到他的声音，却看不见他的身影？他不觉有愧于我吗，也不会畏惧天命吗？

　　这是一个什么人啊？他好像是一股旋风。为什么不向北方去？为什么不向南方去？为什么路过我鱼梁？只能搅乱了我的心。

　　你这样从容地行走，也不会有闲暇休息。你这样急速地行走，也无闲暇给车膏油。第一次返回的时候，说我为何睁眼看你？

　　你这次回来就进家，我的心情会变高兴。这次回来而不进家，否则后果就很难知。第一次返回的时候，使我恭敬流连徘徊。

　　大哥等人吹奏埙乐，二哥等人吹奏篪乐。与你就如一如既往，谅你也不会不知道。摆出猪狗鸡三样来，就为让你对天发誓。

　　以后为鬼还是为蜮，那可就不得而知了！人有面目应知羞愧，看你不会变到极端，我作这一首好诗歌，以防止你走到反面。

●评析

　　这是一位贤者对昔日与自己一起同甘苦的同仁的劝告之词。全诗共分为八节。第一节首先提出了对这个人的品行的质疑。这是一个什么人呢？是一个心肠险恶的人，他为了自己的利益，只是听从那些残暴之人的话，对与自己曾经一起共甘苦的兄弟不屑一顾。第二节作者指出，为什么会发生这样的事情？也就是说昔日二人一起共事，这个人犯了错误，连累了这位故人，可是这个人将过错全部推到这位故人身上，由这位故人为他承担了责任，这位故人因此而被贬回故里，但是这个人却不来安慰为自己承担责任的故人，这就使这位故人很生气。第三节是作者对这个人的谴责，指出做了这样违背良心的事情，难道就没有愧疚之心，就不怕愧对于天命？第四节作者又指出，既然你对我不屑一顾，那么为什么你不到南方，不到北方，还非要到自己的旧地来刺激扰乱我的心。第五节则表示了作者对这个人依然不变的关怀之情，作者说，你缓慢行走就会延误了休息时间，你快速行走就没有时间为车膏油。作者对这个人如此关心，而这个人却说他第一次来的时候你为什么睁着眼睛看他的奇怪问题。第六节作者指出，假如这个人第二次来时能到家中看望他，他就会将过去的恩怨一笔勾销，否则其后果就很难想象。因为这个人第一次来时，作者为了看到这个故人，曾往返流连不舍，希望看到故人，而且因为他们为迎接这个人花费了很多心思，他们的弟兄们也一如既往地用各种音乐欢迎他，而且还用隆重的礼仪来迎接他，并希望他能够发誓不再做残暴的事情，可是这个人却没有来。所以作者只好在最后一节指出，既然你不来看我，不听我的劝告，那么以后你为鬼为蜮就不得而知了，人有面目就应该有羞愧之心，看你不会变到极端，所以我写这首诗歌，权且当作对你的劝告，以防止你走到反面而伤害更多的无辜人。

　　其实这首诗也应该是周幽王之时，小人谗言君子，君子受到迫害，这些一同受到伤害的人中，就有一些人因为某种原因为了洗脱自己，而将罪责全都推到昔日的好友身上，使好友受到迫害，但是这位受到迫害的人，却以大度的心胸希望这位使他蒙难的人能够看望他，能够听从他的劝告，而且这位使友人遭难的人也有愧疚之心，多次到这个友人的居处，但又不敢面对友人，说明他们在无道君主时代那种无奈的心情。

　　《毛诗序》认为："《何人斯》，苏公刺暴公也。暴公为卿士，而谮（zèn）苏公也。"

　　但是苏公是何人，暴公又是何人，未见到记载，所以就只能当作周幽王之时贤者受到小人诽谤而蒙难的无可奈何的历史事实。

巷　伯

　　萋兮斐兮①，成是贝锦②。彼谮人者③，亦已太甚。
　　哆兮侈兮④，成是南箕⑤。彼谮人者，谁适与谋。
　　缉缉翩翩⑥，谋欲谮人。慎尔言也，谓尔不信。
　　捷捷幡幡⑦，谋欲谮言。岂不尔受，既其女迁⑧。
　　骄人好好⑨，劳人草草⑩。苍天苍天，视彼骄人，矜此劳人⑪。
　　彼谮人者，谁适与谋？取彼谮人，投畀豺虎⑫。豺虎不食，投畀有北⑬。有北不受，投畀有昊⑭。
　　杨园之道⑮，猗于亩丘⑯。寺人孟子⑰，作为此诗。凡百君子，敬而听之⑱。

●注释：
　　①萋兮斐兮：萋（qī）：草木茂盛的样子；萋斐（fěi）：锦帛上文采交错的样子。②成是贝锦：成：成为，成就。贝锦：织成贝壳样的花纹。③谮（zèn）：诬陷，说人坏话。④哆兮侈兮：哆侈：哆（duō）：同"咄"，咄咄逼人。侈（chǐ）：奢侈，放纵；大，夸大。⑤南箕：二十八星宿名称，箕星，是属于东方七宿之一。南箕：这里是指日躔，也就是太阳运行在天空中的某一区域。东方七宿包括：角、亢、氐、房、心、尾、箕七宿。日躔从正月开始经过北方七宿，从春分之日逐渐向西方七宿方向倾斜，然后向南方七宿方向运行，秋分之后又由南方七宿方位逐日向北方七宿方位运行，到九月如角、亢，十月如氐、房、心，十一月如尾、箕宿星方位。南箕，就是指太阳从南运行到箕宿的方位；这里是比喻那些造谣诬陷人的人说的话就如太阳饶了一大圈又从南方回到箕星所在的位置。⑥缉缉翩翩：缉缉（jī jī）：通"叽"，叽叽喳喳。翩翩：欣然自得的样子。⑦捷捷幡幡：捷捷：胜利，成功，迅速，敏捷。幡幡（fān fān）：泛指旗子；形容迅速改变。⑧女迁：女：你。迁：迁移，迁居。⑨骄人：自高自大的人。⑩劳人草草：劳人：劳苦的人。草草：就如野草。⑪矜（jīn）：怜悯，同情。⑫投畀豺虎：投畀（bì）：扔给。豺虎：豺狼和老虎。⑬有北：有：又。北：北方。⑭昊（hào）：老天。⑮杨园之道：杨园：有学者认为是一个园子的称名，也有认为是种植杨树的园子。道：这里指寺人孟子的居住地。⑯猗于亩丘：猗（yī）：同"倚"，依靠。亩丘：田地旁的土丘。⑰寺人孟子：寺人：宫中近侍，多以宦官充任。孟子：作者之称名。⑱敬：严肃谨慎。

●译文
　　文采交错的花纹啊！织成的是贝纹的锦帛。那造谣诬陷人的人，也已经是非常厉害了。
　　咄咄逼人夸大事实，如太阳南行又到箕星。那造谣诬陷人的人，是谁正好与他是同谋？
　　叽叽喳喳悠然自得，一心想谋划诬陷别人。慎重你所要说的话，告诉你而你又不相信。

谣言成功又很迅速,一心谋划诬陷人的话。难道你不愿意受气,既然这样你就得迁移。

骄狂的人好好活着,劳苦人像不值钱的草。苍天啊青天白日啊!快看看那些骄狂的人,怜悯一下劳苦的人。

那些进献谮言之人,是谁正好与他是同谋?捉住那进谮言的人,投给豺狼老虎去充饥,豺狼虎豹不愿意吃,又扔到那北方去受苦,北地要是不愿意要,又扔给那上天来惩治。

通往杨树园的道路,紧靠着田地旁的土丘。我是侍人名叫孟子,这首诗歌是我的作品。所有的君子人们,严肃谨慎地听一听吧!

● 评析

这首诗歌是一个叫孟子的侍人所写,作者很可能也是遭遇到小人诬陷而居住到杨园的人,所以特意写这一首诗以警告小人和明示其他人。全诗共分为大小不等的七节。第一节以耀眼鲜亮文采错综复杂的织锦花纹,来象征比喻那些造谣诬陷人的人外表光彩鲜亮、能说会道,他们的谎言与诬陷之言也说得光彩鲜亮,内容复杂得就如那文采错综的织锦,使许多人看不清他们的本来面目,所以作者告诉大家,那些诬陷造谣的人实在太厉害了。第二节指出这些诬陷造谣的人造的谣言绕来绕去,就像太阳在天空运行,从北斗星的方向逐日向西、向南,然后又逐日由南向北方箕星方向运行一样,又遥远又广大,也就是说他们所诬陷的人范围非常广大、连续不断,所以作者指出,这么严重的场面谁是这些人的主谋,假如没有人为他们主谋他们是不敢如此胆大妄为的。第三节告诉人们要谨慎自己的语言,不要不相信这些事实。第四节告诉人们,假如你不愿意受这些人的气,对不起,那你就得卷铺盖走人,或者去受苦吧!第五节作者发出深沉的叹息,那些骄狂造谣诬陷人的人,活得很好,可是人民却都在受苦,作者大声疾呼,老天爷啊,老天爷快看看那些坏人在作恶多端,老天爷快快可怜一下苦难的人民吧!第六节作者以愤怒的语气指出,应该将这些诬陷别人、专门害人的人抓捕,将他们喂豺狼虎豹,连豺狼虎豹都不会吃,豺狼不吃,就将其扔到北方去受苦,北方也不要这些坏透了的人,所以只有请求上天来处罚他们。作者一再指出,这些人是狐假虎威、为虎作伥,所以所有的君子应该谨慎行事,以免受到他们的祸害。从这首诗可以看出,人民对那些谗言小人的愤恨之情,这些危害人民国家的小人就连虎狼都不愿意受用他。

这首诗所记载的历史事实在《周易》颐卦六四爻就能得到验证。颐六四爻曰:"颠颐吉,虎视眈眈,其欲逐逐,无咎。"这是指周人对为周幽王进献无道无德之谗言而使其胡作非为之人的愤恨之情,就如老虎盯着猎物一样,总想将它驱逐下去,将他们驱逐出去,人民就不会遭遇灾难了。

谷 风

习习谷风①,维风及雨。将恐将惧②,维予与女。将安将乐,女转弃予③。
习习谷风,维风及颓④。将恐将惧,寘予于怀⑤。将安将乐,弃予如遗⑥。
习习谷风,维山崔嵬⑦。无草不死,无木不萎⑧。忘我大德,思我小怨⑨。

● 注释

①习习谷风：习习：形容风轻轻地吹。谷风：山谷的风。②将恐将惧：将：且，又。又惊恐而且又害怕。③女转弃予：你反而将我抛弃。转：反而，反倒。④穨(tuí)：水向下流。⑤寘予于怀：寘(zhì)：安置，通"置"。怀：怀抱。⑥遗：遗弃，遗忘。⑦崔嵬（cuī wéi）：山高峻的样子。⑧萎：枯萎。⑨怨：怨恨，仇恨。

● 译文

轻柔的山风在山谷，只有那风声和雨声。又惊恐而且又害怕，只有我和你二个人。正在我安心快乐时，你反而要将我抛弃。

轻柔的山风在山谷，只有那风声和水声。在又惊恐又害怕时，你将我拥抱在怀中。正在我安心快乐时，遗弃我就如遗弃草木。

轻柔的山风在山谷，只有那高峻的山脉。所有的野草都死亡，所有的树木都枯萎。忘掉了我的大功德，只记着对我的怨恨。

● 评析

这是一首描写妇人被无情的丈夫抛弃的诗篇。这也是对周幽王的讽刺之诗，因为周幽王无道失德，宠爱无德无能的褒姒，而抛弃申后，废弃申后之子太子宜臼。上梁不正下梁歪，民众就会效法君王的不正行为而出现喜新厌旧的不良作风。

全诗共分为三节。第一节描写了夫妇二人原先的关系很好，也就是在危难时丈夫所表现出来的关怀之情，可是正当他们夫妇的关系很好之时丈夫却突然将妻子遗弃。第二节也是叙述了同样的问题，他们夫妇的关系原本很好，丈夫却突然遗弃了她，这就要问一个为什么了？那就是因为这位丈夫喜新厌旧。诗文的最后一节用所有的树木野草都枯萎死亡，比喻丈夫将所有的好事都忘得一干二净，只剩下了坏事情，说明这个男人喜新厌旧和绝情无耻。国人受天子无道无德的教化，人民也出现了道德败坏、不顾人伦道德的不良习气，所以这也是对周幽王的深刻批判。

《毛诗序》言："《谷风》，刺幽王也。天下俗薄，朋友道绝焉。"

蓼 莪

蓼蓼者莪①，匪莪伊蒿。哀哀父母，生我劬劳②。

蓼蓼者莪，匪莪伊蔚③。哀哀父母，生我劳瘁。

缾之罄矣④，维罍之耻⑤。鲜民之生⑥，不如死之久矣⑦。无父何怙⑧？无母何恃⑨？出则衔恤⑩，入则靡至⑪。

父兮生我，母兮鞠我⑫，拊我畜我⑬，长我育我⑭，顾我复我⑮，出入腹我⑯。欲报之德，昊天罔极⑰。

南山烈烈⑱，飘风发发⑲。民莫不穀⑳，我独何害。

南山律律㉑，飘风弗弗。民莫不穀，我独不卒㉒。

●注释

①蓼蓼者莪：蓼蓼：形容植物高大。蓼(liǎo)：一种一年生的草本植物,可入药,有解毒消肿、止痛、止痒的作用。也叫蓼草。莪(é)：莪蒿,多年生草本植物。②劬(qú)：劳苦,辛劳。③伊蔚：伊：此,他。蔚(wèi)：一种蒿草。④缾之罄：缾(píng)：瓶子。罄(qìng)：空,尽。⑤维罍之耻：罍(léi)：器皿,盛水之物。这是盛水之物的耻辱。⑥鲜民之生：鲜：少；善；孤寡。善良孤寡的人活着。⑦久：早。⑧何怙(hù)：何：什么,怎么？怙：依靠,凭借。⑨恃(shì)：依靠,凭借。⑩衔恤：衔：含。恤：担忧,体恤。含忧。⑪靡至：靡(mí)：没有,不。至：周到照顾。⑫鞠我：鞠(jū)：养育,抚养我。⑬拊我畜我：拊(fǔ)：抚养。畜：畜养,养育。⑭长我育我：养育我长大,教育我。⑮顾我复我：顾我：照顾我。复我：反复不断。⑯腹我：怀抱着我。⑰昊天罔极：昊天：苍天。罔极：罔：不,不要。极：标准,公正。⑱烈烈：山高峻险阻的样子。⑲飘风发发：飘风：大风,大旋风。发发：大风呼叫的声音。⑳穀：赡养。㉑律律：山峰很高不能改变。㉒卒：差役；终,养老送终。

●译文

那高高大大的莪草,不是莪草那是蒿草。悲伤追念我的父母,生养我实在太劳苦。

那高高大大的莪草,不是莪草那是蔚草。悲伤追念我的父母,生养我实在太劳累。

小瓶子里空空荡荡,这是大水缸的耻辱。孤苦善良的人活着,还不如早早死了啊。没有父亲依靠什么？没有母亲又依靠谁？出门时满含着忧愁,进门无人周到照顾。

父亲啊他生养了我,母亲啊她抚育了我,抚养我啊养育了我,养育我长大教育我。反复不断地照顾我,出门进门则抱着我。想报父母养育之恩,苍天为何如此不公？

终南山高峻难攀登,大风呼啸分外凄凉。人没有不赡养父母,为何我独自遭灾难？

南山高峻路险难行,大风呼啸倍感凄凉。人没有不赡养父母,独我不能终养父母。

●评析

这首诗应该是一个小差役因为终日为公事操劳,而不能赡养父母、不能为父母尽自己的孝心所作的追思父母养育之恩的诗篇。全诗共分为六节。第一、第二节用蒿草和蔚草来比喻自己就如无用的蒿草籽一样,因为没有父母的疼爱而随风飘荡,虽然随风飘荡,但是他仍然没有忘记父母的养育之恩,时时都在追思想念自己的亲人。第三、第四节则是对父母养育之恩的追思,父母生养了他,养育教育了他,出门进门怀抱着他,他想回报父母的养育之恩,可是因为没有时间或者因为生活窘迫而未能为父母尽到孝心,使他感到上天不公平,所以将自己不能赡养父母的罪责归于不公正的上天,其实也应该是归于那些没有道德的治国者和混乱的社会。正因为社会的不公、生活窘困才会使这位差役的父母早逝,而使他失去了赡养父母的机会。最后两节则用大风和高山比喻自己没有机会赡养生养他的父母的凄惨心情,也就是自己想为父母尽孝就如攀援高山一样高不可及,因为他已经没有父母可以赡养了。别人都有父母疼爱关心,都能赡养自己的父母,而只有他这个孤儿不能实现这个愿望,使人倍感伤心。这首诗歌其实对于我们现代人也应该是具有很普遍的教育意义的诗篇。

一般认为这是一首讽刺周幽王无道失德,人民生活困苦,而且战争劳役不断,使人民遭遇如此的灾难的诗歌。

《毛诗序》言:"《蓼莪》,刺幽王也。民人劳苦,孝子不得终养尔。"

大　东

有饛簋飧①,有捄棘匕②。周道如砥③,其直如矢④。君子所履⑤,小人所视⑥。睠言顾之⑦,潸焉出涕⑧。

小东大东⑨,杼柚其空⑩。纠纠葛屦⑪,可以履霜⑫。佻佻公子⑬,行彼周行⑭。既来既往⑮,使我心疚⑯。

有冽氿泉⑰,无浸获薪⑱。契契寤叹⑲,哀我惮人⑳。薪是获薪㉑,尚可载也㉒。哀我惮人,亦可息也。

东人之子㉓,职劳不来㉔。西人之子㉕,粲粲衣服㉖。舟人之子㉗,熊罴是裘㉘。私人之子㉙,百僚是试㉚。

或以其酒,不以其浆㉛。鞙鞙佩璲㉜,不以其长。维天有汉㉝,监亦有光㉞。跂彼织女㉟,终日七襄㊱。

虽则七襄,不成报章㊲。睆彼牵牛㊳,不以服箱㊴。东有启明,西有长庚㊵。有捄天毕㊶,载施之行㊷。

维南有箕㊸,不可以簸扬。维北有斗㊹,不可以挹酒浆㊺。维南有箕,载翕其舌㊻。维北有斗,西柄之揭㊼。

● 注释

①有饛簋飧:饛(méng):食物盛满的样子。簋(guǐ):古代盛装食物的器具,圆形,有青铜,也有竹器;有双耳。飧(sūn):熟食。②有捄棘匕:捄(qiú):长而弯曲的样子。棘:酸枣树;这里是指用酸枣木做的勺子。匕(bǐ):勺子。③周道如砥(dǐ):周道:周朝的大道。砥:平,很平;磨刀石。就如磨刀石一样平坦。④矢:弓箭。⑤履:走,履行。⑥小人所视:小人:平民百姓。所视:所看,所注视。⑦睠言顾之:睠(juàn):回顾,留恋。回顾留恋不舍。⑧潸焉出涕:潸(shān)焉:流泪的样子。出涕:眼泪鼻涕。⑨小东大东:有学者认为,是东方大小诸侯国,笔者以为是以织布为业的大小东家。⑩杼柚其空:杼(zhù)柚(yòu):旧式织布机上管经纬线的两个部件。一般认为杼是管纬线的结构,柚是管经线的结构。杼柚其空:那些经纬线没有了,比喻织布机已经停止运转。⑪纠纠葛屦:赳赳:绳子相互缠绕的样子。葛:葛藤。屦(jù):鞋。赳赳葛屦:用一根根葛绳编织的鞋子。⑫履霜:穿鞋踏霜。⑬佻佻(tiāo tiāo):轻薄;美好;漂流。⑭行彼周行:行彼:在那行走。周行:来回行走。⑮既来既往:又来又往,来来往往。⑯心疚:心中内疚。⑰有冽氿泉:冽(liè):清澈寒凉。氿(guǐ)泉:从侧旁流出的泉水。⑱无浸获薪:浸:浸泡,淹没。获:获得,收获,收割。薪:木柴。⑲契契寤叹:契:用刀刻。契契:这里形容心中痛苦就如刀割一样。寤叹:寤:醒,睡不着。睡不着而叹息。⑳惮(dàn)人:疲劳的人;积劳成疾。㉑薪

是获薪:柴禾是才收割的柴薪。㉒载:装载。㉓东人之子:东人,按照周易的含义,东人应该是指商朝的子民,东人之子就是指商朝的子民。㉔职劳:职:职业,职事。劳:劳动;费力,吃力。职劳不来:所有职事作不来。㉕西人之子:西周之人的子弟。㉖粲粲(càn càn):明亮,非常鲜亮漂亮。㉗舟人:有船舟的人,这里是指一般人民的子弟。㉘熊罴是裘:熊罴:罴(pí):似熊而体大。裘:皮衣。穿着熊罴皮制成的皮衣。㉙私人:私人之家的奴仆。㉚百僚是试:百僚:百:很多。僚:官,同伴,朋友;美好的样子。试:使用;尝试;考试。㉛浆:酒浆。㉜鞙鞙佩璲:鞙鞙(juān juān):玉圆润的样子。佩璲(suì):玉佩。㉝汉:云汉,天河。㉞监:通"鉴",镜子。㉟跂彼织女:跂(qí):分叉。织女:织女星。织女星有三颗,所以为跂。㊱七襄:七次移动位置。㊲报章:报:织布。章:织布织出花纹。㊳睆彼牵牛:睆(huǎn):明亮,美好。牵牛:北斗七星七宿之一牵牛星。㊴不以服箱:服:驾,拉车。箱:车厢。这里是驾车之意。因为在《天官书》中认为:"北斗七星是天帝的车子,在中央运行能君临并节制四方,举凡分别阴阳,建立四时,调和五行,推移节气,审定星纪。"所以这里也是对北斗星为天帝的车子的说明,也就说北斗七星中牵牛星并不能为天帝驾驭车子。㊵东有启明,西有长庚:启明,长庚:都是金星的别名,又叫太白星,金星早晨出现在东方叫启明星,晚上出现在西方叫长庚。㊶有捄天毕:捄:弯曲的形状。天毕:西方七宿中的毕星。在《天官书》又名为"罕车",相当于天帝在边境的军队,主狩猎。又因为毕星排列的形状弯曲,像捕猎时所用的有弯曲柄的网,所以为捄。㊷载施之行:载:记载;开始。施:用,设置。行:运行。㊸维南有箕:维南:只向着南方。箕:东方七宿之一,箕宿。据记载曾经有一段时间在冬至日时,箕宿见于南方正午之位,所以称为南箕;南箕的含义还因为箕星的形状象簸箕,其箕口向南,也就是如簸箕的大口一样的形状朝南,小的一侧朝北。箕宿众多星星排列成簸箕形状,所以称为箕宿。㊹斗:北斗星。㊺挹(yì):舀水。㊻载翕其舌:翕(xī):吸。舌:舌状,形容箕宿的形状,口大底狭窄,就如舌头前尖后阔的形状。箕宿的形状应该是箕朝南,舌朝北。㊼维北有斗,西柄之揭:北斗星位于北方,有七颗明亮的大星辰,分布成勺状,斗勺向着东方时,斗柄则向着西方。揭:高举。

●译文

有篾盘装满各种熟食,有弯曲的枣木长柄勺。周朝的道路很是平坦,它确实笔直就如那箭。君子的一切所作所行,老百姓都会亲眼目睹。怀念回顾不舍这往事,会使我涕泪交流不止。

那些大东家小东家们,织布机已经停止运转。用那葛绳编织的鞋子,可以穿着它踩踏冰霜。那些轻佻的公子哥儿,来到周朝的路上行走。他们来来往往地行走,使我心中感到很苦痛。

侧旁流出清澈的泉水,不要浸湿收割的柴薪。心痛如刀割醒着叹息,可怜这积劳成疾的人。柴禾是才收割的木柴,还可以将它运载回来。可怜我们这些劳苦人,也就可以安心休息了。

商朝那些人的子弟们,费力的职事都做不来。西周那些人的子弟们,衣服非常鲜亮又美观。那些劳动人民的子弟,也有暖和的熊罴裘衣。那些奴仆人的子弟们,很多人都

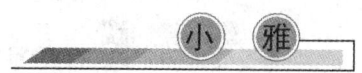

试着作朋友。

他们或者用那些美酒,不用那些甘甜的酒浆。有的身上佩戴着玉佩,不以他们是君长之子。只有天上有那银河系,也能借鉴他们的光芒。那个分叉的织女星座,一日里迁移七个位置。

虽则一日改变七个位,也织不出华丽的锦缎。那个明亮的牵牛星座,也不能作天帝的车子。清晨东方有那启明星,夜晚西方有那长庚星。还有那弯曲的天毕星,只用来记载它的运行。

南向的东方七星箕宿,不可以用它当作簸箕。还有那北方的北斗星,也不可以用它舀酒浆。南向的东方七星箕宿,它像舌头吸住那北方。还有北斗七星呈勺状,它的长柄高举在西方。

● 评析

这首诗据记载是周朝的诸侯国谭国的大夫所写,谭国在今山东省历城县东南。诗文所记载的应该是对周幽王政治的不满情绪,因此诗人就怀念昔日西周之时,也就是周文王、周武王、周成王时代的人文风气。全诗共分为七节。

第一节是对西周时代农人生活的回顾。西周时代,农人在田中劳动,农夫的家人就会将饭送到田中,也就是用篚盘盛着饭食,还有长柄的勺子,那时候君子大人以及田官都在田间共甘苦,人民看在眼里,喜在心中,所以每当回想到西周时代时的事情就会涕泪交流。

第二节则描写了当时时代,也就是周幽王时代的风气,人民仍然要在田间劳作,而那些以织布为生的东家们也失去了营生。农人只有穿上用葛根绳编织的鞋子来防寒,而那些轻佻的公子哥儿则穿着葛鞋在周朝的大道上行走,田间劳作的农人已经没有饭菜可送,也没有农官与农人一起共甘苦,农官只是在田间的路上来来往往地走。农人看到这些,想起早先的西周时代就非常伤心,因为农人的劳作已经得不到为官者的重视,农人的生活已经苦不堪言。

第三节则描写了劳动人民生活的艰辛,作者用寒冽的泉水象征寒冷的冬天,劳苦人民既无御寒的衣物,又无取暖的柴禾,冷风中砍些柴禾还怕被寒凉的泉水浸湿,所以就尽力将其运载回来,这样就可以做饭取暖了。

第四节则描写了早期西周时期人民的生活景象。西周的早期,因为商朝都城的人大多以商业为业,所以那些商朝的子弟就不会作辛劳的职事。西周那些大夫、诸侯、士、君王的子弟衣服鲜亮美丽,就是一般人的子弟也能穿到暖和的熊罴裘衣,那些奴仆的子弟也能与其他人的子弟做朋友。

第五节则描写了这些人交朋友的方式。那些士、大夫、君王的子弟以酒会友,他们虽然佩戴着玉佩,非常华贵,但是不以为自己是君王、君长的子弟而高人一等,与所有平民子弟以朋友或学友相称。他们就如天上的银河系光亮而鲜明,大家都可以借鉴他们的光明磊落,就如织女星一日移动七个位置一样,位置不同但是作用一样。

最后两节则用织女星、牵牛星、金星、毕星、箕星、北斗星的形状比喻周幽王时期先祖创建的各种制度、礼法、道德、刑法、教化等方法方式仍然存在,但是却什么用处也没有了。周幽王已经将先祖的治国之道置之脑后,我行我素,置人民的死活而不顾,就如牵牛星虽为天帝的车子但实际不能驾车,织女星虽然还在但是人间的织布机已经无布可织。箕星也不能当簸箕用,因为农人已经没什么粮食可簸了;北斗星的长勺也不能舀出酒浆,因为人民没有多余的粮食酿酒了。但是启明星仍然有启明作用,箕星和北斗星仍然有指示方向的作用,天毕星的运行仍然有它的规律可以被记载。也就是说先祖开创的光明伟大治国之道的历史仍然不会被历史遗忘,周幽王只不过是历史长河中的一颗流星而已。

《毛诗序》言:"《大东》,刺乱也。东国困于役而伤于财,谭大夫作是诗以告病焉。"

四 月

四月维夏①,六月徂暑②。先祖匪人③,胡宁忍予④。
秋日凄凄⑤,百卉具腓⑥。乱离瘼矣⑦,爰其适归⑧?
冬日烈烈,飘风发发⑨。民莫不穀⑩,我独何害?
山有嘉卉⑪,侯栗侯梅⑫。废为残贼⑬,莫知其尤⑭。
相彼泉水,载清载浊⑮。我日构祸,曷云能穀⑯?
滔滔江汉⑰,南国之纪⑱。尽瘁以仕⑲,宁莫我有。
匪鹑匪鸢⑳,翰飞戾天㉑。匪鳣匪鲔㉒,潜逃于渊。
山有蕨薇㉓,隰有杞桋。君子作歌,维以告哀。

●**注释**

①四月维夏:阴历四月立夏。②六月徂暑:徂(cú):往,至,到。六月里小暑大暑到。③匪:不是。④胡宁忍予:胡:怎么,为什么?宁:岂能,难道。忍:忍受。予(yú):我。⑤秋日凄凄:秋日:秋天。凄凄(qī qī):寒凉;悲凉。⑥百卉具腓:百卉:各种花草树木。腓(féi):同"痱",衰败。⑦乱离瘼矣:乱离:离乱、混乱和离别。瘼(mò):病,疾苦。⑧爰其适归:爰:乃,于是。适归:那儿适合我的归宿。⑨冬日烈烈,飘风发发:烈烈:寒风凛冽。飘风发发:飘风:大风。发发:大风刮的声音。⑩穀:赡养;好。⑪嘉卉:美丽的花草,高大的树木。⑫侯栗侯梅:侯:季节性,时间性。栗:栗子。梅:梅子。⑬废为残贼:废:废弃;衰败;败坏;崩毁。残贼:残害。⑭尤:后患,罪过,过错。⑮相彼泉水,载清载浊:相:看。看那泉水。载清载浊:有时清澈有时浑浊。⑯我日构祸,曷云能穀:日:每天。构:受到陷害。祸:灾难。曷(hé):何时?穀:善,好。⑰江汉:长江汉水。⑱南国之纪:南国:南方。纪:纲纪,归系。⑲尽瘁以仕:瘁(cuì):劳苦,困病;忧伤,悲苦;毁坏。仕:做官。⑳匪鹑匪鸢:鹑(chún):雕。鸢(yuān):鹞子,鹞鹰。㉑翰飞戾天:翰:赤羽山鸡,又称锦鸡;易学将祭祀先祖所进献的鸡称之为翰音。戾(lì):至,到。㉒匪鳣匪鲔:鳣(zhān):鲟鱼。鲔(wěi):一种鱼的称名。㉓蕨薇:蕨菜和薇菜。

●**译文**

四月里来是立夏时,六月里小暑大暑到。先祖难道不是常人?怎能让我们受灾难。
秋季里来秋风寒凉,百果草木都已衰败。混乱离别如疾病啊!哪儿适合我的归宿。
冬季里来寒风凛冽,狂风呼呼呀刺骨寒。别人没有不好好的,为何独有我遭灾难?

山上有好树好花草,有应季的栗子梅子。将它们毁坏残败了,无人知其后患无穷。看看那流淌的泉水,有时浑浊有时清澈。我每日里遭遇灾祸,何时才有好日子过?滔滔大浪长江汉江,是南方水系的归依。竭力尽心为国效劳,难道我没一点功劳?不是老雕不是鹞鹰,鸡也想飞至九云霄。不是鳣鱼不是鲔鱼,却想要潜逃到深渊。山上有蕨菜和薇菜,低湿地有枸杞椴树。君子作了这首诗歌,来诉说心中的哀伤。

● 评析

这首诗应该是一位周幽王时期遭遇到诬陷诽谤的官吏所作。因为他遭遇到了不平待遇,还要每天辛劳地为公事操劳,所以就用诗歌来诉说他心中的苦闷。全诗共分为八节。第一节描写了作者遭遇灾难的时间,在四月立夏的季节里,作者遭遇了灾难,作者此时的心情就如夏日的火一样灼热难受。正因为如此,作者才对自己的先祖产生了抱怨之心,作者提出,难道自己的祖先不是人吗?为什么忍心让自己的子孙遭受灾难而不顾呢?

第二、第三节则描写了自己的灾难一直延续到了秋天和冬天,作者的心情就如秋风和冬日里的寒风一样寒凉,作者一直遭遇灾难,但是他就是不明白为什么他会遭遇灾难。

第四、第五节则描写了作者自己的感想,作者用山上的草木也有好坏,也有应时的果子,比喻他自己就如好草木,能适应各季节的变化而为人民做不同的贡献。假如将那些好草木毁坏就没有了应时的果子,如果当政者一味地毁坏有益有用的人和事物其后果将会不堪设想。

第五节作者用泉水的变化来反衬自己,泉水有时清时浊的变化,但是他遭遇的灾难却日日如此没有变化,使他受够了苦痛。

第六节用滔滔江汉水是所有南方河流的归宿,对比他自己竭力尽心为国家效力却找不到自己的归宿。

第七、第八节则描写了造成自己遭遇灾难的原因,就是那些没有什么大能耐的小人却想做自己做不到的事情,也就是想升官发财,所以就用他们的三寸不烂之舌诽谤诬陷比自己能耐强的人。正如作者所言,"不是老雕不是鹞子,像鸡一样笨拙的家伙也想飞上九天云霄,所以就逼迫那些不是鳣鱼不是鲔鱼的贤者只好逃到深渊隐藏",不能隐藏着就会受到迫害,诗人受到迫害无处伸冤,只好写诗歌以诉说自己的苦衷。

这首歌的含义在《周易》中孚卦上九爻可以得到验证。中孚上九曰:"翰音登于天,征凶。"上九爻用愚笨的鸡象征那些愚笨的人,愚笨的鸡想飞到天上去,能上去吗?这既是违背常理,又是妄想,怎么能不遭遇灾难呢?中孚卦是关于礼仪和中庸之道的卦象,这里用翰音飞上天比喻中庸之道,也就是中正的治国之道被毁坏,而没有了礼仪道德,治国的难度就如鸡想飞上天一样难了。

北山之什

北山之什,是以《北山》这首诗歌为开头的十首诗歌,包括《北山》、《无将大车》、《小明》、《鼓钟》、《楚茨》、《信南山》、《甫田》、《大田》、《瞻彼洛矣》、《裳裳者华》十篇诗歌。

诗经新解

《北山》是周幽王之时的小官吏对当时朝廷政治的讽刺之诗。《无将大车》是一首表现周幽王之时人民对时政忧伤绝望的诗篇。《小明》是一首表现周幽王之时受到小人诬陷的官吏诉说自己心中苦痛的诗篇。《鼓钟》是一首怀念周文王、周武王时代的诗篇。《楚茨》、《甫田》、《大田》等诗文主要颂扬了周族的先祖鼓励领导农人种植五谷,养活人民,富国强民的过程,以及先王之时能与人民同进退,所以五谷丰登,天下太平,是描写祭祀先祖的各种礼仪和祭祀过程的诗篇。而《裳裳者华》则是一首思念先王聘用贤者的诗篇,这也是对周幽王不任用贤者,而任用小人,宠爱褒姒而使周朝政治混乱的讽刺之诗。也就是说这十首诗歌,多数都是记载表现周幽王时代对周幽王的政治不满,以及对先祖文王、武王、周成王等先王的怀念之情的诗篇。

北 山

陟彼北山①,言采其杞。偕偕士子②,朝夕从事③。王事靡盬④,忧我父母。

溥天之下⑤,莫非王土。率土之滨⑥,莫非王臣。大夫不均,我从事独贤。

四牡彭彭⑦,王事傍傍⑧。嘉我未老⑨,鲜我方将⑩。旅力方刚⑪,经营四方⑫。

或燕燕居息⑬,或尽瘁事国⑭。或息偃在床⑮,或不已于行⑯。

或不知叫号,或惨惨劬劳⑰。或栖迟偃仰⑱,或王事鞅掌⑲。

或湛乐饮酒⑳,或惨惨畏咎㉑。或出入风议㉒,或靡事不为㉓。

●注释

①陟(zhì):登。②偕偕(xié xié):健壮的样子。③从事:从事君王的事情,为君王服务,服从侍奉君王。④靡盬(mí gǔ):靡:无,没有。盬:尽,尽头。⑤溥天:普天下。⑥率土之滨:率:都,一概,所有。滨:河滨,水岸。⑦四牡彭彭:四牡:四匹公马。彭彭:马跑的声音。⑧傍傍(bàng bàng):事务繁多。⑨嘉:夸奖;好。⑩鲜我方将:鲜:少,少有。方将:身体正强壮。⑪旅力方刚:旅力:体力。方刚:正强壮。⑫经营四方:治理规划四方。⑬或燕燕居息:燕燕:安闲的样子。居息:安居休息。⑭或尽瘁事国:尽瘁:竭尽全力而死亡。⑮息偃(yǎn):息:停止。偃:倒下,停止。⑯不已于行:不已:不停。于行:到处行走。⑰惨惨劬劳:惨惨:凄惨。劬(qú)劳:辛苦劳累。⑱栖迟偃仰:栖:停息,居住。迟:缓慢;长久。偃:倒下,停止。仰:仰卧。⑲殃掌:殃:遭殃,灾祸;残害。掌:拿,执。⑳湛(zhàn):满,盈。㉑畏咎:畏惧,害怕灾祸。㉒风议:风:风险,冒着风险。议:意见,主张;评论;这里是指有的人冒险进谏。㉓或靡事不为:靡:无,没有。靡事:没有事。不为:什么也不作。

●译文

登上那北边的山丘,说是让采集那枸杞。那些健壮的士子们,早晚都从事这些事。王室的事没完没了,可怜我父母太孤独。

普天下的万事万物,无不是君王的疆土。所有土地河滨的人,无不是君王的臣民。

主事的大夫不公平,唯我事多胜过别人。

四匹马拉车嘚嘚响,君王的事情太繁忙。夸赞我年轻还未老,正是少壮力强之象。体格正年富力壮强,适合治理营建四方。

有的人或安居休息,有人尽力为国辛劳。有人偃旗息鼓在床,有的人不能再做事。

有人不知喊叫哭号,有人凄惨悲苦劳累;有人长久偃卧于土,有人遭灾祸被捉拿。

有人满大杯的饮酒,有人愁苦害怕灾祸;有人出入朝廷进谏,有人什么事也不干。

● 评析

这首诗应该是周幽王之时的小官吏对当时朝廷政治的讽刺之诗。全诗共分为六节。第一节主要描写了朝廷让他们这些年轻力壮的壮士早晚采摘枸杞的事情,单从这一件小事就可以看出朝廷管理的混乱,采摘枸杞这样的事情用得着让这么多年轻力壮的士子去吗?这不是大材小用吗?采摘枸杞还不是因为褒姒要养颜强身吗?而这些士子为了朝廷这些小事情整日忙碌,却没有时间赡养自己年老的父母。

第二节则描写了诗人自己的苦恼事情,那就是他终日为王事劳累而其他的人则都很休闲。

第三节描写了主事大夫让诗人出差的原因。因为他年轻力壮,体力正强,有能力为君王效力。

第四、第五、第六节诗人描写了当时社会众官员的官象,有的安乐地休息,有的为国辛劳,有的不再愿意为朝廷效劳;有的已经不能再为朝廷做事,有的辛劳做事,受苦受难,但是也不敢有怨言,害怕灾祸降落到自己身上;有的已经作古,有的遭到灾难而被关押;有的大杯饮酒,有的辛劳做事害怕灾难降临自身;有的君子不顾自身安危而冒险进谏;有的人无事干而什么也不干。诗人描写了当时朝廷官员的官象,为什么会有如此的现象呢?因为朝廷内,周幽王无道失德,不理朝政,小人当道,这些小人为了自己升官发财,而对正人君子施行阴谋诡计,无限打击,有些有道之士就会隐退,有些有道之士冒险进谏,而更多的人则因害怕灾难降临自身只好忍气吞声,终日辛劳而已。

从这后三节诗辞中可以看出,这些终日辛劳之人,不但没有人怜惜,反而还要终日愁苦担忧祸患降临其身,有的人因终日劳累疾苦而死,有的人却终日饮酒快乐,有的人什么事情也不作也不会担忧灾难降临。这就是周幽王时国家政治混乱的真实状况。

这首诗所记载的历史事实可以在《周易》夬卦上六爻得到验证。夬上六爻曰:"无号,终有凶。"上六爻辞说:"没有人号叫,再也没有人向君王宣扬先王之道德号令礼法,最终只有凶险灾难。"这就是周幽王之时国家政治混乱的真实写照。

无将大车

无将大车①,祗自尘兮②。无思百忧③,祗自疧兮④。
无将大车,维尘冥冥⑤。无思百忧,不出于颎⑥。
无将大车,维尘雝兮⑦。无思百忧,祗自重兮⑧。

●注释

①无将大车:无:没有,不要。将大车:驾车,赶大车;推车。②祇自尘兮:祇:仅仅,只。自:自己,自身。尘:灰尘,尘土。③无思百忧:无思:不要思考;不要想。百忧:很多忧愁事。④疧(qí):病。⑤冥冥:昏暗。比喻尘土遮日蔽天。⑥颎(jiǒng):火光。颎颎:光明。⑦雝(yōng):通"壅",堵塞。⑧重:负担;重量。

●译文

不要去推那个大车,只能使自己一身尘土。不要想那很多愁事,只能使自己患忧愁病。

不要去推那个大车,只能使尘埃遮日蔽天。不要想那很多愁事,不会出现那光明温暖。

不要去推那个大车,只能使尘土壅塞道路。不要想那很多愁事,只能加重自己的负担。

●评析

这是一首描写周幽王之时,人民对时政忧伤绝望的诗篇。作者用车子象征对当时的政治已经彻底绝望,当时的政治就如一辆破车,即使有很多人一起去推也无济于事,因为当时的周幽王已经听不进任何谏言,只知道吃喝玩乐,只知道与褒姒淫乐,不理国政。所有的国事都由那些小人执掌,如果谏言妨碍了小人的利益就会受到迫害,就会遭遇灾难。所以诗人指出,不要再费力费神地去推那个破车了,因为吃力不讨好,只能为自己带来灾难,加重自己的负担。

小 明

明明上天,照临下土。我征徂西①,至于艽野②。二月初吉③,载离寒暑④。心之忧矣,其毒大苦⑤。念彼共人⑥,涕零如雨。岂不怀归,畏此罪罟⑦。

昔我往矣,日月方除⑧。曷云其还⑨?岁聿云莫⑩。念我独兮,我事孔庶⑪。心之忧矣,惮我不暇⑫。念彼共人,睠睠怀顾⑬。岂不怀归,畏此谴怒⑭。

昔我往矣,日月方奥⑮。曷云其还?政事愈蹙⑯。岁聿云莫,采萧获菽⑰。心之忧矣,自诒伊戚⑱。念彼共人,兴言出宿⑲。岂不怀归?畏此反覆。

嗟尔君子,无恒安处⑳。靖共尔位㉑,正直是与㉒。神之听之,式穀以女㉓。

嗟尔君子,无恒安息。靖共尔位,好是正直。神之听之,介尔景福。

●注释

①我征徂西:征:出征。徂(cú):到,来到。②艽(jiāo)野:偏远荒凉之地。③二月初吉:二月上旬的吉日。④载离寒暑:经历了暑热和寒冬。⑤其毒大苦:毒:毒害。大苦:很大的痛苦。⑥念彼共人:念彼:想念那些。共人:昔日的同僚。⑦罪罟:罟(gǔ):网。这里是指编织的各种罪名。⑧日月方除:方:刚刚,正在。除:清除,这里是指一年的时间刚刚

过去,正是新的一年开始的时候。⑨曷云其还:曷:何时。云:说。还:还乡,回去。⑩岁聿云莫:岁:年。聿(yù):句首词。莫(mù):日落的时候。这里是说一年将尽。⑪孔庶:孔:很,甚。庶:众多。⑫惮我不暇:惮(dàn):畏惧,害怕,因劳成疾。暇:空闲。⑬睠睠怀顾:睠睠(juàn juàn):眷恋,反复回顾。怀顾:思念回顾。⑭谴怒:怒斥,谴责。⑮奥:隐蔽。⑯愈蹙:愈:越,更加。蹙(cù):紧迫。⑰采萧获菽:萧:艾蒿。获:得到。菽:豆子。⑱自诒伊戚:诒(dài):遗留。伊:此。戚:忧伤。⑲兴言出宿:兴言:喜欢说。出宿:出:出来。宿:休息之处,住宿。⑳恒安:恒:长久。安:安居。㉑靖共尔位:靖(jìng):安定;恭敬。共:同"供"。尔位:你的职务。㉒是与:是:正确。与:赞誉,赞许。㉓式穀以女:式:标准;规格,法式。穀:善。女:你。

●译文

那明明亮亮的上天,光明普照天下万物。我出征来到了西方,一直到偏远的荒野。二月初的一个吉日,经历了寒冬和暑热。心中的那些忧愁啊,受到的痛苦实在大。想起往昔的同僚啊,伤心的涕泪如雨下。难道不想回归故土?害怕无辜编织罪名。

昔日我来到这里时,旧年才过新年正新。说是到时就能回去?一年年过去没盼头。想我一人多孤单啊!我的事情实在很多。我那心中的忧愁啊!害怕我实在无空闲。想起往昔的同僚啊!眷恋不断反复回顾。难道不想回归故土?害怕遭到这些怒斥。

昔日我来到这里时,刚好下雨日月隐蔽。说是到时就能回去?政事却越来越紧迫。一年年过去没盼头,采摘艾蒿得到豆子。我那心中的忧愁啊!给自己遗留这忧伤。想起往昔的同僚啊!自言自语起身出屋。难道不想回归故土?害怕反复受到惩罚。

哎哟可叹的君子啊!无长久的安居之处。恭敬承担你的职则,把正直人给予赞赏。祖先神灵听到这些,赐给你美善的法式。

哎哟可叹的君子啊!无恒定的安息之处。安定做好自己职事,很是喜欢正直之人。祖先神灵听到这些,赐给你大大的福气。

●评析

这是一首描写周幽王之时,受到小人诬陷的官吏诉说自己心中苦痛的诗篇。全诗共分为五节。第一节作者主要描写了他遭遇诬陷的事实,在朗朗乾坤之下,在光明的日月照耀下,作者竟然遭到了诬陷诽谤,被贬官到了西垂边界去服役。因为以往去西垂边界之地的人都是犯了罪的人,而他一个小官吏兢兢业业为国家做事,竟然得到了像罪犯一样的待遇。他于二月初旬来到了西垂,经历了寒冬酷暑,在此地想到昔日的故人,非常伤心以致泪流面目。他心中虽然非常想回到故乡,但是惧怕那些莫须有的罪名加在自己身上。

第二节描写了诗人刚刚来到这里时,旧年刚过,新的一年刚刚开始,也就是二月初旬的吉日。来时说好到时就可以回去,可是日月一年一年过去了,他还是远离他的亲人一个人独自在这里忙国事。因为政事繁忙,诗人没有时间回故乡,只好一遍又一遍地回顾以往的人和事,回顾自己的亲人。因为政事繁忙,他也不敢回去,怕遭到怒斥。

第三节诗人描写了自己刚来到此地时是一个雨天,没有日月,就如诗人的心情一样晦暗无光。当时说到时候就能让他回到故乡,可是政事越发紧迫,时日又过去了一年,诗人还是不能回去,一年一年没有了盼头,好像采摘艾蒿的人却到得了豆子,根本就不是一回事。因为心中忧愁,所以还是一遍一遍回想自己的故人,因为想念自己的故人,一夜一夜睡不着,只好走出屋子自言自语,虽然他非常想回到自己的故乡,但是他惧怕又一次受到惩罚,所以他还是不能回去。

第四、第五节,作者只好自己安慰自己,可怜的君子,虽然没有固定的居住之处,但是他还是要很好地完成自己的使命,做好自己的事情,以正直为做人的根本。作者安慰自己说,只要自己正直无私,公正处事,终于会感动神灵先祖,而使自己得到好福气的,神灵先祖会赐给他好福气的,这也是诗人自我安慰的一种方式。

鼓　钟

鼓钟将将①,淮水汤汤②。忧心且伤,淑人君子③,怀允不忘④。
鼓钟喈喈⑤,淮水湝湝⑥。忧心且悲,淑人君子,其德不回⑦。
鼓钟伐鼛⑧,淮有三洲⑨。忧心且妯⑩,淑人君子,其德不犹⑪。
鼓钟钦钦⑫,鼓瑟鼓琴。笙磬同音⑬,以雅以南⑭,以籥不僭⑮。

●注释

①鼓钟将将:鼓钟:鼓:敲击,击打。鼓钟:敲钟。将将:同"锵锵",宏大有力。②淮水汤汤:淮水:淮河水。汤汤:水势浩大。③淑人:贤良。④怀允:怀:怀抱;怀念。允:诚实,真实;确实。⑤喈喈(jiē jiē):钟声。⑥湝湝(jiē jiē):大水奔流的样子。⑦回:改变。⑧伐鼛:伐:击打。鼛(gāo):大鼓。⑨三洲:三个小岛。⑩妯:哀伤,悲恸。⑪犹(yóu):还,仍然。⑫钦钦(qīn qīn):钟声。⑬笙磬:笙(shēng):一种管乐器。磬:一种玉石制作的打击乐器。⑭以雅以南:以:弹奏,有。雅:雅乐,《诗经》中的雅乐。南:《诗经》中的《周南》、《召南》。⑮以籥不僭:籥(yuè):古代乐器,似笛;这里是指籥舞,一种古代舞蹈。僭(jiàn):乱。

●译文

　　钟鼓敲得锵锵响连天,淮河的水大浪滔天。忧愁悲伤且伤害不断,贤能善良的真君子,确实令人怀念不忘记。

　　钟鼓敲得喈喈响不断,淮河水奔流不间歇。忧愁伤心且悲哀不断,贤能善良的真君子,他们的美德不会改变。

　　敲起大钟击响那大鼓,淮河上有三个小岛。忧愁伤心且悲恸不断,贤能善良的真君子,他们的美德仍然流传。

　　钟鼓敲得钦钦响不断,弹起瑟来弹起那琴。笙声磬声相辅又和鸣,弹奏雅乐和那召南,籥舞跳得整齐不乱阵。

●评析

　　这是一首怀念周文王、周武王时代的诗篇。全诗共分为三节。第一节描写了尽管诗

人所处的时代不同,但是先祖文王、武王的美德至今使人怀念,就如那大钟鼓和淮河水一样一定会流淌不断,先祖的美德在人民心中,所以是不会改变的。

第二节描写了每当听见大钟鼓敲响,看见淮河上的三个小岛时,就很悲伤,因为此时他就会想起先祖文王、武王、成王等真正的君子,他相信君子的美德一定会流传不衰。

第三节则描写了每当看见歌乐舞蹈时,就会想起周公治理周朝使天下太平而统一和整理兴作考证了礼乐的功德。

《毛诗序》言:"《鼓钟》,刺幽王也。"

楚 茨

楚楚者茨①,言抽其棘②。自昔何为?我艺黍稷③。我黍与与④,我稷翼翼⑤。我仓既盈⑥,我庾维亿⑦。以为酒食,以享以祀⑧。以妥以侑⑨,以介景福⑩。

济济跄跄⑪,絜尔牛羊⑫,以往烝尝⑬。或剥或亨⑭,或肆或将⑮,祝祭于祊⑯。祀事孔明⑰,先祖是皇⑱,神保是飨⑲,孝孙有庆⑳。报以介福,万寿无疆。

执爨踖踖㉑,为俎孔硕㉒。或燔或炙㉓,君妇莫莫㉔。为豆孔庶㉕,为宾为客。献酬交错,礼仪卒度。笑语卒获,神保是格㉖。报以介福,万寿攸酢㉗。

我孔熯矣㉘,式礼莫愆㉙。工祝致告㉚,徂赉孝孙㉛。苾芬孝祀㉜,神嗜饮食,卜尔百福。如几如式㉝,既齐既稷㉞,既匡既敕㉟。永锡尔极,时万时亿。

礼仪既备,钟鼓既戒。孝孙徂位,工祝致告。神具醉止,皇尸载起㊱。鼓钟送尸,神保聿归㊲。诸宰君妇㊳,废彻不迟㊴。诸父兄弟,备言燕私㊵。

乐具入奏,以绥后禄㊶。尔肴既将,莫怨具庆。既醉既饱,小大稽首。神嗜饮食,使君寿考。孔惠孔时,维其尽之。子子孙孙,勿替引之㊷。

●注释

①楚楚者茨:楚楚:草木丛生的样子。茨(cí):蒺藜,一年生草本植物。②言抽其棘:抽:除掉。棘:蒺藜的刺,这里是指除去蒺藜。③我艺黍稷:艺:种植。黍:谷类。稷:谷物的总称,这里指高粱。④与与:茂盛的样子。⑤翼翼:壮盛繁多的样子。⑥盈:满。⑦我庾维亿:庾(yǔ):露天粮仓。亿:很多很满。⑧以享以祀:享:进献。祀:祭祀。⑨以妥以侑:妥:安坐。侑(yòu):劝人饮酒进食。⑩以介景福:介:引荐;使。景福:大福气。⑪济济跄跄:济济:众多的样子;美好的样子。跄跄(qiàng qiàng):走路有礼节的样子。⑫絜:洁,清洁,刷洗。⑬烝尝:烝:冬祭。尝:秋祭。这里是指祭祀。⑭或剥或亨:剥:去皮,剥皮。亨:烹饪。⑮或肆或将:肆:成列祭品。将:送,拿。⑯祊(bēng):庙门外西边设祭的祭祀名称。⑰孔明:孔:很,甚。明:清楚,明显,显明。⑱皇:太上皇。⑲神保是飨:神:先祖的神明。飨(xiǎng):以酒食宴请客人。⑳庆:庆贺;奖赏;福气,幸福。㉑执爨踖踖:执:执掌。爨(cuàn):烧火做饭,炊事员。踖踖(jí jí):敏捷,恭敬。㉒为俎孔硕:

俎(zǔ):祭祀时盛装牛羊猪三牲祭祀品的礼器。孔硕:很大。㉓或燔或炙:燔(fán):用火烧烤。炙:熏烤。㉔君妇莫莫:君妇:天子,诸侯的夫人。莫莫:没有不忙碌。㉕为豆孔庶:豆:笾豆,盛食物的器皿。孔庶:很多。㉖格:到,来。㉗酢(zuò):报酬。㉘孔熯(hàn):通"戁(nǎn)",敬畏。㉙式礼莫愆:式礼:礼式。莫:没有。愆(qiān):差错。㉚工祝致告:工祝:主持祭祀的人。致告:致词。㉛徂赉(cú lài):徂:来,往。赉:赐福。㉜苾(bì):芳香。㉝如幾如式:幾(jī):期:期限。式:限度,限量。㉞既齐既稷:齐:整齐,一致。稷:百谷。㉟既匡既敕:匡:匡正。敕(chì):通"饬",整顿,整治。㊱皇尸:古代祭祀时假扮先祖的人,一般都由天子之子担任皇尸,也就是天子之父的孙子。㊲聿归:聿(yù):要回去。㊳诸宰:诸:众位。宰:膳夫,厨子。㊴废彻:废:除去,撤去。彻:撤。㊵燕私:设私宴。㊶以绥后禄:绥(suí):安享。后禄:祭祀后的酒食。㊷引之:延伸它。

● **译文**

茂盛丛生的是蒺藜草,说是要将它们全铲除。自古以来为何这样做?我们要种植各种谷物。我的谷子长得很茂盛,我的高粱长得很壮盛。我们的仓库已经装满,我的露天粮仓有数亿。所以可以用它作酒食,用来进献祭祀先祖们,用来安抚客人进酒食,以使先祖赐下大福气。

众人美好的祭祀礼仪,首先洁洗干净那三牲,以备秋祭冬祭的祭品。有人宰杀有的人烹煮,有的人陈列有的人端送。太祝首先祭祀在祭祊,祭祀的礼仪很是显明。先祖是诸位先父先皇,诚心请先祖神灵安享。你孝顺的子孙有福气,祖先赏赐他得到大福,赐福众子孙万寿无疆。

庖人烹饪祭食很恭敬,所用祭器很多又很大,祭祀的食物或烤或熏,君主妇人没有不忙碌。笾豆盛装祭品实在多,作为宾客礼仪不能少,进献祭物酬答主人忙,礼仪完全合乎那法度,欢声笑语全合乎礼数。求先祖保佑得到福气。祖先赐给子孙大福气,用万寿无疆来做报答。

我很敬畏先祖的法式,标准的礼仪没有过错。太祝转告先祖的祝福,先祖赐给孝孙万种福。芬芳的酒食孝敬先祖,先祖喜欢祭祀的饮食。赐给孝孙们百种福气,祭祀适时礼仪又标准。既整齐又是百谷不缺,又匡正整治天下四方。永远赐给你无限福气,数以万计真是数不清。

祭祀的礼仪既已完备,钟鼓之声既已发告诫,孝孙担任皇尸很到位,太祝宣告祭祀礼已毕。众位神灵已醉不再饮,孝孙皇尸已行起身礼,钟鼓奏乐送皇尸回去,先祖的灵魂都已归位。诸位厨子和君主夫人,撤去祭祀酒宴很迅速。诸位君主诸侯男子汉,准备私宴以宴请众人。

适宜的歌乐重新演奏,以安享祭祀后的酒食。你的佳肴既然已摆好,不要埋怨都来庆福气。大家酒饱饭足才是好,大小稽首叩头呼万岁。先祖喜欢祭祀的饮食,会赐给君王万年福气。祭祀很仁爱又很及时,完全合乎礼仪和孝顺,周族的子子孙孙后代,不要改变永远延伸它。

● **评析**

这是一首怀念或者是描写记载周成王祭祀先祖之礼仪的诗篇,全诗共分为六节。第

一节是怀念周族的始祖后稷,是他开创了周族的事业,后稷以从小很会种植各种农作物而开创了周族的事业,所以后人祭祀先祖就不会忘记祭祀后稷。也就是说周族因为有发达的农业,所以才会人丁兴旺。这里是说祭祀的目的就是为了怀念先祖,不忘先祖的功德,以求先祖保佑周族的事业兴旺发达。

第二、第三、第四节描写了祭祀礼仪的举行过程,这个过程包括准备祭祀之物、进献祭物的过程,祭祀礼仪进行的过程,以及人们如何恭敬地举行祭祀礼仪。

第五、第六节描写了祭祀礼仪完毕之后,君王又一次招待各位诸侯的礼仪。

这首诗也是在周幽王时代,因为礼乐崩溃,政治衰微,而使人民对先王先祖的怀念之情更加深切,所以也希望周族的子子孙孙不要忘记先王先祖的功德,要永远继承发扬先祖先王的功德。这首诗的第一节所记载的历史事实从《周易》井卦的卦辞"往来井井"可以得到验证,在西周早期,井田被周人耕作得井井有条而获得大丰收的景象就是这篇诗歌中所记载的景象。

信南山

信彼南山①,维禹甸之②。畇畇原隰③,曾孙田之④。我疆我理⑤,南东其田⑥。

上天同云,雨雪雰雰,益之以霢霂⑦,既优既渥⑧,既霑既足⑨,生我百谷。

疆场翼翼⑩,黍稷彧彧⑪。曾孙之穑⑫,以为酒食。畀我尸宾⑬,寿考万年⑭。

中田有庐⑮,疆场有瓜。是剥是菹⑯,献之皇祖。曾孙寿考,受天之祜。

祭以清酒,从以骍牡⑰,享于祖考。执其鸾刀⑱,以启其毛,取其血膋⑲。

是烝是享⑳,苾苾芬芬㉑,祀事孔明,先祖是皇。报以介福,万寿无疆。

● 注释

①信彼南山:信:实在。南山:终南山。②维禹甸之:维:只有。禹:大禹。甸(diàn):治理。③畇畇原隰:畇畇(yún yún):田地平坦整齐的样子。原隰(xí):高原和低洼地。④曾孙:这里是指周成王、周康王。因为周成王和周康王之时,实现了天下大治,所以人民特别怀念那个时代。⑤我疆我理:规划田界,治理好田地。⑥南东其田:南东:是指纵横耕种田地。南北为纵,东西为横。⑦益之以霢霂:益:好处;益之于:又加上。霢霂(mài mù):小雨。⑧既优既渥:优:优越,充足。渥(wò):潮湿、湿润。⑨霑(zhān):滋润。⑩疆场翼翼:疆场:田界。翼翼:整齐。⑪彧彧(yù yù):茂盛的样子。⑫穑:收割庄稼。⑬畀我尸宾:畀(bì):给,给予。尸宾:尸:天子祭祀先祖时,以自己的儿子来充当父亲,也就是先父的位置,天子以对待先父之礼祭祀父尸,以向自己的儿子传授儿子侍奉父亲的道理和礼仪。尸宾:将父尸当宾客一样招待。⑭寿考:寿:长寿。考:年纪大。⑮庐(lú):芦,芦在《本草纲目》中注释为萝,也就是萝卜,萝卜又名芦萉,其根又名莱菔,其种子名莱菔子。⑯是剥是菹:剥:剥皮,剥开。菹(zū):腌菜。⑰骍牡:骍(xīng):赤色。牡:雄性。周朝用

赤色的小公牛祭祀。⑱鸾刀：鸾：带铃的刀。⑲血膋(liáo)：血液与肠脂；这里是指祭祀时，向皇尸献酒之后，再用祭祀的牲血和祭牲的肠脂合着艾蒿一起焚烧，用发出气味来祭祀神灵。⑳是烝是享：烝：冬祭；象征祭祀；烝还有焚烧使其气味蒸发之意。享：进献。㉑苾苾芬芬：芬芳芳香的气味。

● 译文

那实实在在的终南山，维有大禹曾治理过它。平坦整齐的平原低地，周族的曾孙耕种过它。规划地界治理好田地，纵横耕种田地多方便。

天空满布同样的阴云，雨雪纷纷扬扬落下来，又加之于下一些小雨，既有充足的雪水湿润，又有充足的雨水滋润，生长好我种植的百谷。

田地田界整齐又有序，谷子高粱长得很茂盛。曾孙已经收割的庄稼，可以用来酿酒作饮食。给我的皇尸行献酒礼，皇父饮酒祝孙子万寿。

田中种着很多萝卜菜，田边种着各种大小瓜。将其剥皮切开来腌制，进献给各位皇祖享用。但愿曾孙能万寿无疆，得益于那天命的保佑。

祭祀先祖以清亮的酒，跟着就是赤色小公牛。献给列祖列宗来享用。拿起那带铃的弯牛刀，剖开那些三牲的皮毛，取它们的鲜血和肠脂。

用血和肠脂焚烧祭祀，刺鼻的芬芳芳香气味。祭祀的事情很是显明，先祖是诸位先父先皇，祖先赏赐他得到大福，赐福众子孙万寿无疆。

● 评析

这首诗和前一首诗《楚茨》一样，都是描写周成王祭祀先祖的祭祀礼仪。这一首诗详细地描述了祭祀之礼时所进献的主要物品，宗庙祭祀用大牢，包括赤色的小公牛和猪、羊三牲。用三牲祭祀就是将三牲杀死，剥离皮毛，取其骨肉烹煮，用半生不熟的牲肉以及气血来祭祀。具体的祭祀过程是主祭人先向皇尸进献清酒，然后出来迎接祭牲，向先祖呈献半生不熟的牲肉，并用祭牲的血、肠脂与艾蒿焚烧，以其气味祭祀先祖；还要将各种农作物和天上飞的、地上产的各种草木果实和禽兽来进献给先祖，以远古时期先祖曾经享用过的各种物品体现对先祖的怀念和敬重之情，以表示永远不忘继承先祖所开创的事业。

《毛诗序》言："《信南山》，刺幽王也。不能修成王之业，疆理天下，以奉禹功，故君子思古焉。"

甫　田

倬彼甫田①，岁取十千②。我取其陈③，食我农人④。自古有年⑤，今适南亩⑥。或耘或耔⑦，黍稷薿薿⑧。攸介攸止⑨，烝我髦士⑩。

以我齐明⑪，与我牺羊⑫。以社以方⑬，我田既臧⑭，农夫之庆⑮。琴瑟击鼓⑯，以御田祖⑰，以祈甘雨⑱。以介我稷黍，以穀我士女⑲。

曾孙来止⑳，以其妇子㉑，馌彼南亩㉒，田畯至喜㉓，攘其左右㉔，尝其旨

否㉕。禾易长亩㉖,终善且有㉗。曾孙不怒,农夫克敏㉘。

曾孙之稼㉙,如茨如梁㉚。曾孙之庾㉛,如坻如京㉜。乃求千斯仓,乃求万斯箱㉝。黍稷稻粱,农夫之庆。报以介福,万寿无疆。

●注释

①倬彼甫田:倬(zhuō):高大显明的样子。甫田:大田。②岁取十千:岁:年。十千:万担。③陈:陈粮。往年储存的粮食。④食:养活。⑤有年:丰收年。⑥今适南亩:今:现在,当前。适:前往。南亩:向南的田地,一般认为南亩是指天子的籍田。⑦或耘或耔:耘:耕耘;锄草。耔:培土。⑧薿薿(nǐ nǐ):茂盛的样子。⑨攸介攸止:攸:相当于"所",就。介:独,独特;大。止:停止,庄稼长大成熟后停止生长就要收获。⑩烝我髦士:烝:蒸熟的,这里是指做好饭食慰劳众人之意。髦士:英俊的男子。⑪齐明:齐:齐全。明:清楚,洁净。⑫牺:祭祀用的赤色小牛。⑬以社以方:社:祭祀社稷。方:四方。⑭臧:善,好。庄稼长得好。⑮庆:福气,幸福。⑯琴瑟击鼓:抚琴弹瑟敲鼓。⑰以御田祖:御:进献。田祖:指发明种植谷物的人,神农后稷。⑱以祈甘雨:祈:祈求。甘雨:及时雨。及时雨就如甘露,解饥解渴。⑲以穀我士女:以养活我的儿女。⑳曾孙来止:曾孙:周王。这里是指周成王和周康王。来止:来到这里。㉑妇子:妇女和孩子。㉒馌彼南田:馌(yè):送饭。南田:朝阳,天子的籍田。㉓田畯至喜:田畯:农官。至喜:非常喜欢。㉔攘(ràng):"让"的古字,谦让,推让。㉕旨否:美味否,好吃否?㉖禾易长亩:禾:禾稼,禾苗。易:修治;修整治理。长亩:长满田地。㉗终善且有:终:终于。善:美好,好。有:大有年,丰收年。㉘克敏:克:勤苦。敏:勤勉。㉙稼:收获的庄稼。㉚如茨如梁:茨:草屋的屋顶。梁:屋梁。形容收获的粮食就如屋顶屋梁一样高。㉛庾(yǔ):露天粮仓。㉜如坻如京:坻(chí):水中的小洲或高地;山坡。京:高丘;大谷仓;大,高。㉝箱:粮囤,装粮食的各种器具,如口袋、粮包、大的箱笼等等。

●译文

那一望无际的大田,每年收获粮食万担。我每年只要取陈粮,就能养活我的农人。自古就有丰收之年。今日来到天子籍田,有的锄草有的培土,禾苗长得实在茂盛。所以等到庄稼成熟,慰劳我勤劳的农夫。

我齐全洁净的祭品,与我那洁净的大牲,以祭祀社稷和四方。我的庄稼既已丰收,是农夫最大的幸福,击鼓抚琴演奏瑟乐,以祭祀进献给田祖,以祈求那风调雨顺,以保佑庄稼长得好,用来养活我的儿女。

曾孙来到这里亲视,及那些农妇和孩子,送来饭菜到籍田里,田官看到非常高兴,大家相互左右谦让,尝尝味道是否鲜美。勤修治禾苗长满田,终有好收成大有年。曾孙看到非常高兴,夸赞农夫勤苦勤勉。

曾孙收获的那粮食,多得就如屋顶屋梁。曾孙的那露天粮仓,就如高地就如山丘。就要求得千万粮仓,就要求得千万箱笼。丰收的黍米和稻粱,就是那农夫的福气。曾孙赐给农人大福,祝福曾孙万寿无疆。

●评析

这也是一首颂扬周族先祖和周成王、周康王的诗篇,诗文颂扬了周族后继之王继承了先祖鼓励领导农人种植五谷,养活人民,富国强民而使粮食大丰收的美好情景。诗文多次提到了曾孙,这应该是周幽王的近祖周成王和周康王,因为周成王是王季的曾孙,周康王是周文王的曾孙。在周成王和周康王时实现了天下大治,所以人民非常怀念那样的美好社会,也就更加说明周幽王时期人民生活困苦。周幽王只知道自己淫乐,不理朝政,不顾人民的死活,所以人民就更加怀念先王时代的美好生活。

全诗共分为四节。第一节主要描述了先王时期农作物丰收的大有之年,这是周王和农人对农业生产的共同关心,农人心甘情愿地辛劳的结果。

第二节描写了农作物丰收之后,周王祭祀远祖谷神后稷,也就是祭祀社稷之神以及祭祀四方之神的情景。

第三节描写了周王对农业生产的重视,周王亲耕鼓舞了农人的士气,在农忙时天子亲临慰问农人,农官也与农人建立了密切的关系,大家热火朝天地劳动休息的感人场面。

第四节主要描写了农作物丰收的情景,收获的粮食装满仓,国家和农夫都得到了福气,天子赐给农人福气,农人祝福天子万寿无疆,这样和谐自然的美好社会,怎能不令人怀念呢?

这首诗所记载的历史事实从《周易》井卦的卦辞"往来井井"以及晋卦可以得到验证,也就是说在西周早期井田被周人耕作得井井有条而获得了大丰收。

大　田

大田多稼①,既种既戒②,既备乃事③,以我覃耜④。俶载南亩⑤,播厥百谷⑥。既庭且硕⑦,曾孙是若⑧。

既方既皂⑨,既坚既好⑩,不稂不莠⑪。去其螟螣⑫,及其蟊贼⑬,无害我田稚⑭。田祖有神,秉畀炎火⑮。

有渰萋萋⑯,兴雨祁祁⑰。雨我公田⑱,遂及我私⑲。彼有不获稚⑳,此有不敛穧㉑。彼有遗秉㉒,此有滞穗㉓,伊寡妇之利㉔。

曾孙来止,以其妇子,馌彼南亩,田畯至喜。来方禋祀㉕,以其骍黑㉖,与其黍稷。以享以祀,以介景福㉗。

●注释

①大田多稼:大田:天子的籍田,很大的天子之田。多稼:多种庄稼。②既种既戒:种:选择良种。戒:修理农具。③既备乃事:既备:既已准备好。乃事:就开始播种。④覃耜(tán sì):覃:锐利。耜:古代的农耕农具,似锄。⑤俶载南亩:俶(chù):开始;作:善,好。载:到。南亩:向阳的田地,也是天子的籍田。⑥播厥:播:播种。厥:那个;挖掘。⑦既庭且硕:庭:直的意思。硕:大。⑧若:很顺当。⑨既方既皂:方:规矩,合乎要求,也就是壮实。皂(zào):皂角,比喻谷穗的外壳就像皂角一样坚硬。⑩坚:坚硬;坚实,结实。⑪不稂不莠:既没有杂种也没有野草。⑫螟螣:螟(míng)一种侵害高粱、玉米、水稻等的昆虫。螣(tè):是指吃庄稼叶子的一种害虫。⑬蟊贼:蟊(máo):食稻根的害虫。贼:食稻

茎的害虫。⑭田稺(zhì)：稺：小，幼小。田中的幼苗。⑮秉畀炎火：秉：执；拿，执掌。畀(bì)：给予，给。炎火：火焰，燃烧。⑯有渰萋萋：渰(yǎn)：掩盖，有阴云掩盖了太阳或蓝天；布云的情形。萋萋：原意是草木茂盛的样子，这里是指云层很厚很多的样子。⑰兴雨祁祁：兴雨：兴风作雨。祁祁：盛大，这里是指雨下得很大。⑱公田：这里是指天子的籍田。⑲我私：我的私田。⑳不获稺(zhì)：不能收获的小谷穗、麦穗或者遗留的谷物。㉑不敛穧：不敛：没有收。穧(jì)：割而未收完的谷物。㉒彼有遗秉：这里还有遗留的谷禾茬。㉓滞穗：滞留的谷穗。㉔伊寡妇之利：伊：此，这。这是留给寡妇的好处。㉕来方禋祀：来方：来周到的。禋(yīn)祀：祀祭的称名，如：禋天（祀天）；禋祀（古代祭天的一种礼仪。先燔柴升烟，再加牲体或玉帛于柴上焚烧）；禋柴（燔柴升烟以祭天）；禋礼（升烟祭天之礼仪）；泛指祭祀。㉖以其骍黑：以：用，使用。其：那，他。骍：黄赤色祭牛。黑：猪羊。㉗景福：景：大。福：福气，幸福。

●译文

大田要种植各种庄稼，既选种来又修理农具。已准备好就开始播种，用我锐利的耕种工具，开始到籍田平整田地，播种各种各样的谷物，田埂既笔直田块又大，曾孙的亲耕礼很顺当。

庄稼长得壮实如皂角，谷穗结实坚硬又饱满，没有杂谷也没有野草。消灭危害谷物的虫害，消灭危害谷物的蟊贼，不要危害我田中幼苗。若是那田祖在天有灵，拿把火将那害虫烧死。

厚厚的阴云掩盖了天，兴风作雨及时雨时降。雨水滋润天子的大田，雨水同时滋润我私田。那里有未收的小谷穗，这里有未收完的谷物。那里有遗留的谷草茬，这里还有遗留的谷穗，这是留给寡妇的好处。

曾孙来到这里亲视，以及那些农妇和孩子们，送来饭菜到南田里，那田官看到了非常高兴。用来周到地祭祀天，用黄赤色的小公牛祭天，还有各种各样谷物，用来进献祭祀谷神社稷，祈求赐给众人大福。

●评析

这是描写记载西周农业生产的诗篇，其实也是一首描写农人在周天子的籍田劳作而获得大丰收，天子与农人对孤寡之人的关心，以及与农人同乐同祭祀的诗篇。

全诗共分为四节。第一节描写了春耕的准备工作，农人选好种子，修理好农具，平整好天子的藉田，等待天子亲耕之后播种谷物，农人将土地平整得很平整，井田修正得方正规矩，天子的亲耕礼举行得很顺利。这首诗和前几首诗反复提到了南亩，这里的南亩应该是天子的籍田，因为农人耕种的田地不一定全都在向阳的地方。

第二节描写了田间管理的各项事宜。田间管理包括锄草、培土、消灭害虫、浇灌等等，而这一节则主要描写了消灭害虫的事宜，害虫有螟蛉、螣以及蟊和贼，说明当时这些害虫还是很猖獗的，不容易消灭，所以农人期望田祖后稷的在天之灵能够用火将这些猖獗的害虫烧死。正因为农人辛苦地劳动，所以丰收在望。

第三节描写了因为风调雨顺，庄稼长得很好，收割后还遗留一些未曾收割的庄稼，这些遗留的庄稼和禾杆,就留给无人耕种的寡妇来收获,以使她们养家糊口。

第四节则描写了天子的籍田收获庄稼之时,天子也会亲临现场,农人的全家和田官都一起动手的热烈场面,以及丰收之后举行祭天祭祀田祖的目的和过程。

瞻彼洛矣

瞻彼洛矣①,维水泱泱②。君子至止③,福禄如茨④。韎韐有奭⑤,以作六师⑥。

瞻彼洛矣,维水泱泱。君子至止,鞞琫有珌⑦。君子万年,保其家室。

瞻彼洛矣,维水泱泱。君子至止,福禄既同。君子万年,保其家邦⑧。

● 注释

①瞻彼洛矣:瞻:看;瞻仰。彼:那个。洛:洛河,源出陕西,流经河南西部,汇入黄河。②维水泱泱:维水:只有那河水。泱泱:水深广的样子。③至止:至:到,到达;极,最。止:停。④茨:堆积;用茅草、芦苇修盖的屋顶,这里是指福禄多得就如屋顶一样多。⑤韎韐有奭:韎韐(mèi gé):韎:赤黄色。韎韐,红色蔽膝。奭(shì):赤色。⑥以作六师:作:开始;兴起。六师:六军。⑦鞞琫有珌:鞞(bì)琫(běng):刀鞘上的饰物;鞞,是指刀鞘上的玉饰;琫,是指刀鞘上的花纹很精美。珌(bì):刀鞘下的饰物。⑧家邦:周族的邦国。

● 译文

看那洛河的流水啊!维河水深广无边际。君王来到这里视察,赐给福禄多如屋顶。佩戴着赤红色蔽膝,开始训练六军将士。

看那洛河的流水啊!维河水深广无边际。君王来到这里视察,刀鞘上下饰物精美。祝福君主长寿万年,保周族江山永长久。

看那洛河的流水啊!维河水深广无边际。君王来到这里视察,给人民福禄一样多。祝福君主长寿万年,保佑周族邦国兴旺。

● 评析

这是一首怀念先王的诗篇,《周礼·夏官》规定:"中春教振旅,司马以旗致民,平列陈,如战之陈。辨鼓铎镯铙之用,王执路鼓,诸侯执贲鼓,军将执晋鼓……中夏教茇舍,如振旅之陈;中秋教治兵,如振旅之陈;中冬教大阅。"这就是说先王之时,一年四季都要以田猎的形式亲自执鼓训练军兵,以防不测。而这首诗就是对先王亲自指挥或者督察训练军兵的磅礴气慨的怀念,因为军兵强壮才能保家卫国,国安就是民之福。

《毛诗序》言:"《瞻彼洛矣》,刺幽王也。思古明王能爵命诸侯,赏善罚恶焉。"

裳裳者华

裳裳者华①,其叶湑兮②。我觏之子③,我心写兮④。我心写兮,是以有誉处兮⑤。

裳裳者华,芸其黄矣⑥。我觏之子,维其有章矣⑦。维其有章矣,是以有庆矣⑧。

裳裳者华,或黄或白。我觏之子,乘其四骆⑨。乘其四骆,六辔沃若⑩。

左之左之,君子宜之。右之右之,君子有之。维其有之,是以似之⑪。

●注释

①裳裳者华:裳裳:堂堂之意,堂堂:盛大的样子,这里是指花朵盛开的样子。②湑兮:很茂盛啊。③觏(gòu):遇见。④写:排除,宣泄,减少,解脱。⑤誉:通"豫",安乐,欢乐。⑥芸:黄色的花。⑦章:规章,规矩;文采。⑧庆:福气。⑨骆:黑鬃白马。⑩六辔沃若:六辔:六根马缰。沃若:柔软光滑。⑪似:同"嗣",继承之意。

●译文

鲜艳的花朵盛开,花的叶子郁郁葱葱。我遇到了这个人,我心中忧愁没有了。我心里没有忧愁,所以心中多么欢乐啊。

鲜艳的花朵盛开,黄色的花朵更黄了。我遇到了这个人,他很有才华和规矩。很有才华和规矩,所以是人民的福气。

鲜艳的花朵盛开,有黄色也有白色的。我遇到了这个人,四匹黑鬃白马驾车。四匹黑鬃白马驾车,六条马缰柔软光滑。

他做君主的左臂,辅助君主很适宜他。他做君主的右臂,辅助君主很适宜他。只因为他有才华,所以才能继承世禄。

●评析

这是一首思念先王聘用贤者的诗篇,也是对周幽王不任用贤者,而任用小人,宠爱褒姒而使周朝政治混乱的讽刺。先王英明,而贤者贤能,贤者有才能辅佐天子就能实现国泰民安,所以诗人对先王时期的政治十分怀念。

全诗共分为四节,全诗充满诗人对先王和先王所任用的贤者的怀念之情。第一节用鲜艳的花朵盛开比喻当时的贤能人才就如鲜艳的花朵一样盛多而耀眼,因为有贤明有才能的君子辅佐君主,所以人民才会没有忧愁。

第二节指出贤能人才有才华和规矩,有规矩就是有道德之人,由有道德者辅佐君王治理国家,那就是人民的福气。

第三节用黄白分明的花朵和黑白分明的马比喻这位有道德的贤者泾渭分明,是有贤德才能之人,有这样的君子辅佐君王,人民当然放心。

最后一节指出,这位贤能人才因为很有才能,所以就很适合做君王的辅佐,所以也就能世袭继承先祖的功业,继承先祖的爵位。

桑扈之什

桑扈之什是以《桑扈》这首诗歌为开头的十篇诗歌,它包括《桑扈》、《鸳鸯》、《頍弁》、

《车舝》、《青蝇》、《宾之初筵》、《鱼藻》、《采菽》、《角弓》、《菀柳》十首诗歌。

《桑扈》这首诗表达了诗人对先王的怀念之情,诗文也是针对周幽王不任用贤者,不善待诸侯,而只顾自己淫乐,不顾人民死活,失道失德,不由得就会思念先王之德。《鸳鸯》其实就是对周幽王的劝谏之词,希望周幽王重用贤者,善待忠臣,不要与小人为武,不要沉湎于酒色淫乐之中,重用贤者好好治理国家,才能保住西周的江山。《车舝》是周人为那个与褒姒相遇和使国家混乱、百姓遭殃的周幽王虚构的一场再婚婚礼的美景,也是对昔日周家母仪太任之美德的怀念之情,诗人幻想周幽王若是能娶到就如王季之妻太任一样有美德的女子为皇后,就不会出现亡西周的事情了。《青蝇》是一篇对周幽王之时,政治衰败,周幽王不亲近贤者,而重用小人,小人利用谗言诽谤贤者,扰乱国政,迷惑君王的斥责之词,诗文用到处乱飞的绿头苍蝇比喻小人的讨厌和肮脏。《角弓》是一首劝谏周幽王要亲九族亲兄弟,不要亲近小人、谗妄之人的诗篇。《菀柳》则是以颂扬先王的功德来提醒警告周幽王,诗文以柳树长得很茂盛为题,柳树虽然长得很茂盛,但是不能将它作为依靠的依据,也就说先王的功德虽然高大完满,后代也不能依靠先王的功德作威作福,应该超越先王,为人民谋取更多更大的利益,而不能毁坏先王的功业。

桑 扈

交交桑扈①,有莺其羽②。君子乐胥③,受天之祜④。
交交桑扈,有莺其领⑤。君子乐胥,万邦之屏⑥。
之屏之翰⑦,百辟为宪⑧。不戢不难⑨,受福不那⑩。
兕觥其觩⑪,旨酒思柔⑫。彼教匪敖⑬,万福来求⑭。

●注释

①交交桑扈:交交:鸟的鸣叫声。桑扈(hù):鸟名,也叫小桑鹰。②有莺其羽:莺(yīng):一种身体很小的鸟,多为褐色或暗绿色,嘴短而尖,鸣叫的声音很清脆,吃昆虫。其羽:羽毛很美丽。③乐胥:乐:快乐。胥:都,全。④祜(hù):福,福气,幸福。⑤领:脖子,颈项。⑥屏:屏障。⑦翰:翰海,古代北海之名。翰,在这里形容很大的意思。⑧百辟为宪:百辟:百:很多。辟:法度,法律。宪:典范。⑨不戢不难:戢(jí):收藏兵器;收敛,收藏,通"戢",古代的一种武器,泛指武器,这里是指不使用武力,不发动战争。难:困难;灾难;反抗;论说。⑩那:多。⑪兕觥其觩:兕(sì)觥(gōng):用兕角制作的酒器。觩(qiú):兕角酒器弯曲的样子。⑫旨酒思柔:旨酒:美酒。思柔:思,想,想念。柔:温和柔顺。⑬彼教匪敖(áo):彼:那;他,他们。教:教化,教养;使,令。匪:不,不是;不要。敖:游戏,玩乐;通"傲",骄傲。⑭万福来求:万福:很多福气。来求:来:回、归;安抚;来到。求:寻求,谋求。

●译文

桑扈鸟交交叫不停,还有莺鸟的羽毛很美丽。诸位诸侯都很快乐,是受到天子赐给的福气。

桑扈鸟交交叫不停,有莺鸟颈部羽毛很美丽。诸位诸侯都很快乐,是万国疆域的护卫屏障。

他们是万国大屏障,是众多诸侯学习的典范。不使用武力无灾难,人民得到的福气就很多。

兕角酒杯弯弯曲曲,斟美酒思念温和的君子。他们有教养不傲慢,谋求万种福气安抚人民。

● 评析

这首诗表达了诗人对先王时代诸侯之美德的怀念之情。全诗共分为四节。第一小节主要描写诗人看到自由自在飞翔的桑扈鸟时,就想起了先王之时人民和诸侯都能自由自在地生活,这是先王遵照天命治理国家的结果。

第二、第三节描写了各国诸侯对国家的作用,诸侯是国家的屏障。因为天子能善待诸侯,所以各诸侯国的君主都能快乐地履行自己的职责,诸侯们都能治理好自己的国家,使人民安乐地生活。那时候没有战争,人民就不会遭受战争之苦,所以人民得到的福气就很多。

第四节描写了每当诗人举起那个兕角酒杯,斟满美酒时,就会想起温和而又治国有方的先王,想起先王时代的诸侯有教养而不傲慢,他们和先王一样总是为人民谋求各种福气。

这篇诗文主要是针对周幽王不任用贤者,不善待诸侯,而只顾自己淫乐,不顾人民的死活的失道失德的作为,而使诗人更加思念先王之德。

鸳　鸯

鸳鸯于飞①,毕之罗之②。君子万年,福禄宜之③。
鸳鸯在梁④,戢其左翼⑤。君子万年,宜其遐福⑥。
乘马在厩⑦,摧之秣之⑧。君子万年,福禄艾之⑨。
乘马在厩,秣之摧之。君子万年,福禄绥之⑩。

● 注释

①于飞:双飞不分离。②毕之罗之:毕:小网,捕鸟的小网。罗:大网。③宜:合适,应当。④梁:拦鱼的坝,鱼梁。⑤戢其左翼:戢(jí):收敛。左翼:左侧的翅膀。这里是指梳理翅膀羽毛。⑥遐福:遐:远,长久。福:福气。⑦厩(jiù):马圈。⑧摧之秣之:摧:同"催",催肥,给马喂饲料。秣(mò):喂马的饲料,谷物。⑨艾:养护;美好;报答。⑩绥(suí):安抚,平定;同"随",跟随。

● 译文

鸳鸯双飞永不分离,用大小网才能捕捉它。君子只有福寿万年,福禄双全才会属于他。

鸳鸯双双落在鱼梁,梳理它们左侧的翅膀。君子只有福寿万年,长久的福禄才属于他。

驾车的马匹在马圈,要用饲料好好喂养它。君子只有福寿万年,长久的福禄才报答他。

驾车的马匹在马圈,要用饲料好好喂养它。君子只有福寿万年,福禄才会永远跟随他。

● 评析

这是一首劝谏君王珍惜已经得到的福禄的诗篇。全诗共分为四节。第一节主要用鸳鸯双飞不分离,要想逮住鸳鸯就得用双网才行,比喻福禄双全的人一定要加倍珍惜爱护福禄,才保得住福禄。

第二节用鸳鸯双双在鱼梁,同时梳理它们的左翅膀,来比喻君王要想保住福禄,就要重用他的左膀右臂,也就是要重用贤臣来辅佐他治理好国家,才能保住福禄。

第三、第四节用驾车的马在马圈,要想马肥马壮、驾好车,就得要用好饲料好好喂养它,来比喻君子要想福禄双全就要像车夫喂马一样,好好对待包容贤臣,使他们好好为国尽力,以辅佐君王治理好国家,才能保住福禄不遗失。

其实这是对周幽王的劝谏之词,希望周幽王重用贤者,善待忠臣,不要与小人为伍,不要沉湎于酒色淫乐之中,重用贤者好好治理国家,才能保住西周的江山。

《毛诗序》言:"《鸳鸯》,刺幽王也。思古明王交于万物有道,自奉养有节焉。"

频 弁

有频者弁①,实维伊何②?尔酒既旨,尔肴既嘉。岂伊异人③?兄弟匪他④。茑与女萝⑤,施于松柏。未见君子,忧心奕奕⑥。既见君子,庶几说怿⑦。

有频者弁,实维何期⑧?尔酒既旨,尔肴既时。岂伊异人,兄弟具来。茑与女萝,施于松上。未见君子,忧心怲怲⑨。既见君子,庶几有臧⑩。

有频者弁,实维在首⑪。尔酒既旨,尔肴既阜。岂伊异人,兄弟甥舅。如彼雨雪,先集维霰⑫。死丧无日,无几相见。乐酒今夕,君子维宴。

● 注释

①有频者弁:频(kuǐ):形容帽子顶高高的样子。弁(biàn):皮帽子。②实维伊何:实:实在,确实。维:为。伊:这,那。何:为什么。③异人:其他的人,别的人。④匪他:不是他人,不是外人。⑤茑与女萝:茑(niǎo):落叶小乔木。茑萝:一年生草本植物,茎可缠绕在大树上生长。⑥忧心奕奕:忧心:忧愁烦心。奕奕:心神不定的样子。⑦庶几说怿(yì):庶几:差不多,几乎。说:悦,喜悦;说话。怿:喜悦。⑧期:期望,要求;必定,一定。⑨怲怲(bǐng bǐng):很忧愁的样子。⑩臧:善、好。⑪首:头。⑫先集维霰(xiàn):集:聚集。霰:小雪粒。

● 译文

有人高翘起皮帽顶,这实在是为了什么?你的酒既然很甜美,你的菜肴既然很好。

这里难道有其他人？这些兄弟不是外人。那些茑萝与女萝草,缠绕在松柏树杆上。没有看见君子之时,忧愁烦心心神不定。既然已看见了君子,差不多愉悦又喜悦。

有人高翘起皮帽顶,这确实为了何期望！你的酒既然很甜美,你的菜肴既然适时。这里难道有其他人？所有的兄弟都来了。那些茑萝与女萝草,缠绕在松柏树杆上。没有看见君子之时,忧愁烦心非常不安。既然已看见了君子,几乎心情实在很好。

有人高翘起皮帽顶,这实在就在他头上。你的酒既然很甜美,你的菜肴既然很多。这里难道有其他人？都是弟兄们和甥舅。就如那雨和雪一样,先是雨聚集为雪粒。人不知何日就会死,就没有机会再相见。今夜一同饮酒宴乐,君子唯宴乐同饮酒。

● 评析

这是一首描写君王宴请兄弟亲族的诗篇。诗文以茑萝草缠绕依附在松柏树上,比喻君王与兄弟和亲族的关系就如茑萝草与松柏树一样,相互依靠为生,所以君王应该重视和亲近安抚这些亲族。诗文最后指出,人生是很短暂的,说不定什么时候就会死亡,所以就要像雨滴聚集碰撞而变化为雪粒一样,与兄弟亲族团结一致,相亲相爱,共同维护国家的利益。这也是对周幽王不亲近兄弟亲族,而疏远贤者、亲近小人之作为的劝谏之词。

《毛诗序》言:"《頍弁》,诸公刺幽王也。暴戾无亲,不能宴乐同姓,亲睦九族,孤危将亡,故作是诗也。"

车 辖

间关车之辖兮①,思娈季女逝兮②。匪饥匪渴③,德音来括④。虽无好友,式燕且喜⑤。

依彼平林⑥,有集维鷮⑦。辰彼硕女⑧,令德来教⑨。式燕且誉⑩,好尔无射⑪。

虽无旨酒⑫,式饮庶几。虽无佳肴,式食庶几。虽无德与女⑬,式歌且舞⑭。

陟彼高冈⑮,析其柞薪⑯。析其柞薪,其叶湑兮⑰。鲜我觏尔⑱,我心写兮⑲。

高山仰止,景行行止⑳。四牡骓骓㉑,六辔如琴㉒。觏尔新昏㉓,以慰我心。

● 注释

①间关车之辖兮:间关:车轮转动时车轴发出的响声。辖(xiá):车轴两头的铁头。②思娈季女逝兮:思:心中想念。娈(luán):相貌美。季女:季:这里是指周文王之父王季,季女:就是指王季之妻,因为王季之妻美丽而有贤德,是天下妇女的楷模。季女:也可以是美丽的少女。逝:逝世,逝去。③匪饥匪渴:不是为了解除饥饿和口渴。④德音来括:德音:美好的德行和音容笑貌。括:包容,包括;概括。⑤式燕:式:样子。燕:安详,安逸。⑥依彼平林:依:依靠。彼:那,那些。平林:平安,平坦。林:树林。⑦有集维鷮:有集:有集合成群的。维鷮(jiāo):维:是。鷮:《山海经》上说,这是一种鸟,名叫白鷮,是什么样子没有说明。⑧辰彼

硕女:辰:三辰,日、月、星星;这里比喻王季之妻品德的高贵美好。硕:大。⑨令德来教:令:善,美好。德:德行,品德。教:教化。⑩式燕且誉:式:榜样,样式。燕:安闲、安逸。誉:赞誉。⑪好尔无射:好:喜爱。尔:你。射:射覆,猜测。这里形容王季之妻不猜忌的美德。⑫旨酒:美酒。⑬虽无德与女:虽无德:虽然没有美德。与:赞誉。女:你。⑭式歌且舞:适宜的歌舞权且劝告。⑮陟彼高冈:登上那高高的山顶。⑯析其柞薪:析(xī):劈、砍。柞:柞树。薪:柴禾。⑰湑(xǔ):茂盛的样子。⑱鲜我觏尔:鲜:少。觏(gòu):看见,遇见。⑲写:泄气;减少,这里形容好心情没有了。⑳景行行止:美丽的景色边走边看。㉑四牡骓骓:四匹公马驾车行走不停。骓骓(fēi fēi):马行走不停的样子。㉒六辔如琴:六条马缰如弹琴。㉓觏尔新昏:觏:遇见。愿你遇见如此的新夫人。

● 译文

车擎咯吱咯吱响不停啊!思念着美好的王季已逝的夫人。思念她不是为解除饥渴,为了把她美德音容笑貌来概括。我们虽然不是亲朋好友,但她那安祥的样子且叫人欢喜。

依靠那些安全的树林子,就有了那聚集在一起的白鹇鸟。那清静美好高贵的夫人,用美好的品德使人民受到教化。安祥的样式且受到赞美,她那不猜忌的品行更叫人喜爱。

有时虽然没有美酒宴饮,她也能够有模有样地多饮几杯。有时虽然没有那好菜肴,她也能够像模像样地多尝几口。有些人虽没有仁德赞许,但也能以适宜的歌舞权且劝告。

昔日登上那高高的山冈,经常要砍一些柞树枝当柴禾烧。经常要砍些柞树当柴烧,那个时期的柞树长得实在茂盛,可我现在看到的却很少,这使我心中的忧愁啊无法宣泄。

高山只有仰起头来观看,那美丽的风景只有边走边欣赏。四雄马蹄声嘚嘚像鼓乐,手拉六条马缰就像为你来弹琴。愿你遇见这样的新夫人,用它来安慰我那忧愁苦闷的心。

● 评析

这首诗是周人为那个与褒姒相遇和使国家混乱、百姓遭殃的周幽王虚构的一场再婚的婚礼的美景。婚礼中的女子是具有天下母仪之美称的周文王之母太任,太任清静安逸无私欲、宽容、不猜忌、不争权夺利、不求美酒美食,能用宽厚的仁德劝告不仁,使天下人民受到教化的美好品德使人民永远怀念。如果周幽王能够娶到这样的女子为皇后,那么国家人民就不会遭受灾难了。诗文用安全安静的树林就会有白鹇鸟栖息,来象征高贵美好的妇人教化出很多有美德的女子,而受到天下人民的称赞,说明物以类聚的道理。假如周幽王能娶到就如太任一样的皇后,天下女子就会受到教化而品德美好,周幽王也就不会娶到褒姒这样的妇人了。

从这首诗中,可以看出周人对周幽王既痛心又惋惜。而且周幽王失道无德胡作非为的行为,已经严重地影响到了民风民情。作者用往昔之时高山上的柞树茂盛,显示周文王之时德及万物,连柞树都长得非常茂盛,那时由于周家母仪风靡天下,效仿周家母仪的

妇人也就如茂密的柞树一样多。而今,在上位的君王、王后无德无能,给国家人民带来灾难,就连高山上的柞树都不茂美,更何况是有美德的妇人,那就更加少得可怜了。所以作者用仰头观望高山边走边品评美景,来象征在上位的君王的作为对在下位的民众的教化作用。用心中的祝愿,祝愿君王能遇到就如周家母仪一样的新夫人,重新娶一个有美德有礼仪的妇人,来表示心中的期望,更加表现了人民对那些妖言惑众惑乱国君为国家人民带来耻辱之人的痛恨之情。这首诗歌在《周易》姤卦上九爻可以得到印证。

《毛诗序》言:"《车舝》,大夫刺幽王也。褒姒嫉妒,无道并进,谗巧败国,德泽不加于民,周人思得贤女以配君子,故作是诗也。"

青 蝇

营营青蝇①,止于樊②。岂弟君子③,无信谗言④。
营营青蝇,止于棘⑤。谗人罔极⑥,交乱四国⑦。
营营青蝇,止于榛⑧。谗人罔极,构我二人⑨。

●注释

①营营青蝇:营营:来来往往的样子。青蝇:绿头苍蝇。②止于樊:止于:停止在,落在。樊(fán):篱笆。③岂弟:和乐平易。④谗言:说别人的坏话。⑤棘:酸枣树。⑥罔极:罔:不,无,没有。极:极点,尽头,到极点。⑦交乱四国:交乱:搅乱。四方:天下四方国家。⑧榛(zhēn):一种落叶乔木,果实可食,即榛子;榛榛:丛生的荆棘。⑨构:离间。

●译文

那飞来飞去的青蝇,停落在那破篱笆上。那和乐平易的君子,不要听信那些谗言。
那飞来飞去的清蝇,停落在那酸枣树上。诽谤人的话无尽头,搅乱天下四方国家。
那飞来飞去的清蝇,落在杂乱的荆棘上。诽谤人的话无尽头,离间我二人的交情。

●评析

这是一篇对周幽王之时,政治衰败,周幽王不亲近贤者,而重用小人,小人利用谗言诽谤贤者,扰乱国政,迷惑君王的斥责之词。诗文用到处乱飞的绿头苍蝇比喻小人的讨厌、肮脏。诗文的第一节用破篱笆比喻这些谗言虽然就如破篱笆一样衰败,但是还是能阻隔君王与贤者之间的距离,使君王不能亲近贤者。第二节用酸枣树比喻这些谗言就如酸枣一样酸而且还刺人,所以这些小人就利用无穷无尽的谗言来惑乱天下国家。第三节用杂乱的荆棘比喻这些谗言就如杂乱的荆棘一样,乱刺人,到处散布,离间别人的关系,真是可恶至极。这首诗歌所记载的历史事实在《周易》夬卦得到验证。

宾之初筵

宾之初筵①,左右秩秩②。笾豆有楚③,肴核维旅④。酒既和旨⑤,饮酒孔偕⑥。钟鼓既设,举酬逸逸⑦。大侯既抗⑧,弓矢斯张⑨。射夫既同⑩,献尔发功⑪。发彼有的⑫,以祈尔爵⑬。

籥舞笙鼓⑭,乐既和奏⑮。烝衎烈祖⑯,以洽百礼⑰。百礼既至,有壬有林⑱。锡尔纯嘏⑲,子孙其湛⑳。其湛曰乐,各奏尔能㉑。宾载手仇㉒,室人入又㉓。酌彼康爵㉔,以奏尔时㉕。

宾之初筵,温温其恭。其未醉止,威仪反反㉖。曰既醉止,威仪幡幡㉗。舍其坐迁㉘,屡舞僊僊㉙。其未醉止,威仪抑抑㉚。曰既醉止,威仪怭怭㉛。是曰既醉,不知其秩。

宾既醉止,载号载呶㉜,乱我笾豆,屡舞僛僛㉝,是曰既醉,不知其邮㉞。侧弁之俄㉟,屡舞傞傞㊱。既醉而出,并受其福。醉而不出,是谓伐德㊲。饮酒孔嘉,维其令仪㊳。

凡此饮酒,或醉或否。既立之监㊴,或佐之史㊵。彼醉不臧㊶,不醉反耻。式勿从谓㊷,无俾大怠㊸。匪言勿言,匪由勿语㊹。由醉之言,俾出童羖㊺。三爵不识,矧敢多又㊻。

● 注释

①宾之初筵:宾:宾客,嘉宾。初筵(yán):初:开始;初次。筵:筵席,请客的酒席。筵:竹制的垫席。古人饮食酒宴设在竹席上,所以酒席称之为"筵席"。②秩秩:秩序井然。③笾豆有楚:笾豆:古代祭祀时盛放干肉和肉酱之类的器皿。楚:整齐,鲜明。有楚:很整齐。④肴核维旅:肴(yáo):鱼肉。核:果品。维:是;有。旅:众,很多。⑤和旨:柔和味美。⑥孔偕:孔:很。偕:整齐和谐。⑦举酬逸逸:酬:客人向主人祝酒后,主人再次向客人敬酒。逸逸:高兴和兴致很高。⑧大侯既抗:大侯:天子举行的大射礼谓之射侯,射侯就是射箭的目的是做诸侯,射中靶心就符合做诸侯的条件。既抗:抗:举,举行;已经举行。⑨弓矢斯张:弓矢:弓箭。斯:那么,就。张:张开,拉弓射箭。⑩射夫既同:射夫:射手,射箭的人。既同:既:已经,既然。同:相同。⑪献尔发功:献尔:献上你。发功:发射弓箭的真功夫。⑫有的:有的放矢。射箭对准靶心,射中为诸侯。⑬以祈尔爵:以祈祷你射中得爵位。⑭籥舞笙鼓:籥(yuè)舞:籥:古代的一种管乐器;执籥而舞,称为籥舞。笙:管乐器。鼓:鼓乐。⑮和奏:各种乐器演奏很和谐。⑯烝衎烈祖:烝:冬祭为烝,这里是指祭祀。衎:盛多,丰饶。烈祖:有功业的先祖。⑰洽:和谐、融洽;周遍。⑱有壬有林:壬:盛大。林:众,多。⑲锡尔纯嘏:锡:赐给。纯嘏(gǔ):纯:大。嘏:善,美好;福气。⑳湛(zhàn):满,盈,这里是指子孙很多。㉑奏:进献,呈献。㉒宾载手仇:载:充满,宾载:这里是指宾客很多。手仇:双手,这里是形容宾客很多双双对对。㉓室人入又:室人:专指帝王家族或朝廷,这里是指天子或者诸侯。入又:再次进入射场敬酒。㉔酌彼康爵:酌:斟酒,倒酒。康:大。爵:酒杯,酒器。㉕以奏尔时:以进献你的技艺一箭射中。时:时机,机遇。㉖威仪反反:威仪:威风,仪表举止。反反:一反常态的庄重,这里是指非常庄重。㉗幡幡:形容迅速改变,这是指其威仪变得不庄重而轻浮。㉘舍其坐迁:舍弃自己的座位迁移了地方。㉙屡舞僊僊:屡舞:接连多次。僊僊(xiān xiān):通"跹",翩跹:形容喝醉酒之后跳舞姿势不正。翩跹:旋转的舞姿。㉚抑抑:还是很谨慎严肃。㉛怭怭(bì bì):不庄

重。㉜载号载呶：载：开始。号：号叫，大声叫喊。呶(náo)：喧哗。㉝傞傞(qī qī)：身体不正，歪斜的样子。㉞邮：通"尤"，过错，过失。㉟侧弁之俄：侧：歪斜。弁(biàn)：皮帽子。俄(é)：倾斜的样子。㊱傞傞(suō suō)：同"娑娑"，盘旋舞蹈的样子。㊲伐德：伐：败。伐德：败德，没有德行。㊳令仪：使：美，善。仪：仪表；礼仪；法度。㊴监：是指监察饮酒礼仪的制度和具体的官员。㊵或佐之史：佐：劝，劝解。史：记录的史官。㊶臧(zāng)：善，好；评论人物的好坏。㊷式勿从谓：式：标准，法式。勿：不。从：听从，顺从，遵守。谓：就是这样；叫做。㊸无俾大怠：俾：使，从。怠：怠慢，不恭敬；同"殆"，危险。㊹由：原由，原因。㊺俾出童羖：童羖(gǔ)：没有长角的黑公羊。这是说酒醉之人说的话就如使人拿出无角的黑公羊一样荒唐可笑。㊻矧敢多又：矧(shěn)：况且。多又：又怎敢多饮酒。况且又怎敢多饮酒。

●译文

诸位宾客刚开始入席，左右井然有序来入座。笾豆之中食物很整齐，各种菜肴果品实在多。酒味既柔和且很甘美，宾客各自饮酒很和谐。射礼的钟鼓既已陈设，主人举杯敬酒兴致高。大射礼已经开始举行，那么就拉弓射中靶心。众射手的目的既相同，献上你射箭的真功夫。拉弓射箭要有的放矢，以祈祷你射中得爵位。

舞蕍舞吹奏笙击鼓乐，各种乐器演奏很和谐。祭祀烈祖的祭品盛多，以和洽众多祭祀礼仪。各种祭祀礼仪极周到，又盛大又很隆重繁多。赐给你盛大的好福气，子子孙孙能兴旺发达。他们的福气多又快乐，各自呈献自己的技能。宾客很多双双对对来，主人再次进入来敬酒。斟满了他们的大酒杯，祝你一箭射中机遇好。

诸位宾客刚开始入席，温文尔雅又恭恭敬敬。他们饮酒还没有醉时，庄重威严有礼有威仪。说是他们饮酒完全醉，失去威仪轻浮不庄重。竟然离开自己的座位，胡乱旋转舞姿多不正。他们饮酒还没有醉时，还是非常严肃又谨慎。说是他们饮酒完全醉，失去威仪实在不庄重。所以说既然已经酒醉，就忘记了以往的常规。

宾客饮酒已经完全醉，就开始大声喊叫喧哗。混乱了我的干肉果品，不停舞蹈舞姿很滑稽。所以说既然已经酒醉，就不知道自己的过失。歪斜的皮帽摇摇欲坠，不停娑娑舞蹈很可笑。已经酒醉而自己出来，大家都会沾到他福气。已经酒醉而不出来者，这就叫做没有好德行。饮酒原本是很好的事，只要使其美好有礼仪。

凡是这样的饮酒之事，或者喝酒或者没有醉。既然设立了酒监酒规，或者劝解或者做记录。他们喝醉了原本不好，如今不醉反倒是耻辱。这就叫作不遵守法规，不使人太失礼不恭敬。不该说的话就不要说，没有原由的话就不说。酒醉之人说的那些话，如让人看无角黑公羊。饮酒三杯就不知南北，何况又怎么敢多饮酒。

●评析

这首诗应该是记载天子举行射礼之前所举行燕礼之情景的诗篇。《周礼·射义》曰："古者诸侯之射礼也，必先行燕礼；卿、大夫、士之射也，必先行乡饮酒礼。故燕礼者，所以明君臣之义也；乡饮酒礼者，所以明长幼之序也。"从《礼记》的记载，可以看出，无论是诸侯或天子，在举行一年一度的射礼之前先要举行燕礼。所谓燕礼，就是国君慰问臣下，与群臣燕饮之礼。全诗共分为五节。

第一节回忆先王时代燕礼刚刚开始时的情景,也就是各位参加燕礼的宾客们井然有序,主客饮酒和谐有礼,主人向宾客祝酒,希望参加射礼的人能够一箭射中靶心,射中爵位。

第二节回忆先王时代燕礼举行的同时,还要祭祀荐献先祖的礼仪,礼仪隆重而繁多,并通过主人敬酒的祝词,说明举行射礼的意义,那就是要箭箭射中靶心,射中爵位,也就是说这时候参加燕礼的宾客的仪容还是很庄重有威仪的。

第三节记载的是周幽王时代的燕饮礼开始时的状况,宾客刚刚入席时还是温文尔雅,有礼有威仪,可是饮酒过多而有些酒醉之后就失去了威仪,失去了礼仪,表现为胡乱舞蹈、轻浮不庄重。

第四节记载了周幽王时代的燕礼以及完全酒醉之后的不庄重的各种姿态,而且指出,在这种场合如果知道自己醉了就赶快退出来,不再表演这些滑稽之态,就是有德;如果已经醉了还继续不断饮酒作态,就是败德。诗人明确指出:"饮酒原本是很好的事,只要使其美好有礼仪。"饮酒虽然是好事,但失去礼仪就不好了,也就是说这样的燕礼已经不合乎先王的规矩礼仪。

第五节劝告饮酒者,饮酒原本就有饮酒的规则,以不醉为度,这是饮酒的原则。可是如今之人反倒以不醉为耻辱,那么饮酒之时设立的酒监又有什么意义呢?因为酒醉之后就会出现各种差错和过失,所以就不要过多饮酒为好。

这首诗歌通过前后时代举行燕礼时不同仪态的表现,可以看到周幽王之时失道无德,政治衰微,周幽王以饮酒淫乱为己任,所以就连一年一度举行的射礼也混乱不堪。失去了先王之时的常规,怎么能够射出优秀的诸侯呢?所以作者最后忠告人们,饮酒不要醉,不要因为饮酒而失德,而要依照先王的法规办事。

《毛诗序》言:"《宾之初筵》,卫武公刺时也。幽王荒废,饮酒无度,天下化之。君臣上下沉湎于淫液,武公既入而作是诗也。"

鱼 藻

鱼在在藻①,有颁其首②。王在在镐③,岂乐饮酒④。
鱼在在藻,有莘其尾⑤。王在在镐,饮酒乐岂。
鱼在在藻,依于其蒲⑥。王在在镐,有那其居。

●注释

①鱼在在藻:鱼在哪里鱼身潜在水藻中。②有颁其首:颁:发布。首:头。③镐:镐京,西周的都城,据现代考古学家考察,认为镐京和丰邑的遗址在陕西西安南约25公里的沣河中游一带。④岂乐:快乐。⑤莘(shēn):长。莘莘:众多的样子。⑥蒲:蒲草,香蒲,其茎叶可编织草鞋和其他编织物。

●译文

鱼在哪儿鱼身藏在水藻中,只有昂首盼王颁布新政令。王在哪儿王就在都城镐京,只知道极快乐地饮酒淫乐。

鱼在哪儿鱼身隐在水藻中,就如那众多贤者藏头露尾。王在哪儿王就在都城镐京,快乐饮酒淫乐难道是真情?

鱼在哪儿鱼身藏在水藻中,只有依靠那些蒲草讨生存。王在哪儿王就在都城镐京,有那华丽富庶的宫殿居住。

●评析

这一首诗,以鱼潜藏在水藻中来象征被周幽王的政治所迫害而隐藏的贤者,他们的身体虽然隐藏不见,但其思想、心思却仍然在期盼着王城的消息,开始时是希望君王能悔过自新,颁布新政令,治理好国家。到第二小节时,期盼无望,众多贤者只有藏头露尾,但仍然在期盼。到第三小节时,期盼彻底无望,那些贤者也只有彻底隐遁,而以蒲草作为生活的来源,因为蒲草可以通过他们的双手而变成各种生活用品,他们也只有如此度过此生,而周幽王却在都城镐京与褒姒淫乐。这也是周人对周幽王之行为的讽刺。这首诗歌所记载的历史事实,可以在《周易》姤卦九二爻的文辞中得到印证。

采 菽

采菽采菽①,筐之筥之②。君子来朝,何锡予之③。虽无予之,路车乘马④。又何予之?玄衮及黼⑤。

觱沸槛泉⑥,言采其芹。君子来朝,言观其旂⑦。其旂淠淠⑧,鸾声嘒嘒⑨。载骖载驷⑩,君子所届⑪。

赤芾在股⑫,邪幅在下⑬。彼交匪纾⑭,天子所予。乐只君子,天子命之⑮。乐只君子,福禄申之⑯。

维柞之枝,其叶蓬蓬⑰。乐只君子,殿天子之邦⑱。乐只君子,万福攸同⑲。平平左右,亦是率从。

汎汎杨舟⑳,绋纚维之㉑。乐只君子,天子葵之㉒。乐只君子,福禄膍之㉓。优哉游哉㉔,亦是戾矣㉕。

●注释

①采菽(shū):采摘豆子,收获豆子。②筥(jǔ):圆形竹筐。③何锡予之:有什么东西赐给他。予:给。④路车乘马:路车:车的一种;一般认为是指天子祭天之时所乘坐的玉路车。乘马:一车四马曰乘马。⑤玄衮及黼:玄衮(gǔn):玄:赤黑色;黑色。衮:古代天子或三公穿的礼服。这也是《礼记》中规定的天子夏季的禘祭之时所要举行的礼仪,禘祭时给有功之人赐给爵位,还给有功德的诸侯赐车和服装。黼(fǔ):同"韍",与服装相配的蔽膝。⑥觱沸槛泉:觱(bì)沸:觱:古代的一种管乐器。觱沸:形容泉水汩汩流出的声音很好

听。⑥槛(lǎn)：同"滥"，大水漫出。⑦旂(qí)：一种有铃的旗子；通"旗"。⑧淠淠(pèi pèi)：旗帜飘动的样子。⑨鸾声哕哕：鸾声：铃声。哕哕(huì huì)：铃铛发出的声音。⑩载骖载驷：载骖(cān)：三匹马驾一辆车。载驷：四匹马驾一辆车。⑪届：届临，来到。⑫赤芾在股：赤：红色。芾(fèi)：用熟皮制作的蔽膝。股：大腿。⑬邪幅：古人缠腿裹脚的布，相当于绑腿。⑭彼交匪纾：彼：他，他们。交：交臂：二人相互握着手臂，表示亲热。匪：不。纾(shū)：纾缓，延缓。⑮命之：天子在祭祀时为有功德的贤者封爵进禄，命掌管策书的史官将封爵进禄的策书授给他们。也就是说是天子授予他们爵禄。⑯申：再次封爵进禄；重复。⑰蓬蓬：生长茂盛。⑱殿：镇守安抚。⑲攸同：所同，相同。⑳汎汎杨舟：汎汎(fàn fàn)："泛"的古写体。大水泛滥，这里形容水势很大。杨舟：杨木舟在大水中漂泊。㉑绋缡维之：绋缡(lí)：竹制的绳索。维之：系，连接，绑缚。㉒葵：揆度，度量，考察。㉓膍(pí)：同"媲"，媲美，比得上，媲配。㉔优哉游哉：优哉：优厚啊！优待啊！或者好啊，很优秀啊！游哉：交往啊！悠闲自得的样子。㉕戾(lì)：至，到。

● 译文

摘豆子来摘豆子，用方框圆筐盛装。诸侯来朝见天子，什么礼物赐给他？虽然没有赏赐他，四乘车马赐给他。又有些什么赏赐？黑色礼服和蔽膝。

汩汩的泉水漫出，说是来采那芹菜。诸侯来朝见天子，说是要看那旗子。那旗子随风飘扬，车上铃儿叮当响。三乘四乘马车多，各路诸侯都来到。

红色蔽膝遮大腿，裹腿裹在小腿上。他们交臂不缓慢，这是天子所赏赐。快乐和易的君子，天子赐给他爵禄。快乐和易的君子，又一次封爵进禄。

唯那柞树的枝条，长得是枝繁叶茂。快乐和易的君子，镇守着天子的邦国。快乐和易的君子，各种福禄都能得到。平和平易待左右，也能统领众人顺从。

大水漂浮杨木舟，竹绳牢牢连接着它。快乐和易的君子，天子经常考察他们。快乐和易的君子，得到的福禄很匹配。很优秀啊很快乐，也是他应该得到的。

● 评析

这首诗是以一个收获者的口气描述了周天子考察赏赐诸侯的过程和意义。全诗共分为五节。第一节描写诸侯朝见天子时，天子赏赐了四乘车马、礼服和与之相匹配的蔽膝。诗文的开头用采摘豆子来象征只有播种才能收获的道理，也就是说因为这位诸侯能治理好他的国家，有功于国家，才能得到天子的赏赐。

第二节用汩汩的泉水和芹菜象征来朝见天子的诸侯很多，但并不是所有的诸侯都能得到天子的赏赐，所以得到赏赐的诸侯的车马和红色蔽膝就格外鲜艳夺目。

第三、第四节说明了诸侯应该得到赏赐的原因，因为诸侯是维护周朝政治稳定、边疆稳定的屏障，只要能乐于从事自己所从事的事业，将自己的国家治理成乐土，就会得到人民的拥护而受到天子的赏赐，天子对他们的治理业绩是要经常考察的，所以他们得到的赏赐是与他们的业绩相匹配的，也是应该得到的。当然这首诗歌也应该是诗人对先王之德的怀念，是对先王之时赏罚有节的颂扬。

《毛诗序》言："《采菽》，刺幽王也。侮慢诸侯，诸侯来朝，不能锡命，以礼教征会之，而无信义。君子见微而思古焉。"

角 弓

骍骍角弓①,翩其反矣②。兄弟昏姻,无胥远矣③。
尔之远矣,民胥然矣④。尔之教矣,民胥傚矣⑤。
此令兄弟⑥,绰绰有裕⑦。不令兄弟,交相为瘉⑧。
民之无良,相怨一方。受爵不让,至于已斯亡⑨。
老马反为驹,不顾其后。如食宜饇⑩,如酌孔取⑪。
毋教猱升木⑫,如涂涂附⑬。君子有徽猷⑭。小人与属⑮。
雨雪瀌瀌⑯,见晛曰消⑰。莫肯下遗⑱,式居娄骄⑲。
雨雪浮浮⑳,见晛曰流。如蛮如髦㉑,我是用忧㉒。

● 注释

①骍骍角弓:骍骍(xīng xīng):骍:黄赤色。角弓:两端镶有牛角的弓。②翩其反矣:翩:疾飞。反:形容箭向拉弓相反的方向疾飞。③无胥:胥:疏远,不必疏远。胥:观察;相互。④然:必然。⑤傚(xiào):效仿,学习。⑥令:美,善。⑦绰绰有裕:形容很多很多。⑧交相为瘉:交相:相互。为瘉:瘉(yù):病害,为病害。⑨至于已斯亡:至于:甚至于。已:自己。斯:对方。⑩饇(yù):饱。⑪如酌孔取:酌:斟酌;斟酒。孔:很,甚,多。⑫毋教猱升木:毋:不必,没有谁,没有人。猱(náo):一种猿猴,善于攀爬。升木:爬树木。⑬如涂涂附:涂:泥;涂抹。附:附着,将泥涂抹在树上。⑭徽猷(yóu):徽:美善。猷:计谋,方法。⑮小人与属:小人:人民。与属:与:跟随;赞许。属:归属,依附。⑯瀌瀌(biāo biāo):形容雨雪很大。⑰晛(xiàn):太阳出来。⑱下遗:下:降低,比喻谦恭有礼,礼是自卑而尊人。遗:同"移",改变,比喻尊敬别人。⑲式居娄骄:式居:居高临下的式子。娄:娄子,乱子。骄:骄傲,骄横。⑳浮浮:超过,多余,太多。㉑如蛮如髦:蛮:蛮荒,边远地区。髦(máo):毛发,同茅草。㉒忧:忧愁,忧虑;辛劳。

● 译文

黄赤色饰牛角的大弓,反拉弓弦利箭疾飞啊。亲兄弟各自成家立业,不必因此疏远远离啊。

你若是因此相互疏远,人民必然就会看到了。你的言行教化着人民,人民会效仿你的行为。

像这样美善的亲兄弟,就有很多很多数不清。那些不美善的亲兄弟,相互危害就好像有病。

那些不善良的老百姓,都会相互埋怨那对方。对于封爵进禄不相让,甚至于想己胜对方亡。

老马反不如小马识途,不记得自己回来的路。就如吃饭只顾自己饱,就如饮酒只顾自己醉。

没有人会教猴子爬树,就如不愿意用泥涂树。君子有很多美善方法,人民就会赞美跟随他。

大雪纷纷扬扬下不断,见到太阳光就会消融。不愿自卑尊人而有礼,居高骄纵乱子不断发。

若大雪下得过多过多,太阳光一照雪水横流。就像蛮荒山野的茅草,我因此而忧愁又辛劳。

● 评析

这是一首劝谏君王要亲九族、亲兄弟,不要亲近小人、谗妄之人的诗篇。全诗共分为八节。

第一节用装饰很美的弓箭比喻弓弦与箭原本是相随相亲目的一致的事物,但是射箭之时弓弦与箭的方向却相反,正因为如此才会使箭射向目标,为的放矢。这里用箭与弓弦方向相反,比喻亲族兄弟虽然各自建立了自己的家庭,但是他们的目的还是相同的,还要一起为维护宗族的事业而齐心,不能因为各自有了自己的家庭就疏远、远离。

第二节是说明亲兄弟不疏远不分离的原因,因为一个国家要富强,人民就要团结一致、万众一心共同努力,假如国君的亲族兄弟都不能团结一致,百姓就会以他们为榜样,也就会效仿他们而不团结,国家就不会安乐太平。

第三节说明天下团结一致、相亲相爱的兄弟虽然很多很多,但是仍然还有不团结一致、不相亲相爱的兄弟,这些不团结的兄弟就会相互攻击伤害对方,就像有病一样,这怎么能安宁呢?

第四节说明假如人民要是不善良的话,就会相互埋怨,相互结仇,甚至于连推荐有功德的人封爵进禄的大事都不相让,这样也就没有有功德的人可推荐,所以就宁愿自己封爵进禄而不愿意他人封爵进禄。

第五节用原本识途的老马反倒不如小马识途,只知道为眼前的利益打算而不顾以后的事情,比喻那些忘记了自己职责的自私自利的人就会多起来。因为老者是小者的老师,这样的老师教化出来的人,能不自私自利吗?

第六节指出,没有人会去教猴子爬树,也没有人会去给树上涂泥巴,因为这些事情都是没有用处的事情,因为猴子爬树是它的本能,泥巴涂树根本就没有用处,来比喻不要作那些徒劳的事情,而要用好的方法治理好国家,人民自然就会归附于你。

第七节用大雪下得再大,雪再多,但是只要太阳一出来就会消融,来比喻雪里埋不住死人。也就是说不要没有本领还假装自高自大,就如雪里埋不住死人一样,没有本领、没有好方法治理国家,国家总归会衰败灭亡的。

第八节仍然用大雪再多也经不起太阳的照耀,说明如今周朝的社会政治衰败到就如荒蛮山野的茅草一样混乱,所以作者才写这首诗,以劝谏周王要用好方法治理国家,以免国家更加衰败。这首诗应该是诗人对周幽王的劝谏之诗。

《毛诗序》言:"《角弓》,父兄刺幽王也。不亲九族而好谗佞,骨肉相怨,故作是诗也。"

菀　柳

　　有菀者柳①，不尚息焉②。上帝甚蹈③，无自昵焉④。俾予靖之⑤，后予极焉。

　　有菀者柳，不尚愒焉⑥。上帝甚蹈，无自瘵焉⑦。俾予靖之，后予迈焉⑧。

　　有鸟高飞，亦傅于天⑨。彼人之心，于其和臻⑩？曷予靖之⑪？居以凶矜⑫？

● 注释

　　①有菀者柳：菀(wǎn)：茂盛。②不尚息焉：尚：尚且；犹，还。息：休息。③上帝甚蹈：上帝：在上位的帝王；或者上一位帝王、先王。甚：很。蹈(dǎo)：遵行，遵循，实行；循规蹈矩。④昵(nì)：亲昵，亲热，宠幸的人。⑤俾予靖之：俾：使，从。予：给予；我；同"与"，赞许。靖(jìng)：恭敬；安定。⑥愒(qì)：同"憩"(qì)：休息；息废。⑦瘵(zhài)：病，多指痨病。⑧迈：超过，超越。⑨傅：附着。⑩臻(zhēn)：至，到达；达到欲望的尽头。⑪曷(hé)：何，怎么？为何？⑫居以凶矜(jīn)：居：处于。凶：凶险。矜：骄傲；怜悯，同情。

● 译文

　　有长得茂盛的柳树，尚且不能依靠它来休息。先王很是循规蹈矩，自己也没有要宠幸的人，使我朝安定天下平，后代应给予更好的治理。

　　有长得茂盛的柳树，尚且不能依靠它来休息。先王很是循规蹈矩，自己也没有什么坏毛病，使我朝安定天下平，后代应该赞颂而超越啊。

　　有的鸟儿高高飞翔，也飞翔不出那九天云外。那个人心欲望无边，何时能达到欲望的尽头？何时能使我朝安定？为何居于凶险骄淫之地？

● 评析

　　这首诗应该是以颂扬先王的功德来提醒警告周幽王。诗文以柳树长得很茂盛为题，柳树虽然长得很茂盛，但是不能将它作为依靠的依据。因为柳树的叶子虽然很茂密，但是柳树叶子很细，不能遮风挡雨，所以还是要有自己的遮风挡雨的东西。也就是说虽然先王的功德很大，先王继承发扬了先祖和先帝的事业，使天下得到治理，人民得到安乐，先王也没有自己私自宠幸的人，那么先王的后代就应该继承先王的意志，开辟自己的功业，使天下得到更好的治理，而且应该超越先王的功德，使天下人民得到更大的福气。可是周幽王不但不继承发扬光大先祖先王的事业，反而将先祖治理得很太平的天下治理得混乱不堪，使人民生活苦不堪言。诗文的第三节用高高飞翔的鸟儿，飞得再高也飞不出九天云外，比喻事物万变不离其宗，也就是说继承发扬光大先祖的事业，就是继承光大先王所创建的治国纲领，只要不违背先王的治国纲领，就能将国家治理好；也是比喻不能使自己欲望无限放大，永远没有满足的时候，周幽王只有克制淫欲，依照先王的治国宗旨治理国家，才能使国家安定太平。

　　这首诗多数学者的解释内容与笔者的解释不同，但是笔者思考再三，觉得还是这样

解释比较符合作者的意愿,诗人的目的在于颂扬先王、劝谏周幽王而已。

《毛诗序》言:"《菀柳》,刺幽王也。暴虐无亲而刑罚不中,诸侯皆不欲朝,言王者不可朝事也。"

都人士之什

都人士之什,是以《都人士》这篇诗歌为开头的十篇诗歌,这也是《小雅》之诗的最后十篇诗歌。这十首诗歌的内容有些庞杂。有些是思念颂扬先王时代君子之德的诗篇,如《都人士》就是一首怀念先王时代的君子品德的诗篇;《采绿》则是一首妻子盼望外出作劳役的丈夫回归的诗篇,因为周幽王时战争不断,服役的人员外出服役没有期限,而使其妻子十分不安;《黍苗》则是一首颂扬召公的诗篇;有些则是描写男女情思的诗篇,如《隰桑》就是年轻女子一厢情愿地思念自己的意中人之诗;《白华》则是对无道失德者的谴责之诗,也是对周幽王的谴责之诗;《绵蛮》则是记载了贤者受到小人谗言迫害后被流放到外地的不满之情的诗作;《瓠叶》则用兔子和清酒来祭祀先祖的全过程,来表示诗人对周幽王不明视天下、不明视道德、不顾人民死活而只顾自己淫乱的愤怒之情;《渐渐之石》则记载了周幽王时期战争不断,士卒们就如野兽一样长期在外奔跑作战的辛劳;《何草不黄》是对周幽王之时,戎狄不断侵犯西周的国土,军旅就要不断地与之交战,抗击戎狄,在野外作战的辛劳,以及战争的频繁不断的讽刺之诗。

都人士

彼都人士①,狐裘黄黄②。其容不改③,出言有章④。行归于周⑤,万民所望⑥。

彼都人士,臺笠缁撮⑦。彼君子女,绸直如发⑧。我不见兮,我心不说⑨。

彼都人士,充耳琇实⑩。彼君子女,谓之尹吉⑪。我不见兮,我心苑结⑫。

彼都人士,垂带而厉⑬。彼君子女,卷发如虿⑭。我不见兮,言从之迈⑮。

匪伊垂之,带则有余。匪伊卷之,发则有旟⑯。我不见兮,云何盱矣⑰。

● 注释

①都人士:周朝都城的人士,这里是指士、大夫之类的人士。②狐裘黄黄:狐裘:大夫、士所穿的皮衣,用狐狸皮做成的皮衣。黄黄:是指狐裘外面所穿的黄色锦绣外衣,谓之裼衣。正如《礼记·玉藻》曰:"君子狐青裘豹襃,玄绡以裼之。""狐裘,黄衣裼之。""锦衣狐裘。诸侯之服也。"③容:举止仪容。④出言有章:出言:说出的话。章:文雅,文采。⑤行归于周:行:行为;品行。归于周:归:归属;返回;来回。于:在。周朝的大路上。⑥望:名声,声望,有名声,声望,才会受到人民的敬仰。⑦臺笠缁撮:臺笠:臺(tái):一般认为是一种莎草,可以编织为斗笠,这里是指帽子。缁撮:缁(zī):黑色。撮(zuǒ):成丛的

毛发，一撮头发。黑色布冠，是由麻布所做。也就是缁布冠，这是指周代时平常成年男子所戴的帽子，周代叫委帽；还有成年男子行冠礼时所戴的帽子，叫缁布冠，正如《礼记·郊特牲》曰："冠义：始冠之，缁布冠也。""委帽，周道也。"⑧绸直如发：绸：缠绕，丝绸；这里是指丝带缠绕结扎发髻(jì)，发髻就是指古代未成年的男女儿童在头顶或脑后盘成的发结。直：挺直。发：头发；打开；花开。⑨说：悦，喜悦，高兴。⑩充耳琇实：充耳：冠冕两旁悬挂的玉饰，下垂至耳，又名"瑱"。琇实：像玉的石头，美石。⑪尹吉：尹：治理；通"筠"，玉的光彩。尹吉：是指有教养而美好有礼。⑫菀(yù)结：郁结，思念和忧愁汇聚在一起。⑬垂带而厉：垂带：衣带、帽带下垂。厉：严肃，严厉。⑭虿(chài)：蝎子一类的虫子；这里是形容女子的头发卷曲，就如蝎子的尾巴一样弯曲。⑮言从之迈：言：言语。从：随意。迈：迈迈：不高兴的样子。⑯发则有旟：发：头发。旟(yú)：旗子；扬起；这里是指发髻高高翘起。⑰云何盱矣：云：说。何：怎么。盱(xū)：忧愁。

●译文

那西周都城的众多人士，身穿狐裘外罩黄锦衣。他们的举止仪容有规范，说话文雅而又有文采。来回在西周的大路上走，因而受到万民的敬仰。

那西周都城的大夫士子，戴黑色缁冠露发几撮。那些君子未成年的子女，绸缎结发髻挺直如花。我若是一日看不见他们，我的心中就不会喜悦。

那西周都城的大夫士子，冠冕两侧玉石垂耳齐。君子那些未成年的子女，谓之有教养美好有礼。我若是一日看不见他们，我心中思念忧愁打结。

那西周都城的众多人士，衣带下垂而且很严肃。君子那些未成年的子女，头发卷曲就如蝎子尾。我若是一日看不见他们，言语就会随意不高兴。

不是他的衣带故意下垂，而是衣带太长而多余。不是他的头发故意卷曲，而是发髻高高地翘起。我若是一日看不见他们，你说会是怎么忧愁啊！

●评析

这是一首怀念先王时代君子品德的诗篇。全诗共分为五节。第一节主要是对西周时代的众诸侯品德的赞美，为什么认为这是对诸侯品德的赞美呢？因为从服饰上就能断定是诸侯，《礼记·玉藻》曰："锦衣狐裘，诸侯之服也。""君子狐青裘豹褎，玄绡衣以裼之。""狐裘，黄衣裼之。"这是说狐裘外面罩上黄色锦衣，就是诸侯的服装。君子所穿的青狐裘衣，用豹子皮为袖口，加黑色锦衣为裼(xī)衣。所以这应该是对诸侯之品德的怀念。西周的诸侯们，举止容颜有规矩，说话有文采而文明，他们经常在西周的大路上行走，也就是说他们紧紧追随在周王的左右，所以受到人民的敬仰。因为诸侯能亲近周王，说明周王也能亲近诸侯，君臣团结一致维护国家国泰民安，所以就会受到万民的敬仰。

第二、第三节则是对大夫士子及其子女装饰的回顾。这些士子们头戴黑色缁布冠，布冠下遗留一撮头发，双耳侧垂着玉石坠。那些未成年的子女，都一样地扎着发髻，而且他们有教养有礼仪，使人感到很可爱。

第四、第五节则描述了西周另外一些人士的形象，他们的衣带下垂随风飘飘，但是他们威严有威仪，还有一些未成年的子女，他们将原来所束的发髻高高翘起，头发卷曲就如蝎子尾巴一样,同样可爱。这些并不是他们故意这样作为,而是因为衣带过长而自然下垂,也不是他们故意卷曲头发,而是因为他们的发髻翘起之故,所有这些都是令人高兴和怀念的事情。这也是与周幽王之时社会风气的对比所引发的怀念之情。

很多学者将这一首诗译为恋歌,当然这些学者有他们自己的理由,但是笔者以为以上的译注还是比较合理的。这首诗歌所记载的历史事实在《周易》坤卦六五爻的文辞中可以得到验证。

采 绿

终朝采绿①,不盈一匊②。予发曲局③,薄言归沐④。
终朝采蓝⑤,不盈一襜⑥。五日为期⑦,六日不詹⑧。
之子于狩⑨,言韔其弓⑩。之子于钓⑪,言纶之绳⑫。
其钓维何?维鲂及鱮⑬。维鲂及鱮,薄言观者⑭。

● 注释

①终朝采绿:终朝:整天,一日。采绿:绿,荩(chú):割草;荩草,可以染黄色的一种草。采绿,就是割绿草。②不盈一匊:不盈:不满。匊(jū):双手捧物。③予发曲局:予发:我的头发。曲局:曲:弯曲。局:弯曲。④薄言归沐:薄言:少说。归:回去。沐:沐浴,洗头发。⑤蓝:一种草本植物,叶子可以提制蓝色染料。⑥襜(chān):系在胸前的围裙,将底角兜起来可以盛物。⑦为期:期限。⑧詹(zhān):多言,到,至。⑨狩:狩猎,打猎。⑩韔(chàng):装弓的弓套。⑪钓:钓鱼。⑫纶:钓鱼的丝线。⑬维鲂及鱮:鲂(fáng):鲂鱼;形状与鳊鱼相似而较宽,银灰色。鱮(xù):鲢鱼。⑭观者:观看的人。

● 译文

整整一天都在采荩草,采的荩草还不到一匊。我的头发其实很卷曲,至少也要回去洗一洗。

整整一天都在采蓝草,采的蓝草装不满一襜。五日为与我相约期限,已过六日还不见到来。

之前我夫君前去狩猎,说是要我为他装好弓。之前我夫君前去钓鱼,说是要我为他整钓线。

他每次钓到了什么鱼?钓到了鲂鱼还有鲢鱼。钓到了鲂鱼还有鲢鱼,少说我也会在旁边看。

● 评析

这是一首妻子盼望外出作劳役的丈夫回归的诗篇。全诗共分为四节。第一节描写了这位妻子以在山野采摘荩草为名,实际是在期待丈夫的回归,所以妇人采了一整天所采的荩草还不到一捧。这时忽然想到自己的头发很乱,丈夫马上就要回来了,得赶紧回去洗一洗,洗干净好迎接丈夫回来。

第二节描写了这位妻子在外采集蓝草,也是采了一整天所采的蓝草还装不满一围

裙。丈夫出去时,说好五天后就回来,可是已经过了六天,丈夫还是不见踪影。

第三节是妻子盼望丈夫回归而没有回归,妻子自然而然地想起与丈夫相处的快乐日子。丈夫要打猎,妻子为丈夫准备好弓箭;丈夫要钓鱼,妻子就为丈夫整理好钓鱼竿。

第四节以钓到的鱼的名称象征无论什么事情总得有结果,就如钓鱼一样,所钓之鱼也有名称,而今丈夫服劳役一去就没有音信,总得让人知道为什么才对啊!超过时日,又不知道为什么和干什么,这怎么行啊!

这首诗其实也是对周幽王时期,人民劳役无度、生死未卜的生活的写照和讽刺。

黍　苗

芃芃黍苗①,阴雨膏之②。悠悠南山,召伯劳之③。
我任我辇④,我车我牛。我行既集⑤,盖云归哉?
我徒我御⑥,我师我旅⑦。我行既集,盖云归处?
肃肃谢功⑧,召伯营之⑨。烈烈征师⑩,召伯成之⑪。
原隰既平⑫,泉流既清。召伯有成,王心则宁。

● 注释

①芃芃(péng péng):草木茂盛的样子。②膏:滋润。③召伯劳之:召伯:召公,名奭(shì)是周王的同姓,姓姬,周武王灭商纣王后分封于北燕。他与周公和毕公共同辅佐周武王,后又辅佐周成王。周成王之时,召公为三公之一,自陕县以西南,由召公主管,也就是治理,自陕县以东南,由周公治理。这里的南山,就是指西周东部的南山。而本文中的召公,一般认为是召公之后代召公虎。劳之:慰问。④我任我辇:任:担担子,凭借。辇(niǎn):人推车。⑤我行既集:我行:我所从事的事情。集:成功,完成。⑥我徒我御:我徒:我步行。我御:我驾车。⑦我师我旅:师旅:古代规定五百人为旅,五旅为师。⑧肃肃谢功:肃肃:庄重宏大。谢功:谢:谢邑,在今河南信阳。谢功:修建谢邑的工程。⑨营:经营,治理,管理。⑩烈烈征师:烈烈:威武的样子。征师:远征的队伍。⑪成:成就。⑫原隰既平:原:高地。隰(xí):低湿之地。平:治理。

● 译文

茂盛生长的那黍苗,阴雨适时地滋润它。那遥远的南山之行,召公及时前来慰问。
我的担子我的推车,我的车还有我的牛。我建谢邑已经完成,何不说赶快回去啊?
我们步行我们驾车,我们士卒成旅成师。我建谢邑已经完成,何不说说归向何处?
那宏伟的谢邑工程,是召公主持营建的。那威武的远征军旅,是召公训练成就的。
高原平地都已平定,泉水河流已经澄清。召公的大功已告成,君王的心中就安宁。

● 评析

这是一篇颂扬继承臣位的召公之后代召公虎的诗篇。全诗共分为五节。第一节主要是颂扬了召公能够关心爱护下属,对于远行出征的将士能够及时慰劳,以安慰将士们的心。第二、三、四节主要是对召公主持营造谢邑之功劳的颂扬,正因为召公能够关心爱护下属,所以在营建谢邑时召公的下属和所有参加建造谢邑的人员都很卖力,不怕辛劳,大家齐心协力很快就营造好了谢邑。最后一节,就是对全诗的总结,正因为有召公尽心尽力地营造谢邑,所以才会使谢邑的一切工程很顺利地完成。谢邑之地有高山平原,有河流泉水,召公将这一切都处理得井然有序,而使君王安心,国家安宁。

这一首诗中的召公,应该是召公的后代——辅佐周宣王的召公虎,据记载周宣王分封其舅氏申侯于谢邑,周宣王命令召公虎率领士卒、役夫前往修建谢邑,因为召公能爱护善待士卒、役夫,指挥有方,所以就很好地完成了王命。谢邑,有学者以为在今河南信阳之地。

隰 桑

隰桑有阿①,其叶有难②。既见君子,其乐如何③?
隰桑有阿,其叶有沃④。既见君子,云何不乐?
隰桑有阿,其叶有幽⑤。既见君子,德音孔胶⑥。
心乎爱矣,遐不谓矣⑦。中心藏之,何日忘之。

●注释

①隰桑有阿:隰(xí):低凹之地。桑:桑树。阿:大山,这里形容桑树长得高大如山。②其叶有难:要摘它的叶子就很难。③其乐如何:其乐:她的快乐;她的快乐有多少。其乐如何:其间的快乐有多少。④沃:肥美。⑤幽:幽蔼;深而茂密。⑥德音孔胶:德音:美德音容笑貌。孔:很,甚。胶:同"佼",美好。⑦遐不谓矣:遐:何,为什么。不谓:不告诉他。

●译文

低洼地有高大的桑树,想摘它的叶子就很难。既看到了想念的君子,她心中的快乐有多少?

低洼地有高大的桑树,它的叶子很大很肥美。既看到了想念的君子,为何说自己又不快乐?

低洼地有高大的桑树,它的叶子深绿而茂密。既看到了想念的君子,他的美德音容笑貌美。

心中非常地喜爱他啊,为什么就不敢告诉他?只有深深地藏在心中,什么时候才能忘记他?

●评析

这是一篇描写年轻女子一厢情愿地思念自己意中人的诗篇。全诗共分为四节。全诗用高大的桑树比喻这位女子日夜思念的这位君子的为人,这位君子就如高大的桑树,而这位女子就如低洼地。第一节用高大桑树的桑叶很多很肥美,但是要摘它的叶子就不容易了,来隐喻这位君子高大高贵,而这位女子要想嫁给他就不是一件容易的事情。尽管看到了自己日夜思念的君子,但是只能是自己心中暗暗高兴,为什么看到君子后就很高兴但不快乐呢?这就是第二节所要说的问题,因为这位君子就如高大的桑树一样,叶子很肥美,也就是说这位君子的品德很高尚,当这位女子看到这位君子时感到自己配不上这位君子,所以就会感到不快乐。第三节用桑树深绿色茂密的叶子象征君子深厚的德行,所以女子看到君子之时只能将君子的美德和音容笑貌深深地印记在心中,在心中深深地爱着君子。第四节直接告诉我们,这位君子就如那高大茂密的桑树一样,美德深厚广博,女子心中虽然深深地爱着君子,但是却不敢告诉君子,只有将爱深深地隐藏在心中,直到自然忘却。

在这里要注意的是对"德音孔胶"的解释,既然女子不敢将自己对君子的爱告诉君子,那么这一句就只能解释为"他的美德音容笑貌美",而不能解释为"情意绵绵诉衷肠",因为不敢对自己相爱的人诉说的爱情,怎么能与人家诉衷肠呢?

白　华

白华菅兮①,白茅束兮②。之子之远,俾我独兮③。
英英白云④,露彼菅茅⑤。天步艰难⑥,之子不犹⑦。
滮池北流⑧,浸彼稻田。啸歌伤怀⑨,念彼硕人。
樵彼桑薪⑩,卬烘于煁⑪。维彼硕人,实劳我心。
鼓钟于宫⑫,声闻于外。念子懆懆⑬,视我迈迈⑭。
有鹙在梁⑮,有鹤在林。维彼硕人,实劳我心。
鸳鸯在梁,戢其左翼⑯。之子无良⑰,二三其德⑱。
有扁斯石⑲,履之卑兮⑳。之子之远,俾我疧兮㉑。

●注释

①白华菅兮:白华:白花。菅(jiān):菅草,多年生草本植物,秋天开白色花,也有说开绿色花的。②白茅束兮:白茅:多年生草本植物,春季先开花,后生叶子,花穗上密生白毛,称之为白茅,根茎可以吃,也可以入药;叶子可以编蓑衣。束:捆,绑。③俾:使。④英英:花,精华;这里形容白云的美丽。⑤露:变成露水。⑥天步:天:天命。步:步履,行走,推行。⑦之子不犹:之子:这个人。不犹:不迟疑;不忧愁。⑧滮(biāo)池:水名,又名冰池,在今西安市西北。⑨啸歌伤怀:啸歌:长声而歌。伤怀:伤心。怀:心胸。⑩樵:樵夫,砍柴,打柴。⑪卬烘于煁:卬(áng):我;升高,架高。烘:烘烤。煁(chén):可以移动的锅灶。⑫鼓钟:敲击大钟。⑬懆懆(cǎo cǎo):烦懆。⑭迈迈:行,去,这里是疏远;视我为仇敌。⑮有鹙在梁:鹙(qiū):水鸟名,似鹤而头颈上无毛。梁:鱼梁,鱼坝。⑯戢(jí):收敛。左翼:左侧的翅膀。这里是指梳理翅膀的羽毛。⑰无良:不善良。⑱二三其德:他的德行三心二意。⑲有扁斯石:这块石头扁又平。⑳履之卑兮:履:踩。卑:低下。㉑疧(qí):病。

●译文

秋天开白花的菅草,白茅草捆成一束。这个人他疏远了我,使我感到很孤独。
天空美丽的白云彩,化成露水润菅茅。天命推行实在艰难,这个人他不忧愁。

滮池的水流向北边,浇灌北边的稻田。长声高歌伤人心怀,思念那高大的人。
砍些桑枝当作柴禾,架起锅灶来烧烤。只有那个高大的人,实在使我太劳心。
敲击那大钟在宫中,声音响亮传宫外。思念这个人心烦躁,你却视我为仇敌。
有鹭鸟在那鱼坝上,有白鹤在树林里。只有那个高大的人,实在使我太劳心。
鸳鸯停在那鱼坝上,梳理左侧的翅膀。这个人他很不善良,三心二意的德行。
有块石头又扁又平,踩到上边还是低。这个人他疏远了我,使我忧愁患疾病。

● 评析

多数学者认为这是一首女子被男子遗弃而思念的弃妇诗。其实这首诗歌是一位远赴战场的军旅之人对无道失德之人周幽王的谴责之诗。全诗共分为八节。每一节都是以对比的手法来抒发自己的情感。

第一节用秋天开花的营草和春天开花的白茅来对比,以比兴时间距离相差关系,从而衬托出诗人所思念的这个人与诗人疏远的距离就如春天与秋天一样相差甚远,而且用春天的温暖与秋天的萧杀衬托出孤独的程度,孤独使诗人感到悲凉。

第二节用天上的白云化作露水滋润营草和白茅,比喻雨水与草木繁茂的关系,而衬托出天命与人民安居乐业的重要关系,天命推行实在很艰难,但是那个无道失德的人却不忧愁,漠不关心,自顾自乐,根本就不顾人民的死活。

第三节用滮水北流灌溉稻田比喻农业丰收与适时的雨水滋润密切的关系,衬托诗人所思念的这个人与人民的生存生活的密切关系,也就是诗人所思念的这个高大的人是关系到人民生死的重要人物,也可能喻示的就是居于高位的周幽王。

第四节用砍桑树当柴薪,架起行军锅烧烤,预示诗人应该是一位被贬职的军旅之人。军旅之人由于战争远赴战场,但心中仍然在为国事烦心。架起行军锅烧烤食物,暗示出诗人思念这个人和国家之事的心情就如用火烧烤一样难受。

第五节用钟鼓之声鸣响在宫室之中但是其声音却会传到宫外,暗示君王的所作所为同样会传到宫外的民众之中而产生深远的影响,也就是周幽王在宫中的所作所为使军旅之人心急如焚,而君王却将这位关心爱护周朝的人视为仇敌,贬职在外。

第六节用鹭鸟在鱼梁休息,白鹤在树林休息,比喻鸟和鸟虽然不同,有一定的距离,来象征诗人虽然和这个人各自处在不同的地位和地方,但是诗人仍然为这个在上位之人操心,因为这个人的行为关乎着人民的生死存亡,关乎到国家的存亡。

第七节用鸳鸯在鱼梁休息梳理它的左翼,来象征这个人应该及时聘用贤者成为自己的左膀右臂,以辅佐他成就事业,而不要三心二意地随便改变善良的品德、改变先祖的治国之道。

第八节用又扁又平的石头,即使是站在上面还是显不出高大,还是看不远,来比喻这个人应该站在高处高瞻远瞩,不要只是站在低洼之处为自己的私利着想,为自己的淫乐忙碌。正因为这个人品德不佳,背离了先祖的事业,所以就疏远了贤者,而使贤者心中忧愁而成疾。

所以,笔者认为这首诗应该是针对周幽王背离道德,背离先祖事业,不顾人民死活,为人民带来灾难的直接批判之诗。

绵　蛮

绵蛮黄鸟①,止于丘阿②。道之云远③,我劳如何④?饮之食之,教之诲之⑤。命彼后车,谓之载之。

绵蛮黄鸟,止于丘隅⑥。岂敢惮行⑦,畏不能趋⑧。饮之食之,教之诲之。命彼后车,谓之载之。

绵蛮黄鸟,止于丘侧。岂敢惮行,畏不能极⑨。饮之食之,教之诲之。命彼后车,谓之载之。

●注释

①绵蛮黄鸟:绵蛮:绵:连续不断;薄弱;这里是小巧的意思。蛮:这里是俊俏之意;蛮,在宝鸡方言中,就是很乖巧好看的意思。黄鸟:金丝雀的通称。金丝雀,是一种面部至胸部黄色,腰部黄绿色,叫声很好听的鸟,变种很多。所以蛮在这里就是形容黄鸟很美丽好看的意思。②止于丘阿:止于:停息在。丘阿:山坳,山窝。③道之云远:道:道路。云远:说道路很遥远。④我是多么辛劳啊!⑤教之诲之:教之:教导他。诲之:教诲,劝谏的话语。⑥丘隅(yú):山角。⑦惮(dàn):畏惧,害怕。行:步行。⑧趋:快步行走。⑨极:最,最快;至,到达目的地。

●译文

小巧美丽的金丝鸟,就歇息在那山坳里。道路说实在很遥远,我是多么地辛苦啊!给他吃饭给他饮水,又说些教诲他的话。命令那辆后面的车,告诉他让他乘车走。

小巧美丽的金丝鸟,就歇息在那山角里。岂敢畏惧步行前进,害怕不能快快行走。给他吃饭给他饮水,又说些教诲他的话。命令那辆后面的车,告诉他让他乘车走。

小巧美丽的金丝鸟,就歇息在那山侧旁。岂敢畏惧步行前进,怕不能到达目的地。给他吃饭给他饮水,又说些教诲他的话。命令那辆后面的车,告诉他让他乘车走。

●评析

这首诗用美丽小巧的金丝雀自由自在地歇息、飞翔在山的各个角落,来象征一位差人与一位被贬而到外地服徭役之人的不自由和困窘,或者用美丽小巧的金丝雀比喻这个遭遇灾难而被贬之人。从诗文的第一节可以看到,是一位差人在押送一位犯人或者被贬之人到一个什么地方去,路途遥远,而且还是步行前进,这位被贬者因为心情不快和劳累,行路就更艰难,所以这位差人又是劝他好好饮食,又是开导教诲他,最后还命令一辆顺路车搭载他们。这位差人并不是畏惧步行的艰难,而是害怕这个被贬之人想不开,不吃不喝,不能按时顺利到达那个遥远的目的地。这从一个侧面反映了周幽王之时被贬的贤人良士之多。在这位官差眼中,这些被贬的人士就是美丽的金丝雀,这些贤人良士的悲苦遭遇使这位差人对这位被贬者产生了同情之心,因为被贬者是一位贤良之士。

笔者之所以以为诗文记载的是差人与一位被贬的贤士,是因为他们行走没有车马,而是步行,而且要劝他吃喝,还要开导教诲他。若是臣子或者其他官员,最起码应该有车马而行,不会步行出差;而且臣子或者官员出差,不该让其他人员教诲劝导他。

瓠 叶

幡幡瓠叶①,采之亨之②。君子有酒,酌言尝之③。
有兔斯首④,炮之燔之⑤。君子有酒,酌言献之。
有兔斯首,燔之炙之⑥。君子有酒,酌言酢之⑦。
有兔斯首,燔之炮之。君子有酒,酌言酬之⑧。

● 注释

①幡幡瓠叶:幡幡(fān fān):飘动翻飞。瓠(hù)叶:葫芦叶子。②亨:烹饪,蒸煮。③酌言尝之:酌言:酌:斟酒,倒酒。酌言:在这里是指斟酒言说祭祀的礼仪。尝:是秋祭的名称,这里代表祭祀。④有兔斯首:兔子:是祭祀的物品之一,祭祀时所荐献的兔子名曰"明视"。斯:那么。首:开始。⑤炮之燔之:炮:烧,将兔子裹上泥巴烧烤。燔:烧烤。⑥炙:将肉放在火上熏烤。⑦酢(zuò):客人用酒回敬主人。⑧酬:客人给主人祝酒后,主人再次给客人敬酒。

● 译文

飘动翻飞的葫芦叶,采摘下来就烹煮它。君子准备了那清酒,酌言说说秋尝之祭。
有兔子开始炮制它,包裹涂泥后烧烤它。君子准备有那清酒,酌言只有兔肉荐献。
有兔子开始炮制它,涂泥巴烧烤熏制它。君子准备有那清酒,客人斟酒回敬主人。
有兔子开始炮制它,在火上炮烤熏烤它。君子准备有那清酒,只有清酒兔肉酬宾。

● 评析

这首诗描写了一场君子祭祀宗庙的全过程。诗文一开始,就用飘翻动荡的葫芦叶来交代时间,事发在那个动荡不安的年代里的一个秋季。在过去情况下,葫芦生长的旺盛期是在阴历七月八月。七月立秋之时,天子和诸侯都要进行秋祭活动,秋祭叫做'尝'。诗的第一节的最后一句"酌言尝之"就是酌情说说秋祭。这里用葫芦叶一方面象征祭祀的季节,一方面告诉我们祭祀时所用的物品就是葫芦叶子。以往祭祀所用物品,什么都有,可是未见用葫芦叶烹饪祭祀先祖的,这从一个则面告诉我们,当时的年代人民生活极其苦难,葫芦早已吃完了,只剩下了葫芦叶,所以就只能用葫芦叶荐献先祖了。

接下来第二节描写的是祭祀的主要礼仪——炮制和荐献祭品,荐献的祭品是什么呢? 只有兔子和清酒,以及葫芦叶。"酌言献之"就是说说为什么只有兔子和清酒。为什么呢? 一个国家再衰弱贫穷,难道作为君主在祭祀祖宗时连常规的祭礼都拿不出来吗? 当然不完全是了。这里只用清酒和兔子祭祀先祖,其意义在于说明,其一,周幽王根本就不重视祭祀活动,所以祭祀的物品就很少、很简单;而且由于国家混乱,诸侯分崩离析,没有谁来进献贡物;又因为国家灾难不断,物品极为匮乏。其二,这当然是作者的专门用意了,在于讽刺周幽王。因为古代祭祀所荐献的物品都有各自的名称,古时天子祭祀宗庙用太牢(牛羊猪各一头),诸侯用少牢(猪羊各一头),其他的祭品如狗、鸡、野鸡、鱼、兔子等等,凡是可以吃的都可以荐献给先祖,以表示对先祖的孝敬之情。那么作者为什么专门要描写用兔子作为祭祀的荐献物呢?因为祭祀时所荐献的物品都有其专门的名称,除大牢、小牢外,牛叫做"一元大武",羊叫做"柔毛",鸡叫做"翰音",干鱼叫做"商祭",鲜鱼叫做"蜓祭",而兔子则叫做"明视"。这就是说用兔子作祭品,而且专门描写用兔子祭祀的过程,就是在警告周幽王,要明视天下,明视君位,明视道德。

接下来第三节描写的是祭祀礼仪的最后一个环节,那就是天子用大飨礼宴请宾客。而"酌言酢之"就是请君主斟酌在只有"明视"、清酒和葫芦叶的情况下如何宴请宾客。"酢"是大飨礼的第一步,君主先向来参加祭祀的宾客敬献清酒,然后宾客又向君主回敬清酒的礼仪。

诗的第四节描写了大飨礼的过程。"酌言酬之"是指主人向客人说只有清酌和兔肉来酬宾。诗中连用了"炮之燔之"、"燔之炙之"、"燔之炮之"等词语来描写炮制兔肉,其实祭祀时所进献的主要祭品只不过是用清水煮肉和简单的烧烤而已,根本就用不着那么复杂的炮制方法,诗作者在这里用这种方法来表示一种心情,那就是对周幽王不明视,不明辨是非,不明察秋毫,不明智,而胡作非为的愤怒之情,用火烧、烤、熏、炮等词语,就是为了使其能明视天下而改变之。关于周幽王之时人民生活的困窘,在后面的诗篇《苕之华》中就可以得到证明。

这首诗歌所记载表达的意义在《周易》姤卦的九二爻的文辞中就能得到体现。

渐渐之石

渐渐之石①,维其高矣。山川悠远,维其劳矣②。武人东征,不遑朝矣③。
渐渐之石,维其卒矣④。山川悠远,曷其没矣⑤。武人东征,不遑出矣⑥。
有豕白蹢⑦,烝涉波矣⑧。月离于毕⑨,俾滂沱矣⑩。武人东征,不遑他矣⑪。

● 注释

①渐渐之石:渐渐:同"巉巉(chán chán)",形容山石高峻的样子。石:山石。②劳:辛劳,劳苦。③不遑朝矣:遑:暇,闲暇。朝:早晨。④卒(zú):高而险的样子。⑤曷其没矣:曷:何时?没:完,尽头。⑥出:脱离险境。⑦有豕白蹢:豕(shǐ):猪。白蹢(dí):白蹄子。⑧烝涉波矣:烝:众多。涉:涉水过河。波:波浪,水浪。⑨月离于毕:月离:月亮距离,月亮临近。毕:毕星,二十八星宿的西方七宿之一。⑩俾滂沱矣:俾:使。滂沱:大雨滂沱。⑪他:其他。

● 译文

山石高峻又陡峭,实在是高峻又险要。山路遥远河水长,实在是辛苦又辛劳。军人出征到东方,无暇顾及天色还早。

山石高峻又陡峭,实在是高峻又险要。山路遥远河水长,何时才能走到尽头。军人出征到东方,无暇顾及脱离险境。

有众多白蹄子猪,都已涉水逐波过河。月亮靠近了毕星,就会使大雨滂沱降。军人出征到东方,就无暇顾及其他事。

●评析

这是一篇描写军人出征到远方之辛劳的诗篇,全诗共分为三节。第一节描写了军人出征不顾山高路远,不顾天色早晚的艰辛;第二节描写了军人出征不顾山高路远,不顾能否脱离危险的艰辛;第三节描写了军人出征不顾山高路远,不顾大雨滂沱的艰辛,更顾不得想其他事情的心情。

这首诗产生在周幽王时代,而周幽王的军队出征到东方的战事是指与何国之战,没有说明。那么这首诗的意义就在于告诉周幽王,战争是残酷的,就出征本身而言就是对自己军队的一种严重的考验和摧残,所以还是不要发动战争为好。

有学者认为此诗不知作于何时;也有学者认为这是戎狄侵犯西周,而荆舒(荆,即是楚国;舒,即是舒鸠国)不来支援西周,因这两个诸侯国不来声讨戎狄,所以西周就命军兵讨伐舒楚的军旅记载。

苕之华

苕之华①,芸其黄矣②。心之忧矣,维其伤矣。
苕之华,其叶青青。知我如此,不如无生。
牂羊坟首③,三星在罶④。人可以食,鲜可以饱。

●注释

①苕之华:苕(tiáo):凌霄花。华:花,开花。凌霄花为鲜红色,花、茎均可入药,花期为阴历的七月到九月。②芸其黄矣:芸:芸香花,其花黄色,全草有香气。可入药,有驱虫通经的作用,花期为阴历的七到十月。③牂羊坟首:牂(zāng)羊:母羊。坟首:大脑袋。④三星在罶:三星:即参星,为西方七宿的第七宿。这里用西方七星象征秋季。罶(liǔ):捕鱼的竹篓。

●译文

凌霄花开红艳艳,芸香花儿黄灿灿。心中那些忧愁啊!只有自己伤心了。
凌霄花开红艳艳,它的叶子绿油油。早知道如此痛苦,还不如不要生我。
母羊瘦身大脑袋,鱼篓里只有星光。人将星光当饮食,实在难吃饱肚肠。

●评析

这是一首描写周幽王时代人民穷苦生活的诗篇,全诗共分为三个自然小节。第一小节用凌霄花和芸香花开来说明时间性,因为这两种花均是秋季开花,秋季之时正是秋粮收获之季,也是捕鱼的大好时节,可是在这个季节诗人却很是忧愁伤心,为什么呢?第二节就对这个问题做了一些说明,因为他很痛苦,为什么痛苦呢?这就是第三节所要说明的问题。第三节用母羊瘦身大脑袋象征人人饥寒交迫,人和家禽都饿得只剩下了大脑袋,而捕鱼的人捕了一天鱼,直到夜晚也没有捕到一条鱼,鱼篓里只有惨淡的星光,人民只有将星星当饼充饥了,这就是周幽王无道无德给人民带来的灾难,这就是诗人忧愁的原因所在。

《毛诗序》言:"《苕之华》,大夫闵时也。幽王之时,西戎、东夷交侵中国,师旅并起,因之以饥馑。君子闵周室之将亡,伤己逢之,故作是诗也。"

这首诗歌所记载的历史事实,在《周易》姤卦九四爻辞可以得到印证。

何草不黄

何草不黄?何日不行?何人不将①?经营四方。
何草不玄②?何人不矜③?哀我征夫,独为匪民④!
匪兕匪虎⑤,率彼旷野⑥。哀我征夫,朝夕不暇⑦。
有芃者狐⑧,率彼幽草⑨。有栈之车⑩,行彼周道。

● **注释**

①将:带兵出征。②玄:赤黑色;黑色。③矜(jīn):同"鳏",年老无妻的人。④独为匪民:独:独自;唯独,只有。匪民:匪:不是。民:人,人民。⑤兕:独角兽。⑥率:都,一概。⑦暇:闲暇,休息。⑧有芃者狐:芃(péng):形容草木昌盛;这里是指狐狸尾巴蓬松。⑨幽草:深草丛。⑩有栈之车:栈(zhàn)车:车名,是指车厢外不包皮革的车。《周礼·春官·巾车》曰:"服车五乘:孤乘夏篆,卿乘夏缦,大夫乘墨车,士乘栈车,庶人乘役车。"这里的"服车"是指为王服务的五种职位不同之人所乘坐的五种不同车辆。所以"有栈之车"就是有士人乘栈车。

● **译文**

没有什么草不枯萎?没有一日不用出行?没有什么人不出征?到处攻打天下四方。
没有什么草不腐烂?没有谁不孤独鳏居?可怜我们这些士兵,唯独将我们不当人。
不是独角兽和老虎,却都在旷野里奔走。可怜我们这些士兵,从早到晚不得歇息。
尾巴蓬松的老狐狸,率子孙藏在深草丛。有士人乘坐着栈车,行在周朝的大路上。

● **评析**

这是一首描写出征的士兵在外艰苦度日的诗篇。全诗共分为四节。诗文一开始就用"没有什么草枯萎,没有一日不出征"来说明行军作战的频繁和艰苦,由于每天都在野外打仗,将所有的野草都践踏得枯萎了,也就是说士兵就如这些野草一样,终日辛劳而精神不振,他们出征就是为了攻打天下四方。

第二节描写了这些出征的士兵就如枯萎腐烂的野草一样,长久地在战场上作战,无法顾及家人,就如无家室的人一样,也就是这些可怜的士兵,没有人将他们当人待。

第三节描写了这些出征的士兵就像那些野兽一样,终日奔跑在野外的战场上,成年累月不得休息的艰苦。

最后一节用老谋深算的狐狸率领它的子孙掩藏在深草丛中,比喻那些士子以及大夫

等有官职的人、可以乘着车子在周朝的大路上行走的人,与这些终日行军作战的士兵相对比,就更加突出了这些出征的士兵的艰难困苦。这也是对周幽王之时,戎狄不断侵犯西周的国土,军旅就要不断地与之交战,抗击戎狄,在野外作战的辛劳,以及战争的频繁不断的讽刺之诗。

《毛诗序》言:"《何草不黄》,下国刺幽王也。四夷交侵,中国背叛,用兵不息,视民如禽兽。君子忧之,故作是诗也。"

大　雅

《大雅》是指记载颂扬周文王、周武王、周族的先祖、周家母仪的所有诗歌。

文王之什

文王之什,是指以《文王》这首诗歌为开头的十篇诗歌。这十首诗歌都是颂扬周文王、周族的先祖古公、王季、周家母仪、周武王等君王的诗篇。

《文王》就是一篇颂扬周文王美德的诗篇。《大明》则是一首颂扬周文王之父王季、周文王、周武王、太师姜子牙以及周族的主妇的美德的诗篇。《绵》就是一首颂扬周朝先祖古公亶父从豳地来到岐山脚下营建周族新的住地而后建立邦国的诗篇。《棫朴》是一首颂扬周文王侍奉商纣王、尽力完成臣子职责以及文王美德的诗篇。《旱麓》是一首颂扬周王祭祀天地之礼仪的诗篇,也就是颂扬周王美德和福气的诗篇。《思齐》是一首赞美周家母仪和周文王的诗篇。《皇矣》是一篇颂扬周族先祖——古公、王季和周文王的诗歌。《灵台》是一篇颂扬周文王建造灵台,建造灵囿,建造灵沼,与民同乐的诗篇。《下武》是首颂扬周武王继承先祖的事业,永远孝顺先祖的诗篇。《文王有声》是一首颂扬周文王和周武王的诗篇,颂扬二位先王遵循完成先祖的事业,周文王征伐崇国和其他小国,逐步壮大了周族的势力和土地,并建造了丰邑;周武王继承文王的事业,推翻了商朝,建立了周朝,建立了京都镐京,建立了大学、小学,教化人民和子弟,任用贤者为辅佐。

文　王

文王在上①,於昭于天②。周虽旧邦,其命维新③。有周不显④,帝命不时⑤。文王陟降⑥,在帝左右⑦。

亹亹文王⑧,令闻不已⑨。陈锡哉周⑩,侯文王孙子⑪。文王孙子,本支百世⑫。凡周之士,不显亦世。

世之不显,厥犹翼翼⑬。思皇多士⑭,生此王国⑮。王国克生⑯,维周之桢⑰。济济多士⑱,文王以宁。

穆穆文王,於缉熙敬止⑲。假哉天命⑳,有商孙子。商之孙子,其丽不亿㉑。上帝既命㉒,侯于周服㉓。

侯服于周,天命靡常㉔。殷士肤敏㉕,裸将于京㉖。厥作裸将,常服黼冔㉗。

王之荩臣㉘,无念尔祖㉙。

无念尔祖,聿修厥德㉚。永言配命,自求多福。殷之未丧师㉛,克配上帝。宜鉴于殷㉜,骏命不易㉝。

命之不易,无遏尔躬㉞。宣昭义问㉟,有虞殷自天㊱。上天之载㊲,无声无臭。仪刑文王㊳,万邦作孚㊴。

●注释

①在上:在上界,天上。②於昭于天:於:叹词。昭:光明,明亮;彰显,显扬。③其命维新:命:天命。治理天下的使命。④有周不显:有周:周族。不显:不愿意显赫自己。⑤帝命不时:帝:这里是指商纣王。不时:不断。时:时间。商王不断给周邦发命令。⑥陟降:陟:登,升;提升,提拔。降:下降;降低,损伤。⑦左右:辅佐纣王。⑧亹亹(wěi wěi):勤勉不倦的样子。⑨令闻不已:令:美,善。闻:听到;闻名。不已:不止。⑩陈锡哉周:陈锡:陈:陈设,陈列;旧的,过去。锡:赐,赏赐;封赐。哉周:周族啊!⑪侯文王孙子:侯:美好。文王孙子:文王的子子孙孙。⑫本支百世:本支:周文王的直系子孙。百世:世世代代。⑬厥犹翼翼:厥:他的,乃,就。犹:计谋,谋划。翼翼:严肃谨慎;有次序。⑭思皇多士:思:思谋,思考。皇:大,盛美,辉煌。多士:众多人士。⑮生此王国:降生在周邦的国土上。⑯克生:能够诞生。⑰桢(zhēn):主干,支柱;能够担负重任的人才。⑱济济:众多;美好。⑲於缉熙敬止:缉:通"辑",聚合;和睦。熙:光明。敬止:敬,敬让。止:容止;不止。⑳假:凭借。㉑其丽不亿:丽:数目,数量;美好。不亿:不下数亿;为数不少。㉒上帝既命:上帝:这里是指居于天子之位商纣王的先祖。商纣王的先祖发布命令,命令周族为商朝的异姓诸侯。商王先祖既然发布命令。㉓侯于周服:以诸侯使周族顺服。㉔靡常:靡(mí):无,没有;不。常:经常。靡常:不会经常;不会常年。㉕殷士肤敏:殷士:周文王作为商朝的士子、臣子。肤敏:肤:肤寸,很近的距离。敏:努力,奋勉。㉖祼将于京:祼将:这里应该是祭祀时将左臂裸露,表示对先帝先祖神灵的尊敬虔诚,所以祼将就是祭祀的象征。于京:周邦的京城岐山。㉗常服黼冔:常服:经常穿上。黼冔(fǔ xǔ):黼:古代礼服上黑白相间的花纹。冔:商朝的一种帽子。㉘王之荩臣:王之:作商王的。荩(jìn)臣:忠臣;进献忠心。㉙无念尔祖:无念:没有忘记。尔祖:你的祖先。㉚聿修厥德:聿:迅速。修厥德:修养他的德行。㉛丧师:丧失天下,失去天下人民。㉜宜鉴于殷:宜:应该。鉴:借鉴;对照。殷:商朝。㉝骏命不易:骏:好马,这里是好的意思。执行好天命很不容易。㉞无遏尔躬:遏(è):遏制,停止。尔躬:你自身。㉟宣昭义问:宣昭:宣扬昭告先王的美德。义:合宜的道德。问:学问。㊱有虞殷自天:有虞:舜帝的国号为有虞。因为从黄帝到舜、大禹,都是同姓,姓公孙,只是改了国号,到舜帝分封商族的先祖契为商,姓子氏。这就说从有虞氏到商族,都是奉行天命。㊲上天之载:上天:天上。载:充满。㊳仪刑:仪:准则,法度。刑:法式,典范。㊴万邦作孚:万邦:天下国家。孚:信任,使人信服。

●译文

文王的神灵在上界,他的美德彰显于天下。周族虽属商朝旧邦,治理天下的使命属新。周族不愿过早显赫,纣王不断命令周文王。文王被提拔又受伤,经常在纣王左右

待命。

勤勉不倦的周文王,善德闻名天下传不止。商王过去封赐周族,那些美好的文王子孙。周文王的子子孙孙,直系子孙世代永相传。凡是那周族的人士,即使不显赫也能世袭。

文王今世不能显赫,他的谋划谨慎有次序。想那众多美好人士,在周邦的国土上降生。周族王国能够诞生,都是周族骨干的功德。有众多美好的人士,才能使文王得到安宁。

勤勉不倦的周文王,光明和睦又敬让不止。凭借天命统治天下,有了商朝的子子孙孙。商朝那些子子孙孙,他们的数量不下数亿。商王既然发布命令,为商之诸侯使周顺服。

商之诸侯周族归服,天命不会永远归商族。为殷商之臣很勤勉,祭祀先祖在周邦京城。为臣子祭祀商先祖,经常穿朝服戴殷商帽。对商王以尽职尽责,也没忘记自己的先祖。

没有忘记自己先祖,就迅速修养他的德行。说要永远匹配天命,自己求得了很多福气。殷商未失去人民时,能够匹配那先帝之德。应借鉴殷商的经验,保持好天命很不容易。

保持天命实在不易,不让天命遏制在自身。宣扬先王美德学问,自有虞到商奉行天命。上天充满光明温暖,没有声音也没有气味。以文王法式为准则,天下国家会兴起诚信。

● 评析

这是一首颂扬周文王的诗篇。全诗共分为七节。每一节都以不同的历史事实颂扬了周文王的美德。

第一节主要是说明周文王虽然已经作古,但是他的美德还在天下广为流传。周文王实现了先祖奉行天命为人民谋利益的愿望,使周族的势力得到发展壮大。周文王之时,作为商朝的臣子,经常为商王服务,从不懈怠。这里的"周虽旧邦,其命维新"就是说,周族虽然是商朝的旧邦国,但是所执行的天命却是新的,那就是确确实实、实实在在地为人民谋得了幸福,所以受到人民的拥戴。

第二节是说周文王很是勤勉,他的美名闻名于天下。商王在周文王先祖古公亶父时就分封周族为诸侯,那么周文王和他的子子孙孙就要继承发扬光大先祖的美德。

第三节记载了周文王继承先祖一心称王的意志,但是在周文王时代却没有能够实现。这是因为周文王认为时机还不成熟,也就是诗文中所记载的周文王的"谋划谨慎而有次序",他广泛地聚集各类贤能人士,如姜子牙等等,为成就周族的事业打好基础。

第四节记载了周文王能礼贤下士,与这些贤能人士总结借鉴殷商不得人心的经验教训,而且还要服从殷商的统治。殷商之族凭借天命,为人民谋利益,而拥有了国家,有了商朝的几百年历史,商王既然命令周族为商朝的异性诸侯,周族就要顺服商王的统治。

第五节记载了周文王既能做好殷商的臣子,及时穿着殷商的朝服戴着殷商的帽子,参加殷商的各种政治活动,祭祀、上贡都很及时,而且不忘记实现先祖的意志,时刻不忘对先祖的祭祀。

第六节指出，周文王为了实现先祖之志，时刻自修明德，为人民谋求多种福气，借鉴殷商先王作帝王受到人民拥戴的经验，确实实行为人民谋求利益的天命。

最后一节指出，天命的执行实在不容易，不要使先帝所创建的天命在自己身上遏制、衰竭。而要想很好地完成天命的使命，就要宣扬自有虞氏到殷商等先帝先王为人民谋利益的美德。但是自古以来先帝的美德没有记载下来，就如上天充满光明温暖而照样温暖万物但却没有言语和气味无声无息的美德一样，所以只有效法周文王的美德。诗文最后指出：要以周文王的法式为准则，学习效法周文王的美德，依照周文王的标准和法则去为人民谋求实实在在的利益，这样天下人民就会信服而拥戴你，就会自觉自愿地追随有道德的君王。

这首诗歌所记载的历史事实在《大学》和《周易》颐卦上九爻、贲卦、大畜卦、蹇卦、坤卦等文辞中可以得到验证。

大 明

明明在下①，赫赫在上②。天难忱斯③，不易维王。天位殷适④，使不挟四方⑤。

挚仲氏任⑥，自彼殷商，来嫁于周，曰嫔于京⑦。乃及王季⑧，维德之行。大任有身⑨，生此文王。

为此文王，小心翼翼⑩。昭事上帝⑪，聿怀多福⑫。厥德不回⑬，以受方国⑭。

天监在下⑮，有命既集⑯。文王初载⑰，天作之合⑱。在洽之阳⑲，在渭之涘⑳。

文王嘉止㉑，大邦有子。大邦有子，俔天之妹㉒。文定厥祥㉓，亲迎于渭。造舟为梁㉔，不显其光。

有命在天，命此文王，于周于京，缵女维莘㉕，长子维行㉖，笃生武王㉗。保右命尔㉘，燮伐大商㉙。

殷商之旅㉚，其会如林㉛。矢于牧野㉜，维于侯兴㉝。上帝临汝㉞，无贰尔心㉟。

牧野洋洋㊱，檀车煌煌㊲。驷騵彭彭㊳，维师尚父㊴。时维鹰扬㊵，凉彼武王㊶。肆伐大商㊷，会朝清明㊸。

●注释

①明明在下：明明：明明德，明白和显明道德。在下：将明德体现在人民身上。②赫赫在上：赫赫：显赫而有名声。在上：在上位的天子。③天难忱斯：天：天命。难：不易。忱(chén)：信任，诚信；相信。斯：这个，这样；那么，就。④天位殷适：天位：天子之位。殷

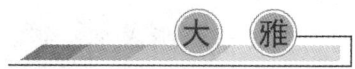

适:是殷商。⑤使不挟四方:不使周邦拥有天下。挟(xié):挟制,挟持;拥有。⑥挚仲氏任:挚(zhì):殷商的属国,在今河南汝宁一带。仲:老二。仲氏:二女儿。任:姓任,名太任,王季之妻,文王之母。⑦曰嫔于京:曰:说是。嫔(pín):帝王的女儿出嫁。京:周朝的都城。⑧乃及王季:乃:于是,就。及:与,给。王季:周文王的父亲,名季历。⑨大任有身:大任:即太任。有身:有喜,怀孕。⑩小心翼翼:小心:小心谨慎。翼翼:严肃谨慎。⑪昭事上帝:昭:显著,光明。事:从事,事情;侍奉。上帝:周族的先祖,以及自古以来的先帝,这里指居于上位的商纣王。⑫聿怀多福:聿:句首词。怀:心中想着,心中藏着。多福:各种为人民谋福气的事情。⑬厥德不回:厥:他的,那个。德:美德,善德。不回:不改变。⑭以受方国:方国:天下四方国家。以受:大家都来归附,统一得到归附。⑮天监在下:天:天道。监:从上向下看;监督;镜子,照自己的形象,借鉴。在下:在天下。⑯有命既集:有命:有了天命。既集:既:既然,且,又。集:聚集;成功。⑰初载:初:开始,初次;刚刚。载:承受;这里是指文王刚刚继位的初期。⑱天作之合:天:自然的象征;上天。作:为,成为;充当,充任。合:合璧;合婚。⑲在洽之阳:洽:洽水源出陕西合阳县北。⑳在渭之涘:渭:渭水,渭河。涘(sì):水边。㉑嘉止:嘉:美好;夸奖,赞许。止:容止,礼貌。㉒俔天之妹:俔(qiàn):譬如,就如。天之妹:天仙一样的女子,或者就如天子之妹。㉓文定厥祥:文定:订婚礼。祥:吉祥,占卜定吉日。㉔造舟为梁:造舟:制作船舟,或者排开船舟。梁:桥。㉕缵女维莘:缵(zuǎn):继续。女:女子。维:为。莘:莘国,商朝的诸侯国,据记载莘国在今陕西省渭南市洽川国家风景名胜区所在古莘国旧址莘里村是文王之妻太姒故里,紧靠黄河西岸,村边有处女泉,河心有关雎州。㉖长子维行:长子:周文王的长子伯邑考。维行:唯有好德行。㉗笃生武王:笃(dǔ):厚道,忠诚。武王:周文王的一子。㉘保右命尔:保右:保佑。命尔:命令你。㉙燮伐大商:燮(xiè):调和,协同。大商:商朝,殷商。㉚殷商之旅:前往征伐商纣王的战争。㉛其会如林:其:诸侯。会:会和。如林:多得就如树林。㉜矢于牧野:矢:弓矢;打仗,开战。于:在。牧野:地名,在商朝的都城朝歌南郊,距朝歌七十余里。㉝维于侯兴:维:都。于:在。侯:诸侯。兴:兴兵。㉞上帝临汝:上帝:这里应该是指先帝,就是说伐商纣王是遵循先帝所创建的天命而行。临汝:临:从高处向低处观看。汝:你们。㉟无贰尔心:你们不要有二心。㊱洋洋:盛大,宽广。㊲檀车煌煌:檀车:檀木战车。煌煌(huáng huáng):明亮,辉煌。㊳驷騵彭彭:驷騵(yuán):四匹赤毛白腹的马。彭彭:强壮、威武的样子。㊴维师尚父:尚父:指姜太公吕望。维师:姜太公吕望为师父。㊵时维鹰扬:时维:当时就是。鹰扬:形容气势如鹰一样勇猛迅捷。㊶凉彼:凉:辅助。彼:那,那个。㊷肆伐:肆:陈列;极力。㊸会朝清明:会:能,通晓。朝:朝代。清明:有法度,有条理。

● 译文

显明的美德施于人民,显赫的名声振动天子。天命的难易在于诚信,不改变诚信维护天子。天子之位属于大殷商,为不使周邦拥有天下。

殷商挚国任家二姑娘,来自殷商之国远地方。来嫁到周邦都城岐山,说帝王的女儿嫁到周。于是她与王季配成双,唯有美德施行到周邦。太任嫁给王季有身孕,生下这个贤能的文王。

诗经新解

唯有这个贤能的文王，小心谨慎严肃有礼仪。他光明磊落侍奉商王，心中怀着很多美善事。他对先祖遗愿不改变，以收复天下四方国家。

借鉴天命来治理天下，执行天命使他很成功。文王刚刚继位的时候，有了天作之合的婚姻。她就在那洽水的南面，她就在渭河水的岸边。

文王有美好德行容止，大商有个美丽的姑娘。大商有美丽的好姑娘，就如天子之妹的女子。他订婚占卜定好吉日，亲自迎娶新娘在渭水。排开船舟当作那大桥，不想显示自己的风光。

商王再次发布了命令，命那文武双全的文王，在那周朝的都城岐山，继续娶妻为莘国之女。生长子伯邑考好德行，又生忠诚的二子武王。保佑命令武王继王位，协同诸侯征伐商纣王。

出征伐商纣王的军旅，诸侯会合多得如树林。在商郊牧野陈兵布阵，都是各国诸侯在兴兵。先帝在天上看着你们，你们不要有三心二意。

牧野的战场大如汪洋，檀木战车战果真辉煌。四马拉车威武又健壮，那姜太公尚父是太师，当时如鹰样勇猛迅捷，真心辅助那个周武王，陈兵极力征伐商纣王，他通晓各朝代的法度。

● 评析

这是一首颂扬周文王之父王季、周文王、周武王、太师姜子牙以及周族的主妇美德的诗篇。全诗共分为八节。

第一节主要记载了周族的势力日渐壮大的历史事实。也就是在古公亶父之次子季历继位之时，周族的势力逐渐壮大，他们在下位为人民施行仁德，得到广大人民的拥护，因而震动了商朝天子，商王惧怕自己的天子之位被周族夺走，惧怕周族与天下诸侯联合而推翻自己的政权，为了不使自己掌握的天命很容易地被周族夺走，为了搞好与周族的君臣关系，而采取了一系列具体的方法，其方法就是君臣联姻。

第二节就是对商王采用的方法——联姻的记载，商王将商族的任氏女子太任嫁给王季，作了王季的妻子，王季和太任都是德行美好之人，太任生下了周文王，也就是周文王之母是太任。

第三节记载了王季之子周文王更是位贤能的君主，他小心谨慎地显明先帝之德政，光明正大地侍奉商王，心中又时刻想着如何实现先祖为王的志向，周文王时刻不忘建立周王朝的志向。

第四节记载了周文王开始继位为周族的君主之时，第一次娶了渭河岸边的姑娘为妻，也就是记载了周文王的第一个妻子的所在地，她应该是周族所属之地的一位姑娘。

第五节则记载了周文王又奉商王帝乙之命而迎娶了商族之女为第二位妻子，同时记载了周文王在渭水上迎娶大商之女热烈而荣光的场面。

第六节则记载了周文王又奉大商王之命迎娶了第三位妻子，那就是商朝所属诸侯国莘国的女子太姒为妻，也就是长子伯邑考和二子周武王之母。周文王的长子伯邑考为了救被商纣王囚禁在羑里的父亲而被商纣王杀死，周文王死后，周武王继位，也就是周武王又忠诚地继承了先祖推翻商朝、建立周朝的遗愿。

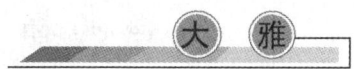

　　第七节则记载了周武王在牧野兴师灭商纣王的具体行动。"殷商之旅,其会如林"应该解释为周武王兴师前往朝歌伐商的军兵都是各路诸侯聚合而来的兵马,很多很多。据《史记·周本纪》记载:周武王当时的战车只有三百乘,虎贲三千人,甲士四万五千人,其余都是各路诸侯的人马。这一节的"上帝临汝,无贰尔心",这里的上帝应该是指先帝,周武王在牧野举行伐商纣王的誓师大会,在大会上周武王发表的讲话有两方面的内容,其一就是历数了商纣王的罪行,其二就是鼓励士兵这一次要一鼓作气地灭了商纣王,因为他在两年以前已经有过一次行动,而没有举行具体的伐纣行动,所以这次他说:"勉哉夫子,不可再,不可三。""勉哉夫子!尔所不勉,其于尔身有戮。"那么这个上帝,也就是周武王说:"先王在天上观看着你们,你们可不要有二心。"

　　第八节是对灭商之战周邦军旅状况的记载,其一记载了周邦军旅的战车都是一车有四匹强壮的赤毛白腹的马拉的檀木车,而且有军师尚父姜子牙亲自指挥坐镇,并且对姜子牙的德能做了简单介绍,姜子牙不但英勇善战,还有通晓各朝代法度和治国之道的贤能之德,正如《周易·涣卦》涣六四爻曰:"涣其群,元吉。涣其丘,匪夷所思。"这里的"匪夷所思",就是对被周武王分封在营丘之地的姜子牙为人的形容之词。

　　这首诗歌所记载的历史事实在《周易》贲卦、大畜卦、同人卦、泰卦、归妹卦、明夷卦、涣卦、蹇卦等众多卦辞中均可以得到验证。

绵

　　绵绵瓜瓞①,民之初生②。自土沮漆③,古公亶父④。陶复陶穴⑤,未有室家⑥。

　　古公亶父,来朝走马⑦。率西水浒⑧,至于岐下⑨。爰及姜女⑩,聿来胥宇⑪。

　　周原膴膴⑫,堇荼如饴⑬。爰始爰谋,爰契我龟⑭。曰止曰时,筑室于兹⑮。

　　迺慰迺止⑯,迺左迺右,迺疆迺理⑰,迺宣迺亩⑱。自西徂东,周爰执事⑲。

　　乃召司空⑳,乃召司徒㉑。俾立室家㉒,其绳则直㉓,缩版以载㉔,作庙翼翼㉕。

　　捄之陾陾㉖,度之薨薨㉗。筑之登登㉘,削屡冯冯㉙。百堵皆兴㉚,鼛鼓弗胜㉛。

　　迺立皋门㉜,皋门有伉㉝。迺立应门㉞,应门将将㉟。迺立冢土㊱,戎丑攸行㊲。

　　肆不殄厥愠㊳,亦不陨厥问㊴。柞棫拔矣㊵,行道兑矣㊶。混夷駾矣㊷,维其喙矣㊸。

　　虞芮质厥成㊹,文王蹶厥生㊺。予曰有疏附㊻,予曰有先后,予曰有奔奏㊼,予曰有御侮㊽。

273

诗经新解

●注释

①绵绵瓜瓞：绵绵：绵绵不断。瓜瓞(dié)：大瓜叫瓜，小瓜叫瓞。也就是大瓜小瓜。②民之初生：周族最早的生活。③自土沮漆：自：从。土：故土豳地，豳地，在今陕西省旬邑、彬县一带。沮(jǔ)：水名，在豳地之南。或者是水草丛生的低湿地带。漆：水名，在陕西邠县，即今彬县西，西南流，与沮水相会，注入渭河。《史记》记载："古公亶父自豳地，度漆、沮，逾梁山，止于岐下。"这里的"度"是渡河之意，"逾梁山"就是穿过山梁。④古公亶父：周文王的祖父，周武王建周后分封古公为太王。⑤陶复陶穴：穴：窑洞。陶：即"掏"，就是挖掘之意，挖掘窑洞。复：一般认为主窑洞的侧面再侧挖一个套式窑洞为复，主窑洞为穴，在陕西宝鸡住过窑洞的人就更容易明白其含义，也就是一个大窑洞中，在侧旁套挖一个小窑洞。⑥未有室家：未有，没有。室家：室：屋子。家：国家。⑦来朝走马：来朝：从早晨。走马：驰马。⑧率西水浒：率：带领众人。西水浒：沿着渭水岸向西。⑨至于岐下：至于：来到。岐下：岐山山脚下。据近年来考古发现在陕西岐山县京当乡有周城的遗址，呈长方形，南北约1200米，东西约500米，面积约60万平方米。但是从周原到京当乡的地形看，这不应该是周族最早的城邑。⑩爰及姜女：爰：于是。及：与。姜女：古公亶父的妃子，即太姜，也就是周姜。⑪聿来胥宇：聿：迅速。胥：观察。宇：屋宇，住处。⑫周原膴膴：周原：地名，在今陕西岐山西，宝鸡虢镇西北，宝鸡市的东北。这是说古公已将人民的居住地和开辟的田地从岐山发展到周原。膴膴(wǔ wǔ)：肥美。⑬堇荼如饴：堇(jǐn)：堇菜，一种野菜的名称。荼(tú)：苦菜。饴(yí)：用淀粉制成的糖。⑭爰契我龟：契：同"启"，启用。龟：龟卜。⑮筑室于兹：兹：这里。就修筑宫室在这里。⑯迺慰：迺(nǎi)：于是，就。慰：安慰；于是就在这里安居。⑰迺疆迺理：疆：疆界，地界。理：治理，治理好。⑱迺宣迺亩：宣：公布；宣布。亩：田亩，田地。这里是根据人口劳力数量而划分田地的亩数。⑲周爰执事：周：全，周全。执事：职事。⑳司空：周朝时专门主管用丈尺测量土地给民众居住的官员。㉑司徒：即是周礼中的大小司徒。大司徒为正职，小司徒为副职；大司徒掌管建邦之土地的舆图与其人民之数；小司徒主管建立国家的教官、官法等等。正如《礼记·王制》曰："司徒修六礼以节民性，明七教以兴民德，齐八政以防淫，一道德以同俗，养耆老以致孝，恤孤独以逮不足，上贤以崇德，简不肖以绌恶。"㉒俾立室家：俾：使，命令。立：建立。室家：建立邦国。㉓其绳则直：其：那些。绳：丈量土地大小长短的尺子；木匠用以取直的墨绳；准则，法令。则：准则，法度。直：正确，拉直。㉔缩版以载：缩：用绳子捆扎起来。版：筑墙的夹板。在陕西关中一带过去修筑房屋，有的是用泥土打墙，就是用两层木板按照墙的厚度平行撑开并用木头支撑，或者用绳索固定，中间加土，用石捶一层一层夯实的方法。载：开始，这里是指墙开始一点一点加高。㉕作庙翼翼：作：开始。庙：宗庙。翼翼：壮严整齐。㉖捄之陾陾：捄：将土盛放在器皿中，如将土放进夹板中。陾陾(réng réng)：众多的样子，这里是指将很多土加入夹板中。㉗度之薨薨：度：度量。薨薨(hōng hōng)：古代诸侯死称之曰薨。这里的薨薨，就是根据墙的厚度死死地夯实泥土。㉘筑之登登：筑：筑墙。登登：用锤子夯实土墙的声音；也可以是土墙逐渐升高的样子。㉙削屡冯冯：削：分割，减少。屡：屡次，多次。这里是指多次将土墙不平的地方削平。冯冯：盛满的样子。又将泥土盛满。㉚百堵皆兴：百堵：百：很多。堵：古代筑墙单位，一般

长高各以一丈为一堵墙壁。皆兴：皆：都。兴：起来。很多土墙都已造起来。㉛鼛鼓弗胜：鼛(gāo)鼓：大鼓。弗胜：不能超越。㉜皋(gāo)门：皋：原本是水边的高地。这里是指王都的护城墙之门。㉝伉：伉俪；双门；高大。㉞应门：宫室的正门。㉟将将：庄严辉煌的样子。㊱冢(zhǒng)土：原本是坟墓的意思，如古冢、荒冢、衣冠冢。而大多数学者在这里将冢解释为社，社一般认为是祭祀土地神的庙，因为冢，也就是坟墓是土堆，也就是土，所以将冢解释为社、土地庙也可以说得通。而周族的远祖，也就是后稷先祖的是帝喾，也是周人的高祖，后稷是周人姬姓的始祖，周人祭祀天时，配以帝喾，而祭祀地时配以后稷，祭祀祖庙以文王和武王作为祭祀的主要对象。这也应该是周族修建了高祖和先祖之庙，这里的社就是指帝喾和后稷之庙，也就是谷神之庙。一般建国的诸侯要设立五庙，即父庙、祖父庙、曾祖庙以及高祖庙和始祖庙五庙。这里的高祖庙、始祖庙，加上宗庙中三位祖先，就是五庙，因为诗文的第五节已经将建立宗庙的过程做了交代，所以在这里的冢应该是高祖庙和始祖庙。㊲戎丑攸行：戎丑：这里是指古公亶父在豳地居住时，经常来侵犯他们的戎狄之族。攸行：攸：就，处所。行：想要，将要。这是说戎狄想要侵犯他们的居处就不容易了。㊳肆不殄厥愠：肆：陈列。这里是陈兵之意。殄(tiǎn)：消灭。厥：他的，那个。愠(yùn)：怨恨，恼怒。㊴亦不陨厥问：亦：也。陨：坠落；毁坏。厥：古公。问：追究，查问；干预，通"闻"，声誉，声望。㊵柞棫拔矣：柞：柞树。棫(yù)：棫树。拔：拔除。㊶行道兑矣：行道：行走的道路。兑：通行，通畅。㊷混夷駾矣：混夷：古代几种民族的混称。駾(tuì)：逃窜。㊸喙(huì)：鸟兽的嘴，人的嘴。这里是指因为人言的传说。㊹虞芮质厥成：虞(yú)：虞国；当时商朝的诸侯国，在山西平陆东北。芮(ruì)：芮国：商代诸侯国，与虞国相邻，在今陕西朝邑县南。质厥成：质疑，也就是分歧，《史记》记载二国因为国界而发生纠纷。㊺蹶厥生：蹶(jué)动，感动，动摇。厥：他，他的。生：同"性"，本性，天性。㊻予曰有疏附：予：我的，同"与"，称赞。疏：疏远。附：靠近；增益。㊼奔奏：奔：跑。奏：奏本。㊽御侮：御：进献，进言，这里是指若是他们去将自己的纠纷向文王诉说。侮：侮辱。自取其辱。

● 译文

那延绵不断的大瓜小瓜，就是周族最初的生涯。自豳地渡过了漆水沮水，古公来到了岐山之下。挖了大窑洞套着小窑洞，那时还没有建立国家。

古公亶父带领着周族人，从早晨驰马奔走察看。带领众人沿渭水向西走，一直来到岐山山脚下。于是就与那姜姓的妻子，迅速来观察新的住处。

周原的土地广大又肥美，就是堇菜苦菜也如糖。于是就开始了各种谋划，于是启用宝龟卜吉凶。宝龟说这里就是好居处，就修筑宫室在这里吧。

于是就决定在这里安居，于是划分左右和前后。于是就划疆界治理田地，于是依劳力划分亩数。自岐山之西到岐山之东，人人全有职事不闲着。

于是就征召了司空之职，于是就征召司徒之职。使用他们开始建立国家，那些法度就会很正确。固定好夹板就开始筑墙，开始修建宗庙很庄严。

将很多土加入到夹板中，度量死死夯实那泥土。筑墙登登响来不断升高，多次削平又多次填满。很多堵围墙全都造起来，众人欢呼超越大鼓声。

诗经新解

　　于是就建立城墙的大门,大门扇双开又高又大。于是就建立宫室的正门,正门庄严又辉煌壮丽。于是就建立高祖始祖庙,戎狄想要侵犯不容易。

　　不陈兵消灭怨恨的戎狄,也没有毁坏古公声誉。柞树棫树都已经拔除了,行走的道路也通畅了。混夷闻风也不敢侵犯了,这都是因为传闻之故。

　　虞芮二国求文王断是非,文王感动他们的本性。说我们不要疏远要亲近,说我们要学周人礼让。说我们跑来奏本有何用,我说进言是自取其辱。

●评析

　　这是一首颂扬周朝先祖古公亶父从豳地来到岐山周原之地营建周族新的住地而后建立邦国的诗篇。全诗共分为九小节。

　　第一节颂扬了从后稷到古公亶父的功绩。"绵绵瓜瓞,民之初生。"这两句,是说周人的始祖后稷的功绩。后稷是黄帝的曾孙帝喾高辛的儿子,其母姜嫄;姜嫄是帝喾高辛的元妃。姜嫄外出感巨人足迹而有身孕,生下儿子,以为是不祥之物,就弃之于巷子,马牛过皆避开而不践踏;又弃之于树林,树林中人太多,又弃之于冰河之上,飞鸟以自己的羽翼为其覆盖保护。姜嫄以为此子为神圣者,遂又收养所以取名为弃。这个弃很小时就好种植各种农作物,种植各种瓜果,所以大瓜小瓜就是对弃之功德的颂扬。弃成人后,被帝尧选拔为农官,后辅助大禹治水有功,又被舜帝封为农官,农官就是主管农业生产的官员,为稷。舜帝分封弃于邰地,号曰后稷,赐姓姬氏,所以后稷就是周人的始祖。而"自土沮漆"到第八节,都是在颂扬后稷的第十二代孙古公亶父,古公亶父是周文王的祖父。

　　《史记·周本纪》记载:"古公亶父复修后稷、公刘之业,积德行义,国人皆戴之。薰育戎狄攻之,欲得财物,欲得地与民。民皆怒,欲战。古公曰:'有民之君,将以利之。今戎狄所为攻占,以吾地与民。民之在我,与其在彼何异?民欲以我故战,杀人父子而君之,予不忍为。'乃与私属去豳,度漆、沮,逾梁山,至于岐下,豳人举国扶老携弱,尽复归古公于岐下。及他旁国闻古公仁,亦多归之,于是古公乃贬戎狄之俗,而营筑城郭室屋,而邑别居之。作五官有司。民皆歌乐之,颂其德。"所以说,这首诗主要就是对古公亶父之功绩的颂扬之诗。

　　诗文第一节记载了古公亶父继承了始祖后稷的功业,为了周族的事业,从豳地来到了岐山,刚刚来到岐山时,还没有建立国家,为了解决居住问题,就开始挖窑洞,而且这种窑洞还是复式的,就是大窑洞的侧面又套着小窑洞。

　　第二节记载了古公领着周人及他的妻子周姜来到岐山观看新的住处的情形。

　　第三节记载了古公和爱妻看好了岐山之地,因为此地的土地很肥沃,所以最后用龟卜决定建设宫室城邑的地点和时间。

　　第四节记载了规划城邑的前后左右,划分土地地界的情形。

　　第五节记载了招募五官和司空司徒,开始建立国家和宗庙的情形。

　　第六节记载了修建城墙、宫室之墙的情形。这一节所记载的修筑宫室围墙的方法非常详细,而西周时代这种筑墙的方法一直流传使用到当今陕西宝鸡地区,在宝鸡农村这种修筑土墙的方法仍然还在使用,所以读起来就感到格外亲切而有感染力。

　　第七节记载了修建城门、宫室之门的情形,还记载了修建高祖庙和始祖庙的情形。

第八节记载了古公建造好宫室建立国家之后,并没有前去攻打使人民怨恨的戎狄之族,这样就更加使古公的声誉提高,也为第九节的内容打下了伏笔,那就是这一节的最后两句诗文:"混夷駾矣,维其喙矣。"笔者将这两句解释为:"混夷闻风也不敢侵犯了,这都是因为传闻之故。"这是依据《史记》的内容解释而已,因为《史记》并未记载戎狄因为古公在岐山建国立家而逃窜之事,而只记载了其他各国人民听闻古公的贤德都追随古公而来。那些北方的民族,如虞国、芮国,听闻文王的贤德,就要寻找文王为他们断纠纷,到了岐山后还没有见到文王就被周族人民相互礼让的贤德、尊老爱幼的美德所感动。

第九节是虞国和芮国二国君主被文王感动的对话,这也是根据《史记》的记载来解释诗文而已。

这首诗歌所记载的历史事实在《周易》贲卦、大畜卦、姤卦、升卦、井卦、泰卦等卦辞中都可以得到验证。

棫 朴

芃芃棫朴①,薪之槱之②。济济辟王③,左右趣之④。
济济辟王,左右奉璋⑤。奉璋峨峨⑥,髦士攸宜⑦。
淠彼泾舟⑧,烝徒楫之⑨。周王于迈⑩,六师及之。
倬彼云汉⑪,为章于天⑫。周王寿考⑬,遐不作人⑭。
追琢其章⑮,金玉其相⑯。勉勉我王⑰,纲纪四方⑱。

●注释

①芃芃棫朴:芃芃(péng péng):草木生长茂盛的样子。棫(yù):小灌木,丛生有刺。朴(pǔ):丛生灌木。②薪之槱之:薪:柴,薪柴。槱(yóu):堆积。③济济辟王:济济:庄严恭敬。辟:君主。④趣:同"趋",紧紧相随。⑤奉璋:奉:捧,拿。璋:玉器名,用于朝聘、祭祀、丧葬等,表示祥瑞;其形如圭,唯其上端斜去一角。⑥峨峨(é é):壮盛的样子。⑦髦士攸宜:髦士:英俊的贤士。攸宜:攸:于是,就。宜:适宜,得当。⑧淠彼泾舟:淠(pì):船舟在水中飘荡的样子。泾:泾水,源出甘肃,东南流入陕西,注入渭河,有泾渭清浊之称。⑨烝徒楫之:烝徒:众人。楫:船桨。⑩于迈:于:去。迈:巡行。⑪倬彼云汉:倬:高大,显明。云汉:银河系。⑫为章于天:为章:为:是。章:规章,法度;规章,条理。于:在。天:天上。⑬寿考:长寿而终。⑭遐不作人:遐:何。作人:作为人间的法则。⑮追琢其章:追琢:追:追随,追述。琢:雕刻玉石,使其光亮。这里是显扬彰显之意。其章:章法。⑯金玉其相:金玉:高贵,美好的象征;也是雕琢的象征。其象:他们,这里是指人民。象:法式。金玉其象就是使人民都高贵文雅有礼仪,也就是陶冶雕琢人民的品性。⑰勉勉我王:勉勉:缅怀,勤勉。我王:周文王。⑱纲纪四方:纲纪:治理。四方:天下。

●译文

朴树棫树丛生茂盛,用作柴薪堆积祭上天。庄敬威严的周文王,左右随从趋步紧相随。

庄敬威严的周文王,左右奉玉璋紧紧相随。奉玉璋庄严盛容显,贤良俊士举止很适宜。

船舟在泾水上荡漾,众人齐心协力来划桨。周文王出兵去征伐,六军将士及时紧追随。

广袤明亮的银河系,是在天上显示的章法。文王福德寿终而卒,何不作为人间的章法。

追述彰显文王法则,雕琢美好人民的品德。缅怀勤勉的周文王,用他的法则治理天下。

●**评析**

这是一首颂扬周文王侍奉商纣王、尽力完成臣子职责以及文王美德的诗篇。全诗共分为五节。第一节应该是诗人对文王之功德的回忆,也就是对周文王作为商纣王的臣子及时而庄严肃穆地参加商王祭祀天地的礼仪。一般认为只有天子才可以祭祀天地,因为祭祀礼仪中,祭祀先祖也就是宗庙祭祀是不用燔柴,也就是没有焚烧柴禾的仪式,只有天子祭祀天的礼仪是"燔柴于泰坛上",所以笔者认为这是周文王与他很有礼仪的随从及时庄严地参与商王的祭祀活动。但是根据下一首诗歌的内容,也可以认为是文王的祭天活动。

第二节描写周文王和他的随从奉着玉璋参加祭祀礼仪,以及服饰行为都合乎礼仪。

第三节记载周文王奉商纣王之命出征征伐不服商朝之国,众将士都能齐心协力,所以就取得了征伐的成功。

第四节指出,银河系在天空闪闪发亮,而且彰显了天的法则,那么周文王有大德于人民,周文王福、德、寿俱全,为何不将周文王作为人世间的法则来教化人民呢?

第五节指出,要追述怀念周文王的法则、品德,使人民受到教化而有美好的品德和礼仪,以周文王的法则来治理天下四方。

笔者将这一篇诗文当作是作者对周文王之德的缅怀追述,以勉励周王用文王的法则治理天下,以文王的品德教化人民,而实现天下安乐太平。

这首诗歌所记载的历史事实,在《周易》坤卦六三爻就可以得到验证。坤六三爻曰:"含章可贞,或从王事,无成有终。""含章可贞",就是要显扬、赞美、缅怀周文王之德,追述学习应用周文王的章法,使人的心性得到修治雕琢,并以周文王的章法作为治理国家天下的纲纪。

旱麓

瞻彼旱麓①,榛楛济济②。岂弟君子,干禄岂弟③。
瑟彼玉瓒④,黄流在中⑤。岂弟君子,福禄攸降⑥。
鸢飞戾天⑦,鱼跃于渊。岂弟君子,遐不作人⑧。
清酒既载,骍牡既备⑨,以享以祀,以介景福。

瑟彼柞棫,民所燎矣。岂弟君子,神所劳矣⑩。

莫莫葛藟⑪,施于条枚⑫。岂弟君子,求福不回⑬。

●注释

①瞻彼旱麓:瞻:看;抬头观望。旱麓:旱:山名,今陕西南郑县西南。麓(lù):山脚。②榛楛济济:榛(zhēn):榛树,乔木,果仁可以榨油。楛(hù):荆棘一类的植物,其茎可以制造箭杆。济济:众多。③干禄岂弟:干禄:干:求取。禄:福禄。岂弟:岂:通"恺",和乐。和乐平易的兄弟。④瑟彼玉瓒:瑟:洁净鲜明。玉瓒:玉勺,古代祭祀时用其舀酒的酒具。⑤黄流在中:黄流:黄酒从中流出来。⑥攸降:攸:迅速。降:降落。⑦鸢飞戾天:鸢(yuān):老鹰。戾(lì)天:高空,极高的天空。⑧遐不作人:遐(xiá)不:何不。作:成,为,措施,办法。⑨骍牡:黄赤色公牛。⑩神所劳矣:神:神灵。劳:慰劳。⑪莫莫葛藟:莫莫:茂盛。葛藟(lěi):缠绕。茂盛的葛藤缠绕。⑫施于条枚:施于:蔓延缠绕。条枚:枝干。⑬不回:不改变。

●译文

观看那旱山山脚,榛树楛木实在多。快乐和易的君子,求取福禄好和乐。
那洁净的玉勺子,黄酒从中流出来。快乐和易的君子,福禄迅速降下来。
老鹰高飞到天空,鱼儿活跃在深水。快乐和易的君子,怎能不成就人才。
清酒已经装满杯,黄赤色公牛已备。用来祭祀天和地,以求得各种福气。
众多柞树和棫木,人民将它来焚烧。快乐和易的君子,慰问众位神灵了。
茂盛的葛藤缠绕,缠绕树干不放松。快乐平易的君子,求取福气不改变。

●评析

这是一首颂扬周文王祭祀天地的礼仪的诗篇,也就是颂扬周文王美德和福气的诗篇。全诗共分为六节。

第一节用旱山脚下的榛树、楛木之多象征比喻君子的快乐和福气就如榛树和楛木一样多。

第二节用明亮洁净的玉勺中的黄酒比喻君子的福气快乐就如玉勺中黄酒一样甘甜。

第三节用老鹰在天空飞翔、鱼儿在深水中跃跃欲试来比喻君子将那些有用的各种人才招聘在合适的岗位上,以成就各种人才,为国效力。

第四节描写了君子,也就是周文王祭祀天地的礼仪。

第五节、第六节记载了人民也是祭祀礼仪的参与者,周王和人民一起祭祀天地,祭祀先祖,为人民求取福气,也就是说周王为人民谋求福气利益的志向永远不改变,人民就会得到更多的福气。

思 齐

思齐大任①,文王之母。思媚周姜②,京室之妇③。大姒嗣徽音④,则百斯男⑤。

惠于宗公⑥，神罔时怨⑦。神罔时恫⑧，刑于寡妻⑨。至于兄弟，以御于家邦⑩。

雝雝在宫⑪，肃肃在庙⑫。不显亦临⑬，无射亦保⑭。

肆戎疾不殄⑮，烈假不瑕⑯。不闻亦式⑰，不谏亦入⑱。

肆成人有德⑲，小子有造⑳。古之人无斁㉑，誉髦斯士㉒。

●注释：

①思齐大任：思齐：慎重端庄。大任，是指周文王之母太任，也就是王季之妻。②思媚周姜：媚：美好。周姜：周文王之祖母，也就是古公亶父之妻，王季之母周姜。③京室之妇：京室：国都王室。之妇：王室的国母。④大姒嗣徽音：大姒：太姒，周文王之妻。嗣：继承。徽音：美好声誉。⑤则百斯男：则：乃，就；作。百：很多。文王之妻太姒生了十个儿子，文王众多妻妾共生百子。男：儿子。⑥惠于宗公：惠：恩惠，好处；柔和，柔顺；仁慈，仁爱。宗公：宗：宗族，祖宗。公：先公，即是祖父、父亲。这是说文王受到先祖的教导而得到好处。⑦神罔时怨：神：精神，心神。罔：不，无，没有。时怨：时：经常，时常。怨：怨言。⑧恫(tōng)：悲哀。⑨刑于寡妻：刑：示范，典范，榜样；法则，法度。寡妻：寡：文王。妻：妻子。⑩以御于家邦：御：驾驭，统治。家邦：周家宗族。⑪雝雝在宫：雝雝(yōng yōng)：同"雍"，和谐。雝雝：形容和谐文雅大方。宫：宫室。⑫肃肃在庙：肃肃：严肃恭敬。庙：宗庙。⑬不显亦临：不显：不亲自显身。亦临：也就是如亲自到场，亲身到来。⑭无射亦保：射：射箭，射礼；古代通过射箭技能的高低招募贤者。亦保：保证贤者得到重用。⑮肆戎疾不殄：肆：放肆，肆暴，任意作恶。戎：戎狄；武力，武器军事，战争。疾：同"狄"，戎狄。殄(tiǎn)：消灭；美好。⑯烈假不瑕：烈假：烈：光明，显赫；事业，功绩；威严，刚正。假：宽容。瑕(xiá)：瑕疵，过失。⑰不闻亦式：闻：听闻，见到。式：法式，榜样。⑱不谏亦入：谏：谏言，规劝，使过失改正。入：接纳，进入，这里是指就是没有人谏言也能改正过失。⑲肆成人有德：肆：扩展，延伸；极，极力，非常。成人有德：成就有德之人。⑳小子有造：小子：男子。有造：培养，造就。㉑斁(yì)：厌，厌弃。㉒誉髦斯士：誉：称赞，赞美；声誉；通"豫"，欢乐，娱乐。髦斯士：髦：英俊。这样英俊的男士。

●译文：

肃敬端庄的周太任，就是周文王的母亲。肃敬美好的周太姜，是周王室的太夫人。太姒继承周家美誉，就是百个儿子之母。

文王受惠于先祖公，心中经常没有怨言，心中经常没有悲哀。他是众妻妾的榜样，更是众兄弟的榜样，是统御周族的君主。

在宫室和谐又大方，在宗庙祭祀很恭敬。不显身也如自身临，不用射礼也能纳贤。

对肆暴的戎狄不灭绝，威严刚正没有瑕疵。没见他也能做榜样，不是谏言也能听取。

极力成就有德之人，对男子有培养之功。古代的君子不败坏，赞美这英俊的男士。

●评析：

这是一首赞美周家母仪和周文王的诗篇。全诗共分为五节。

第一节赞美了太夫人周太姜，赞美了周文王的母亲周太任，赞美了周文王之妻周太姒,也就是肯定了周家母仪的美好品德。正因为周族有伟大的母亲,所以才会有美好的儿男。周文王和太姒所生十个儿子,大儿子是伯邑考,二子是武王发,其次是管叔鲜,其次是周公旦,其次是蔡叔度,其次是曹叔振铎,其次是成叔武,其次是霍叔处,其次是康叔封,其次是冉季载,冉季载是周文王和太姒最小的儿子。因为太姒有美德,她就是周文王所有妻妾所生儿子的母亲。

第二节就开始了对周文王美德的赞美,周文王受到先祖父母的教化,得到了他们的真传,心中没有怨恨,没有悲哀,是众妻妾的榜样,是众兄弟的榜样,所以才能作周族的族长。

第三节赞美文王在宫室能够与众人和睦光明磊落地相处,在祭祀先祖时又能恭敬小心,尽其孝心。文王品德高尚,所以对人民的教化作用很是强大,人民都能效法他的品德处事为人,就如虞芮之人未见到文王而看到周族的事业就已经受到了教化,所以笔者将"不显亦临,无射亦保"解释为"不显身也如自身临,不用射礼也能纳贤"不用举行射礼也能纳贤,因为古代通过射礼来招募贤才,而周文王到处招募贤才,就如三次礼贤下士亲自前去聘请姜子牙一样,用自己的诚信、诚心感动贤者而为自己所用。

第四节是对周文王品德的进一步赞颂,周文王奉纣王之命伐不服商朝的小国家,但他并未对所伐之国以强大的武力灭绝他们,而是以仁德感化他们,所以说文王威严刚正而没有过失,别人虽然没有见过文王,但听闻他的事迹后就能以他为榜样,即是不是进献谏言的话也能听得进去。

最后一节指出周文王还善于成就贤能之人的功德,对有贤德的人能及时发现和成就他们,培养他们,所以诗人就要歌颂这些有美好品德的贤者。

这首诗歌所记载的周家母仪和周文王的美德在《周易》晋卦六二爻和归妹卦六五爻等卦的文辞中可以得到验证。

皇 矣

皇矣上帝①,临下有赫②。监观四方③,求民之莫④。维此二国⑤,其政不获⑥。维彼四国⑦,爰究爰度⑧。上帝耆之⑨,憎其式廓⑩。乃眷西顾⑪,此维与宅⑫。

作之屏之⑬,其菑其翳⑭。修之平之⑮,其灌其栵⑯。启之辟之⑰,其柽其椐⑱。攘之剔之⑲,其檿其柘。帝迁明德⑳,串夷载路㉒。天立厥配㉓,受命既固㉔。

帝省其山㉕,柞棫斯拔㉖,松柏斯兑㉗。帝作邦作对㉘,自大伯王季㉙,维此王季,因心则友㉚。则友其兄,则笃其庆㉛,载锡之光㉜。受禄无丧㉝,奄有四方㉞。

维此王季,帝度其心㉟,貊其德音㊱,其德克明㊲,克明克类,克长克君。王此大邦㊳,克顺克比㊴,比于文王㊵,其德靡悔㊶。既受帝祉㊷,施于孙子㊸。

诗经新解

　　帝谓文王,无然畔援[44],无然歆羡[45],诞先登于岸[46]。密人不恭[47],敢距大邦[48],侵阮徂共[49]。王赫斯怒,爰整其旅,以按徂旅[50],以笃于周祜[51],以对于天下。

　　依其在京[52],侵自阮疆[53]。陟我高冈[54],无矢我陵[55],我陵我阿,无饮我泉,我泉我池。度其鲜原[56],居岐之阳[57],在渭之将[58],万邦之方[59],下民之王。

　　帝谓文王[60],予怀明德[61],不大声以色[62],不长夏以革[63]。不识不知[64],顺帝之则[65]。帝谓文王,询尔仇方[66],同尔兄弟,以尔钩援[67],与尔临冲[68],以伐崇墉[69]。

　　临冲闲闲[70],崇墉言言[71],执讯连连[72],攸馘安安[73]。是类是祃[74],是致是附[75],四方以无侮[76]。临冲茀茀[77],崇墉仡仡[78],是伐是肆[79],是绝是忽[80],四方以无拂[81]。

●注释

①皇矣上帝:皇:大,盛美,辉煌。上帝:先帝。这里的上帝,是指周族的上一位和上几位帝王。这里是指被周公追封为王的周族的先祖古公亶父,太王。②临下有赫:临下:君临天下。有赫:明亮,显赫;大。③监观四方:监:自上视下。观:看。四方:天下。④求民之莫:求民:求,寻求,探求。民:人民。莫:疾苦。⑤维此二国:维此:只有这。二国是指古公居于豳地之时,攻击抢掠豳地人民财产的薰育和戎狄二国。⑥其政不获:政:政治,政势。获:得到,能够。⑦维彼四国:维彼:只有那。四国:四方国家,天下人民。⑧爰究爰度:爰:何处,哪里;这里,为,曰;于是,乃,从。究:究达,完全明白。度:法度,标准。⑨上帝耆之:上帝:这里是指古公亶父。耆(qí):耆旧,故老;年老之人。耆(shì):古同"嗜",嗜好。⑩憎其式廓:憎:厌恶,同"曾",乃,竟然。式廓(kuò):式:样子。廓:廓开,开辟。这里是指古公乃放弃戎狄之俗,而开辟了新的城郭。⑪乃眷西顾:眷:家眷。西顾:从豳地到豳地的西南岐山。顾:回头看,看;顾虑,考虑。⑫此维与宅:此:这里,此处。维:是。与:给予。宅:居处;住处。⑬作之屏之:作之:兴建宫室城墙。屏:屏弃,排除,去除。⑭其菑其翳:菑(zī):初开一年的土地,泛指农田。翳(yì):掩蔽物;这里是指造房屋。⑮修之平之:修之:修建宫室。平之:平整土地。⑯其灌其栵:其灌:灌溉树木。栵(lì):树木成行。⑰启之辟之:启之:开启了,开始了。辟之:开垦,开拓。之:新道路。⑱其柽其椐:柽(chēng):柽柳,落叶小乔木,老枝红色,叶子像鳞片,夏秋两季开花,花淡红色,结蒴果,也叫三春柳或红柳。椐(jū):灵寿树,什么样子,未见有解释。⑲攘之剔之:攘:排除。剔:剔除,剪除。⑳其檿其柘:檿(yǎn):山桑。柘(zhè):黄桑。㉑帝迁明德:帝:这里是指古公亶父。迁:同"添",增加。明德:光明的美德。㉒串夷载路:串:连贯。夷:平坦,平安。载路:载:乘车,车辆。路:道路。㉓天立厥配:天立:天子立命。厥配:厥:他,他的;乃,就。配:配天,他的功德与天命相配,这里是指后来西周的天子分封古公为太王,也就是说古公的后代为天子,分封古公为太王,古公的功德与天命相匹配。㉔受命既固:受命:继承天命。既固:已经巩固。㉕帝省其山:帝:指古公,也就是太王。省:观察,考察。其山:岐山。㉖柞棫斯拔:柞棫:柞树,棫树。拔:长高;拔,草木生枝叶。㉗兑:悦,高兴,

· 282 ·

喜悦。㉘帝作邦作对：作邦：兴建邦国。作对：作：兴。对：匹配；回答，说。㉙自大伯王季：大伯：是指古公的长子太伯，二子虞仲。王季：是指太姜所生之子季历，王季娶妻太任，生昌，皆有祥瑞，昌，就是文王。古公说："我世当有兴者，其在昌乎？"㉚因心则友：因心：因为心中。则：准则，法则。友：朋友；交友；友爱；和顺。㉛则笃其庆：笃：忠诚，厚道。庆：福，福气。㉜载锡之光：载：记载；负担，承受。锡：赐予。光：光彩，荣耀，光亮。㉝受禄无丧：受禄：接受福禄。无丧：没有失去。丧：丧失。㉞奄有四方：奄有：覆盖；包容；拥有。四方：天下国家。㉟帝度：帝：太王，古公。度：度量。㊱貊其德音：貊（mò）：是"貉"的一种字体。貉（hé）：在这里同"赫"，显赫。就显赫他的德行。㊲其德克明：克：能够。他的美德能够显明。㊳大邦：周族，周姓邦国。㊴克顺克比：克：能够。顺比：和顺亲近。㊵比于：紧挨着，紧接着。㊶其德靡悔：其德：他的德行。靡：没有。悔：过失。㊷既受帝祉：既：既然，已经。受：接受；受到。帝：先祖，古公，古公认为周族当在文王时兴盛。祉（zhǐ）：福，福祉。㊸施于：施行到。㊹帝谓文王，无然畔援：帝，这里的帝应该是指居于上位的商纣王。无然：竟然这样。然：如此，这样，那样。畔：同"叛"，叛逆，反叛。援：帮助，救助。㊺歆羡：歆（xīn）：欣喜。羡：羡慕；有余地，超越。㊻诞先登于岸：诞：欺骗；宽阔，宽广，大。登：升，升高。岸：高大，雄伟。㊼密人不恭：密人：是指商朝时代的诸侯国密须国，在今甘肃灵台县西南。因为商纣王无道，使很多小诸侯国都反叛了商朝，周文王奉纣王之命，专管征伐，伐密须，伐耆国。周文王以仁德感化了这些国家的人民，使其归顺了文王。不恭：不恭顺商朝。㊽敢距大邦：敢：胆敢。距：通"拒"，抗拒。大邦：这里是指商朝。㊾侵阮徂共：侵：侵犯。阮：古国名，在今甘肃泾川。徂（cú）：到。共：阮国的地名，即今泾川共池。㊿以按徂旅：按：遏制，阻止。徂旅：到来的军队，入侵的军队。㈤以笃于周祜，以对于天下：笃：厚，增厚，增加。祜（hù）：福，福气。以增加周族的福气。对于天下：面对天下人民。㈥依其在京：依：依据，依靠，依赖。京：大，高，强大的力量。㈦侵自阮疆：侵：侵伐，兴兵讨伐。㈧陟我高冈：陟：登上。我：阮国。冈：较低而平的山脊。㈨无矢我陵：矢：箭。陵：丘陵之地。㈩度其鲜原：度：度过，越过。鲜原：高原。㈦居岐之阳：回到住处岐山南面。阳：南面。㈧在渭之将：渭：渭河。将：又。又在渭水北岸。㈨万邦之方：万邦：天下国家。方：规矩，方向，这是说文王成为天下人效仿的榜样。㈩帝谓文王：帝：是指商纣王。商纣王对文王说。㈦予怀明德：予：赞许，称赞。怀：怀抱。明德：鲜明的美德。㈧不大声以色：不张扬不变心。㈨不长夏以革：长夏：长：多。夏：华夏。革：革命，革除。不以为拥有华夏多数土地和人数而革命。㈩不识不知：识（shí）：知道，认识；识（zhì）：记住。知：见解；干预，过问。㈦顺帝之则：顺：顺从，服从。帝：指商纣王。则：作。㈧询尔仇方：询：询问，打听；这里也可以是"寻"，寻找。尔：你。仇方：有仇的对方；这里是指商纣王告诉周文王：去寻找你的仇敌。㈨以尔钩援：以尔：用你的。钩援：古代一种攀援城墙的武器，上面有钩，钩住城墙攀援而上，也称钩梯。㈩临冲：是古代的两种战车。㈦崇墉：崇：崇国，虎为崇国诸侯。因为崇侯虎在商纣王面前谗言周文王，所以纣王将文王囚禁在羑里，当周文王释放之后，纣王就对文王说：是崇侯虎谗言你的。而且纣王赐文王弓矢斧钺，使文王专管征伐。墉：城墙。㈧闲闲：闲置无用。㈨言言：喊话不断。㈩执讯：执：捉住。讯：审问。㈦攸馘安安：攸：于是，就；处所。馘（guó）：割耳朵。安安：安全，健全。㊷是类是祃：类：类似，相同，与崇国的礼仪相同。祃(mà)：古代在军队驻扎的地方举行的祭祀礼仪。㊸是致是附：致：送达。附：捎信。㊹侮：怠慢。㊺茀茀(fú fú)：道路上长满杂草。㊻仡仡(yì yì)：高大。㊼是伐是肆：伐：讨伐。肆：陈列。㊽是绝是忽：绝：绝灭，非常；断绝。忽：灭；不重视。㊾四方以无拂：四方：天下。拂：违背，反对。

●译文

伟大的先帝古公，君临天下光明显赫。自上观看着天下，以求解除人民疾苦。只有这薰育戎狄，其政治得不到拥护。只有那天下人民，于是完全明白标准。古公就带领故旧，乃开辟新城郭宫室。就率家眷看西岐，在此地建立了住处。

兴建宫室除旧俗，开垦农田又造房屋。修宫室平整土地，好好灌溉树木成林。开始开拓新道路，栽种柽柳栽种椐树。修整剪除多余的，山桑黄桑全都保留。使先祖增添美德，道路连贯车辆畅通。后代立命他配天，周族受天命已巩固。

古公观察这岐山，柞树棫树枝叶茂盛。松柏生长令人喜。太王建邦国立君主。其子太伯和王季。维立这王季为君主。王季心中很友爱，他能友爱他的兄长。他忠厚又有福气，承受先祖赐予荣耀。接受福禄无丧失，就拥有广大的国家。

唯有这个王季儿，太王度量他的心性。就显赫他的德行。他的美德能够显明，就能够明辨善恶，就能够作族长君主。就能够称王周邦，能够和顺亲近人民。紧接着是周文王，他的德行没有过失。已受到先祖福祉，施行到他子子孙孙。

商纣王对文王说，竟然无故叛逆商朝，竟无故贪求超越，胆敢先登上那山峰。密人不恭顺商王，胆敢抗拒那大商朝，侵犯到阮国共城，周文王赫然就发怒，于是就整顿军旅，以阻止入侵的军队。以增加周族福气，以面对天下的人民。

依靠强大的力量，讨伐到阮国的疆界。登上阮国的高冈：不要射击我的山陵，我的山陵我山丘，不要饮用我的泉水，我的泉水我池水。越过那些高原山地，回到岐山的南面，又在渭河水的北岸。天下人民的榜样，可以为天下的君王。

商纣王对文王说，赞许你心怀着美德，不扬声威不变心，不以是多数而革命。不记仇来不干政，顺从天子专管征伐。商纣王对文王说：去寻谋害你的仇敌，同你的兄弟一起，用你的钩援攻他城，和你的临冲战车，一起攻伐崇国城墙。

临冲战车闲又闲，对崇国城墙把话喊，捉住俘虏不断问，俘虏的耳朵很安全。用崇国礼仪祭祀，又送还东西又捎信。四方人都未怠慢，临冲周围长满杂草。崇国城墙仍高大，是陈列军兵来讨伐，是绝国还是灭亡，天下都没有反对的。

●评析

这是一篇颂扬周族先祖——古公、王季和周文王的诗歌，全诗共分为八节。第一节颂扬了周文王的祖父太王古公亶父在豳地居住之时的历史。诗文指出，古公在豳地居住时就能够为人民解除苦难，为人民求取福气，带领当地人民创造了美好的生活。只有豳地的薰育和戎狄之族经常来侵犯抢夺古公和人民的财物，古公为了人民的生命安全，于是就决定迁移到岐山定居。这一节之所以这样解释，是根据《史记·周本纪》的记载："古公亶父复修后稷、公刘之业，积德行义，国人皆戴之。薰育戎狄攻之，欲得财物，予之。已

复攻,欲得地与民。民皆怒,欲战。古公曰:'有民立君,将以利之。今戎狄所为攻战,以吾地与民。民之在我,与其在彼何异?民欲以我故战,杀人父子而君之,予不忍为。'乃与私属遂去豳,度漆、沮,逾梁山,止于岐下,豳人举国扶老携弱,尽复归古公于岐下。及他旁国闻古公仁,亦多归之。于是古公乃贬戎狄之俗,而营筑城郭室屋,而邑别居之。作五官有司。民皆歌乐之,颂其德。"这也正是前文的《绵》一文中所颂扬的功德。这一节中的"皇矣上帝",就是指被后代也就是周武王、周公和周成王追封为太王的周族的先祖古公亶父而言,不能认为是天上的帝王。

第二节则颂扬了古公建新宫室除旧俗、开垦农田又造房屋,以及修筑道路、建立国家的过程。这一节需要说明的是"天立厥配,受命既固"这二句的含义,这应该是指古公亶父的后代周武王、周公、周成王认为古公的功德与天命相匹配,所以分封古公为太王,正因为有古公的功德,所以周族才能实现灭商建周的伟大目标,才能使周族接受天命而治理天下。这里的"天立厥配",是指古公的后代为天子后代,立命古公的功德与天命相匹配,而追封古公为太王,不能认为是上天,或者其他什么。

第三节颂扬记载了古公建立国家、立君主的功德,也就是《史记·周本纪》记载古公有三个儿子,古公在自己的三个儿子太伯、虞仲和季历之中选择了季历为周族的君主,也就是族长。为什么要选择季历为君主呢?这就是第三节和第四节所记载的主要内容。第三节和第四节将王季作为君主的美德记载得很清楚很详细,因为王季能明辨善恶,有仁爱之心,能够亲近人民,他有美德而没有过失,所以就能够做君主。

第五节、第六节则记载颂扬了王季之子周文王的功德。这里应该注意的是"帝谓文王,无然畔援,无然歆羡,诞先登于岸",这里的帝,应该是指居于上位的商纣王而言。商纣王对文王说:"竟然无故叛逆商朝,竟无故贪求超越,胆敢先登上那山峰。"也就是商纣王告诉周文王,有些国家竟然反叛了商朝,那就是密须国不服从商纣王的统治,而侵犯到商朝的诸侯国阮国共城,因为周文王是商纣王分封的专管征伐的臣子,所以当密人侵犯阮国共城时周文王就奉命前去征伐密人。当然这里特别指出,周文王征伐密须国的目的是为了增加周族的福气,面对那些反叛商族、不愿意归服商朝的人民,要以仁德使他们归服。

这里还要特别注意的是周文王是如何征伐密须国的,周文王不是用武力,而是用仁德感化密须人,也就是诗文第六节所记载的内容,周文王登上阮国的高冈山丘,向密须国喊话:"不要射击我的山陵。我的山陵我山丘,不要饮用我的泉水。"这是周文王用仁德感化密须人的证据,据《吕氏春秋·用民》记载:"夙沙之民,自攻其君,而归神农。密须之民,自缚其主,而与文王。"这就是说周文王的仁德感动了密须人民的心,所以密须人民才会将自己国家的君主捆绑起来,归顺周文王,假如周文王用自己强大的武力前去征伐密须国,用武力使密须国归附,那密须国的人民绝对不会自动归顺他。这也就是说周文王在先祖的教化下,以自己的仁德、自己高大的品德而使人民信服、归附于他。

第七节记载的是周文王奉商纣王之命前去讨伐崇国,在这里应该注意的是这里的帝就是指居于天子之位的商纣王,商纣王是商朝的最后一位天子,周文王是商纣王的臣子、诸侯。因为崇国诸侯虎的逸言,周文王被商纣王关入羑里,也就是牢狱。当周文王的臣子将金银、宝物、美女进献给商纣王之后,商纣王才释放周文王,分封周文王专管征伐,并对文王说:"谮西伯者,崇侯虎也。"因为崇侯虎曾在纣王面前说过:"西伯积善累德,诸侯皆向之,将不利于帝。"帝纣乃囚西伯于羑里(《史记·周本纪》记载)。这就是说第七节记载的是商纣王命令周文王前去讨伐崇国。上帝所说之话,就是指商纣王之言。

  第八节则记载了周文王是如何征伐崇国的。这一段诗文,将周文王伐崇国的情景栩栩如生地描写出来,周文王有攀援城墙的钩援,有非常精良的临冲战车,有训练有素的军旅,但是周文王并未用这些强大的武力对崇国发动攻势,而是一边对着崇国的城墙之内喊话,进行政治攻势,一方面对抓到的俘虏进行教化,让他们传信给城中的人民,还虔诚地依照崇国人民的风俗,祭祀当地的鬼神,将崇国人民的东西送还。周文王对崇国围困,对崇国人民进行仁德感化了一月,但是崇侯虎仍然不归降。周文王又返回周邦,对自己的军旅进行修整,认真修正自己的德行,然后又去攻伐崇国,仍然未使用武力,崇国人民在周文王仁德的感化下,终于归服了周文王。这就是第八节的含义。

  这首歌所记载的历史事实,在《周易》蹇卦、贲卦、同人卦等文辞中都可以得到验证。

灵 台

  经始灵台①,经之营之②。庶民攻之③,不日成之。经始勿亟④,庶民子来⑤。

  王在灵囿⑥,麀鹿攸伏⑦。麀鹿濯濯⑧,白鸟翯翯⑨。王在灵沼⑩,於牣鱼跃⑪。

  虡业维枞⑫,贲鼓维镛⑬。於论鼓钟⑭,於乐辟廱⑮。

  於论鼓钟,於乐辟廱。鼍鼓逢逢⑯,矇瞍奏公⑰。

●注释

①经始灵台:经:治理,度量,划分,规划。始:开始。灵台:台名,用于观察天象的高台,在今陕西西安市西北。②营之:建造它。③庶民攻之:庶民:很多人民,大众。攻:建造,制作。④勿亟:不急。⑤子来:子时都来。⑥王在灵囿:王:是指周文王。灵囿:灵:是指地名所在地,同在西安市西北。囿(yòu):古代帝王畜养禽兽的园林。⑦麀鹿攸伏:麀(yōu)鹿:母鹿。攸伏:攸:很。伏:哺育子鹿时伏卧在地上。⑧濯濯(zhuó zhuó):光明盛大的样子,这里是指母鹿很肥壮的样子;濯:娱乐悠游。⑨翯翯(hè hè):羽毛洁白的样子。⑩沼:养鱼的池塘。⑪於牣(rèn):於:感叹词。牣:满。⑫虡业维枞:虡(jù):古代悬挂钟磬的木架。业:木架上一块雕木木板。维枞:维:只有。枞(cōng):木板上的一排锯齿,又叫崇牙,用来悬挂钟磬。⑬贲鼓维镛:贲鼓:大鼓。镛(yōng):大钟。⑭论:抡,抡起鼓槌敲钟鼓。⑮辟廱(yōng):由天子设立的大学称为辟廱。正如《曲礼·王制》曰:"天子命之教,然后为学。"小学在公宫南之左,大学在郊。天子曰辟廱,诸侯曰泮宫。⑯鼍鼓逢逢:鼍(tuó)鼓:鳄鱼皮做的鼓。逢逢:鼓声。⑰矇瞍奏公:矇瞍(mēng sǒu):瞎子。瞎子乐师。奏公:奏:奏乐。公:先公,先祖。盲师奏乐颂扬先公。

●译文

开始规划营造灵台,很好地规划它建造它。很多人民参加建造,不到几日就建成功了。开始营建并不紧急,多数人民子时都来了。

文王在那灵囿园中,母鹿抚育幼子地上伏。母鹿肥壮悠闲自在,白鸟羽毛洁白很美丽。文王在那灵沼池地,哎哟鱼儿满池任鱼跃。

木架横板上有崇牙,悬挂上大鼓还有大钟。抡起鼓槌敲击钟鼓,文王在辟雍与民同乐。

抡起鼓槌敲击钟鼓,文王在辟雍与民同乐。鳄鱼皮鼓声逢逢响,盲师奏乐颂扬众先祖。

●评析

这是一首颂扬周文王建造灵台,建造灵囿,建造灵沼,与民同乐的诗篇。全诗共分为四节。

第一节主要记载了周文王时代建造灵台的事情。周文王时代规划建造了察看天象的灵台,这些都是周文王亲自设计规划的。周文王开始规划建造时,并不急着修建,可是开工以后,因为人民群众的积极参与,不到几日就建成功了,为什么呢?因为人民热爱拥护周文王,他们不分白日黑夜,就是在子时也都来工作,这一节里,笔者将"庶民子来"解释为"多数人民子时都来了",这里的"子"就是夜晚的象征。正因为有人民的积极参与,所以才能使灵台很快建造成功。

第二节主要记载了周文王的灵囿,也就是他驯养禽兽的园子。文王的灵囿中,母鹿肥壮,麋鹿乖巧驯服,各种鸟儿自由自在,文王的养鱼池中鱼儿满池任鱼跃。这就是说文王爱护这些自然生灵,百姓也爱护这些自然生灵,所以它们才能自由自在地生存。

第三节、第四节记载的是文王与民同乐的事实,也就是灵台、灵囿、灵沼建成之后的庆典活动,文王与民共同庆祝建造成功之乐。正如《孟子·王立于沼上》曰:"文王以民力为台为沼,而民欢乐之。谓其台曰灵台,谓其沼曰灵沼,乐其有麋鹿鱼鳖。古之人与民皆乐,故能乐也。"孟子的这一段话充分说明了文王能与人民同甘苦共享乐,所以才会得到人民的拥护。

下 武

下武维周①,世有哲王②。三后在天③,王配于京④。
王配于京,世德作求⑤。永言配命⑥,成王之孚⑦。
成王之孚,下土之式⑧。永言孝思,孝思维则⑨。
媚兹一人⑩,应侯顺德⑪。永言孝思,昭哉嗣服⑫。
昭兹来许⑬,绳其祖武⑭。于万斯年,受天之祜⑮。
受天之祜,四方来贺。于万斯年,不遐有佐⑯。

●注释

①下武维周：下武：下：下一代。武：脚印。下武，就是下一代踩着上一代的脚印，也就是能继承先祖的事业。维周：只有周族。②世有哲王：世有：世代都有；每一代都有。哲王：圣明的君王。③三后在天：三后：三：三王，是指太王古公亶父，文王之父王季，以及文王。后：君主，帝王，古公、王季、文王为三后。在天：三王已亡故，为在天之灵。④王配于京：王：是指周武王。配：匹配。于京：在镐京。⑤世德作求：世德：世代以道德。作求：作：作为。求：寻求，寻求安民之法。⑥永言配命：永言：说要永远。配命：秉承天命。⑦成王之孚：成王：成就先王。孚：信念，信任。⑧下土之式：下土：天下人民。式：典范，榜样。⑨维则：维护先王的法则。⑩媚兹一人：媚：爱；取悦；靠近。兹：这个。一人：是指周文王。因为周文王是天下人的法式。⑪应侯：应：应该。侯：美丽，美好。⑫昭哉嗣服：昭：昭示。嗣服：嗣：继承，子孙后代。服：服从，信服。嗣服：继承前人的事业。⑬昭兹来许：昭：光明；彰显；显扬。兹：这个周文王。许：答应；赞许；给予。⑭绳其祖武：绳：准则，法令；称誉，赞美。祖武：祖：效法，尊崇，模仿；先祖，祖先。武：继承。⑮受天之祜：受天：受到天命的。祜(hù)：福，福气。⑯不遐有佐：遐：何，为什么？佐：辅佐，帮助。

●译文

周族的后继之王是武王，世代继承又是一代明君。三位先王的灵魂在天上，武王匹配为君王在周都。

武王匹配为君王在周都，世代以善德作为求安民。说要世世代代秉承天命，成就了三位先王的信念。

成就了三位先王的信念，是天下人民的光辉榜样。说要世代思念孝顺先祖，继承并维护先王的法则。

尊敬热爱周文王这个人，应很好顺应先王的美德。说要世代思念孝顺先祖，昭示子孙后代顺服先祖。

彰显颂扬周文王的功德，称誉又继承文王的法式。那么就是到了那千万年，会受到天命带来的福气。

会受到天命带来的福气，天下四方人民都来庆贺。那么就是到了那千万年，怎会得不到天命的辅佐？

●评析

这是一首颂扬周武王继承先祖事业，永远孝顺先祖的诗篇。全诗共分为六节。

第一节主要颂扬了周族真正统一建立周王朝的周王周武王，称武王为周族真正的继承人，周武王推翻商王朝建立了周朝之后，立即分封三位先祖古公亶父、王季、文王为王，所以说"三后在天"这里的"三后"就是指周族的三位先祖。

第二节颂扬的仍然是周武王。周武王推翻商朝时，将其父文王的牌位供奉在车中，他自称为太子发，说是奉文王之命而伐商朝，不敢自专，所以才为"永言配命，成王之孚。"

第三节颂扬了周武王为了实现先祖称王、为民谋求福气的信念，而将继承、顺服文王的法则作为自己行动的准则。

第四节颂扬了周武王为了更好地继承先祖的事业,就将周文王作为周族人民的法式,要子孙后代永远继承顺服。

第五节、第六节颂扬周武王继承顺服文王的法则,继续以天命作为为人民谋求福气的纲领,那么就是到了千万年也会受到人民的拥护,也就是受到执行天命所得到的福气,也就是受到天命的辅佐,就会为人民谋求到福气。这首诗歌所记载的历史事实,在《周易》大有等卦就能得到验证。

文王有声

文王有声①,遹骏有声②。遹求厥宁③,遹观厥成④。文王烝哉⑤!
文王受命⑥,有此武功⑦;既伐于崇⑧,作邑于丰⑨。文王烝哉!
筑城伊淢⑩,作丰伊匹⑪。匪棘其欲⑫,遹追来孝。文王烝哉!
王公伊濯⑬,维丰之垣⑭。四方攸同⑮,王后为翰⑯。王后烝哉!
丰水东注,维禹之绩⑰。四方攸同,皇王维辟⑱。皇王烝哉!
镐京辟雍⑲,自西向东,自南自北,无思不服。皇王烝哉!
考卜维王⑳,宅是镐京。维龟正之㉑,武王成之。武王烝哉!
丰水有芑㉒,武王岂不仕㉓!诒厥孙谋㉔,以燕翼子㉕。武王烝哉!

● **注释**

①有声:有声誉,声:声誉,声望。②遹骏:遹(yù):遵循。骏:大;这里是指大业。③厥宁:厥:那个;这里是指先祖的遗训。宁:安宁。④遹观厥成:观:考察;显示。成:成功;完成,实现。⑤烝:众,众多。⑥受命:接受天命。⑦武功:武:勇猛,威武;这里是伟大的意思。功:功勋,功劳;功德,功业。⑧既伐于崇:既:已经,完了,完成。崇:商朝的诸侯国崇国,其君主为虎。⑨作邑于丰:作:建立。邑:都城。丰:丰邑,是周文王时期建立的城邑,大概在陕西西安市西南的长安;今陕西西安沣水西岸。⑩伊淢:伊:这,那。淢(yù):护城河。⑪作丰伊匹:建造丰邑与其匹配。⑫匪棘其欲:匪:不是,并非。棘:通"急",急忙。欲:想要;欲望,愿望。⑬王公伊濯:王公:王:文王。公:功德。濯(zhuó):盛大。⑭维丰之垣:维:就如。丰:丰邑。垣(yuán):城墙。⑮四方攸同:四方:天下人民。攸同:一样,共同。⑯翰:翰墨,文笔,文章。这里是指周文王受到人民的颂扬、赞美。⑰维禹之绩:维:是。禹:大禹,夏王朝的开国君王,大禹治水,使水患得到治理,使所有的水向东流入大海。绩:功绩,功劳。⑱皇王维辟:皇王:这里是指周文王。辟(bì):天子,诸侯的通称。⑲镐京辟雍:镐京:西周时期周武王所建造的京都,在今陕西西安沣水以东的昆明池北岸。辟雍:天子设立的大学称为辟雍,也有认为是天子建立的行礼奏乐的离宫。⑳考卜维王:考卜:考察占卜。维王:为王的武王。㉑维龟正之:只有神龟占卜最正确。㉒芑(qǐ):一种植物,有说叫水芹菜,可是下一篇《生民》中的芑又被解释为白苗嘉谷,那么这种植物就是白苗嘉谷了。㉓仕:做官,晋升为官。这里是指武王让贤者晋升为官。㉔诒厥孙谋:诒(yí):遗留;赠送。厥:他的。孙:子孙。谋:谋主,出主意、定谋略的人。

㉕以燕翼子：燕：安逸，安定。翼：用翼遮盖，引申袒护，保护；辅佐，辅助。子：子孙。

●译文

文王的声誉实在美好，遵循先祖大业好声誉。遵循遗训为民求安宁，遵循实现先祖的事业。文王的美誉实在多啊！

文王接受治国的天命，他有如此伟大的功德。完成征伐崇国的使命，又为周邦建立了丰邑。文王的美誉实在多啊！

修建城邑要修护城河，建丰邑与护城河匹配。不是急着要实现愿望，遵循追思对先祖之孝。周族之后文王美誉多！

文王的功德那么盛大，就如丰邑厚大的城墙。对天下人民同样对待，周族之后文王受赞美。周族之后文王美誉多！

丰河的水向东方流去，这是大禹的丰功伟绩。对天下人民同样对待，只有那文王能称明君。周族之后文王美誉多！

镐京建都城设立大学，从西方到东方的人民，从南方到北方的人民，没有不想归附周族的！武王的美誉实在多啊！

为王的武王考证占卜，确定在镐京建造都城。唯有神龟占卜最正确，武王下令建成了都城。武王的美誉实在多啊！

丰水岸有丰美的苢草，武王岂能不任用贤者？留给他的子孙为谋主，使他们辅佐王的子孙。武王的美誉实在多啊！

●评析

这是一首颂扬周文王和周武王的诗篇，颂扬二位先王遵循完成先祖的事业，周文王征伐崇国和其他小国，逐步壮大了周族的势力和土地，并建造了丰邑；周武王继承文王的事业，推翻了商朝，建立了周朝，建立了京都镐京，建立了大学、小学，任用贤者为辅佐。全诗共分为八小节。

第一小节主要颂扬了文王继承先祖的美德，继承了先祖为人民谋求福气的大业，他的美德受到人民的颂扬。

第二节主要颂扬了周文王继承先祖的功业，以天命作为为人民谋求福气的纲领，既能服从商纣王的命令，征伐不服商王的崇国，使崇国归附于周文王，又建立了周族的都城丰邑。

第三节颂扬了周文王为了追念先祖的功德，修筑了丰邑，修筑了都城的护城河，这也是周文王的功德。

第四节颂扬了周文王对待天下四方的人民一视同仁，所以受到天下人民的称赞。周文王对天下人民一视同仁功德的记载，在《周易》同人卦的文辞中就可以得到确切的证明。

第五节颂扬了周文王的功德美誉就如向东流淌的丰河水一样多，所以周文王要是做君王就是一代明君。

第六节颂扬了周武王继承文王的功业，一举伐商纣王成功，而真正地建立了周朝。

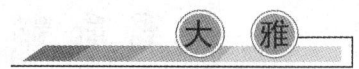

周武王的功德也很多,但是诗文则着重颂扬了周武王建立小学、大学,教化人民,教化自己的子弟而使天下人民没有不顺服周朝的美德。

第七节颂扬了周武王通过龟卜确定和建成了新的都城镐京的功德。

第八节颂扬了周武王为了完成先祖的事业,为天下人民谋求福气,也和周文王一样,任用选拔各行各业的贤者,用来辅佐自己和子孙后代继续完成先祖的事业的美德。

这首诗歌所记载的历史事实在《周易》大畜卦、同人卦的文辞中能得到验证。

生民之什

生民之什,是指以《生民》这首诗歌为开头的十篇诗歌。它包括《生民》、《行苇》、《既醉》、《凫鹥》、《假乐》、《公刘》、《泂酌》、《卷阿》、《民劳》、《板》十首诗歌。

这十首诗歌中,有些颂扬了周族的先祖后稷、公刘的功德,如《生民》是一篇颂扬周族始祖后稷的来源,后稷种植稼穑,受到舜帝分封在邰地为姬姓,以及后稷种植稼穑为人民带来福气的诗篇;《公刘》是一篇颂扬周族的远祖,也就是后稷的子孙公刘继承后稷的事业开创兴盛了周族的事业的诗篇。其他几首如《行苇》是一首记载周成王举行大酬宾、大射礼和在太学宴请祝福三老五更的诗文。《既醉》是一首周成王祭祀宗庙的祝词,也有认为是祭祀宗庙时公祝代表公尸对主祭人周王的祝颂之词。《凫鹥》是一篇对祭祀之意义的说明记载之文。《假乐》是一首颂扬周成王的诗篇。《泂酌》是一首颂扬平易可亲的君子为人民改造水源,使人民方便用水的诗篇,这首诗歌其实也是对周王为人民谋求利益的美德的颂扬。《卷阿》是一首祝福周王的诗篇,一般认为这是召公为警戒周成王所作。而《民劳》一般认为这是召公劝谏周厉王的诗篇。《板》一般认为这是凡伯劝谏周厉王的诗篇。

生　民

厥初生民①,时维姜嫄②。生民如何?克禋克祀③。以弗无子④,履帝武敏歆⑤,攸介攸止⑥,载震载夙⑦,载生载育,时维后稷。

诞弥厥月⑧,先生如达⑨。不坼不副⑩,无菑无害⑪。以赫厥灵⑫,上帝不宁⑬。不康禋祀⑭,居然生子。

诞寘之隘巷⑮,牛羊腓字之⑯。诞寘之平林⑰,会伐平林⑱。诞寘之寒冰,鸟覆翼之⑲。鸟乃去矣,后稷呱矣⑳。实覃实訏㉑,厥声载路。

诞实匍匐㉒,克岐克嶷㉓,以就口食。蓺之荏菽㉔,荏菽旆旆㉕,禾役穟穟㉖,麻麦幪幪㉗,瓜瓞唪唪㉘。

诞后稷之穑,有相之道㉙。茀厥丰草㉚,种子黄茂㉛。实方实苞㉜,实种实褎㉝,实发实秀㉞,实坚实好㉟,实颖实栗㊱。即有邰家室㊲。

诞降嘉种㊳,维秬维秠㊴,维穈维芑㊵,恒之秬秠㊶,是获是亩㊷,恒之穈芑,是任是负⑬,以归肇祀⑭。

诞我祀如何？或舂或揄⑮,或簸或蹂⑯,释之叟叟⑰,烝之浮浮⑱,载谋载惟⑲,取萧祭脂⑳,取羝以軷㉑,载燔载烈㉒,以兴嗣岁㉓。

卬盛于豆㉔,于豆于登㉕。其香始升,上帝居歆㉖。胡臭亶时㉗。后稷肇祀㉘,庶无罪悔㉙,以迄于今㉚。

●注释

①厥初生民：厥：他的,那个,乃,就。初：开始,当初。生民：生育周人的先祖。②时维姜嫄：时维：就是当时。姜嫄：据《史记·周本纪》记载："周后稷,名弃。其母有邰氏女,曰姜嫄。姜嫄为帝喾元妃。姜嫄出野,见巨人迹,欲践之,践之而身动如孕者。居期而生子,以为不祥,弃之于隘巷,马牛过皆辟不践；徙置之于林中,适会山林多人,迁之,而弃渠中冰上,飞鸟以其翼覆荐之。姜嫄以为神,遂收养长大。初欲弃之,因名曰弃。弃以为儿时,屹如巨人之志。其游戏,好种树麻、菽,麻、菽美,及为成人,遂好农耕相土地之宜,宜谷者稼穑也,民皆法则之。帝尧闻之,举弃为农师,天下得其利,有功。帝舜曰：'弃,黎民始饥,而后稷播时百谷。'封弃于邰,号曰后稷,别姓姬氏。后稷之兴,在陶唐、虞、夏之际,皆有令德。"③克禋克祀：克：能够。禋(yīn)：古代祭祀名称,泛指祭祀；也有认为这是一种专门求子的祭祀活动,一般都在郊外进行。祀：祭祀。④以弗无子：以：因为。弗：表示否定,不,或者没有。无子：没有儿子。⑤履帝武敏歆：履：踩踏。帝：上帝。武：足迹,脚印。敏：迅速。歆(xīn)：欣喜。⑥攸介攸止：攸：所,处所。介：中,居中。止：居住,休息。⑦载震载夙：载：充满,这里是肚子大了的意思；开始。震：通"娠",怀胎,妊娠。夙：夙愿。⑧诞弥：诞：诞生。弥：弥月,胎儿足月。⑨先生如达：先生：头胎,生第一个孩子。达：通,通达,顺利。⑩不坼不副：坼：分裂,裂开。副(pì)：剖开。这里是指姜嫄生产很顺利,产妇没有任何损伤。⑪无菑无害：菑(zī)：通"灾",灾害,祸害。害：灾难,灾害。⑫以赫厥灵：赫：显露,显示；通"吓",恫吓,威吓,惊吓。灵：灵魂,灵性。⑬上帝不宁：上帝：这里是指喾帝,也就是姜嫄的丈夫帝喾。不宁：心中不安。⑭不康禋祀：不康：这里是指不生孩子的疾病。禋祀：就是求子的祭祀活动。⑮诞寘之隘巷：诞：荒唐；出生。寘(zhì)：放置。隘巷：狭窄的小巷。⑯腓字：腓：庇护。字：一字排开。⑰平林：树林中的平地。⑱会伐：会：正好,恰好。伐：砍伐树木。⑲鸟复翼之：复：又。翼：鸟的翅膀。⑳呱：呱呱。这里是指婴儿的哭声。㉑实覃实訏：实：确实,实在。覃(tán)：长,悠长。訏(xū)：大。㉒匍匐：爬行。㉓克岐克嶷：克：能够。岐：同"歧",歧异,分歧差异,不相同的。嶷(yí)：同"薿",种植。㉔蓺之荏菽：蓺(yì)：种植。荏(rěn)菽：大豆。㉕旆旆(pèi pèi)：生长茂盛的样子。㉖禾役穟穟：禾：禾苗。役：役使,供人使唤的人,这里是指这些禾本植物就如听从后稷使唤的人一样,很是顺服后稷。穟穟(suì suì)：同"穗",稻麦等禾本植物的花或果实；这里是指这些庄稼穗长得很大很饱满。㉗幪幪(méng méng)：茂盛的样子。㉘瓜瓞唪唪：瓜瓞(dié)：瓜：大瓜。瓞：小瓜。唪唪(fěng fěng)：形容果实众多。㉙有相之道：相：相当。道：道理,方法。㉚茀厥丰草：茀(fú)：锄草。厥：那。丰草：茂盛的杂草。㉛黄茂：黄：黄金,指贵重,这里指选择好种子。茂：草木茂盛；美好。㉜实方实苞：实方：实：实在,确实。

方：正在。苞：丛生；草木茂盛。㉝实种实褎：种：种植。褎：禾苗生长：㉞实发实秀：发：开花。秀：谷类植物抽穗开花。㉟坚：坚实，坚硬。㊱实颖实栗：颖（yǐng）：谷穗；谷穗的芒刺。栗：坚实，刚硬。㊲邰家室：邰（tái）：姓；地名；在今陕西省武功县西南，是舜帝分封后稷之地，也是周族始祖后稷的分封之地。㊳诞降嘉种：从此降生了好种子。㊴维秬维秠：秬（jù）：黑色的黍。秠（pǐ）：一种黑色黍，一壳内两个米粒。㊵维穈维芑：穈（mén）：赤苗嘉谷，这里是指红米。芑（qǐ）：白苗嘉谷，白米。㊶恒：经常；遍地。㊷是获是亩：获：收获，获得。亩：田垄。㊸是任是负：任：担子。负：背。㊹以归肇祀：归：返回。归到一处。肇（zhào）：开始，创建。祀：祭祀。㊺或舂或揄：舂（chōng）：舂米。揄（yóu）：舀取。㊻蹂（róu）：揉搓。㊼释之叟叟：释：放下，舍弃。这里是指用水淘米，将米中的杂质舍弃。叟叟：淘米的声音。㊽烝之浮浮：烝：蒸。浮浮：热气飘浮。㊾载谋载惟：载：开始。谋：谋划；商量。惟：考虑。㊿取萧祭脂：萧：艾蒿。脂：是指黍稷燃烧后其油脂和猪牛羊三牲肠子上的脂肪燃烧发出香味，祭祀时，将艾蒿和黍米一起燃烧，使其香气上升。这在《礼记·曲礼·郊特牲》中有专门的记载："周人崇尚用气味来进行祭祀……祭祀时香蒿和黍稷合在一起焚烧，刺鼻的香气充满墙室。向尸献酒之后，用祭牲的肠腊合着香蒿一起焚烧发出香气……"这里的肠腊就是指猪牛羊肠子上的脂肪。(51)取羝以軷：羝（dī）：公羊。軷（bá）：道路之神。祭祀道路之神称之为軷祭。(52)载燔载烈：燔：焚烧。烈：火势猛烈。(53)以兴嗣岁：兴：兴盛，兴旺。嗣（sì）：子孙，后代。岁：年年岁岁。(54)卬盛于豆：卬（áng）：容器的口朝上。豆：这里是指盛放祭祀物品的器皿，形似高脚盘，曰笾豆。(55)于豆于登：于豆：于是捧上笾豆于是进献。(56)上帝居歆：上帝：先祖。居：坐下。歆（xīn）：享用。(57)胡臭亶时：胡：何，怎么？臭，气味。闻到气味。亶：诚然，仅仅。(58)肇祀：肇：开始，创建。(59)庶无罪悔：庶无：差不多没有。罪悔：罪过和灾祸。(60)迄：迄今，到。

●译文

那当初生育周人的祖先，就是当时帝喾元妃姜嫄。姜嫄如何生下这个后稷？姜嫄去郊外行禋祭求子，因为她还没有生育儿子，踩了上帝的足迹很欣喜，于是她就在处所中休息，开始妊娠怀胎了了夙愿。肚子大生儿子好好养育，那就是后来长大的后稷。

怀孕足月胎儿要诞生了，头生儿子很顺利地产下。产时没有破裂没有剖开，也没有灾难没有受伤害，以显示这个儿子的灵性。帝喾心中还是很不安宁。不生孩子去行禋祀之礼，居然还真的生下了儿子？

荒唐地将他放在窄巷里，牛羊庇护他一字排开走。荒唐地将他放在树林里，恰好遇见砍伐树木的人。荒唐地将他放在寒冰上，鸟儿又用双翅护卫着他。鸟儿于是就又飞走了啊，后稷就呱呱呱地哭不停。他的哭声实在长实在大，他的哭声充满整个大路。

他出生长大到会爬行时，就能够种植不同的谷物，所以就能得到口中食物。他所种植的那些个大豆，大豆生长实在很是茂盛，禾稼受役使穗穗都饱满，麻子麦子长得实在茂盛，大瓜小瓜结得实在是多。

自从那后稷出生种庄稼，就有相当多的各种方法。锄去那生长茂盛的杂草，选择优良饱满的好种子，种子确实发芽确实茂盛，种植的禾苗实在生长好。确实抽穗确实花开茂盛，确实籽粒饱满实在是好。谷穗的芒刺确实很坚硬，后稷受分封有邰地之家。

诗经新解

从此诞生了优良的种子，就是黑黍叫秬黍和秠黍，就是那红米就是那白米。遍地种植那秬黍和秠黍，收获的庄稼放满了田垄。遍地种植那红米和白米，是用担子担还是自己背，归到一处就创建了祭祀。

要问我们祭祀怎样进行？有的舂米有的向外舀米，有的用簸箕簸米有的踩，有的用水淘米叟叟地响，有的旺火蒸米热气腾腾，开始商量开始考虑祭祀，取蒿和三牲的肠脂祭祀，用公羊来祭祀道路之神。开始焚烧火势很是猛烈，以使子孙年年岁岁兴旺。

卬放笾豆盛装祭祀物品，于是捧上笾豆于是进献。祭祀的香气就开始上升，于是先祖坐下开始享用。仅仅只是闻到气味而已。后稷最早创建了祭祀礼，差不多没有罪过和灾祸，自此一直沿用到了如今。

●评析

这是一篇颂扬周族始祖后稷的诗篇。后稷是周族的始祖，后稷之父就是黄帝之曾孙帝喾高辛，其母是帝喾的元妃姜嫄。姜嫄因为无子息，所以就去郊外行禋祭以求子，当时就在郊外踩踏了巨人脚印而受孕，后来生下了儿子就是后稷。后稷出生时一切都很顺利，但是姜嫄和帝喾以为求子而果真得子恐怕不是吉利的事情，所以后稷出生后就被姜嫄遗弃，后稷被遗弃后的种种不寻常的现象又让姜嫄感到这个儿子不同寻常，所以就起名为弃而好好养育，后稷长大后真的成为为人民带来福气的人。所以这篇诗文就是对后稷的出生过程和后稷美德的记载颂扬。全诗共分为八节。

第一节主要记载了后稷之母姜嫄的怀孕过程。第二节主要记载了后稷的出生过程，后稷虽然顺利出生，但是其父母反倒对他的出生产生了怀疑，无子而通过祭祀求子就真能得到儿子？

所以第三节记载了后稷出生之后的遭遇。因为父母对他的出生持怀疑之心，所以就将他遗弃，遗弃了三个地方，后稷不但没有因为饥饿、寒冷、禽兽而死亡，反而得到了禽兽的保护，所以就使后稷终于又得到了母亲的养育而长大成人。

第四节、第五节、第六节记载了后稷长大后为人民开创了种植百谷的新纪元，所以得到了舜帝的重用，而分封其为后稷，为姬姓，分封在邰这个地方安了家，这就是周族的姬姓的来历，这也是周族之始祖后稷的历史。

第七节、第八节则记载了后稷创始了祭祀先祖和祭祀各位神灵的方法以及早先祭祀的过程。

通过这首诗歌，我们可以与《史记·周本纪》作对比，笔者认为《史记》对后稷的记载应该是参照这首诗歌和其他记载后稷的文献而来，绝对不是这首诗歌是依据《史记》而来，所以这就更加体现出《诗经》对历史的记载作用。

这首诗歌所记载的历史事实在《周易》姤卦、晋卦的文辞里可以得到验证。

行 苇

敦彼行苇①，牛羊弗践踏。方苞方体②，维叶泥泥③。戚戚兄弟④，莫远具尔⑤。或肆之筵⑥，或授之几⑦。

肆筵设席,授几有缉御⑧。或献或酢⑨,洗爵奠斝⑩。醓醢以荐⑪,或燔或炙⑫。嘉殽脾臄⑬,或歌或咢⑭。

敦弓既坚⑮,四鍭既钧⑯,舍矢既均⑰,序宾以贤⑱。敦弓既句⑲,既挟四鍭⑳。四鍭如树㉑,序宾以不侮。

曾孙维主㉒,酒醴为醹㉓,酌以大斗㉔,以祈黄耇㉕。黄耇台背㉖,以引以翼㉗。寿考为祺㉘,以介景福㉙。

●注释

①敦彼行苇:敦:督促;重视。彼:它们;那些。行苇:行:走,运行,这里是指正在生长之意。苇:芦苇。②方苞方体:方苞:正在成丛生长。方体:正在长成形体。③泥泥:叶子柔嫩茂盛的样子。④戚戚:相亲相爱。⑤远具:远:疏远。具:同"俱",偕同,在一起。⑥或肆之筵:肆:成列,摆设。筵(yán):筵席,酒席。⑦或授之几:授:交,给。几:古代用来摆放东西或依靠休息的矮而小的桌子。⑧缉御:缉:集合,聚集。御:侍奉。⑨或献或酢:献:进献,奉献。酢(zuò):客人用酒回敬主人。⑩洗爵奠斝:洗:清洗。爵:酒器。奠斝(jiǎ):奠:献上。斝:古代铜制酒器。⑪醓醢以荐:醓(tǎn):多汁肉酱。醢(hǎi):肉酱。荐:荐献。⑫或燔或炙:燔:烧烤。炙:熏烤。⑬嘉殽脾臄:嘉:好,美好;赞美。殽(xiáo)又读作"yáo":盘中肉菜,带骨的肉。脾:牛胃。臄(jué):牛舌。⑭咢(è):击鼓。⑮敦弓既坚:敦:通"雕",彩画,画饰。弓:弓箭。坚:坚硬,坚固。⑯四鍭既钧:鍭(hóu):一种箭,箭头用金属所制,可能是专门用于射礼的箭;四鍭就是四支射箭。钧:钧弦,调好弓弦。⑰舍矢既均:舍矢:放箭,射箭。均:均匀,心平体正。⑱序宾以贤:序:次序。宾:宾客,这里是指射中靶心就为座上宾,为诸侯。贤:贤能,有才能。⑲句(gōu):弯曲。这里是指将弓弦拉紧,弓弯曲度就会增大。⑳挟(xié):夹持。㉑树:树林;同"竖",竖立。㉒曾孙维主:曾孙:这里是指古公亶父的曾孙周成王。古公为王季之父,文王的祖父;周武王为周文王之子,为古公的重孙;周成王为武王之子,为周文王的孙子,为王季的重孙,为古公的曾孙。维主:是主人。㉓酒醴为醹:醴(lǐ):一种甜酒,酒醴泛指各种酒。醹(rú):酒味醇厚。㉔酌以大斗:酌:斟酒。大斗:古代酒器,形似长柄勺子。㉕以祈黄耇:祈:祈祷,祈求。黄耇(gǒu):黄:黄发,古时为长寿的特征,借指老人。耇:老寿。㉖台背:老年人背部有如鲐鱼一样的斑纹,所以把老年长寿的人称为"台背"。㉗以引以翼:引:举,拿。这里是搀扶。翼:保护,帮助。㉘祺(qí):吉祥。㉙以介景福:介:引荐,这里是祝福之意。景福:大福气。

●译文

重视那正在生长的苇草,让那些牛羊不要践踏它们。它们正在丛生长成形体,它们的叶子长得柔嫩茂盛。那些相亲相爱的亲兄弟,不要疏远而要团聚在一起。或者摆设上几方好筵席,或再给摆设上那些小方几。

摆设那些酒筵摆设酒席,摆设小几为聚合侍奉亲人。或为客人献酒或回敬酒,洗爵洗斝向客人进献美酒。向客人进献肉汁和肉酱,或者烧烤或者熏烤味道美。盘中的肉菜有牛胃牛舌,或者唱歌或者只是把鼓击。

　　有雕饰的弓箭很是坚固,四支射箭的弓弦已调均匀。射箭要心平体正射靶心,依次射中靶心则为有才能。有雕饰的弓玄已经拉紧,已经夹持好了四鍭来瞄准。四支利箭支支竖在靶心,依次为座上宾不会受轻视。

　　曾孙周成王就是好主人,各种美酒酒味醇厚又甜美。斟满一大杯甘美的醇酒,以祈祷老人永远长寿不老。寿考老人有台背寿命长,所以就需要搀扶需要保护。祝福老寿星们吉祥如意,祝福他们都能得到大福气。

●评析

　　这是一首记载周成王举行大酬宾礼的诗文,大酬宾礼也就是举行射礼之前所举行的燕礼。全诗共分为四节。第一节诗人用警示语指出,对于正在生长的草木要爱护,对于生长在路边的芦苇也要爱护,因为芦苇是用来编织芦席的,芦席是可以作垫席的,垫席是用来招待客人的(当然古代招待客人的筵席一般都是竹席),招待什么客人呢? 就是为了和睦兄弟情谊。君王每年都要举行射礼,举行射礼之前就要举行大酬宾礼。举行射礼的目的不仅仅是为了和睦君王与诸侯的情谊,而且也是为了招募贤者,有贤者辅佐君王就能治理好国家。

　　第二节对摆设筵席和小几的目的做了说明。摆设筵席、小几是为了招待侍奉客人,也就是射礼进行之前的燕礼。如何招待侍奉客人呢? 向客人献酒献肉汁肉酱,客人也要向主人回敬酒,还要有歌乐相配。

　　第三节主要记载了射礼的方法和举行射礼的目的。参加射礼的人就是为了射侯,射箭技能高招、箭箭射中靶心者就是有才能的人,就能封为诸侯,所以射箭者射箭时,就要心平体正,拿着弓箭集中精力射中靶心。古人将天子举行的射礼称之为射侯,把射中靶心称之为射鹄。

　　第四节则描写了周成王在太学宴请三老五更。三老五更是指天子以父兄之礼供养德高望重的老人三人或五人,称为三老五更,就是为了教化诸侯和后代如何尽孝悌之礼。诗文记载了君王向寿考老人敬献美酒,并祝福老人长寿、得到大福气的美德。

既　醉

既醉以酒①,既饱以德②。君子万年,介尔景福。
既醉以酒,尔肴既将③。君子万年,介尔昭明④。
昭明有融⑤,高朗令终⑥。令终有俶⑦,公尸嘉告⑧。
其告维何? 笾豆静嘉⑨。朋友攸摄⑩,摄以威仪⑪。
威仪孔时⑫,君子有孝子⑬。孝子不匮⑭,永赐尔类⑮。
其类维何? 室家之壸⑯。君子万年,永赐祚胤⑰。
其胤维何? 天被尔禄⑱。君子万年,景命有仆⑲。
其仆维何? 釐尔女士⑳。釐而女士,从以孙子㉑。

●注释

①既醉以酒：既：已经。以：用，这里是喝酒之意。②既饱以德：饱：饱受，很多。德：恩德。③尔肴既将：尔：你的。肴：菜肴。将：拿。④昭明：昭示明德。⑤融：大明；长：和乐。⑥高朗令终：高朗：高明；明亮。令终：令：美，善。终：最后的结果。⑦俶(chù)：开始；善，美好。⑧公尸嘉告：公尸：宗庙祭祀时，以其主祭人的儿子来假扮主祭人的先父，称之为父尸，也就是所有祭祀人所要祭祀的对象。嘉告：美好的祝词。⑨笾豆静嘉：笾(biān)豆：祭祀时盛放食物的礼器，所以笾豆也可以是祭祀时所进献物品的象征词。静：通"净"，干净，清洁。嘉：美好。⑩攸摄：攸：乃，于是，就。摄：代理，这里是朋友来帮助行祭祀礼。⑪威仪：威严的礼仪。⑫孔时：孔：很；大。时：适时；时尚。⑬君子：这里是指主祭人，也就是君王。也可以说是先祖有孝顺的儿子，其儿子又有孝顺的儿子。⑭不匮：不匮乏，不缺少。⑮类：相同。⑯室家之壶：室家：皇室家族。壶：投壶之礼。古代燕礼之后的一种娱乐活动，由司射主持投壶之礼，也就是由主持射礼的人主持投壶之礼。这里的"壶"，就是指主持射礼、主持投壶之礼的人，古代的射礼有诸侯之射礼，有天子之射礼。那么这里的壶就是天子的继承人，也就是皇室家族的继承人。⑰祚胤：祚(zuò)：福分；赐福；帝位，皇位。胤(yìn)：后代；胤嗣：子孙。⑱天被尔禄：天：天命。被：及，达到；覆盖。禄：福禄。⑲景命有仆：景：大。命：命运。仆：奴仆，臣仆；这里是指妻妾。⑳釐尔女士：釐(lí)：赐给。女士：女子和男子。这里是指女孩子和男孩子。㉑从以孙子：从：顺从，这里是指孝顺。以：使。孙子：子孙。

●译文

美酒已经喝得醉醺醺，恩德已经布施很多很多。君子万寿无疆万万年，祝福君子能得到大福气。

美酒已经喝得醉醺醺，你的佳肴已经全部拿出。君子万寿无疆万万年，祝福君子能够昭示明德。

昭示明德又大又长久，高风亮节美誉求得善终。求得善终又有好开始，父尸用美好的祝词祝福。

他美好的祝福是什么？进献的祭品洁净又美好。朋友于是来帮助祭祀，帮助树立了威严的礼仪。

威严的礼仪很合时俗，君子有孝顺的子子孙孙。他孝顺的子孙不匮乏，永远赐给你同类的子孙。

你同类的子孙怎样？就是皇室家族的继承人。君子万寿无疆万万年，永赐给继承帝位的子孙。

继承帝位的子孙怎样？天命覆盖天下你有福禄。君子万寿无疆万万年，有大好命运有成群妻妾。

有成群妻妾又是怎样？赐给你成群女孩和男孩。赐你女孩男孩又怎样？使你有成群孝顺的子孙。

●评析

这是一首周成王祭祀宗庙的祝词，也有学者认为它是祭祀宗庙时公祝代表父尸对主祭人周王的祝颂之词。全诗共分为八节。

第一节主要是祭祀之礼上向祭父尸献酒之后父尸对主祭人的祝词,也就是父尸说的话,也就是全诗的开场白。君王先用圭瓒向父尸斟上郁鬯酒,大宗伯也要献第二遍酒;随后祭祀开始,祭祀行过九献礼之后饮酒五次,君王要洗了玉爵向卿献酒;父尸饮酒七次,君王要用瑶爵向大夫献酒;父尸饮酒九次,君王就要用散爵向士和众执事献酒。这就说明君王向父尸献酒的次数很多,所以说"既醉以酒,既饱以德。"第二节将祭祀时所进献的物品的丰富多样做了描述,也就是"尔肴既将"的含义。

第三节是父尸对君王的功德的赞扬,也是对祭祀有始有终的赞美之词。

第四节是对祭祀物品的十全十美和得到众人的帮助的赞美。

第五节是父尸代表先祖对主祭人孝顺先祖、继承先祖事业的赞美。

最后几节都是父尸对君王的美好祝福,祝福君王有孝子贤孙成群,能够继承先祖的事业,继承天命而为人民谋求更多的利益。这首诗所颂扬的周王的美德在《周易》同人卦的文辞中得到验证。

凫鹥

凫鹥在泾①,公尸来燕来宁②。尔酒既清,尔肴既馨③。公尸燕饮,福禄来成④。

凫鹥在沙,公尸来燕来宜。尔酒既多,尔肴既嘉。公尸燕饮,福禄来为⑤。

凫鹥在渚⑥,公尸来燕来处⑦。尔酒既湑⑧,尔肴既脯⑨。公尸燕饮,福禄来下。

凫鹥在潀⑩,公尸来燕来宗⑪。既燕于宗,福禄攸降。公尸燕饮,福禄来崇⑫。

凫鹥在亹⑬,公尸来止熏熏⑭。旨酒欣欣⑮,燔炙芬芬。公尸燕饮,无有后艰。

●注释

①凫鹥在泾:凫(fú):野鸭。鹥(yī):鸥鸟;青黑色。泾:水名,泾水,发源于甘肃,在陕西中部与渭水合并。②公尸来燕来宁:公尸:宗庙祭祀时,以其主祭人的儿子来假扮主祭人的先父,称之为父尸,也就是所有祭祀人所要祭祀的对象。燕:用酒食款待客人。宁:安宁,安静。③馨(xīn):芬香。④福禄来成:福禄双全。来:到来。成:成功;实现。⑤为:作为,做出成绩。⑥渚(zhǔ):水中小陆地;水边。⑦处:停留。⑧湑(xǔ):同"醑",美酒。⑨脯(fǔ):干肉。⑩潀(zōng):崖岸,水边高地。⑪宗:遵奉,效法;宗庙,祖庙。⑫崇:尊崇。⑬亹(wěi):对岸。⑭熏熏:和悦。⑮旨酒欣欣:旨酒:美酒。欣欣:欢乐自得的样子。

●译文

野鸭鸥鸟在泾水中,父尸来饮宴来求安宁。你的酒已经很清澈,你的菜肴美酒很芬

香。父尸享用佳肴美酒,福禄双全一定会实现。

野鸭鸥鸟在沙洲上,父尸来饮宴来得适宜。你的酒已很多很多,你的菜肴清酒很美味。父尸享用佳肴美酒,福禄双全一定有作为。

野鸭鸥鸟在小岛上,父尸来饮宴来此停留。你的酒已经是美酒,你的菜肴依然有干肉。父尸享用佳肴美酒,福禄双全一定会降临。

野鸭鸥鸟在水岸边,父尸来饮宴来到宗庙。既然在宗庙享燕礼,福禄双全于是就降临。父尸享用佳肴美酒,福禄双全一定受尊崇。

野鸭鸥鸟在河对岸,父尸来到居处很和悦。饮用美酒欢乐自得,烧烤肉味芬芳香味浓。父尸享用佳肴美酒,就会没有后患和艰难。

●评析

这是一篇对祭祀之意义的说明记载之文。全诗共分为五节。诗文主要是对祭祀先祖的意义作了说明,在天下和平安宁之时祭祀先祖的目的就是为了不忘记先祖,为了教化子孙后代如何守护安宁和平。诗文中将野鸭和鸥鸟在不同的地方嬉戏作为全诗每一节的开头语,就是对天下和平安宁的象征,因为天下和平安宁,百姓生活安宁富足,这些成群的野鸭和鸥鸟才能自由自在地任意戏水,否则它们早已成为人民口中的食物了,哪里还会这样自由自在地戏水呢?周王在和平年代祭祀先祖的目的就是祈求先祖永远保佑天下太平安乐,同时也表示了周王一定会努力继承先祖的事业,使先祖的事业永远发扬光大。诗文用父尸来到燕礼之地饮酒,用美酒和佳肴敬献父尸,以表示对先祖的尊敬孝顺,敬献美酒佳肴以期望先祖施给后代福气。

假 乐

假乐君子①,显显令德②。宜民宜人③,受禄于天④。保右命之⑤,自天申之⑥。
干禄百福⑦,子孙千亿。穆穆皇皇⑧,宜君宜王。不愆不忘⑨,率由旧章⑩。
威仪抑抑⑪,德音秩秩⑫。无怨无恶,率由群匹⑬。受禄无疆,四方之纲。
之纲之纪,燕及朋友⑭。百辟卿士⑮,媚于天子⑯。不解于位⑰,民之攸墍⑱。

●注释

①假乐君子:假:同"嘉",美好,吉庆,幸福。乐:快乐,欢乐。君子:应该是指周成王。②显显令德:显显:明显显扬。令德:美德,善德。③宜民宜人:宜民:适宜人民。宜人:适合人民的心意。④受禄于天:受禄:得到福气。于:到,得到。天:天命。⑤保右命之:保右:保佑。命:天命。之:直到。⑥自天申之:自天:自:开始,由来;当然。天:天命。申:延长,重复。⑦干:求取。⑧穆穆皇皇:穆穆:仪表美好,举止端庄。皇皇:光明,盛大的样子。⑨不愆不忘:愆(qiān):过错,过失。不忘:不忘记先祖。⑩率由旧章:率:遵循。由:照着办。归:归顺。章:规章。⑪抑抑:同"奕奕",精神饱满,神采奕奕;盛大。⑫德音秩

秩:德音:美好的声誉。秩秩:常规,常态,有条理,有次序。⑬群匹:群臣相匹配。⑭燕:宴乐,燕礼。⑮百辟卿士:百辟:百:很多。辟:君主,这里是指诸侯。卿士:泛指众官员。⑯媚:讨好,取悦;爱。⑰不解于位:解:同"懈",懈怠。位:官位。⑱民之攸塈(jì):民:人民,民众。攸:于是,就。塈:烧土为砖;憎恨。

●译文

美好快乐的周成王,明显显扬了美好德行。能适宜人民的心意,得到了福气得到天命。保佑天命直到永远,当然能使天命延长了。

求取福禄成千上万,得到子孙后代成千万。美好端庄光明盛大,适宜做君适宜做天子。没有过失不忘先祖,遵循归顺先祖的规章。

威严的仪容很盛大,美好声誉有常规次序。没有怨言没有憎恶,遵循先祖与群臣匹配。得到福气没有止境,是天下四方人的纲纪。

天下四方人的纲纪,以燕礼宴请各位朋友。很多诸侯各级官员,他们喜爱当今的天子。不懈怠自己的官位,人民就不会憎恨天子。

●评析

这是一首颂扬周成王的诗篇。全诗共分为四节。第一节指出,美好快乐的周成王明显地显扬了先祖的美德,周成王在位之时有周公的辅佐,将周朝治理成为国泰民安的天下,这是因为他能严格遵守天命而治理国家使周朝执行天命的使命得到延长。

第二节颂扬了周成王遵循先祖的意志发扬光大了先祖的事业,为人民谋求福气,没有过错没有忘记先祖,所以他很适宜做周朝的天子。

第三节颂扬了周成王威仪盛大而威严,美德很丰厚,天下人没有怨言,没有憎恨,而得到了无限的幸福。周成王治理天下的规则就是天下四方的纲纪。

第四节颂扬了周成王同时受到朋友、群臣的拥护,群臣能够坚守自己的岗位,不懈怠自己的官位,依照纲纪处事为民,各位官员为人民谋利益,人民就对天子官员很满意、不憎恨。

公 刘

笃公刘①,匪居匪康②,迺场迺疆③,迺积迺仓④,迺裹糇粮⑤,于橐于囊⑥,思辑用光⑦。弓矢斯张⑧,干戈戚扬⑨,爰方启行⑩。

笃公刘,于胥斯原⑪。既庶既繁⑫,既顺迺宣⑬。而无永叹⑭。陟则在巘⑮,复降在原。何以舟之⑯?维玉及瑶⑰,鞞琫容刀⑱。

笃公刘,逝彼百泉⑲,瞻彼溥原⑳,迺陟南冈,迺觏于京㉑。京师之野㉒,于时处处㉓,于时庐旅㉔,于时言言,于时语语㉕。

笃公刘,于京斯依㉖,跄跄济济㉗,俾筵俾几㉘,既登乃依㉙,乃造其曹㉚,执豕于牢㉛,酌之用匏㉜。食之饮之,君之宗之。

笃公刘,既溥既长,既景迺冈㉝,相其阴阳㉞,观其泉流,其君三单㉟。度其

300

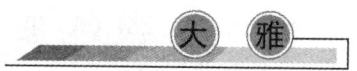

隰原，彻田为粮[36]，度其夕阳[37]，豳居允荒[38]。

笃公刘，于豳斯馆[39]。涉渭为乱[40]，取厉取锻[41]。止基乃理[42]，爰众爰有[43]。夹其皇涧[44]，遡其过涧[45]。止旅迺密[46]，芮鞫之即[47]。

●**注释**

①笃公刘：笃：厚道，忠诚。公刘：是后稷的曾孙，周族的先祖。②匪居匪康：匪：不是。居：安居；占据；积蓄。康：安乐。③迺场迺疆：迺(nǎi)：于是，就。场：场地，平坦的空地。疆：疆界，地界。④迺积迺仓：积：堆积谷物。仓：粮仓。⑤迺裹糇粮：裹：包裹。糇(hóu)粮：干粮；糇糇，窝窝头。⑥于橐于囊：橐(tuó)：一种装粮食的口袋；用袋子装；小口袋。囊(náng)：用袋子装；大口袋。⑦思辑用光：思辑：思：思考；挂念。辑：和睦，和悦；安抚。用：使。光：荣耀，光明；发扬光大。⑧弓矢斯张：弓矢：弓箭。斯张：斯：那么，就。张：把弦安在弓上或拉紧弓弦。⑨干戈戚扬：干戈：干：盾牌。戈：戟。都是古代作战常用武器。戚扬：戚：古代兵器名称，是一种斧子。扬：飞扬，翻腾，舞动。⑩爰方启行：爰：于是。方：方才，刚刚。启行：开始行动。⑪于胥斯原：胥(xū)：观察；等待；相互；皆，都。原：宽阔而平坦的地，平原，田园。⑫既庶既繁：庶：很多，众多。繁：繁多；茂盛。⑬既顺迺宣：顺：和顺，顺理，顺从。宣：疏通，通畅。⑭永叹：长叹。⑮陟则在巘：陟：登上。巘(yǎn)：山峰。⑯舟：佩戴。⑰瑶(yáo)：美玉，像玉一样的美石。⑱鞞琫容刀：鞞(bǐng)：刀鞘上的饰物。琫(běng)：刀鞘下端的饰物。容刀：佩刀。⑲逝彼百泉：逝：流失，流去。彼：那些。百泉：众多泉水。⑳瞻彼溥原：瞻：瞻顾，向前看。溥：广大；普遍。㉑觏于京：觏(gòu)：看见。于：到，在。京：京都，也就是当时公刘选中戎狄之地的豳地，而建造周人的都城，但直到其子庆时，才正式建国于豳地。㉒京师之野：京师：都城，国都。野：郊外。㉓于时处处：于时：这时。处处：居住，处所，停留之地；处理，安排。㉔庐旅：庐：居住。旅：众人；古代城邑居民的居住按军队的编制居住，五人为伍，五伍为一两，四两为一卒，五卒为一旅，五旅为一师，五师为一军。㉕语语：告诫；告诉；说话。㉖斯依：斯：那么，就。依：依傍，依靠，靠近。㉗跄跄济济：跄跄：步履有礼节的样子。济济：众多；美好的样子。㉘俾筵俾几：俾：使；从。筵：筵席，竹席。几：小而矮的桌子。㉙既登乃依：有的登上筵席，有的依几而坐。㉚乃造其曹：造：建造；到，去，前往；制定；这里是排定次序。曹：群；辈。㉛执豕于牢：执：捉住。豕：猪。牢：养牲畜的栏圈；天子祭祀用的牛羊猪三牲为大牢；诸侯祭祀时用羊猪为少牢。这里的牢，应该是指猪圈。㉜斟之用匏：斟：斟酒。匏(páo)：葫芦。㉝既景迺冈：景：阳光；大；景色。冈：较低而平的山脊。㉞相其阴阳：相：观察；察看。阴阳：朝南朝北。朝南为阳，朝北为阴。㉟三单：分成三批，轮流当值。㊱彻田为粮：彻田：彻：撤去。这里是指撤去杂草开垦田地。为粮：为了种粮食。㊲度其夕阳：度：量长短，测度。夕阳：西落的太阳。㊳豳居允荒：豳：在今陕西彬县一带。豳居，就是在豳地建立新居而居住。允：诚然，确实；符合。荒：荒芜，荒凉，这里是指宽广。㊴斯馆：斯：辟。馆：客舍；房屋的总称。㊵涉渭为乱：涉：渡河。渭：渭河。乱：横渡。㊶取厉取锻：厉：磨刀石，砺石；砺行。锻：锻造，锻铁；锻石。㊷止基乃理：止：脚。止基：房屋的地基。乃理：就根据石块的纹理来作地基。㊸爰众：爰：于是。众：众人，众多。㊹皇涧：豳地涧的称名，涧：夹在两山之间的水沟。㊺遡(sù)：逆着水流的方向走。㊻止旅迺密：止：

居住。旅：众多。密：密集。㊼芮鞫之即：芮（ruì）：通"汭"，水流弯曲的地方，水岸边向内凹的地方叫"汭"。鞫（jū）：通"鞫"，弯曲，水岸边向外凸出的地方叫"鞫"。

● 译文

　　厚道忠诚的先祖公刘，不为自己安居不图安乐，于是就规划场地和地界，就建造堆积谷物的粮仓。于是就包裹起各种干粮，于是就装满小袋和大袋，思考安抚人民使其光明，弓箭就时刻拉紧了弓弦。盾牌戟斧翻腾练兵不息，于是才刚刚开始了行动。

　　厚道忠诚的先祖公刘，于是就观察那些平原地。平原地既多又生长繁茂，既顺应民心又人心舒畅，又没有人常叹息出怨言。有时登山就上那山峰顶。有时就又下到那平原上，他都佩戴一些什么东西？佩戴的只有玉石和琼瑶，佩戴着鞞琫装饰的容刀。

　　厚道忠诚的先祖公刘，看到不断流失的众泉水，向前看那些广大的平原，于是就登上南面的山岗，于是看准了豳地做京都，都城到郊外辽阔而广大，这时就停留安排居住地，这时就安排众人来居住。这时就要把规矩说一说，这时要告诫众人把话讲。

　　厚道忠诚的先祖公刘，在都城依山傍水住下来。步履有礼节是多么美好，于是就使用筵席和小几。有登上筵席有依几而坐，于是就为众人排定次序，前往猪圈捉拿猪仔来宰，斟酒用的就是那葫芦瓢。大家又吃肉来又把酒饮，公刘就做君长就做族长。

　　厚道忠诚的先祖公刘，相中的地方既广大又长，既充满阳光又是平山岗，察看分清南北的大方向，观察那些泉水流动方向，他的军队分为三批驻防。还有很多低湿的平原地，开垦田地为了多种粮食。测量夕阳日影的长与短，在豳地居住确实很宽广。

　　厚道忠诚的先祖公刘，于是在豳都辟地造房屋。横渡那漆沮渭水取材用，既把砺石取又把锻石采，依据石头的纹理作地基，于是人多力大有房屋住。中间夹着条水沟叫皇涧，逆着涧水走过了那皇涧，居住的人口最多最密集，水岸弯曲之处即是住处。

● 评析

　　这是一篇颂扬周族的远祖，也就是后稷的子孙公刘继承后稷的事业开创兴盛了周族的事业的诗篇。全诗共分为六节。

　　第一节颂扬了公刘继承先祖的事业不是为了自己康乐，而是为人民谋求利益，他为了谋求周族事业的发展，背着干粮到处勘察土地，而且还操练军旅，以保护人民的生命安全。

　　第二节颂扬了公刘身配玉佩和佩刀，勘察到生长茂盛而宽广使人民非常满意的地方豳地，他决心要在这里建立都城，以发扬光大先祖的事业。

　　第三节颂扬公刘规划勘察好豳地的水流方向、土地之后，决定在豳地建都城，同时向人民宣布这个消息，以及建立都城的规划和居住的法规秩序。

　　第四节颂扬公刘举办酒宴向众人宣布建立邦国的过程，也就是推选族长、推选邦国的君主以及推荐各级官员的过程。

　　第五节颂扬了公刘开辟土地，开发水源，配置军队，根据土地的阴阳面分配土地的过程。

　　第六节颂扬了公刘带领人民渡过漆水、沮水、渭水，到南山取修建房屋的材料，有木

料和各种能做地基的石头,所以就能修建很多房屋,所以就能使豳地成为人口密集、生产发达、人人丰衣足食的地方。正如《史记·周本纪》所记载:"公刘虽在戎狄之间,复修后稷之业,务耕种,行地宜,自漆、沮度渭,取材用,行者有资,居者有蓄积,民赖其庆。百姓怀之,多徙而保归焉。周道之兴自此始,故诗人歌乐思其德。"当然《史记》的这一段记载应该是依据本诗的记载而来。

这首诗歌所记载的历史事实在《周易》贲卦的文辞中可以得到验证。

泂 酌

泂酌彼行潦①,挹彼注兹②,可以餴饎③,岂弟君子,民之父母。

泂酌彼行潦,挹彼注兹,可以濯罍④。岂弟君子,民之攸归。

泂酌彼行潦,挹彼注兹,可以濯溉⑤。岂弟君子,民之攸暨⑥。

●注释

①泂酌彼行潦:泂(jiǒng):远;深广。酌:舀;斟,在这里还有斟酌之意,就是经过思考、谋划,如何将远处的水引到近处,供人民使用、食用、灌溉等等。彼:那些。行:行走,流动。潦(lǎo):大雨,大雨后的积水。②挹彼注兹:挹(yì):把液体舀出来;引,牵引。彼:他,它。注兹:注:倒入,灌入,流入。兹:此,这里。③餴饎:餴(fēn):蒸煮饭菜。饎(xī):有认为是将米蒸熟,也有认为是酒食。全句是:可以将米蒸熟做酒浆。④濯罍:濯(zhuó):洗涤。罍(léi):瓦器,形状似壶,可以盛酒。⑤溉(gài):洗涤。⑥攸暨(jì):暨:到,至;和,及。

●译文

斟酌远处那些流水,引导它来流入到这里。可以蒸米来酿酒浆,快乐和悦可亲的君子,是人民亲爱的父母。

斟酌远处那些流水,引导它来流入到这里。可以洗净酒壶盛酒,快乐和悦可亲的君子,人民于是就归附你。

斟酌远处那些流水,引导它来流入到这里。可以用来洗涤干净,快乐和悦可亲的君子,人民于是就能和乐。

●评析

这是一首颂扬平易可亲的君子为人民改造水源,使人民方便用水的诗篇。这首诗歌其实也是对公刘或者周王为人民谋求利益的美德的颂扬。全诗共分为三节。

第一节颂扬君子将远处的水通过考察、谋划后引到人民居住的地方,使人民方便地取用水。人民用方便干净的水源来作酒,以报答君子之德。

第二节描写了以方便用水洗净酒器,将做好的酒浆盛放,以招待可亲可敬的君子的场面。正因为君子能为人民利益着想,所以人民才会归附他。

第三节记载了人民方便用水,用以灌溉,用以洗涤,干干净净,物产丰富,人民就能得到生息发展,生活就能幸福。

诗经新解

《毛诗序》言:"《泂酌》,召康公戒周成王也。言皇天亲有德,飨有道也。"笔者也搞不明白召康公是何许人也。《史记》中只有燕召公奭和卫康叔封以及毕公的记载。那么这个召康公应该是召公或者康叔,或者是二人同作,以颂扬先祖之德,来警戒周成王要继承先祖的美德和事业。这里所颂扬的是公刘为人民谋利益的美德。这首诗歌的寓意就是饮水思源之意,饮水不忘掘井人,不忘先祖之德。

卷 阿

有卷者阿①,飘风自南②。岂弟君子,来游来歌,以矢其音③。
伴奂尔游矣④,优游尔休矣⑤。岂弟君子,俾尔弥尔性⑥,似先公酋矣⑦。
尔土宇昄章⑧,亦孔之厚矣⑨,岂弟君子,俾尔弥尔性,百神尔主矣。
尔受命长矣⑩,茀禄尔康矣⑪。岂弟君子,俾尔弥尔性⑫,纯嘏尔常矣⑬。
有冯有翼⑭,有孝有德。以引以翼⑮。岂弟君子,四方为则⑯。
颙颙卬卬⑰,如圭如璋⑱,令闻令望⑲。岂弟君子,四方为纲⑳。
凤凰于飞,翙翙其羽㉑,亦集爰止㉒。蔼蔼王多吉士㉓,维君子使㉔,媚于天子㉕。
凤凰于飞,翙翙其羽,亦傅于天㉖。蔼蔼王多吉人㉗,维君子命㉘,媚于庶人㉙。
凤凰鸣矣,于彼高岗,梧桐生矣,于彼朝阳。菶菶萋萋㉚,雝雝喈喈㉛。君子之车,既庶且多㉜。
君子之马,既闲且驰㉝。矢诗不多㉞,维以遂歌㉟。

● 注释

①有卷者阿:卷:曲。卷阿:即是蜿蜒曲折的山丘。②飘风自南:飘风:旋风,大风。自南:来自南边。③以矢其音:矢:箭,箭是直的象征;矢志;矢言:直言。音:声音;音乐;歌乐。④伴奂尔游矣:伴奂(huàn):伴:陪伴。奂:盛,多,大,文采鲜明。游:游玩,游乐。⑤优游尔休矣:优游:悠闲地游乐。休:休息,美,善,好,喜庆。⑥俾尔弥尔性:俾:使,从。弥:终于;长久,远,遍,满,更加。性:身体;生命;性情。⑦似先公酋矣:似:好似,好像。先公:先祖,这里是指周文王,周文王寿命长,活到100岁。酋(qiú):陈酒;成熟;这里是成功之意。⑧尔土宇昄章:土宇:国土,国家。昄(bǎn):大,同"版",版图。章:印章,图章。⑨亦孔之厚矣:亦:也。孔:很,甚。厚:重,大,多,丰厚。⑩尔受命长矣:受命:接受天命。长:君长,君主。⑪茀禄尔康矣:茀通"福"。康:安康,康乐。⑫俾尔弥尔性:俾:使。弥:久、长、远。性:身体。祝你长寿祝你身体安康。⑬纯嘏尔常矣:纯:善,美好。嘏(gǔ):福,福气。常:常常。⑭有冯有翼:冯(píng):"凭"的古字,依靠,依赖,依据。翼:辅佐,辅助。⑮以引以翼:以:用;率领。引:引导。翼:保护。⑯四方为则:四方:天下人民。则:效法,准则,榜样。⑰颙颙卬卬:颙颙(yóng yóng):严肃的样子;仰慕的样子。卬卬(áng

304

áng):同"昂昂",情绪振奋的样子;气宇轩昂的样子。⑱如圭如璋:圭璋:贵重的玉器,比喻品德高尚。⑲令闻令望:令:美,善。闻:闻名,出名。望:名声,声望。⑳纲:纲纪;法度。㉑翙翙其羽:翙翙(huì huì):鸟飞的声音。羽:翅膀。㉒亦集爰止:集:群鸟息止于树上,引申停留。止:停留,歇息。㉓蔼蔼王多吉士:蔼蔼(ǎi ǎi):人众多而又有威仪的样子。吉士:贤良之士。㉔维君子使:维:唯有;只有;维护;纲纪,法度。君子:这里的君子应该是有道德有才能的人,也就是君主。使:派遣;役使;奉命出使。㉕媚:美,美好;爱。㉖傅:附着。这里是指凤凰也飞上天空。㉗吉人:贤能有德之人。㉘命:命令;天命。㉙庶人:众人,人民。㉚菶菶萋萋:菶菶(běng běng):同"芃芃":草木茂盛的样子。萋萋:草木茂盛。这一句话是形容梧桐树长得枝叶茂盛。㉛雝雝喈喈:雝雝(yōng yōng):和谐。喈喈(jiē jiē):鸟的叫声。㉜庶:多,众多。㉝既闲且驰:闲:马圈,马厩;通"娴",娴熟,熟练。这里是指马匹训练有素。驰:车马疾行。㉞矢:矢言,正直之言。㉟遂歌:终,竟;遂心;称心。

● 译文

有蜿蜒曲折的丘陵地,有旋风自南边吹过来。快乐和易可亲的君子,来到此地游玩和歌乐。直言我的诗歌当歌乐。

伴你举行盛大的游乐,你悠闲游乐多么美好。快乐和易可亲的君子,祝你长寿你身体安康。就像先祖那样成功啊。

你的国土版图和印章,也很大很多很厚重啊!快乐和易可亲的君子,祝你长寿你身体安康,天地百神由你主祭啊!

你受天命为民君长啊!福禄双全保你享安乐。快乐和易可亲的君子,祝你长寿你身体安康,美好的福气常常享有。

既有依靠来又有辅佐,有孝心又有美善之德。率领引导又保护人民,快乐和易可亲的君子,天下人民效法的榜样。

气宇不凡人民很敬仰,品德高尚就如圭如璋。美德闻名善德声望高,快乐和易可亲的君子,天下人民以你为法度。

吉祥的凤凰鸟到处飞,双翅扇动翙翙响不停。也要停留在树上歇息,君王有众多贤良士子。只有听从君王的派遣,喜爱拥护天子的主张。

吉祥的凤凰鸟到处飞,双翅扇动翙翙响不停,也时时飞翔在蓝天上,君王有很多贤能之人。维护天子执行的天命,喜爱关心大多数人民。

吉祥鸟儿凤凰鸣叫啊!就在那高高的山岗上。山岗上生长着梧桐树,就在那山岗的阳坡上,枝叶很茂盛的梧桐树,凤凰落在上面叫喈喈。

君王各式各样的车辆,已经有了很多很多辆。君王各式各样的马匹,训练有素又疾驰如飞。表正直之言的诗不多,只献上这首称心诗歌。

● 评析

这是一首祝福周王的诗篇,一般认为这是召公为警戒周成王所作。全诗共分为十节。

诗经新解

第一节是作者自荐之词,作者看到天子来到这歌乐之地大山丘游玩,诗人也就是召公怕周王以歌乐游玩为己任,就乘机献上自己劝告陈述周王之功德的诗歌。

第二节是诗人陪伴君王游玩的同时,祝福君王长寿,祝福君王能够像先祖文王一样长寿和成功地继承先祖的事业。

第三节诗人向君王指出,周朝的国土版图很大,周王的印章分量很重,也就是责任重大,所以君王就要长寿就要身体安康,而要做到这些,就不能过于淫乐,这就是诗人的目的。

第四节诗人指出,君王既接受了天命这个大任,身为人民的君王,就要为人民求取福禄。当然为人民求取福禄的前提就是君王必须洁身自爱,福禄双全,安康长寿,才能为人民求取福禄。

第五节诗人指出,要有贤人依靠和辅佐,要做到孝顺和有美德,既要引导人民向善又要保护爱护人民,这样人民就会以君王为自己学习的榜样,而国家安乐。

第六节诗人指出,天子是天下人民仰慕学习的榜样,所以天子就要有像美玉一样纯美的美德和声誉,才能得到人民的敬仰。

第七节诗人指出,吉祥的凤凰鸟虽然在天空飞翔,但是也要在树上聚集歇息,诗人用凤凰来比喻那些贤能有德的人才要靠君王经常选拔,以使他们成为天子的辅佐,成为君王的左膀右臂,来实现天子治理国家天下的愿望。

第八节诗人仍然用凤凰比喻贤能有德的人才,天子经常招募这些人才,来为大多数人民谋福气,才能得到人民的拥护。

第九节诗人指出,有梧桐树才能招来金凤凰,天子就如那茂盛生长的梧桐树,只要天子明德、爱护人才,就能招来金凤凰,就能招来贤能人才辅佐天子治理天下,而实现天下太平安乐的目的。诗人用凤凰和谐的叫声比喻用贤能有德的人才来治理国家,才能实现天下太平安乐的目的。

第十节指出,只有实现了天下太平安乐和谐,天下和天子的车马和物产才会更多更丰富,而现在君王的车马已经很多了,所以就不要只为自己谋利益、自己享乐,而是要为天下人民的利益着想,否则这些东西是保不住的,这就是诗人对君王的矢言之歌。

民 劳

民亦劳止①,汔可小康②。惠此中国③,以绥四方④。无纵诡随⑤,以谨无良⑥。式遏寇虐⑦,憯不畏明⑧。柔远能迩⑨,以定我王。

民亦劳止,汔可小休⑩。惠此中国,以为民逑⑪。无纵诡随,以谨惛怓⑫。式遏寇虐,无俾民忧。无弃尔劳⑬,以为王休⑭。

民亦劳止,汔可小息⑮。惠此京师⑯,以绥四国⑰。无纵诡随,以谨罔极⑱。式遏寇虐,无俾作慝⑲,敬慎威仪,以近有德⑳。

民亦劳止,汔可小愒㉑。惠此中国,俾民忧泄㉒。无纵诡随,以谨丑厉㉓。

式遏寇虐,无俾正败㉔。戎虽小子㉕,而式弘大㉖。

民亦劳止,汔可小安。惠此中国,国无有残㉗。无纵诡随,以谨缱绻㉘。式遏寇虐,无俾正反㉙。王欲玉女㉚,是用大谏㉛。

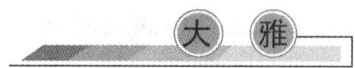

●注释

①劳止:劳:劳苦;辛劳。止:停止,这里就是极其辛劳之意。②汔可小康:汔(qì):同"祈",祈求,恳切希望得到。可:可以,能够。小康:小小的康乐。③惠此中国:惠:仁慈,仁爱;惠顾,关怀照顾。中国:国中人民。④绥(suí):安,安抚。⑤无纵诡随:无:不要。纵:纵容,放纵。诡(guǐ):狡猾欺诈。随:同"祟",鬼怪作怪害人。⑥以谨无良:谨:小心谨慎,防止,严防。无良:没有贤良之人。⑦式遏寇虐:式:法式,榜样。遏(è):遏制。寇虐:敌寇的残暴、暴虐。⑧憯不畏明:憯(cǎn):悲痛,悲伤;这里是悲愤之意。畏:害怕,担心,恐惧。明:明德,光明正大,明白;英明;明察。⑨柔远能迩:柔:怀柔,安抚。远:远方,是指边远的诸侯国。迩:近。⑩休:吉庆事,美善事。⑪逑(qiú):聚合;配偶。⑫憯恢:憯(hūn):同"惛",糊涂。呶(náo):乱,混乱。⑬无弃尔劳:弃:放弃;废弃,抛弃。劳:功劳。⑭休:美善。⑮息:子女,儿子;喘息,生息,繁衍。⑯京师:都城。⑰以绥四国:绥(suí):安抚;平定。四方:天下国家。⑱罔极:罔:蒙蔽,欺骗。极:极端,尽头,极点。⑲作慝(tè):作:产生,兴起。慝:邪恶;恶念。⑳以近有德:近:接近;靠近。有德:有道德的人。㉑愒(qì):休息。㉒忧泄:忧:忧愁,愁苦,辛劳。泄:散发,发泄;宣泄。㉓丑厉:丑:丑恶,憎恶。厉:祸患,危害。㉔正败:正:国家政治。败:败坏。㉕戎虽小子:戎:你,你们。小子:年轻人。㉖而式弘大:式:榜样。弘大:广大。㉗残:残缺不全。㉘缱绻(qiǎn quǎn):纠缠,纠缠不清。㉙反:反叛,倾覆。㉚王欲玉女:王:君王,天子。欲:想。玉:比喻美德贤才;帮助,爱护。女:你。㉛大谏:强力规劝,使过失得到改正。谏诤:直言进谏,直言规劝。

●译文

人民已经极其辛劳了,恳切希望能够得到小安康。关怀照顾我国中人民,以安抚平定天下人民的心。不要放纵欺诈害人者,以严防失去善良有德之人。用以遏制敌寇的暴虐,悲愤不畏惧残暴不明之人。安抚远方能感动近处,以安定我周王和人民的心。

人民已经极其辛劳了,恳切希望能得到小小吉庆。关怀照顾我国中人民,以使天下的人民得到团聚。不要放纵欺诈害人者,以严防糊涂混乱之事发生。用以遏制敌寇的暴虐,不要使人民有忧愁和辛劳。不废弃你已有的功德,因为这是君王的美善之德。

人民已经极其辛劳了,恳切希望能得到生息养生。关怀照顾这些都城人,以安抚平定天下国家人民。不要放纵欺诈害人者,以严防极端欺骗之事发生。用以遏制敌寇的暴虐,不要使人民产生邪恶之心。敬重谨慎威严的仪表,以接近有才能道德的贤人。

人民已经极其辛劳了,恳切希望能得到适宜休息。关怀照顾我国中人民,使人民言论及时得到宣泄。不要放纵欺诈害人者,以严防那丑恶的祸患发生。用以遏制敌寇的暴虐,不要使国家政治发生败坏。君王你虽然是年轻人,而你的榜样的力量很广大。

人民已经极其辛劳了,恳切希望能得到小安康。关怀照顾我国中人民,国家要完整不要残缺不全。不要放纵欺诈害人者,以严防纠缠不清之事发生。用以遏制敌寇的暴虐，不要使国家政治倾覆败坏。王想要贤德人帮助你，所以就用强力直言规劝你。

●评析

　　一般认为这是召公劝谏周厉王的诗篇。周厉王为西周的第十位君王，是周穆王的第四代子孙，是周宣王之父。周厉王在位34年，暴虐好利而专政，大夫芮良夫和召公劝谏不听，人民对其政治有意见，周厉王不准人民发表意见，发表意见者就要杀头，所以召公对其劝谏。据《史记·周本纪》记载：厉王行事多暴虐奢侈独断，人民有怨谤王的。召公谏道："人民已经不能忍受暴虐的政令了。"厉王大怒，找来一个卫国的巫师，命他监察怨谤的人，巫师告诉厉王哪个人怨谤，厉王就杀掉那个人。这么一来，怨谤就很少了，而诸侯也不来朝觐。三十四年，王命更严苛了，人民不敢开口说话，在路上遇见了也只能以目示意而已。厉王得意了，就告诉召公说："我能消弭怨谤了，人民都不敢再有怨言了。"召公说："这只是堵塞罢了。堵塞人民的口所带来的害处要严重过堵塞水。水因阻塞而溃决所伤害的人一定很多，人民也是一样的。因此治水的人疏通河水使它得到宣导，治民的人也要开发言论，使人民敢说话……"所以笔者认为召公的这一篇诗文就是针对厉王不让人民发表言论而作。笔者对本诗文的解释也是参考《史记》的历史事实而解释，当然应该认为《史记》是依据《诗经》的本意和其他的历史记载来研究记载历史，因为《诗经》成书的时间早于《史记》。

　　所以这首诗歌应该是召公劝谏周厉王的诗文。全诗共分为五节。每一节都以人民已经很辛劳、人民期望得到小安康和生息等为开头，说明人民当时的生活很艰苦，而且将"惠此中国，无纵诡随"贯通全诗，说明这个问题的重要性，这也是治国者应该特别注重的事情，否则就会有祸乱发生。

　　第一节与其他节不同之处，就是指出了"悲愤不畏惧残暴不明之人，安抚远方能感动近处，以安定我周王和人民的心"。这是对周厉王残暴专制的直谏，因为周厉王对发表怨言的人要杀头，人民有怨言而不敢说出，人民怎能不悲哀愤怒呢？

　　第二节指出，要严防糊涂混乱之事发生，君王不要前功后弃，要使人民团聚不离散，不要使人民有忧愁和辛劳。这些都是对周厉王的劝谏之词。

　　第三节指出，不要使人民产生邪恶之心，敬重谨慎威严的仪表，要接近有德能的贤人。

　　第四节指出，使人民言论及时得到宣泄，以严防那丑恶的祸患发生，不要使国家政治发生败坏。但是周厉王不听劝谏，最终还是被人民暴动驱赶出了西周，使国家有14年没有君王。

　　第五节指出，要使国家完整不要残缺不全，以严防纠缠不清之事发生，不要使国家政治倾覆败坏。君王想得到帮助有美德，就要听从官员的直言之谏。但是周厉王还是没有听从臣子的谏言，而终于失去了王位，由召公和周公代为摄政。周厉王之子静被召公用自己的儿子交换，召公将自己的儿子交于暴动者而被杀害，因此保住了太子静的性命，太子静由召公抚养培养成为一位有德能的君王，即周宣王。这就是这首诗歌的历史意义。

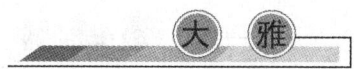

板

　　上帝板板①，下民卒瘅②。出话不然③，为犹不远④。靡圣管管⑤，不实于亶⑥。犹之未远，是用大谏。

　　天之方难，无然宪宪⑦。天之方蹶⑧，无然泄泄⑨。辞之辑矣⑩，民之洽矣⑪。辞之怿矣⑫，民之莫矣⑬。

　　我虽异事⑭，及尔同僚⑮。我即尔谋⑯，听我嚣嚣⑰。我言维服⑱，勿以为笑。先民有言，询于刍荛⑲。

　　天之方虐⑳，无然谑谑㉑。老夫灌灌㉒，小子蹻蹻㉓。匪我言耄㉔，尔用忧㉕谑。多将熇熇㉖，不可救药。

　　天之方懠㉗，无为夸毗㉘。威仪卒迷，善人载尸㉙。民之方殿屎㉚，则莫我敢葵㉛。丧乱蔑资㉜，曾莫惠我师。

　　天之牖民㉝，如埙如篪㉞。如圭如璋㉟，如取如携㊱。携无曰益，牖民孔易。民之多辟㊲，无自立辟。

　　价人为藩㊳，大师为垣㊴。大邦为屏，大宗为翰㊵，怀德维宁，宗子维城。无俾城坏，无独斯畏。

　　敬天之怒，无敢戏豫㊶。敬天之渝㊷，无敢驰驱㊸。昊天曰明㊹，及尔出王㊺。昊天曰旦㊻，及尔游衍㊼。

●注释

①上帝板板：上帝：在上位的帝王、天子，这里是指周厉王。板板：邪辟，乖张；木头，木头敲击起来时桄桄桄地响，在陕西宝鸡一带的方言有感叹词"我的桄桄"，这是一种贬义词，形容事情重大或者对此事的感叹，所以"板板"在这里就是两块木板相互敲击的响声，也就是"桄桄"之意，"桄桄"是一种感叹词。②下民卒瘅：下民：在下位的人民。卒瘅：卒：同"猝"，突然。瘅（dān）：因劳致病。③出话不然：出话：说话。不然：不能。④为犹：为：认为。犹：忧患。⑤靡圣管管：靡：无，没有。圣：圣人；圣明；贤哲明达；才智高，有学问。管管：管理；管教；在这里应该是宝鸡方言"乖乖"的口语。⑥不实于亶：不实：不诚实，不符合实际。于：在。亶：诚然，实在。⑦无然宪宪：无然：不要这样。宪：法令，效法，表明。宪宪：公然效法。⑧天之方蹶：天：天命。蹶（jué）：倒下；竭尽，枯竭。⑨泄泄：泄：流出；宣泄，发泄。泄泄（yì yì）：众多的样子。⑩辞之辑矣：辞：言辞，讲话，告诉。辑：收，收敛。⑪洽：和谐，融洽。⑫怿（yì）：喜悦。⑬莫：没有什么；不要，不能。⑭异事：奇怪的事；这里是指诗人自己与天子各自的职责不同，各自有自己的事情。⑮及尔同僚：及尔：以及你。僚：官；属官，同僚，一起做官的人。⑯我即尔谋：即：就是。谋：谋划；计谋，计策；思虑。⑰嚣嚣（xiāo xiāo）：叫嚣，喧哗，吵闹；大声叫嚷。⑱我言维服：我言：我说的话。维服：维：只有；是，确实是。服：信服。⑲询于刍荛：询：询问，咨询；问询。刍荛（chú ráo)：刍：割草。荛：打柴草的人。⑳天之方虐：天之：天子。虐：暴虐，残暴。㉑谑谑(xuè xuè)：快乐；谑：开玩笑。㉒老夫灌灌：老夫：作者自己。灌灌：情意恳切的样子。㉓小子蹻蹻：小子：这里是指年轻的天子周厉王。蹻蹻(qiāo qiāo)：骄傲自满的样子。㉔耄(mào)：年老；糊涂。㉕犹谑：灾难暴虐。㉖多将熇熇：多：很多。将：将要。熇熇(hè hè)：或是旺盛的样子，这里是形容君王盛气凌人的样子。㉗愾(qì)：愤怒。㉘无为夸毗：无为：没有作为。夸：夸赞。毗(pí)：辅助，帮助；损伤。毗邻；同"纰"，纰漏，纰缪，差错或错误。㉙善人载尸：善人：好人。载尸：载：充当。尸：行尸走肉。㉚殿屎：殿：行走在后面。屎：屁股后面。㉛则莫我敢葵：则：效法；于是，就。葵：同"睽"，违背，或"揆"，推测揣度。㉜蔑资：蔑：抛弃，浪费，无视，无，没有。资：资财，财物，钱财。㉝牖(yǒu)：窗户；通"诱"，诱导。㉞如埙如篪：埙(xūn)：古代一种陶制吹奏乐器。篪(chí)：古代一种竹制吹奏乐器。㉟如圭如璋：圭：用作凭信的玉器；祭祀典礼时的礼器。圭璋：贵重的玉器，形状是圭的一半。㊱如取如携：取：拿；得到。携：带领；提携，帮助。㊲辟：罪，邪辟，法度，法律。㊳价人为藩：价人：即介人：善人，好人，这里是中正的人。藩：藩篱，篱笆。㊴大师为垣：大师：太师，这里是天子的老师。垣(yuán)：官署的代称。㊵大宗为翰：大宗：大宗族。翰(hàn)：同"閈(hàn)"，门；墙。㊶戏豫：戏：嘲弄；儿戏，戏谑。豫：安乐，快乐。㊷敬天之渝：天：天命。渝(yú)：改变，违背，背弃。㊸驰驱：驰：车马疾行。驱：驱赶，赶走，策马前进。㊹昊天曰明：昊天：广大无边的天阳。曰明：叫做光明。㊺及尔出王：及：和，与；比得上。王出：王：天子。出：出现，显露。㊻旦：日出。㊼游衍：游：游动。衍：盛多，蔓延，扩展。

●译文

我的桄桄在上位的天子，你的人民突然都患病了啊！人民不能说出心中的话，我认为你距离忧患不远了。我的乖乖不圣明的天子，政令不着边际来又不实在。忧患灾难已离你不远了，因此我用此诗作为大谏辞。

老天爷正在降下大灾难，你不要这样公然效法老天。天命在你这里正在枯竭，公然不让民说话宣泄怨言。人民的言辞已经收敛了，人民真的就已经和谐了吗？君王的政令如果和悦了，人民也就没有什么要说了。

我与君王虽然职务不同，以及你的那些下属官员们。我就是要给君王出计谋，请君王听我大声告诉你吧！我所说的话确实要信服，不要以为我这是在说笑话。先祖曾经有过一句名言，遇事就去请教割草打柴人。

天子正在实行暴虐之政，不要以为这是快乐的事情。老夫我情意深切地规劝，小子你骄傲自满目中无人。并不是我已经年老糊涂，是你造成了多少忧患暴虐。多的是盛气凌人把人欺，实在是已经到了不可救药的地步。

天子你正在发怒把话发，没有作为还把自己错误夸，你的威信礼仪已全迷乱，好人都已充当了行尸走肉。人民正跟在屁股后面学，学习的结果我也不敢揣度。国家丧乱浪费钱财财物，不曾对我民众有什么好处。

天子要诱导天下的人民，就如教人吹奏那埙乐篪乐。就如圭就如璋一样贵重，使人民就如得到如同提携。没有帮助还说人民富足，没有诱导人民还说很容易。人民现在之

所以多邪辟,就是天子自己没有好法度。

中正的人是国家的篱笆,太师就是维护国家的官署。大的邦国是国家的屏障,大宗族是维护国家的城墙。心怀美德能使国家安宁,宗族子弟就是国家的城门。不要使城墙城门毁坏了,不要独断专行又威胁人民。

敬畏老天爷发怒的表现,不敢将天命当儿戏图安乐。敬畏天之命始终不违背,不敢像驰马一样将其赶走。那广大的天阳称作光明,与你同时显现出光明之德。那广大的天阳就是日出,与你德行同游延伸到天下。

● 评析

一般认为这是凡伯劝谏周厉王的诗篇。据记载凡伯是周公之后,入朝为卿士,他仁厚有德。周厉王暴虐无德,人民有怨言,厉王就杀掉有怨言的人民,人民就不敢说话了,周厉王就更加暴虐无道,凡伯等臣子劝谏不听,周厉王最后终于被暴动的人民驱赶出国境,在外十四年而亡,因此周朝就有十四年没有天子,由召公和周公辅相摄政,称为共和,周厉王死后,其子静继位,就是周宣王。全诗共分为八节。

第一节诗人告诉天子:哎哟,我的桄桄!我的天子啊,你的人民突然都患病了,那么患的是什么病呢?当然就是人民突然都不说话了,变成哑巴了,这都是厉王暴虐专政的结果。诗人告诉天子,你不让人民说话,那么你就距离忧患灭亡不远了,而且对周厉王的政令提出了批评。诗文的"板板",按照陕西宝鸡方言,解释为"我的桄桄",将"管管"解释为"我的乖乖"。因为桄桄是两块木板相击打而发出的响声,"桄桄"和"乖乖"都是宝鸡方言中的感叹用语,宝鸡人对所发生的事情感到惊讶时,会用"我的桄桄"和"我的乖乖"来表示,所以笔者以为这样的解释最为合情合理,符合宝鸡方言和当时的周朝官方语言的应用特点。

第二节诗人说,上天正在降下大灾难,危害万物;诗人说,君王你不要效仿天的灾难,为人民制造灾难,你不让人民说话发泄怨言,难道天下就能和谐吗?先祖创造的天命已经枯竭了,天子应该将政令放在如何使人民真正地和悦上,不要这样危害人民了,只要政令合适了,人民就不会有怨言了。

第三节诗人说,君王我要大声告诉你,我说的话你要信服,不要当作儿戏,诗人指出,我虽然只是你的臣子,但是我毕竟是年老有经验之人。

第四节诗人直接指出,天子正在实行暴政,肆意危害人民的生命,你不要以为任意屠杀人民是一件快乐的事情,你的残暴已经到了不可救药的地步。

第五节诗人说,天子发怒,没有功劳反而把自己错误夸赞,这其实就是因为君王的道德礼仪全迷失了,这样做的结果是好人都当了行尸走肉,人民也跟在这些人屁股后面学习,这样只能是败坏国家,对国家一点好处都没有。

第六节诗人指出,天子的责任就是教导指引人民向善,怎样诱导呢?就如教授乐器的师傅一样,平心静气,言传身教;要自己有美德,其美德就如圭璋;对人民要提携要帮助,不能自己没有法度,反而说人民邪辟。

第七节诗人说,中正的人就是维护国家的篱笆,太师就是维护国家的官署,等等,说明天子和这些人与国家的密切关系,所以诗人劝谏君王一定要珍惜爱护这些贤能之人。

　　诗人最后指出,要敬畏上天发怒而出现的各种灾难性的惩罚,不要把上天的惩罚当作儿戏,要敬畏天命不违背天命,不要随便像赶马一样将天命赶走,要像天一样光明正大,以及劝谏周厉王要像明亮的太阳一样温暖照耀人民,而不要效仿天之不利于人民的恶德而危害人民。

　　这首诗歌所记载的历史事实在《周易》夬卦所阐述的内容中就可以得到验证。

荡之什

　　荡之什,是由《荡》这首诗歌为开头的十一首诗歌。它包括:《荡》、《抑》、《桑柔》、《云汉》、《崧高》、《烝民》、《韩奕》、《江汉》、《常武》、《瞻卬》、《召旻》十一首诗,这也是《大雅》之中的最后十一首诗歌。

　　这十一首诗歌,其中如《荡》这首诗歌,一般认为是召公所写。这个召公是指周厉王之时的臣子召公,也就是那位用自己的儿子交换下周厉王之太子静的召公,他是周平王时三公之一的召公的后代。诗作者借助周文王的口吻,以数说商纣王倾覆殷商之政的实际事实和商纣王的罪过来教训周厉王不要实行暴政,残害人民。《桑柔》这首诗一般认为是芮伯劝谏周厉王的诗篇。也就是说有两篇是劝谏周厉王的诗篇。

　　还有三篇有学者认为是劝谏讽刺周幽王的诗篇,如《抑》一般认为这是卫武公劝谏周厉王的诗篇,其实从诗的内容和卫武公为诸侯的时间而言,应该是卫武公劝谏周幽王的诗篇。《瞻卬》是一首由西周的卿大夫凡伯所写的讽刺周幽王的诗。《召旻》一般认为这是凡伯所写的一首指责批评周幽王的诗篇。

　　剩下的几篇诗歌,都是颂扬周宣王的诗篇,如《常武》是一首直接记载颂扬周宣王亲自率兵征伐淮北之夷徐国的诗篇,而其他诗歌则是通过记载颂扬周宣王时期的贤臣而颂扬周宣王的功德,如《崧高》是周宣王的臣子尹吉甫为申侯所作的赞美申侯美德的诗篇;《烝民》是周宣王的贤臣尹吉甫所作的颂扬周宣王的大宰仲山甫的诗歌;《韩奕》一般认为这是一首颂扬周宣王能以贤能辨诸侯之德,对贤能者以重赏和分封的诗篇,诗文通过对韩侯的分封奖赏过程和所赐之东西的记载,充分表现了周宣王能任用、重用贤者的贤能之德;《江汉》一般认为这是尹吉甫赞美周宣王分封召公虎的诗篇,也有认为这是一首赞美召公的鼎铭的诗篇。鼎铭就是分封召虎时将其功德铭刻在青铜鼎上,放在祖庙之中,以使后人铭记。

　　《云汉》这首诗歌一般认为应该是一首禳旱的歌乐。禳,是一种祭祀的名称。也就是说这是一首遭遇旱灾之后祭祀时所行的歌词。周宣王之时,连年大旱,土地龟裂,禾稼枯萎,颗粒无收。也有学者认为这是周宣王所作的祈求上天降雨的诗歌。这首诗歌,读起来还真能使人感动,而且悲愤情真。如果这首诗歌真是周宣王所作,也就更加体现出周宣王为民祛除灾难求取福气的殷殷之心。

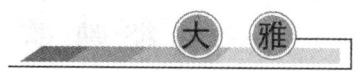

荡

　　荡荡上帝①,下民之辟②。疾威上帝③,其命多辟。天生烝民④,其命匪谌⑤。靡不有初⑥,鲜克有终⑦。

　　文王曰咨⑧,咨女殷商。曾是强御⑨,曾是掊克⑩,曾是在位,曾是在服⑪。天降滔德⑫,女兴是力⑬。

　　文王曰咨,咨女殷商。而秉义类⑭,强御多怼⑮。流言以对⑯,寇攘式内⑰。侯作侯祝⑱,靡届靡究⑲。

　　文王曰咨,咨女殷商。女炰烋于中国⑳,敛怨以为德㉑。不明尔德,时无背无侧㉒。尔德不明,以无陪无卿㉓。

　　文王曰咨,咨女殷商,天不湎而以酒㉔,不义从式㉕。既愆尔止㉖,靡明靡晦㉗。式号式呼㉘,俾昼作夜㉙。

　　文王曰咨,咨女殷商。如蜩如螗㉚,如沸如羹㉛。小大近丧㉜,人尚乎由行㉝。内奰于中国㉞,覃及鬼方㉟。

　　文王曰咨,咨女殷商。非上帝不时,殷不用旧㊱。虽无老成人,尚有典刑。曾是莫听,大命以倾。

　　文王曰咨,咨女殷商。人亦有言,颠沛之揭㊲,枝叶未有害,本实先拨㊳。殷鉴不远㊴,在夏后之世㊵。

●注释

①荡荡上帝:荡荡:法度败坏的样子。上帝:居于上位的天子。②下民之辟:下民:下位的人民。辟:君王。③疾威:疾:急,急忙。威:畏惧,害怕;这里就是暴虐而使人民畏惧。④天生烝民:天生:自然界产生。烝:众,众多。⑤其命匪谌(chén):命:性命,生命,生存。匪:不是;并非。谌:相信;真诚;确实。⑥靡不有初:靡:无,没有;不。初:当初,开始。⑦鲜克有终:鲜:少,很少。克:能够。有终:有始终,终:到底。⑧咨:叹息。⑨强御:强大地驾驭天下。⑩掊(póu)克:用苛捐杂税剥削人民。⑪服:信服,服从。⑫滔德:滔:大水弥漫。滔德:比喻罪恶灾难极大。⑬女兴是力:女:你。兴:兴风作浪。力:力量。⑭而秉义类:秉:手里拿着,持着;同"柄",权利,权柄。义类:拜认亲属关系。⑮怼(duì):怨恨;违逆。⑯流言以对:流言:没有根据的是非话,流言蜚语。以对:以;用;以为。对:回答;对待;正确。⑰寇攘式内:寇:敌寇;强盗,骚扰,侵犯。攘(rǎng):排除,侵夺,夺取,扰乱。⑱侯作侯祝:侯:箭靶;于是,相当于"惟"。作:兴起。祝:祝告;诅咒,断绝。⑲靡届靡究:靡:无,没有;不。届:到达;届期,期限。究:穷尽,到了极点。⑳炰烋(páo xiāo):咆哮,怒吼。㉑敛怨:敛:收敛,收集,聚集。怨:怨言,怨恨;敛怨:招致怨恨。㉒时无背无侧:时:是以,经常。背:违背;背离,背后,前后。侧:旁边,左右。㉓以无陪无卿:陪:辅佐。卿:卿士,古代高级官员的职称名,周代分为上中下三等。㉔天不湎而以酒:

天:天命。湎:沉湎,沉迷。酒:饮酒。㉕不义从式:义:合宜的道德;适宜。从:顺从。式:法式,标准。㉖既愆尔止:愆(qiān):罪过,过错,差错。止:停止。㉗晦:昏暗,黑暗;通"悔",悔改,悔悟。㉘式号式呼:号呼:呼号喊叫。㉙俾昼作夜:使夜晚当作白天,这里是指纣王不分昼夜地寻欢作乐。㉚如蜩如螗:蜩(tiáo):蝉,蝉鸣。螗(táng):蝉的一种。㉛如沸如羹(gēng):沸:沸腾。羹:菜汤,肉汤等。㉜小大近丧:小大:大小臣子,大小官员。近丧:几乎全逃亡。㉝人尚乎由行:人:这里是指商纣王。尚:还,尚且;崇尚。由行:由:通"犹",尚且,好像。行:自行其事。㉞奰(bì):怒。㉟覃及鬼方:覃(tán):延伸,延长。鬼方:古代北方的少数民族,主要是指戎狄之族。㊱殷不用旧:殷:殷商。旧:旧臣。㊲颠沛之揭:颠沛:穷困,受挫折;这里是指连根拔起的树木。揭:扛着,背着,拿着;同"竭",干涸。尽,完全,全部。㊳本实先拨:本实:根本。其根先拔掉了。㊴殷鉴:殷:殷商。鉴:借鉴;鉴戒。㊵在夏后之世:夏后:夏朝的后代夏桀。世:后代。

●译文

那法度败坏的天子啊!你是天下人民的君王啊!实行暴虐之政的天子,你发表的命令多么邪僻。自然产生了众多人民,他们的生存确实不容易。当初都曾有个好开始,但却很少能够有好结果。

周文王曾叹息着说道,哎哟你这个大殷商之王,曾是强悍地驾驭天下,曾用苛捐杂税剥削人民,曾在上位为人民之王,曾经在上位使人民信服。上天降下了滔天大罪,你兴风作浪很是有力量。

周文王曾叹息着说道,哎哟你这个大殷商之王,你秉承着亲族的事业,强悍驾驭人民多得怨恨,用流言蜚语来对付你,侵犯扰乱了国家和人民,于是人民兴起了诅咒,不要到期了还没完没了。

周文王曾叹息着说道,哎哟你这个大殷商之王,你曾在国中咆哮怒吼,招致人怨恨以为是美德,不显明你的美好德行,是以前后左右无所依靠,你的品德不光明美善,所以没有辅佐没有卿士。

周文王曾叹息着说道,哎哟你这个大殷商之王,天命不许你沉湎于酒,无道无德又不顺从祖德,既犯了罪过就要停止,没有美善之德又不悔悟,没有样子的呼号喊叫,你不分昼夜地寻欢作乐。

周文王曾叹息着说道,哎哟你这个大殷商之王,像蝉虫一样枯燥鸣叫,就如沸腾的羹一样喧腾,大小臣子几乎全逃亡,你好像还整日自行其乐,内激怒了国中的人民,外延伸累及到北方民族。

周文王曾叹息着说道,哎哟你这个大殷商之王,匪你的先祖不合时宜,是你不使用先王的旧臣,虽没有老成可靠的人,但还有先祖的法典刑律,是你曾经不听从而已,所以你执掌的天命倾覆。

周文王曾叹息着说道,哎哟你这个大殷商之王,古人也曾有常言说过,树木连根全部拔起倒伏,它的枝叶还没有受害,但是其主根先拔起倾覆。殷商的鉴戒应该不远,在夏朝的后代夏桀灭夏。

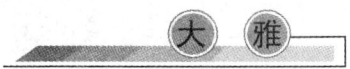

● 评析

　　这首诗一般认为是召公所写,召公就是周厉王之时的臣子召公,也就是用自己的儿子交换周厉王的太子静将其养育培养成为周宣王的召公。诗作者借助周文王的口吻,以数说商纣王倾覆殷商之政的实际事实和商纣王的罪过来教训周厉王。其实周厉王所实行的暴政在程度上和商纣王是相似的,商纣王实行炮烙之刑,是为了处罚反对他的人民;周厉王对有怨言的人民杀头,也是为了处罚反对他的人民。全诗共分为八节。

　　第一节作者一针见血地指出,这个法度败坏的天子,你是人民的君主啊!你怎么能够法度败坏呢?人民生存原本就不容易,再加上天子实行暴政,发布严酷的政令,人民怎么能够生存,而天子又怎么能够有好结果呢?

　　第二节诗人用周文王教训商纣王的口吻指出,商的先祖曾经令人民信服,曾经统治人民几百年,可是到商纣王却以暴政对待人民,引起人民的不满。

　　第三节指出,商纣王虽然继承了天子之位,但因为用暴政治理人民,使人民怨恨,人民的不满情绪到处散布,商纣王的暴行对殷商人民来说就是罪过,扰乱了国内人民的生活,人民就用流言蜚语来发泄自己的不满情绪,所以人民就诅咒希望天子这个太阳早日灭亡。

　　第四节指出,因为天子无道无德,所以就会招致人民的反对,就没有贤者辅佐,也没有贤良的卿士追随。

　　第五节指出,因为商纣王整日沉湎于酒池肉林,违背了先祖的道德,不分昼夜地寻欢作乐,犯了罪过又不知道悔过,而只是对人民咆哮发威。

　　第六节指出,由于商纣王整日对人民咆哮如雷,对人民实行炮烙之刑,内遭到人民的反对,外遭到各诸侯国的反对,就连大臣都一个个逃跑了,商纣王成了真正的孤家寡人了,对外也使很多的诸侯国反叛了商纣王。

　　第七节指出,不是商朝的先祖不合时宜,而是商纣王不使用老臣,不使用先祖的法度,使用的都是一些拍马溜须的小人,但是尽管如此,还应该有先王建立起来的法规和刑律,是因为商纣王不使用先祖的法典和刑律,所以最后灭亡了。

　　第八节指出,商朝灭亡是因为天子无道无德,这就如一棵大树枝叶还完好无损而树根却被连根拔起,这也就使其枝叶受到连累而死亡,也就是说因为天子的无道无德而连累人民遭受灾难。商纣王本应该以夏桀亡国的教训为借鉴,但是商纣王忘记了这个教训,那么周厉王就应该记住商纣王亡国的教训,否则就会得到和商纣王一样的下场。

抑

　　抑抑威仪①,维德之隅②。人也有言,靡哲不愚③。庶人之愚,亦职维疾④。哲人之愚,亦维斯戾⑤。

　　无竞维人⑥,四方其训之⑦。有觉德行⑧,四国顺之。訏谟定命⑨,远犹辰告⑩。敬慎威仪,维民之则。

　　其在于今,兴迷乱于政⑪;颠覆厥德,荒湛于酒⑫。女虽湛乐,弗念厥绍⑬。

罔傅求先王⑭,克共明刑⑮。

肆皇天弗尚⑯,如彼泉流,无沦胥以亡⑰,夙兴夜寐,洒扫廷内,维民之章。修尔车马,弓矢戎兵,用戒戎作,用遏蛮方。

质尔人民⑱,谨尔侯度⑲,用戒不虞⑳,慎尔出话㉑,敬尔威仪,无不柔嘉。白圭之玷㉒,尚可磨也,斯言之玷,不可为也。

无易由言,无曰苟矣㉓。莫扪朕舌㉔,言不可逝矣。无言不雠㉕,无德不报。惠于朋友,庶民小子。子孙绳绳㉖,万民靡不承㉗。

视尔友君子,辑柔而颜㉘。不遐有愆㉙,相在尔室㉚。尚不愧于屋漏㉛,无曰不显。莫予云觏㉜,神之格思㉝,不可度思㉞,矧可射思㉟!

辟尔为德㊱,俾臧俾嘉㊲。淑慎尔止㊳,不愆于仪。不僭不贼㊴,鲜不为则㊵。投我以桃,报之以李。彼童而角㊶,实虹小子㊷。

荏染柔木㊸,言缗之丝㊹。温温恭人㊺,维德之基㊻。其维哲人㊼,告之话言,顺德之行㊽,其维愚人。覆谓我僭,民各有心。

於呼小子,未知臧否。匪手携之㊾,言示之事㊿。匪面命之,言提其耳。借曰未知,亦既抱子。民之靡盈(51),谁夙知而莫成?

昊天孔昭(52),我生靡乐。视尔梦梦(53),我心惨惨(54)。诲尔谆谆(55),听我藐藐(56)。匪用为教(57),覆用为虐(58)。借曰未知,亦聿既耄(59)。

於呼小子,告尔旧止(60)。听用我谋,庶无大悔(61)。天方艰难,曰丧厥国(62)。取譬不远(63),昊天不忒(64)。回遹其德(65),俾民大棘(66)。

●注释

①抑抑:同"奕奕",高大明亮的样子。②隅(yú):角落;方正,合乎标准。③靡哲不愚:靡:无,没有。哲:哲人,聪明有才能的人。愚:愚蠢,愚忠。④亦职维疾:亦:也。职:只是。维:有。疾:毛病。⑤斯戾:斯:这样,这个,那个;辟。戾(lì):罪,罪过;凶暴,猛烈。⑥无竞维人:竞:争逐,争夺;强劲。维人:维护人民。⑦训:教导,教诲;法则。⑧有觉德行:觉:省悟,明白。德行:美好的品德。⑨讦谟定命:讦(xū):夸,大。谟(mó):计谋,谋略。定命:决定命运。⑩远犹辰告:犹:忧患;计谋,谋划。辰:日子,时辰;通"臣",臣子。告:告诉。⑪兴迷乱于政:兴:兴盛;兴起;兴趣。迷乱:迷惑,不明是非;沉迷。于:到。政:政治。⑫荒湛:荒:迷乱,过度淫乐。湛:深沉;满,盈。⑬弗念厥绍:弗:不。念:思念,想念。厥:那个,那些。昭:光明,彰明,显扬;古代先祖宗庙的排列次序。⑭罔傅:罔:不,无,没有。傅:师傅,教诲,教导。⑮克共明刑:克:能够。共:和先王一样。明刑:显明刑律法典。⑯肆皇天弗尚:肆:明显。皇天:皇天大命;浩大的天。弗尚:不崇尚。⑰无沦胥以亡:沦:沉没,陷没。胥:等待;皆,都。⑱质:质直,朴实真诚。⑲侯度:侯:美好,美丽。度:法度,合乎法度。⑳虞:意料;欺骗;忧患。㉑慎尔出话:慎:谨慎严密。出话:说出的话;你说话要慎重严密。㉒白圭之玷:白圭:白玉。玷(diàn):白玉上的斑点。㉓苟:苟全;苟活;苟且。㉔扪朕:扪:按住。朕:我。㉕雠(chóu):应答;引申应验。㉖绳绳:绳:

316

直，正；准则，法令。绳绳：正直，法令正确。㉗承：顺承。㉘辑柔而颜：辑：和睦，和悦。柔：柔顺，柔和。颜：面容，脸色。㉙不遐有愆：遐（xiá）：何，为什么？愆（qiān）：过错，罪过。㉚相在尔室：相：帮助，辅佐。室：宫室，朝廷。㉛尚不愧于屋漏：尚：还。不愧于：不愧对。屋漏：房子漏雨；这里比喻朝廷已经出现的过错。还能弥补已经出现的过错。㉜莫予云觏：莫：没有谁，没有。予：我，我的。云：说。觏：看见，遇见。㉝神之格思：神：上帝，先祖的灵魂。格：格式，标准。思：思想，心思。㉞度思：度：度量。思：思忖，思考，揣度。㉟矧可射思：矧（shěn）：况且，何况。射：射覆，猜测预先覆盖隐匿之物。㊱辟尔为德：辟：天子，诸侯。为德：为：成为。德：道德，仁德。㊲俾臧俾嘉：俾：使。臧：美善，好；赞扬。嘉：美好；赞美。㊳淑慎尔止：淑：善良，美好。慎：慎重，敬慎。止：行为举止。㊴不僭不贼：僭（jiàn）：超越本分；虚假。贼：败坏；祸患，祸害。㊵鲜不为则：鲜：很少。不为：不成为。则：法则，法式。㊶彼童而角：彼：他，他们。童：儿童，小孩；幼小的。角：羊角。㊷实虹：实：实际，确实。虹：通“讧”，惑乱。㊸荏染柔木：荏：一年生草本植物。染：通“软”，软弱。柔木：柔软的木料。㊹言缗之丝：言：发音。缗（mín）：安装琴弦。丝：丝质琴弦。㊺温温恭人：温温：温和，温良。恭人：恭谨的贤人。㊻维德之基：维德：维护道德。基：基础，根本。㊼其维哲人：其：他们，那些。维：只有。哲人：智慧卓越的人。㊽顺德之行：顺从先祖的道德而行。㊾匪手携之：匪手：不是亲手。携之：提携你。㊿言示之事：用话语提示这些事情。(51)民之靡盈：民：人民。靡：不，没有；奢侈，浪费。盈：满；满足，自满。(52)昊天孔昭：昊天：高大的天。孔昭：孔：很，大。昭：光明，明亮。(53)视尔梦梦：视尔：看着你。梦梦：昏暗不明。(54)惨惨：忧愁烦闷。(55)诲尔谆谆：诲尔：教诲你。谆谆（zhūn zhūn）：教诲不倦。谆：恳切，辅佐。(56)听我藐藐（miǔo miǎo）：听我：听见我说，藐藐：疏远冷漠的样子。(57)匪用为教：匪：并非，不是；是非。用：使用；听从，采纳；依靠。为：做；为了，变为。教：教导。(58)覆用为虐：覆：反过来。用：使用。虐：暴虐。(59)亦聿既耄：亦：也。聿：迅速。耄（mào）：年老；昏乱，糊涂。(60)旧止：古老的容止，礼仪。(61)庶无大悔：庶无：几乎没有。悔：悔恨；灾祸，过失。(62)曰丧厥国：曰：说。丧：丧亡，灭亡。厥：他的，那个国家。(63)取譬不远：取：采用，选取。譬：譬如；比喻。(64)忒（tè）：差错。(65)回遹其德：回：回归；返回；改变。遹（yù）：邪辟；遵循。其德：先祖的道德，先祖的仁德。(66)棘：同“吉”，吉祥如意；善，美；吉利。

●**译文**

高大显明自己的威仪，唯有德行方正合乎标准。古人曾说过这样的话：没有哪个聪明人不愚蠢，众人表现得愚笨无知，也只是他们的毛病而已。聪明人所表现的愚蠢，也只是怕犯那罪过而已。

没有争夺而维护人民，四方的人民都受到教诲。能省悟美好自己品德，天下国家就会归顺于你。大谋略决定国家命运，长远的谋略臣来告诉你。敬重审慎自己的威仪，是维护教化人民的法则。那些如今在上位的人，其兴趣使国家政治迷乱，颠覆混乱先祖的德政，过度淫乐又沉湎于饮酒。你虽然沉湎饮酒淫乐，不顾念显扬先祖的美德。不能寻求先王的教诲，怎能和先王一样明刑律。

显明浩大的天不崇尚，就如那流淌的泉水一样，不沉陷也是等待消亡。早早起身到

诗经新解

深夜才睡觉,洒扫干净朝廷内污物,重整维护那人民的规章。整治修理好你的车马,修整好那弓箭武器兵力,用来戒备那戎寇兴兵,用来治理那远方的蛮夷。

质朴诚信于你的人民,严格美好你的各种法度,用以戒备突发的事端。慎重严密你所说出的话,严肃慎重你各种威仪,使你没有不柔美的行为。那白玉上的一些斑点,还可以通过打磨而消失。而你所说之话的错误,是不可能立即消除掉的。

不要轻易地自由发言,更不要说是苟且偷安了。不是按压住你的舌头,你说的话不可消失啊!说的话没有不应验的,没有不得到回报的善德。也会使朋友得到好处,以及惠及到万民的子孙。使子孙正直法令正确,万民就没有不顺承你的。

看你结交的君子朋友,就要和悦柔和你的脸色,不要有任何罪过过错,让他们在你朝廷辅佐你,还能弥补发生的过错,不要说这些过失不明显,不要说没看见我过失。先王的那思想德行标准,是不可度量和揣度的,何况可以预先猜测揣度。

天子你要成为有德者,使自己美善受人民赞美。美好慎重你行为举止,不要有过失而丧失威仪。不虚假更不祸害人民,就很少不成为人民法式。别人投给我一棵李子,我就要回报给别人桃子。说那小羊羔长了羝角,实际就是在惑乱你小子。

那些柔软适中的木料,装上丝制琴弦可以发音。柔和温良恭谨的贤人,是维护道德的根本基石。只有那智慧卓越的人,才能说出这些基本道理,要顺承先祖之德而行。只有那些愚昧无知的人,反倒说我是超越本分,真是人人各自心思不同。

哎哟哎哟你这个小子,真是不知道美善与丑恶。若不是我亲手提携你,用话语提示了这些事情,若不是亲自面提耳命,以言语提示到你的耳旁。你总是借口说不知道,也已是抱上儿子的人了。人是没有不知满足的,谁早知你会这样不成器?

高大的天阳很是明亮,我的生活没有享受快乐。看着你整日昏暗不明,我的心中就很忧愁烦闷。我谆谆不倦地教诲你,你听见我说就冷漠疏远。不是教导你不辨是非,反过来却使用暴虐之政。你总是借口说不知道,也会很快地年老又糊涂。

哎哟哎哟你这个小子,我来告诉你那些旧礼仪。听从并使用我的谋略,几乎就会没有大的灾祸。天正在遭遇艰难困苦,说要丧亡他的那些国家。采用个比方不是很远,高大的天是没有差错的。回归遵循先祖的道德,使人民得到极大的吉利。

● 评析

一般认为这是卫武公劝谏周厉王的诗篇。如果是卫武公的诗篇,从卫武公为诸侯的时间而言,应该是卫武公劝谏周幽王的诗篇。据《史记·卫康叔世家》记载:卫武公,其名叫"和",他是周幽王之时的东路诸侯姬和,也就是卫国的开国者周成王之叔父康叔封的后代,所以姓姬,与周幽王同族。卫武公继位后,能修明康叔所奠立的政治,百姓安宁和顺。卫武公在位四十二年时,周幽王被犬戎杀死时他已经有八十余岁,但还是联合申侯、晋侯姬仇以及秦国嬴开和郑伯友之子掘突共同围剿戎寇,很有功劳。所以周平王命卫武公为公爵,卫武公在位五十五年。周幽王之父是周宣王,周宣王之父是周厉王,周厉王在位三十七年就被国人驱逐出国,有十四年共和时期,周宣王在位四十六年。而卫武公是卫国的第十二位君主,卫武公的祖父在位时,周厉王已经被国人暴动驱赶出国,所以从时间上推算,也就是在周宣王继位为周天子的几十年后卫武公才继位为卫国君主。所以这

· 318 ·

篇诗文应该是卫武公劝谏周幽王的诗篇。但从诗文的内容分析,它应该是劝谏周厉王的诗篇,也可能是周厉王时代卫武公的祖父劝谏周厉王的诗篇。全诗分为十二节。

第一节作者指出,作为天子就要高大显明自己的德行,要使自己德行合乎标准。紧接着指出,有贤德才能的人并不一定都表现得很聪明,愚笨的人也不一定都表现得很愚笨,也就是说无论聪明或者愚笨者都会犯错误,但是犯了错误就要改正,这才是明智的人,这里也是在劝谕周王能知错就改。

第二节指出,作为天子就不要与人民争夺利益,而是要爱护保护人民。只要天子能有美好的德行,爱护保护人民,天下人民就会归顺于他。而美好德行的基础,就是首先要敬慎自己的威仪,做好人民的典范,使人民有学习的榜样。

第三节指出,而今的周王,他的兴趣不是爱护保护人民,做人民的典范,而是迷乱先祖的德政,颠覆先祖的美德,只知道沉湎于酒色,不知道寻求继承先王的治国之道。

第四节指出,当今的天子放着皇天先祖的美德不崇尚,就像那流淌的泉水,没有源泉就会消亡。也就是说,周王不继承、寻求学习先祖的德政,就如失去渊源,迟早也会灭亡的。所以作者告诉周王继承先王事业的具体方法,那就是勤劳为政,将朝廷中那些肮脏的东西清除干净,也就是与那些小人断交,使用那些能辅佐他维护国家利益的君子做好维护国家利益的各种事情。

第五节作者继续指出维护国家利益的具体方法。特别指出,玉石上的斑点还可以打磨光滑,而作为天子,所发出政令的错误、纰漏,就会对人民造成极大的损伤。

所以第六节诗人指出,作为天子就不要随便发表政令,不要苟且偷安,不要限制人民的言论自由,要为人民施予恩惠,这样才会得到人民的回报;将恩惠施了人民的了孙,人民就会顺服于你。

第七节指出,天子要结交有贤德才能的君子,要使他们全心全意地辅佐君王,这样才能纠正已经出现的过失。对先祖的德政要继承、发扬光大,而不要妄加猜测、任意曲解。

第八节又一次指出,作为天子应该如何修明自己的德政,要知道知恩图报,不要相信那些妖言惑众的小人之言。

第九节诗人用柔软的木料安装上适宜的丝弦就能弹奏出美妙的歌乐作比喻,只要给那些温和恭顺的贤能有德之人安排适合他们的工作,他们就能辅佐君王成就君王、完成先祖的事业,也就是说要使用贤者为辅佐。

第十节诗人大声疾呼,哎哟你这个小子,怎么就不知道好歹呢?我这样苦口婆心地劝谏你,你怎么就不知道改正过失呢?谁知道你会是这样不成器的人呢?

第十一节诗人对周王不听劝谏感到非常失望,大家这样不断地劝谏,周王全然不顾,还是我行我素,对诗人的劝谏只是疏远和冷漠,明明教导他要爱护保护人民,但是他反而实行暴虐,这怎么能不令诗人失望伤心呢。

最后一节,诗人再一次警告周王,只要现在听从诗人的劝谏,立即改正过失,还是来得及的,还为时不远,只要立即改正过失,美好自己的德行,人民就会得到大吉大利,否则,就会使先祖的功业消亡,但是周王还是不听劝告,最终只有自取灭亡。这首诗歌所记载的内容在《周易·萃卦》可以得到验证。

桑 柔

菀彼桑柔①，其下侯旬②，捋采其刘③。瘼此下民④，不殄心忧⑤。仓兄填兮⑥，倬彼昊天⑦，宁不我矜⑧？

四牡骙骙⑨，旟旐有翩⑩。乱生不夷⑪，靡国不泯⑫。民靡有黎⑬，具祸以烬⑭。於乎有哀，国步斯频⑮。

国步蔑资⑯，天不我将⑰。靡所止疑⑱，云徂何往⑲？君子实维，秉心无竞⑳，谁生厉阶㉑，至今为梗㉒？

忧心慇慇㉓，念我土宇㉔。我生不辰，逢天僤怒㉕。自西徂东，靡所定处。多我觏痻㉖，孔棘我圉㉗。

为谋为毖㉘，乱况斯削。告尔忧恤㉙，诲尔序爵㉚。谁能执热㉛，逝不以濯㉜。其何能淑㉝，载胥及溺㉞。

如彼遡风㉟，亦孔之僾㊱。民有肃心㊲，荓云不逮㊳。好是稼穑㊴，力民代食㊵。稼穑维宝，代食维好。

天降丧乱，灭我立王。降此蟊贼㊶，稼穑卒痒㊷。哀恫中国㊸，具赘卒荒㊹。靡有旅力㊺，以念穹苍㊻。

维此惠君㊼，民人所瞻㊽。秉心宣犹㊾，考慎其相㊿。维彼不顺，自独俾臧○51。自有肺肠，俾民卒狂。

瞻彼中林，甡甡其鹿○52。朋友已谮○53，不胥以谷○54。人亦有言，进退维谷○55。

维此圣人，瞻言百里。维彼愚人，覆狂以喜。匪言不能，胡斯畏忌○56。

维此良人，弗求弗迪○57。维彼忍心○58，是顾是复○59。民之贪乱○60，宁为荼毒○61？

大风有隧○62，有空大谷。维此良人，作为式榖○63。维彼不顺，征以中垢○64。

大风有隧，贪人败类。听言则对，诵言如醉○65。匪用其良，复俾我悖○66。

嗟尔朋友，予岂不知而作。如彼飞虫，时亦弋获○67。既之阴女○68，反予来赫。

民之罔极○69，职凉善背○70。为民不利，如云不克。民之回遹○71，职竞用力○72。

民之未戾○73，职盗为寇○74。凉曰不可，覆背善詈○75。虽曰匪予，既作尔歌。

●注释

①菀彼桑柔：菀（wǎn）：茂盛。彼：那。桑柔：柔嫩的桑叶。②侯旬：侯：箭靶；这里是象征比喻阴凉集中在叶子下面。旬（xún）：同"洵"，确实。③捋采其刘：捋（luō）：将树叶捋下，捋光。采：采摘。刘：叶子稀少。④瘼（mò）：病，疾苦。⑤殄（tiǎn）：消灭，灭绝；消除。⑥仓兄填兮：仓：通"怆"，悲伤惆怅。兄，通"怳"，胸膛。填：填满。⑦倬彼昊天：倬

(zhuō)：高大，显明的样子。昊(hào)天：高大的天。⑧宁不我矜：宁：难道；宁愿。矜(jīn)：怜悯，同情。⑨四牡骙骙：四牡：四匹公马。骙骙(kuí kuí)：马强壮的样子。⑩旟旐有翩：旟(yú)：古代一种行军旗，上面绣有鸟的图样，用来指挥士卒前进。旐(zhào)：古代一种旗子，上面绣有龟的图形。翩：飞舞。⑪夷：平坦；铲除；愉快，喜悦。⑫靡国不泯：靡：无，没有。泯(mǐn)：灭亡，灭绝。⑬黎：黎明。⑭具祸以烬：具：全都。祸：灾祸，祸乱。烬(jìn)：物体燃烧后的灰烬；灾难后残留下来的人和物。⑮国步斯频：步：行走。这里是指前进的步伐，也就是国运。斯：那么，就，这个，这样。频：危机。⑯蔑资：蔑：无，没有。资：资财，资本。⑰将：扶持。⑱靡所止疑：靡：无，没有。所：住所。止：停留。疑：安居，定居。⑲云徂何往：云：说。徂(cú)：往；到；开始。何往：到哪里去？⑳秉心无竞：秉心：本心；存心。无竞：不争夺。㉑厉阶：形容妇人长舌"为厉之阶"，厉阶：祸患产生的根源。㉒梗：灾祸。㉓慇慇(yīn yīn)：深切的样子。㉔土宇：国土，国家。㉕僤怒：僤(dàn)：大，盛。㉖觏痻：觏：遭遇。痻(mín)：病，这里是指苦难。㉗孔棘我圉：孔：很，大。棘：通"急"，紧急，紧张。圉(yǔ)：边境，边疆。㉘毖(bì)：谨慎；操劳。㉙忧恤：忧国体恤人民。㉚诲尔序爵：诲：教诲。序爵：序：排列次序。爵：爵位，官位。㉛执热：执：控制，掌握。热：冷热，光热。㉜逝不以濯：逝：消逝。濯(zhuó)：濯濯：光明盛大；洗，洗涤。㉝其何能淑：其：他，他们；这，那。何能：怎样能够。淑：善良，美好。㉞载胥及溺：载：承受。胥：观察；等待；相互；皆，都。溺：淹没；沉溺；限于困境。㉟遡(sù)风：逆风。㊱僾(ài)：窒息，人迎风而使呼吸困难。㊲肃心：恭敬之心。㊳荓云不逮：荓(píng)：同"帡"，帡幪，帐幔；这里是遮挡的比喻词。逮(dǎi)：达到。这一句话就是说，阻碍住人民的恭敬之心，而不能表现出来。㊴好是稼穑：好：爱好，喜好。是：这，此。稼穑：种植农作物。㊵力民代食：力民：利民，努力使人民。代食：世代有饮食。㊶蟊贼：残坏秧苗的害虫；食秧苗根者为蟊；食秧苗茎叶的为贼。㊷痒：疾病，虫咬而发痒，这里是指遭殃。㊸哀恫：哀恸，悲哀伤心。㊹具赘卒荒：具：全，都。赘：坠入；同"坠"，陷入，落入。荒：灾荒。㊺旅力：旅：军队。旅力：臂力，体力；也可以是军力。㊻以念穹苍：念：惦念，思念。穹苍(qióng cāng)：天，上天。㊼惠君：惠：恩惠，仁慈，仁爱。君：君王。㊽瞻：抬起头来看；瞻仰，敬仰。㊾秉心宣犹：秉心：存心。宣：散布，传播。犹：同"猷"，计谋，道术，方法。㊿考慎其相：考：考察。慎：慎重，谨慎。相：辅佐。(51)自独俾臧：自独：自己独断专行。俾：使。臧：善，好，赞扬。(52)甡甡(shēn shēn)：形容众多。(53)谮(zèn)：诬陷，诽谤。(54)不胥以穀：胥：等待；同"续"，继续。穀：俸禄；活着。(55)进退维谷：进退都是深谷，没有出路。(56)胡斯畏忌：胡斯：为什么这样。畏忌：害怕，畏惧。(57)弗迪：弗：不，不要。迪：道路；开导，引到。(58)忍心：狠心加害，残忍。(59)是顾是复：是顾：眷顾；关心，反而。复：反复。(60)贪乱：贪图作乱。(61)荼毒：比喻毒害，残害。(62)隧(suì)：隧道；道路。(63)式穀：式子：榜样，法式。穀：善，美好。(64)征以中垢：征：征伐；征兆。中垢：中：里面；心中。垢：污垢；耻辱。(65)诵言：赞美的语言。(66)复俾我悖：反而使我背离你。悖：违背；背离；逆乱。(67)弋获：弋(yì)：射猎。获：捕获。(68)阴：树荫，庇护；暗中；秘密地。女：你。(69)罔极：罔：蒙蔽，欺骗；迷惑不解。(70)职凉善背：职：职责，官职。凉：少，薄。善：善于。背：背离。(71)回遹(yù)：回：迂回。遹：邪辟；这里是辟邪。(72)职竞用力：职：主要；同"只"，只是。竞：竞争；这里是指人民争相避免遭遇武力伤害。⑺戾(lì):违逆,违反;罪过;安定。⑺职盗为寇:以盗窃为职业,为贼寇。⑺覆背善詈:覆:覆灭;覆盖。背:违背;背离。善:大。詈(lì):辱骂;詈辱。

●译文

　　那茂盛柔嫩的桑叶,树叶下面树荫确实好。采摘捋光了那树叶,这就苦了下位的人民。心中忧愁不能消除,悲伤惆怅填满了胸膛!那高大明亮的上天,难道就不怜悯我人民?

　　四匹公马非常强壮,那旐旗旟旗随风飘扬。祸乱发生很不平坦,没有哪个国家不灭亡。人民没有等到黎明,全因为祸乱化为灰烬。呜呼悲痛伤心极了,国家命运发生危机了。

　　国运艰难没有资财,天命也不把我们扶持。没有住所停留安居,说到别处又到哪里去?君子实在是难确定,本心原不想争夺竞争,是谁生出这些祸患,至今仍为祸患的根源。

　　深深地忧愁心很痛,常常思念我们的国土。我生没有逢好时辰,正好遇上上天发大怒。自西方到东方之地,没有安定的去处可去。我遭遇这么多灾难,我们边境又非常紧张。

　　为国家谋划要谨慎,混乱的状况可以削减。告诉你要忧国抚民,教会你怎样封官进爵。谁能掌握自然光热,使它不消逝光明盛大。使其怎样能够美善,不要等待到陷于困境。

　　如那逆着方向的风,也会使人呼吸很困难。人民也有恭敬之心,阻碍别人还说达不到。好好种植这些庄稼,努力使民世代有饮食。五谷粮食就是宝贝,民世代有饮食就是好。

　　上天降下灭亡之灾,要灭亡我们拥戴的王。降生害虫危害稼穑,稼穑猝然就遭遇祸殃。悲哀伤心国中人民,全都陷入突然的灾荒。没有精神没有体力,来思念这朗朗的青天。

　　只有那仁慈的君王,才是人民所要敬仰的。存心传播先祖之道,慎重考察辅佐你的人。唯那不顺从先祖者,自己独断专行不仁善。有和人不同的心肠,迫使人民猝然都发狂。

　　向前看看那树林中,众多的野鹿自由自在。朋友都已经被诬陷,就不能继续得到俸禄。古人也有常言说道,真是到了进退两难时。

　　只有那圣哲的人啊!目光远大看问题深远。只有愚昧无知的人,反而狂妄又沾沾自喜。非要说话又不能说,为什么就这样地畏惧?

　　只有这些贤良的人,不贪求名利又不钻营。只有那些狠心的人,既眷顾又反复求名利。人民为什么要作乱,难道愿为荼毒受伤害?

　　大风刮起也有道路,就是那空旷的大山谷。只有那些贤良的人,作为美好善良的法式。唯那不顺从先祖者,征兆是心中藏污纳垢。

　　大风刮起也有道路,这些贪赃枉法的败类,听到合意的话答对,听到赞美的话如酒醉。不用贤良有德之人,反而迫使我背离了你。

　　哎哟你们这些朋友,我岂是不知后果而作歌?就如那乱飞的飞蛾,也经常会被射猎

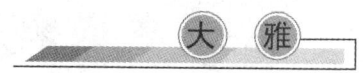

捕获。既然暗中庇护着你,你反而来恐吓威胁我。

人民被欺骗到极点,辅佐官员少又易背离。对人民没有了好处,就如有云彩不能下雨。人民只好迁回辟邪,只是争相避免遭武力。

人民所以就不安定,以盗窃为业成为盗寇,估计你也说不可以,只有覆灭背离遭辱骂。虽说这不是我的错,依然作诗歌把你劝谏。

●评析

这首诗一般认为是芮伯劝谏周厉王的诗篇。芮伯,名芮良夫,是周厉王之时的大夫。全诗共分为十六节。

第一节诗人以茂盛的桑树为比喻,诗人指出,桑树叶子浓密茂盛,所以人就好在树荫下面乘凉,如果将树叶很快捋光,那么就没有了树荫,就害苦了人民了,这就是说上位的君王就如大树荫一样,是庇护人民的大树,君王将先祖之功业很快败坏,就如将浓密的树叶很快捋光一样,没有了祖荫庇护,君王就不是庇护人民的君王了,所以人民心中很忧愁,人民的悲惘惆怅填满了胸膛。诗人用昊天来象征在上位的君王,君王不同情庇护人民,使人民很忧愁。

第二节诗人用四牡很雄壮,旐旗旟旗随风飘扬,暗示君王支持军队发动战争,使很多诸侯国的人民遭到灭亡,使国家的资财受到严重损失。

第三节指出,由于国家资财受到损伤,国步维艰,君王废弃了天命,天命也不起作用,诗人一针见血地指出,这到底是谁在制造祸乱呢?谁是祸乱产生的根源呢?当然是君王了。

第四节诗人指出,自己生不逢时,正好遭遇这个大动乱的时刻,混乱发展到整个西周,连一个安全的地方都没有。

第五节诗人告诉君王,我已经为你谨慎地出谋划策,已经教授你如何忧国安抚人民,如何任用贤者,要为他们封官进爵,要像天一样给人民温暖幸福,要用自己的真善美教化人民,不要为人民带来灾难,使人民陷入困境。

第六节指出,逆风会使人呼吸困难,人民也有恭敬之心。所以,只要顺应民心,就会使人民有恭敬之心,如何顺应民心呢?那首先就是要教化人民种植好稼穑,只有种植好稼穑,人民的温饱才能得到满足,使人民世世代代都有饮食之源,这是顺应民心的大事情,也是基本国策。

第七节指出,如今天子为自己、为国家、为人民制造了混乱,天子如果不听贤者的劝谏,就会灭亡。这就如种植稼穑突然遭遇虫灾将稼穑一下子全吃光一样,人民一下子没有了饮食之源,陷入困顿之中,没有精力思考如何对付这种天灾。

第八节诗人告诉君王,只有仁慈的明君才是人民所信仰的,那么如何做一个明君呢?诗人指出"要存心传播先祖之道,慎重考察辅佐你的人。要顺从先祖之道,不要独断专行不仁善,不要有和先祖不同的心肠,不要迫使人民猝然都发狂"。

第九节诗人用树林中自由自在的鹿群与受到谗言迫害的贤者相比,说明这些受到迫害的朋友失去了自由,也失去了俸禄,也就是说已经没有几个贤者愿意进献谏言给君王了,国家已经到了进退两难的时刻了。

第十节诗人指出,只有圣贤的人才能高瞻远瞩,知道事情的轻重缓急;而那些愚蠢的人,危害人民,用杀戮人民不让人民说话而沾沾自喜,人民不是没有怨言,不说话只是怕遭遇灾难而已。

第十一节诗人指出,只有贤良的人不追求名利就不需要劝导,而那些残忍的人又受照顾又免除徭役。人民为什么要作乱,难道愿为受伤害而作乱吗?是因为社会不公平,人民得不到安全的缘故。

第十二节诗人用大风也有自己的运行道路为比喻,说明仁慈美好的贤者是人民效仿的榜样,而不善良仁慈的人就是人民反对的敌人,这就如大风运行有自己的通道一样,什么事情都是有规律的,不仁慈善良的人就是那些藏污纳垢者结交汇聚在一起干坏事情的根源。

第十三节诗人指出,那些贪赃枉法的败类与没有道德的君王汇聚在一起干坏事,听到适合自己口味的话就答对,听到赞美他们的话就如酒醉一样昏昏然,不用贤良之人,迫使这些贤良者背离了他们。

第十四节诗人用飞虫被箭射猎比喻自己明白这样直截了当地劝谏君王迟早就如那些飞虫一样会遭到杀身之祸,但是作为君王的臣子,他还是有责任保护君王的,他不怕威胁恐吓。

第十五节诗人指出,民之罔极,这里的"罔极"应该是指人民被欺骗、愚弄到极点了,人民已经忍受不了了,而且因为辅佐的臣子少,又容易背离君王,就如天空只布云而不下雨一样,人民一点好处都得不到了,就只好用迂回的方法对待周厉王。也就是说,周厉王用杀头的方法对待有怨言的人民,人民只好用不说话来对待周厉王,也就是人民用这种方法以避免遭遇灾祸。

第十六节,也是最后一节,诗人指出,人民已经无法生存了,只好落草为寇,周朝已经到了危难时刻,君王不听劝谏,人民只有背离君王,君王只有灭亡,君王只有遭到人民的辱骂。所以诗人要作这首诗歌,以劝谏暴虐的君王。这首诗歌所记载的历史事实,在《周易》夬卦的卦辞中可以得到验证。

云 汉

倬彼云汉①,昭回于天②。王曰於呼,何辜今之人③?天降丧乱,饥馑荐臻④。靡神不举⑤,靡爱斯牲⑥。圭璧既卒⑦,宁莫我听。

旱既大甚,蕴隆虫虫⑧。不殄禋祀⑨,自郊徂宫⑩。上下奠瘗,靡神不宗⑪。后稷不克,上帝不临。耗斁下土⑫,宁丁我躬⑬。

旱既大甚,则不可推⑭。兢兢业业⑮,如霆如雷。周余黎民,靡有孑遗⑯。昊天上帝,则不我遗⑰。胡不相畏⑱,先祖于摧⑲?

旱既大甚,则不可沮。赫赫炎炎⑳,云我无所㉑。大命近止,靡瞻靡顾。群公先正㉒,则不我助。父母先祖,胡宁忍予。

　　旱既大甚，涤涤山川㉓。旱魃为虐㉔，如惔如焚㉕。我心惮暑㉖，忧心如熏。群公先正，则不我闻。昊天上帝，宁俾我遯㉗。

　　旱既大甚，黾勉畏去㉘。胡宁瘨我以旱㉙，憯不知其故㉚？祈年孔夙㉛，方社不莫。昊天上帝，则不我虞㉜。敬恭明神，宜无悔怒㉝。

　　旱既大甚，散无友纪㉞。鞫哉庶正㉟，疚哉冢宰㊱。趣马师氏㊲，膳夫左右㊳。靡人不周㊴，无不能止㊵。瞻卬昊天㊶，云如何里？

　　瞻仰昊天，有嘒其星㊷。大夫君子，昭假无赢㊸。大命近止，无弃而成。何求为我㊹，以戾庶正㊺。瞻仰昊天，曷惠其宁㊻？

●注释

　　①倬彼云汉：倬（zhuō）：高大，显明；显著。云汉：天河。②昭回：昭：光明，明亮。回：迂回；运转，运行。③何辜：辜：罪过；缘故。什么缘故？④饥馑荐臻：饥馑：饥荒，是指谷物欠收。饥：谷物不熟。馑：菜不熟。合起来泛指饥馑。荐臻：荐：一再，屡次。臻（zhēn）：至，到，到达。⑤靡神不举：靡神：没有哪位神仙。举：推荐，荐举；这里是向神仙荐献祭品，也就是祭祀之意。⑥靡爱斯牲：爱：怜惜，吝惜，舍不得。斯牲：那些祭祀的祭牲。⑦圭璧既卒：圭璧：用作凭信的玉。璧：美玉。卒：终，完毕。⑧蕴隆虫虫：蕴隆：郁热，闷热。虫虫：同"爞爞"，热浪冲击。⑨不殄禋祀：殄（tiǎn）：灭绝，断绝。禋（yīn）祀：古代祭祀天的名称，泛指祭祀。⑩自郊徂宫：郊：郊祭祭天。徂：到。宫：这里是指祖庙，宗庙。⑪上下奠瘞，靡神不宗：奠：祭祀，献上。瘞（yì）：一种祭祀地的祭名，祭祀地时，将牲和玉掩埋于地下，又叫瘗埋。靡：没有。宗：遵奉，敬仰。⑫耗斁：耗：消耗，耗散。斁（dù）：败坏。⑬宁丁我躬：宁丁：宁：难道。丁：当，遭遇。我躬：我自身。⑭则不可推：则：就是。推：除去，排除。⑮兢兢业业：小心谨慎，认真负责。⑯孑遗：遭受灾害等大变故多数人死亡后遗留下来的少数人。孑然，孤独一身。⑰遗：遗漏，抛弃。⑱胡不相畏：胡：为什么？相畏：相互担心，忧虑。⑲于摧：于：到，受到。摧：摧残，摧毁。⑳赫赫炎炎：赫赫：显著；火红的颜色。炎炎：阳光，火光旺盛。㉑云我无所：云：如此，这样，云彩遮阴。无所：无处隐蔽。㉒群公先正：群公：这里是指众位先公，也就是先祖。先正：这里是指先祖中的先王先父。㉓涤涤：洗涤干净；这里是指旱灾使河水枯竭、草木干枯，就如被旱灾洗涤一空一样。㉔旱魃为虐：旱魃：旱灾像鬼魅一样。为虐：暴虐。㉕如惔如焚：惔（tán）：焚烧。焚：焚烧。㉖惮署：惮（dàn）：害怕，畏惧。署：暑热。㉗遯（dùn）：隐藏，回避。㉘黾勉畏去：黾（mǐn）勉：勤勉，勉力。畏去：畏：敬畏。去：去除。㉙瘨（diān）："癫"的本字，发狂；晕倒；病。㉚憯（cǎn）：悲痛；残酷。㉛祈年孔夙：祈年：祭祀祈求丰年。孔：大。夙：早，这里是明年之意。㉜虞（yú）：欢乐。㉝宜无悔怒：宜：应该，应当。悔怒：悔：灾祸，过失。怒：愤恨。㉞友纪：友：帮助，协助，同"有"。纪：治理；纲领；纲纪，法度，制度。㉟鞫哉庶正：鞫（jū）：追求；追查；贫穷，困窘。庶正：众位官员。㊱疚哉冢宰：疚：内疚，忧苦。冢宰：冢（zhǒng）：大，冢宰，就是大宰，《周礼》中的大宰，就是仅次于天子的最高长官，既为天官之正，又统领六官，总掌各种施政纲领。《周礼·天官冢宰第一》，包括大宰、小宰、宰夫、宫正、宫伯等等官员。㊲趣马师氏：趣马：负责为天子养良马的政务、正养马之法的

人,也就是为君王养良马的人。师氏:官职名称,掌管以善道昭告天子,以三德教导王公卿大夫的子弟的官员。㊳膳夫:官名,掌管君王饮食的官员。㊴周:遍及,周遍,这是说旱灾没有使谁不遭殃。㊵止:阻止。㊶瞻卬:瞻:看,向上看。卬:仰起头看。㊷嘒(huì):明亮的样子。㊸昭假无赢:昭假:昭:彰显,显示。假:宽容。赢:胜;赢利。㊹何求为我:何求:何曾祈求上天为自己。㊺以戾庶正:戾(lì):安定。庶正:众位官员。㊻曷惠其宁:曷(hé):什么?何时?惠:仁慈,仁爱;赐予。其宁:他们安宁。

●译文

那广大显明的天河,在明亮的天空运行。君王说:哎哟我的天!何故降罪于今人啊?上天降下丧亡之乱,灾荒接连不断降临,没有哪路神灵不荐,没有吝惜那祭牲啊!圭玉美玉都已荐献,难道没听到我诉说?

旱灾已经非常严重,闷热的热浪冲上天。没有断绝各种祭祀,从郊祭到宗庙祭祀。祭天祭地掩埋牲玉,没有哪位神主不敬。老祖宗后稷不能救,各位先帝不能下临。耗散败坏天下土地,难道让我遭遇困顿?

旱灾已经非常严重,就是无法将其排除。小心谨慎处理政务,就如雷霆之声贯耳。周朝剩余下的百姓,没有不是孑然一身。浩大的天啊和上帝,就是不把我也抛弃。为什么不相互担忧,不怕先祖受到摧残?

旱灾已经非常严重,就是无法将其阻止。太阳光火红而旺盛,如此使我无处庇荫。天命几乎已经停止,就不能够瞻前顾后。诸位先公诸位先王,就是不把我来帮助。我的父母我的先祖,怎么忍心我遭灾难?

旱灾已经非常严重,河水枯竭草木干枯。旱灾如鬼魅样暴虐,就如火烧就如火燎。我心中惧怕这酷暑,心中忧愁如火熏烤。诸位先公诸位先王,就是对我不闻不问。浩大的天啊和上帝,为什么不使我隐藏?

旱灾已经非常严重,勉力敬畏去除旱灾。为何发狂降旱灾给我?悲痛还不知是何故?祭祀求明年大丰收,遍祭四方祭祀社稷。浩大的天啊和上帝,就是不让我有欢乐。恭敬祭祀众位明神,应该没有灾祸愤恨。

旱灾已经非常严重,散乱了现有的纲纪。很困窘啊众位官员!忧苦啊众天官冢宰。以及众趣马和师氏,还有膳夫及其左右。没有人不受到灾难,更没有谁能够阻止。仰起头看明亮的天,你说叫我怎么办哩?

仰起头看明亮的天,有那明亮的众星星。各位大夫各位君子,显示宽容不为赢利。天命几乎已经停止,不要放弃你的成就。不是祈求上天为我,是为了安定众人民。仰起头看明亮的天,何时赐给他们安宁?

●评析

一般认为这应该是一首禳旱的歌乐。禳,是一种祭祀的名称。《周礼·天官·女祝》曰:"掌王后之内祭祀,凡内祷祠之事。掌以时招、梗、禬、禳之事,以除疾殃。"禳,就是指遭遇灾害时的一种祭祀活动,包括禬和禳。也就是说这是一首遭遇旱灾之时祭祀所行的歌词。发生大旱灾时求雨的祭祀叫雩祭,既要歌又要哭,以祈求消除灾害。据《今本竹书

纪年·卷下》记载："周宣王二十五年,大旱,王祷于郊庙,遂雨。"也就是说周宣王在位二十五年之时,连年大旱,土地龟裂,禾稼枯萎,颗粒无收,周宣王用祭祀天地、祖宗以及各路神灵,以祈求消除旱灾。也有学者认为这是周宣王所作的祈求上天降雨的诗歌。这首诗歌,虽然是一首祈求消除旱灾的祭祀之歌,但读起来还真能使人感动,而且悲愤情真,也充分表现出周宣王为了民众的生存、民众的利益而无可奈何的真情实意。

全诗共分为八节。第一节首先指出,天上的银河系在天空运行,可是为什么就不下雨而发生大旱灾让人民遭殃呢?为了解除旱灾,举行求雨的各种祭祀活动,什么神都祭祀遍了,各种祭祀礼仪都周到仔细,为什么旱灾就不解除呢?难道老天爷没有听到天子和万民的呼声吗?

第二节指出,旱灾实在很严重,热浪冲天,为了消除旱灾,祈求下雨,天子举行了郊祭祭天、祭地,将祭祀的牲畜和玉掩埋在地下的礼仪很周全,祭祀先祖的礼仪也很周到,可是皇天上帝就是不管不顾,使旱灾延续不断。

第三节指出,旱灾实在很严重,就是没有办法将旱灾解除,天子兢兢业业地祭祀,兢兢业业处理国事,如雷贯耳一样坐立不安,可是因为大旱,人民遭遇饥荒,很多人民都饥饿而死,很多人都成为孑然一身,成为孤独的人。天子祈求老天爷,祈求先祖,赶快解除旱灾,不要再摧残人民了。

第四节指出,旱灾实在太严重,天子祈求诸位神仙和各位先祖帮助解除干旱,不要让他再遭受灾难了。

第五节指出,旱灾实在太严重,江河湖水已经枯竭,山川的草木禾稼已经枯死,旱魔正在逞凶,就像火烧火燎,所以天子仍然祈求老天爷和诸位先祖不要不闻不问,赶紧驱除旱魔,不要使天子自己逃遁。

第六节仍然是祈求老天爷消除旱魔,并向先祖和老天爷表明自己和人民都没有罪过,上天降下如此大的旱灾,不知道错在哪里。

第七节指出,旱灾使各位官员也都很辛苦,他们为了驱除旱魔,所有的官员都出了力量,也都受到旱灾的苦难,没有人不受到旱灾的折磨,所以就质问老天爷,如此这样的大旱,叫我这个天子该怎么办啊?

最后一节祈求老天爷不要废弃天命,我这样祈求老天爷,不是为了自己,是为了天下的众生,他仰望天空,质询老天爷,什么时候才能使人民得到安宁?

这首诗虽然是一首祈求驱除旱灾的诗歌,虽然是向天、向先祖祈求,但是从这首诗歌中可以看到,周宣王还是能够以人民的利益为重,那种祈求旱灾消退、为民求福的诚心非常感动人。

崧　高

崧高维岳①,骏极于天②。维岳降神,生甫及申③。维申及甫,维周之翰④,四国于蕃⑤,四方于宣⑥。

亹亹申伯⑦,王缵之事⑧,于邑于谢⑨,南国是式。王命召伯⑩:定申伯之宅。登是南邦⑪,世执其功。

王命申伯,式是南邦。因是谢人,以作尔庸⑫。王命召伯,彻申伯土田⑬。王命傅御⑭,迁其私人。

申伯之功⑮,召伯是营⑯。有俶其城⑰,寝庙既成⑱,既成藐藐⑲。王赐申伯。四牡蹻蹻⑳,钩膺濯濯㉑。

王遣申伯㉒,路车乘马㉓,我图尔居㉔,莫如南土。赐尔介圭㉕,以作尔宝。往远王舅㉖,南土是保。

申伯信迈㉗,王饯于郿㉘。申伯还南㉙,谢于诚归㉚。王命召伯,彻申伯土疆。以峙其粻㉛,式遄其行㉜。

申伯番番㉝,既入于谢。徒御啴啴㉞,周邦咸喜㉟。戎有良翰㊱,不显申伯,王之元舅㊲,文武是宪㊳。

申伯之德,柔惠且直㊴。揉此万邦㊵,闻于四国。吉甫作诵㊶,其诗孔硕㊷,其风肆好㊸,以赠申伯。

●**注释**

①崧高维岳:崧(sōng):山高。维岳:岳:是指四岳,东岳泰山;西岳华山;南岳衡山;北岳恒山;中岳嵩山是后来才有的。②骏极:骏:同"峻",高山峻岭,高而陡峭的山。③生甫及申:甫:甫侯,周宣王之时的贤臣有尹吉甫和仲山甫,笔者认为这是仲山甫,因为这首诗是尹吉甫所作,他不可能自己赞扬自己。申:申侯,也是周宣王之时的贤臣,申侯之女是周宣王之子周幽王的妻子。周宣王死后,周幽王为周王,立申侯之女为王后。④翰:翰林学士。⑤四国于蕃:四国:四方诸侯。于:是。蕃:同"藩",篱笆,屏障;藩篱。⑥宣:宣扬;同"垣",城墙。⑦亹亹(wěi wěi):勤勉不倦的样子。⑧王赞:王:天子,周宣王。赞(zàn):同"赞",辅助,辅佐,帮助;赞美。⑨于邑于谢:邑:城邑。谢:地名,谢邑。应该是申伯的分封之地申国。具体在什么地方,未见明确记载,但是在《黍苗》一文中有"肃肃谢功,召伯营之",其中有些学者对谢邑地址的注释是"今河南信阳之地",可是与本诗文中"南土是保"和"莫如南土"以及"申伯还南"的含义不相符,这些诗句是说申侯的分封地在南方,河南在西周之东,所以这个注释就不明了。也有考证认为在今河南南阳淯水流域之东。⑩召伯:召公,周宣王的辅臣。⑪登是南邦:登:立即,马上。南邦:南地的诸侯。⑫庸:庸奴。也就是凡是谢地的人,都成了申伯的纳税人,都租种申伯的土地,给申伯缴纳贡税。⑬彻申伯土田:彻(chè):彻底。彻底清查申伯的田地。重新确定井田的数量,以归于申伯管理。⑭傅御:傅:太傅。御:御旨,天子的命令。⑮功:工作,事情,这里是指建城邑的事情。⑯营:营建,营造。⑰俶(chù):开始;作,筑,修筑;善,美好。⑱寝庙:寝宫和宗庙。⑲藐藐(miǎo miǎo):美盛的样子。⑳四牡蹻蹻:四牡:四匹雄马。蹻蹻(qiāo qiāo):强壮勇武的样子。㉑钩膺濯濯:钩,同"钩",金钩。膺(yīng):马当胸的带子,也就是由马鞍上向马肚子上横过的肚带,起到固定马鞍的作用。金钩,应该是马肚带上的装饰物。濯濯(zhuó zhuó):光亮,闪闪发光。㉒遣(qiǎn):遣送。㉓路车乘马:路车:出行的车。乘马:驾车的马,四匹为一乘。㉔图:考虑到。㉕介圭:介:一个。圭:用作凭信的玉。

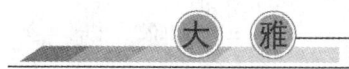

㉖往远王舅：往：到。关于诗中原来所写的"远"的这个字，所有字表中均无，笔者依其文意，认为是"远"字，就是到远处去之意。王舅：其实这里的王舅，在《礼记·曲礼》指出：天子同姓谓之"叔父"，异姓谓之"叔舅"，王舅，在这里就是与天子不同姓的申侯而言。㉗信迈：信：的确，确实。迈：行，去。㉘王饯于郿：饯：举行酒宴送行。郿：地名，在陕西省，可能是现在的眉县，因为西周之都城在镐京，眉县在镐京之南，申侯要去的地方也在镐京西南。㉙还南：还：回，返回。南：南方申侯的分封地。㉚谢于诚归：谢：答谢。于：在。诚：诚心。归：归属，申侯的下属。㉛以峙其粻：峙（zhì）：备，贮备。粻（zhāng）：粮食。㉜式遄其行：式：标准，规范。遄（chuán）：快，快速。㉝番番：勇武。㉞徒御啴啴：徒御：跟随的众人。啴啴（tān tān）：同"坦坦"，坦然、安然。㉟周邦咸喜：周邦：周朝上下。咸：都，全。喜：欢喜。㊱戎有良翰：戎：军事，武力；你们。良翰：好翰林。㊲元舅：元：大。大舅父。㊳宪：典范；效法。㊴柔惠：柔：柔和。惠：仁慈，仁爱，柔顺。㊵揉此万邦：揉：使顺服，安抚。万邦：天下国家。㊶吉甫作诵：吉甫：尹吉甫，周宣王的辅臣。诵：朗诵的诗歌。㊷孔硕：孔：很，甚；大。硕：大。这里是很长。㊸其风肆好：风：风格。肆好：非常好，肆：非常。

● **译文**

　　高山只有那四岳，高峻陡峭到天空中。只有四岳降众神，降生了甫侯和申侯。只有甫侯和申侯，是周朝的翰林学士。四方诸侯是藩篱，是四方诸侯的城墙。

　　勤勉不倦的申伯，天子赞扬他的事迹，到谢地建立城邑，是南地诸侯的模式。天子命令那召伯，定基申伯居住之城。马上作南地诸侯，世袭继承申伯功德。

　　天子命令那申伯，是南地诸侯的法式。所以凡是谢地人，都作申伯你的庸奴。天子命令那召伯，彻底清查申伯田地。王命太傅传御旨，将土地迁到申伯户。

　　申侯城邑的事功，是由那召伯来营建。有的开始筑城邑，寝宫宗庙已经修成，建成宗庙很壮美。天子赏赐给那申伯，四匹雄壮的公马，膺带金钩闪闪发光。

　　天子赐给那申伯，出行的四匹马拉车。我考虑你的居处，没有比南土更好的。赏赐你一块玉圭，以作为你镇国之宝。去到远方吧叔舅，南土之地要保护好。

　　申伯确实要去了，王在郿地为他饯行。申伯返回到南土，答谢诚心跟随的人。天子命令那召伯，彻底清查申伯的疆土，以收缴贮备粮食，以快速规范他行为。

　　申伯他非常勇武，既已回到封地谢邑。众随从都很安然，周朝上下都很欢喜。你们有个好翰林，不显扬自己的申伯，是天子的大叔舅，是文臣武将的典范。

　　申伯的美好品德，他柔和仁慈又直爽。安抚天下的国家，声誉传遍天下国家。尹吉甫作这诗歌，这首诗歌也很丰硕，诗的风格非常好，将它赠送给好申伯。

● **评析**

　　这是周宣王的臣子尹吉甫为申侯所作的赞美申侯美德的诗篇。据《史记·周本纪》记载，周宣王之时，尹吉甫、申侯、仲山甫、召虎（召公）、方叔等人均为其贤臣。周宣王是周厉王之子，周厉王无道，被国人暴动驱逐出境，周宣王年幼，为了不使年幼的周宣王被暴动人所杀害，召公就以自己的儿子调换下周宣王，将自己的儿子交与暴动者，而使周宣王得以保命，召公与周公一起辅政，直到14年之后，周宣王长大成人而执政。周宣王在召公、周公的教导下，能修文武之德而使西周中兴，西周的中兴当然与这些贤臣的辅佐密切相关，所以颂扬这些老臣的功德，也是应该的事情。全诗共分为八节。

第一节以巍巍四岳之高来比喻这些贤者功高盖世，他们就是仲山甫和申侯，在这里我们就将诗中的甫理解为仲山甫，因为这首诗是尹吉甫所作，他不可能自吹自擂、自己赞扬自己。

第二节赞扬勤勉不倦的申侯受到天子的赞美，周宣王分封申伯在河南南阳建立诸侯国，并命令召伯，也就是召公为申侯建造城邑，天子还发布命令，申侯的诸侯之位子孙世代可继承爵位。

第三节指出，天子对申侯的分封地在谢地，申侯做了谢地的诸侯，那么谢地的人就是申侯的庸奴，也就是谢地的所有土地基本上都是归申侯治理，那么谢地的人民就得为申侯缴纳赋税，也就是申侯是依靠谢地人民的赋税而开支。

第四节指出，召公奉天子之命为申侯建造城邑，建造宫室庙宇，天子还赏赐给申侯四匹矫健的公马。

第五节指出，天子还赏赐给申伯车乘，这是天子对有功诸侯的奖赏，并且赐给用作凭信的玉圭，天子要让申侯去远处治理谢地。这一节中的倒数第二句中有一个所有辞书中都查不到的字，笔者依照诗文的意思，用"远"字代替，因为申伯要去的地方在西周之东南的河南南阳，距离西周都城就很远，所以就用"远"代替这个字。

第六节指出，申侯确实要到谢地去了，周宣王在郿地为申侯饯行，这个郿地很可能就是现在陕西的眉县，眉县在渭河以南，申侯所要去的地方也在西周的东南方。这一节中关于"申伯还南，谢于诚归"这两句，笔者将其解释为"申伯返回到南土，答谢诚心跟随的人"。这样的解释，笔者也不能确定正确与否。

第七节是对申侯和随从到达谢地之后，看到谢邑很辉煌，大家很高兴，周宣王当然也很高兴，诗人还将申侯的美德做了补充，那就是申侯不愿意显示自己的功德。

最后一节对申侯柔和柔顺仁慈直爽的品德做了进一步补充，申侯就是四方诸侯学习的榜样，所以诗人才要作诗将申侯的功德表彰一番，这也是诗人赠给申侯的离别礼物。

烝　民

天生烝民①，有物有则。民之秉彝②，好是懿德③。天监有周④，昭假于下⑤。保兹天子⑥，生仲山甫⑦。

仲山甫之德，柔嘉维则。令仪令色⑧，小心翼翼。古训是式，威仪是力。天子是若⑨，明命使赋⑩。

王命仲山甫，式是百辟⑪。缵戎祖考⑫，王躬是保⑬。出纳王命⑭，王之喉舌⑮。赋政于外⑯，四方爰发⑰。

肃肃王命⑱，仲山甫将之⑲。邦国若否，仲山甫明之。既明且哲，以保其身。夙夜匪懈，以事一人。

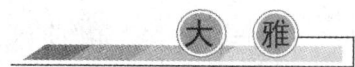

人亦有言，柔则茹之⑳。刚则吐之。维仲山甫，柔亦不茹，刚亦不吐。不侮矜寡㉑，不畏强御㉒。

人也有言，德輶如毛㉓。民鲜克举之㉔，我仪图之㉕。维仲山甫举之㉖，爱莫助之㉗。衮职有阙㉘，维仲山甫补之㉙。

仲山甫出祖㉚，四牡业业㉛。征夫捷捷㉜，每怀靡及㉝。四牡彭彭㉞，八鸾锵锵㉟。王命仲山甫，城彼东方㊱。

四牡骙骙㊲，八鸾喈喈㊳。仲山甫徂齐㊴，式遄其归㊵。吉甫作诵，穆如清风㊶。仲山甫永怀，以慰其心。

●注释

①烝民：众多的百姓。②秉彝：秉：秉承。彝：常道，法则。③好是懿德：好是：很是喜好。懿（yì）：好，美。懿德：美德。④天监有周：监：照自己的形象；镜子；借鉴。有周：有周朝。借鉴天命治理周朝。⑤昭假：昭：光明，明亮；彰显，显扬。假：借助，这里是使其彰显之意。⑥保兹：保：保护；依靠。兹：这，此，这个。⑦生仲山甫：生：产生。仲山甫：周宣王的太宰，也就是大宰，是天子之下的最高官员。⑧令仪令色：令：美，善。仪：仪容，仪表。色：脸色，表情；令色：是指和颜悦色。⑨天子是若：若：顺从；及，比得上；这个，你，你的。天子是若：天子说比得上我，或者是天子称赞说你很好。⑩明命使赋：明命：明确命令。使赋：使：让，使命，叫。赋：授予。⑪百辟：众多诸侯。⑫缵戎祖考：缵（zuǎn）：继承，继续。戎：武器；你，你们。祖考：先祖先父。⑬躬：身体，自身。⑭出纳：出：出去，出外。纳：进，进入；接受。⑮喉舌：说话的器官，这里是指代言人。⑯赋政：传布政令。⑰爱发：爱：何处。发：发落，处理。⑱肃肃：恭敬严肃。⑲将之：将命令传达之。⑳茹之：吃，吞咽。㉑矜寡：矜（jīn）：通"鳏"，年老无妻之人。寡：寡妇，没有丈夫的妇女。㉒强御：强：强大。御：御敌，抵抗敌人的进攻。㉓德輶（yóu）如毛：輶：轻。这里是说，古人说过道德轻如羽毛。㉔民鲜克举之：民：人。鲜：很少。克：能够。举之：举起它。㉕仪图：仪：标准，法则。图：考虑，思考。㉖举之：举起了道德这个羽毛。㉗爱莫助之：爱：仰慕，喜爱。莫助：爱莫能助。㉘衮职有阙：衮职：衮（gǔn）：古代帝王或三公所穿的礼服，这里借指天子。衮职：是指天子之职。阙（quē）：缺，缺点，过失。㉙补之：补救，弥补过失。㉚出祖：出行时祭祀路神。㉛业业：健壮的样子；有威仪的样子。㉜征夫捷捷：征夫：远征的人。捷捷：行动敏捷的样子。㉝每怀靡及：每怀：经常思考。靡及：不能达到。靡：不，没有。及：达到，到达。㉞彭彭：强壮的样子。㉟八鸾锵锵：鸾：通"銮"，銮铃，装饰在车马上的一种铃铛。八鸾：就是一匹马脖子上有两个銮铃，四匹马就是八鸾。锵锵：铃铛发出的响声。㊱城彼东方：城：城邑。出镐京城前往东方出差。这里是指周宣王命令仲山甫出使到齐国城。㊲骙骙（kuí kuí）：马强壮的样子。㊳喈喈：和谐的声音。㊴徂齐：徂：往，到。齐：齐国，齐国是姜太公姜子牙的分封地。㊵式遄其归：式：句首词，希望之意。遄（chuán）：急速，快速。归：回来。㊶穆如：穆：和畅，美好；和睦。

●译文

自然生成众多人民，有事物就有自然法则。众人秉承自然法则，很是喜好效法那美德。天命的借鉴有周朝,使其美德彰显于天下。依靠了这个周宣王,就产生了这个仲山甫。

仲山甫的美好品德,柔和美好是他的准则。美好仪容和颜悦色,小心谨慎严肃有礼仪。古人的训示是法则,威严的仪容是有能力。天子称赞说你很好,明确地授给了他使命。

天子命令那仲山甫,你是众位诸侯的榜样。继承你先祖的事业,天子的身体要保护好。出入传播天子命令,你就是天子的代言人。传布政令在朝廷外,四方政事何处不落实。

恭敬严肃王的命令,仲山甫将命令传达之。国家政事的好与坏,仲山甫他是最清楚的。既明白事理且睿智,以保护自己不受伤害。白天黑夜从不懈怠,以时刻侍奉天子一人。

古时曾有常言说道:柔软的东西吞咽下去,太硬的东西吐出来。只有这个贤人仲山甫,柔软的也不会吞掉,强硬的也不会吐出来。不欺侮鳏寡年老者,不畏惧对强敌的抵御。

古人曾有常言说道:道德轻得就像那羽毛,很少有人能举起它。我用道德的标准思考,只有仲山甫举起了它。仰慕你却不能辅助你。天子若是出现过失,只有仲山甫能补救之。

仲山甫出行祭祀路神,四匹雄马很有威仪。出征的人行动敏捷,经常思考能否达到。四匹公马很是强壮,八副銮铃锵锵地响。天子命令那仲山甫,出镐京城前往东方。

四匹公马很是强壮,八副銮铃声音和谐。仲山甫前往那齐国,期望你能快速回来。尹吉甫作这首诗歌,诗歌和畅就如清风,把仲山甫经常思念,作诗以慰籍我的心。

● 评析

这是周宣王的贤臣尹吉甫所作的颂扬周宣王的大宰仲山甫的诗歌,全诗共分为八节。

第一节诗人以自然降生万物和人类为比喻,说明世间万物都有它的自然法则,人类也是一样的,人类法则中最为重要的就是人类喜爱美好的事物,当然也喜爱美善之德,因为当今的天子周宣王是一个有道德的君王,所以就造就了贤良有德的臣子仲山甫。

第二节是对仲山甫美德的具体表述。仲山甫美德中最为主要的就是仲山甫做人的准则,柔和美善,和颜悦色,小心谨慎,以先祖的古训为标准,美好的威仪表现了他的能力。所以周宣王才会嘉奖他、重用他。

第三节指出周宣王是如何重用仲山甫的。因为仲山甫有美好的品德,所以周宣王就将仲山甫树立为所有诸侯的榜样。仲山甫继承先祖的事业,忠诚地辅佐天子,天子就命令他为自己的喉舌;也就是代言人,天子所颁布的政令,都由仲山甫传达和推行实施。据《东周列国志》第一回记载,仲山甫是周宣王时的大宰,《周礼》解释大宰是仅次于天子的最高长官,即为天官之正,统领六官,总掌各种施政纲领。

第四节诗人指出,仲山甫既是一个明哲保身的人,又是一个能保护侍奉君王的人。

第五节诗人对仲山甫的品德做了进一步阐述,仲山甫不欺软怕硬,不欺侮鳏寡老弱

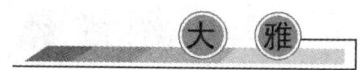

病残,真是一位有道德的人。

第六节是对仲山甫美德的总结。诗人指出,古人说过:"道德轻如羽毛,没有人能把道德这个羽毛真正举起来",但是诗人认为仲山甫就是个真正能将道德这个羽毛举起来的真君子,因为当君王的政令、言行出现过错时,只有仲山甫敢于纠正,敢于对天子纠错,不顾自己安危。

第七节诗人说,仲山甫奉天子之命出镐京城要到东方的齐国出使,因为仲山甫的所有言行都是代表天子,所以诗人就对仲山甫出征时的仪容做了很详细的记载,也就是仪容很辉煌威严。

最后一节诗人将自己写这首诗歌的目的告诉仲山甫,因为仲山甫要出使齐国,他写这首诗献给仲山甫以作为纪念,同时希望仲山甫能够顺利完成王命早日归来。

韩 奕

奕奕梁山①,维禹甸之②。有倬其道③,韩侯受命④。王亲命之,缵戎祖考,无废朕命⑤!夙夜匪解,虔共尔位⑥,朕命不易⑦。榦不庭方⑧,以佐戎辟⑨。

四牡奕奕,孔修且张⑩。韩侯入觐⑪,以其介圭⑫,入觐于王,王赐韩侯,淑旂绥章⑬,簟茀错衡⑭。玄衮赤舄⑮,钩膺镂钖⑯,鞹鞃浅幭⑰,鞗革金厄⑱。

韩侯出祖,出宿于屠⑲。显父饯之⑳,清酒百壶。其肴维何?炰鳖鲜鱼㉑。其蔌维何㉒?维笋及蒲㉓。其赠维何?乘马路车。笾豆有且㉔,侯氏燕胥㉕。

韩侯取妻,汾王之甥㉖,蹶父之子㉗。韩侯迎止,于蹶之里。百两彭彭㉘,八鸾锵锵,不显其光。诸娣从之㉙,祁祁如云㉚。韩侯顾之㉛,烂其盈门㉜。

蹶父孔武,靡国不到,为韩姞相攸㉝,莫如韩乐。孔乐韩土,川泽訏訏㉞,鲂鱮甫甫㉟,麀鹿噳噳㊱,有熊有罴㊲,有猫有虎。庆既令居㊳,韩姞燕誉。

溥彼韩城㊴,燕师所完㊵。以先祖受命,因时百蛮㊶。王赐韩侯,其追其貊㊷,奄受北国㊸,因以其伯㊹。实墉实壑㊺,实亩实籍㊻。献其貔皮㊼,赤豹黄罴。

● 注释

①奕奕梁山:奕奕:高大的样子;神采焕发。梁山:在陕西韩城县西北。②维禹甸之:禹:大禹,大禹治水。甸(diàn):治理。③倬(zhuō):高大,显明,引申,显著,宽广。④韩侯受命:韩侯:周宣王之时韩国的诸侯;据《史记·韩世家》记载:韩国与周族同姓姬,从什么时候受分封,并未记载,只是记载韩的后裔侍奉晋国,才被分封于韩原,称作韩武子。受命:这里可能是周宣王分封韩武子为韩侯吧。因为诗文的后面提到了韩城,就应该是韩原。⑤废:败坏。⑥虔共尔位:虔:虔诚。共:通"恭",恭敬。尔位:你的爵位。⑦易:轻视。⑧榦不庭方:榦(gàn):筑土墙时两边所用的固定的木板;这里是象征修正、固定,引申为匡正、矫正之意。不庭方:庭:直的意思。全句的意思就是矫正不方直使方直;也

是矫正过失。⑨以佐戎辟：佐：辅佐，请劝，劝。戎：你，你们。辟：天子，诸侯。⑩孔修且张：孔修：很修长。张：壮大。⑪觐(jìn)：诸侯秋天朝见天子。⑫介圭：用作诸侯凭证的玉圭。⑬淑旂绥章：淑旂(qí)：淑：美好；善良。旂：绘有蛟龙的旗子。绥章：旗杆上面装饰的彩色羽毛。⑭簟茀错衡：簟(diàn)茀：竹席制作的车篷。错衡：绘有花纹或涂金的车前横木。衡：车辕前端的横木。⑮玄衮赤舄：玄衮(gǔn)：绣龙的黑色礼服。赤舄(xì)：红色鞋子。⑯钩膺镂锡：钩：镂刻。膺(yīng)：胸；马肚带。镂锡(lòu yáng)：马额上的装饰物。镂：镂刻，是说装饰物是镂刻的金属物。锡：金属物，这里是指镂刻的金属装饰物。⑰鞹鞃浅幭：鞹(kuò)：去毛的皮革。鞃(hóng)：包裹在车前横木上靠人的兽皮。浅幭(miè)：车前横木用薄皮革制的覆盖物。⑱鞗革金厄：鞗(tiáo)革：皮革马缰绳。金厄：马笼头上的金属环。⑲出宿于屠：出发宿营到屠地。屠：即鄠县的杜陵，今西安市东。⑳显父饯之：显父：人名，周宣王的卿士。饯之：饯行。㉑炰鳖：烧烤鳖肉。㉒蔌(sù)：蔬菜。㉓维笋及蒲：笋(sǔn)：笋，竹笋，或者笋瓜。蒲：蒲菜，蒲草。㉔笾豆有且：笾：竹制的盛装食物的器皿。豆：木制的器皿。且：众多。㉕侯氏燕胥：侯氏：诸侯。燕胥：燕：宴请；安乐，安逸。胥：相互，皆，都。㉖汾王之甥：汾王：周宣王之父周厉王被国人暴动驱逐出境，逃亡到彘(zhì)地，彘地在山西汾水附近。十四年后，周厉王死在彘地，所以人称周厉王为汾王。汾王之甥，就是周厉王的外甥女，周厉王的外甥女应该是周宣王的姑表姐妹。㉗蹶父：周宣王的卿士，姓姞(jí)。㉘百两彭彭：百两：众多车辆。彭彭：强盛。㉙诸娣：女子出嫁时，以同姓女子陪嫁，为娣。㉚祁祁：众多的样子。㉛顾：眷恋，顾盼。㉜烂其盈门：烂：灿烂；光彩鲜明耀眼。盈门：满门。㉝为韩姞相攸：姞(jí)：蹶父姓姞，韩姞就是韩侯之妻。相：观察；共同。攸：住所。㉞川泽訏訏：川：河流。泽：湖泊。訏訏(xū xū)：广大。㉟鲂鱮甫甫：鲂(fáng)：鲂鱼，又称鳊鱼。鱮(xù)：鱮鱼，又称鲢鱼。甫甫：大的样子。㊱麀鹿噳噳：麀(yōu)鹿：母鹿。噳噳(yǔ yǔ)：鹿成群聚在一样。㊲罴(pí)：熊的一种。㊳庆既令居：庆：庆贺。既：完，完美。令：美，善，好。居：居所，住所。㊴溥彼韩城：溥(pǔ)：广大。韩城：韩侯的城邑，也就是韩原的城邑。㊵燕师所完：燕国的人修筑完工。燕国，应该是燕召公奭的封国，具体在什么地方，未见有详细记载。周宣王之时正是燕釐侯之时。㊶因时百蛮：因时：因为是。百蛮：北蛮，指北方少数民族，如戎狄之族。因此是北方之诸侯。㊷其追其貊：追：古代北方的少数民族。貊(mò)：古代东北方的一个少数民族。㊸奄受：奄：包住，覆盖。受：得到，接受。㊹伯：天子的同姓诸侯，或诸侯长。㊺实墉实壑：实墉：实：坚实。墉：城墙。壑(hè)：护城河。㊻实亩实籍：实：确实；实际。亩：泛指庄稼苗。籍：登记；名册，档案，户籍。㊼貔(pí)皮：白狐狸皮。

● 译文

高大险峻的梁山，只有大禹治理过它。修有宽广的大道，韩侯接受天子命令。宣王亲自分封他：继承你先祖的事业，不要败坏我命令，白天黑夜不要懈怠，虔诚恭敬你爵位，我的命令不要轻视，矫正不直使方直，以劝戒你君王过失。

四匹雄马很精神，很修长而且很壮大。韩侯入朝见天子，以那玉圭作为凭证。入朝朝见周天子，周天子赏赐了韩侯：美丽的龙旗飘荡，竹蓬车子涂金的辕。黑色礼服红色鞋，镂刻腰带金属饰物。皮革靠背薄皮盖，皮革的马缰金笼头。

韩侯出行祭路神,出发宿营到那屠城。是显父为他饯行,那美酒就有几百壶。饯行的佳肴有啥?烧烤鳖肉还有鲜鱼。饯行的蔬菜有啥?只有笋瓜和那蒲菜。他都赠送了什么?赠送那好车马一辆,赠送笾豆有很多,诸侯们都非常快乐。

韩侯他娶的妻子,是周厉王的外甥女,是卿士蹶父之女。韩侯亲自前去迎娶,迎亲到蹶父故里,百辆车马场面壮观,八副銮铃锵锵响,不也显示他的荣光。众多陪嫁女跟随,就如彩云随风飘荡。韩侯心中很眷恋,鲜明的光彩满门厅。

蹶父为人很勇武,没有哪国诸侯不来。为韩侯姞相住所,没有比韩国更快乐。很安乐韩原之地,河流湖泊长又广阔,鳊鱼鲢鱼实在大,母鹿成群小鹿撒欢。林中有熊有熊罴,还有山猫和那猛虎。庆贺完美好居住,韩姞真是快乐安逸。

那广大的韩原城,是燕国人修筑了它。先祖受到了分封,因此是北方的诸侯。天子赏赐给韩侯,追地和貊地的百姓,以管理北方诸国,所以为北方诸侯长。坚实城墙护城河,清查田亩考察户籍。以进献白狐狸皮,进献赤豹黄黑的皮。

● 评析

一般认为这是一首颂扬周宣王能以贤能辨诸侯之德,对贤能者以重赏和分封的诗篇,诗文通过对韩侯的分封奖赏过程和所赐之器物的记载,充分表现了周宣王能任用、重用贤者的贤能之德。全诗共分为六节。

第一节以高大的梁山为开头,说明韩侯的分封之地就在梁山,梁山就在如今的陕西韩城西北。也就是说古代的韩国大概就是现在的韩城之地了。用梁山之高以显示韩侯受封的原因,就是他有如梁山一样高的功勋。

第二节是对有功的韩侯听从王的召唤觐见周宣王之时周宣王奖赏给韩侯的众多礼物的描述,这足以说明天子对有贤能之德的韩侯的器重。

第三节描述了韩侯觐见完天子之后,准备出行,也就是准备回韩城,天子命令卿士显父为韩侯饯行,并对饯行时的佳肴美酒和赠送的器皿做了描述。

第四节描述了韩侯娶妻之时的盛大场面,韩侯的妻子应该就是周宣王的姑表姐妹,也就是说因为韩侯有功于周朝,所以周宣王就将自己的亲族女嫁给韩侯。

第五节对韩侯的岳父、妻子做了简单的描述,而着重对韩侯所处的韩原之地丰富的物产做了描述,从这些描写中,我们可以看到,在古代,就是这中原之地的北方,也有各种肥硕的鱼类,以及各种禽兽齐全,这是万物生存的好环境。

最后一节是对全文的总结。韩侯得到天子的分封,被分封为北方的诸侯之长,统领北方的少数民族,天子告诉韩侯要修好城墙和护城河,要管理好这些人民和土地,按时纳贡。

江　汉

江汉浮浮①,武夫滔滔②。匪安匪游③,怀夷来求④。既出我车,既设我旟⑤。匪安匪舒⑥,怀夷来铺⑦。

江汉汤汤,武夫洸洸⑧。经营四方⑨,告成于王。四方既平,王国庶定。时

诗经新解

靡有争,王心载宁。

江汉之浒,王命召虎⑩:式辟四方⑪,彻我疆土⑫。匪疚匪棘⑬,王国来极⑭。于疆于理⑮,至于南海。

王命召虎:来旬来宣⑯,文武受命,召公维翰⑰,无曰予小子⑱,召公是似,肇敏戎公⑲,用赐而祉。

釐尔圭瓒⑳,秬鬯一卣㉑。告于文人㉒,赐山土田。于周受命,自召祖命㉓。虎拜稽首,天子万年。

虎拜稽首,对扬王休㉔。作召公考㉕,天子万寿!明明天子㉖,令闻不已㉗。矢其文德㉘,洽此四国㉙。

●注释

①江汉浮浮:江汉:长江和汉江。浮浮:超过,多余;这里是指水势浩大。②武夫滔滔:武夫:武人。滔滔:原本是形容水势浩大,这里是指武人的能力或者武功气势很大。③匪安匪游:匪安:不是安居。匪游:不是出游。④怀夷:怀夷:古代江浙一带的少数民族。⑤既设我旟(yú):设:安排。旟:古代的一种行军旗,用来指挥士卒前进。⑥舒:展开,这里指军旗展开,并不是摆设的意思。⑦铺:(pū):陈设,安排;通"抚",安抚。⑧洸洸(guāng guāng):勇武的样子。⑨经营:筹划料理;治理。⑩召虎:召穆公,周宣王时的大宗伯,也是燕召公的后代。⑪式辟:式:法式,榜样。辟:刑法,法则。⑫彻:贯通。⑬匪疚匪棘:疚:久病;忧苦。棘:刺伤;引申为伤痛。⑭王国来极:王国:周朝。极:屋顶中的大梁;标准。⑮于疆于理:于:到,从。疆:边疆。理:治理得好。⑯来旬来宣:旬:周遍。宣:传播;传达。⑰召公维翰:召公:是指召虎的先祖召公奭,它与周公旦一同辅佐周武王推翻商纣王,建立周朝。维翰:有大功。翰:同"瀚",大,广大。⑱无曰予小子:无曰:不要说。予:通"誉",赞誉。小子:这里是指周宣王。⑲肇敏戎公:肇:开始。敏:努力,奋勉;勤勉。戎:你,你们。公:功德,功劳。⑳釐尔圭瓒:釐(lí):赐,赐给。圭:用作凭证的玉。瓒(zàn):玉勺。㉑秬鬯一卣:秬(jù):黑色的黍。鬯(chàng):古代祭祀用的香酒,用黑黍米和郁金香酿成。卣(yǒu):酒器。㉒告于文人:告于:告诉那。文人:主管文书的人,古代一般叫"作册",用文字记载叫作册文。㉓自召祖命:自从先祖召公在太庙受命。㉔对扬王休:对:回答,回报。扬:颂扬。休:美德。㉕考:老,年纪大;泛指先祖。㉖明明:英明,光明。㉗令闻:令:美,善。闻:闻名。㉘矢其文德:矢:矢志。文德:文王之德。㉙洽:和谐,融洽。

●译文

长江汉水水势浩大,武人气势威武无边。不是安居不是出游,是因为怀夷人来求。既然我的车已出行,行军旗既设在我车。不是安逸不是摆设,是要去把怀夷安抚。

长江汉水水势浩大,武人实在非常勇武。筹划料理天下四方,成功喜报报告宣王。四方国家已经平定,周朝众诸侯也安定。这时就没有了战争,君王的心充满安宁。

长江汉河的水岸边,天子命令辅臣召虎:用法则法式治天下,贯通我周朝的疆土,不要忧苦不要伤痛,周朝是天下的栋梁,到边疆都能治理好,一直治理到那南海。

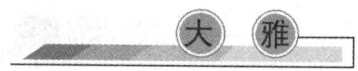

　　天子命令辅臣召虎,要周遍地传布命令,文王武王接受天命,你先祖召公有大功,不要说赞誉我的话,你的先祖和你相似,开始努力建你大功,王用来赐给你福祉。

　　赐给你玉璋和玉勺,赐给你黑黍酒一杯,告诉作册人做记载,赐给你山川和田土,在周王朝受到分封,是从先祖召公开始。召虎向王叩拜稽首:天子万岁万万岁!

　　召虎向王叩拜稽首:回报颂扬王的美德,召公作考弘扬祖德,祝福天子万寿无疆,英明光明的周天子,美好德行闻名天下,矢志继承文武之德,和谐这天下的国家。

● **评析**

　　一般认为这是尹吉甫赞美周宣王分封召公虎的诗篇。也有认为这是一首赞美召公的鼎铭的诗篇,鼎铭就是分封召虎时将其功德铭刻在青铜鼎上,放在祖庙之中,以使后人铭记。

　　全诗共分为六节。第一节用长江汉水的气势浩大来比喻赞美召公的功德,因为据《史记·周本纪》记载,周宣王之父周厉王无道而被国人暴动驱逐出国后,国人闻得周厉王之太子静也就是周宣王在召公家中,就包围了召公的家要杀太子静,召公为了保护静就用自己的儿子代替了太子静,召公自己的儿子被杀,太子静因此才得以活命。太子静在召公和周公的教导培育下,成长为一位有明德的君王,那就是周宣王,也就是说没有召公虎就没有周宣王。第一节同时指出召公的另一功劳就是前去平息安抚怀夷人民的事迹。召公虎当时任周宣王的大宗伯,大宗伯之职主要是掌建邦之天神、人鬼、地示之礼,以佐王建邦保国。

　　第二节记载了召公平息安抚怀夷成功之后,使天下四方的诸侯国都得到安定,使天子的心也得到安定。

　　第三节记载了周宣王对召公发布的命令,那就是召公辅助天子治理天下四方的诸侯国的功德。因为有召公的辅佐,天下四方国家才没有苦难和伤痛,周朝才能得到中兴。

　　第四节记载了周宣王对召公的先祖,也就是辅佐周文王、周武王的召公虎的先祖老召公的功德的赞扬,同时指出召公虎也有与先祖老召公一样伟大的功德。

　　第五节记载了周宣王对召公虎的分封的具体内容:赐给召公玉璋和玉勺,赐给香酒一杯,赐给山川田土。同时指出,召公虎之家受封也源于召公虎的先祖召公,并让造册人记载入史册。

　　第六节是召公虎对天子周宣王的感激之词,也是召公虎对周宣王美德的赞颂和祝福之词。

常　武

　　赫赫明明①,王命卿士:南仲大祖②,大师皇父③,整我六师,以修我戎④,既敬既戒⑤,惠此南国⑥。

　　王谓尹氏⑦,命程伯休父⑧,左右陈行⑨。戒我师旅,率彼淮浦⑩,省此徐土⑪。不留不处⑫,三事就绪⑬。

诗经新解

赫赫业业⑭,有严天子。王舒保作⑮,匪绍匪游⑯。徐方绎骚⑰,震惊徐方,如雷如霆,徐方震惊。

王奋厥武⑱,如震如怒⑲。进厥虎臣⑳,阚如虓虎㉑。铺敦怀濆㉒,仍执丑虏㉓。截彼淮浦㉔,王师之所。

王旅啴啴㉕,如飞如翰㉖,如江如汉,如山之苞㉗,如川之流,绵绵翼翼㉘。不测不克㉙,濯征徐国㉚。

王犹允塞㉛,徐方既来㉜,徐方既同,天子之功。四方既平,徐方来庭㉝。徐方不回㉞,王曰还归㉟。

● 注释

① 赫赫明明:赫赫:盛大显赫。明明:英明,光明。② 南仲大祖:南仲:周宣王时的大将;或者就是仲山甫的称名。大祖:在太庙中命令南仲,古代天子出征前要向祖庙祷告,为"受命于祖"。③ 大师皇父:大师:即太师,位列三公之首,即是天子的老师。皇父:众位老臣。④ 以修我戎:修:整治,治理;修理。戎:武器;兵车。⑤ 既敬既戒:敬:同"儆",警戒,戒备;警告;儆急,危急,紧急。戒:戒装,打点行李,准备出发;告诫。⑥ 惠此南国:惠:惠顾,关怀照顾。南国:南方之国,具体应该是指徐国而言。⑦ 尹氏:尹吉甫。⑧ 命程伯休父:程伯休父:程国的诸侯,名休父,其城邑在今陕西咸阳东。⑨ 陈行:陈列军队;排列军队。行:成行。⑩ 淮浦:淮:淮河。浦:水边。⑪ 省此徐土:省:省察,考察。徐土:徐国。徐国在今安徽泗县北。⑫ 不留不处:不:否,不是,不这样。留:通"刘",杀戮。处:处罚。⑬ 三事:是指大司徒一人,小司徒二人;大司徒由卿担任,小司徒由中大夫任职。⑭ 业业:有威严的样子。⑮ 王舒保作:舒:从容不迫。保作:保:安定,保证。作:发出,出行。⑯ 匪绍:绍:接续。匪绍:不是快速的意思;也就是不敢缓慢之意。⑰ 绎骚:绎(yì):寻究事物的原因,为什么?骚:骚乱,动乱。⑱ 王奋厥武:王:王师,周朝的军队。奋:奋勇。厥武:厥:他,他们;那,那些。武:勇武,威武。⑲ 如震如怒:震:雷震。怒:怒吼。⑳ 进厥虎臣:进厥:进用那些。虎臣:勇猛的臣子将军。㉑ 阚如虓虎:阚(hǎn):虎怒;老虎发怒。虓(xiāo)虎:猛虎怒吼。就如那猛虎发怒怒吼。㉒ 铺敦怀濆:铺:陈设,安排。敦:通"屯",屯兵,驻扎。"怀":淮水。濆(fén):水边。㉓ 仍执丑虏:仍:一再。执:拘捕,捉拿。丑虏:割俘虏耳朵。㉔ 截:截击。㉕ 啴啴(tān tān):盛大。㉖ 如飞如翰:飞:飞鸟。翰:鸟羽。㉗ 苞:丛生,很多,群山。㉘ 绵绵翼翼:绵绵(mián mián):绵延不断。翼翼:整齐有次序的样子。㉙ 不测不克:不测:不可度量。克:战胜。㉚ 濯(zhuó):大,盛大。征:征伐。㉛ 王犹允塞:犹:犹豫;好像;计谋,谋虑,谋划。允:诚信,诚实;允许,答应。塞:塞责,尽责,补过。㉜ 来:回,归,归顺。㉝ 来庭:来朝廷。㉞ 回:反转,引申反叛。㉟ 王曰还归:王命令周师班师回朝。

● 译文

盛大显赫光明的周王,周宣王命令那卿士们,在太庙命令南仲大将,同时命令太师和皇父:整顿我们六军的军威,以修理好我们的武器。既要戒备又打点行装,关怀照顾这个南方国。

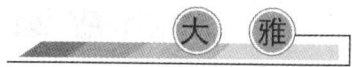

周宣王告诉尹吉甫说：命令程国的程伯休父,左右排列军队成行行,告诫我们的军队军人,率领他们前往淮水边,省察这个徐国的风土。不是不杀戮来不处罚,大小司徒人选已就绪。

盛大显赫又多么威严,宣王的仪表真有威仪。王师从容不迫安然行,不敢缓慢不是为游玩。徐国人为什么会骚乱？震惊了那徐国的人民,王师声势就如雷如霆,徐国人民更惊恐万分。

王师个个都奋勇威武,就如雷鸣阵阵在怒吼。进用那些勇猛的将军,就如猛虎震怒在怒吼。王师陈列驻扎淮水边,一再捉拿割俘虏耳朵。截击敌人在那淮水边,这里就是王师的住所。

王师的军威实在盛大,如鸟扇动飞翼在疾飞,如长江汉江水势浩大,如那高峻的群山竖立。如奔腾的河水流不断,连绵不断又整齐如一。不可度量不可以战胜,声势浩大地征伐徐国。

王思谋答应徐方补过,徐国既然愿归顺周朝,徐国已和其他诸侯同,这是周天子的大功德。天下国家既太平安定,徐国愿意来朝见天子,徐国也不敢再次反叛,王命令周师班师回朝。

● 评析

这是一首记载周宣王亲自率兵征伐淮北之夷徐国的诗篇。徐国在今安徽省泗县以北,对于西周而言,属于东南之地。

全诗共分为六节。第一节记载了英明的周宣王在祖庙中祭告先祖之后,向众位大臣发出命令,做好出征前的各种准备,要出征征伐东南方的徐国。

第二节记载了周宣王命令尹吉甫向程侯休父传达命令,要程侯休父布兵列阵协助周师出征,事先对发动动乱的匪首发出警告:不是不诛杀你们这些反叛者,如果不悔过自新,就要处罚斩首叛乱者,反正已经重新为徐国委派了大小司徒,要重新治理好徐国。

第三节记载了周宣王率领周师不是前去游玩,是要前去征伐徐国,所以就不能缓慢,因为徐国发生了骚乱,而且这次骚乱危害了徐国的百姓,危害了天下四方的安定。天子之军旅声势浩大,使徐国人民惊恐万分。

第四节记载了周天子勇猛无比,就如雷霆震动,就如猛虎怒吼,君王就驻扎在淮水边,在淮水边阻击反叛的敌寇,而且活捉了许多俘虏。天子就驻扎在淮水岸边,亲自指挥。

第五节记载了王师的勇猛,声势浩大,歼灭敌寇极速,声势浩大如长江汉水,就如群山耸立,而且整齐有序,不可以战胜,终于使徐国顺服周朝。

最后一节记载了周宣王率领军师平定了徐国的反叛,徐国的君主已经愿意补救自己的过错,愿意对周朝俯首称臣,愿意朝见周王,愿意进献贡物。周宣王就与徐国达成和平协议,徐国也保证不再发生反叛,所以周宣王就命令周师班师回朝,胜利返回周京,这里"王曰还归"还包括班师回朝后在太学举行的"讯馘告礼",也就是论功行赏之礼。

诗经新解

瞻卬

瞻卬昊天①,则我不惠②。孔填不宁③,降此大厉④。邦靡有定,士民其瘵⑤。蟊贼蟊疾⑥,靡有夷届⑦。罪罟不收⑧,靡有夷瘳⑨。

人有土田,女反有之。人有民人,女复夺之。此宜无罪,女反收之。彼宜有罪,女复说之⑩。

哲夫成城⑪,哲妇倾城⑫。懿厥哲妇⑬,为枭为鸱⑭。妇有长舌,维厉之阶⑮。乱匪降自天,生自妇人!匪教匪诲⑯,时维妇寺⑰。

鞫人忮忒⑱,谮始竟背⑲。岂曰不极,伊胡为慝⑳?如贾三倍㉑,君子是识㉒;妇无公事㉓,休其蚕织㉔。

天何以刺㉕?何神不富㉖?舍尔介狄㉗,维予胥忌㉘。不吊不祥㉙,威仪不类㉚。人之云亡,邦国殄瘁㉛。

天之降罔㉜,维其优矣㉝。人之云亡,心之忧矣。天之降罔,维其几矣㉞。人之云亡,心之悲矣。

觱沸槛泉㉟,维其深矣。心之忧矣,宁自今矣!不自我先,不自我后。藐藐昊天㊱,无不克巩㊲。无忝皇祖㊳,式救尔后㊴。

● **注释**

①瞻卬昊天:瞻卬(áng):瞻仰,抬起头来看。昊天:浩大明亮的天。②则我不惠:则:就是。不惠:不仁慈,不仁爱。③孔填(zhèn):孔:很,大。填:瑱,安定。瑱瑱(tiàn tiàn):形容声音很大。④厉:祸害,危害;凶恶。⑤瘵(zhài):病,多指痨病。⑥蟊贼蟊疾:蟊贼:蟊(máo):吃庄稼根苗的害虫叫蟊。贼:吃禾苗的叫贼。蟊疾:蟊贼祸害如患病。⑦夷届:夷:平,消除。届:期限。⑧罟(gǔ):网,法网。⑨瘳(chōu):病好了;损失,损害。⑩说:通"脱",解脱。⑪哲夫成城:哲夫:聪明而有才能的人。成城:建造城墙。⑫哲妇倾城:哲妇:聪慧的妇人。倾城:倾倒城墙。⑬懿厥:懿:美,好。厥:那个。⑭为枭为鸱:枭(xiāo):一种凶猛的鸟。鸱(chī):一种凶猛的鸟,也叫鹞鹰,陕西宝鸡叫它鹞子,小而凶猛。⑮阶:根由,原因。⑯匪教匪诲:匪教:没有教化。诲(huì):教导,教诲。⑰时维妇寺:时维:时常是,当时是。寺:近侍,寺人,常指宦官。⑱鞫人忮忒:鞫(jū):审讯,审问;穷困。忮(zhì):害,嫉妒。忒(tè):差错;过于,甚。⑲谮始竟背:谮(zèn):诬陷,说别人坏话。始:开始。竟背:竟然背后。⑳伊胡为慝:伊:他,她。胡:为什么,为何。慝(tè):邪恶,邪念。㉑贾(gǔ):贩卖,商人;求取;贾(jiǎ):价格。㉒识:认识,记住。㉓妇无公事:无:不要。公事:从事政事。㉔休其蚕织:休:美善,喜庆,喜爱。蚕织:丝织,蚕桑之事。㉕刺:斥责,指责。㉖何神不富:何神不:神为何不?富:通"福",福气。神为何不降福气,也就是先祖为何不降福气。㉗舍尔介狄:舍:居住,住所;这里是心中存有之意。介狄:芥蒂,梗塞的东西,比喻心中有嫌隙或不快。㉘维予胥忌:维:在,是。予:我。胥:疏远;相互,

340

皆。忌:忌恨;猜忌。㉙不吊不祥:吊:祭奠死者;伤痛;悲伤;忧虑;善。祥:吉;善;福;丧祭名,父母死后十三个月为小祥,二十五个月为大祥。㉚威仪不类:威仪不符合族类。㉛殄瘁:殄(tiǎn):灭绝,消灭。瘁(cuì):毁坏,忧愁。㉜罔:网,法网,恢恢法网。㉝优:充足,广大,优良,好;忧愁,忧伤。㉞几:几乎;几希:几乎没有了。㉟觱沸槛泉:觱(bì)沸:泉水涌出的样子。槛(jiān)泉:泉水喷涌。㊱藐藐:高大。㊲无不克巩:无不:没有不。克:能够;战胜,攻破。巩(gǒng):"巩"的繁写体,坚固,克制,约束。㊳忝(tiǎn):辱没,有愧于。㊴式救尔后:式:法式。尔后:你的后代。

● 译文

抬头看那明亮的天,就是对我太不仁爱。不安静的声音很大,降下这样大的祸害。周邦就没有了安宁,士子民众好像患病。蟊贼祸害禾稼患病,不能消除没有期限。法网不收罪犯逍遥,无法消除那些损害。

别人有自己的田地,你却将它占为己有。人家有自己劳动力,你反将他夺为己有。原本这些人就无罪,你反将他收进牢狱。这些人原本就有罪,你反而为他们解脱。

男人聪慧建造城墙,妇人聪慧倾倒城墙。那美丽聪慧的妇人,就是枭鸟就是鸱子。妇人若是那长舌妇,就是那祸患的根源。祸乱并非是从天降,产生于那长舌妇人。没有教化不听教诲,如当时的妇人宦官。

审讯人找差错害人,竟开始背后诬陷人。难道说不是坏极了,她为什么这样邪恶?就如商人谋价三倍,君子因此认识到了:妇人不要从事政事,要喜爱她的蚕桑事。

上天为什么来斥责?为何先祖不降福气?你心中存有那芥蒂,唯对我疏远又猜忌。对先祖不祭奠悲伤,威仪不符合你族类。人民都说你要灭亡,周邦就要灭绝毁坏。

上天降有法网恢恢,它广大疏而不漏啊!人民都说你要灭亡,我的心中很忧伤啊!上天降有恢恢法网,它到底还存在几何?人民都说你要灭亡,我心中实在悲伤啊!

泉水喷涌流出不断,是因为它很深沉啊!我心中极其地忧伤,岂能是今天才有吗?灾难不在我以前生,也不在我以后才有,那高大明亮的上天,没有不能约束万物,不要辱没你的先祖,想法子救救你后代。

● 评析

这是一首由西周的大夫凡伯所写的讽刺周幽王的诗。凡伯应该是周平王之时的卿大夫,因为据《春秋左传·鲁隐公七年》记载:"冬,天王使凡伯来聘。戎伐凡伯于楚丘,以归。"这是说鲁隐公七年时,天子派卿大夫凡伯访问鲁国,戎狄军队在楚丘拦击凡伯,并挟持凡伯归戎。而鲁隐公即位之时,周平王已经去世,鲁隐公在位只有十一年,周平王在位五十一年而亡,假如凡伯是周幽王之时的卿大夫,那么就不会活到周平王之后。《左传》所记载的鲁隐公之时的凡伯是周幽王之时凡伯的先祖,古代世袭继承爵位这是常规,也是实际事实。

这首诗是对周幽王无道无德亡西周之事实的记载。全诗共分为七个自然小节。

第一节记载了周幽王之时国家不安宁的基本状况,抬头仰望天空,天空依旧明亮浩大,可是天下的人民却正在遭遇灾难,人民遭遇灾难就如患了疾病一样,就如庄稼被蟊贼毁坏一样,灾难很大而且没完没了,而这个给人民带来灾难的人就是天子。

第二节主要是对天子和天子周围的小人罪责的记载。这些小人仗着天子之威,抢夺人民的田地,抢夺人民的劳动力;对没有罪的人,判处有罪,对有罪的人,反而开脱,真是颠倒黑白是非,使人民无法正常生活。

第三节是对周幽王新纳的皇后褒姒之罪行的记载。诗中指出,人民所遭遇的灾难并不是从天而降,而是由这个长舌妇褒姒带来的,褒姒以她的聪慧美丽迷惑天子,与小人一起惑乱国政,周幽王只是听从妇人和小人之言,而不理国事,任凭小人胡作非为。诗文同时指出,褒姒这个长舌妇,自己没有教养又不听从教诲,反而就如一个女宦官一样干预政事。

第四节是对褒姒及其她周围的小人残害诬陷别人、胡作非为的歹毒之事实的记载评论,据《史记·周本纪》和《东周列国志》第二回记载,周幽王听从褒姒之言,诬陷原配皇后申后,也就是申侯之女,废除太子宜臼,也就是后来的周平王;立褒姒为皇后,立褒姒之子伯服为太子,这些是主要的诬陷邪恶之事。所以君子得出结论,没有贤德的妇人就应该专心做女工之事,不要干预朝政,这也是孔子的"唯女子与小人为难养也,近之则不孙,远之则怨"的来源和实际意义,那些以美色迷惑男人、干预败坏朝政的事情,历史上层出不穷,商纣王就是因为妲己而亡了商朝。

第五节诗人指出,周幽王的过失就是不重视祭祀,不祭祀天地神灵,不祭祀先祖,就是在其父母死亡之后周幽王都没有哀啼之色,在其父母的丧期就吃肉喝酒、狎昵群小,好多贤者因此而隐退,使周幽王失去了贤臣的辅佐,因而越发无法无天,因而很快地亡了西周。

第六节诗人用"天网恢恢,疏而不漏"告诉我们,当时的周幽王全然不顾道德法度,只知淫乐,所以,人民担心周幽王迟早会得到应有的惩罚,周幽王灭亡之时就是国家灭亡之时,所以人民和诗人心中都很悲哀。

第七节诗人用泉水喷涌不断是因为泉水的源泉很深,比喻诗人的忧愁不断也不是一两天形成的,这是周幽王长期淫乐所造成的。诗人哀叹自己生不逢时,这样亡国亡家的灾难偏偏降在他生存之时,诗人也没有别的愿望,只是祈求天子不要辱没了先祖,要为自己的子孙后代留一个完整的国家。

从最后一节可以看出,作者凡伯哀叹自己生不逢时,哀叹灾难不在他以前发生,也不在他以后发生,偏偏发生在他生活的时代,也可以看出,可能这位周幽王之时的卿大夫凡伯就是周平王之时的凡伯的先祖。这首诗歌所记载的历史事实在《周易》姤卦的文辞中就能得到验证。

召　旻

昊天疾威①,天笃降丧②。瘨我饥馑③,民卒流亡④。我居圉卒荒⑤!
天降罪罟⑥,蟊贼内讧⑦。昏椓靡共⑧,溃溃回遹⑨。实靖夷我邦⑩!
皋皋訿訿⑪,曾不知其玷⑫。兢兢业业,孔填不宁,我位孔贬⑬。

如彼岁旱,草不溃茂⑭,如彼栖苴⑮,我相此邦,无不溃止。

维惜之富不如时⑯,维今之疚不如兹⑰。彼疏斯粺⑱,胡不自替⑲?职兄斯引⑳。

池之竭矣㉑,不云自频㉒。泉之竭矣,不云自中㉓。溥斯害矣㉔,职兄斯弘㉕,不灾我躬㉖。

惜先王受命,有如召公,日辟百里,今之日蹙国百里㉗。於呼哀哉,维今之人,不尚有旧!

●注释

①昊天疾威:昊天:天空,天。疾:急速,迅速。威:威力。②笃(dǔ):诚实,这里是确实之意。③瘨(diān):病,癫痫,发狂。④卒:突然。⑤圉卒荒:圉(yǔ):边境,边疆。卒荒:突然荒凉。⑥罟(gǔ):网,法网。⑦内讧(hòng):集团或家族内部因为权利或利益发生冲突或战争,为内讧。⑧昏椓靡共:昏:昏暗;惑乱;昏聩,糊涂。椓(zhuó)击;宫刑,这里是指太监之类的人。共:通"恭",恭敬;恭维。⑨溃溃回遹:溃溃:昏乱,愤怒。回遹:回:回回,每次,时时;经常。遹(yù):邪僻。⑩靖夷:靖(jìng):动乱;使动乱平定。夷:消除;创伤。⑪皋皋訿訿:皋皋(gāo gāo):皋,原本是水边的高地;皋皋,就是说原本不高却要高高在上。訿訿(zī zī):评论别人的短处,说人坏话。⑫玷(diàn):缺点,错误。⑬贬:贬低;降职,外放。⑭溃茂:溃:毁坏。茂:茂盛。⑮栖苴:栖:栖息。苴(chá):水中的草。⑯维惜之富不如时:是指昔日的周文王、周武王之时周人的太平安乐生活。这句话出自《周易》泰卦和既济卦。泰卦六四爻曰:"翩翩不富以其邻,不戒以孚。"六四爻的意思就是:"要实现天下太平,使民众丰衣足食、欢乐愉快自由自在地生活,就必须以道德治天下,对于不富裕的邻国的人民,也要以德使人心归服。"既济卦六五爻曰:"东临杀牛,不如西邻之禴祭实受其福。"六五爻说:"具有祭祀天地之职的殷商天子,到商纣王之时,其实已经不如只有祭祀宗庙权利的诸侯国西周周文王的作为使人民得到实际的福祉了。"这是指殷商的第三十位君王商纣王,也就是最后一位君王的作为已经完全违背了先祖商汤的德政,使殷商的政治极度衰微。而西周周文王的势力已经非常强大,周文王因为能遵奉先帝先祖的功业,为人民谋求福祉,所以受到人民的拥戴,已经拥有天下三分之二的国土和人民。这一句话的意思就是昔日周人的先祖治理周邦,使当时的殷商不如当时的周邦富裕。⑰维今之疚不如兹:维今之:而现今的西周。疚:久病;疾病;毛病。兹:通"滋",更加。⑱彼疏斯粺:彼:他,他们;那,那样。斯:这样,这。疏:少,稀少;疏诞:荒唐怪诞。粺(bài):卑微的;一种形似稻子的杂草。⑲胡不自替:胡:为什么。替:衰落;衰败;废弃,中止。⑳职兄斯引:职兄:职:官职,官员。兄(kuàng):同"况",十分,更加;况且;何况。引:率领;引领;延长,扩大。㉑竭(jié):干涸,尽,没有了。㉒频:多次,连续;这里就是连续应用,用得太多。㉓自中:自己中断了水源。㉔溥(pǔ):广大,普遍。㉕弘:广大,扩大。㉖不灾我躬:灾:灾害,灾难。我躬:我的身体。㉗蹙(cù):紧缩;减少。

●译文

上天急速地发威风,上天确实降下了丧乱,降下了疯狂的饥荒,人民急速地到处流

亡,我们的边境突然荒凉!

天降下制服罪人的法网,蟊贼内部发生严重冲突。昏聩的阉人那个不恭维,昏乱不堪而又经常邪辟。实是动乱不断颠覆周邦!

高高在上说别人的坏话,就是不曾认识自己错误。我一生虽然很小心勤谨,还是很不安静很不安宁。我的职位被贬遭到外放!

就如那一年遭到了旱灾,草木毁坏而生长不茂盛,就如那栖息在水中的草。我看这久负盛名的邦国,国运没有不毁坏停止的!

昔日先祖之富胜于当时的殷商;今时如久病更不如当年的殷商!那样的疏诞这样的卑微,为什么不自己衰败终止?何况官员这样引领败坏!

大水池的水已完全干涸,不说是自己使用得太多。清清的泉水也完全干涸,不说是自己中断了水源。这样普遍广大的灾害啊!官员更加这样无限扩大,没有灾害不毁坏我身体。

往昔先祖文武接受天命,有如召公样的贤良臣子,每日里开辟国土有百里。如今每日紧缩国土百里。哎哟哎哟哀哉哀哉悲乎!唯有如今那些执政的人,不崇尚往昔先祖的功德!

●评析

一般认为这是凡伯所写的一首指责批评周幽王的诗篇。全诗共分为七节。

第一节指出上天发威风,使灾难流行,使周朝发生饥荒、人民流离失所。其实这个上天就是指周幽王,周幽王失道无德,整日沉湎于淫乐,不理朝政,小人和长舌妇当权,人民当然就要遭遇灾难了。周幽王之时,西岐发生了严重的地震灾害,周幽王不但不安抚关心人民,反而认为这是天灾,他也没有办法,而且在人民遭受灾难时他却忙于为自己寻找美女,这就使人民流离失所,就连边境都遭遇荒凉。

第二节指出,天网恢恢,疏而不漏,虽然发生了天灾人祸,但是天命始终是存在的,周幽王周围的小人发生了内讧,那些小人相互恭维,掩盖自己的错误,胡乱发布政令,这实际就是在毁坏国家社稷,颠覆国家,这些小人们迟早会得到报应的。

第三节指出围绕在周幽王周围的小人们整日高高在上,说别人的坏话,诽谤诬陷别人,从来就不认识自己的缺点。而诗人和那些贤良有德的人整日小心勤谨,不但得不到安宁,反而被贬职流放,这使诗人很悲伤。

第四节诗人指出,他和人民当时遭遇了这种灾难,他们的生活就如当年发生严重旱灾草木受到毁坏一样严重,就如寄生在水中的浮萍草一样漂浮不定,居无定处,人民流离失所,所以诗人说,他看这个国家迟早会要灭亡的。

第五节诗人指出,昔日周文王之治理西岐,使人民的生活发生日新月异的变化,就连《周易》中都有记载。《周易》泰卦六四爻辞就有言:"翩翩不富以其邻,不戒以孚。"六四爻的意思:"要实现天下太平,使民众丰衣足食、欢乐愉快自由自在地生活,就必须以道德治天下,对于不富裕的邻国的人民也要以德使人心归服。"既济卦六五爻有言:"东临杀牛,不如西邻之禴祭实受其福。"六五爻说:"具有祭祀天地之职的殷商天子,到商纣王之时,其实已经不如只有祭祀宗庙权利的诸侯国西周周文王的作为使人民得到实际的福祉

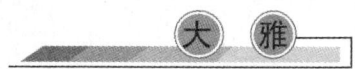

了。"诗人通过将周幽王时期的历史现状与先祖时期的历史现状相比较,认为今不如昔;也就是说,周幽王之时的政治已经不如昔日先王之时,更不如昔日的商朝了。为什么会这样呢?那就是因为有钱的官宦人家和朝廷在人民遭遇灾难时将粮食、钱币掌握在自己手中,不安抚人民,而且那些官员们尽干些荒诞而卑微之事,任意乱来使灾难延伸,人民根本就无法生存。

　　第六节诗人指出池水干涸,那些使用池水的人从来不认为是自己使用太多;泉水干涸,那些使用泉水的人从来不说是自己中断了水源。诗人用这个道理来说明如今的西周之所以发展成为这样子,这些执政者从来不从自己身上寻找原因,而只是一味地扩大灾害,使灾害危害人民和当权者自己。

　　最后一节诗人用新旧之王臣建国功过的对比,指出昔日文武之时有召公、周公等贤臣辅佐,一日内能开辟国土百里,而当今的周幽王任用小人,又频频遭到外寇的侵犯,一日内就能丧失国土百里,这样下去怎能不亡国呢?可是偏偏就是这些亡国者,从来都不喜欢学习崇尚先祖的功德,只是任凭自己的喜好胡乱处理国政,这样下去国家哪里还会不亡呢?其结果是周幽王只做了十一年的西周天子,就将西周的国运彻底葬送,而且自己也彻底灭亡了。

　　这首诗歌所记载的历史事实在《周易》未济卦的文辞中可以得到验证。

颂

颂,是歌颂之意,也就是歌功颂德的意思。它包括《周颂》三十一篇、《鲁颂》四篇和《商颂》五篇三部分,共四十首诗歌。《周颂》是歌颂周文王、周武王、周成王、周康王等先王的诗歌;《鲁颂》是周朝的诸侯国鲁国的诗歌,鲁国是周公的分封国,是歌颂鲁国的明君的诗歌,其实主要颂扬的是鲁僖公的功德;《商颂》是商朝遗留的仅有的五篇诗歌,其主要内容也就是祭祀宗庙之时的颂歌而已。《颂》都是配有音乐和舞蹈的乐歌。

周颂清庙之什

周颂清庙之什,首先是指颂扬周族英明先王的诗篇。而清庙之什,则是指以《清庙》这首诗歌为开头的十首诗歌,包括:《清庙》、《维天之命》、《维清》、《烈文》、《天作》、《昊天有成命》、《我将》、《时迈》、《执竞》、《思文》十首诗歌。

这十首诗歌中有三首是关于周人祭祀先祖时的歌乐,如《清庙》是一首宗庙祭祀的颂歌,一般认为这是周公在洛邑修建成功之时所作的关于周成王祭祀文王的乐歌。《维天之命》一般认为这是周公代周成王摄政六年,天下太平,周公修正礼乐所作的颂扬周文王的歌乐。《维清》是一首祭祀的歌乐,也就是开始祭祀时主持祭祀的司仪宣布祭祀时所用的词语。

还有四首是颂扬周族的先祖后稷、古公、周文王、周武王的诗篇。《思文》是一首颂扬周族的先祖后稷的颂歌。《天作》是一首颂扬周族的先祖太王古公亶父和周文王的歌乐。《烈文》是一首颂扬周文王的颂歌。《时迈》是一首颂扬周武王藏戈收载的歌乐,也是对周武王藏戈收载的历史事实的具体记载。其他三首是颂扬周成王和周康王的诗篇。《昊天有成命》是一首颂扬周成王恭敬地遵奉天命的诗篇。《我将》是一篇周成王祭祀先祖的颂歌。《执竞》是一首颂扬周成王、周康王继承先祖事业的颂歌。

清　庙

於穆清庙①,肃雍显相②。济济多士③,秉文之德④,对越在天⑤,骏奔走在庙⑥,不显不承⑦,无射于人斯⑧!

●注释

①於穆清庙:於穆:於:感叹词。穆:和畅,美好,壮美。清庙:宗庙。②肃雍显相:肃:庄重,严肃。雍:和谐。显:光明;高贵,显赫。相:同"象",形象。③济济多士:济济:众多

的样子。多士:众多官员。④秉文:秉:遵循。文:周文王。⑤对越:对:对着,向着;报答。越:远,远扬。⑥骏:急速。⑦不显不承:不:通"丕",大,盛。显:显扬;传扬。承:这里的"承"应该是"崇",因为在宝鸡方言中承、崇不分,所以承就是尊崇之意。⑧无射于人斯:无射:周景王所铸造的钟名。所以,无射应该是就如钟一样永远长鸣;这里象征的是永远不忘记,永远铭记之意。于:往,去;这里是过去的人,也就是先祖。人斯:这些人。

●译文

呜呼壮观美好的宗庙!庄严和谐显示光明形象。众多众多的各级臣子,遵循周文王的美好品德。报答远在上天的文王,快速地奔走在那宗庙中,盛大显扬极大的传承,永远铭记先祖这样的人。

●评析

这是一首宗庙祭祀的颂歌,一般认为这是周公在洛邑修建成功之时所作的关于周成王祭祀文王的乐歌。诗文从赞美宗庙的壮观美丽、庄严肃穆的形象,到赞美众多的臣子在宗庙中忙碌,来赞美周文王的美德有很多很多人在赞扬继承。最后一句诗文指出,要永远铭记先祖这样的人,永远不忘记,就如警钟长鸣一样,永远将先祖文王的教导记在心中,响在耳旁。这首诗歌所记载的历史事实在《周易》小畜卦的文辞中就有验证。

维天之命

维天之命①,於穆不已②。於呼不显,文王之德之纯!假以益我③,我其收之。骏惠我文王④,曾孙笃之⑤。

●注释

①维天之命:维:只有,唯有。天命:古人效仿太阳有益于于万物生长壮盛、变化不衰的美好功能,而作为自觉自愿为人民谋利益的命令,就如天的命令一样,称之为天命。②於穆:於:感叹词。穆:美好;和畅。③假以益我:假:借,凭借。益:增加。增加我的美德。④骏惠:骏:大,最。惠:仁慈,仁爱,恩惠。⑤曾孙笃之:曾孙:是指周成王,周成王为周文王的孙子,周康王为文王的重孙,这里用曾孙象征子子孙孙。笃(dǔ):笃志,志向专一不变。

●译文

唯有伟大的天命,啊美好而不停止。呜呼不自我显扬,文王之德真纯美!借他增加我美德,我将会得到美德。我最仁慈的文王,子孙笃志继承你。

●评析

一般认为这是周公代周成王摄政六年,天下太平,周公修正礼乐所作。这是周公以子孙的名义赞美周文王不自我显扬的美德,赞美文王的美德纯正,只要我们借鉴学习周文王的美德,我们就会收获美德。诗文最后表示,我最仁慈的文王,你的子孙世代继承你的事业,继承你的美德。

维 清

维清缉熙①,文王之典②。肇禋③,迄用有成④,维周之祯⑤。

●注释

①维清缉熙:清:清明,纯净,太平。缉:聚合,集合。熙:吉祥;光明。②典:法制。③肇禋:肇:开始。禋(yīn):古代祭祀天的名称,禋祭,泛指祭祀。④迄用有成:迄用:迄今沿用。有成:有功。⑤祯(zhēn):吉祥。

●译文

只有太平才是吉祥,这就是文王的法制。开始祭祀!迄今沿用典礼有功,这是我周朝的祥祯!

●评析

这是一首祭祀的歌乐,也就是开始祭祀时主持祭祀的司仪宣布祭祀时所用的词语。祭祀前,奏乐开始祭祀。

诗文指出,周族一直沿用周文王开创的祭祀礼仪。这里应该说明的是,第一句"维清缉熙"笔者解释为"只有太平才是吉祥",这样比较符合文王之典的含义。

烈 文

烈文辟公①,赐兹祉福②,惠我无疆③,子孙保之。无封靡于尔邦④,维王其崇之⑤。念兹戎功⑥,维序其皇之⑦。无竞维人⑧,四方其训之⑨。不显维德,百辟其刑之⑩。於呼前王不忘⑪!

●注释

①烈文辟公:烈:功烈,事业;光明,显赫。文:文王。辟公:天子,这里是指先祖文王。②赐兹祉福:赐:赐给。兹:增长,增加;更加,更多。祉福:福祉,幸福,福气。③惠我无疆:惠:赐予;赠送。无疆:永远没有尽头,没有止境。④无封靡于尔邦:无:不要,没有。封:疆界;边界;封闭,封合;这里是停止的意思。靡:没有。于:到。尔邦:你的邦国。⑤崇:尊崇。⑥戎功:戎:你;戎功:你们的功德。⑦维序其皇之:序:继续,继承。皇:大;盛美,辉煌。⑧竞:竞争,比赛。⑨训:教诲。⑩刑:效仿。⑪前王:先王。

●译文

光明显赫的先祖文王,赐给我们更多的福气。赐给我们福气无止境,子孙后代永远保持它。不要使福气在你邦国停止,只有尊崇先王的功业。怀念先祖伟大的功德,只有继承你辉煌的事业!不竞争的唯有那贤人,天下人都得到了教诲!不显扬者是有德之人,诸侯都效仿你的榜样!呜呼我们的先王永不忘!

●评析

　　这是一首颂扬周文王的颂歌。周文王光明正大、功业显赫,给人民和子孙后代带来了无限的福气,所以歌词指出:不要使文王的功德福气在我的邦国停止,那么就要尊崇文王的功德,继承文王的事业。不竞争攀比的是贤人,文王从不显扬自己的功德,所以天下人都得到了教诲,所有的诸侯都效仿文王的美德,所以对于周文王的功德就应该永远不要忘记!

天　作

　　天作高山①,大王荒之②。彼作矣③!文王康之④。彼徂矣⑤,岐有夷之行⑥,子孙保之!

●注释

　　①天作高山:天作:天造。高山:这里是指岐山。②大王荒之:大王:太王,指周文王的祖父古公亶父,古公亶父开辟了岐山的事业。荒之:占有了它;治理了它。③彼作矣:彼:他,这里是指太王古公。作:开创了它,兴盛了它。④康:平安;繁荣,昌盛。⑤徂(cú):开始,开创。⑥岐有夷之行:岐:岐山。陕西岐山,至今仍称岐山。夷:平坦,平安;愉快,喜悦。

●译文

　　上天造就了岐山,太王占有治理了它!太王兴盛了它啊!文王繁荣昌盛了它!太王开创了它啊!岐山有了平坦的道路可行。子孙永远保护它!

●评析

　　这是一首颂扬周族的先祖太王古公亶父和周文王的歌乐。古公亶父是周文王的祖父,古公亶父带领周族的人民从豳地迁移到岐山,开辟了周族在岐山的事业,古公之子王之父王季在岐山继承其父的事业,文王使先祖的事业得到发扬光大。周文王之时,周族已经占有商朝的三分天下之二,这就说明周文王以他的仁德使周族的事业更加得到了发扬光大。正如《论语》子曰:"三分天下有其二,以服事殷。周人之德,其德可谓至德也已矣。"

昊天有成命

　　昊天有成命①,二后受之②。成王不敢康③,夙夜基命宥密④。於缉熙⑤,单厥心⑥,肆其靖之⑦!

●注释

　　①昊天有成命:昊(hào)天:广大的天。成命:已定的天命。②二后:文王,武王。③成王不敢康:成王:周成王,周武王之子,周文王之孙,西周的第二代天子。康:安乐。

④夙夜基命宥密：夙夜：从早到晚。基命：基：开始。命：天命。基于天命。宥(yòu)：原意是宽容；去侑：去掉局限性，去掉偏见，去掉认识事物的主观偏见；这里应该是"有"。密：通"谧"，安宁。⑤缉熙：缉：太平。熙：吉祥。⑥单厥心：单：单一，这里是专一的意思。厥：他。⑦肆其靖之：肆：明显；非常，极力。靖：安定，平定，恭敬。

●译文

上天有已定的天命，文王武王得到了它。成王不敢自己安乐，日夜基于天命有了安宁。啊天下太平吉祥了，他那专一的心啊！非常恭敬地遵奉天命！

●评析

这是一首颂扬周成王恭敬地遵奉天命的诗篇。我们的先祖效仿乾天有益于万物的美德，将其确定为天的命令，自觉自愿执行天命为天下人民谋利益。周文王、周武王得到了天命，也就是得到了为人民谋利益的权利，周成王日夜严密地执行先祖的德政治理天下，终于实现了天下大治，而使西周太平安乐，这就是周成王专心致志地执行天命、完成先祖事业的结果。

我　将

我将我享①，维羊维牛②，维天其右之③，仪式刑文王之典④，日靖四方⑤，伊嘏文王⑥，既右飨之⑦，我其夙夜，畏天之威，于时保之。

●注释

①我将我享：将：将要。享：供献祭品；祭祀。②维羊维牛：周族祭祀天用专门饲养的黄赤色小牛一头；祭祀先祖用猪牛羊三牲，所以羊羊牛代表了祭祀天的祭牛和祭祀先祖的三牲。③右：保佑。④刑：效法。⑤靖：安定，安抚。⑥伊嘏：伊：这，他，那。嘏(gǔ)：福，福气。⑦飨：奉献祭品。

●译文

我将要祭祀我的先祖们，祭祀用的是牛羊猪三牲，唯有求上天保佑我周族，祭祀的仪式效法文王的法典，能够终日安抚天下人民，那是文王降下来的福气，祈求保佑和享用祭品，我还是日夜都不能懈怠，我畏惧天命神圣的威力，于是就时时刻刻保护它。

●评析

这是一篇周成王祭祀先祖的颂歌。诗文的开始就指出，我将要祭祀我的先祖们，祭祀先祖当然就是指举行宗庙祭祀，这里之所以将"我将我享"解释为"我将要祭祀我的先祖"，就是从所荐献的物品"维羊维牛"和诗文中所祈祷内容的含义而来。因为祭祀天用的是赤牛，祭祀先祖用的是猪牛羊三牲，而诗文只说了牛和羊，牛和羊单独使用不符合祭祀的礼仪，所以应该是牛羊猪三牲，这是宗庙祭祀的基本礼仪。祈求先祖保佑天命长久，祭祀的礼仪效法的是文王的法式。能够安抚天下万民，这是文王带来的福气，为了保护这样的福气，周成王日夜不能懈怠。

时　迈

时迈其邦①,昊天其子之②。实右序有周③,薄言震之④,莫不震叠⑤。怀柔百神⑥,及河乔岳⑦,允王维后⑧,明昭有周⑨,式序在位⑩,载戢干戈⑪,载櫜弓矢⑫。我求懿德⑬,肆于时夏,允王保之。

●注释

①时迈其邦:时迈:时,那时候,当时。迈:行,去;巡行。其邦:他的邦国。②昊天其子之:昊天:天,这里是天子。其子之:就像天爱护儿子。③实右序有周:实:确实。右:保佑。序:统辖。有周:周朝。④薄言震之:薄言:轻言。震之:震动,威力,威势。⑤震叠:几个震动重叠的意思;也就是震动,震惊,镇服。⑥怀柔:安抚。⑦及河乔岳:河:河川。乔:高,高山。岳:高峻的山,这里是指四岳。⑧允王维后:允:诚信;确实;符合。维后:这里是指周文王的后代周武王。⑨明昭:明:英明,明智,光。昭:显示;显扬;彰显。⑩式序在位:式:典范。序:次序继续,继承。在位:在天子之位。⑪载戢干戈:载:开始。戢(jí):收藏兵器。干戈:古代武器。干:盾牌。戈:戟。⑫櫜(gāo):收藏弓箭的箭袋。⑬懿(yì)德:美德。

●译文

那时他巡行他的邦国,像苍天爱护自己的儿子。确实保佑统辖了周朝,轻言巡行的威力威势,没有不震动震惊镇服。安抚祭祀了天下百神,及其河川高山和四岳,周武王确实是好周王,他英明地彰显了周朝,继承天子位做出典范,开始收藏盾牌和方戟,开始用箭袋收藏弓矢,我追求的是美好德行,尽其施布于华夏之地,武王确实保持了美德!

●评析

这是一篇颂扬周武王的颂歌。主要从周武王巡行其他诸侯国,就像爱护子弟一样爱护周朝所属的诸侯国,他的威力征服了所有的诸侯国,而且周武王在推翻商朝后不久就开始收藏兵器,将盾和矛用虎皮包裹,倒着放好,将弓矢装进弓矢袋收藏,将兵车、盔甲收藏到府库之中,不再使用,把战马放到华山之南,不再使用,等等,表示武王不再使用武力,因为战争会使人民受到伤害。周武王藏戈收戢的历史事实在《礼记·乐记》和《周易》小过卦、小畜卦、大有卦中都有记载。

执　竞

执竞武王①,无竞维烈②。不显成康③,上帝是皇④。自彼成康,奄有四方⑤,斤斤其明⑥,钟鼓喤喤⑦。磬筦将将⑧,降福穰穰⑨。降福简简⑩,威仪反反⑪。既醉既饱,福禄来反⑫。

●注释

①执竞:执:持有;执行;治理。竞:强,强劲,刚正。②无竞维烈:无竞:没有强劲。

烈:光明,显赫;威严。③成康:周成王和周康王。④上帝是皇:上帝:先祖,先王。皇:大,伟大。⑤奄有四方:奄:覆盖,包容;这里是统一之意。⑥斤斤其明:斤斤:斤斤计较,这里是明察或者谨慎小心的样子。其明:自己的光明。⑦喤喤(huáng huáng):形容声音洪亮而和悦。⑧磬筦将将:磬筦(guǎn):古代乐器。磬:古代敲击乐器,用玉或石头制成。筦:通"管",竹制乐器。将将:是指敲击磬的声音和吹奏管乐的声音聚合在一起。⑨穰穰(ráng ráng):五谷丰登;这里是福气很多很多。⑩简简:威武盛大的样子。⑪反反:同"繁繁",繁多盛大。⑫反:反复,多次。

●**译文**

治理强劲的是武王,没有他的强劲和刚正,不能显示成王康王,先王先祖就是很伟大。自从那成王和康王,统一了天下四方国家。谨慎自己光明之德,钟鼓声洪亮而且和悦。磬声和管乐声汇聚,降下的福气很多很多,降下的福气很盛大,威严的礼仪繁多盛美,已经酒醉已经吃饱,福气一次一次地来到。

●**评析**

这是一首颂扬周武王、周成王、周康王的颂歌,诗词首先指出了成王、康王是秉承了先祖的功德,要是没有周武王强劲有力地推翻商朝建立周朝,就没有周成王和周康王的功业,周成王在周公、召公的辅佐下实现了天下大治,周康王继承其父周成王的美德,父子二人谨慎小心地治理天下,使天下太平安乐。据《史记·周本纪》记载,在成康时代,有四五十年连刑法都没有了用武之地,说明那时是真正实现了天下太平安乐的大治时代,所以周成王、周康王都是小心谨慎严格要求自己,是以先祖创建的道德治理国家天下的明君,当时也是我国古代真正实现天下太平安乐的时代,所以周成王、周康王的伟大功德值得颂扬,值得记载。这首诗歌所记载的历史事实在《周易》小畜卦的文辞中得到验证。

思 文

思文后稷①,克配彼天②。立我烝民③,莫匪尔极④。贻我来牟⑤,帝命率育⑥。无此疆尔界,陈常于时夏⑦。

●**注释**

①思文后稷:思文:思:思想,思考。文:文献;记载历史的文章;文德;这里是察看后稷的文献。后稷:周族的始祖,他在舜帝时受封于邰地,姓姬,因为他种植五谷,解除了人民的饥饿,而有功于人民。②克配:克:能够。配:匹配。③立我烝民:立:存在,生存。烝民:众多人民。④莫匪尔极:莫:没有,没有谁。匪:不是。极:最,极大。⑤贻我来牟:贻(yí):遗留,赠送。牟(móu):谋取,求取。⑥帝命率育:帝命:这里是指舜帝命令后稷为农官,分封后稷于邰地,姓姬姓,才有了周族。率育:率先养育了周族。⑦陈常:陈列。常:永久,经常。

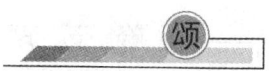

●译文

察看记载后稷的文献,他的美德能够与天匹配。种植五谷使人民生存,没有谁比你的功劳更大。遗留给我们谋取福气,先帝命令率先养育周族。没有你就无周朝疆界,你的功德永久布陈于华夏!

●评析

这是一首颂扬周族的先祖后稷的颂歌,后稷名弃,其父是黄帝的曾孙帝喾,其母是姜嫄。这在《大雅·生民》中就有专门的记载。周人在祭祀天时,配后稷。

后稷从小就喜欢作物农耕、喜欢耕种稼穑,而且非常有成就,在治水其间就教授农人耕种稼穑。在治水成功后,舜帝命后稷为农师,天下人民都得到了利益,人民因此解除了饥饿,所以舜帝分封后稷在邰地,号曰后稷,后人祭祀后稷就是因为他是对人民有功的人。周人祭祀天,也就是郊祭,以后稷配天来祭祀,所以诗中颂扬后稷其德配天。正如《礼记·祭法》曰:"周人禘喾而郊稷,祖文王而宗武王。"这是说:"周代的人宗庙祭祀配以远祖帝喾,郊祭也就是郊祭祭天配以后稷,宗庙祭祀近祖以文王、武王为祭祀对象。"

周颂臣工之什

周颂臣工之什,是指以《臣工》这首诗歌为开头的十首诗歌。它包括《臣工》、《噫嘻》、《振鹭》、《丰年》、《有瞽》、《潜》、《雍》、《载见》、《有客》、《武》十篇诗歌。

这十首诗歌中有两首是颂扬周成王亲耕籍田的诗篇。如《臣工》一般认为这是天子春天籍田而耕,众多臣子紧相随辅助天子耕作之歌,也就是为天子籍田而作的颂歌,尤其是为农官的职责而作。《噫嘻》也是一首颂扬周成王春天亲耕在籍田的颂歌。

还有六篇诗歌是颂扬周成王祭祀先祖的颂歌。《振鹭》一般认为这是周成王祭祀宗庙而有商后氏微子来助祭,这也是对微子的赞美之词。《丰年》是一首颂扬成康之时太平之年祭祀先祖的颂歌。《潜》是一首记载祭祀时进献的自然物品的诗篇。《载见》是一首由诸侯参与祭祀周王先祖的祭歌。《雍》应该是一首祭祀先祖的颂歌,这首诗应该是周成王之时,天下太平安乐,周公兴正礼乐之时所整理的宗庙祭祀的颂歌。《有瞽》是一首和乐祭祀先祖的乐歌。

《有客》一般认为这是被周公分封于宋国的微子前来朝周王,周成王为他饯行时所演奏的歌乐。

《武》则是一首周公颂扬周武王的颂歌,周武王用武力一举推翻了商纣王,也就是文王用文治,武王用武治,没有谁比武王更能强劲有力了。

总之这十首诗歌主要是歌颂周成王功德的诗歌。

臣 工

嗟嗟臣工①,敬尔在公。王釐尔成②,来咨来茹③。嗟嗟保介④!维莫之

春⑤,亦又何求?如何新畬⑥?於皇来牟⑦,将受厥明⑧。明昭上帝,迄用康年⑨。命我众人,庤乃钱镈⑩,奄观铚艾⑪。

●注释

①嗟嗟臣工:嗟嗟:感叹词,"哎呀"之类的感叹词。臣工:应该是指为臣子的各级官员。工:官员。②王釐尔成:王:天子。釐(lí):治理,赐予,给予。尔:你。成:完成。③来咨来茹:咨:咨访,咨询访问。茹:柔软,柔顺。④保介:保界,田官。⑤莫:暮,暮春。⑥畬(yú):开垦过二年的田地。⑦於皇来牟:於:感叹词。皇:大,盛美,好。牟(móu):通"麰",大麦。⑧厥明:厥:它的,他的。明:证明,说明;光明。⑨迄用康年:迄:到,终,终年。康年:安乐年;富足年;繁荣昌盛年。⑩庤乃钱镈:庤(zhì):贮备;这里是准备。钱(jiǎn):古代农具,似铁铲。镈(bó):锄头。⑪奄观铚艾:奄:包括。观:察看。铚(zhì):镰刀。艾:割,收获;美好。

●译文

哎呀这些为臣的官员,敬重你们在公家为官。王给你的事情要完成,来朝廷咨访来表顺服。哎呀你们这些田官啊!这正是那暮春的时节,你们还有什么要求呢?新田熟田如何来耕作?哎呀多么好的大麦种!它将证明今夏好收成。祈求光明昭著的先帝,使我们终年得到康乐。农官命令我们众农人:"准备好铁铲和那锄头,包括察看镰刀好收获!"

●评析

一般认为这是天子春天籍田而耕,众多臣子紧相随辅助天子耕作之歌,也就是为天子籍田而作的颂歌,尤其是为农官的职责而作。天子籍田而作,就是为了教化诸侯和农人喜爱农桑,喜爱稼穑,因为耕种五谷是养活人民、保证人民温饱的头等大事,也是实现天下太平的首要大事,人民的温饱解决了,才能安宁,才能安心从事自己喜爱的事情。所以诗文教导农官,天子命令你所做的事情一定要完成,作为农官就要熟悉季节的变化,熟悉新田和熟田的耕作制度,挑选好良种,要及时教导提醒农人种植好庄稼,养护好庄稼,及时提醒农人准备好适宜的农具,以保证获得丰收,才能实现安康。

噫 嘻

噫嘻成王①,既昭假尔②,率时农夫,播厥百谷。骏发尔私③,终三十里。亦服尔耕,十千为耦④。

●注释

①噫嘻成王:噫嘻:表示惊叹。成王:周成王。②既昭假尔:假同"嘏",福气;假:凭借。昭:明显,光明。③骏发尔私:骏:赶快。发:开发。尔私:你的私田。④十千为耦:十千:万人。耦(ǒu):两人为耦,二人驾驭一耜来耕田。

●译文

哎哟哎哟周成王,已明显地托你的福气,正在率领众农夫,亲自与农人播种五谷。快开发你的私田,总共是三十里的田地,众人随从你耕作,万人成对耕作在田里。

●评析

这是一首颂扬周成王春天亲耕在籍田的颂歌。诗文的词句很简明,因为天子亲自耕种籍田、播种五谷,人民受到鼓舞,当然会尽心尽力耕种,当然就会获得丰收。这里需要说明的是,有的学者认为这些耕田人是奴隶,这种看法是不正确的,因为西周之时的奴隶来自于战犯,这些战犯都有适合自己的工作,而且周成王之时是太平安乐的大治之时,没有战争,当然就不会有这么多奴隶了,而且诗文明确指出周成王率领的是农夫,农夫和农官以及各级官员都在籍田,而且是两个人驾耜耕作,而不是奴隶。

振 鹭

振鹭于飞①,于彼西雝②。我客戾止③,亦有斯容。在彼无恶,在此无斁④。庶几夙夜⑤,以永终誉。

●注释

①振鹭于飞:振:奋起;振动。鹭(lù):白鹭。于:在,到。②雝(yōng):同"壅",壅塞,这里是指水泽之地。③戾止:戾(lì):通"莅",莅临,戾止:到来。④斁(yì):厌恶。⑤庶几夙夜:庶几:几乎是。夙夜:从早晨到夜晚。

●译文

白鹭振翅在高飞,在那西边的水泽地。我有客人莅临了,也有这样美的仪容。在那里没有恶迹,在这里没有人厌恶。几乎从早到夜晚,以求永远保持美誉。

●评析

一般认为这是周成王祭祀宗庙而有商后氏微子来助祭,这也是对微子的赞美之词。据《史记·宋微子世家》记载,微子是商纣王的同父异母的兄弟,商纣王无道失德,微子劝谏不听,微子被逼迫逃离商朝,周武王推翻了商朝后,微子以商朝的祭器跪求周武王保存商朝的祭祀,周武王封商纣王之子武庚禄父继承商朝宗庙的祭祀,并恢复了微子的身份,后来武庚禄父反叛,周公诛杀武庚禄父,又分封微子继承商朝的祭祀,分封国为宋国,微子因为素有贤德,受分封后深受商朝遗民的爱戴。所以这首诗指出,这位客人在什么地方都能得到人民的喜爱,从早到晚都努力保持美誉。

丰 年

丰年多黍多稌①,亦有高廪②。万亿及秭③,为酒为醴④,烝畀祖妣⑤,以洽百礼⑥,降福孔皆。

●注释

①多黍多稌:黍:小米,糜子。稌(tú):稻谷。②廪(lǐn):粮仓。③万亿及秭(zǐ):万万

为亿,亿亿为秭。这里是形容粮食很多很多有万万有亿万。④醴(lǐ):甜酒。⑤烝畀祖妣:烝:天子诸侯冬季祭祀宗庙的礼仪叫烝。畀(bì):给予,献给。祖妣:祖:先祖。妣:死去的母亲。⑥洽:和洽,和谐;周遍。

● 译文

丰收年多的是小米稻谷,也有很高大的粮仓。积存粮食有万万和亿亿。酿造白酒酿造甜酒。冬祭时献给皇祖和祖妣,以使各种礼仪周遍,以求先祖降下很多福气。

● 评析

这是一首颂扬成康之时太平之年祭祀先祖的颂歌。丰收之年,太平康乐,五谷丰登,高大的粮仓里储存满了粮食,粮食多了,吃不完,就用来酿酒。酿出美味的白酒和甜酒,在祭祀先祖时进献给先祖,让先祖父母都能享受到丰收的喜悦,从而给万民降下更多的福气。

有 瞽

有瞽有瞽①,在周之庭。设业设虡②,崇牙树羽③,应田县鼓④,鞉磬柷圉⑤。既备乃奏,箫管备举。喤喤厥声⑥,肃雝和鸣⑦。先祖是听,我客戾止,永观厥成。

● 注释

①有瞽:瞽(gǔ):瞎子,古代以瞎子为乐师,所以瞽就是乐师的象征。②设业设虡:设业:业:木板。设立木板。虡(jù):木架。③崇牙树羽:崇牙:设置在木板上像牙齿一样的挂东西的一排铁钉,可以悬挂钟鼓。树羽:装饰彩色羽毛。④应田县鼓:应田:应:小鼓,有四足,也叫足鼓。田:大鼓。县鼓:悬挂起来的鼓。⑤鞉磬柷圉:鞉(táo):一种小摇鼓,也叫拨浪鼓。磬:玉制的击打乐器。柷(zhù):一种木制乐器名,状如方桶,击打柷是奏乐开始。圉(yǔ):木制乐器,状似伏虎,击打圉则表示奏乐结束。⑥喤喤厥声:喤喤:形容乐声洪亮和谐。⑦肃雝和鸣:肃雝:肃:庄重。雝:和谐。和鸣:和悦响亮。

● 译文

有乐师啊有乐师,在周朝的宗庙中。立起木板和木架,崇牙上设置羽毛。小鼓大鼓悬挂好,摇鼓磬柷和圉器,已经齐备就奏乐,箫乐管乐齐奏起,这洪亮的奏乐声,肃穆和谐又响亮。我的先祖来享用,我有客人莅临了,观赏直到礼乐毕!

● 评析

这是一首和乐时代祭祀先祖的乐歌。这首诗的特点,主要就是对祭祀时使用的各种乐器的名称做了介绍。西周时代的乐器有钟鼓乐,鼓有大鼓、小鼓、拨浪鼓,有钟、磬、柷、以及圉,还有箫和各种管乐。这么多乐器合奏,演奏出来的歌乐和谐而肃穆,所有前来参加祭祀或者观看的人都被这肃穆、庄严、和悦的奏乐感动,所以没有人中途退场,而是一直恭敬地等到奏乐祭祀完毕,这充分说明人民很文明而有礼仪。

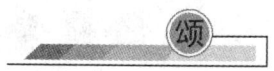

潜

猗与漆沮①,潜有多鱼②。有鳣有鲔③,鲦鲿鰋鲤④。以享以祀,以介景福。

●注释

①猗与漆沮:猗(yī):依靠。漆沮:岐山以北的二条河流,古公亶父从豳地度过漆水和沮水而来到了岐山,豳地在岐山之北,那么漆沮二条河流也应该在岐山之北。②潜有多鱼:潜藏有很多鱼类。③有鳣有鲔:鳣(zhān):大鲤鱼。鲔(wěi):鲟鱼。④鲦鲿鰋鲤:鲦(tiáo):白条鱼。鲿(cháng):黄颊鱼。鰋(yǎn):鲇(nián)鱼。鲤:鲤鱼。

●译文

依靠漆河与沮河,潜藏有很多鱼类。有大鲤鱼和鲟鱼,鲦鲿鰋鲤鱼齐全。用作祭祀进献物,以求先祖降大福。

●评析

这是一首记载祭祀时进献的自然物品的诗篇,其主要特点就是对祭祀时所荐献的鱼类的品种做了详细的介绍。古代祭祀先祖时可以将天地间所产的自然物品应有尽有地荐献给先祖,而且所荐献的物品各有称名,荐献的鲜鱼称之为"脡祭"。这里将从漆水、沮水捕来的各种鱼,如大鲤鱼、鲟鱼、鲦鱼、鲿鱼、鰋鱼、鲤鱼等品种繁多的鱼荐献给先祖,而且因为周族的先祖古公亶父是渡过漆河与沮河而来到了岐山,所以用漆河与沮河所出产的鱼类荐献给先祖,祭祀先祖,让先祖如同又回到了漆河沮河。同时我们也可以看出古代只要有河流的地方就有鱼类的存在,而且各种鱼类齐全,种类繁多,应有尽有,鱼类不像现在一样的自然产地只有大江湖海,这也使我们对古代物产丰富的西周之地有所了解。

雍

有来雍雍①,至止肃肃②。相维辟公③,天子穆穆④。於荐广牡⑤,相予肆祀⑥。假哉皇考⑦,绥予孝子⑧。宣哲维人⑨,文武维后。燕及皇天⑩,克昌厥后⑪。绥我眉寿⑫,介以繁祉⑬。既右烈考⑭,也右文母⑮。

●注释

①有来雍雍:有来:要来这里。雍雍:和谐大方。②至止肃肃:至止:来到后。肃肃:恭敬严肃。③相维辟公:相:帮助,辅助;主持祭祀礼仪的人或者来参加祭祀的人。辟公:诸侯。④穆穆:仪表美好,举止端庄。⑤於荐广牡:荐:荐献。广牡:祭祀先祖时荐献的三牲,猪牛羊三牲齐全为广牡。⑥肆:陈列。⑦假哉皇考:先祖的假身树立在宗庙中,这里是面对先祖的假身,或者是面对假扮先祖之身的父尸。⑧绥(suí):安抚关怀。⑨宣哲:明哲的人。⑩燕及皇天:燕:安逸,安乐。及:到,达到。皇天:上天。⑪克昌厥后:克昌:能

够昌盛。厥：乃，就。后：后代，子孙后代。⑫眉寿：长寿。⑬繁祉：很多福祉。⑭既右烈考：右：崇尚，尊敬，重视。烈考：死去的先祖的美称。⑮文母：文王之母，这里是指文王之母、文王的祖母、文王之妻，她们都是有贤德的妇人。

● 译文

要来这里就要和谐大方，来到后就要严肃恭敬。参加祭祀礼仪的是诸侯，天子威仪庄重而美好。荐献猪牛羊雄牲来祭祀，帮助我陈列祭祀物品。面对先祖的假身祈祷说：安抚关怀我这个孝子。明哲的只有那贤能的人，文王武王是你的后代。他们安逸地升到了上天，就能够昌盛子孙后代。安抚赐福我们子孙长寿，赐给子孙很多的福气。既崇尚我们的众位祖父，又崇尚我们众位祖母。

● 评析

这应该是一首祭祀先祖的颂歌。这首诗应该是周成王之时，天下太平安乐，周公兴正礼乐之时所作的宗庙祭祀的颂歌，也是对宗庙祭祀的大概礼仪的记载。宗庙祭祀时有诸侯参加，天子主祭，诸侯助祭。宗庙中有先祖的神位，也就是先祖的假身树在宗庙之中，同时还有由先祖的孙子假扮皇父的父尸，用来教化后代如何尽孝敬之礼，所以主祭人，也就是天子自己就要面对假扮皇父的儿子向先祖说祝词，还要向父尸进献酒，举行叩拜礼仪，祈求先祖赐福给子孙后代。最后指出，周族的事业之所以能够成功，不但有众位皇父的功劳，还有众位皇母的功劳，周族的众位皇母是国人效仿的榜样，周家母仪闻名天下。这首诗歌所记载的历史事实在《周易》晋卦的文辞中可以得到验证。

这里将"於荐广牡"解释为"荐献猪牛羊雄牲"，这就是"广牡"之意，因为是宗庙祭祀，就要荐献猪牛羊三牲，若是祭祀天地就荐献小公牛一头。

载 见

载见辟王①，曰求厥章②。龙旂阳阳③，和铃央央④。鞗革有鸧⑤，休有烈光⑥。率见昭考⑦，以孝以享。以介眉寿，永言保之，思皇多祜⑧，烈文辟公，绥以多福，俾缉熙于纯嘏⑨。

● 注释

①载见辟王：载：开始，初次。辟王：天子。②曰求厥章：曰求：说是。厥：那个，这里是指礼仪。章：规章。③龙旂阳阳：龙旂(qí)：绘有龙的旗子。阳阳：色彩鲜明。④和铃央央：和铃：二种铃，和与鸾之声，车上的铃声为和，旗子上的铃声为铃。央央：相互央显。⑤鞗革有鸧：鞗(tiáo)革：皮革马笼头。鸧：马笼头上的金饰有光彩。⑥休有烈光：休：美好。烈光：光明，光亮。⑦率见昭考：率见：率领前来拜见。昭考：显明先祖的功德。⑧思皇多祜：思：思考，想。皇：大。祜(hù)：福，福气。⑨俾缉熙于纯嘏：俾：使。缉：聚合。熙：多，多种。纯嘏(gǔ)：纯美的福气。

● 译文

初次朝见周朝天子，说是礼仪要合乎规章。多面龙旗色彩鲜亮，和与鸾铃声相互央

显。马笼头饰物有光彩,饰物美丽而且又鲜亮。率领前来彰显先祖,用那孝心来祭祀先祖,以求赐给子孙长寿,说永远保护周朝江山。想那先祖有大福气,我们的诸位先祖烈公,赐给子孙很多福气,聚合多种纯美的福气。

●评析

这是一首记载诸侯参与周王宗庙祭祀的祭歌。这首诗歌的特点就是对参加祭祀的诸侯的美好强大阵容作了介绍,以诸侯的口吻来述说这些诸侯参与宗庙祭祀的礼仪。诸侯参加宗庙祭祀礼仪,特别突出了自己的车马人礼仪合乎规矩,那么诸侯本人的礼仪就更不会含糊。因为他们的车马仪仗都那么庄重盛大,诸侯的礼仪当然就更不用说了。诗文同时记载了祭祀过程中周王与诸侯一起向先祖表示自己的孝心,这也是祭祀的目的所在,不忘记先祖的恩德,要永远保护周朝的江山万寿无疆,而且要托先祖之福,使子孙后代得到更多的福气。

有　客

有客有客,亦白其马。有萋有且①,敦琢其旅②。有客宿宿③,有客信信④。言授之絷⑤,以絷其马。薄言追之⑥,左右绥之⑦。既有淫威⑧,降福孔夷⑨。

●注释

①萋(qī):萋斐,锦帛上文彩交错的样子。②敦琢其旅:敦琢:雕琢玉石,这里是指对自己的随从雕琢得有礼仪。旅:众,指众随从。③宿宿:住一夜。④信信:住二夜。⑤言授之絷:言:说。授:交给,给;传授;受职。絷(zhí):拴,捆;拘禁;马缰绳。⑥追:挽救;挽留。⑦绥(suí):安抚。⑧淫威:淫:过度,这里是"大"的意思。威:威力,威严。⑨降福孔夷:降福:赐给福气。孔:很,大。夷:喜悦;平安。

●译文

有客人有客人来了,也有白马来驾车乘。锦衣有文彩且盛美,众随从也很有礼仪。来客住了一天一夜,来客住了两天两夜。说是拿根绳索给他,用来拴住他的白马。少说也要挽留几日,他的左右也要安抚。他既有巨大的威力,赐他大福祝他平安。

●评析

一般认为这是被周公分封于宋国的微子前来朝见周王,周成王为他饯行时所演奏的歌乐。也有人认为这是周天子为来朝的诸侯或使者饯行的歌乐。诗文的内容简要明白,就是对所来客人的赞美之词,因为客人很有文采,所以就要多留客人几天;其次就是要赏赐客人,祝福客人安康。

武

於呼武王,无竞维烈。允文文王,克开厥后①。嗣武受之②,胜殷遏刘③。

耆定尔功④!

● 注释

①克开厥后:克:能够。开:开创。厥后:他后人。②嗣武受之:嗣武:继承武王。受之:接受先祖的事业。③胜殷遏刘:胜:优美的。殷:众多。遏(è):遏制。刘:杀戮。④耆:同"嗜",嗜好,喜好。

● 译文

呜呼伟大光明的周武王!没有谁比他更强劲刚正了。他确实光大了文王之德,能够为他的后人开创事业。继承武王接受先祖德业,用很多美好的事遏制杀戮。把喜好定在你的功业上!

● 评析

这是一首周公颂扬周武王的颂歌,周武王以武力一举推翻了商纣王,也就是文王用文治,武王用武治,没有谁比武王更强劲有力了,因为他一举兵就推翻了统治了近六百年的商朝,而且这也是实现了周族先祖的遗愿。据《史记·周本纪》和《礼记·乐记》记载,周武王从一开始就牢记先父文王的遗愿,也就是在时机适宜时灭商建周,周武王在其在位十二年的甲子日举兵一举实现了灭商纣王、建立周朝的愿望,为后人开创了事业,周武王革命成功之后,马上就解散军队,将用于战争的牛马溃散于华山之阳,车甲兵器收藏于府库不用,干戈包之于虎皮收藏,将帅之士使为诸侯,一心不再发动战争,一心要实现天下太平安乐的宏愿,一心要将喜好用在发展自己的功业上,这就是武王之德,也是后世人永远学习纪念的美德。这首诗歌所记载的历史事实在《周易》大有卦的文辞里可以得到验证。

周颂闵予小子之什

周颂闵予小子之什,是以《闵予小子》这首诗歌为开头的最后十一首诗歌,包括《闵予小子》、《访落》、《敬之》、《小毖》、《载芟》、《良耜》、《丝衣》、《酌》、《桓》、《赉》、《般》十一首诗歌。这十一首诗歌中,有四首是周成王的自勉诗,如《闵予小子》,一般认为这是周成王继位于祖庙而作的自勉之诗;《访落》这首诗应该是周成王七年,周公修建洛邑成功,周成王向周公询问洛邑修成将要举行祭祀典礼的情况的颂歌;《敬之》应该是周成王的自勉诗,周成王作为一代明君能够时时自勉,谨记以天命治国的道理;《小毖》也是周成王所作的自勉诗。

有两首诗歌是对周成王亲耕籍田的颂歌,如《载芟》是一首天子亲耕籍田,赞美众农人辛勤劳作,连续多年大丰收,收获的粮食多得没处收藏的颂歌;《良耜》也是一首颂扬人民在天子的籍田中辛勤劳作的诗篇,当然也是颂扬了周成王、周康王时代天下太平安乐的美好景象。

《丝衣》则是一首颂扬祭祀之礼进行过程中参加祭祀的所有人都能以严格的礼仪对

待祭祀的诗篇。

还有三首诗歌是颂扬周武王的颂歌，如《酌》是一首颂扬周武王通过韬光养晦而以英武之师伐商纣王一举成功的颂歌；《桓》是一首颂扬周武王的颂歌，颂扬了周武王伐纣建周之后，天下四方安定，连续多年获得大丰收，使天下和乐太平的功德。天下人就是见证，也可以说皇天就是见证。《赉》是一首周武王赏赐有功之臣的颂歌。

《般》是一首周天子巡守四岳的颂歌。

闵予小子

闵予小子①，遭家不造②，嬛嬛在疚③，於呼皇考，永世克孝！念兹皇祖④，陟降庭止⑤。维予小子，夙夜敬止。於呼皇王，继序思不忘⑥！

● 注释

①闵予：闵：爱怜，怜悯，可怜。予：我。②遭家不造：遭：遭遇。家：家中。造：造化，福分。③嬛嬛在疚：嬛嬛（qióng qióng）：孤独，没有兄弟。疚：忧心，心中痛苦。④兹：这，更加。⑤陟降庭止：陟：登，升。降：下降。庭止：朝廷上。⑥继序思：继序：继：继承。序：次第。这里是继承武王的功业。思：思念。

● 译文

可怜我这个小子啊！家中遭遇不幸没福分，孤独的痛苦在心中，呜呼我的那先祖皇父，永世能够尽孝在身，更加思念我的皇祖考，升降在我的朝廷上，只有我这可怜的小子，早晚敬慎小心不止，呜呼我的那先祖皇父，继承先祖永思不忘！

● 评析

一般认为这是周成王继位于祖庙而作的自勉之诗。周武王病逝时，周成王尚在年幼之时，周成王为周武王之子，周成王继位后，因为年幼（有资料说周成王那时才12岁），周公代成王摄政达七年，七年时周公还政于成王，成王正式摄政后的第一件事就是命令周公、召公监理修建洛邑，所以说这是周成王即位时的伤感之作，也是无可置疑的。

诗文以无比伤感的心情表示了自己对先祖先父的思念之情，表示了自己永远继承先祖先父的事业的决心。关于周成王继位修建洛邑之事，在《尚书》的《召诰》和《洛诰》中均有记载，在《周易》升卦和巽卦中可以得到验证。

访 落

访予落止①，率时昭考②。於呼悠哉③，朕未有艾④。将予就之⑤，继犹判涣⑥。维予小子，未堪家多难⑦。绍庭⑧上下，陟降厥家。休矣皇考⑨，以保明其身。

● 注释

①访予落止：访：询问；拜访。落止：宫室刚筑成时举行的祭祀典礼。②昭考：昭：显

扬：彰显，光明。考：先祖。③悠哉：遥远啊！④朕未有艾：朕：我，天子的自称。未有：没有。艾：美好。⑤将予就之：将：将要。予：我。就：成就，完成。⑥继犹判涣：继犹：继续，继而。犹：谋划。判：裁决，分辨。涣：盛大。⑦未堪：堪：经得起；能够，可以。未堪：未能够。堪家：看家，守护国家。⑧绍庭：继承在朝廷。⑨休：美善，喜庆。

●译文

我询问洛邑典礼的情况，到时率先彰显先祖之德。哎哟！洛邑非常遥远啊！我没经过这样美好的事。我将很好地完成这件事，继而要谋划裁决大事情。只有我这个幼稚的小子，未明白守护国家有多难？世代继祖业于朝廷上下，升降在这个国家的朝廷，多美好啊我的先祖先父，使我永远保证光明自身。

●评析

这首诗应该是周成王七年，周公修建洛邑成功，周成王向周公询问洛邑修成后将要举行的祭祀典礼的情况的颂歌。周公要求成王率领官员前往洛邑参加祭祀典礼，周成王当时就有嫌太远的意思。从《尚书·洛诰》一文中就能了解《访落》这篇诗文的意思，也就是成王向周公询问洛邑落成典礼的情况后，周公对成王所说之话进行了教导，或者是诗人或者是周公从成王与周公的对话中感慨而作的诗文，这也是对成王的赞美颂扬之词。当然笔者的认识不一定正确，研究者和喜爱《诗经》的读者在研究这篇诗文时，不妨仔细研读一下《尚书·洛诰》一文，也许能得到更大的收获。

敬 之

敬之敬之①，天维显思②。命不易哉！无曰高高在上！陟降厥士，日监在兹③。维予小子，不聪敬之④？日就月将，学有缉熙于光明⑤。佛时仔肩⑥，示我显德行。

●注释

①敬：恭敬；尊敬；严肃，慎重。②天维显思：天维：唯有天。显思：显示出。③兹：这里。④不聪：聪：聪明，有智慧；同"从"，从心。⑤缉熙：缉：太平。通"辑"，聚集；和睦。熙：吉祥；很多。⑥佛时仔肩：佛时：佛，同"弗"，不。佛时：不时，时刻，经常。仔肩：责任，负担。

●译文

恭敬啊严肃慎重啊！唯有天显示出美德！实施天命不容易啊！不说自己高高在上！升降在朝廷的众士，每日都监视着这里。只有我这幼稚小子，无不从心敬慎敬重，日将落月亮就升起，学习聚集很多光明。时常明视自己责任，以显示我美好德行。

●评析

这应该是周成王的自勉诗。周成王作为一代明君，时刻明视自己肩上的责任，他明白实施天命治天下的不易，他明白那些升降在朝廷的贤臣时刻监视着他的行动，所以他就要像太阳月亮一样,学习太阳月亮将光明温暖播散给万物的美德,尽心尽力、全心全意将周朝的事业放在首位,不显示自己高高在上,因为知道实施天命治国不容易,所以就要努力向乾天学习美德,以显示自己的美德。从这首诗歌我们就更加明白天命的意义和来源,效法日月光明照耀万物的美德为人民作益事、为人民谋利益就是执行天命。

小 毖

予其惩而毖后患①!莫予荓蜂②,自求辛螫③。肇允彼桃虫④,拼飞维鸟,未堪家多难?予又集于蓼⑤。

● 注释

①惩而毖后患:惩前毖后防止祸患。②荓(píng)蜂:扰动蜂群。③辛螫:辛辣的蜂螫。④肇允:肇:开始,肇事。允:相信,信服。桃虫:鹪鹩(jiāo liáo)鸟,体长约三寸,羽毛赤褐色,以桃树上的昆虫为食物。⑤集于蓼:集于:聚集在。蓼(liǎo):蓼草,生长在水边,味辛辣,这里比喻辛苦。

● 译文

我将惩前毖后防止祸患,就如我自己扰动蜂群,自己寻求让辛辣的蜂螫。开始相信那些鹪鹩鸟,拼命飞翔的唯有那鸟儿。未明白守护国家多难?我如聚在蓼草上样辛苦!

● 评析

这是周成王所作的自勉诗。这首诗的主要意思就是周成王想要惩前毖后,治病救人,防止危害周朝的祸患发生,是多么地困难;要纠正那些不符合国家和人民利益的人和事,就如扰乱蜂群一样,有不少麻烦,其中的酸辣苦甜只有他自己明白。所以他从那小小的鹪鹩鸟为了生存而拼命飞翔,明白了即使再艰难也要拼命坚持到底的道理,因为小小的鹪鹩鸟尚且如此,何况他是肩负重任、维护国家利益的周天子,所以他说他自己就如钻到蓼草之中,那辛辣的味道实在只有他知道,最终他还是惩前毖后,终于实现了天下大治。

载 芟

载芟载柞①,其耕泽泽②。千耦其耘③,徂隰徂畛④。侯主侯伯⑤,侯亚侯旅⑥,侯彊侯以⑦。有嗿其馌⑧,思媚其妇⑨,有依其士⑩,有略其耜⑪,俶载南亩⑫。播厥百谷,实函斯活⑬。驿驿其达⑭,有厌其杰⑮。厌厌其苗,绵绵其麃⑯。载获济济⑰,有实其积⑱,万亿及秭⑲,为酒为醴,烝畀祖妣,以洽百礼。有飶其香⑳,邦家之光。有椒其馨㉑,胡考之宁㉒。匪且有且㉓,匪今斯今㉔,振古如兹㉕。

● 注释

①载芟载柞:载:开始。芟(shān):锄草。柞:砍掉树木。②泽泽:湿润的土地。③千

耦其耘:耦(ǒu):二人并肩耕作。千耦,就是二千人。④徂隰徂畛:徂:到。隰:低洼而潮湿的土地。畛(zhěn):田间小路,田埂。⑤侯主侯伯:侯主:侯,一般认为是助词,无实际意义。主:家长。伯:大儿子。⑥侯亚侯旅:侯亚:二儿子。侯旅:众人。⑦侯彊侯以:彊:疆界,地界;划定田界。以:使用;率领。⑧有嗿其馌:嗿(tǎn):众人的吃饭声。馌(yè):送饭。⑨思媚:思:思念不忘。媚:美好。⑩有依其士:有依:有依恋,依靠。士:男士。⑪有略其耜:略:疆界,这里是地界。耜(sì):古代的一种农具,形似锹。⑫俶载南亩:俶(chù):开始。俶(chù):善,美好,这里是仔细。载:开始。南亩:天子之田。⑬实函:实:果实,种子。函:包容,容纳,这里是种子饱满。⑭驿驿其达:驿驿(yì yì):长势旺盛。其达:其:禾苗。达:通,透,整齐。⑮有厌其杰:厌:满足;饱满;引申苗壮。杰:高大。⑯绵绵其麃(biāo):绵绵:细密,详密。麃:同"穮(biāo)",锄草,耘田。⑰载获济济:载获:开始收获。济济:众多;美好。⑱有实其积:有实:的确果实。积:堆积。⑲万亿及秭:万万为亿,亿亿为秭,这里形容粮食很多。⑳馝(bì):同"苾",芬芳,芬香。㉑有椒其馨:椒:一种香料。馨(xīn):芳香。㉒胡考:胡:怎么。考:老人。㉓匪且有且:不但这里是这样,而且其他地方也是这样。匪:不是,不但。且:况且,再说。㉔匪今斯今:匪今:不是今年丰收。斯今:这几年丰收。㉕振古如兹:振:振动,振奋;同"真"。古:古人,古代。兹:现在;这个。

●译文

开始锄草开始砍倒树木,开垦耕种那湿润的土地。两千人成对在田间耕耘,耕地耕到低处耕到田埂,诸位耕田的家长和兄长,诸位耕田的弟子和众人,划定田界率领众人耕作。众人吃饭送饭在田地里,思念不忘那美好的妇人,她们依靠这些美好男士,有的在地界里整理那耜,开始仔细耕种天子之田。在田地中播种各种谷物,种子饱满就能禾苗茁壮。禾苗齐齐长势非常旺盛,有的禾苗特别茁壮高大,禾苗茁壮齐整多么美好,仔细耐心地锄草又耘田。开始收获果实实在很多,多得确实堆满了打谷场,粮食多得有万万和亿亿。开始酿造白酒酿造甜酒。冬祭时献给皇祖和祖妣,以使礼仪周遍符合周礼,祭祀的香酒有多么芬芳,这是周邦的荣光和荣耀。椒酒芳香香气多么浓郁,怎么能不使老人得安宁?不但丰收况且是大丰年,今年又连续丰收,真是古代也不会如现今。

●评析

这是一首赞美众农人在天子的籍田辛勤劳作的欢乐场景,以及连续多年大丰收,收获的粮食多得没处收藏的颂歌。诗文描写了从开辟整理天子籍田的田地,到耕种田地时那壮观热闹的场面,以及上千男女农人在田间耕作、播种、锄草,到庄稼丰收收获的粮食有万万亿亿,到用多余的粮食酿酒,到天子亲自祭祀先祖的过程,颂扬了周成王之时天下太平安乐的美好景象,颂扬了周王丰收安乐不忘先祖、及时祭祀先祖的各种美好的礼仪。

这首诗歌其实就是对周成王之时实现了天下太平安乐之历史事实的记载和颂扬。从这首诗歌更可以看出西周大治之时,在田间耕作的人就是众多男女农夫,而不是奴隶。

良 耜

畟畟良耜①,俶载南亩②。播厥百谷,实函斯活。或来瞻女③,载筐及筥④,其饟伊黍⑤,其笠伊纠⑥,其镈斯赵⑦。以薅荼蓼⑧,荼蓼朽止⑨,黍稷茂止,获之挃挃⑩,积之栗栗⑪,其崇如墉⑫,其比如栉⑬。其开百室⑭,百室盈止⑮,妇子宁止。杀时犉牡⑯。有捄其角⑰,以似以续⑱,续古之人⑲。

●**注释**

①畟畟良耜:畟畟(cè cè):锋利的样子。耜(sì):翻土的农具,犁头之类的农具。②俶载南亩:俶(chù):善,美好。载:开始。南亩:天子之田或者向阳的土地。③瞻女:瞻:看望,前来观看。女:你。④筥(jǔ):圆形竹器。⑤其饟伊黍:饟(xiǎng):同"饷",给在田间劳作的人送饭;粮饷。黍:黄米饭。⑥其笠伊纠:笠:斗笠。伊:彼,他。纠:纠结,绑,这里是指斗笠的带子系在项下。⑦其镈斯赵:镈(bó):锄头。赵:照,这里是照着地上锄草,也就是朝着地上。⑧以薅荼蓼:薅(hāo):锄草。荼蓼:荼:陆生野草。蓼:水生杂草,气味辛辣。这里是指杂草。⑨朽止:干枯腐烂。⑩挃挃(zhì zhì):镰刀割禾杆的声音。⑪积之栗栗:积:堆积。栗栗:众多的样子。⑫崇墉:崇:高。墉:城墙。⑬其比如栉:比:排列紧密。栉(zhì):梳子齿。⑭百室:上百粮仓。⑮盈止:装满。⑯犉牡(chún mǔ):七尺长的公牛。⑰有捄其角:捄:长而弯曲的角。⑱以似以续:似:同"嗣",继承。续:持续不断。⑲续:继承。

●**译文**

锋利的犁头耕地多么好,开始仔细耕种天子之田。在田地中播种各种谷物,种子饱满就能禾苗茁壮。或者有人来田头看望你,拎着方框子或者圆筐子,他们给你送来了黄米饭,将斗笠的带子系在项下。他用锄头朝着地上用力,除掉那些没有用的杂草。那些杂草全部干枯腐烂,各种谷物长得非常茂盛,镰刀收割庄稼挃挃的响,收获的谷物堆积实在多,一堆堆的禾垛高如城墙,排列紧密得就如梳子齿。打开了上百个储粮仓库,上百个粮仓个个装满粮,妇人孩子这时都很安闲。宰杀已长到七尺的公牛,一对弯弯的牛角长又长,继承祭祀礼仪持续不断,继承了古人的美好传统!

●**评析**

这是一首颂扬人民在天子的籍田中辛勤劳作的诗篇,当然也颂扬了周成王、周康王时代天下太平安乐的美好景象,颂扬了开始耕种之时挑选良种、用心播种,以及长出的禾苗茁壮茂盛的情景;颂扬了男人们种植禾嘉在田间,妇女儿童提着各种式样的筐子为辛劳者送饭菜到田间的情景。人民劳动的热情很高涨,终于取得了大丰收,收获的禾稼堆积如城墙一样高,打下的粮食装满了数百个粮仓,充分说明了当时天下农业获得大丰收,所有农田都获得了大丰收,大丰收之后人民生活安定和乐。从诗文宰杀公牛的内容分析,好像是祭祀天地的礼仪,那么也就是丰收之后就要准备祭祀天地田祖的活动,祭祀天地田祖所杀的公牛长达七尺,那么祭祀的礼仪当然会隆重而热烈。诗文最后指出,继承

了古人的美好传统,这里当然不只是指祭祀礼仪,还包括耕种禾稼的各种经验,包括天子实实在在地继承了先祖的治国之道。只有天子实实在在地继承先祖创建的天命,治理天下,人民才会得到利益,天下才会太平安乐,天平安乐的前提当然是人民丰衣足食了,大丰收就标志着天下太平安乐,这是对周成王、周康王之时西周的美好社会状况的真实记载。试想那时的社会该是多么美好和谐啊!

丝 衣

丝衣其紑①,载弁俅俅②。自堂徂基③,自羊徂牛。鼐鼎及鼒④,兕觥其觩⑤,旨酒思柔⑥。不吴不敖⑦,胡考之休⑧!

● 注释

①丝衣其紑:丝衣:丝绸衣服。这里是指祭服。紑(fóu):衣服色彩鲜明。②载弁俅俅:载:戴。弁(biàn):皮帽。俅俅(qiú qiú):恭顺的样子。③自堂徂基:堂:厅堂,太庙。徂(cú):到。基:台阶。④鼐鼎及鼒:鼐(nài)鼎:大鼎。鼒(zī):小鼎。⑤兕觥其觩:兕觥(sì gōng):兕:一种有角的猛兽。兕觥是指用兕角制成的酒器,或者形状像兕角的酒器。⑥旨酒思柔:旨酒:美酒。思柔:似柔,似乎很柔和。⑦不吴不敖:吴(wú):喧哗,大声说话。敖:傲慢。⑧胡考之休:胡考:老人。休:美善,喜庆。

● 译文

丝绸祭服色彩很鲜明,戴着皮帽很是恭顺。从太庙直到那台阶上,从进献祭牛到献羊,大鼎中鼎以及小鼎,兕觥杯弯曲斟满美酒。不大声喧哗也不傲慢,寿考老人很是高兴。

● 评析

这首诗应该是一首颂扬祭祀先祖之礼进行过程中参加祭祀的所有人都能以严格的礼仪对待祭祀,无论是穿戴色彩鲜明衣服的祭祀者,还是在太庙和台阶上观看的人,无论是在祭祀礼进献祭品的过程中,还是在饮酒的过程中,大家都很肃穆有礼,使得参加祭祀礼仪的老人感到由衷地高兴,因为通过祭祀之礼实现教化的目的达到了。祭祀的目的之一,对于众人而言,就是为了实现教化,让人民和祭祀者受到教化,牢记先祖之德。

酌

於铄王师①,遵养时晦②。时纯熙矣③,是用大介④。我龙受之⑤,蹻蹻王之造⑥。载用有嗣⑦,实维尔公允师⑧。

● 注释

①於铄王师:於:感叹词。铄(shuò):铄颖,光辉美盛。王师:天子的军队,这里是指周武王的军队。②遵养时晦:遵:遵循,遵照。养时晦:韬光养晦。养:养晦。时:时光,韬光。③时纯熙矣:时:韬光养晦。纯:纯正;美好。熙:光明;吉祥;盛多。④是用大介:是

用:使用。大:好。介:介胄(zhòu),披甲戴盔的士兵。⑤我龙受之:龙:象征帝王或帝王用的东西。龙飞:比喻帝王继位。受之:接受天命。⑥蹻蹻王之造:蹻蹻(qiāo qiāo)王:跷起大拇指称赞武王。造:创造;造化,运气,福分。⑦载用有嗣:载:装载,这里是指武王用大车装载文王的神位。用有嗣:用继承文王之德。⑧实维尔公允师:实维:确实是。尔公:你公,武王。允:相信。师:军师,军队。

● 译文

呜呼武王的队伍光辉英武,遵循韬光养晦的韬略,韬光养晦是多么美好吉祥!使用披甲戴盔好士卒,因此我武王顺利接受天命,翘指赞扬武王的福气。车载文王位继承文王之德,确实是你很相信的军队。

● 评析

这是一首颂扬周武王通过韬光养晦而以英武之师伐商纣王一举成功的颂歌。首先颂扬了周武王的军队很威武,为什么呢?因为周武王遵循韬光养晦的韬略,暗地里训练军队,使军队很有作战力,所以周武王的军师使用起来就能勇猛英武,有以一敌十的力量,以自己车乘三百、虎贲三千人、甲士四万五千人面对商纣王七十万人的兵力而一举歼灭了商纣王。这就是因为周武王的军兵是经过韬光养晦教化出来的,以正义之师而取得了胜利。周武王韬光养晦的另一个方面就是诗文的最后两句"载用有嗣,实维尔公允师。"这就是说周武王九年时想联合诸侯伐商纣王,他在军中用车子载着文王的牌位,说是奉文王之命而伐纣王,自己不敢擅自做主,而且他有英勇善战的军队,还有他非常相信的非常睿智的匪夷所思的军师姜尚,所以他就能顺利接受天命登上天子之位,所以就要翘起拇指赞颂周武王的功德,所以也可以说这是一首颂扬周武王韬略的诗篇。这一篇诗歌所记载的历史在《周易·大有卦》九二爻有记载。(关于周武王伐商纣王的资料可参考《史记·周本纪》)

桓

绥万邦①,娄丰年②,天命匪解③,桓桓武王④,保有厥土⑤,于以四方。克定厥家,於昭于天,皇以间之⑥。

● 注释

①绥:安定,稳定,安抚。②娄丰年:娄(lóu):通"屡",屡次,多次。丰年:丰收年。③解:通"懈",懈怠。④桓桓:威武的样子;大。⑤厥土:他的国土。⑥皇以间之:皇:大;盛美,辉煌。间:同"见",见证。

● 译文

安定天下四方国家,连续多年得到丰收,执行天命从不懈怠,伟大威武的周武王,保卫他们周朝国土,直到安抚天下四方。能够安定这个国家,呜呼明德昭示天下,辉煌大德见证天下!

●评析

　　这是一首颂扬周武王的颂歌,颂扬了周武王伐纣建周之后天下四方安定,连续多年获得大丰收。周武王履行天命治国从不敢懈怠,解散军队,收藏武器,表示不再发动战争,所以天下才能安宁,周武王的明德昭示天下,天下人都是见证。这首诗歌所记载的历史事实在《周易》小畜卦的文辞里可以得到验证。

赉①

　　文王既勤止②,我应受之③。敷时绎思④,我徂维求定⑤,时周之命⑥,於绎思!

●注释

　　①赉(lài):赏赐,武王赏赐功臣。②勤:劳苦,辛劳;勤勉。③受:接受,引申继承。④敷时绎思:敷:布;施行;普遍。绎(yì)思:抽丝,引申连续不断。⑤徂(cú):往,已往;开始。⑥时周之命:时:是。周:周朝。命:历史使命。

●译文

　　文王既然非常勤勉,我应继承文王的美德。布降恩德连续不断,我现在只求国家安定,是周朝的历史使命,呜呼布降恩德不断!

●评析

　　这是一首周武王赏赐有功之臣的颂歌,文王勤勉,武王继承文王之德,也非常勤勉,他和文王一样能爱护、使用贤能之才,及时赏赐有功之臣,其目的就是为了求得国家安宁、人民和乐。也就是说推翻商朝建立周朝后最重要的任务就是安抚人民,重用贤者,努力治理好国家,而使人民得到更多的利益,实现天下太平安乐的目的。

般①

　　於皇时周②,陟其高山,堕山乔岳③,允犹翕河④,敷天之下⑤,裒时之对⑥,时周之命。

●注释

　　①般:乐歌,写周成王的乐歌,称为般。②於皇时周:於皇:啊伟大的;壮美的。时周:是周朝的江山。③堕山乔岳:堕(duò)山:狭长的小山。乔岳:高大的山。④允犹翕河:允:确实。犹:通"猷",道,道术;这里是河道之意。翕:收缩,收敛;一致的样子。⑤敷:布;施行;普遍。⑥裒时之对:裒(póu):聚集;减少。时:今时;是。对:回答;朝着。朝会。

●译文

　　啊壮美的周朝江山,登上那高峻入云的四岳,小山狭长四岳高大,小河确实顺河道入大河,普天下四方的诸侯,今时聚集在此地来朝会,是周朝的历史使命!

●评析

　　这是一首周天子巡守四岳的颂歌,天子登上高峻入云的四岳,看到小山狭长四岳高大,看到小河最终流入大河,流入长江黄河,感叹普天下的诸侯国和人民没有不汇入周朝这条大河、没有不与周朝同心同德的道理。大家同心同德,共建安乐太平的天下,这就是周朝的历史使命。

鲁　颂

　　鲁,是指周公的分封国鲁国,地域在山东曲阜一带。周公被周武王分封于鲁国之后,只是由周公的儿子伯禽前往鲁国管理鲁国的事业,周公继续留在西周辅佐周武王。此后周武王病逝,周公至死一直留在西周辅佐周成王。鲁颂记载的是鲁僖公以后的事情。鲁僖公应该是周釐王时代的鲁国君主,鲁僖公是鲁国的第十一位君主,是周公的第九代子孙,因为其中有两位君主是由兄弟继承其位,鲁僖公就是继承了鲁闵公之位,鲁闵公和鲁僖公同是鲁庄公之子,鲁闵公在位只有二年而亡,鲁僖公继位,《史记·鲁周公世家》记载鲁闵公之后是鲁釐(lí)公,而《春秋左传》和《东周列国志》均记载是鲁僖公,也就是说鲁釐公就是鲁僖公。鲁僖公在位三十三年,在鲁僖公三十三年时他从齐国回来,在休息室休息时死亡,未记载死亡原因。

　　关于鲁僖公的功德,只是在这几篇诗歌中具体地体现出来,在《史记》、《春秋左传》和《东周列国志》中并为见详细记载。

　　鲁颂包括《駉》、《有駜》、《泮水》、《閟宫》四篇诗歌。

　　《駉》,一般认为这首诗是颂扬鲁僖公能遵循伯禽之道,治国有方,宽以爱民,重视农耕,重视畜养,牧人养马很有方法,这首诗就是对养马人所养之马的品种和功德的记载,也是对鲁僖公的赞美。

　　《有駜》是一首颂扬鲁僖公的诗篇,诗文的内容很明确,颂扬鲁僖公在宫室忙碌公事又忙祭祀之事,颂扬鲁僖公能与民同乐的美德。

　　《泮水》是一首记载颂扬鲁僖公于诸侯出征归来后在大学里举行释奠之礼的颂歌,这也是对鲁僖公出征征伐淮夷胜利而归的颂歌。

　　《閟宫》这首诗应该是鲁僖公时期,新修了先祖宗庙之后,在新宗庙中举行宗庙祭祀的颂词。

駉①

　　駉駉牡马②,在坰之野③。薄言駉者④,有驈有皇⑤,有骊有黄⑥,以车彭彭⑦。思无疆⑧!思马斯臧⑨。

　　駉駉牡马,在坰之野。薄言駉者,有骓有駓⑩,有骍有骐⑪,以车伾伾⑫。思

诗经新解

无期⑬，思马斯才⑭。

驷驷牡马，在坰之野。薄言驷者，有驒有骆⑮，有骝有雒⑯，以车绎绎⑰。思无斁⑱，思马斯作⑲。

驷驷牡马，在坰之野。薄言驷者，有䯄有騢⑳，有驔有鱼㉑，以车祛祛㉒。思无邪㉓，思马斯徂㉔。

● 注释

①驷(jiōng)：歌颂鲁侯养马肥壮。驷驷：马肥壮的样子。②牡马：雄马。③在坰之野：坰(jiōng)野：远郊。野：城外叫郊，郊外叫牧，牧外叫野，野外叫林，林外叫坰。④薄言驷者：薄言：轻微地说说；多少说说。⑤有骄有皇：骄(yù)：黑马白跨。皇：黄白相间的马。⑥有骊有黄：骊(lí)：纯黑马。黄：黄中带赤的马。⑦彭彭：马壮的样子。⑧思无疆：思：想象。无疆：马儿风驰电掣，飞快地奔跑。⑨斯臧：斯：这，这个；那么，就。臧：善，好。⑩有骓有駓：骓(zhuī)：青白杂色马。駓(pī)：黄白杂色马。⑪有骍有骐：骍(xīng)：赤黄色。骐(qí)：青黑色马。⑫伾伾(pī pī)：有力强盛的样子。⑬无期：没有期限，没有限制。⑭斯才：斯：这样。才：才能。⑮有驒有骆：驒(tuó)：有鳞状黑斑纹的青毛马。骆(luò)：黑鬃白马。⑯有骝有雒：骝(liú)：黑鬃红马。雒(luó)：白鬃黑马。⑰绎绎(yì yì)：同"奕奕"，神采奕奕。⑱斁(yì)：同"怿"，喜欢。⑲作：劳作，辛劳。⑳有䯄有騢：䯄(yīn)：浅灰色的马。騢(xiá)：赤白色的马。㉑有驔有鱼：驔(diàn)：小腿有长毛的马。鱼：眼圈周围有白毛的马。㉒祛祛(qū qū)：同"惬(qiè)"，惬心如意。㉓思无邪：思：想。无邪：无：没有。邪：不正。无邪：就是没有不正，那就是正，这里是指养马的正确方法，也就是养马术。㉔徂(cú)：已往的，过去的。

● 译文

肥肥壮壮的公马群，在那很遥远的牧野放牧。说说这些肥壮的马，有黑马白跨和黄白色马，有黑马有黄赤色马，用强壮的马驾车多威风！想象马儿风驰电掣，想象那些马儿多么地好！

肥肥壮壮的公马群，在那很遥远的牧野放牧。说说这些肥壮的马，有青白色和黄白杂色马，有赤黄和青黑色马，用强壮有力的马来驾车。想象马儿奔跑无逸，想象养马人这样有才能。

肥肥壮壮的公马群，在那很遥远的牧野放牧。说说这些肥壮的马，鳞纹的青马及黑鬃白马，黑鬃红马白鬃黑马，用这些马驾车神采奕奕。想想这些马多喜人，想想养马的人多么辛劳。

肥肥壮壮的公马群，在那很遥远的牧野放牧。说说这些肥壮的马，有浅灰色和赤白色的马，长毛腿眼有毛的马，用这些马驾车惬心如意。想养马人的养马术，想这养马人已往的事情。

● 评析

一般认为这首诗是颂扬鲁僖公能遵循伯禽之道，治国有方，宽以爱民，重视农耕，重视畜养，其牧人养马很有方法。这首诗就是对养马人所养之马的品种的记载，也是对鲁

僖公的赞美。

鲁僖公其实在《史记·鲁周公世家》中未见记载,而在《春秋左传》中有记载。鲁僖公在位三十三年。因为鲁国是周公的分封国,而鲁僖公又能继承发扬文王、武王和周公之德,所以就特别将鲁僖公的功德在《诗经》中记载。

有 骃

有骃有骃①,骃彼乘黄②。夙夜在公③,在公明明④。振振鹭⑤,鹭于下⑥。鼓咽咽⑦,醉言舞。于胥乐兮⑧!

有骃有骃,骃彼乘牡。夙夜在公,在公饮酒。振振鹭,鹭于飞。鼓咽咽,醉言归。于胥乐兮!

有骃有骃,骃彼乘駽⑨。夙夜在公,在公载燕⑩。自今以始,岁其有⑪。君子有穀⑫,诒孙子⑬。于胥乐兮!

●注释

①有骃(bì):马强壮有力的样子。②乘黄:四匹黄马。③夙夜在公:夙夜:从早到晚。公:公堂,宫室。④明明:光明正大。⑤振振鹭:振振:鸟儿振翅群飞的样子。鹭(lù):鹭鸶鸟;这里是指鹭鸶鸟的羽毛。⑥鹭于下:鹭鸶鸟落下,这里是指舞者舞鹭鸶鸟翩翩落下的舞姿。⑦鼓咽咽:鼓声咽咽地响。⑧于胥:于:于于,悠然自得的样子。胥:皆,都。⑨乘駽(xuān):四匹青黑色马。⑩载燕:载:充满。这里是忙碌。燕:宴乐。⑪岁其有:岁:年,有年是指丰收年。⑫君子有穀:君子:这里是指鲁僖公。穀:俸禄;善,好;这里是指有善德,美德。⑬诒(yí):赠送;遗留。

●译文

有强壮的马有强壮的马!用四匹强壮的黄马驾车。他从早到晚在公堂忙碌,在宫室忙公事光明正大。舞者手持鹭羽翩翩起舞,舞那鹭鸶鸟轻落的舞姿。那鼓声咽咽咽地响不断,醉舞摇摇晃晃似醉非醉。悠然自得的都很快乐啊!

有强壮的马有强壮的马,用四匹强壮的公马驾车。他从早到晚在公堂忙碌,在宫室忙公事还要饮酒。舞者手持鹭羽翩翩起舞,舞那鹭鸶鸟飞翔的舞姿。那鼓声咽咽咽地响不断,饮酒饮醉了才说回家去。悠然自得大家很快乐啊!

有强壮的马有强壮的马!用四匹青黑色的马驾车。他从早到晚在公堂忙碌,在公室忙完公事忙宴乐。自从他开始登位到如今,年年岁岁都是大丰收年,鲁僖公他有美好的仁德,遗留给他的子孙后代们,悠然自得大家很快乐啊!

●评析

这是一首颂扬鲁僖公的诗篇。诗文的内容很明确,第一节颂扬鲁僖公在宫室忙碌公事忙祭祀之事,因为国家治理得好,所以国泰民安,人民都很安乐。第二节颂扬鲁僖公在宫室忙完公事,还要忙碌祭祀的事情,以及亲自参与祭祀活动的情景。第三节颂扬了鲁僖公自登上君主之位后,能继承先祖之德,能够勤政爱民,所以年年获得大丰收,鲁僖公有美好的仁德,所以诗人写诗颂扬他,以使这些美好的品德遗留给子孙后代,以使子孙后代受到美好的教化。

泮 水

思乐泮水①,薄采其芹,鲁侯戾止②,言观其旂③。其旂茷茷④,鸾声哕哕⑤。无小无大,从公于迈⑥。

思乐泮水,薄采其藻⑦。鲁侯戾止,其马蹻蹻⑧,其马蹻蹻,其音昭昭⑨。载色载笑⑩,匪怒伊教⑪。

思乐泮水,薄采其茆⑫。鲁侯戾止,在泮饮酒。既饮旨酒⑬,永赐难老⑭。顺彼长道⑮,屈此群丑⑯。

穆穆鲁侯⑰,敬明其德。敬慎威仪,维民之则。允文允武,昭假烈祖⑱。靡有不孝,自求伊祜⑲。

明明鲁侯,克明其德。既作泮宫⑳,淮夷攸服㉑。矫矫虎臣㉒,在泮献馘㉓。淑问如皋陶㉔,在泮献囚。

济济多士㉕,克广德心。桓桓于征㉖,狄彼东南㉗。烝烝皇皇㉘,不吴不扬㉙。不告于讻㉚,在泮献功。

角弓其觩㉛,束矢其搜㉜。戎车孔博㉝,徒御无斁㉞。既克淮夷,孔淑不逆。式固尔犹㉟,淮夷卒获㊱。

翩彼飞鸮㊲,集于泮林。食我桑葚,怀我好音。憬彼淮夷㊳,来献其琛㊴。元龟象齿,大赂南金㊵。

●注释

①泮水:泮:诸侯的学校,天子的学馆叫辟雍,诸侯的学馆叫泮宫;泮水是指泮宫前的半月形水池。②鲁侯戾止:鲁侯:是指鲁僖公。戾止:亲临泮宫。③旂(qí):绘有蛟龙的旗子。④茷茷:旗帜迎风飘扬的样子。⑤鸾声哕哕:鸾声:鲁侯车乘上的铃铛。哕哕(huì huì):銮铃的响声。⑥从公于迈:从:跟随。公:鲁僖公。迈:行走。⑦藻:水藻。⑧蹻蹻(jiāo jiāo):强健的样子。⑨其音昭昭:其声:鲁侯的声音。昭昭:清楚。⑩载色:载:充满。色:和悦之色。⑪匪怒伊教:匪怒:和颜悦色。伊:这,他们。教:教化。⑫茆(mǎo):纯菜。⑬旨酒:美酒。⑭永赐难老:永赐:永远赐给福气。难老:这里是指鲁侯在出征淮夷回来后,在大学为出征的将士祝福,祝福将士永远长寿。⑮顺彼长道:顺着这条长长的大道。⑯屈此群丑:屈:屈服,使淮夷屈服。群丑:这里是指淮夷。⑰穆穆:端庄肃穆。⑱昭假烈祖:昭假:彰显。烈祖:先祖,周公、伯禽等先祖之德。⑲祜(hù):福气。⑳作:起身。㉑淮夷攸服:淮夷:生活在江淮一带的少数民族。攸:于是,就。服:降服,顺服。㉒矫矫虎臣:矫矫:威武勇猛。虎臣:勇猛如虎的将士。㉓馘(guó):割下俘虏的耳朵。

㉔淑问如皋陶：淑问：善于讯问。皋(gāo)陶：皋陶谟,舜帝时的法官。㉕济济多士：济济：众多,人才济济。多士：众多将士。㉖桓桓于征：桓桓：威武英勇。于征：去出征。㉗狄彼东南：狄：抵达。东南：指淮夷之地。㉘烝烝皇皇：烝烝：兴盛的样子。皇皇：声势浩大。㉙不吴不扬：不吴(wú)：不喧哗。扬：张扬。㉚不告于讻(xiōng)：不告：告发,自告奋勇。讻：争辩。㉛角弓其觩：角弓：牛角弓。觩(qiú)：弓张弦紧的样子。㉜束矢其搜：束矢：一束箭。搜：嗖嗖不断。㉝戎车孔博：戎车：战车。孔：很。博：博大,很宽大。㉞徒御无斁：徒御：步行与驾车的士兵。无斁(yì)：通"逸",逃跑。不逃跑。㉟式固尔犹：式：标准,法则。固：坚固,坚决。尔：鲁僖公。犹：计谋,谋略。㊱卒：士卒,终于。㊲鸮(xiāo)：鸮鸟,又名鸱鸮鸟,头大,嘴短而弯曲,吃鼠、兔子、昆虫等小动物,属于猫头鹰科。㊳憬(jǐng)：悔悟,觉悟。㊴琛(chēn)：珍宝。㊵大赂南金：大赂：大璐,大块玉石。南金：南方出产的金子。

●译文

想喜气洋洋的泮水,说是前去采摘芹菜,鲁僖公亲临到泮宫,说观看鲁侯的龙旗。龙旗迎风飘扬很美！鸾铃哕哕地响不停。无论是大官和小官,跟随在鲁僖公后面。

想喜气洋洋的泮水,说是前去采摘水藻,鲁僖公亲临到泮宫,他的乘马很是威武。他的乘马很是威武,他说话声音很清楚。充满悦色充满笑声,和颜悦色教化他们。

想喜气洋洋的泮水,说是前去采摘莼菜,鲁僖公亲临到泮宫,在那泮宫旁正饮酒。既然饮用了那美酒,祝福将士永远长寿。顺着这条长长的路,屈服这些群丑淮夷。

端庄肃穆的鲁僖公,敬重昂明他的美德。敬慎肃穆他的威仪,是人民学习的法式。确实能文确实能武,彰显先祖先公之德,没有什么不孝顺处,求自己先祖降福气来。

英明明智的鲁僖公,能够有光明的美德。既然从那泮宫开始,于是淮夷就能降服。威猛如虎的将士们,在泮宫献俘虏耳朵。善于讯问如皋陶谟,在泮宫献上俘虏数。

众多贤能的将士们,能发扬善心好品德。威武英勇地去出征,抵达东南淮夷之地。军容声势浩大壮美,不喧哗来也不张扬。不自告奋勇地争功,在泮宫向鲁侯献功。

角弓弯曲弓弦上紧,束束利箭嗖嗖不断。辆辆战车都很宽大,步兵和驾驭不逃跑。既然顺利战胜淮夷,都很好地听从指挥。坚决执行你的谋略,淮夷的士卒全俘获。

那翩翩飞翔的鸱鸮,聚集在泮水的林中,吃我栽种的甜桑葚,心中记着我的好处。那些悔悟的淮夷族,来进献他们的珍宝。有大宝龟还有象牙,大块玉石南方的金。

●评析

这是一首诸侯出征归来在大学里举行释奠之礼的颂歌,这也是对鲁僖公出征征伐淮夷胜利而归的颂歌。关于鲁僖公征伐淮夷等国的具体记载,在《春秋左传》和其他文献中均未见明确记载,只能根据这首诗的含义作一些解释。古代天子、诸侯出征讨伐叛逆前,要举行祭告天地和宗庙之礼,并要在大学里决定谋略。出征回来后,要把俘虏抓回来,在大学里行释奠之礼,以祭告先圣先师。这首诗就是鲁僖公出征归来后,在大学举行释奠之礼的记载,也是对其功德的颂扬。诗文以一个采集野菜人的口吻来颂扬,令人感到亲切和真实。这个采摘野菜人借口采摘野草为名,将观看到的鲁僖公的仪容美德和平淮夷所得到的功劳一一道来,很是有趣。全诗共分为八节。

第一节诗人以一个采野芹菜人的口吻,以借口采芹菜为名,实际是来观看鲁僖公出征归来的阵势的,首先看到的是龙旗飘飘,銮铃和谐,大小官员紧紧跟随在鲁僖公车乘后面,也就是看到了威武的仪仗。

第二节看到了鲁僖公的乘马很威武,鲁僖公说话的声音很清楚,而且和颜悦色,很令人喜悦。

第三节看到的是鲁侯正与出征归来的将领们饮酒,鲁侯祝贺他们出征胜利归来,祝福他们抓到了俘虏。

第四节是对鲁侯美好德行的颂扬,鲁侯端庄肃穆,能文能武,鲁侯能彰显先祖文王、武王和周公之德,为人民求取福气,是人民学习的榜样。

第五节记载鲁侯敬慎明德,对征伐淮夷的将士们论功行赏,那些将士们在泮宫献俘虏的耳朵和献上俘虏中的反叛者。

第六节是对参与征伐淮夷的将士们的美好品德的颂扬。因为有敬慎明德的君主,所以这些将士们进献了俘虏耳朵和俘虏人数之后,不喧哗,不争功,只等待鲁侯奖赏就是了。

第七节是对征伐淮夷之族的作战过程的记载,描写了将士们勇猛善战,英勇杀敌,终于使淮夷之族顺服、投降。

最后一节是对淮夷之族顺服周族,投诚周朝,不仅是缴械投诚,而且是实实在在地顺服的说明。这也说明鲁侯充分继承了文王和周公之德,用仁德感化了淮夷之族,所以淮夷之族就如那吃桑葚的鸮鸟一样,吃了桑葚就会记住种植桑树之人的好处,也就是说淮夷之族的人民记住了周朝的好处。自周公以来,都是以教授他们耕种农桑而过上丰衣足食的生活,所以淮夷之族才会顺服周朝,而按照禹贡,也就是按照大禹治水时规定、核准的贡赋的名称和数量,按时缴纳贡税。诗文最后三句所说"来进献他们的珍宝。有大宝龟还有象牙,大块玉石南方的金",这是《尚书·禹贡》中列举的贡赋的内容。

闷 宫

闷宫有侐①,实实枚枚②。赫赫姜嫄③,其德不回④。上帝是依⑤,无灾无害,弥月不迟⑥。是生后稷,降之百福。黍稷重穋⑦,稙稺菽麦⑧。奄有下国⑨,俾民稼穑⑩,有稷有黍,有稻有秬⑫。奄有下土⑬,缵禹之绪⑭。

后稷之孙,实维大王⑮,居岐之阳⑯,实始翦商⑰。至于文武,缵大王之绪,致天之届⑱,于牧之野⑲。无贰无虞⑳。上帝临女㉑!敦商之旅㉒,克咸厥功㉓。王曰叔父㉔,建尔元子㉕,俾侯于鲁。大启尔宇㉖,为周之辅㉗!

乃命鲁公㉘,俾侯于东。锡之山川,土田附庸㉙。周公之孙,庄公之子㉚,龙旂承祀㉛,六辔耳耳㉜。春秋匪解㉝,享祀不忒㉞。皇皇后帝㉟,皇祖后稷,享以骍牺㊱,是飨是宜㊲。降福既多,周公皇祖,亦其福女!

秋而载尝㊳,夏而福衡㊴,白牡骍刚㊵。牺尊将将㊶,毛炰胾羹㊷,笾豆大房㊸,万舞洋洋,孝孙有庆㊹,俾而炽而昌㊺,俾尔寿而臧㊻!保彼东方㊼,鲁邦是常㊽。不亏不崩㊾,不震不腾㊿。三寿作朋[51],如冈如陵。

公车千乘[52],朱英绿縢[53],二矛重弓[54]。公徒三万[55],贝胄朱綅[56],烝徒增增[57]。戎狄是膺[58],荆舒是征[59],则莫我敢承[60]。俾尔昌而炽[61],俾尔寿而富!黄发台背[62],寿胥与试[63]。俾尔昌而大,俾尔耆而艾[64]!万有千岁,眉寿无有害。

泰山岩岩[65],鲁邦所詹[66]。奄有龟蒙[67],遂荒大东[68],至于海邦[69],淮夷来同。莫不率从[70],鲁侯之功[71]。

保有凫绎[73],遂荒徐宅[74],至于海邦,淮夷蛮貊[75],及彼南夷,莫不率从。莫敢不诺[76],鲁侯是若[77]。

天赐公纯嘏[78],眉寿保鲁。居常与徐[79],复周公之宇[80]。鲁侯燕喜[81],令妻寿母[82],宜大夫庶士,邦国是有[83]。既多受祉,黄发儿齿[84]。

徂徕之松[85],新甫之柏[86],是断是度[87],是寻是尺[88]。松桷有舄[89],路寝孔硕[91]。新庙奕奕[91],奚斯所作[92];孔曼且硕[93],万民是若。

● 注释

①閟宫有侐:閟(bì)宫:隐秘,幽深的宫殿。这里是指周公之先祖母姜嫄的宗庙。侐(xù):清静。②实实枚枚:实实:确确实实,实实在在。枚枚:枚,是指钟乳石上突起的部分,这里是指宗庙上雕龙画凤,雕刻的花纹确实美丽。③赫赫姜嫄:赫赫:显赫,声名显赫。姜嫄:周人的始祖后稷之母。④回:改变。⑤上帝是依:上帝:先帝,上几代先祖,先帝这里是指帝喾。依:凭借,依靠。⑥弥月:足月。十月怀胎。⑦黍稷重穋:黍稷:泛指五谷。重:种,种种,样样。穋(lù):同"蓼(lù)",形容植物高大。⑧稙稺菽麦:稙(zhí):通"植",种植。稺(zhì):雉的繁写字,雉,幼稚,幼小。这是说后稷从小喜欢种植稼穑。菽:大豆。麦:麦子类。⑨奄有下国:奄有:完全占有。下国:天下国家。⑩俾民稼穑:俾民:俾:使,使人民学会。稼穑:种植五谷。⑪有稷有黍:泛指五谷,这里是指谷子。黍:黄米。⑫秬(jù):黑米。⑬下土:天下土地。⑭缵禹之绪:缵(zuǎn):继承。绪:世袭,前人留下的事业。⑮大王:太王,周文王的祖父古公亶父。⑯居岐之阳:居:居住。岐:岐山,陕西岐山。阳:南面。⑰剪商:剪(jiǎn):铲除,消灭。商:商朝。⑱致天之届:致:执行。天:上命。届:通"诫",警告,这里是处罚之意。在这里是借用商纣王的先祖商汤伐夏桀时所说的话:"尔尚辅予一人,致天之伐。"而周武王伐商纣王时,在牧野说:"今予发,惟恭行天之罚。"⑲于牧之野:于:到达。牧野:商朝都城的远郊。⑳无贰无虞:贰:二心。虞:忧患;疑虑。㉑临女:在天上看着你。㉒敦商之旅:敦(duì):治理,这里是指挥之意。旅:军队。㉓克咸厥功:克:能够。咸:都,共同。厥功:建立功业。㉔王曰叔父:王:这里应该是指周武王,因为分封周公于曲阜为鲁公是周武王灭商之后就立即进行的事情。叔父:《礼记》规定:天子的同姓谓之"伯父或叔父",伯父是指天子的同姓兄长;叔父是指天子的同姓兄弟。㉕元子:大儿子。㉖大启尔宇:大启:大力开拓,这里是建造。尔宇:屋宇。㉗辅:辅

佐。㉘乃命鲁公：乃命：于是就册封伯禽为鲁公。㉙附庸：诸侯国附属于朝廷。这里是指鲁国是周朝的附属国。㉚庄公之子：庄公：鲁庄公，为鲁国第九位国君，为周公的第七代子孙。鲁僖公为鲁国第十一位国君，为周公的第八代子孙，鲁僖公与鲁国第十位国君——鲁湣公，同属鲁庄公的儿子。㉛承祀：继承祭祀。㉜六辔耳耳：六辔(pèi)：六根马缰。耳耳：柔顺。㉝春秋匪解：春秋：这里是指春礿、夏禘的祭祀活动，这里是指鲁国在孟春正月在郊祭祀天的祭祀活动。匪解：不懈怠。㉞忒(tè)：差错。㉟皇皇后帝：皇皇：伟大的。后帝：这里是指周文王。㊱享以骍牺：享：荐献。骍牺：赤色小牛，祭祀宗庙用大牢牛羊猪三牲，而荐献一头赤色小牛是祭天的礼仪。因为成王分封周公以天子礼乐，所以鲁国就有祭祀天的礼仪。㊲是飨是宜：飨：奉献祭品使鬼神享用。㊳秋而载尝：秋天天子的宗庙祭祀称之为尝。这句话是说秋天举行秋尝之礼。㊴夏而楅衡：楅：这是一个象征词，楅，就是福气，古代祭祀天和宗庙时，使用的牛要专门饲养，要将选定用于祭祀的牛在打扫得干干净净的牛栏里精心饲养三个月，这就是牛的福气。衡：衡宇，极为简陋的房屋，这里是指牛舍，牛圈。所以这句话就是夏天就要使祭牛在干净的牛舍得到福气。㊵白牡骍刚：白牡：白色小公牛，这里是指祭祀周公所用的祭牛是白色小公牛。用白色公牛祭祀，这原本是商代祭祀的礼仪，周成王用白色小公牛祭祀周公，表示对周公的尊敬，表示周公之德的纯净，所以鲁国祭祀周公用白色小公牛，祭祀天配后稷。骍刚：是指宗庙祭祀文王和武王用赤色小公牛。㊶牺尊将将：牺尊：尊：古代酒器，牺尊：形象像牛的酒器。将将：酒器撞击声。㊷毛炰胾羹：毛：荐献血毛。炰(páo)：烧烤。胾(zì)：切成块的肉。羹(gēng)：熟肉。㊸笾豆大房：笾豆：笾：竹制的器皿，盛放祭祀用的干品；豆：木制的器皿，盛放有汤汁的食物。大房：大方，方正，这里是指笾豆之数目为双数，方，就是二个二，是谓双数；因为《周礼》规定荐献的鼎和俎是单数，荐献的笾和豆是双数，以表示阴阳的意义。㊹有庆：得到赏赐。㊺俾而炽而昌：俾：使。炽(chì)：火旺；旺盛，强盛。昌：昌盛。㊻臧：善，好。㊼东方：是指鲁国曲阜之地。㊽常：长久，经常；常规。㊾不亏不崩：亏：毁坏，损伤。崩：崩溃。㊿不震不腾：震：震动，这也是一个象征词，是说不高高在上。腾：腾达飞黄。㉛三寿作朋：三寿：应该是指已经作古的文王、武王、周公。朋：齐心合力；一致。㉜公车千乘：公：这里是指周公。车千乘：这是指周成王因周公有功于天下，所以封周公于曲阜，地方七百里，革车千乘，命鲁公世世祀周公以天子之礼乐。㉝朱英绿縢：朱英：矛头上装饰的红缨。绿縢(téng)：縢：缠束，捆；绳子。绿縢：束弓套的绿绳。㉞二矛重弓：二矛：二副矛枪。重弓：二张弓。这是说成王赐给周公矛和弓，命令他东征。㉟公徒：公：周公。徒：兵丁。㊱贝胄朱綅：贝胄：贝：是一个象征词，贝，就是甲壳，也就是水产动物的甲壳，所以贝胄就是甲胄。甲胄：铠甲与头盔。朱綅(qīn)：红线。红绳子系头盔。㊲烝徒增增：烝：众多。烝徒：众多兵丁。增增：增：通"层"，重叠。增增：密密麻麻。㊳戎狄是膺：戎狄：西周西北方的少数民族。膺(yīng)：抵挡，抗拒。㊴荆舒是征：荆舒：是西周时南方的国家；楚国和舒国。征：征伐。㊵则莫我敢承：则：效法；乃，就是；仅仅。莫：没有谁。我：指西周。承：接受，承受。㊶俾尔昌而炽：俾：使。尔：你，这里是指被征伐的国家。昌：昌盛。炽：强盛，强大。㊷黄发台背：黄发：老人。台背：老人。㊸寿胥与试：寿：长寿。胥：都，皆。试：同"嗜"，喜欢。㊹耆而艾：耆(qí)：六十岁，泛指年老。艾：指五十

岁,泛指老人。艾:美好。㉟泰山岩岩:泰山:在山东境内,也是曲阜所在地。古人以泰山为高山的代表,以泰山来比喻敬仰的人和重大的事情。岩岩:山石高峻险要。㊱詹(zhān):同"瞻",瞻仰,敬仰。㊲龟蒙:龟卜用的宝龟。蒙:龟卜,是用火灼烧龟盖以龟盖上产生的裂纹所显现出来的龟兆占卜,有的像雾气迷蒙,叫龟蒙,这里是指龟卜。㊳遂荒大东:遂:成就,顺利地;于是,就。荒:遥远的样子;占有,包容。大东:东方,这里是指周公东征,征伐武庚管蔡和淮夷反叛。㊴海邦:海:淮海。邦:邦国。这里是指居住在淮海一带的淮夷之国。㊵同:会同;顺从。㊶率:都,一概;遵循,服从。㊷鲁侯:这里是指周公之子鲁侯伯禽。伯禽即位为鲁侯之时,有管蔡反叛,有淮浦之夷与徐州之戎乘机作乱,于是伯禽率军前往讨伐,而取得了胜利。㊸凫绎:凫(fú):凫山:在山东邹县西南。绎(yì):峄山,在山东邹县西北。㊹徐宅:徐:徐国,这里也是指徐州的戎狄。徐宅,是指将徐国戎人的反叛平息之后,将其国址迁到邹县。㊺蛮貊(mó):西周时代东北部的一个民族。㊻诺:许诺,同意;服从。㊼若:顺,顺从;你。㊽公纯嘏:公:这是指鲁僖公。纯嘏:纯:善,美好。嘏(gǔ):福,福气。㊾居常与徐:常:地名,邑,具体在什么地方,未见记载。徐:徐邑,在鲁国之西。㊿宇:国土。㉑燕喜:设宴庆贺。㉒令妻寿母:令:使,假使;美善。妻:妻子,这里是指所有妻子。寿母:这里是指文王之妻,武王之母,皇祖妣。㉓有:有年,丰收年为大有年,也就是国泰民安之年。㉔黄发儿齿:黄发:年老。儿齿:老人齿落重生。㉕徂徕(cú lái):山的名称,在山东泰安寺东南。㉖新甫:山的名称,在山东新甫县西北。㉗是断是度:断:砍断,截断。度:量长短,计算。㉘是寻是尺:寻:量词,古代以八尺为一寻。尺:尺寸。㉙松桷有舄:松桷(jué):松木作方形的椽子。舄(xì):大。㉚路寝孔硕:路寝:庙堂的正殿。孔硕:很高大。㉛新庙奕奕:新庙:新修的宗庙。奕奕:高大明亮的样子。㉜奚斯所作:奚斯:奚:什么? 同"系",是。斯:斯人,此人,这里是指鲁僖公重新修筑了宗庙。所作:所建造。㉝孔曼且硕:曼:长,宽广,精美。硕:大。

● 译文

　　隐秘幽深的宗庙真清静,雕刻的花纹确实美丽。声名显赫的始祖母姜嫄,美好的德音永不改变。凭借先帝所赐给的福气,没有灾难更没有病害,她是十月怀胎没有延迟,顺利生下我始祖后稷。后稷为我周族降下百福,五谷种植样样很高大,从小喜欢种植大豆麦子,推广占有了天下国家。使人民学会种植那稼穑,种有谷子还种有黄米,种有白稻谷种有黑稻谷,嘉谷完全占有天下土地。继承夏禹遗留下的事业。

　　始祖后稷的后世子孙们,实际就是周太王古公,居住在岐山之南面以后,开始实施灭商的谋略,一直到了文王和武王时,继承太王遗留的事业,武王就执行天命的惩罚,到达商都的郊外牧野,不要三心二意不要疑虑,先祖在天上看着你们。武王指挥消灭商朝军队,大家能够共同建功业。武王说要分封叔父周公,为你大儿子建立事业,使周公长子伯禽为鲁侯。大力建造你们的屋宇,使鲁国成为周朝的辅佐。

　　于是就策封伯禽为鲁公,使伯禽为鲁侯到曲阜。成王赐周公山川七百里,赐给田土为周朝附庸。周公后世的子子孙孙中,有鲁庄公的儿子僖公,僖公龙旗飘扬继承祭祀,六根马缰在手中滑动。春夏秋冬祭祀从不懈怠,祭祀进献礼仪无差错。祭祀伟大的先王周文王,祭祀伟大的先祖后稷,荐献一头赤色的小牛犊,先帝先祖神灵来享用。先祖降下福气很多很多,我们鲁人的先祖周公,也用祭礼使你得福气!

秋天举行秋尝祭祀周公,夏天在牛栏精心养牛,祭周公用白牛祭天用骍。牛形酒器将将响不断,荐献血毛荐献大块熟肉。荐献的笾和豆是双数。万人舞蹈真是喜气洋洋,孝顺的子孙得到赏赐,使你的事业强大而昌盛,使你健康长寿而美好。保护那东方鲁国的国土,鲁国永远是周族屏障。永远不毁坏永远不崩溃,不高高在上不求腾达。文王武王周公齐心协力,坚固就如山岗如丘陵。

成王分封周公车乘千辆,矛饰红缨弓套系绿绳。赐给两副矛枪两张大弓。周公领众兵丁三万多,身上铠甲头盔红带子系,众多兵丁一层又一层。领军兵痛击北狄和西戎,把不服的舒荆来征伐,就没有哪国不敢不承受。使你的国家昌盛强大,使你人民安康而且富足! 使人民个个寿老安康! 使人民都能长寿与欢乐! 使你国家昌盛而强大,使你人民长寿而且美好! 长寿万年千千万万年,安康长寿而且无灾无害!

巍巍泰山真是高峻险要,是鲁国人民所敬仰的。周公有文王遗留的宝龟,就到遥远的东方征伐,一直到达淮海淮夷之国,使淮夷顺从周朝统治,没有哪一国不敢不服从,也有鲁侯伯禽的功劳。

鲁国保有凫山和那峄山,就将徐国迁到了凫绎。一直到达淮海淮夷之国,淮夷族和西北蛮貊族,以及那南方的各个民族,没有哪一国不敢不从。没有哪一国不敢不服从,有鲁侯伯禽你的功劳。

上天赐给僖公美好福气,一生长寿保护我鲁国。人民居住在常邑和许邑,恢复了周公时的国土。鲁侯隆重地设宴来庆贺,祝众妻如皇祖妣长寿,也祝福大夫庶士都长寿。国家年年岁岁大有年,已使很多人民得到福祉,人民老寿齿发又重生。

生长在徂徕山上的青松,长在新甫山上的翠柏,将它们砍断仔细来计算,一寻一寻地度量尺寸。用松木作的方形大椽子,使庙堂的正殿很高大。新修的宗庙高大又明亮,这是鲁僖公所建造的。庙宇宽广精美而且很大,鲁国人民连说宗庙美!

● 评析

这首诗应该是鲁僖公时期,新修了先祖宗庙之后,在新宗庙中举行宗庙祭祀的颂词。全诗共分为九节。

第一节从对周人的先祖后稷的来源,以及对后稷之母姜嫄的颂扬开始,颂扬了后稷从小就喜欢种植稼穑,以后受到舜帝的重视,后稷在帮助大禹治水的过程中与大禹一同教授人民种植五谷,使大禹治水成功后人民又得到了丰裕的五谷,而生活安定,后稷受到舜帝的分封而有了周族的事业。后稷种植稼穑的技术,在当时得到全面的推广学习,使人民都学会了种植大豆、麦子以及其他各种谷类的技能,而改善了民众的生活,使大禹的事业得到巩固。这也是对鲁僖公修建始祖庙意义的记载。

第二节对周族的近代祖先的功劳做了颂扬。周人的近代先祖就是古公亶父,古公亶父原本居住在豳地,后来携带周族的老少从豳地徙迁到岐山之南,建立家业,使周族逐渐繁荣昌盛。古公之时,就认为本族应该有统治天下的王出现,要建立自己的朝代,灭掉大商,古公之时,就在岐山建立了周邦,受商王的分封又成为商王朝的异姓诸侯,古公立他的小儿子王季为君主。周族直到文王之时,使周族的事业更加壮大,周文王之时,已经拥

有了天下三分之二的国土和人民,但是周文王认为灭商的机会还未成熟,所以直到其子周武王十二年甲子日在商都的牧野举兵才一举消灭了商纣王。武王灭商建周之后,就进行了多种分封,其中就将辅助自己事业成功的弟弟周公旦分封在山东曲阜。周公因为要辅佐周武王,所以没有去鲁国为鲁侯,到周成王之时,又因为成王年幼,周公要辅佐成王,所以就使自己的儿子伯禽前往鲁国就任鲁侯,此时正是管蔡武庚联合淮夷之族反叛之时,所以周公和伯禽也就奉命前去伐淮夷和徐戎,这在《周易·渐卦》、《史记·鲁周公世家》和《尚书·费誓》中均有明确记载。

第三节是对周公的子孙后代鲁僖公前来新修的宗庙主持祭祀的场面的描写。这一节开始的几句是对伯禽作为鲁侯过程的记载。周成王之时,也就是周公代成王摄政七年还政于成王之后。周公代成王摄政七年,平息武庚、管蔡、淮夷反叛用了三年的时间,周公平息反叛不是用武力,而是用感化人心的方式,教授淮夷、戎狄、商族之人学会农耕,种植稼穑,使他们过上丰衣足食的生活后而不再掠夺别国。通过周公竭尽全力的治理,周朝在周成王正式上任之时已经国泰民安,所以周成王分封周公于曲阜地方七百里、乘车千辆,周公去世后命鲁公世世代代以天子之礼乐祭祀周公。这是开始四句的含义,这里的鲁侯应该是指伯禽。后面所言的庄公之子是指鲁僖公。鲁僖公是鲁庄公的小儿子,也是鲁闵公的兄弟。《史记·鲁周公世家》记载鲁僖公的称名为"釐公",而不称僖公,但是《春秋左传》和《东周列国志》中都有鲁僖公的记载。第三节记载了鲁僖公能复周公之业,对于先祖的各种祭祀从不懈怠,这次是特地来参加主持新宗庙的落成仪礼,也就是在新宗庙中祭祀先祖。

第四节主要记载的是对鲁国的先祖周公的祭祀礼仪。《礼记·明堂位》中记载:"季夏六月,以禘礼祀周公于大庙,牲用白牡,尊用牺象、山罍,郁尊用黄目。灌用玉瓒大圭,荐用玉豆、雕篹,爵用玉琖、仍雕。"这是《礼记》规定的祭祀周公必须遵循的礼仪规则。第四节的第一个方面就是对鲁僖公祭祀周公的时间的说明,因为是新宗庙的落成祭祀,所以选在秋季的大尝祭进行祭祀,而在夏季的时候就对祭祀所要用的祭牛开始专门饲养,这就是诗文的开头三句"秋尝时进行祭祀,夏季对祭牛施行福气,将祭牛放在专门打扫的干干净净的牛舍里,专门饲养,使牛得到福气。"第二个方面就是牲用"白牡骍刚",白色小公牛是用来祭祀周公的,骍刚也就是赤色小公牛是用来祭祀文王、武王的。第三个方面就是对祭祀所用的酒器和盛装祭品的器皿的记载,用的酒器是牺尊,用的器皿是笾和豆,这里的白牡、牺尊、笾豆都与《礼记》规定的礼仪相符合,说明鲁僖公能遵循先祖的功业,遵循先王规定的礼仪规则,所以才能使人民得到很多福气。这一节的最后一个方面,就是"三寿作朋"这里的三寿是指文王、武王和周公,只要永远遵循三位先祖的事业,就能永远立于不败之地。

第五节还是对周公之德的颂扬。这里的"公车千乘"等诗句,就是指周成王因为周公有功德于周朝,所以分封周公土地七百里、车乘千辆,当然这些分封是在周公代成王摄政还政之后或者周公去世之后的事情。而诗文的其他句子,则是对周公伐戎狄、荆舒等国之功德的颂扬。

第六节主要记载颂扬了周公用文王遗留的大宝龟卜筮,认为东征惩罚管蔡武庚反叛是正确的,所以周公率兵丁东征管蔡、武庚、淮夷,用了三年时间。这三年时间内,周公不是用武力征伐,而是用自己的仁善之心感化那里的人民,教授人民种植五谷,使他们有了固定的生活资源,就不会背井离乡而侵犯他国,这在《史记》、《周易》渐卦以及《诗经·豳风》中均有记载。这一节的最后几句,是对周公之子伯禽之功的赞颂。伯禽就任第一代鲁侯之时,正是管蔡反叛之时,所以伯禽奉命前往征伐徐戎和淮夷,也取得了成功,也就是说征伐管蔡、淮夷、徐戎也有伯禽的功劳,这在《史记·鲁周公世家》和《尚书·费誓》中均有记载。

第七节就是对伯禽伐淮夷、徐戎之功德的记载。

第八节是对鲁僖公恢复周公的事业,继承周公之德的美德的颂扬。这也是鲁侯在举行完祭祀之礼以后,用酒宴祝福所有参加祭祀的人安康长寿,使人民得到更多的福气的祝福。

第九节则是对新修建成的宗庙的壮美情景的记载,新修的宗庙所用的木料是松柏作大梁、作椽子,这本身就是长寿的象征。新修的宗庙很威武壮观,人民都连声称赞,这也是对鲁僖公的称赞,因为新宗庙是在鲁僖公的主持下修成的。关于周公东征伐管蔡淮夷之德,在《周易》渐卦中记载得很明确具体。

商　颂

《商颂》是商朝遗留的仅有的五篇诗歌。据《史记·殷本纪》记载,商朝是由商汤征伐无道的夏桀,推翻夏朝的末代天子夏桀,而建立了商朝,商朝在商汤之时实现了天下大治,人民安乐太平,而后虽然其政治逐渐衰微,但又有太宗(太甲帝)、中宗(太戊帝)、高宗(武丁帝)的中兴,历经了近六百多年,终于在末代天子商纣王时亡国,商纣王失道无德,被周武王举军旅而推翻,建立了周朝。

周武王灭商建周之后,分封商纣王之子武庚禄父于宋国,后武庚禄父伙同管蔡淮夷之族反叛,周公诛杀武庚禄父和管叔,流放蔡叔,又封商纣王之庶兄微子启于宋国,以继承商族的祭祀。《周易》六十四卦的革卦和既济卦,就是对商朝革除夏桀之命,以及三宗的中兴过程和商纣王亡商的过程,以及商纣王将记载商朝历史的历史文献遗失的过程的记载。《商颂》原本包括十二篇诗歌,遗失了其中的七篇,而仅仅剩余了由孔子编纂的《诗经》中收入的五篇诗歌,它们是商族祭祀先祖之时的颂歌的记载验证。

《周易·既济卦》六二爻:"妇丧其茀,勿逐,七日得。"就是对这五篇诗歌来源的记载。这一句爻辞包含了关于商朝灭亡的很多具体事件,其中最为重要的就是对这五篇诗歌来源的说明。

"妇丧其茀,勿逐,七日得",这就是六二爻所包含的历史事件。周武王灭商,分封武庚为诸侯,以继承祭祀商族先祖的责任。武庚反叛被周公所灭,周公分封帝乙的长子,也就是纣王的同父异母兄长微子启为殷商的后嗣,以祭祀殷商宗庙先祖。微子立国为宋。宋国的第一代诸侯就是微子,到宋厉公时是第五代的第七位君主。因为微子是纣王的兄

弟,也就是微子继承了兄弟之位。宋国实行的是兄弟继承制,也就是兄长死亡后由兄弟继承其位,所以第五代君主就是第七位君主。

宋厉公是由其父弗父何让位而继位为君主。弗父何是一位有谦让之美德的君子,六二爻就是说宋国丧失了一位有贤德的君主弗父何。既然丧失了,就不要去追逐,毕竟已经得到了第七位君主。

宋国从微子开始,到宋戴公继位,是第七代第十二位君主。到第七代第十二位君主宋戴公时,宋戴公的大夫正考父得到《商讼》等歌颂商朝先祖的诗歌十二篇,交于周朝的大师。周朝又将十二篇诗歌交还给宋国,让其作为祭祀先祖功德的颂歌。而这十二篇诗歌到孔子编《诗经》时,遗失了其中的七篇,只存下现在收集到《诗经》中的《那》、《烈祖》、《玄鸟》、《长发》、《殷武》五篇诗歌。

从《商颂》这五篇诗歌的内容分析,应该是商族的后代宋人所写的祭祀、纪念先祖的诗篇。其中《玄鸟》这首诗记载了商人的来历,姓氏的来历,以及对商汤的后代子孙武丁帝中兴商朝的功绩的记载颂扬。《殷武》也是一首祭祀最后一位使商朝中兴的高宗武丁的歌乐。而《那》和《烈祖》则是两首普通的祭祀先祖商汤的歌乐。《长发》是一首颂扬祭祀开国元首商汤和太宗的颂歌。笔者之所以认为这五首诗歌是宋人所写,是因为其语言风格与《诗经》中收集的周朝的所有诗歌的风格相同,并没有什么特别的风格和语言特点。

那

猗与那与①,置我鞉鼓②。奏鼓简简,衎我烈祖③。汤孙奏假④,绥我思成⑤。鞉鼓渊渊,嘒嘒管声⑥,既和且平。依我磬声⑦。於赫汤孙,穆穆厥声⑧。庸鼓有斁⑨,万舞有奕。我有嘉客,亦不夷怿⑩!自古在昔,先民有作,温恭朝夕,执事有恪⑪。顾予烝尝⑫,汤孙之将⑬。

●注释

①猗与那与:猗(yī):叹词,表示赞美;这里是盛大的意思。与:赞许。那:这里是指祭祀时的礼乐盛大而多。②置我鞉鼓:置:放置,这里是架起。鞉(táo)鼓:一种小的手摇鼓。③衎我烈祖:衎(kǎn):和乐;安定。烈祖:有功德的先祖。④汤孙奏假:汤孙:商汤的后世子孙。奏假:祷告。⑤绥我思成:绥:安抚。思成:梦寐以求的事业成功。⑥嘒嘒管声:嘒嘒:管乐声。管声:管乐。⑦依我磬声:依:依依,轻柔的样子。磬:用玉或石制成的敲击乐器,形似曲尺,悬挂在架上敲击。⑧穆穆厥声:穆穆:仪表美好端庄。厥声:那美好的声名。⑨庸鼓有斁:庸:中庸,和谐,中正。斁(yì):喜欢,喜悦。⑩夷怿:夷:愉快,喜悦。怿(yì):喜悦。⑪执事有恪:执事:担任工作,从事工作事业。恪(kè):恭敬,谨慎。恪尽职守。⑫顾予烝尝:顾:顾及;顾惜。予:我。烝尝:祭祀名称。烝:冬祭。尝:秋祭。⑬将:拿,持,这里是奉献。

●译文

礼乐盛大而且繁多,首先架起我的小摇鼓。敲击小鼓简简地响,安定我有功德的先祖。商汤的子孙来祷告，安抚我族的事业成功。敲击小鼓渊渊地响，嘒嘒管乐声多么清亮，音乐既和谐又平正，依依依的磬声多柔和。啊显赫的商汤子孙，和畅美好的声名远扬。鼓声和谐有多喜悦，万人的舞蹈奕奕生风。我有来助祭的嘉宾，也不能够使我很快乐。自古到昔日的先祖，先祖创建功业有作为。温良恭俭让朝夕忙，从事事业能恪尽职守。顾惜我秋尝冬烝忙，商汤的子孙奉献祭品。

●评析

这首诗是商族遗留诗篇的其中一首，既然是遗留篇，那也就不是商纣王以后的商人所作。但是从这首诗的内容看，却好像是商纣王以后的商人所作。因为商纣王之时只顾淫乐，而不祭祀先祖，当时的贤臣劝谏商纣王，商纣王不听，最后终于亡了商朝。诗文指出："我有很多嘉宾来助祭，可是我还是很不快乐。"为什么呢？因为先祖商汤创立的事业、功德被商纣王全都覆灭了，他们现在的祭祀也就是以一个诸侯国的身份祭祀先祖罢了，怎么能高兴得起来呢？他们的先祖商汤温良恭俭让、恪尽职守为商朝的事业奋斗，可是现在的商族遗民没有了天下的大事业，只能以春夏秋冬的祭祀来表示对先祖的怀念和愧疚之情。所以从这首诗的内容而言，与其说是商朝遗留下来的诗歌，还不如说是微子以后的宋人重新编写的祭祀先祖的颂歌。

烈 祖

嗟嗟烈祖①，有秩斯祜②，申赐无疆③，及尔斯所④。既载清酤⑤，赉我思成⑥。亦有和羹⑦，既戒既平⑧。鬷假无言⑨，时靡有争⑩，绥我眉寿，黄耇无疆⑪。约軧错衡⑫，八鸾鸧鸧⑬。以假以享⑭，我受命溥将⑮。自天降康⑯，丰年穰穰⑰。来假来飨⑱，降福无疆。顾予烝尝，汤孙子将。

●注释

①嗟嗟烈祖：嗟嗟：感叹词，哎哟！烈祖：有功德的先祖。②有秩斯祜：秩：官吏的俸禄；官吏的官阶、品级；次序；常规；这里是有神灵。斯：这，个，那么，就。祜(hù)：福，福气。③申赐无疆：申：重复。赐：赏赐。无疆：没有尽头。④及尔斯所：及尔：以及你的。所：所创立的事业。⑤既载清酤：载：运载；充满。清酤(gū)：清酒。⑥赉我思成：赉(lái)：赏赐。思成：我所想的事情成功。⑦和羹：和：调和。羹：有汁液的肉。这里用调和好的肉汁象征将周朝和商族的关系调和。⑧既戒既平：既：既然。戒：戒备；告诫；戒除。平：平息；平定；讲和；平和。⑨鬷(zōng)：古代的一种烹饪器具；进，进献。进献祭物。⑩时靡有争：时：当时，现在。靡：没有。争：争论。⑪黄耇：黄发老人长寿。⑫约軧错衡：约軧(qí)：用皮革束车毂。错衡：雕刻车前横木。⑬八鸾鸧鸧：八鸾：车上的八个鸾铃。鸧鸧(qiāng qiāng)：鸾铃的响声。享：荐献。⑭以假以享：假：假身，先祖的神位；祭祀。享：荐献祭品。⑮溥(pǔ)：广大；普遍；广泛。⑯康：太平，安康。⑰穰穰(ráng ráng)：众多的样子。⑱飨(xiāng)："飨"的繁写体；用酒食款待客人；鬼神享用祭品。

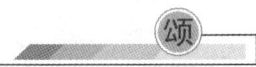

●译文

哎哟有显赫功德的先祖,有神灵那么就赐给福气。重复赐给福气没有尽头,以及你所创立的那事业。酒器既然已装满了清酒,赐我所想的事情能成功。还进献有调和好的肉汁,既能戒备又能平和味道。烹饪进献祭物默默无言,现在没有争论没有争吵,安抚我商族的子孙长寿,成为黄发老人长寿无疆。皮束车毂雕刻的车横木,八副鸾铃锵锵地响不停。又是祭祀又是荐献祭品,我接受命令进行大祭祀。自天降下太平安康盛世,丰年收获的庄稼实在多。来祈先祖来请先祖享用,祈求先祖降下福气无疆。顾惜我秋尝冬烝祭祀忙,商汤的子孙把祭品奉献。

●评析

这是一首祭祀先祖商汤的祭歌。从这首诗可以看出,商族的遗民仍然念念不忘商族已经失去的事业,他们祭祀先祖期望先祖能够使先祖创立的事业再次恢复,当然这只是他们的期望而已,因为这个期望是不能实现的事情,所以祭祀者自己向先祖提出,不要对自己的期望争辩是非曲直,因为他们已经学会了与周人相处,就如这调和好的肉汁一样,与周人和谐地相处。诗中的最后是希望先祖保佑商族的子孙永远长寿,永远祭祀先祖,当然他们仍然怀念先祖时代那有雕花横木、皮革束车毂、八副鸾铃的祭祀车辆的辉煌时代,但是他们也非常明白,自从成康以来,天下太平安乐,连年丰收,他们在周公的教导下也学会了耕种稼穑,他们也同样能用丰盛的五谷粮食荐献自己的先祖,所以他们只求先祖保佑子孙后代长寿,以延续商族的祭祀。而且从这首诗同样可以看出,这是一首成康时代居于宋国的商族的后人所写的祭祀先祖的祭歌。

玄 鸟

天命玄鸟①,降而生商②。宅殷土芒芒。古帝命武汤③,正域彼四方④。方命厥后⑤,奄有九有⑥。商之先后,受命不殆⑦,在武丁孙子⑧。武丁孙子,武王靡不胜。龙旂十乘⑨,大糦是承⑩。邦畿千里⑪,维民所止,肇域彼四海⑫,四海来假⑬,来假祈祈⑭,景员维河⑮。殷受命咸宜⑯,百禄是何⑰。

●注释

①玄鸟:黑色的鸟。②生商:据《史记》记载:殷商的先祖是契,契的母亲名叫简狄,是有娀氏之女(有娀氏,是帝喾时的古国名称,在今山西运城一带),为帝喾的次妃。三人行浴,见玄鸟堕其卵,简狄取食之,因孕,生契。契长大而帮助大禹治水有功。帝舜乃封契于商,赐姓子氏。这就是商人的来历。③古帝命武汤:古帝:这里是指商族的先祖帝喾。命:通"名"。武汤:商武王,商汤。④正域彼四方:正:匡正。域:地域,这里的地域就是天下四方;这里是指商汤革除夏桀之命而匡正了天下四方。⑤方命厥后:方命:才命令。厥后:那些诸侯。⑥奄有九有:奄有:覆盖,包容;这里是拥有。九有:九州。⑦受命不殆:继承接受天命不懈怠。⑧武丁:商朝的第二十三位天子。武丁继位时,商朝的政势衰微,武丁继位后三年不言其政,直到寻找到一位叫说的贤者辅佐,才开始治理殷商,武丁在说的

辅佐下,使商朝再度中兴,武丁被称为高宗。⑨龙旂十乘:龙旂:绘有蛟龙的旗帜。乘:车乘,一车四马为一乘。有龙旗车十乘。⑩大糦(chì):大祭祀。⑪邦畿千里:邦畿(jī):国都之外的地方;《礼记》规定:"凡四海之内九州,州方千里。州建百里之国三十,七十里之国六十,五十里之国百有二十,凡二百一十国。"所以邦畿就是天子所建立诸侯国的范围。千里:就是天子所分封的国家范围是千里之内,总共二百一十个诸侯国;千里之外的土地可以作为附庸国或者供给没有封地的士人俸禄的用田;这是从大禹治水时划分九州、划分邦畿的规定而来。这在《尚书·禹贡》和《史记·五帝本纪》中均有记载。⑫肇(zhào):端正,矫正。⑬来假:来给予朝贺。⑭祈祈(qí qí):祈求平安。⑮景员维河:景:大。员:四周;幅员,扩大。维河:黄河。⑯咸宜:咸:都,很。宜:适宜,得当。⑰百禄是何:百禄:很多福气。是何:何,同"河",像河水一样多。

●译文

上天命令那黑色的大鸟,堕其卵简狄吃而生契。舜帝封契在商地很广大。帝喾的子孙名叫商汤,革除夏桀征服天下四方。才对四方诸侯发命令,拥有了华夏的九州四方。商族先后的子孙后代,继承接受天命从不懈怠,后世子孙武丁在商朝。商汤的后世子孙叫武丁,虽然没有胜过商武王,也使商朝有龙旂车十乘,继承了殷商的大祭祀。商都之外的国土有千里,是诸侯国人民居住地。匡正国域到那天下四海,四海诸侯又来商朝贺,四海诸侯朝贺天下太平,商的疆域扩大到黄河。殷商中兴天命很是适宜,福气就像河水一样多。

●评析

这首诗是对商汤的后代子孙武丁帝中兴商朝的功绩的记载颂扬。诗文的开始就告诉我们商族的来源,商族的先祖与周人的先祖同是帝喾,帝喾高辛是黄帝的曾孙。帝喾的第二个妃子叫简狄,是有娀氏之女,有一天她与其他二个女子到水中洗浴,忽然看见一只黑色的鸟生下一个蛋,简狄就将这个蛋捡来吃了,结果怀孕而生下了男孩,取名叫契。契长大以后,帮助大禹治水很有功劳,舜帝很高兴,就对契说:"百官还不能和睦相处,人伦五品还不驯服,命你为司徒而主管五教,五教要以宽大为怀。"并分封契于商地,赐契姓子。这就是商族的来历。商族自契以后,还有很多有智慧的贤者,直到契的第十三代子孙商汤,商汤是一位很有贤德才能的人,商汤之时正是夏朝的末代君王夏桀之时,夏桀残暴无道,诸侯都背叛了夏桀,有些诸侯也失去常道,胡作非为,商汤就从征伐诸侯葛伯开始,逐渐壮大了自己的力量,后来在伊尹的辅佐下,终于推翻了夏桀,而建立了商朝,商汤建立商朝之后,天下大治,太平安乐。

商汤的子孙后代中的第二十二位天子就是武丁,武丁之父是小乙帝,武丁也是盘庚帝的的孙子,因为商朝一直是兄弟继承君主之位,而小辛帝和小乙帝都是盘庚的弟弟,武丁是小乙帝的儿子。武丁继位后,以为父守孝为由,三年不言其政,三年之内,他到处寻找能辅助他治理国家的贤者,在三年之时终于寻找到了贤者傅说,在傅说的辅佐下,终于使政势已经非常衰微的商朝再度中兴,使那些不来朝服的诸侯再度来朝服,天下再度太平。

根据诗文的内容,可以看出这是殷商的后人为了纪念、祭祀这位先祖而写的颂歌。因为《史记·殷本纪》记载:武丁死后,其子祖庚继位,祖庚的弟弟祖己为了嘉美其父武丁的功德,曾为武丁立庙,尊称为高宗,并撰写《高宗肜日》和《高宗之训》两篇文字。所以说,这首诗歌只是宋人所写的颂扬先祖的功德而已。这首诗歌所记载的历史事实在《周易》既济卦的文辞里得到验证。

长　发

　　濬哲维商①,长发其祥②。洪水芒芒,禹敷下土方③。外大国是疆④,幅陨既长⑤。有娀方将⑥,帝立子生商⑦。
　　玄王桓拨⑧,受小国是达⑨。受大国是达,率履不越⑩,遂视既发⑪。相土烈烈⑫,海外有截⑬。
　　帝命不违,至于汤齐⑭。汤降不迟,圣敬日跻⑮。昭假迟迟⑯,上帝是祗⑰,帝命式于九围⑱。
　　受小球大球⑲,为下国缀旒⑳。何天之休㉑,不竞不絿㉒,不刚不柔,敷政优优㉓,百禄是遒㉔。
　　受大共小共㉕,为下国骏厖㉖。何天之龙?敷奏其勇㉗,不震不动㉘,不戁不竦㉙。百禄是总㉚。
　　武王载旆㉛,有虔秉钺㉜,如火烈烈,则莫我敢曷㉝。苞有三蘖㉞,莫遂莫达㉟。九有九截㊱,韦顾既伐㊲,昆吾夏桀㊳。
　　昔在中叶㊴,有震且业㊵。允也天子㊶,降予卿士㊷。实维阿衡㊸,实左右商王。

●注释

①濬哲维商:濬(jùn)哲:濬:浚,同"俊",濬哲:才智出众的人。商:商族的先祖契,商武王。②长发其祥:很早就发现他有福气,祥:福气;预兆。③禹敷下土方:禹:大禹,大禹治水,夏朝的第一代天子。敷:普遍;开展,开拓。下土方:天下四方。④外大国是疆:外:指京都之外的邦畿。邦畿之外的大国的疆土是百里,百里是最大的诸侯国,其次就是百里以下的七十里和五十里的诸侯国。这是大禹治水之时划分的疆域,一直沿用到西周。⑤幅陨既长:幅陨:幅:幅员,领土面积。幅:宽度。员:周围。陨:员,幅陨,就是幅员的意思。幅员广大。长:长久。⑥有娀方将:有娀(sōng):古国名,在今山西运城一带。有娀氏之女简狄,是帝喾的第二个妃子,是商族的始祖契的母亲。方将:这里是将要生下儿子契。⑦帝立子生商:帝:舜帝。立子:赐给契子姓。生商:产生了商人。⑧玄王桓拨:玄:玄鸟。王桓拨:王,天子,这里是指帝喾。桓拨:桓:大,壮大。拨:一拨一拨,也就是一代一代相传。⑨受小国是达:受小国:受封为小诸侯国。是达:显达。⑩率履不越:率:遵循,服从。履:履行职责。不越:不逾越。⑪遂视既发:遂:终于;于是;成就。视:比较,比

385

照,这里是逐渐,渐渐。发:发展;发达。⑫相士烈烈:相士:是指契的第二个儿子,也是契的第二代传人,第一代是契的第一个儿子昭明。相传相士服马,就是说相士发明了用马驾车的方法。甲骨文中还记载了一个叫王亥的商人,也就是契的第六位传人,他发明了用牛驾车的方法。所以这里专门提到了相士,因为他是有贡献的人。⑬海外有截:海外:海内外。截:同"捷",捷报。⑭汤齐:汤:商汤。齐:治理。⑮圣敬日跻:圣敬:敬畏圣人。日跻(jī):跻:升,登。每日上升。⑯昭假迟迟:昭假:昭:古代宗庙排列的次序;这里是指宗庙。假:祭祀。迟迟:迟缓,缓慢。这里是指葛国的葛伯迟迟不来参加夏帝的祭祀活动。⑰上帝是祗:上帝:先帝,先祖。祗(zhī):恭敬。这是说商汤告诉葛伯对先帝要恭敬地祭祀。⑱帝命式于九围:帝命:这里是指商汤命令。式于:式:法式。于:到。九围:九州。⑲受小球大球:小球:这里是指小国。大球:是指大国。⑳为下国缀旒:为:作为,这里是商汤征伐夏桀的作为。下国:夏国。缀旒:缀(zhuì):跟随,紧跟,通"辍(chuò)",停止。旒(liú):古代旗帜上的飘带;帝王礼帽前后悬垂的玉串;这里象征帝王,也就是指夏桀灭亡。㉑何天之休:何:为什么? 为何? 天之休:天的美善之德。㉒不竞不绿:不竞:不竞争;这里是不学习。绿(qiú):急;同"俅",恭顺的样子。㉓敷政优优:敷政:敷:布,施;发布,发布政令。优优:非常优秀,良好;平和;宽容。㉔百禄是遒:百禄:很多福气。遒(qiú):刚劲,有力。㉕受大共小共:受:受理,处理。共:是共工的意思,共工是古代,也就是尧帝之时的邪恶之徒,尧帝将其流放到幽州;这里的大共、小共,是指就如共工一样的大小邪恶之徒。㉖为下国骏庞:下国:夏国。骏:高峻,高危,大。庞(páng):庞大,庞杂。㉗奏:推进;呈献;施展。㉘不震不动:震:震雷,震雷在天空震响,这里是高高在上。不动:不改变。㉙不戁不竦:戁(nǎn):畏惧。竦(sǒng):通"耸",危言耸听。㉚总:总方向,总目标。㉛武王载旆:武王:商汤,又称商武王。载旆(pèi):载:乘坐。旆:旆旆,旗帜飘扬。㉜有虔秉钺:虔(qián):杀戮。秉:执,拿。钺(yuè):古代一种青铜制作的兵器,形状像大斧,圆刃或平刃,安装长柄,多用于仪仗。㉝则莫我敢曷:则莫我敢:则没有谁敢问我。曷(hé):何,为什么。㉞苞有三蘖:苞:苞草;这里是树桩,比喻夏桀。蘖:植物的芽;三蘖:这里比喻顾国、昆吾和韦国。㉟莫遂莫达:莫:不。遂:顺利成长。达:得志,这里是长高。㊱九有九截:九有:拥有九州,这里是指商汤铲除三蘖,统一九州。九截:九州捷报传。㊲韦顾:韦:韦国,夏国时的诸侯国,在今河南省滑县东南。顾:夏国时的诸侯国,顾国,在今山东省鄄县东北。㊳昆吾夏桀:昆吾:夏代的诸侯国,在今河南省许昌市东。夏桀:夏朝末代君王。㊴昔在中叶:昔:往昔。中叶:这里是指商汤之后是第三位继位人,也就是商汤的孙子太甲继位为王的事情。㊵有震且业:有大震动也有大功业,这里是指太甲昏庸无德,被商汤的辅臣伊尹放逐到桐宫反省,伊尹自己代理国政。太甲反省三年,大彻大悟,改悔自己的过失,努力向善,伊尹又迎接他回来,继续为天子,太甲修德勤政,使商朝中兴,伊尹称他为太宗。㊶允也天子:确实是天子。㊷降予卿士:降予:降我。将太甲从天子降下来的是卿士。㊸阿衡:人名,商汤的辅佐伊尹的名字阿衡。

●译文

聪明有才智的是商祖契,很早就发现他很有福气。洪水泛滥茫茫就如海洋,大禹治水开拓天下四方。规划邦畿外是百里大国,幅员辽阔广大而且长久。有娀氏之女方生儿

子契,舜帝赐契子姓封立于商。

玄鸟之后壮大代代相传,受封为小诸侯国也显达。受封显达又为大诸侯国。遵礼制履行职责不逾越。终于逐渐得到了大发展,相土发明服马轰轰烈烈,海内外都有他的大捷报。

先帝的命令从来不违背,直到商汤治理天下国家。商族的商汤降生不算迟,敬畏圣人之情每日上升。葛伯迟迟不到宗庙祭祀,汤说对先帝要恭敬祭祀。汤命以先帝法式治九州。

受理征伐那大小诸侯国,紧跟着征伐夏王夏桀亡。为什么上天的美善之德,从不学习来又很不恭顺?商汤的话语不刚也不柔。发布政令平和又很宽容,谋求多种福气刚劲有力。

受理共工这样的大小邪恶,是夏国庞杂而大恶之物。何为中华天下骁勇之龙?尽力施展他的智能勇敢,不高高在上不改变德行,不畏惧更不危言耸听。谋求多种福气是总目标。

武王乘的车子旗帜飘扬,有杀戮兵器执长柄大斧,就如那大火猛烈地燃烧,则没有谁敢问我为什么。一个树桩长有三根分蘖,不能顺利成长不能长高。除三蘖统九州九州传捷,韦国顾国已经得到征伐,昆吾夏桀最后也被铲除。

往昔在商朝发展的中叶,有很大的震动和大功业。确实是商汤的继任天子,太甲降位就是卿士所为,这确实是卿士阿衡所为,确实是阿衡辅助那商王。

● 评析

这是一首颂扬商汤和太宗的颂歌。全诗共分为七节。

第一节对商族的来源做了简要的说明,商族的先祖是契,契的母亲是有娀氏之女简狄,简狄生下契,契长大帮助大禹治水有功,而被舜帝分封于商地,赐姓子,从此有了商族。

第二节是对商族发展壮大过程的颂扬。玄鸟的后代之所以能成为天子,就是因为他们有聪明的先祖,他们一拨一拨的都很能干,最先受封时是小小的诸侯国,逐渐发展壮大为大国,为什么呢?就是因为他们一代一代都能遵循先祖的礼法不逾越。其中还有几位有聪明才智的先祖,除契之外,还有相士发明了服马的方法,也就是用马驾车的方法,发明之后,极大地方便了运输和车乘。这里的"海外有截"就是指南方之国也有记载,其中在屈原的《离骚》中就有记载。

第三节是对商汤最早的功德的颂扬。商汤时代,正是夏桀失道无德、实行暴政之时,因为商汤有仁德,所以诸侯背叛夏桀而拥护商汤。当时的诸侯葛国的葛伯迟迟不履行祭祀职责,商汤多次劝导,并多次送祭祀所用的祭品,以及派商人为葛国耕种田地,但葛伯就是不参加祭祀,并杀死商汤送给祭祀用的牛羊而吃掉了肉,还杀死为葛国耕种土地之人送饭的小孩,所以商汤就从征伐葛国开始,而逐渐壮大了自己的力量,商汤灭夏建商的目的就是要以先帝的法式治理天下,使天下得到太平安乐。

第四节仍然是对商汤之功德的颂扬。这里的大球小球,笔者认为是大诸侯国小诸侯国,也就是说商汤通过征伐,使那些大小诸侯国都拥护商汤,商汤征服了那些不服夏朝的大小诸侯国,并以言语劝导这些诸侯,责问他们为什么不学习上天的美好德行,为什么不恭敬地执行天命,商汤征伐不服的目的就是为民众谋求福禄。

　　第五节仍然是对商汤之德的颂扬。这里的大共、小共,笔者认为是指商汤征伐了就如尧帝之时放逐的共工一样邪恶的大小诸侯,具体就是指夏桀、韦国和顾国邪恶之人。把夏朝那些大恶而庞杂的人物征服,充分显示出商汤骁勇之龙的气概,他取得了很多功劳,而不高高在上、不改变德行,更不畏惧、不危言耸听,只是把为民众谋求福禄作为追求的总目标。

　　第六节是对商汤征伐葛国以后,又陆续征伐了顾国、韦国和昆吾之国,扫除了征伐夏桀的障碍,最后在大小诸侯国的拥护下,终于将夏桀驱逐出王位,而自己登上天子之位的记载。

　　第七节是对商汤之后的第一位使商朝中兴的太甲帝中兴过程的记载。太甲帝是商汤的孙子,商汤的太子太丁未登位就死亡了,所以商汤之后的第一位继承人是商汤的另一位儿子外丙,也是太丁的弟弟,所以商朝就形成了兄弟继位的法制;太甲是太丁的儿子,也是商汤的嫡长孙,太甲继位后,昏暗不明,暴虐百姓,不遵循法度,乱德败行,伊尹,也就是阿衡,将他放逐到桐宫反省,太甲在桐宫反省三年,悔过自新,伊尹又将他迎接回来,继续为天子,太甲帝修德勤政,使商朝得到中兴,伊尹为了表扬他,将他称为太宗,所以最后一节就是对商朝的第一次中兴过程的记载。这首诗所记载的历史事实在《周易》革卦就有记载。

殷　武

　　挞彼殷武①,奋伐荆楚②。罙入其阻③,裒荆之旅④,有截其所⑤,汤孙之绪⑥。
　　维女荆楚,居国南乡。昔有成汤,自彼氐羌⑦,莫敢不来享⑧,莫敢不来王,曰商是常⑨。
　　天命多辟⑩,设都于禹之绩⑪。岁事来辟⑫,勿予祸适⑬,稼穑匪懈。
　　天命降监,下民有严⑭。不僭不滥⑮,不敢怠遑⑯。命于下国,封建厥福。
　　商邑翼翼⑰,四方之极⑱。赫赫厥声,濯濯厥灵⑲,寿考且宁,以保我后生。
　　陟彼景山⑳,松柏丸丸㉑。是断是迁㉒,方斫是虔㉓,松桷有梴㉔,旅楹有闲㉕,寝成有安㉖。

●注释
①挞彼殷武:挞(tà):勇武的样子。殷武:殷商武丁。②荆楚:荆州的楚国。③罙入其阻:罙(shēn):深入。阻:险要的地方。④裒(póu):减少,这里是消灭楚军。⑤有截其所:截:截击。其所:他们的居所,也就是军营。⑥汤孙之绪:汤孙:是指商汤的后代子孙武丁。绪:续业,前人未完成的事业。⑦氐羌(dǐ qiāng):氐族和羌族,古代西北的两个民族,主要分布在今青海、甘肃,四川等地,又称"西戎"。羌:古代西部少数民族之一。

⑧享：献贡，按规定进献贡物。⑨常：经常；常规，普遍。⑩天命多辟：天命：天子命令，这里是指商汤。多辟：众多诸侯。这一句话的意思是："天子向众诸侯发布命令。"⑪设都于禹之绩：设：设立，建立。都：都能。绩：成绩，功业。这是指商汤命令众诸侯向古大禹、皋陶谟、后稷学习，为民勤勉地做事，建立功业，这在《史记·殷本纪》中有记载。⑫岁事：岁：年年岁岁。事：侍奉。⑬勿予祸适：勿：不要。予：我；给予。祸适：祸：祸患，灾难。适：往，到。⑭天命降监，下民有严：天命：这里是指遵照天命。监：镜子，照自己的形象，即从他所作之事情上看到自己的品行。下民：人民。严：尊敬，尊重；整治，治理。以上二句是指商汤所言的："人视水见形，视民知治不。"也就是说：一个人站在水边就能看到自己的样子，同样的道理，治理国家的人看到人民就知道如何去治理国家人民。⑮不僭不滥：不僭（jiàn）：不超越本分。滥：失真。⑯怠遑：怠：怠慢；怠倦，松懈。遑：闲暇。⑰翼翼：壮美繁荣。⑱极：标准，榜样，最，非常。⑲濯濯厥灵：濯濯（zhuó zhuó）：光明盛大。灵：威灵。⑳陟彼景山：陟彼：登上那个。景山：在商的故都亳地之西，今河南偃师县。㉑丸丸：通"刓（wán）刓"，削去棱角，使其变为圆的，刓刓，就是圆圆的松柏。㉒是断是迁：断：砍伐使其断裂。迁：迁移出来，这里是运输之意。㉓方斫是虔：方：要用。斫（zhuó）：砍，削。虔：大斧。要用刀削用斧子砍。㉔松桷有梴：松桷（jué）：松木的椽子。梴（chān）：木材修长。㉕旅楹有闲：旅：众多。楹（yíng）：堂屋前部的柱子，楹栋，栋梁，泛指柱子。闲：大。㉖寝成有安：寝：古代宗庙的后殿；这里就是宗庙。

● **译文**

那勇武的殷商武丁，奋勇征伐荆州的楚国，深入到楚国险要地，消灭不少楚国的军旅，又截击了部分军营，武丁使汤事业得延续。

只是你们这个楚国，原本就是南方的国家。早先有我先祖商汤，自那西部西戎和羌族，没有谁不敢不献贡，没有谁不敢不朝见王，说顺服殷商是常规。

商汤命令众位诸侯，都建功在禹功基础上。年年岁岁侍奉天子，不要使祸患降到自身。种植稼穑不可懈怠。

天命降镜子照自己，看人民就知如何治理。不超越本分不失真，不敢松懈不敢有闲暇。命令天下的诸侯国，受封建树他们的福分。

商朝都城壮美繁荣，是天下诸侯国的榜样，显赫有名的美声威，光明盛大的光辉威灵，长寿不老而且安宁，以保商族的后代子孙。

登上那故地的景山，圆圆的大松柏长满山。又是砍伐又是运输，用刀削来又用斧子砍，松木椽子很长很大，很多柱子都又高又大，宗庙建成很是安适。

● **评析**

一般认为这是一首祭祀颂扬商朝最后一位使商朝中兴的高宗武丁的歌乐。从诗文可以看出这应该是在新落成的宗庙祭祀活动上的祭歌，也许是宋人重建宗庙之时所写的祭歌。全诗共分为六节。这也应该是宋人所写的祭祀武丁的颂歌。

第一节是对武丁征伐楚国之功德的颂扬，武丁伐楚国，《史记·殷本纪》中未见记载，在《周易·既济卦》九三爻有言："高宗伐鬼方，三年克之，小人勿用。"笔者在解释这个卦爻辞时，查阅了一些资料，认为这一爻的意思是：商汤的第二十一代子孙武丁为了振兴商朝，对那些不服商朝统治的国家如位于西北的氐族、羌族以及南方的荆楚之国进行了征伐，终于使他们顺服了商朝的统治，使商朝得到治理，而再度中兴。这就是这一段诗文所颂扬的功绩。那么武丁为什么能够使商朝重新振兴，而受到人民的颂扬呢？这就是九三爻辞后一部分所阐述的内容"三年克之，小人勿用"的含义。武丁在其父小乙帝去世后继位，武丁继位后一心想复兴商朝的盛世，但是一时又找不到有贤德才能的辅佐大臣，所以武丁以为父守孝为名，克制自己三年不对政事发表言论，一边派人到处寻找有贤德才能的人士。三年之时，终于在山西省平陆县的东面有一个叫傅岩的地方找到了一个叫"说"的有贤德才能的人作为辅臣辅佐武丁，终于使殷商得到治理而再度复兴。正因为武丁不用小人来辅佐，而用有贤德才能的人来辅佐，所以才能使殷商得到治理而复兴。

  第二节是对自商汤以来，天下诸侯臣服商朝之功德的颂扬。自商汤之时，诸侯臣服，那么武丁征伐楚国、氐族、羌族，使他们臣服，这也是对先祖事业的继承。

  第三节对武丁建立功业的基础做了说明，大禹是我们熟知的一心为民解除水患的治水英雄，很多事业成功的天子都是效法大禹为人民谋求福祉的精神和方法而开辟事业的。大禹治水，既制服了水患，又给国土划分了疆界，还与后稷一起教授人民种植稼穑，改善了人民的生活，所以对于大禹的功业一定不能忘记，这也是做好一个天子，使国家兴旺的基本事业。其实这一节也应该是对商汤教化天下诸侯的话的引用，《史记·殷本纪》汤告诸侯群后曰："毋不功于民，勤力乃事。予乃大罚极汝，毋予怒。古禹、皋陶劳于外，其有功于民，民乃有安……后稷降播，农殖百谷，三公咸有功于民，故后有立。"也就是说这一节是说要记住先祖商汤的教导，要像大禹一样有功于人民，使人民得到安康。

  第四节是对商汤治国策略的颂扬。商汤曾经说过："人视水见形，视民知治不。"这是说："一个人站在水边就能看到自己的样子，同样的道理，治理国家的人看到人民就知道如何去治理国家人民了。"所以这一节就是借鉴先祖商汤的这句话，要求各个诸侯国要治理好自己的国家和人民。

  第五节是对武丁及时祭祀先祖的功德的颂扬。武丁能按时祭祀先祖，维修先祖的宗庙，使商朝再度中兴，就是为各诸侯国做好了榜样，也是为子孙后代继承发扬先祖的功业做好了榜样。

  最后一节对新修宗庙的过程和宗庙的壮大美观做了颂扬，宗庙壮美说明修宗庙之人对先祖的热爱和孝顺，也从一个侧面颂扬了武丁继承先祖事业的功德。

  关于武丁，《周易·既济卦》九四爻还有一句："繻有衣袽，终日戒。"这是通过对武丁生平历程的阐述，说明武丁发奋治理殷商的动力来源。武丁为帝王，身穿色彩艳丽的丝织帝服，为什么会终日告诫自己一定要使殷商复兴呢？因为武丁从小生活在民间，曾与身穿破布衣服的平民一起度过平民的生活，他深刻体会到贫苦民众生活的困苦，也知道稼穑之艰辛，所以武丁继位为王之后，就决心要振兴殷商，改变贫困人民的生活状况。为了实现自己的目的，武丁用多年的时间来做准备，寻找贤能人才，终于使殷商复兴。为了保持复兴的殷商永远复兴，他终日小心翼翼，告诫自己不要失道失德，始终以先祖之德戒

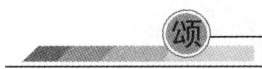

备自己,就连在祭祀先祖之时看到一只山鸡飞到鼎耳上鸣叫都使武丁感到自责,以为自己对先祖有不敬不恭之处,所以就更加修己明德,修明政治,以德政感化民众,使天下人民得到治理而天下再度太平。正如《尚书·无逸》周公曰:"其在高宗,时旧劳在外,爰暨小人。作其即位,乃或凉阴,三年不言。其惟言,言乃雍。不敢荒宁,嘉靖殷邦。至于大小,无时或怨。肆高宗之享国,五十有九年。"周公说:"殷商到了高宗,由于他长期在外服役,经常同下位的百姓接触,等到他即位时,就利用为他父亲守孝三年的时间作准备,三年不谈国事,而只要他谈论国事时,就能使天下人民和谐。他一生都不敢荒废天下的安宁,而是更加美好地安定殷商。从老百姓到诸侯大臣,长时间没有怨恨他的人,所以高宗在位五十九年。"这是周公对商高宗功德的评价。

参考书目

1. 左丘明.春秋左传[M].北京:京华出版社,2001.
2. 冯梦龙.东周列国志[M].长春:时代文艺出版社,2002.
3. 司马迁.史记[M].哈尔滨:哈尔滨出版社,2003.
4. 司马迁.史记[M].长沙:岳麓书社,1987.
5. 徐奇堂.尚书[M].广州:广州出版社,2001.
6. 邓柳胜,叶国.曲礼·利运[M].广州:广州出版社,2001.
7. 钱玄,钱兴奇,等.周礼[M].长沙:岳麓书社,2001.
8. 钱玄,钱兴奇,等.礼记[M].长沙:岳麓书社,2001.
9. 老聃.老子[M].北京:北京燕山出版社,2000.
10. 浩文.易数精解[M].北京:中国文史出版社,1991.
11. 朱雪梅,陶金华.中国蒙学精粹[M].广州:广州出版社,2006.
12. 周振甫.诗经译注[M].北京:中华书局,2002.
13. 余冠英,韦凤娟.诗经与楚辞精品[M].长春:时代文艺出版社,2001.
14. 正坤.诗经·上下集[M].北京:中国文史出版社,2003.
15. 孟轲.孟子[M].西安:陕西旅游出版社,2003.

后　记

　　终于完成对《诗经》全文的解释,这就使2008年以来断断续续进行的工作终于完结了,也终于能松一口气了,因为自己毕竟是年老之人了,将自己想做的事情争取在身体尚可的前提下完成,就不会留下遗憾了。

　　本书采用的诗歌原文选自中国文史出版社出版的正坤编的《诗经》上、下册,译文为本人所创作。

　　笔者之所以要尽心尽力完成对《诗经》的解释,是因为笔者对《周易》的哲学意义做了系统的研究,对《周易》六十四卦和《系辞》做了系统的研究解释,同时对《老子》也做了系统的研究解释。通过研究,笔者认为这三者在内容上有着连带性,也就是说这些文献的内容,要通过这三者的内容来相互印证,相互证明它们内容的真实性。所以笔者在完成《周易》的解释之后,在孙燕和孙兰两位周秦文化爱好者的帮助下,终于完成了《老子》和《诗经》的解释。因为这些都是历史文献,虽然现在对这些文献的解释资料很多很多,但是笔者以为很多解释并未真正从历史的角度研究它们的真实含义,所以就存在着很多缺陷。笔者在解释研究这些文献时,尽量从历史的角度来研究,所以笔者认为自己的解释还比较符合历史实际,而且具有历史意义。其实《诗经》就是一部具有历史政治意义的诗歌的汇总而已。

　　当然笔者的研究解释还有很多的不足,真心希望自己的研究能够早日与广大读者见面,期盼读者的宝贵意见!

刘文秀
2011年12月